Os Guerreiros do Universo

e o Abalo de Urano

Anderson Vitorello

Os Guerreiros do Universo

e o Abalo de Urano

novo século®

São Paulo, 2013

COORDENAÇÃO EDITORIAL **Equipe Novo Século**
DIAGRAMAÇÃO **Schäffer Editorial**
CAPA **Monalisa Morato**
PREPARAÇÃO **Richard Sanches**
REVISÃO **Marina Pastore**

TEXTO DE ACORDO COM AS NORMAS DO NOVO ACORDO ORTOGRÁFICO DA LÍNGUA PORTUGUESA (DECRETO LEGISLATIVO NO 54, DE 1995)

DADOS INTERNACIONAIS DE CATALOGAÇÃO NA PUBLICAÇÃO (CIP)
(Câmara Brasileira do Livro, SP, Brasil)

Vitorello, Anderson J.
Os guerreiros do universo e o abalo de Urano / Anderson J. Vitorello. -- Barueri, SP : Novo Século Editora, 2013. -- (Coleção novos talentos da literatura brasileira)
1. Ficção brasileira I. Título. II. Série.

13-00687 CDD-869.93

Índices para catálogo sistemático:
1. Ficção: Literatura brasileira 869.93

2013
IMPRESSO NO BRASIL
PRINTED IN BRAZIL
DIREITOS CEDIDOS PARA ESTA EDIÇÃO À
NOVO SÉCULO EDITORA LTDA.
CEA – Centro Empresarial Araguaia II
Alameda Araguaia, 2190 – 11° andar
Bloco A – Conjunto 1111
CEP 06455-000 – Alphaville Industrial – SP
Tel. (11) 3699-7107 – Fax (11) 2321-5099
www.novoseculo.com.br
atendimento@novoseculo.com.br

OS GUERREIROS DO UNIVERSO

NUNCA SE RENDA

e O Abalo de Urano

O Guerreiro luta
até vencer

NUNCA SE RENDA

Dedico este livro a todas as pessoas que, independentemente da idade, ainda desfrutam da criança que têm dentro de si. A todos que cultivam, com amor e alegria, um sonho dentro do coração.

E também a muitos autores que, pela excelência de suas obras, contribuíram para minha evolução em várias áreas da vida e abasteceram-me com fé e persistência sem igual para seguir realizando os sonhos que tenho em meu coração. Este guerreiro aqui está elevando sua energia até o infinito por causa das palavras escritas por vocês.

Sigam em frente até conseguirem, guerreiros, pois, quando chega a hora certa, a vitória é infalível. Há algo acima de nós, neste universo, que trabalha com perfeição.

Anderson J. Vitorello

Porto Ferreira, maio de 2012

Agradecimentos

Agradeço primeiramente a Deus por me trazer inspiração, por dotar-me de criatividade para que essa obra se tornasse realidade e por me dar a oportunidade de ser feliz trabalhando com aquilo que amo, neste momento mágico de minha vida.

Agradeço também à minha mãe, Maria de Lourdes, e ao meu pai, José Alciro, por me darem amor e carinho desde minha infância e me motivarem a me tornar um homem inteligente. Também agradeço a minha irmã, Amanda Vitorello, e a meus amigos por todos os momentos de diversão e aventuras que passamos juntos, os quais contribuíram para escrever parte da história de minha vida.

Aos mestres e professores que passaram diretamente, indiretamente pela minha vida, uns ajudando a me dotar de sabedoria específica e outros a me tornar um homem amoroso, honesto, tranquilo, firme, alegre e entusiasmado.

A meu amigo e professor, Leandro Pereira, pelo aprendizado de Kung-Fu e por ser uma das pessoas que me encaminhou para um modo mais positivo de pensar.

Aos meus amigos Cirillo e Letícia, do Cicalê Arte, pela dedicação e satisfação ao fazer os desenhos dos personagens, que ficaram incríveis.

À minha amiga Marília Mondin Thomaz Verechia, pela paciência e determinação ao revisar esta obra e pela amizade conquistada logo no primeiro dia em que lhe entreguei o manuscrito. Aprecio muito sua inteligência e cultura.

À Zezé, da Vitória Livros, pela motivação e pelas dicas e referências para me ajudar a publicar este livro.

A mistura da contribuição de todos ajudou a constituir o estilo de escrever de Anderson José Vitorello, o estilo de "Os Guerreiros do Universo".

E, finalmente, agradeço às empresas e comércios de Porto Ferreira pela ajuda com os patrocínios, que possibilitaram a publicação dessa obra, incentivando a cultura, a leitura e a criação de novas oportunidades que surgirão daqui.

Todos vocês me inspiraram a dar vida a este trabalho fantástico, que fiz com tanto amor e prazer.

Conquisto o início de minha carreira de autor e realizo um sonho que, acredito com muita fé no coração, beneficiará os leitores com um trabalho de alta qualidade, rico em conteúdo e criatividade. Estimado leitor, agradeço-lhe por dar crédito a esta obra.

Muito obrigado!

Prólogo

Enquanto o sr. Kiraua, Sakura e Kem fechavam os olhos, o forma-forma se transformava em duas orelhas, já que tinha de prestar mais atenção nas palavras de Raldot. Então Raldot finalmente pronunciou a profecia de Ganimedes:

– "O imperador do Mal deseja conquistar. O discípulo se voltará contra o mestre e reunirá forças para atacar. A estrela Sol é um dos pontos da Via Láctea a ser conquistado. Os dias de guerra estão se aproximando. Uma violenta batalha entre os Guerreiros do Universo deixará uma marca na História. Os guerreiros mais fortes surgirão, e aqueles que não estiverem preparados serão aniquilados. Os poderes das estrelas serão cobiçados. Uma luta entre o Bem e o Mal se aproxima".

Após ouvirem a profecia, todos ficaram arrepiados. Durante alguns segundos, os três mantiveram os olhos fechados, antes de abri-los novamente e verem a face séria de Raldot.

– Nossos dias de paz estão chegando ao fim – disse Raldot, com uma voz mais amena, e abaixando a cabeça em seguida, o que fez com que sua cartola preta caísse no chão. O sr. Kiraua olhou para ela e abaixou-se para pegá-la. Quando se levantou para entregar a cartola a Raldot, disse:

– O nível de energia do mestre Chun está além de nossa imaginação. – Raldot então pegou a cartola e ajeitou-a em sua cabeça com ambas as mãos, enquanto o Kiraua continuava a falar. – Eu não acredito que algum de seus discípulos poderia contra ele.

1 A transformação

Era um belo dia no planeta Urano, o sétimo planeta do Sistema Solar. Os habitantes andavam tranquilamente pela rua; o céu estava agradável, com um tom azul-claro típico daquele planeta. O vento batia suavemente nos rostos da população uraniana, que podia contemplar o Sol ao longe, muito longe. Enormes montanhas alaranjadas e riachos verde-água cercavam uma pequena vila, tranquila. Uma atmosfera de sossego se fazia perceptível. As construções eram modernas, apesar de aquele local ser afastado da capital.

O suave barulho dos riachos foi interrompido pelo de passos que se aproximavam com velocidade. Neste instante, o sorriso se estampou no rosto de uma bela jovem e trouxe um ar alegre àquela cena.

– Kem! Kem! Aqui, Kem.

A jovem acenava com a mão e continuava gritando para chamar a atenção. Tinha cabelos castanhos, olhos verdes e lábios sensíveis, que refletiam a luz do sol enquanto ela corria. Era dotada de um corpo muito bonito e em boa forma, realçado pela roupa que vestia: uma blusa decotada e uma calça, ambas verdes-azuladas e coladas ao corpo, emoldurando sua natureza. Eram roupas resistentes e especiais, com um símbolo dourado no lado esquerdo do peito, usadas apenas por pilotos. Também usava botas da mesma cor do uniforme e, como pingente, uma réplica em miniatura e na cor azul-claro do planeta Urano, que podia ser vista logo abaixo de seu pescoço.

Ela se aproximava mais e mais e, às suas costas, via-se o céu naquele tom azul--claro e as montanhas alaranjadas, enquanto corria.

– Kem! – gritava a jovem com entusiasmo. – Kem, estou falando com você, não está me ouvindo? – ela continuava a gritar alegremente, rindo muito, muito alto enquanto se aproximava.

O clima então começou a mudar naquele local. As árvores avermelhadas e as pequenas plantas azuis ao redor começaram a estremecer e vibrar com a repentina ventania, que se tornava mais intensa. E a jovem, aos poucos, ia diminuindo a velocidade dos passos.

– Você parece uma estátua, surda e muda, plantada aí! Tenho boas-novas, Kem! – exclamou a jovem, que lentamente foi mudando sua expressão facial e ficando mais séria.

O chão começou a tremer. A poeira se espalhou na ventania, e algumas pedras de tamanho médio começaram a se erguer do chão e flutuar no ar. A jovem passou a manter o seu olhar fixo no rapaz loiro à sua frente, a apenas alguns metros. Tinha uma estatura média e estava com as mãos e os olhos fechados, parado, sem o menor sinal de movimento. Vestia uma camiseta vermelha e uma calça azul e estava descalço, com os cabelos rebeldes caindo até a altura do pescoço. A jovem agora o observava em silêncio, séria, inerte.

O vento e os tremores de terra aumentavam cada vez mais. O jovem parecia estar em profundo estado de concentração, e seu corpo começou a ser envolto por uma energia de cor alaranjada, bem clara.

– Meu Deus! – disse a jovem num sussurro para si mesma, enquanto olhava com os olhos arregalados para o jovem loiro.

De repente, um vulto de energia no formato do planeta Urano começou a piscar e aparecer lentamente atrás daquele rapaz, que continuava com as mãos e os olhos fechados, imóvel. A imagem do planeta Urano, que estava quase invisível, agora ficava mais forte e brilhante, aparentando ter uns dez metros de altura. A energia fluía incessantemente pelo corpo dele, que a sentia intensamente. Cada pelo do seu corpo vibrava, seus cabelos loiros se moviam e se espalhavam, e, conjuntamente, todas as suas células mantinham a mesma harmonia. De repente, ouviu-se a voz:

– Sakura! Saia daqui imediatamente! – disse o jovem loiro num tom de voz calmo, porém mantendo ainda seus olhos fechados.

A menina, que estava fixando seu olhar no rosto dele, viu novamente seus lábios se mexerem:

– Sakura, é perigoso, vá – disse ele, ainda em um tom muito calmo.

A jovem Sakura, que estava prestes a lhe contar uma grande novidade, ficou confusa com o que estava ocorrendo, mas ainda permaneceu ali, olhando para Kem. E a natureza ao redor parecia mostrar sua fúria: o vento soprava mais, a terra tremia mais, mais pedras flutuavam no ar. O vulto do planeta Urano brilhava incessantemente num tom azul, e a energia laranja-clara que circundava o corpo de Kem parecia estar mais forte. Ruídos parecidos com algo eletromagnético pairavam agora no ar ao redor de seu corpo.

– Sakuraaaa! – gritou Kem, desta vez num tom de voz mais firme e autoritário.

– Está bem, acho que já entendi. Tudo bem – disse Sakura, baixinho, para si mesma.

Por um instante, Sakura pensou no que poderia estar acontecendo com Kem. Fechou os olhos, virou-se repentinamente, abriu-os e, com expressão séria, saiu correndo no mesmo instante em direção ao caminho por onde viera.

Sakura afastou-se uns cem metros e parou. Ficou observando Kem ao longe, tentando entender o que estava acontecendo. Ouvia os ruídos dos tremores de terra e aquele som eletromagnético, sentia o vento soprar com fúria em sua face, via as pedras se levantarem e agora mantinha os olhos fixos no vulto do planeta Urano, que brilhava vivamente.

Foi nesse instante que toda a fúria da natureza ao redor aumentou em intensidade novamente, fazendo com que Sakura se agarrasse a uma árvore que estava próxima para se proteger. Ela fechou os olhos fortemente, segurando firme no tronco vermelho da árvore. Enquanto ouvia o vento e os tremores, algumas pedras batiam na árvore, os cabelos de Sakura esvoaçavam por toda parte, juntamente com seu pingente, e seus dedos começaram a deslizar. Até mesmo algumas aves de cor verde que estavam sobrevoando ao longe o pico de uma montanha podiam ver o que estava ocorrendo lá embaixo. Foi então que se ouviu um grito muito alto e autoritário:

– Agora eu sou... – gritava Kem.

Parecia que a energia do corpo de Kem estava prestes a explodir. Sakura não resistiu, desprendendo-se da árvore e caindo sentada no chão. Tentando se agarrar ao solo como podia, Sakura lentamente olhou para frente, fazendo força com a cabeça, resistindo ao vento, e fixou seu olhar na direção de Kem, que continuava gritando:

– ... um Guerreiroooo! – Kem olhou para o horizonte e abriu os olhos.

– Eu sou um Guerreiro do Universooooo! – e a energia laranja-clara pareceu explodir, emanando um clarão juntamente com um ruído estarrecedor, aumentando seu tamanho em umas dez vezes. As aves verdes que estavam lá no alto da montanha ficaram cegas por alguns instantes com o brilho extraordinário, batendo umas nas outras e caindo nas pedras da montanha, ainda vivas.

Tudo se aquietou repentinamente. A energia laranja-clara ao redor do corpo de Kem voltou ao volume anterior, e o vulto do planeta Urano começou a desaparecer lentamente, até sumir por completo. A energia continuava a circular por seu corpo, e os lábios do jovem se moveram até se transformarem num sorriso orgulhoso e confiante, estampado em sua face.

– Sakura – disse Kem, agora com expressão mais séria. – Onde está Sakura? – Olhou para o lado e viu algo caído ao longe. Começou a correr em direção a Sakura, aproximando-se cada vez mais. A energia laranja desapareceu de seu corpo.

– Sakuraaaa! – gritou ele, quando estava bem próximo. Fixou seus olhos na jovem, como se só existisse ela ao redor. Deu alguns passos, abaixou-se e segurou a mão dela, que estava deitada de lado.

– Tudo bem com você, Sakura? – perguntou Kem com uma voz doce e preocupada. Sakura apertou sua mão e abriu os olhos; estava consciente. Ela olhou para a face de Kem, dizendo numa voz baixinha e suave:

– Sim, está tudo bem, meu amor – Kem colocou um braço debaixo das costas de Sakura, o outro debaixo dos joelhos e ergueu-a. Enquanto a carregava, andando para outro lugar, Kem a via fechando lentamente os olhos, parecendo muito cansada.

– O que foi aquilo, Kem? – perguntou ela, alguns instantes antes de adormecer.

– Eu conto para você mais tarde. Agora precisamos descansar um pouco. – E continuou andando.

No dia seguinte, tudo estava calmo como sempre na vila onde Kem e Sakura moravam juntos, já que eram casados. Não houve entardecer e muito menos o amanhecer, porque o planeta Urano, muito diferente do planeta Terra, leva aproximadamente quarenta e dois anos para escurecer e mais quarenta e dois para ficar iluminado de novo, em cada lado do planeta. Sakura e Kem moravam na parte do planeta que estava iluminada naqueles anos. O dia anterior tinha passado muito rápido, mais rápido também do que no planeta Terra, por que o dia no planeta Urano tinha dezessete horas e catorze minutos.

A casa de Kem era azul, muito bonita, num formato que lembrava uma pirâmide. Plantas rasteiras azuis circundavam sua casa juntamente com algumas plantas mais altas e algumas árvores, formando uma espécie de jardim. A porta de entrada da casa parecia não existir, mas havia em seu lugar um quadrado azul-escuro do tamanho de uma mão aberta, visível a um metro do chão, na parede da casa, que era feita de metal. Sakura parou em frente à casa. Estava vestindo aquela roupa verde-azulada.

– Será que Kem já saiu? Eu ainda não contei a ele... – E, ao colocar sua mão direita sobre o quadrado azul-escuro, fez aparecer um portal bem na sua frente, como se parte da parede tivesse desintegrado. Uma energia azul, que emanava do portal, separava o lado de fora do lado de dentro da casa. Sakura passou pelo portal e a parede voltou a se fechar, ficando firme como antes. Uma grande sala, toda azul e decorada com objetos de formas geométricas perfeitas, estava ao seu redor.

Sakura começou a atravessar a sala e percorrer a casa. Em cada cômodo em que entrava, as luzes, que saíam das próprias paredes e do teto, acendiam instantaneamente.

– Kem, você está aí? – E continuava andando. O barulho de seus passos podia ser ouvido pelos corredores da casa.

Quando chegou ao seu quarto, Sakura o adentrou da mesma forma como fizera fora da casa. O portal se abriu. Ela ouviu um barulho vindo de dentro, parecido com um assovio. Hesitou durante alguns segundos antes de entrar no quarto. A luz se acendeu. Sakura entrou e...

– *Ronc, fiu, ronc, fiiiiuu* – Kem roncava e assoviava tranquilamente, deitado em sua cama.

– Seu preguiçooosooo, ainda está dormindo! – berrou Sakura, com uma voz aguda e irritante. Os tímpanos de Kem pareciam bexigas ao serem estouradas por agulhas bem finas.

Kem levantou de um pulo, com os olhos arregalados, e começou a gritar.

– Invasão! Invasão! Estamos sendo atacados! Cuidado! Invasão! – Kem parou de repente e olhou ao redor. Estava em seu quarto e em cima de sua cama; a luz estava acesa. Foi virando a cabeça lentamente para frente e viu Sakura parada, olhando para ele com a cara séria e com os braços cruzados.

– Sakura? Não estamos sendo atacados? – perguntou Kem, parecendo um bobo falando. Sakura virou os olhos para o alto, balançando a cabeça, como se o estivesse chamando de bobo.

– Puxa vida! Que alívio! Você me assustou, Sakura – disse Kem, num tom mais alegre.

– *Hu!* – ofegou Sakura. – Pensei que você já havia ido treinar.

– Não vou treinar hoje. Gastei muita energia ontem – Kem começou a sair da cama. Estava vestindo sua roupa de baixo azul-esverdeada. Aparentava ter uma ótima forma física, pois treinava muito, tinha a musculatura bem definida e pesava cerca de setenta quilos. Kem calçou os chinelos azuis, esticou seus braços para o alto, espreguiçando-se, e bocejou bem alto. Desceu da cama e caminhou até Sakura, que foi desamarrando a cara quando ele chegou mais perto. Sakura, olhou para Kem, agora com uma face mais amigável.

– O que está acontecendo, Kem? Você nunca dorme até essa hora, e eu já estou voltando para a segunda refeição. – Kem arregalou os olhos.

Os habitantes do planeta Urano faziam duas refeições diárias, uma em torno das oito horas, após acordar, e a outra às dezesseis horas, pouco antes de dormir.

– Acho que dormi um pouco a mais – disse Kem, esboçando uma risadinha sem graça.

– Seu pai vem fazer a segunda refeição conosco hoje, não se lembra, Kem? E você disse que iria buscá-lo, háááá... – Sakura olhou para um relógio que parecia fazer parte de sua própria blusa, no pulso – ...agora.

– Puxa vida! Sorte que você me acordou, Sakura.

Kem vestiu rapidamente uma roupa toda azul-clara, da mesma cor de seus sapatos, e, quando já estava saindo, disse: – Tenho algo importante para lhe dizer, quando voltar com meu pai. – Sakura olhou-o ao atravessar a porta.

– Eu tam... bém... – disse Sakura, com uma voz baixinha, ao ver Kem fazer um aceno com a mão e ouvir seus passos desaparecerem lentamente até o elevador.

O elevador ficava no centro da casa, que tinha três andares. Kem parou em frente ao elevador de formato cilíndrico, de metal, igual à casa. Estava no primeiro andar, seu lar propriamente dito. Entrou no elevador e começou a subir, passando agora pelo segundo andar, que era um lugar exclusivo para treinamentos. Havia vários equipamentos e um grande espaço, mas estava um pouco destruído devido aos treinos intensos que Kem havia feito nos últimos dias. No terceiro andar, o elevador parou, fazendo um ruído suave. Era a garagem. Kem desceu do elevador e olhou para sua nave, novo modelo, azul-claro. Tinha um formato triangular e uns dois metros de altura. Kem tocou-a com sua mão esquerda.

– Abra! – A nave saiu do chão e ficou flutuando a uns dois metros de altura. Kem colocou-se embaixo dela e uma luz de energia azul, em formato cilíndrico, projetou-se até o chão, envolvendo o seu corpo. Kem foi lentamente subindo, sendo puxado por essa luz, passando por uma abertura no chão da nave, até adentrá-la completamente. "*Zuuuum*", a abertura se fechou sob seus pés, e a luz desapareceu com um breve ruído.

A nave era quase toda branca por dentro, com cinco assentos azul-claros na cor da nave e um bom espaço interior. Kem olhou para o único assento da primeira fileira, caminhou até lá e sentou-se. Era o lugar do piloto. Atrás dele havia duas fileiras com dois assentos cada.

– Iniciar comandos. – E, ao dizer isso, uma imagem holográfica no formato de um quadrado de um metro surgiu bem à sua frente, fazendo um ruído baixo de "*zuuuum*". No mesmo instante, todas as paredes da nave desapareceram da vista de Kem, exibindo tudo ao redor que estava do lado de fora. Somente quem estava dentro da nave a via dessa forma, pois quem estava do lado de fora via apenas uma nave azul.

– Piloto Kem no comando! – Um mapa do planeta Urano surgiu na imagem holográfica.

– Guia K74Z ao seu dispor – anunciou uma voz eletrônica para Kem. Era o guia do mapa mais atualizado do planeta Urano.

– Liberar comandos! – disse Kem, após tocar com sua palma direita um quadrado vermelho no painel de comando à sua frente.

– DNA verificado! Voz verificada! Piloto Kem identificado! Comandos liberados! – O Guia K74Z se pronunciou ao liberar o comando da nave para Kem. O quadrado vermelho agora se tornara azul. Kem olhou para frente.

– Ponto 526, região oeste – Kem falou antes de aparecer a rota de sua casa até a casa de seu pai, no mapa à sua frente.

– Ponto reconhecido! Iniciando percurso! Nave em movimento!

A nave começou a subir e, quando estava prestes a tocar o teto da casa, aquele teto em formato piramidal abriu passagem no mesmo instante, desintegrando-se rapidamente. Quando a nave já estava completamente fora da casa, o teto se fechou novamente, num instante.

– Esse novo guia é muito bom, não gosto do piloto manual tanto quanto Sakura gosta. – As naves que tinham Guias instalados faziam o percurso no piloto automático. Porém, caso o piloto desejasse ir a um ponto do planeta que não era reconhecido pelo Guia, poderia pilotar a nave manualmente.

Kem morava na região leste. Urano era dividido em quatro regiões: norte, sul, leste e oeste. Cada uma delas possuía divisões chamadas de pontos. A distância entre a casa de Kem e a casa de seu pai era grande. O planeta Urano é quatro vezes maior do que o planeta Terra, aproximadamente.

Apesar da distância, Kem chegou à casa de seu pai rapidamente, pois a tecnologia dos uranianos era uma das mais avançadas do Sistema Solar.

Kem aterrissou com sua nave na garagem da casa do pai, que era prateada e de metal, também em formato piramidal. Entrou no elevador e começou a descer. O elevador parou no primeiro andar e a porta se abriu. Os ouvidos de Kem se aguçaram para escutar o que uma voz estranha conversava com seu pai, a alguma distância:

– Acho que hoje foi melhor!

– É, você está progredindo! Porém, ainda precisa treinar muito para alcançar o nível de Kem. Você sabe, ele está quase conseguindo atingir o nível de energia laranja, o nível 2. – Ao ouvir isso, Kem estampou um sorriso orgulhoso em sua face.

– Realmente, senhor Kiraua, o Kem é muito forte!

Ouviam-se os passos de Kem caminhando até eles. Chegou até a sala de estar e parou.

– Olá, papai! – Kem exibia um largo sorriso na face, enquanto olhava para seu pai e para o jovem desconhecido a seu lado, sentados numa espécie de sofá. Seu pai respondeu com um sorriso. O jovem fez cara de admiração.

– Olá, filho! Estávamos esperando você chegar. – O pai de Kem se levantou, e o jovem também.

O pai de Kem se chamava Kiraua e era muito parecido com seu filho no aspecto físico. Só era um pouco mais magro por causa da idade. Tinha um cabelo azul-acinzentado bem curto e arrepiado, da mesma cor de seu aparado bigode e sobrancelhas. Seus olhos eram azul-claros. Estava vestindo uma camiseta branca e uma calça marrom que combinava com os sapatos. O jovem, que estava ao seu lado e era alguns centímetros mais alto, tinha cabelo azul-prateado, também curto, e sobrancelhas da mesma cor. Estava usando uma camiseta verde-clara, da cor de suas botas, e uma calça azul-clara, da cor de seus olhos.

– Kem, esse é Klaus! Klaus, esse é meu filho Kem! – exclamou o pai de Kem quando apresentou um ao outro. Kem apertou a mão de Klaus, olhando-o com um sorriso, enquanto o jovem olhava-o com admiração.

– Muito prazer, Klaus!

– O prazer é meu, senhor Kem!

– Pode me chamar de Kem. – Kem soltou sua mão.

– OK, Kem! – O jovem Klaus ficou muito feliz por conhecer Kem.

– Kem, Klaus é meu aluno. Tenho orgulho de dizer que é um dos melhores, senão o melhor. Estávamos treinando até agora há pouco, antes de você chegar. Ele está progredindo muito! – O rosto de Klaus se corou ao ouvir os elogios do sr. Kiraua na frente de Kem.

– Você tem um ótimo professor, Klaus. Meu pai foi aluno do mestre Chun! – A face de Kem estava mais séria agora.

– Mestre Chun? – perguntou Klaus. O sr. Kiraua se adiantou na frente dos dois, caminhando.

– Meus jovens, precisamos ir agora! Depois falaremos sobre isso. – Kem e Klaus concordaram num gesto com a cabeça. Os três subiram pelo elevador e entraram na nave de Kem.

– Papai! – disse Kem ao se sentar, e continuou: – Tenho algo muito especial para dizer.

– Diga, filho. – A face do sr. Kiraua encheu-se de surpresa.

– Ponto vinte, região leste – disse Kem ao Guia da nave.

– Ah, é isso? Mas o que há de especial no ponto vinte? – disse o sr. Kiraua.

– Não, papai! Estou informando ao Guia da nave a localização de onde moro! – O rosto do sr. Kiraua se avermelhou enquanto ele pedia desculpas pela pergunta idiota. O teto da casa se fechou, e a nave agora estava a caminho da casa de Kem.

– Contarei quando estivermos junto de Sakura. Quero fazer uma surpresa. – O ar de mistério permaneceu no local após Kem ter dito essas palavras.

O céu azul-claro passava rápido por toda a lateral da nave enquanto os três conversavam sobre lutas e treinamentos. O sr. Kiraua parecia estar muito curioso e, às vezes, olhava em direção a Kem, prendendo os lábios para não deixar escapar as palavras enquanto hesitava em fazer perguntas. Kem parecia fazer muito esforço para guardar o segredo que revelaria em apenas alguns minutos. Klaus parecia não estar muito curioso, e sua atenção estava voltada para a paisagem por onde passavam, pois nunca havia estado na região leste.

Montanhas alaranjadas começaram a aparecer ao longe no horizonte azul-claro, e um riacho verde-água aparecia cortando aquela parte deserta da região. A nave seguia o mesmo caminho do riacho que atravessava duas montanhas e formava uma bela visão de um vale. As montanhas pareceram passar devagar aos olhos de Klaus enquanto a nave as cruzava. Quando o vale ficou para trás, uma nova visão despertou a curiosidade de Klaus, e então o sr. Kiraua apontou com o dedo.

– Está vendo, Klaus? Essa é a Estação Interplanetária. A esposa de Kem é guia e piloto de viagens dessa estação. – Era uma construção gigantesca, fascinante e moderna, feita de metal, na cor violeta. Tinha formas geométricas diversas e possuía cem plataformas destinadas às naves, divididas entre as dez estações de embarque. Viam-se muitas pessoas lá embaixo e várias naves pousando e decolando sem parar.

– Essas naves vão para vários locais do planeta Urano e também para diversos planetas do Sistema Solar e da nossa galáxia, a Via Láctea – explicou o sr. Kiraua.

– Que incrível! – disse Klaus, admirado, ao olhar para baixo.

– Os pentágonos são as nove estações agrupadas em forma de "U". Os dez quadrados em volta de cada estação são as plataformas onde pousam e decolam as naves. Essas plataformas são destinadas à população em geral, e... – Klaus interrompeu o sr. Kiraua, perguntando:

– E o que é aquela estrela que fica ao centro do "U"? – disse, apontando com o dedo indicador.

– Aquela estrela formada por cinco triângulos agrupados é onde ficam as pessoas que trabalham na Estação Interplanetária. Ali se encontram centros de treinamento espacial e de pilotagem, oficinas e outras salas enormes, e há boatos de que existe um laboratório secreto de tecnologia superavançada camuflado em alguma parte. E, por fim, aquele círculo que fica acima da ponta da estrela é a décima estação, também com dez plataformas quadradas.

– E por que é a única estação em formato diferente? – perguntou Klaus ao sr. Kiraua.

– Essa estação é destinada aos seres mais importantes de toda a galáxia, e é protegida com total segurança.

A Estação Interplanetária começou a ficar cada vez menor, à medida que a nave de Kem prosseguia. Klaus olhou para trás, observando a Estação até que ela desaparecesse de sua vista, dando lugar novamente ao horizonte azul-claro.

Novas montanhas alaranjadas e riachos verde-água apareceram à frente, e então uma pequena vila pôde ser vista.

– Estamos chegando, pessoal – informou Kem. A nave finalmente parou, flutuando acima do teto de sua casa, que se abriu para a nave pousar na garagem.

– Percurso finalizado! – anunciou a voz eletrônica do Guia.

– Desligar comandos! – ordenou Kem, após tocar com sua palma direita o quadrado azul, que se tornou vermelho novamente.

– Comandos desligados! Portal de saída liberado! – disse o Guia. A imagem holográfica desapareceu, e as paredes da nave voltaram a ter uma aparência sólida. Os três se levantaram dos assentos e caminharam até um círculo vermelho que estava no centro da nave, no chão.

– Abra! – disse Kem, quando os três estavam parados sobre o círculo vermelho. Um portal se abriu abaixo dos três, que desceram pela luz azul até a garagem; o som de seus pés tocando suavemente o chão pôde ser ouvido e, após o barulho do "*zuuuum*", a energia desapareceu. Os três se afastaram e a nave pousou.

Caminharam até o elevador e desceram ao primeiro andar. Quando saíram, ouviram uma voz cantarolando alegremente, sem parar. Era Sakura, que estava terminando de se arrumar para a segunda refeição.

– Sakura parece muito contente – disse o sr. Kiraua, dando um sorriso ao olhar para Kem.

O sr. Kiraua, Kem e Klaus se dirigiram para a sala de refeições e, enquanto estavam caminhando e conversando, os ouvidos de Sakura se aguçaram.

– Eles chegaram! – disse Sakura, produzindo um sorriso com seus lábios pintados de vermelho. Sakura saiu de seu quarto e dirigiu-se à sala de refeições, fazendo barulho a cada passo que dava com seus sapatos azuis brilhantes. Ao chegar à porta da sala de refeições, Sakura deparou-se com Kem. Os olhos dos dois brilhavam ao se olharem, e por um breve instante o silêncio estava presente, dando a impressão de que o tempo havia parado só para os dois.

– Sakura, você está... linda – comentou Kem, com uma voz suave e tranquila. Sakura sorriu ao piscar os olhos.

– Hoje é uma ocasião muito especial, meu querido – disse Sakura, enquanto segurava as mãos de Kem, como se ninguém mais estivesse ali presente. O sr. Kiraua olhava por cima dos ombros do filho, pensando consigo mesmo o quanto Kem tivera sorte por conseguir uma esposa tão bonita. Klaus parecia estar um pouco acanhado.

Sakura estava usando um vestido azul brilhante, que combinava com os seus sapatos, e brincos verde-água transparentes em formato de losango; seus cabelos lisos e castanhos estavam muito bonitos e bem-arrumados. Sua face estava maquiada, e seu perfume era esplêndido. No braço esquerdo, usava uma pulseira que combinava com o colar em seu pescoço.

– Esse é o colar de sua mãe... Sakura – comentou Kem, surpreso, olhando para a joia e novamente para os olhos de Sakura. Era um colar de safiras muito brilhantes.

Kem virou-se para o lado e soltou uma das mãos, fazendo com que o sr. Kiraua e Klaus, que estavam atrás dele, aparecessem diante de Sakura.

– Olá, senhor Kiraua, como vai? – Sakura apertou-lhe a mão.

– Está tudo bem – respondeu o sr. Kiraua, soltando a mão de Sakura para pô-la sobre o ombro de Klaus. – Deixe-me apresentar! Sakura, este é Klaus, meu aluno; convidei-o a vir conosco. Klaus, esta bela jovem é Sakura.

– Como vai, Klaus? – disse Sakura ao apertar-lhe a mão. Klaus fez um gesto afirmativo com a cabeça, demonstrando sua timidez. Kem se pronunciou a todos:

– Agora, vamos, tenho uma grande novidade para vocês!

Os quatro entraram na sala de refeições. Podia-se ver ali, bem ao centro, uma mesa redonda seis lugares, feita de um metal verde e brilhante. Ao redor, viam-se ornamentos e enfeites das mais variadas formas geométricas e cores.

Sentaram-se todos à mesa e, de repente, entrou pela porta da sala um robô. Era de cor branca. Seu rosto esférico tinha boca, olhos, sobrancelhas e nariz com aspecto humano, um grande bigode e um minúsculo cavanhaque. Usava um chapéu comprido na cabeça. Seu avental metálico e flexível se mexia a cada passo, enquanto ele se aproximava carregando uma bandeja amarela. Parou em frente à mesa e anunciou com uma voz eletrônica:

– Com sua licença! A refeição está servida. – Colocou a bandeja na mesa e então saiu da sala. Este era o robô cozinheiro. Além dele, havia um robô que cuidava da limpeza e um robô jardineiro. No planeta Urano havia também robôs pilotos, mecânicos, construtores e outros diversos tipos. Eles eram construídos em uma fábrica no ponto 528 da região sul.

Sakura estava sentada à esquerda de Kem, de um lado da mesa, e o sr. Kiraua, à esquerda de Klaus, do outro lado. Estavam todos olhando para a bandeja em cima da mesa, quando Kem se levantou e disse com uma voz firme:

– Como eu tinha lhes falado antes, tenho uma grande surpresa para vocês. – Kem olhou para Sakura, depois para o sr. Kiraua e finalmente para Klaus, e continuou: – Eu gostaria de falar antes de comermos. – O sr. Kiraua desgrudou os olhos da bandeja por um instante e olhou para Kem, imaginando que tipo de comida teria ali. O filho continuou:

– Ontem, em torno das quatorze horas, algo surpreendente finalmente aconteceu e... – Sakura interrompeu:

– Tem algo a ver com ontem, Kem? Você quer dizer... toda aquela energia e o vulto do nosso planeta? É sobre isso? – O sr. Kiraua olhava espantado e com os olhos arregalados para Sakura, enquanto ela falava.

– Sim, Sakura, é sobre isso. E, papai, o senhor já deve ter percebido. – Kem fechou os olhos e começou a viajar em suas lembranças, enquanto continuava a falar.

– Durante cem dias seguidos, venho treinando sem parar para conseguir superar o nível em que eu estava. Eu sabia que teria de suportar um treinamento muito pesado para chegar aonde queria. Por isso, eu programei a sala de treinamento virtual para treinar no nível de energia laranja, mesmo correndo o risco de sofrer graves danos.

– O quê?! Ní... ní... nível laranja? – gaguejou Klaus, com uma expressão de surpresa.

– Você poderia ter morrido, Kem! Aumentou seu nível de treino de uma forma muito brusca. Porém, acredito que esses simuladores virtuais não sejam tão eficientes quanto um treino real. Quando eu treinava com o mestre Chun... – Kem interrompeu o sr. Kiraua:

– Tudo bem, papai, eu entendo o seu ponto de vista, mas o mais importante é que eu consegui resultados impressionantes. – Kem abriu os olhos, ergueu sua mão direita à altura dos ombros, fechando-a fortemente, e continuou a falar. – Às vezes eu passava três dias seguidos treinando sem parar para comer e dormir. O simulador estava ligado ao máximo que podia suportar.

Sakura ergueu os olhos para Kem, olhando-o com uma cara mais séria. Klaus e o sr. Kiraua também o olhavam atentamente.

– Você se arriscando daquela forma! Eu estava muito preocupada com você. Não gostaria de ficar viúva tão jovem assim – disse Sakura com uma voz firme, enquanto Kem estava concentrado apenas no que ia dizer, não prestando atenção em nada do que ela dizia. Kem continuou:

– Como eu estava apenas concentrado em ficar mais forte, acabei me descuidando e esquecendo-me de onde estava, e o segundo andar ficou um pouco destruído. Foi quando percebi que precisava ir a outro lugar para continuar o treinamento. Nesse momento eu já estava sentindo que minha energia estava chegando ao nível máximo. Então, fui treinar na região próxima à floresta petrificada, pois assim poderia expandir todo o meu poder sem correr o risco de provocar destruição em lugares civilizados. – A floresta petrificada ficava a uns cinco quilômetros da casa de Kem. Era um lugar imenso, formado por árvores petrificadas de até trinta metros de altura; um lugar sem vida, onde não se ouvia nada além dos ventos; um lugar totalmente isolado, todo cinza.

– A floresta petrificada! – exclamou o sr. Kiraua.

– Sim, papai. Contudo, eu estava a um quilômetro dali, num lugar onde a água e as plantas ainda estavam presentes. E foi nesse lugar que pude concentrar e expandir o meu máximo poder. Senti uma energia que jamais havia sentido antes. Senti como se estivesse recebendo a energia do planeta Urano, cada vez mais e mais forte dentro de mim. Quando senti que estava totalmente conectado ao planeta, como se eu fizesse parte dele e ele fizesse parte de mim, finalmente aconteceu. Minha energia mudou de cor e o vulto gigantesco de Urano estava brilhando incessantemente atrás de mim. – Nesse momento, Klaus e o sr. Kiraua arregalaram os olhos e abriram a boca, enquanto viam a boca de Kem pronunciar as palavras.

Kem continuou:

– E, naquele momento, eu fui o primeiro uraniano a se tornar... – Todos ficaram mais atentos ainda ao que Kem ia dizer.

– Um *Guerreiro do Universo* – Kem pronunciou estas palavras com firmeza e um sorriso orgulhoso.

– Não acre... di... to. Meu filho, isso é in... crível! – disse o sr. Kiraua, espantado. – Meus parabéns, filho! Agora temos o homem mais forte de Urano ao nosso lado. – Com muito orgulho, o sr. Kiraua apertou a mão de Kem ao se levantar.

– Parabéns, senhor Kem... Quero dizer, Kem. – Klaus cumprimentou Kem ao se levantar, deixando de lado a timidez.

– Guerreiro do Universo? Que história é essa? O que é um Guerreiro do Universo? – perguntou Sakura, meio confusa. Ao ouvirem isso, os três colocaram as mãos sobre a cabeça e gritaram ao mesmo tempo:

– Aaaaaah! Ah, não! Você não sabe o que é um Guerreiro do Universo?

Sakura olhava espantada para os três, enquanto as bochechas dela ficavam avermelhadas e seus olhos se mexiam. Isso até antes de fechar a cara e gritar, brava:

– Vocês estão se comportando como crianças! Eu fiz a pergunta porque quero saber! Não sentem vergonha? – Os três ficaram calados de repente, fazendo uma cara de crianças repreendidas, e se sentaram.

– Desculpe, Sakura. Você tem razão, fomos mal-educados. – Sakura fez uma cara mais amigável após Kem se desculpar. – Acredito que meu pai possa explicar sobre os Guerreiros do Universo melhor do que eu. Mas, Sakura, eu me lembro de que você tinha algo a me dizer desde ontem. – Sakura abriu um grande sorriso.

– Sim, Kem! E fico muito feliz por seu pai estar presente agora para ouvir o que tenho a dizer – disse Sakura, num tom alegre.

– Ah, então pode dizer, Sakura! Depois o meu pai fala sobre os Guerreiros do Universo. Não é mesmo, papai?

– Claro, Kem! E Sakura parece estar ansiosa para falar – disse o sr. Kiraua, num tom amigável.

– Então eu vou dizer! É uma grande novidade. Preparem os seus ouvidos para a grande surpresa! – exclamou Sakura, entusiasmada, e continuou:

– O que eu tenho para dizer é que o Guerreiro do Universo do planeta Urano, meu amado Kem, vai ser papai! – Nesse instante todos ouviram um barulho, pois Kem acabara de cair da cadeira e bater no chão. Klaus avermelhou o rosto, mostrando sua timidez novamente, e o sr. Kiraua arregalou os olhos e disse, espantado, para si mesmo:

– Foi isso mesmo que ouvi? Será isso? O Kem vai ser pai? E eu... eu vou ser avô?

Sakura cruzou os dedos, fechando suas mãos sobre o peito, enquanto os seus olhos estavam fechados e sorria sem parar. Enquanto isso, Kem se levantou e sentou-se novamente.

– Isso é... é sério... Sakura? – perguntou Kem, surpreso.

– Sim, Kem! Por que pergunta isso, não está feliz? – disse Sakura ao abrir os olhos.

– Claro que fico feliz! Só fiquei um pouco surpreso. Você me pegou desprevenido, Sakura. – Ao dizer isso, Kem olhava para a mesa com uma cara de bobo. Kem ficou um pouco sem jeito para falar, e começou a imaginar-se como pai. A primeira coisa que lhe veio à mente foi que o bebê estaria fazendo flexões de braço no berço, isso antes de começar a saltitar sem parar e depois dar-lhe um soco no nariz por não gostar da comida que Kem estava lhe dando. Essas imagens passavam na cabeça de Kem enquanto estava com os olhos levantados e um singelo sorriso, mantendo sua cara de bobo. Ao olhar para o sr. Kiraua, Kem disse:

– Meu filho vai ser um grande *guerreiro*!

– Com certeza! Mas e se nascer uma menina? – perguntou o sr. Kiraua.

– Ah, então será uma grande *guerreira*! – exclamou Kem. Sakura olhou para os dois e interrompeu a conversa:

– Não digam besteiras! Meu bebê será o que escolher ser. Deve ser feliz fazendo o que gosta. Se escolher ser um guerreiro ou alguma outra coisa, eu não vou contrariar, mas quero deixar bem claro que iremos educar e orientar essa criança para ser uma pessoa bem-sucedida e feliz! O que me diz, Kem?

– Sim, com certeza, Sakura – disse Kem, com uma voz retraída. – Mas, se escolher ser um *guerreiro*, eu vou treinar com ele, ou com ela.

– Nada disso! Treinará com o avô! – disse o sr. Kiraua, encarando Kem e apontando o dedo indicador para o próprio peito.

– Por que com o avô? Eu vou ser o pai – disse Kem, discutindo com o sr. Kiraua e fazendo uma cara não muito amigável.

– Fui eu quem treinou você, Kem! E eu sou discípulo direto do mestre Chun – o sr. Kiraua continuou a discutir, e agora também começava a fazer ruídos, resmungando. Klaus pensava novamente consigo mesmo sobre quem seria esse mestre Chun. Mas, de repente, ouviu-se um ruído ensurdecedor:

– Jáááááá cheeeegaaaa! – gritou Sakura. – Agora não é o momento de falar sobre isso. Nosso filho nem nasceu ainda! – Por um instante o silêncio permaneceu, e depois caíram todos na gargalhada. Todos riam sem parar, até mesmo Sakura.

Quando os risos foram se acabando, Kem interrompeu:

– E então, vamos comer agora? – Todos fizeram que sim com a cabeça e olharam para a bandeja, principalmente o sr. Kiraua

2 Os Guerreiros do Universo

Todos estavam prontos para fazer a refeição, e a bandeja, prestes a ser aberta. Sakura colocou sua mão direita levemente sobre a bandeja e retirou a tampa. Viam-se quatro pratos verdes sobre a base da bandeja. Em cada prato, havia algo parecido com uma pequena torta de morango, cada qual com um sabor e uma cor diferente. Pareciam estar quentinhas, e o cheiro era levado através da fumaça para as narinas do sr. Kiraua, que mexia levemente o nariz e dizia:

– Huuum. *Sabor do oeste*! Meu preferido.

– Eu também pedi o sabor do oeste para Klaus, e o sabor do leste para mim e para Kem – afirmou Sakura.

Esse tipo de refeição possuía quatro cores e sabores diferentes: o sabor do norte, que era azul; o do sul, que era verde; o do leste, que era laranja; e o do oeste, que era amarelo. Cada refeição era feita com uma fruta típica de sua região: a fruta do norte, a do sul, a do leste e a do oeste. Cada uma delas possuía todos os nutrientes necessários para repor as energias dos uranianos, mantendo-os sempre saudáveis.

– Bem, eu gosto do sabor do leste. Mas prefiro *o do oeste*! – disse Kem ao pegar o seu prato na bandeja. O sr. Kiraua comentou que Kem havia nascido no oeste e por isso gostava deste sabor, que, afinal, era o melhor de todos. Sakura não disse nada, pois estava tentando ser educada.

O sr. Kiraua pegou a colher azul que estava em seu prato e começou a comer. Todos estavam se deliciando com a comida. Sakura e Klaus comiam de forma mais tranquila, enquanto Kem e o sr. Kiraua eram mais agressivos e faziam muito barulho. Sakura olhava de esguelha para os dois, segurando suas palavras para não dizer que eram mal-educados, pois não estava querendo estragar aquele momento.

– Hum, muito bom. Que delícia! – disse o sr. Kiraua, ainda mastigando, enquanto Kem limpava a boca com as costas de sua mão esquerda. O robô cozinheiro entrou e saiu umas três vezes da sala de refeições para levar mais comida apenas para Kem e o sr. Kiraua.

Enfim, todos pareciam estar satisfeitos com a refeição. O sr. Kiraua e Kem estavam com as mãos sobre suas barrigas e pareciam estar fatigados. Todos estavam quietos, até que o silêncio foi quebrado com a voz de Sakura:

– Então, senhor Kiraua, conte-me sobre os Guerreiros do Universo. – O sr. Kiraua, que parecia estar hipnotizado depois de comer, mexeu-se repentinamente, como se estivesse acordando.

– Tudo bem, papai? – perguntou Kem, olhando para o sr. Kiraua.

– Sim, está tudo bem. Só fiquei um pouco cansado de comer. – Kem, Sakura e Klaus se olharam mutuamente, e não sabiam se riam ou choravam por conta do que haviam acabado de ouvir. Então o sr. Kiraua assumiu uma postura firme, batendo levemente com as mãos sobre a mesa, e olhou para Sakura.

– Sakura, prepare-se para conhecer *a fantástica história dos Guerreiros do Universo* – disse o sr. Kiraua, mexendo os lábios tranquilamente. Sakura cruzou as mãos abaixo do queixo e colocou seus cotovelos sobre a mesa. Olhou para o sr. Kiraua e estava pronta para ouvir atentamente o que ele ia dizer. Kem e Klaus também ficaram muito atentos, assumiram uma nova postura e olharam para o sr. Kiraua.

– Prestem muita atenção, meus jovens! Eu sei que Kem e Klaus já sabem muitas coisas sobre este assunto; porém, talvez eu revele algo que ainda não saibam. Vamos lá! – enquanto dizia isso, o sr. Kiraua olhava um de cada vez nos olhos, tranquilamente. Todos pareciam estar calmos e receptivos, e então o sr. Kiraua continuou: – Pelo que eu tenho conhecimento, jovens, atualmente existem *cem Guerreiros do Universo*, divididos entre as quatro galáxias pelas quais o mestre Chun é responsável. – Klaus pensou novamente: “De novo esse mestre Chun!”.

– Quem é o mestre Chun? – perguntou Sakura, curiosa.

– Ele é o mestre responsável pelos cem Guerreiros do Universo dessas quatro galáxias. É o mais forte e quem tem autoridade sobre todos os cem guerreiros – disse o sr. Kiraua, olhando agora para Kem. – Provavelmente, agora Kem devia ser o centésimo primeiro Guerreiro do Universo, caso ninguém mais o tenha sido nestes últimos dias.

– E quais são essas quatro galáxias, papai? Você nunca tinha me falado desse detalhe – disse Kem, curioso.

– A nossa galáxia, a Via Láctea, é uma delas. Kem, agora você é um Guerreiro do Universo pertencente à Via Láctea. Chun é o mestre responsável por você e, portanto, você está sob a autoridade dele e deverá respeitá-lo. – Quando o sr. Kiraua disse isso, Kem olhou-o nos olhos e fez um sinal afirmativo com a cabeça. O sr. Kiraua encarou Kem por alguns segundos e continuou: – As outras três são galáxias-satélites da Via Láctea e se chamam... – Klaus interrompeu:

– O que são galáxias-satélites? – Sakura, que era uma piloto experiente, tomou a palavra e explicou a Klaus que as galáxias-satélites são galáxias menores que orbitam galáxias maiores, podendo ser comparadas à Lua, que orbita o planeta Terra, e a Oberon, um dos satélites do planeta Urano. O sr. Kiraua agradeceu a Sakura pela explicação e tomou a palavra novamente:

– Como eu estava dizendo, as outras três galáxias são a Grande Nuvem de Magalhães, a Pequena Nuvem de Magalhães e a Anã de Sagitário. E, antes que vocês me perguntem sobre elas, eu posso lhes dizer que a Anã de Sagitário é a galáxia mais próxima de nós, e as outras duas estão um pouco mais distantes. E, claro, também a Grande Nuvem de Magalhães parece ser a maior de todas as galáxias-satélites da Via Láctea.

– Uau, que incrível, professor! Não sabia que existiam tantas galáxias à nossa volta! – exclamou Klaus com entusiasmo, deixando sua timidez de lado.

– Sim, meu jovem, isso mesmo – disse o sr. Kiraua, fechando um pouco os olhos e sorrindo para Klaus. – E o mestre Chun foi o primeiro Guerreiro do Universo nessas quatro galáxias. Aos cem anos de idade, o mestre Chun elevou sua energia a um nível além do comum e recebeu a energia protetora do seu planeta, o planeta Coríndon, da mesma forma como aconteceu com você ao receber a energia protetora do planeta Urano, Kem.

– E o planeta Coríndon fica em outra galáxia? – perguntou Kem.

– Não, filho. O planeta Coríndon pertence à Via Láctea e está localizado na estrela Beta Fênix. Essa estrela também possui planetas em sua órbita, assim como a nossa estrela Sol.

– E fica perto daqui? – perguntou Sakura ao cruzar as pernas e assumir uma nova postura. O sr. Kiraua olhou admirado para Sakura e pensou: "Que jovem mais linda, meu filho é mesmo um homem de sorte".

– *Uhrru... uum* – resmungou Kem, fazendo um barulho com a garganta e olhando para o sr. Kiraua, ao perceber que os olhos dele estavam fixos em sua mulher.

– *Hahahahaha* – riu o sr. Kiraua, meio sem graça, avermelhando as bochechas e olhando disfarçadamente para Kem. Para a sorte do sr. Kiraua, Sakura não havia percebido nada. – Acho que me distraí um pouco. Continuemos, minha jovem.

– Eu nunca ouvi falar desse planeta – disse Sakura.

– Deixe-me ver... deixe-me ver... – O sr. Kiraua coçou a cabeça com a mão, tentando trazer algo da memória. – Ah, sim! Esse lugar fica a uns 160 anos-luz daqui.

– O quê? – disseram os três, num coral de vozes.

– Mas essa distância é muito longa – afirmou Sakura, olhando para Kem com uma expressão de surpresa e espanto. Kem olhou para o sr. Kiraua.

– Como assim, papai? Você disse 160 anos-luz? Eu me recordo de ouvir você dizer que foi treinar com o mestre Chun quando era mais jovem. E todos nós sabemos que, mesmo com a tecnologia avançada que possuímos em Urano, seria impossível viajar até uma distância dessas. – O sr. Kiraua olhou tranquilamente para Kem, soltou um breve suspiro e disse:

– Não posso falar sobre isso agora. Há segredos que devem ser mantidos, para o bem comum.

Kem fechou sua mão direita fortemente e resmungou:

– Mas eu sou seu filho! E estamos em família aqui.

– Desculpe, Kem, mas não posso dizer! Não agora.

Kem se levantou da cadeira, olhou sério para o sr. Kiraua e disse:

– O que há com você, papai? E, além do mais, eu agora sou um Guerreiro do Universo! O que me diz disso?

– Ah, sim. Tenho algo a dizer. – O sr. Kiraua se levantou e, com uma face muito tranquila, encarou Kem. – O que tenho a dizer, meu filho, é que você deve aprender a controlar o seu orgulho e a sua arrogância.

– O quê? – disse Kem, de forma a recuar a voz e a sua euforia.

– Foi isso mesmo que você ouviu! – Sakura e Klaus estavam olhando, surpresos e paralisados, para o sr. Kiraua e Kem. – Se não for capaz de controlar suas emoções, Kem, meu filho, você se tornará fraco. Acha que o adversário irá perdoar você pela fraqueza emocional quando estiver combatendo? Se perder o controle do seu estado de espírito, ficará vulnerável ao adversário e poderá ser destruído. Lembre-se também de que, para aumentar os seus níveis de energia, você precisa estar com o estado de espírito tranquilo e em paz.

Neste instante, Kem baixou seus olhos, suas mãos e seus braços. Sua respiração, antes ofegante, agora estava mais calma.

– Está certo, papai. Realmente, é isso. Para chegar ao nível de energia que possuo agora, foi preciso treinar com autocontrole e concentração. – Kem olhava para a mesa enquanto falava; Sakura suspirou, aliviada, quando o clima tenso passou. O sr. Kiraua, com sua mão direita, tocou o ombro direito de Kem. Sakura olhou para a face de Kem e depois segurou-lhe a mão esquerda com as suas, esboçando um breve sorriso. Kem olhou para Sakura e se sentou novamente.

– Lembre-se disso: se não controlar suas emoções, elas irão controlar você! Mesmo que esteja em outra situação, além do combate, deve-se manter o autocontrole. O bom guerreiro é capaz de manter um estado de espírito controlado, independente das circunstâncias em que se encontra e das situações por que passa. Isso também serve para o seu aprendizado, Klaus! – exclamou o sr. Kiraua, que olhou para Klaus ao terminar a frase. Klaus fez um lento gesto afirmativo com a cabeça, olhando para o sr. Kiraua.

Sakura abraçou Kem e disse:

– Você será um bom pai.

Kem sorriu e avermelhou as bochechas. O sr. Kiraua se sentou novamente e olhou para os três.

– Vejamos, jovens, onde estávamos mesmo? – disse o sr. Kiraua ao coçar a cabeça. Todos olhavam novamente para ele. – Ah, claro! Apesar da idade, ainda tenho uma memória muito jovem, *hahaha* – disse, convencido, o sr. Kiraua, no mesmo instante em que se ouvia o espirro de Kem.

– Uf, uf – fez Kem após espirrar.

Alguns segundos de silêncio após o espirro de Kem, e o sr. Kiraua prosseguiu com a explicação:

– Após se tornar Guerreiro do Universo, o mestre Chun saiu à procura de mais homens com energia além do comum, tendo como propósito formar mais Guerreiros do Universo. Assim... – Sakura interrompeu o sr. Kiraua:

– Espere aí! Como assim, mais homens? Não existem mulheres guerreiras? Ou será que está sendo um pouco machista, usando a palavra "homens"? – O sr. Kiraua olhou para Sakura com uma cara de desdém e disse-lhe que não tinha conhecimento de nenhuma mulher que tenha se tornado Guerreira do Universo, apesar de nada impedir que possa existir uma.

– Bem, eu acredito que toda forma de vida inteligente e racional do universo... possa se tornar um Guerreiro do Universo. Não posso afirmar isso com certeza, mas acho bem provável – disse o sr. Kiraua num tom de voz firme, enquanto os três o olhavam atentamente.

– É bom saber que qualquer *ser* pode se tornar um Guerreiro do Universo! – exclamou Sakura para o sr. Kiraua. O sr. Kiraua bateu com sua mão na testa e balançou a cabeça. Depois ele olhou para todos, que ficaram atentos, e continuou a falar:

– Assim, o mestre Chun viajou por entre essas quatro galáxias e treinou vários guerreiros de vários planetas. A partir de então, de tempos em tempos foram surgindo novos Guerreiros do Universo.

– Que história incrível, professor! – disse Klaus, empolgado, balançando as duas mãos fechadas enquanto olhava para o sr. Kiraua.

– Hã... papai! Existem Guerreiros do Universo em outras galáxias além dessas quatro? – perguntou Kem.

– Não sei. Não tem como saber. O universo é muito grande, meu filho. Pode ser que sim, pode ser que não. Eu devo dizer que desconheço – disse o sr. Kiraua ao olhar para Kem. Klaus estava muito atento, parecendo uma estátua, enquanto olhava e ouvia o sr. Kiraua.

– Você disse que o mestre Chun se tornou um Guerreiro do Universo aos cem anos. Não estava muito velho? – perguntou Sakura ao sr. Kiraua, que respondeu logo em seguida:

– Não! Você acha que duzentos e oitenta e um anos... é velho?

– Duzentos e oitenta e um? – disse Sakura ao olhar com uma cara de dúvida para o sr. Kiraua, enquanto soltava os seus braços de Kem.

– Exatamente! Essa é a atual idade do mestre Chun. No universo existem planetas diferentes e raças diferentes, e, portanto, a idade torna-se algo variável. Acredito que o mestre Chun ainda não seja tão velho. – Todos ficaram boquiabertos com o que o sr. Kiraua disse.

– Professor! – exclamou Klaus, olhando seriamente para o sr. Kiraua.

– Diga, meu jovem. – O sr. Kiraua cruzou suas mãos e as colocou sobre a mesa.

– Por que ainda não conseguiu se tornar um Guerreiro do Universo? – O sr. Kiraua mordeu o lábio e depois deu uma risada manhosa.

– Veja bem, meu jovem. Quando um indivíduo do universo atingir um determinado nível de energia, ele receberá a energia protetora do planeta em que nasceu. Isso acontece quando o indivíduo eleva a energia ao seu nível máximo, e o vulto do seu planeta aparece. Nesse momento, o indivíduo se torna um Guerreiro do Universo. – O sr. Kiraua abaixou levemente a cabeça, entristeceu o olhar e continuou a falar em uma voz mais branda. – Por vários anos seguidos eu treinei muito duro para realizar esse objetivo, tornar-me um Guerreiro do Universo. Porém, não consegui alcançar o nível de energia *soveruni* para receber a energia protetora de Urano e tornar-me um Guerreiro do Universo. – Todos ficaram com uma expressão triste ao ouvir o sr. Kiraua desapontado consigo mesmo. – Mas isso não tem mais importância agora.

O sr. Kiraua ergueu a cabeça, deixou um sorriso aparecer em sua face, e seus olhos, antes caídos, agora brilhavam ao olhar para Kem e dizer:

– O mais importante agora é que meu filho Kem se tornou o primeiro Guerreiro do Universo do planeta Urano. Estou muito orgulhoso de você, Kem! – Nesse instante, Kem não pôde conter a emoção. Abriu um sorriso no rosto, e seus olhos cintilavam ao olhar nos de seu pai. Esticou seu braço direito e apertou com entusiasmo a mão do sr. Kiraua.

– Obrigado, papai! Espero que eu seja capaz de proteger o nosso planeta, assim como você gostaria de ter feito – disse Kem pouco antes de soltar a mão do sr. Kiraua, que respondeu com um sorriso. Sakura e Klaus olhavam de forma alegre para os dois.

– Você será um bom guerreiro, meu filho – disse o sr. Kiraua para Kem, pouco antes de Sakura perguntar:

– O que é nível de energia *soveruni*?

O sr. Kiraua olhou para Sakura.

– A energia *soveruni* – disse o sr. Kiraua, quando todos estavam novamente atentos. – *Soveruni* é o nível de energia que transforma um simples guerreiro em um Guerreiro do Universo. Quando a energia do guerreiro entra em harmonia com a energia do seu planeta natal, significa que ele atingiu a energia *soveruni*.

Sakura ergueu as sobrancelhas, olhou para o sr. Kiraua e disse:

– Parece um pouco complexo.

– Para nós, que somos guerreiros, é mais fácil compreender, pois podemos sentir a energia – disse Kem ao olhar para Sakura, ao seu lado.

– Hã... professor – disse Klaus ao olhar para o sr. Kiraua, enquanto Kem explicava a Sakura sobre a energia *soveruni*. O sr. Kiraua fez um gesto afirmativo com a cabeça ao olhar para Klaus. – Como sabemos, existem sete níveis de energia... correto, professor?

– Correto, meu jovem!

– E cada nível de energia também possui uma variação – disse Kem ao entrar na conversa. Sakura, após ter entendido o que Kem lhe explicara sobre energia, agora estava novamente confusa.

– Isso mesmo, meu filho! – exclamou o sr. Kiraua.

– Então, qual seria o nível exato para atingir a energia *soveruni*? – perguntou Klaus ao sr. Kiraua.

– Sinceramente, Klaus, não existe uma resposta exata! – quando o sr. Kiraua disse isso, Klaus enrugou a testa com uma cara de dúvida. – O Kem conseguiu atingir a energia *soveruni* no nível laranja. Acredito que isso depende da sintonia energética entre o guerreiro e seu planeta. É algo ainda imprevisível. Por exemplo, no planeta Saturno, existem Guerreiros do Universo que atingiram a energia *soveruni* no nível salmão. – Sakura franziu a testa, olhou para o sr. Kiraua e disse:

– O quê? Energia laranja? Salmão? Variação? Eu não estou entendendo mais nada! – Kem, Klaus e o sr. Kiraua se entreolharam. O sr. Kiraua suspirou ao olhar para Kem e Klaus, e logo em seguida disse para os dois:

– Precisamos mostrar a tabela de energias para Sakura.

– É verdade! Assim fica mais fácil para ela entender! Boa ideia, papai – disse Kem ao sr. Kiraua, estalando os dedos. Kem olhou para a cara de dúvida de Sakura.

– Tabela? Que tabela é essa? – perguntou Sakura a Kem. Nesse instante, o sr. Kiraua colocou a mão no bolso direito de sua calça. Todos começaram a olhar para ele.

– Deixe-me ver. Onde está... onde está... – o sr. Kiraua falava enquanto remexia o bolso de sua calça. Primeiro, tirou dele um objeto de pedra acinzentada e colocou-o em cima da mesa, no que todos olharam. – Haha, essa era a chave do meu quarto quando eu treinava com o mestre Chun. – Colocou a mão no bolso novamente e foi tirando várias bugigangas, que colocava sobre a mesa. Sakura, Kem e Klaus olhavam fixamente para os objetos que eram sacados, até ouvirem o sr. Kiraua dizer:

– Aha! Achei! Só pode ser esse. – O sr. Kiraua olhou para os três e começou a fazer movimentos com as sobrancelhas. Retirou um pedaço de papel dobrado de seu bolso e colocou-o sobre a mesa. Todos olharam para o papel. – Essa deve ser a tabela! Por favor, filho, poderia lê-la para nós? – pediu o sr. Kiraua para Kem.

– Claro, papai! – exclamou Kem, entusiasmado e num tom de voz alegre, pouco antes de pegar o papel. Com o papel nas mãos, Kem desdobrava-o com cuidado. – Vamos lá!

– E então? – indagou Sakura para Kem, com o papel já desdobrado. Kem assumiu uma postura séria e firme e começou a ler em voz alta:

– RECEITA DA REFEIÇÃO DO OESTE: CINCO FRUTAS AMARELAS DO OESTE, UM COPO DE ÁGUA DO VALE HALL E ESSÊNCIA DE BORUMACK... – O sr. Kiraua começou a avermelhar o rosto.

– Espe... pe... pere aí, Kem, essa não é... – gaguejou o sr. Kiraua. Kem, sem perceber, continuava lendo.

– COLOQUE TODOS OS INGREDIENTES NO SUPERPREPARADOR INSTANTÂNEO DE REFEIÇÃO URANIANA E... – Sakura olhava para o sr. Kiraua e balançava a cabeça de forma negativa. Klaus permanecia sério, enquanto o sr. Kiraua parecia diminuir de tamanho.

– Kem, essa não é... não é... – dizia o sr. Kiraua com uma voz baixinha. Kem estava apenas concentrado na leitura.

– DEPOIS RETIRE E SIRVA EM CINCO PRATOS. Puxa vida! Fiquei com fome de novo. Boa receita, papai! Mas essa não é a tabela. – O sr. Kiraua, ainda vermelho, tomou a receita da mão de Kem, guardando-a novamente no bolso. Sakura cruzou os braços ao dizer que Kem tinha a quem puxar.

– Desculpem-me, meus jovens! Não estou com a tabela aqui. Acho que ficou em casa – disse o sr. Kiraua, olhando para os três. – Kem? Você tem uma tabela de energias, não tem? – continuou, desta vez olhando apenas para Kem.

– É verdade! Tenho uma tabela, sim. Está em um formato mais atual, diferente dos manuscritos antigos do papai. – Quando Kem disse isso, o sr. Kiraua amarrou a cara e falou que jamais trocaria suas anotações em papel por esta tecnologia moderna. Kem pegou um pequeno cubo de metal azul (do tamanho da unha do dedo mindinho) que estava em seu bolso, e apertou-o em sua mão direita antes de pronunciar:

– Usuário Kem solicitando acesso.

– Voz identificada! DNA verificado! Acesso permitido! – disse uma voz eletrônica vinda do objeto, que era na verdade um supercomputador.

De repente apareceu uma imagem holográfica na frente de Kem. Era a tela do computador. Kem colocou o cubo sobre a mesa.

– Ativar telas para os demais usuários! – exclamou Kem. Então apareceram mais três telas iguais à dele, uma em frente a Sakura, outra em frente ao sr. Kiraua e outra em frente a Klaus. – Mostrar tabela de energias! – Enfim, apareceu a tabela na tela de cada um deles. As telas tinham fundo preto, e as letras eram douradas.

Energias		
Cor	**Nível**	**Variação**
Amarelo	1	1 a 100
Laranja	2	1 a 100
Salmão	3	1 a 100
Marrom	4	1 a 100
Verde	5	1 a 1 000
Vermelho	6	1 a 1 000
Violeta	7	1 a 10 000

A tabela de energias estava sendo vista por todos. Sakura olhava, admirada, ao mesmo tempo em que tentava compreender aqueles números e palavras. Klaus examinava seriamente a tabela, até qual nível poderia chegar um dia. Kem olhava diretamente para a palavra *Laranja*, sorrindo orgulhoso. Por um breve instante, o silêncio estava presente, sendo que todos estavam entretidos com a tabela vista em suas telas holográficas. Foi quando a voz do sr. Kiraua quebrou o silêncio:

– Como pode ver, Sakura, cada nível de energia é representado por uma cor, indo do amarelo ao violeta.

– Hã... agora eu entendi o significado dessas cores – disse Sakura ao sr. Kiraua, enquanto olhava fixamente para a tabela. – Mas então, senhor Kiraua, o que significa a varia...

– A variação é como se fosse um subnível de energia – respondeu o sr. Kiraua, antes mesmo de Sakura completar sua pergunta.

– Subnível? – indagou Sakura ao olhar para o sr. Kiraua.

– Exatamente, minha jovem! E, para que compreenda melhor, podemos utilizar um exemplo real e atual. Kem? – disse o sr. Kiraua, batendo de leve com a mão na mesa para chamar a atenção de Kem. Ao ouvir o barulho do toque, Kem olhou para o sr. Kiraua no mesmo instante, fez um gesto afirmativo com a cabeça e depois olhou para Sakura, que estava ao seu lado.

– Sakura, como pode ver na tabela, o nível 1 é representado pela cor amarela e possui uma variação que vai de um até cem – disse Kem à sua esposa, que o ouvia atentamente. – Há exatamente cem dias, quando eu estava treinando, a energia que fluía de meu corpo possuía uma cor amarela.

– Ou seja, você estava no nível 1 de energia, correto? – perguntou Sakura com convicção, ao olhar para a tela holográfica e apontar o dedo para a palavra "amarela".

– Correto, Sakura! – respondeu Kem. – E a variação era de cinquenta! O que significa que a intensidade do nível de energia que eu possuía estava pela metade.

Mas Sakura não parecia ter entendido completamente a explicação de Kem. Ela olhava para Kem franzindo a testa. Qual seria a relação entre a cor de cada nível e o número da variação? Essa era uma das questões que estavam na mente de Sakura. Kem prosseguiu com sua explicação:

– A cor de cada energia vai se tornando mais viva conforme aumenta a variação, do tom mais claro ao mais escuro. Então, o guerreiro aumenta seu poder quando aumenta a variação do seu nível de energia.

Nesse momento, o sr. Kiraua estava com a cabeça inclinada levemente para trás e com os olhos fechados enquanto roncava baixinho. Klaus mexia sua cabeça com "fisgadas de sono", para baixo e para cima, para baixo e para cima. Como eles já sabiam de tudo o que Kem estava dizendo, pegaram no sono. Sakura olhou disfarçadamente para os dois dorminhocos e continuou a ouvi-lo.

– Veja isso aqui agora, Sakura! – disse Kem quando a tabela de energias desapareceu da tela, dando lugar a outra imagem: um manequim azul de um homem. No lado direito da tela, havia vários dados em letras douradas.

– O que é isso, Kem? – perguntou Sakura ao olhar atentamente para a tela.

– É um programa que simula os níveis e as variações de energia. É para você entender melhor, Sakura – afirmou Kem para Sakura, que o olhou e fez que sim com a cabeça. – Esse manequim no centro da tela representa um guerreiro. Aqui no lado direito, você pode ver os dados da tabela de energias... cor, nível e variação. Agora vamos dar início à simulação – disse Kem, olhando para Sakura e depois novamente para a tela. – Iniciar simulação! – ordenou Kem ao computador.

– Simulação acionada! Escolha os níveis e variações – anunciou a voz eletrônica do computador.

– Iniciar no nível 1, amarelo, variação 1! Encerrar no nível 4, marrom, variação 100!

– Comando entendido! Simulação iniciada! – disse novamente a voz eletrônica.

A simulação começou. Ao redor do corpo do guerreiro fluía uma energia amarela em um tom muito, muito claro. Abaixo da palavra "cor" aparecia a palavra "amarela", abaixo de "nível" aparecia o número "1", e abaixo de "variação" também aparecia o número "1". Sakura olhava atentamente para a tela.

– Veja, Sakura! Agora estamos no nível Amarelo-V1, ou nível 1-V1, como preferir chamar. A letra "V" significa variação – explicou Kem, apontando para a tela. A energia amarela começou a aumentar de intensidade ao mesmo tempo em que o tom ficava mais vivo ao redor do corpo do guerreiro. O número da variação aumentava rapidamente, até chegar e parar no número "100". Agora aquela energia amarela possuía um tom muito vivo e intenso. Sakura piscou os olhos, que estavam fixos na tela, e disse:

– Agora ficou fácil entender! Cor amarela, nível 1, variação 100! – Sakura leu a tela em voz alta, depois olhou para Kem.

– Veja, Sakura! – exclamou Kem, apontando novamente para a tela, ao que Sakura olhou de volta para a sua. – Essa é a próxima fase da simulação. Foi o que aconteceu comigo! A mudança da energia amarela para a laranja.

De repente, Sakura mergulhou em suas lembranças. Lembrou-se daquele dia em que foi se encontrar com Kem, quando ele estava se transformando em um Guerreiro do Universo. Via claramente a imagem de Kem envolvido por uma intensa energia, em seus pensamentos. Por um breve instante, Sakura estava em outro lugar, e não mais ali na sala de refeições. Mas, com um leve arrepio, Sakura voltou à realidade.

– Hã... vamos ver – disse Sakura para si mesma, quando voltou do transe, e olhou novamente para a tela.

A energia em volta do guerreiro começou a piscar na tela, alternando rapidamente entre o amarelo-vivo e o laranja-claro. Nesse instante, Kem apontou o dedo para a tela.

– Veja, Sakura! Idêntico ao que ocorreu comigo. Lembra-se? – perguntou Kem ao olhar para ela.

– Hum...! Lembro-me vagamente. – Sakura cruzou os braços e fez uma cara séria ao responder para Kem. – Poderia ter me machucado se não fosse aquela árvore para me proteger.

Kem, que estava com uma cara de sonso, olhava para Sakura sem se reprimir pelo que tinha ouvido, e logo depois virou-se para a tela.

A energia laranja, antes clara, agora começava a ficar mais e mais viva, enquanto o número da variação aumentava rapidamente até parar no número "100". A energia em volta do corpo do guerreiro brilhava agora em um tom laranja muito vivo e intenso. Sakura e Kem se olharam e disseram ao mesmo tempo:

– Cor laranja, nível 2, variação 100!

– Nível 2-V100! – exclamou Kem quando Sakura exclamou ao mesmo tempo:

– Nível Laranja-V100!

Sakura e Kem se olhavam e, após um breve instante de silêncio, caíram na gargalhada. Apesar do barulho das risadas de Kem e Sakura, o sr. Kiraua continuava cochilando, e Klaus ainda estava "fisgando de sono". Os rostos de Kem e Sakura estavam bem próximos um do outro enquanto riam. Mas, de repente, quando terminou esse momento de descontração, os olhos verdes de Sakura olhavam para os olhos verdes de Kem com um ar apaixonado. Parecia que só havia os dois ali, enquanto seus olhos brilhavam um para o outro. Foi quando Kem avermelhou as bochechas e abriu um sorriso de palhaço, de orelha a orelha.

– Parabéns, Sakura! – exclamou Kem para uma Sakura decepcionada pela falta de romantismo. – Você entendeu perfeitamente os níveis de energia e suas variações.

– É... entendi, Kem.

– Tudo bem, Sakura? – perguntou Kem, com uma ingenuidade de criança. Sakura fez que sim com a cabeça.

– Então, agora eu vou desligar o simulador – disse Kem, no momento em que se via a energia ao redor do corpo do guerreiro piscar na tela, alternando rapidamente entre o laranja-vivo e o salmão-claro. – Olhe, agora está mudando para o nível 3. – Kem olhou para Sakura, que observava Klaus e o sr. Kiraua dormirem.

– Que falta de educação! Pelo menos o coitadinho do Klaus está se esforçando para ver a explicação – disse Sakura, enquanto olhava para os dorminhocos e balançava a cabeça negativamente.

– Ah, deixe eles! Eles já sabem tudo! – exclamou Kem, fazendo um movimento com o braço direito como se fosse pegar uma mosca com a mão aberta. Kem e Sakura olharam novamente para a tela, e a energia já estava no nível Marrom-V99.

De repente, um barulho irritante vindo do simulador indicou o final da simulação no nível Marrom-V100, enquanto também piscava a tela. Era algo como um alarme disparando, mais ou menos assim: "tuiu... tuiu... tuiu... tuiu...".

Nesse momento, o sr. Kiraua acordou assustado e... POFT! Caiu da cadeira. Com o barulho da queda do sr. Kiraua, Klaus também acordou assustado e se desequilibrou, quase caindo também.

– Ai... ai... – resmungou o sr. Kiraua enquanto olhava para frente, porém agora via o teto, que era branco com detalhes azul-claros. Kem e Sakura se levantaram para ver o que tinha acontecido com o sr. Kiraua.

– Tudo bem, papai? – perguntou Kem, olhando para o sr. Kiraua.

– Tudo em ordem, filho – disse o sr. Kiraua, fazendo um gesto positivo com sua mão direita, mas sem olhar para Kem, pois estava deitado sobre a cadeira, no chão.

– Tal pai, tal filho – disse Sakura com os braços cruzados, enquanto Klaus ajudava o sr. Kiraua a levantar-se, puxando-o do chão com suas mãos. Já de pé, o sr. Kiraua estalou os ossos da coluna e do pescoço e exclamou:

– Está tudo no lugar! Foi só um tombinho de nada!

– Simulação finalizada! – disse a voz eletrônica do computador, ao que todos olharam novamente para suas telas. O guerreiro azul e a tabela de energias desapareceram de suas vistas, dando lugar a uma tela toda azul.

– Encerrar acesso e desligar! – exclamou Kem ao computador.

– Comando reconhecido! Acesso encerrado! Desligando! – anunciou a voz eletrônica, e as telas desapareceram da vista de todos. Kem pegou o cubo de metal azul que estava sobre a mesa e colocou-o novamente em seu bolso. Enquanto Kem guardava o cubo, o sr. Kiraua perguntou a Sakura:

– Conseguiu compreender, minha jovem? Sobre os níveis de energia e as suas variações?

– Sim! Enquanto o senhor estava dormindo – disse Sakura ao olhar para o sr. Kiraua, que coçou a cabeça. Klaus olhou para o sr. Kiraua e perguntou:

– E o mestre Chun, em que nível está? – O sr. Kiraua olhou para frente, colocou seus braços para trás, segurando uma mão na outra, e suspirou tranquilamente, deixando todos em um clima de expectativa. Kem pensou: "Boa pergunta, Klaus... Eu também gostaria de saber qual é o nível dele". Os três olhavam ansiosos para o sr. Kiraua, principalmente Kem e Klaus. Finalmente, o sr. Kiraua respondeu:

– Não posso responder a essa pergunta!

– Por quê? – perguntou Kem, franzindo a testa enquanto olhava para o sr. Kiraua.

– Porque eu não sei! – disse o sr. Kiraua, ainda olhando para frente. – O nível do mestre Chun está fora de nossa compreensão.

– Kem e Klaus arregalaram os olhos.

– Como assim, fora de nossa compreensão, papai? – perguntou Kem.

– Se você comparasse um guerreiro do seu nível, o nível 2, com um guerreiro de nível 5, a diferença seria extrema. Seria como comparar uma montanha com um inseto – disse o sr. Kiraua, enquanto Kem e Klaus começaram a fazer uma cara tensa. Kem tentou falar algo:

– Mas o que...

– Então, muitos dizem... – disse o sr. Kiraua, com voz alta e autoritária – ... que o mestre Chun está acima do nível 5! Entenderam?

Kem e Klaus fizeram uma cara de assustados, arregalando os olhos, abrindo a boca e respirando profundamente. Sakura apenas estava com os braços cruzados e cara séria, pois para ela aquilo não fazia muito sentido ainda, apesar de já compreender as energias.

– Entendi, papai – disse Kem, ainda com a cara assustada e balançando a cabeça de forma afirmativa, enquanto Klaus fazia o mesmo.

– Certo! – disse o sr. Kiraua. – Precisamos ir, meu jovem! – O sr. Kiraua olhou para Klaus, e este fez que sim com a cabeça. – A refeição estava deliciosa, Sakura, muito obrigado. – Sakura sorriu, fechando um pouco os olhos. Klaus também agradeceu a Kem e Sakura por serem tão hospitaleiros.

– Então, vamos! – exclamou Kem.

– Até mais! – exclamou Sakura, abanando a mão e sorrindo.

– Até logo, Sakura! Cuide bem do meu neto – disse o sr. Kiraua, já saindo pela porta da sala de refeições, acompanhado por Kem e Klaus. Logo os três já estavam na nave de Kem, prontos para voltar à região oeste, à casa do sr. Kiraua.

3
Um cara muito doido

No começo do dia seguinte, Sakura estava em sua casa, pronta para sair. Estava vestida com seu uniforme verde-azulado da Estação Interplanetária, pois estava indo para lá pilotar. De repente, o relógio que era integrado ao uniforme de Sakura, no braço esquerdo, começou a apitar e piscar, emitindo um brilho azul.

– Quem será a essa hora? – disse Sakura, olhando para o relógio, que na verdade era um aparelho que realizava muitas outras funções além de marcar o horário. E, nesse instante, o aparelho estava avisando Sakura que alguém havia chegado e esperava lá fora, na porta de sua casa.

– Vamos ver! – disse Sakura ao tocar o aparelho com seu dedo indicador direito. Apareceu uma tela holográfica do tamanho de um quadrado de meio metro bem na frente dos olhos de Sakura.

– São três!... E são robôs?... Mas não são os nossos! – disse Sakura, com uma cara de dúvida, enquanto olhava para a tela. – Bem, como já estou de saída mesmo, eu vou lá ver. – Sakura tocou novamente no aparelho e a tela desapareceu. Aproximou seu pulso esquerdo da sua boca e pronunciou:

– Abrir porta de entrada! – o portal de luz azul se abriu à frente de Sakura, quando o aparelho reconheceu sua voz e o seu comando. Porém esse aparelho não possuía uma voz eletrônica como os outros.

Sakura passou pelo portal, que se fechou logo em seguida, e lá estavam os robôs. Eram robôs vermelhos e tinham um pouco mais que a metade da altura de Sakura. Seus corpos pareciam capacetes de construtor. Tinham braços em forma de sanfona, quatro dedos nas mãos e uma enorme roda em vez de pés. Acima da cabeça em formato de pastilha havia uma sirene. A boca, os olhos e as sobrancelhas robóticas tinham um aspecto parecido com o humano.

– Viemos a pedido do senhor Kem! – disse um dos robôs com uma voz eletrônica.

– Kem? – indagou Sakura, olhando para um dos robôs que estava mais à frente dos outros dois.

– Exato! Ele pediu para nós repararmos a sala de treinamento – disse o robô que estava mais à frente.

Os robôs vermelhos eram robôs reconstrutores, pois podiam reconstruir quase tudo o que já foi inventado e construído pelos uranianos, até mesmo naves espaciais. De repente o portal da entrada se abriu, e apareceu um vulto por detrás da luz azul.

– Hã? – indagou Sakura, olhando para trás.

– Bom dia, querida! – disse Kem ao sair do portal enquanto o mesmo se fechava. Sakura se aproximou de Kem.

– Bom dia, meu amor. Seu cabelo está despenteado – disse Sakura com uma voz calma, colocando suas mãos sobre os cabelos de Kem para arrumá-los. Os robôs olhavam para Sakura e não conseguiam entender o que ela estava fazendo. Kem olhou para o rosto tranquilo de Sakura e agradeceu. – Assim está melhor, Kem! E aonde você estava indo com esse cabelo desarrumado?

– Vou treinar! – exclamou Kem, olhando para Sakura, que desfazia sua cara tranquila.

– Você vai continuar treinando ainda? – perguntou Sakura, franzindo a testa.

– Sim, vou treinar próximo à floresta petrificada, enquanto os robôs consertam a sala de treinamento.

– Acho que já entendi, Kem. Vai ficar treinando para manter a força e continuar sempre bonito para mim! – disse Sakura ao abrir um sorriso meigo.

– É... é... mais ou menos isso... *hahaha... hehehe* – disse Kem, que depois olhou para a cara de Sakura, agora mais fechada. – Preciso aumentar meu nível de energia! – Nesse instante, os robôs olharam para Kem. Sakura cruzou os braços.

– Aumentar? Você já não é um Guerreiro do Universo? – Agora os robôs olharam para Sakura.

– Sim, Sakura! Mas não se lembra do que meu pai disse? – Novamente os robôs olharam para Kem.

– O que ele disse? – perguntou Sakura, enquanto os robôs olhavam para ela.

– Que em Saturno existem Guerreiros do Universo que já estão no nível 3! Eu não posso ficar para trás! – disse Kem, enquanto os robôs olhavam-no. Todas as pessoas que estavam andando pela rua e passando em frente à casa de Kem olhavam para o casal que discutia e para os robôs vermelhos que viravam a cabeça de um lado para o outro. As pessoas passavam e cochichavam enquanto olhavam para Kem e Sakura, que discutiam feito duas crianças.

– O que está acontecendo, número 3? – perguntou um dos robôs para o outro robô.

– Comportamento não identificado, número 1! – disse o robô número 3. E Sakura continuava a falar:

– Mas Kem, você precisa ir devagar com...

– BUUM!... CRASH!... CABRUUM... POFT!

De repente vários barulhos, um após o outro, invadiram o ambiente bem na frente da casa de Kem e Sakura. Mas não eram os dois brigando, apesar da discussão. Nada disso! Era outra pessoa. E as mesmas pessoas que antes ali estavam cochichando agora olhavam para ele. Mas quem era ele? Kem e Sakura pararam de falar quando ouviram os barulhos, e então olharam assustados para ver o que acontecia. Os robôs também olharam. Todos estavam atentos olhando para ele, fazendo um clima de silêncio e surpresa.

– Pelas luas de Urano! Quase funcionou! Preciso fazer uns ajustes – disse ele, o homem misterioso que estava sentado em uma máquina do tamanho da casa de Kem. Era uma espécie de robô gigante, azul. As pessoas olhavam assustadas e ao mesmo tempo curiosas, assim como Sakura, Kem e os três robôs.

– Parece-se um pouco conosco, número 3! – disse agora o robô número 2.

– Sim, número 2! Só que umas dez vezes maior! Ele tem pernas! E também tem um homem muito estranho sentado no pé dele – disse o robô número 3, que olhava atento para a máquina, o robô gigante.

– Será que é o nosso mestre superior? – perguntou o robô número 1 aos outros dois, que permaneceram calados e apenas olhavam o robô gigante.

O homem misterioso se levantou. Era magro e de estatura média. Tinha cabelos grisalhos, curtos e ondulados, que estavam cobertos por uma cartola preta que usava na cabeça. No seu rosto marcado pela idade, podia-se ver, logo à frente de seus olhos cor de caramelo, um pequeno par de óculos apoiado sobre o seu nariz fino e comprido. Usava um casaco preto, que estava aberto, um pulôver verde, camisa e calça marrons, gravata borboleta vermelha e sapatos pretos.

– Olá, pessoal! – disse ele, abanando a mão para as pessoas. – Desculpem-me pelo barulho! – gritava ele. – É que estou testando minha nova invenção.

Ele pulou de cima do pé do robô, desequilibrando-se ao tocar com o seu pé esquerdo no chão, e caiu, batendo com a bunda no chão. As crianças que estavam ali na rua começaram a rir, achando que fosse algum palhaço de rua.

– Quem... é esse... cara? – disse Kem para si mesmo.

O homem misterioso se levantava do chão, enquanto batia com suas mãos na roupa para retirar a poeira. Sakura olhava-o fixamente enquanto tentava trazer alguma lembrança da memória.

– Esse homem não me é estranho – disse Sakura, ao que Kem olhou para ela. – Deixe-me tentar lembrar...

– Você conhece esse cara estranho, Sakura? – perguntou Kem. – E vejam só esse robô azul gigante.

– Ah! – gritou Sakura, estalando os dedos. – É ele mesmo. Não posso estar enganada!

– Então, Sakura, quem é esse doido? – perguntou Kem, olhando para Sakura.

– Isso mesmo! Você quase acertou! – exclamou Sakura, ainda olhando para o homem misterioso.

– Hã? – indagou Kem. Sakura virou-se para Kem, e respondeu:

– É o cientista doido do norte!

– Cientista doido do norte? Nunca ouvi falar desse cara! – exclamou Kem e depois olhou novamente para aquele homem.

– O nome dele é Raldot! – exclamou Sakura ao olhar para o agora conhecido Raldot.

– Raldot? Até o nome dele é estranho. – disse Kem enquanto olhava para Raldot. – Dá para ver que é um cientista maluco.

Já em pé depois do tombo, Raldot olhou de relance para Sakura e reconheceu-a. Com um andar meio maluco, Raldot caminhava em direção a Sakura. Parecia que estava dançando enquanto andava. As pessoas que estavam em volta olhavam para Raldot e se perguntavam de que galáxia viera esse maluco.

– Ah! Eu acho que conheço você! – exclamou Raldot, esticando seu braço esquerdo e apontando o dedo indicador para Sakura, e continuou:

– Você é a Sakura, não é? – ao dizer isso, Raldot já estava bem perto, e Sakura colocou uma mecha de cabelos atrás da orelha usando sua mão direita.

– Sou eu mesma – afirmou Sakura com a cara séria, enquanto Raldot trazia uma expressão alegre em seu rosto.

– A piloto mais habilidosa de todo o planeta Urano! – exclamou Raldot, já a um passo de Sakura, esticando sua mão direita para cumprimentá-la. Kem franziu a testa ao olhar para ele. – Meu nome é Raldot!

Sakura hesitou ao cumprimentá-lo durante alguns segundos, mas depois apertou-lhe a mão e abriu um sorriso.

– Prazer em conhecê-lo! – exclamou Sakura.

– O prazer é todo meu! – exclamou Raldot e depois soltou a mão de Sakura quando ela lhe apresentou Kem.

– Este é o meu marido, Kem! – exclamou Sakura ao tocar o ombro de Kem com sua mão. Kem cumprimentou-o enquanto abria um sorriso com uma cara de sonso e pensava: "Que cara maluco".

Nesse instante, o clima do local voltou ao normal, pois as pessoas voltaram a andar, descontraídas, e ouvia-se o barulho dos cochichos novamente. Kem olhou por cima do ombro de Raldot, fixou sua visão naquela máquina gigante, apontou o dedo e perguntou:

– O que é aquela coisa?

– Não é uma coisa! – exclamou o cientista, fazendo uma cara maluca e aproximando o seu rosto do rosto de Kem, que ficou paralisado e arregalou os olhos.

– *Hehehe*... ah... eu não quis ofender – disse Kem. Então, o cientista doido afastou-se um pouco e virou-se em direção ao robô gigante, abrindo os seus braços para o alto e gritando bem alto:

– Esse é o SUPER... GUERREBÔ... AZUL!

– O Super Guerrebô Azul? – indagaram Kem, Sakura e os três robôs vermelhos ao mesmo tempo, em um coral de vozes.

– Guerrebô? O Super Guerrebô Azul. *Hahahahaha*... Que piada! – dizia Kem, não se aguentando de tanto rir. – *Hahaha... hihihi... hahaha.* – Sakura deu uma cutucada de ombro em Kem e disse baixinho:

– Mais respeito, Kem! Vamos ouvir o que ele tem a dizer.

– Desculpe, Sakura – disse Kem, ao mesmo tempo em que tentava segurar o riso. O cientista doido virou-se novamente para eles.

– Isso mesmo, senhoras e senhores... e também robôs! Ele é o Guerrebô, um guerreiro robô. Construí-o para proteger Urano. Sim, um robô que lutará pela justiça – disse o cientista, enquanto fazia umas coreografias malucas na frente deles. Kem bateu com a mão em sua testa e pensou: "Ai... que idiota... um cientista disfarçado de palhaço".

– Esse homem é o criador do nosso mestre? – perguntou o robô número 1 aos outros dois robôs, que permaneceram imóveis e calados.

– O que aconteceu com o Guerrebô? – perguntou Sakura.

– Não sei exatamente. Ele começou a ficar descontrolado e precisei fazer um pouso forçado bem aqui – disse o cientista, ao mesmo tempo em que fazia um trejeito balançando a cabeça e o dedo indicador de sua mão esquerda. Kem colocou as duas mãos sobre a boca para segurar o riso.

– Então esse robô voa – afirmou Sakura, olhando para o Guerrebô.

– Sim, e voa muito rápido. Porém, preciso fazer uns ajustes. Vou pedir ajuda para o professor Ganimedes! Assim com certeza o problema será resolvido – disse o cientista Raldot, que depois caminhou até o Guerrebô Azul. – Preciso ir agora.

– Mas ele vai funcionar? – perguntou Kem, agora com uma cara mais séria.

– Vai, sim! Mas só por terra! No momento ele não vai conseguir voar! – gritou Raldot quando já estava perto do Guerrebô. E, de repente, uma prancha de formato triangular, que se desacoplou do peito do Guerrebô, desceu voando em direção a Raldot e depois ficou flutuando bem próximo ao chão. Raldot subiu na prancha, fazendo barulho com seus sapatos pretos, e voou até a cabeça do Guerrebô, que se abriu para o cientista entrar. Raldot saltou para dentro da cabeça do Guerrebô, e a prancha se acoplou novamente a seu peito metálico. Enquanto a cabeça do Guerrebô estava aberta, Raldot se despedia abanando a mão e gritando:

– Até outra hora! Visitarei vocês algum dia para conversarmos mais!

– Adeus! – gritava Sakura, também abanando a mão. Os três robôs vermelhos olhavam paralisados para o Guerrebô azul.

– Lá se vai o grande mestre! – exclamou o robô número 1.

A cabeça do Guerrebô se fechou, fazendo um barulho metálico. Seu enorme braço robótico se moveu, fazendo um gesto de despedida para Sakura e os outros. Quando começou a andar, todo o chão ao redor começou a tremer e a fazer um grande barulho. Cada passo que o Guerrebô dava fazia com que Sakura, Kem, os três robôs e todas as outras pessoas dali vibrassem feito uma corda de harpa.

O tremor de terra começou a cessar, enquanto o Guerrebô desaparecia da vista de todos.

– Esse cientista é muito inteligente! – exclamou Sakura.

– Ele é muito doido, isso sim! – exclamou Kem.

– Já perdi tempo demais aqui! Preciso ir agora, pois tenho que pilotar para uma viagem interplanetária – afirmou Sakura, olhando para Kem, que estava com uma cara pensativa.

– Sakura – disse Kem, olhando para Sakura. – Agora me lembro que o cientista doido disse algo sobre o professor Ganimedes. Quem é ele?

Sakura ficou pensativa durante alguns segundos e respondeu:

– Pelo o que eu já ouvi falar, Ganimedes é conhecido como *o velho sábio de Júpiter*.

– Júpiter? Ele mora lá? – indagou Kem, franzindo a testa.

– Sim – respondeu Sakura.

– Isso quer dizer que aquele cientista doido vai até Júpiter só para conversar com o tal de Ganimedes?

– Sim, Kem! Ouvi dizer que Ganimedes possui uma sabedoria incrível e que vários seres de vários planetas vão até ele para se consultarem – disse Sakura ao se aproximar de um veículo branco que estava em frente à sua casa. Era algo que se parecia com os jet-skis terráqueos, porém não era usado na água.

– Puxa vida! Preciso conhecer esse cara chamado Ganimedes! – exclamou Kem, entusiasmado. – Pois talvez ele saiba um jeito de aumentar o meu nível de energia de uma forma mais rápida, já que ele é um sábio.

Sakura montou em seu veículo (conhecido pelos uranianos como "fuzar") e, ao tocar em um pequeno quadrado vermelho no painel do fuzar, disse:

– Ligar!

– DNA verificado! Voz reconhecida! Motorista Sakura no comando! – disse a voz eletrônica do fuzar. Então, o fuzar começou a levantar-se do chão e ficou flutuando a meio metro de altura.

– Tchau, tchau, meu querido Kem! – disse Sakura com um rosto sorridente ao olhar para Kem e abanar a mão. Kem respondeu sorrindo e também abanando a mão.

O fuzar disparou com grande rapidez pela estrada afora, deixando muita poeira para Kem e os robôs tossirem.

– Cof, cof... cof! – tossia Kem com a mão na boca. – Essas saídas rápidas da Sakura... Cof, cof, cof!

– Bem, agora preciso treinar – disse Kem ao ver Sakura sumindo bem longe na estrada. – Robôs! – Kem olhou para os robôs.

– Sim, senhor Kem! Estamos às ordens! – exclamaram os três robôs ao mesmo tempo, em um coral de vozes eletrônicas.

– Vou pedir para o robô jardineiro acompanhar vocês até a sala de treinamento. Façam um bom trabalho! – disse Kem, olhando para os robôs, e depois virou-se em direção à rua.

– Faremos um ótimo trabalho, senhor Kem! – disse o robô número 3.

– Até mais, robôs! – disse Kem pouco antes de tirar um cubo de metal verde do bolso e aproximá-lo de sua boca. – Iniciar comunicação com o robô número 004! – Após dizer isso, uma voz eletrônica se pronunciou:

– Robô jardineiro a seu dispor, senhor Kem!

– Por gentileza, jardineiro, acompanhe os três robôs vermelhos que estão em frente à casa até a sala de treinamento. Por favor, venha rápido, pois já estou de saída – disse Kem, falando para o cubo.

– Já estou aqui, senhor Kem! A voz que você está ouvindo não vem do cubo verde – disse o robô jardineiro, que estava bem atrás de Kem.

– Hã? – indagou Kem ao virar-se para trás com um ar de surpresa e ver o robô jardineiro, um robô branco, simpático, meio redondo, sem pernas, que estava flutuando a poucos centímetros do chão.

– Esse cubo é uma decoração que estava na sala de entrada. Você pegou por engano. É só um enfeite comum – disse o robô jardineiro para Kem. E, apesar de estar na frente de quatro robôs, ainda assim Kem avermelhou as bochechas.

– *Hehehe*... Tome, jardineiro, guarde o cubo de volta, senão a Sakura vai ficar brava. Preciso ir agora. E acompanhe os seus irmãos vermelhos! – disse Kem, ao entregar o cubo verde para o jardineiro.

– Certo, senhor Kem!... Irmãos vermelhos? – disse o robô jardineiro, que depois acompanhou os três robôs.

Nesse momento Kem se dirigia até a floresta petrificada, correndo a pé pela estrada, descalço. Kem corria muito mais rápido do que um uraniano comum. Por onde passava, as árvores e as plantas balançavam bruscamente pelo vento que era causado por sua incrível velocidade. Quando Kem passava pelas pessoas que estavam no caminho, elas não viam nada além da poeira que se levantava.

– Cof, cof, cof. – Tossia um velho homem que estava na rua, pois Kem acabara de passar por ele, levantando poeira.

– Cof, cof... O que foi isso?... Cof, cof – perguntou o velho homem para uma velha mulher que estava ao seu lado.

– Acho que é o marido de Sakura – afirmou a velha mulher.

– Ora essa! Primeiro aquele robô gigante que passou aqui faz minutos, agora um homem que corre feito um fuzar! Essa geração de hoje, eu não entendo! – disse o velho homem ao olhar para a velha mulher.

Enfim, Kem havia chegado às proximidades da floresta petrificada, bem ali onde tinha se transformado em um Guerreiro do Universo. Então, Kem fechou os olhos e mergulhou em lembranças durante alguns minutos. A última coisa de que se lembrou antes de abrir os olhos foi do rosto de seu pai dizendo que em Saturno havia guerreiros que estavam no nível 3. Foi quando Kem fechou suas mãos fortemente em um ato enérgico. Inclinou um pouco a cabeça para o alto e começou a gritar fortemente, ao que apareceu uma energia em um tom amarelo vivo ao redor de seu corpo, que se expandiu rapidamente no ambiente.

As árvores começaram a balançar fortemente, o vento se rebelava em tudo o que estava à volta e a poeira se espalhava ao redor.

– Aaaaaaah... Eu vou ser o mais forteee! – gritava Kem mais forte ainda, fazendo com que a energia do seu corpo mudasse da cor amarela para a laranja. O vulto do planeta Urano apareceu brilhando em um tom azul atrás de Kem.

Algumas árvores que ficavam na borda da floresta petrificada começaram a rachar por causa da energia que se expandia do corpo de Kem. De repente, Kem sentiu algo estranho. Alguma coisa começou a incomodá-lo.

– Hu? – indagou-se Kem, quando mudou bruscamente de uma expressão extasiada para uma expressão mais atenta. – Está lá! – Kem mirou seus olhos para a floresta petrificada.

– Está escondido lá! – exclamou Kem ao fechar a cara. – Posso sentir sua energia daqui... sim, é uma energia... uma energia que emana maldade!

Até esse instante, Kem já havia concentrado uma grande quantidade de energia em seu corpo, e então parou de expandi-la. O ambiente ao redor voltou a ser calmo como antes. Via-se um admirável brilho de energia laranja-clara ao redor do corpo de Kem. Foi quando Kem se preparou para correr em direção à floresta petrificada.

– Não sei quem você é! E não sei o que está fazendo aí! Mas não vou deixar você escapar. Pois sua energia não nega o que você deve ser – disse Kem para si mesmo e depois fechou fortemente sua mão direita na altura do rosto.

– AGORA EU SOU O GUARDIÃO DE URANOOO! – gritava Kem.

– EU SOU UM GUERREIRO DO UNIVERSOOO! – gritou novamente Kem e depois disparou correndo para a floresta petrificada.

O que estará acontecendo? Será algo insignificante? Ou será uma futura ameaça para o planeta Urano? Poderia Kem estar enganado? Ou realmente existe algo suspeito na floresta petrificada?

4

A perseguição

Uma imensidão de pedras que não parecia ter fim estava bem à frente de seus olhos. Kem estava parado bem ali na entrada daquele lugar todo cinza, a floresta petrificada. Por um breve instante inclinou a cabeça para o alto, olhou para a copa daquelas árvores gigantes, todas de pedra, e depois, sem hesitar, correu para dentro da floresta.

As copas das árvores não se moviam por estarem petrificadas, e o barulho que se ouvia era apenas do vento soprando como se estivesse chorando. Apenas alguns feixes de luz passavam pelas árvores, fazendo da floresta um lugar quase escuro, à meia-luz. Kem corria sem parar por entre as árvores sem vida, seguindo aquela energia maligna que começou a afastar-se rapidamente.

– Está fugindo, miserável! – gritou Kem para si mesmo, fazendo sua voz ecoar na floresta. Continuava a correr rapidamente, seguindo na direção em que sentia aquela energia. Foi quando teve uma ideia: "É claro! Deixei muito alto o meu nível de energia, por isso ele a está sentindo e segue em direção oposta".

De repente Kem parou de correr e abaixou o seu nível de energia até extingui-lo, no nível zero (que é o estado de energia de um indivíduo que não possui poderes fora do comum).

Kem estava parado atrás de uma grande árvore, e foi quando pensou: "Assim ele não vai saber onde estou. Quero só ver o que vai fazer agora". Kem cruzou os braços esperando, ali parado. Mas aquela energia má ainda se movimentava, afastando-se cada vez mais de onde estava Kem.

Enquanto ouvia o choro dos ventos por entre as árvores, Kem abaixou a cabeça e novamente pensou: "Droga, não deu certo! Esse sujeito parece ser muito esperto". E, com uma expressão pensativa estampada no rosto, Kem continuava tentando achar um jeito para confundir o suposto inimigo.

– Vamos ver... vamos ver – dizia Kem baixinho para si mesmo, com a mão no queixo. Apenas as árvores, a escuridão e os ventos estavam presentes enquanto Kem viajava em pensamentos para encontrar uma solução. Kem sabia que não iria dar certo se corresse novamente, pois, apesar de sua rapidez, ele não conseguiria alcançar o suposto inimigo, que possuía uma velocidade tão grande quanto a sua. E foi por isso que resolveu parar para tentar outra estratégia.

Quando Kem olhou para um feixe de luz que se refletia no chão a meio metro de seus pés, a ideia surgiu em sua mente.

– Luz! É isso! – exclamou Kem, estalando os dedos, e depois olhou para frente com um sorriso orgulhoso e continuou a falar.

– Luz... L...u...z. – Fechou os olhos e suspirou profundamente antes de dizer. – Perdoem-me árvores da floresta, mas vou ter que fazer isso. – Kem começou a sentir que a energia má estava diminuindo. Abriu os olhos, fechou fortemente sua mão direita e disse:

– Miserável! Também está abaixando a energia para que eu não o encontre. Preciso ser rápido, senão eu o perco!

Kem flexionou os braços, mantendo suas mãos na altura do rosto como se estivesse segurando uma bola invisível, e pensou: "Agora não tem outro jeito mesmo". E fez uma cara de fúria pouco antes de pensar novamente: "Vou ter que lançar energia!".

Kem começou a concentrar o seu olhar por entre as mãos. Pouco a pouco, algo começara a tomar forma. Era uma energia de brilho azul do tamanho de um grão de areia, que começou a expandir-se. Aumentou de tamanho até se tornar uma grande esfera que preencheu todo espaço entre as mãos de Kem. Era como um sol azul que ali flutuava e fazia um ruído eletromagnético.

A energia laranja mostrava-se novamente ao redor do corpo de Kem. Aquele brilho intenso de energias dissipava a escuridão naquele ponto da floresta em que o choro dos ventos era encoberto por um barulho eletromagnético. A face de Kem mostrava um ar de calma e concentração, apesar de tudo à sua volta estar sendo destroçado pela intensidade da energia que fluía de seu corpo. Podia-se ver algumas árvores rachadas por causa da fúria dos ventos e tremores no ambiente ao redor.

– Está desaparecendo! É agora! – exclamou Kem ao jogar seus braços para trás, segurando a esfera de energia azul próximo de sua nuca. O brilho era intenso.

Kem dobrou um pouco os joelhos, jogou seu corpo para trás para pegar impulso e...

– É nesta direção! Tome isso, miserável! – gritou Kem, jogando o seu corpo e os seus braços para frente, arremessando a esfera de energia com toda a força.

A esfera de energia azul percorria o caminho floresta adentro com uma velocidade incrível, seguindo em linha reta na direção em que estava o suposto inimigo. Ouvia-se o barulho das árvores se estraçalhando e viam-se seus pedaços explodindo pelo caminho em que a energia seguia, abrindo uma enorme clareira na floresta.

De repente ouviu-se um estrondo gigantesco, como se uma bomba tivesse explodido. Um enorme clarão de luz azul era visto do outro lado da floresta, assim como a fumaça que subia por entre as árvores de pedra.

A energia finalmente tinha chegado ao seu destino final. O ambiente estava calmo novamente. Kem, que estava cansado e respirando fundo com a boca aberta por ter usado uma grande quantidade de energia, olhava com um ar de lamento à sua frente e dizia:

– Perdoem-me, árvores! Perdoe-me, floresta! – e caiu ajoelhado, apoiando suas mãos no chão novamente escuro da floresta, enquanto respirava profundamente com a cabeça abaixada e sentia o suor escorrer pelo seu rosto.

– Não sinto mais... não sinto. – Kem respirou profundamente. – Não sinto mais a energia daquele miserável. – E se levantou do chão, aparentando uma fisionomia cansada. Olhou para frente e fechou suas mãos, que estavam sujas de terra, assim como suas roupas.

– Preciso ir lá ver o que aconteceu! – exclamou Kem, que, apesar de cansado, preparou-se para correr. – Que destruição! Bem, vou seguir este caminho – e olhou para a clareira por onde passou a esfera de energia.

– Agora... eu vou saber quem é você! – exclamou Kem, que disparou correndo pela clareira, sem duvidar de que encontraria o suposto inimigo. Apesar de cansado, estava correndo bem rápido.

Após alguns minutos, Kem finalmente chegou aonde a energia tinha explodido. Estava frente a frente com a destruição. Kem via uma clareira com um raio de uns dez metros. "Foi aqui que explodiu", pensou Kem.

Kem estava entre a luz da clareira e a escuridão da floresta. Foi quando adentrou a clareira e disse:

– Ah... haha! Vejam só isso. É impossível que tenha escapado do meu ataque. – Kem começou a procurar atentamente pelo suposto inimigo, andando por todo o local.

– Onde estará... onde estará ele? – indagava-se Kem, baixinho. Viam-se os escombros das árvores petrificadas por toda a parte.

Depois de algum tempo procurando, Kem ainda não havia encontrado ninguém. "Não é possível", pensou Kem enquanto olhava para os pedaços de pedras no chão. Mas, de repente, algo diferente era visto diante de seus olhos. Kem franziu a testa enquanto olhava para algo no chão e, ao perceber o que era, fez uma cara assustada.

– Sangue! – disse Kem ao fixar os seus olhos em um tronco de árvore que estava caído no chão. Sem hesitar, Kem caminhou com seus pés descalços até aquele tronco de pedra. O barulho de seus passos era o único som presente naquele lugar. A atenção de Kem estava toda concentrada naquele pedaço de árvore, até que finalmente chegou perto.

– Sim, eu não estava enganado – disse Kem ao se agachar e fixar seus olhos no tronco de pedra. Havia manchas de sangue bem recentes, e também parecia haver mais alguma coisa ali. Kem movimentou sua mão direita para pegar algo e pensou: "Eu sabia que você não tinha conseguido escapar". Com o olhar fixo, Kem pegou alguma coisa que estava sobre aquele tronco de pedra.

Segurando algo entre o dedo polegar e o indicador, Kem trouxe sua mão para perto de seus olhos. Ao olhar, admirado, Kem disse para si mesmo:

– Humm... azul... azul-escuro. Que estranho!

Eram fios de cabelo. E seriam do suposto inimigo ao ser atingido por Kem? Pois não havia ninguém ali, além de Kem.

– Isso está ficando misterioso! – exclamou Kem, fazendo uma cara de dúvida. – Eu sei que muitos uranianos possuem cabelo azul, mas não escuro dessa forma. E os cabelos desses uranianos são azul-claros. Posso estar enganado, mas acredito que esse miserável não seja daqui! Estou quase certo de que ele não é daqui de Urano.

Kem soltou os fios de cabelo, colocou suas mãos por baixo do tronco de pedra e levantou-o do chão, fazendo grande esforço. Jogou o tronco de pedra para o lado e retirou alguns escombros dali de perto. Mas nenhum sinal do suposto inimigo. Então, onde ele estaria?

Já de pé e muito cansado, Kem tentava imaginar o que havia ocorrido com o suposto inimigo. De repente, suas costas começaram a refletir um brilho de luz azul. Ao perceber isso, Kem virou-se rapidamente e ficou frente a frente com uma esfera de energia azul-marinho que estava vindo em sua direção a toda velocidade. Podia-se ver a face de Kem toda iluminada de azul e, em um movimento rápido, Kem fechou seus punhos e cruzou seus braços na frente do rosto para se proteger. Tão logo Kem movimentou os braços e...

– BUUUUM! – A energia fez um grande barulho ao atingir Kem. Voaram pedaços de pedras para todos os lados com o impacto da energia. Agora, uma enorme bola de fumaça ocupava o lugar onde Kem estava. O que teria acontecido com Kem? Terá ele sido capaz de suportar o impacto da energia?

Logo a bola de fumaça começou a espalhar-se, diminuindo cada vez mais. Era possível ver um vulto dentro da fumaça que restava, agora bem pequena, quase extinguida. Quando toda aquela fumaça desapareceu, podia-se ver novamente Kem, surpreendentemente, ele estava de pé e muito firme naquela mesma posição, com os braços cruzados protegendo o rosto. Porém, sua roupa ficou um pouco rasgada e sua pele sofreu alguns arranhões superficiais.

Kem descruzou os braços lentamente e abriu um pouco os olhos, que ficaram irritados pela poeira que se espalhava. Quando o ambiente voltou ao normal, Kem fez uma postura firme, estufando o peito, e gritou aos quatro ventos:

– Você quis dar uma de espertinho, hein! Mas você é fraquinho! Não fez mais do que uns arranhões, seu verme de cabelo azul!

Kem olhava por toda a parte, tentando encontrar o suposto inimigo. Via apenas pedras e mais pedras, e nada mais. Foi quando pensou: "Nenhum sinal dele. Sua energia desapareceu. E procurá-lo sem poder sentir sua energia seria o mesmo que procurar uma agulha em um palheiro no meio dessa floresta".

– Não vai sair do esconderijo? Eu sei que deve estar aqui perto! – gritava Kem, tentando provocar o suposto inimigo. – Ah... já entendi! Você está com medo! – Kem continuou a provocar.

Kem então resolveu entrar na floresta para procurá-lo. Seguiu em direção a um caminho escuro da floresta, que ficava ao lado do caminho da clareira pelo qual tinha vindo anteriormente. Corria em meio à escuridão da floresta, onde podia ouvir novamente o barulho dos ventos chorando, além de seus passos, que batiam no chão duro formado por pequenas pedras. Era uma parte da floresta bem diferente daquela pela qual Kem tinha passado antes, pois as árvores tinham uma cor mais escura e os ventos sopravam mais forte. Kem corria o mais rápido que podia naquela escuridão.

Enquanto isso, no ponto 55 da região leste, via-se Sakura chegando à Estação Interplanetária. Como sempre, Sakura chegara em alta velocidade, fazendo manobras rápidas e radicais para estacionar o seu fuzar na garagem, que ficava junto ao primeiro andar da Estação. Era um lugar grande e fechado, com paredes azuis, e onde podia-se ver muitos fuzares das mais variadas cores estacionados por toda parte.

– Sakura chegou! – comentou uma mulher que estava na garagem e acabara de chegar pouco antes de Sakura. Tinha cabelos azul-claros compridos, levemente ondulados, e usava um uniforme verde-azulado igual ao de Sakura.

– Só pode ser ela mesma! Essa maneira de chegar é inconfundível! – disse um homem que também tinha cabelos azul-claros e usava um uniforme parecido, de modelo masculino. Eram Sara e John, um casal com cabelos e olhos azuis. Eram dois dos melhores amigos de Sakura.

– Olá, Sara! Olá, John! – disse Sakura ao descer do fuzar já estacionado.

– Olá, Sakura! Sabíamos que era você! – disse Sara, que estava de costas e depois se virou para Sakura. John também se virou para cumprimentar Sakura.

– Olá, Sakura, só pelo barulho já soubemos que tinha chegado – disse John olhando para Sakura, que deu um sorriso meigo.

– Vamos indo? – disse Sakura com um rosto alegre para Sara e John. – Tenho novidades para contar a vocês. – Nesse instante Sara e John fizeram uma cara de curiosos.

Os três caminharam até um elevador amarelo e entraram juntos. Enquanto subiam até seus postos de trabalho, os três conversavam.

– E então, Sakura! Estou curiosa – afirmou Sara olhando para Sakura, que sorria sem parar. – Você está muito diferente hoje, não para de sorrir um segundo sequer!

– Sim, meus amigos! – exclamou Sakura, olhando para o teto do elevador enquanto segurava uma mão na outra na altura do queixo. Depois fechou os olhos, abriu um largo sorriso e respirou profundamente. Sara e John estavam atentos, esperando Sakura falar. Foi quando Sakura abriu os olhos, sorriu novamente e olhou para os dois dizendo:

– Vou ser mamãe!

Sara e John arregalaram os olhos, fazendo uma cara de surpresa e espanto ao mesmo tempo.

– Isso é... isso é verdade, Sakura? – perguntou Sara, enquanto John abria um sorriso. Sakura, que mantinha o sorriso no rosto, consentiu com a cabeça. – Que notícia boa! Vou ser titia e o John vai ser titio! – exclamou Sara, que olhou para John e depois o abraçou. John ficou um pouco acanhado.

Sara era a irmã mais velha de Sakura e ficou muito feliz por saber que a família ganharia um novo membro. Então Sara deu um forte e carinhoso abraço em sua irmã, desejando-lhe sinceramente muitas felicidades. John também cumprimentou Sakura ao apertar-lhe a mão. Todos estavam muito contentes, e o ambiente de felicidade dentro do elevador poderia contagiar qualquer um que ali entrasse.

Finalmente o elevador parou e os três desceram, ainda mantendo um ar de alegria.

– Como vai se chamar o bebê? – perguntou Sara.

– Ainda não sei – respondeu Sakura.

– Ah, Sakura, podemos ajudar a escolher um nome, não é mesmo, John? – disse Sara, que olhou para John ao terminar de falar. O rapaz deu uma risada forçada.

– Obrigada, Sara! Ainda temos um bom tempo para pensar nisso – agradeceu Sakura.

– Bem, mantenha-nos informados. Não quero ser a última a ver meu sobrinho. Vou comprar muitos presentes! – disse Sara com uma expressão alegre no rosto.

– Para onde estão indo? – perguntou Sakura, agora mais séria.

– Vamos para Saturno – respondeu John, que também era um piloto da Estação Interplanetária. Sara era uma piloto ajudante de John, sendo que ficavam juntos na cabine de pilotagem da nave.

– E você, Sakura, vai para onde? – perguntou Sara.

– Vou fazer umas viagens aqui mesmo por Urano, e daqui a três horas irei para o planeta Netuno – respondeu Sakura.

– Então vamos para sentidos opostos. Boa viagem, Sakura, cuide-se! – disse Sara, que se virava para seguir pelo corredor do lado esquerdo, juntamente com John.

– Obrigada! Tenha uma boa viagem também! – exclamou Sakura, dando um último olhar e abanando a mão num gesto de despedida para Sara e John. Depois seguiu pelo corredor do lado direito, que dava acesso à estação número 7. Era um corredor estreito de cor azul-clara, feito de metal, assim como toda a Estação Interplanetária. E a iluminação do corredor não era feita por lâmpadas como no planeta Terra, pois a luz saía das próprias paredes e do teto.

Finalmente Sakura chegou à estação 7. À sua frente havia muitas pessoas aguardando o embarque. Quando Sakura chegou perto da nave azul-esverdeada que iria pilotar, os passageiros que estavam ao redor cumprimentaram-na com gestos, sorrisos e frases como: "Olá, Sakura", "Você é a melhor", "Olá, superpiloto", "Como vai, Sakura?". Notava-se que Sakura era muito querida na Estação Interplanetária.

A nave de Sakura estava sobre a plataforma C da estação 7. Cada uma das dez estações possuía dez plataformas nomeadas de A a J.

Quando Sakura entrou na nave, atravessando um portal de energia azul que ficava na lateral da mesma, uma voz, que parecia falar de todas as direções da Estação Interplanetária, anunciou:

– Atenção, senhoras e senhores passageiros com destino ao ponto 32 da região norte... por favor, dirijam-se até a plataforma C7 para o embarque. O voo sairá dentro de cinco minutos. Repetindo para os desatentos: atenção senhoras e senhores...

Sakura já estava sentada na cadeira de piloto e pronta para decolar a qualquer momento, enquanto os passageiros entravam na nave. Um robô amarelo de um metro e oitenta de altura ficava na entrada da nave para fazer o reconhecimento dos passageiros. Ele tinha uma grande estrutura de DNA, que começava nas pernas, passava na frente de seu tronco e acabava no pescoço, e sua cabeça hexagonal se mostrava dentro de um "U". Cada uma de suas mãos tinha quatro dedos.

– Olá, senhor robô! – exclamou um garotinho de cabelo vermelho que inclinava sua cabeça para olhar o robô, que tinha o dobro de sua altura.

– Por favor, coloque sua mão sobre o círculo vermelho no meu braço! – disse o robô com uma voz eletrônica para o garotinho que, no mesmo instante, colocou sua mão esquerda sobre o círculo.

– DNA verificado! Passagem comprada Passageiro liberado! – disse o robô com sua voz eletrônica para o garotinho, que entrou na nave logo em seguida, atravessando o portal de energia azul.

Enfim, todos os passageiros já estavam na nave. Sakura olhou para frente de forma concentrada para a imagem holográfica com o mapa de Urano e decolou logo em seguida. Diferente de Kem, Sakura gostava de pilotar a nave manualmente em vez de usar o guia. Via-se um ponto azul-esverdeado no céu seguindo para a direção norte.

Tudo estava muito escuro e os barulhos de seus passos e de sua respiração misturavam-se com o som triste dos ventos naquela imensidão de pedras que não parecia ter fim. Kem já estava correndo há meia hora e nada conseguiu encontrar. Diminuía o ritmo dos seus passos conforme ia se cansando, até que parou para respirar um pouco.

– Droga! – exclamou Kem e depois inspirou profundamente, puxando o ar pela boca. Após expirar, disse novamente:

– Nem sinal dele. Esse miserável sumiu mesmo! – dizia Kem enquanto recuperava o fôlego. Os ventos, que não paravam de soprar, batiam na face cansada de Kem.

– Não posso ficar parado aqui – disse Kem baixinho para si mesmo enquanto fechava fortemente sua mão direita. – Vamos lá, Kem, você é um Guerreiro do Universo! – gritou Kem para si mesmo.

Kem começou a andar pela floresta, mas apenas via pedras e ouvia o barulho dos ventos chorando. Após caminhar por algum tempo, Kem percebeu que estava em uma parte diferente da floresta, em que as árvores ficavam mais distantes entre si e a escuridão quase não existia. Andando sobre um chão que agora era mais mole, Kem, de repente, mirou seus olhos sobre algo. Eram pegadas.

– Pegadas! – exclamou Kem. – Maravilha! Agora vou seguir suas pegadas até pegá-lo, seu miserável!

Mas essas pegadas seriam mesmo as do suposto inimigo? Isso é o que Kem descobriria em breve.

Kem começou a seguir as pegadas atentamente, caminhando por entre aquelas árvores gigantescas. Percorreu um longo caminho durante um tempo e depois teve que parar. Havia um riacho bem à sua frente, onde as pegadas terminavam. Era um riacho de cor verde-água que tinha uns cinco metros de largura e que passava por entre aquela floresta sem vida. Kem, que estava a uns três metros da margem do riacho, colocou suas mãos sobre a cabeça, fez uma cara de desapontado e pensou: "Esse cara é mais esperto do que eu pensava".

Kem caminhou até a margem do riacho e se agachou para lavar o rosto e beber um pouco de água. Apenas o barulho de Kem ao tocar na água era ouvido naquela parte mais clara e calma da floresta, onde até mesmo os ventos eram mais tranquilos.

– Estou começando a ficar cansado – disse Kem baixinho enquanto pegava água com suas mãos para beber. Quando já tinha saciado sua sede, Kem começou a ficar pensativo, olhando e ouvindo a água passar no riacho. "Ele usou o riacho para camuflar suas pegadas e fugir de vez", pensou Kem, agora com uma das mãos sob o queixo.

Kem ergueu a cabeça, olhou para frente, franziu a testa com uma cara de surpresa e depois arregalou os olhos. Via algo à sua frente, além do riacho, do chão e das árvores.

– O que é isso? – indagou-se Kem no mesmo instante em que começara a levantar-se. Parecia que havia algo jogado na margem do outro lado do riacho. Foi então que Kem começou a atravessar o riacho tocando com seus pés descalços no fundo. O riacho era bem raso, e a água batia na altura da cintura de Kem. Quando chegou à metade do riacho, Kem ainda não conseguiu identificar o que era aquilo.

Finalmente, ao chegar à outra margem, Kem descobriu o que era aquilo. Começou a olhar atentamente para aquilo e pensou: "Parece que você gosta de deixar suas marcas pelo caminho".

Era uma roupa azul-marinho que tinha marcas de sangue. Parecia-se com um colete e estava muito rasgada. Kem, que ainda estava dentro do riacho, pegou-a em suas mãos. Parecia ter sido feita com um material muito resistente, próprio para combates. Estava muito molhada e danificada. Kem, ao levantar a cabeça e olhar para as árvores de pedra à sua frente, pensou: "Ele provavelmente a tirou para diminuir o peso. Devia estar muito machucado".

Ao examinar aquela roupa, Kem descobriu um triângulo negro que estava desenhado do lado esquerdo na altura da cintura. Kem apalpou a roupa, bem em cima do desenho do triângulo, e percebeu que tinha algum objeto ali dentro. Porém, não havia nenhum bolso ou mesmo uma abertura sequer.

– O que será que há aqui? Como será que se abre isso? – indagou-se Kem, enquanto tentava tirar o objeto de dentro da roupa. – Vou tentar rasgá-la! – Foi então que Kem tentou rasgá-la bem no lugar em que estava o triângulo, mas suas tentativas foram em vão. – É muito resistente e, além disso, está molhada. Já sei! Vou usar energia!

Kem jogou a roupa no chão, esticou seu braço direito e abriu sua mão, apontando a palma em direção à roupa. Uma energia azul começou a brilhar na palma de sua mão, mas, de repente...

– Não! Não posso fazer isso! – gritou Kem para si mesmo, hesitando. – Assim vou acabar destruindo o objeto sem saber o que é. – E a energia desapareceu da mão de Kem. – É melhor eu levar isso para casa e tentar abrir lá. – Kem pegou a roupa novamente e depois se lembrou de que deveria continuar procurando o suposto inimigo.

Kem olhou para a direção em que as águas corriam e depois olhou para o outro lado, e foi quando pensou: "Puxa vida! Para que lado ele deve ter ido?". Como não havia mais pegadas, era provável que o suposto inimigo tivesse seguido, caminhando por dentro do riacho.

Kem saiu de dentro do riacho, segurando aquela roupa em suas mãos, e depois sentou-se à margem. Segurando aquela roupa com sua mão esquerda, esticou seu braço direito, apontou o dedo indicador para o meio do riacho e disse:

– Bem, então agora vou escolher por qual caminho seguir. Vamos lá! – Kem apontou o dedo para o lado direito. – Mercúrio... Vênus... – Agora estava com o dedo apontado para a esquerda, e depois começou a alternar os lados a cada vez que pronunciava o nome de um planeta. – Terra... Marte... Júpiter... Saturno... Uranoooo! Obaaaa! Eu vou escolher esse daqui! – exclamava Kem, com o dedo apontado para o lado direito e um sorriso infantil no rosto, parecendo uma criança feliz ao ficar brincando. Depois se levantou e seu rosto voltou a aparentar uma expressão mais séria. Olhou para o seu lado direito e depois seguiu correndo por terra no sentido da correnteza do riacho, segurando aquela roupa em sua mão.

Enquanto corria com esperança de encontrar o suposto inimigo, Kem percebia que a floresta começava a ficar novamente escura. "Será que estou no caminho certo?", pensou Kem.

Após correr por uns trinta minutos sem parar, Kem começou a ver alguns feixes de luz à sua frente. Colocou uma das mãos sobre as sobrancelhas para tapar a luz que passava por entre aquelas árvores de pedra e irritava seus olhos. Todo o local estava agora iluminado, e Kem começou a diminuir os passos lentamente. Finalmente, Kem parou de correr e podia novamente ver aquele céu azul iluminado. Estava fora da floresta e olhava para o horizonte. O vento não mais chorava ali onde o riacho ainda corria e seguia por um longo caminho na parte de fora da floresta.

– Não consegui encontrá-lo! – exclamou Kem ao jogar aquela roupa azul--marinho no chão, com raiva. – Mas, pelo menos, já estou fora dessa floresta sombria.

Kem, que estava muito cansado, desmoronou sobre um gramado azul que estava aos seus pés e esticou-se no chão. Enquanto estava deitado, de barriga para cima, Kem começou a olhar para o céu, vendo algumas nuvens azuis passarem e seus olhos começaram a piscar vagarosamente, até que pegou no sono. Mas o que Kem não tinha percebido era que havia uma nave espacial azul muito suspeita pousada no chão a uns dez metros dali.

5
O impostor

Sakura estava na Estação Interplanetária e já havia feito todos os seus voos locais pelo planeta Urano. Ela estava agora sobre a estação número 10, a mais protegida e importante de todas. Faria uma viagem para o planeta Netuno dentro de cinco minutos.

Ali se encontravam seres muito importantes, como o rei do planeta Urano, que estava acompanhado pelo rei do planeta Netuno. Também havia alguns cientistas e líderes de outros planetas fora do Sistema Solar, que fariam intermediação para pegar outros voos na estação do planeta Netuno. Estavam todos conversando à vontade espalhados por aquela estação, que era a única em formato circular.

Sakura caminhou em direção a uma nave negra, bem maior do que aquela azul-esverdeada que acabara de pilotar. Quando os seres que ali estavam escutaram os passos de Sakura sobre o chão metálico da estação, começaram a olhá-la enquanto ela passava entre eles, pois sua beleza era apreciada até por aqueles que eram chamados de mais importantes. Quando Sakura entrou na nave, aqueles importantes passageiros também começaram a entrar.

Na entrada da nave não havia um robô que identificava os passageiros como nas outras estações. Porém, havia dois robôs amarelos na entrada da estação que faziam esse trabalho, e em volta da estação havia uns cinquenta homens muito fortes que cuidavam da segurança do local.

Quando todos os passageiros já estavam dentro da nave negra, um dos robôs anunciou:

– Está faltando um passageiro na nave da plataforma A, número 91!

– Hum... deixe-me confirmar no meu computador, número 92 – disse o robô número 91 com sua voz eletrônica ao olhar para o robô número 92, que estava ao seu lado. Após consultar o seu computador interno, o robô número 91 disse novamente com aquela voz eletrônica:

– Confirmado! Trata-se do cientista Domo do planeta Delta!

– Correto, número 91! Ele está inscrito no voo da nave negra da piloto Sakura na plataforma A – disse o robô número 92, que virou-se para o número 91, fazendo um barulho robótico. – Vou avisar a central da Estação Interplanetária para fazer um chamado de procura.

– OK, número 92! Caso ele não apareça dentro de três minutos, darei ordem para Sakura decolar – disse o robô número 91. O robô número 92 já estava prestes a entrar em contato com a central da Estação Interplanetária quando, de repente, a sombra de um homem apareceu sobre o chão da estação circular no meio dos dois robôs e uma voz se pronunciou:

– Não precisa avisar. Estou aqui!

Nesse instante os dois robôs olharam para frente e viram um homem de estatura média perto deles. Estava vestindo uma roupa toda branca, muito parecida com aquela dos monges terráqueos do Tibete, assim como suas sandálias, que também eram brancas. Tinha o cabelo azul-escuro e comprido que caía até a metade de suas costas, e estava usando óculos escuros muito grandes, que escondiam parte de sua face.

– Cientista Domo? – indagou o robô número 91, olhando para aquele homem.

– Desculpem-me pelo atraso. Ocorreram alguns imprevistos e acabei me atrasando um pouco – disse aquele homem, que parecia ser o cientista Domo.

– Por favor, senhor Domo, coloque sua mão sobre o círculo vermelho no meu braço! – exclamou o robô número 92 com sua voz eletrônica. O homem de branco hesitou quando ia colocar sua mão no braço do robô para fazer a identificação. Podia-se ver sua garganta se mexendo enquanto engolia em seco, olhando para o braço do robô. – A nave já está saindo, senhor Domo, precisamos fazer a identificação agora. Por favor!

Finalmente colocou sua mão sobre o braço do robô, que anunciou com sua voz eletrônica:

– DNA desconhecido! Passageiro bloqueado!

– Algo está errado aqui! Senhor Domo? – disse o robô número 91 ao olhar para o passageiro que não foi identificado. – Vamos confirmar aqui comigo. Talvez o número 92 possa estar com defeito. Agora coloque sua mão sobre o círculo vermelho no meu braço, senhor Domo! – E, quando o robô número 91 disse isso, aquele homem estampou um sorriso maléfico no rosto e disse baixinho para si mesmo:

– Por sorte eu trouxe essas coisinhas aqui comigo – dizia isso enquanto se abaixava para pegar dois pequenos objetos que estavam entre seu pé direito e a sandália. Segurou um objeto em cada mão e depois se levantou, dizendo:

– Durmam, suas latas velhas! Tenham bons sonhos! – Ao dizer isso, colocou um objeto em cada um dos robôs, que ficaram imóveis no mesmo instante. Podia-se ver várias faíscas eletromagnéticas ao redor dos corpos dos robôs número 91 e número 92, até seus circuitos se desligarem completamente e ficarem ali parados como se fossem duas estátuas.

O homem que se vestia como Domo olhou de esguelha para ambos os lados e depois seguiu para frente, atravessando a estação circular em direção à nave negra. Parecia que nenhum dos cinquenta seguranças que estavam ao redor percebera o que estava acontecendo, pois este homem, que se vestia como Domo, conseguiu entrar na nave negra sem problemas.

– Enfim, chegou, senhor Domo! – exclamou um dos cientistas que estava sentado na nave, ao olhar para o suposto Domo.

– Pensávamos que não viria mais! – exclamou outro cientista, que também olhou para o homem que parecia ser Domo.

Todos os cientistas estavam sentados juntos nas fileiras de trás. A nave possuía dez fileiras com cinco cadeiras cada uma, totalizando cinquenta lugares, que ficaram todos ocupados assim que o suposto Domo se sentou no único assento vazio da última fileira, o assento da ponta direita. Eram assentos azul-claros em formato esférico com o apoio das costas em formato semiesférico. Por dentro da nave, o chão, as paredes e o teto também eram azul-claros.

– Novo visual, hein! Você pintou o cabelo, Domo? – perguntou o cientista do planeta Birdome, que estava sentado na nona fileira, ao olhar para trás com um ar de gozação. Mas o homem que era chamado de Domo ficou calado e imóvel sem responder nada. – Desde quando você usa óculos escuros, Domo? – Foi nesse instante que o suposto Domo se levantou com uma cara séria. O cientista do planeta Birdome levantou as sobrancelhas junto com seu bigode e olhou assustado para o suposto cientista Domo. – Des... des... culpe.

– Sakura! – gritou o suposto Domo com uma voz firme, olhando para Sakura. Sakura virou a cabeça, olhando para trás com atenção. – Os robôs me pediram para avisar você que já pode decolar. Eles tiveram alguns problemas no sistema e não puderam dar a ordem de decolagem.

– Problemas? – indagou Sakura, franzindo a testa. – Bem, estamos atrasados, realmente deve ter ocorrido alguma coisa, caso contrário já teriam me avisado. Certo! Vamos decolar! – Sakura olhou para frente e acionou a decolagem da nave. O homem que se vestia como Domo sorriu, malicioso, e depois sentou-se novamente. Foi quando ele encostou no assento e pendeu com o corpo para o lado esquerdo, quase caindo no colo de um cientista chamado Carogue, também do planeta Delta. Carogue tinha sobrancelhas brancas, olhos negros da mesma cor de seus cabelos, nariz gordo e usava um pequeno chapéu branco em forma de cone que combinava com sua roupa e suas sandálias brancas, iguais às do suposto Domo.

Quando se ajeitou no assento, o suposto Domo inclinou sua cabeça para trás, olhando para o teto. Depois fechou os olhos, abriu a boca e começou a respirar mais forte, aparentando estar muito esgotado.

– Está tudo bem com você, Domo? – perguntou Carogue, ao olhar para a expressão cansada daquele homem a quem chamava de Domo. Porém, o suposto Domo permaneceu calado e imóvel na posição em que estava.

A nave finalmente decolou, subindo rapidamente e cada vez mais alto em direção ao céu de Urano. Assim como na nave de Kem, as paredes da nave negra ficaram invisíveis do lado de dentro, e os passageiros olhavam admirados para o céu que passava numa velocidade surpreendente. Nesse momento em que todos estavam olhando para fora, o suposto Domo fechou fortemente sua mão esquerda enquanto fazia uma cara de dor, como se estivesse sentindo um mal-estar físico e mental.

– Domo? Senhor Domo! – disse Carogue, preocupado, ao olhar para a mão do suposto Domo, que estava toda ferida. – Sua mão, senhor Domo...

O suposto Domo ficou mais calmo e balançou a cabeça, que ainda estava inclinada para trás, em um gesto dizendo que não, e depois disse:

– Estou bem! Vou dormir um pouco. Não me acorde até chegarmos ao planeta Netuno. – Após dizer isso, relaxou o corpo e caiu em um sono profundo. O cientista Carogue desfez sua cara de preocupado, voltando a olhar novamente para frente.

– Tudo bem, senhor Domo – disse Carogue baixinho para si mesmo e depois pensou: "Domo está muito estranho hoje. Nem parece ser ele mesmo. Ah, mas não importa... ele é meu colega e devo respeitá-lo". E assim a nave ficou em um clima mais tranquilo.

Uma visão incrível agora se mostrava quando todos os passageiros olharam para trás. O planeta Urano, cada vez mais distante, estava do tamanho de uma bola de futebol dos terráqueos, e seu magnífico brilho azul-claro deixava todos encantados e de boca aberta. O céu agora era negro e cercado por milhões de estrelas que brilhavam ao longe. Era uma linda visão a caminho do planeta Netuno pelo espaço sideral.

Apareceram dois homens correndo desesperados em direção à estação circular. Quando chegaram à entrada da estação número 10, um deles, que era alto, forte e vestia um uniforme marrom da Estação Interplanetária, olhou para o outro com uma cara desapontada e disse:

– Chegamos tarde demais! A nave já decolou.

– Olhe! – disse o outro homem, que era mais baixo e também vestia um uniforme marrom da Estação Interplanetária. – Olhe aquilo! – E agora apontava o dedo enquanto olhava assustado para frente. O homem mais alto, também olhando assustado, disse:

– Oh, não! Os robôs...

– Número 91 e também o número 92! – exclamou o homem mais baixo, que depois correu até os robôs para ver o que tinha ocorrido. O homem mais alto correu junto com ele.

– São dispositivos *robodagets*! Será um milagre se conseguirmos recuperá-los desse estrago – disse o homem mais baixo ao olhar com pena para os robôs. O *robodaget* é um dispositivo eletromagnético em formato de uma pequena pastilha preta, capaz de danificar os seres robóticos em questão de segundos, espalhando-se como um vírus por todo o sistema.

– E não é qualquer pessoa que possui um robodaget, pois são dispositivos restritos apenas às pessoas autorizadas – disse o homem mais alto, quando um dos cinquenta seguranças se aproximou para saber o que estava acontecendo.

– Posso ajudar em algo? – perguntou o segurança, que usava um uniforme todo azul-claro da mesma cor de seus cabelos.

– Poderia ter ajudado antes – disse o homem mais baixo olhando para o segurança, que franziu a testa.

– Encontramos um dos passageiros que estaria no voo da plataforma A, inconsciente e sem roupa dentro do banheiro que fica no corredor a caminho dessa estação – disse o homem mais alto, ao que o segurança fez uma cara desagradável.

– Ei, não é o que você está pensando! O banheiro não estava com cheiro ruim – disse o homem mais baixo enquanto balançava suas mãos abertas e olhava para o segurança.

– Trata-se do cientista Domo do planeta Delta. Nós o levamos para o centro de recuperação, e agora está melhor. Parece que ele foi golpeado no rosto por alguém – disse o homem mais alto para o segurança, que continuava ouvindo atentamente.

– E, ao que tudo indica, algum impostor pegou o voo no lugar dele. A essas horas já devem estar na metade do caminho, seguindo em direção ao planeta Netuno – disse o homem mais baixo balançando uma das mãos com o punho fechado.

– Sim, pois daqui até Netuno gastam-se umas duas horas de viagem e já faz uma hora que saíram. Podemos enviar um comando de alerta para o piloto da nave – disse o homem mais alto olhando para o homem mais baixo e o segurança. – Deixe-me ver... quem está pilotando... – disse enquanto coçava a cabeça e olhava para baixo.

– É Sakura! E ela é uma mulher! – exclamou o homem mais baixo, preocupado.

– Tem algum guerreiro na nave? – perguntou o segurança, olhando para os dois homens.

– Acho que não. E há muitas pessoas importantes lá – disse o homem mais baixo, que agora estava escorado no robô número 91. – Essa parece ser uma situação delicada, e não sabemos o que o impostor é capaz de fazer. E o que me deixa indignado é que isso aconteceu já faz uma hora e ninguém percebeu nada até chegarmos aqui. – Havia agora um aglomerado com uns vinte seguranças que estavam na entrada da estação número 10 ouvindo o homem mais baixo falar, sendo que nesse instante todos eles abaixaram suas cabeças num gesto de lamento.

– Lamentamos pela nossa distração – disse aquele mesmo segurança que estava mais à frente. – O que podemos fazer agora é alertar Sakura e orientá-la para não fazer nada até que chegue a Netuno com segurança.

Enquanto isso, Sakura pilotava atentamente a nave negra em direção a Netuno. Foi quando a imagem do rosto daquele segurança apareceu na tela holográfica bem em frente aos olhos de Sakura.

– Segurança Raman chamando piloto Sakura – disse a imagem do segurança, para a qual Sakura olhou atentamente. Neste instante podia-se ver o suposto Domo ainda dormindo em um sono profundo.

– Percurso Urano a Netuno... modo automático! Fechar cabine! – ordenou Sakura para a nave com seu comando de voz. Uma energia azul apareceu entre a cabine de pilotagem e o local em que estavam os passageiros, se transformando em metal logo em seguida, igual à porta da casa de Sakura. Agora Sakura estava isolada do resto da nave e só o que via era a cabine de pilotagem e o espaço à sua frente. – Pode dizer agora, Raman! – O segurança olhou para um cubo de metal verde que segurava na mão.

– Parece que há um impostor a bordo de sua nave, piloto Sakura – disse a imagem do segurança. Sakura fez uma cara assustada.

– Im... pos... tor? – perguntou Sakura com uma voz meio assustada.

– Sim. Trata-se de um homem que está se passando por Domo, um cientista do planeta Delta. Ele tem um cabelo azul comprido, está vestindo uma roupa branca e usando óculos escuros meio ridículos – disse Raman, enquanto olhava para uma foto do suspeito na tela holográfica de um supercomputador parecido com aquele de Kem. Depois olhou para a imagem de Sakura. – É um desconhecido, portanto não sabemos o que ele pode fazer.

Sakura arregalou os olhos no mesmo instante, dizendo:

– Foi o último passageiro a chegar!

– Só peço que fique atenta e não faça nada, não diga nada, até chegar a Netuno com segurança – disse aquela imagem do segurança que olhava sério para Sakura. Foi então que Sakura deu um comando de voz para que a imagem da tela mostrasse o local em que estavam os passageiros. Ela mirou o olhar para a tela, reconheceu o impostor e fez uma cara de alívio ao inspirar fundo e depois soprar o ar.

– Ele está dormindo – disse Sakura, agora mais calma, ao olhar para a imagem de Raman, que estava novamente na tela. – Entendi a mensagem, Raman. Mas o que devo fazer ao chegar a Netuno?

– Quando pousar a nave na estação de Netuno, chame as autoridades locais, os Denoturis (no planeta Terra são chamados de policiais) – orientou Raman. – Mantenha-nos informados da situação, e se precisar de algo é só me chamar por aqui. Boa sorte, Sakura!

– Obrig...

Sakura nem terminou de agradecer. A imagem do segurança Raman desapareceu fazendo um ruído baixo – "zuuuum..." –, dando lugar a um mapa de coordenadas do Sistema Solar que mostrava o percurso da nave, representada por um ponto vermelho que se movia em uma tela negra, de Urano para Netuno.

Passada mais uma hora de viagem a caminho do planeta Netuno, Sakura estava ali em sua cabine, de pé, olhando para o horizonte à sua frente com um sorriso de alegria e admiração estampado no rosto. Qualquer um poderia ficar assim, como Sakura estava agora, pois a bela imagem que via à sua frente era uma obra-prima do Universo. Uma esfera, toda em um tom azul-marinho, brilhava na escuridão do espaço sideral. Era o planeta Netuno mostrando o seu esplendor, o oitavo planeta do Sistema Solar. Nem mesmo aqueles importantes passageiros que viviam sempre viajando pelo espaço podiam deixar de olhar para a brilhante esfera azul-marinho, que ficava cada vez maior enquanto a nave se aproximava.

– Vejam, que bonito!... Netuno... – comentavam alguns passageiros da nave enquanto apontavam o dedo para aquela imensidão azul. O sorriso de admiração nos rostos dos passageiros era inevitável, enquanto olhavam para aquela esfera azul--marinho, praticamente do mesmo tamanho do planeta Urano. Assim era Netuno, um planeta com treze luas e um período de translação de 164 anos ao redor da estrela Sol, um planeta que tinha dias de dezesseis horas e seis minutos.

Após alguns instantes, podia-se ver a nave negra atravessando aquela camada azul que separava o planeta Netuno do espaço negro. Se houvesse alguém do lado de fora da nave nesse momento, esse alguém escutaria um enorme barulho.

Finalmente via-se a nave negra pousando na Estação Espacial Netuno, como era chamada. Bem diferente da Estação Interplanetária de Urano, que era em forma de "U", esta estação tinha um formato circular e possuía cinquenta plataformas circulares distribuídas pela borda.

"Chissssssssss..." era o barulho que se ouvia enquanto a nave negra pousava na plataforma 42, diferente do ruído de quando tocou no chão metálico azul-marinho, produzindo uma leve ventania à sua volta.

– Percurso finalizado com sucesso! – disse a voz eletrônica do painel de comando para Sakura, que nesse instante fez uma cara de preocupação. "Preciso chamar os Denoturis e informá-los sobre o impostor", pensou Sakura, enquanto apertava sua mão direita ao peito. Depois, respirou fundo. – Vamos lá, Sakura, não tenha medo – sussurrou Sakura para si mesma.

Assim, Sakura passou todas as informações que estavam no computador da nave para os Denoturis, que não demoraram a chegar e ficaram aguardando a saída dos passageiros na porta da nave negra. Finalmente, quando a porta da nave negra se abriu, viam-se os passageiros descendo na plataforma 42. Ali estava um Denoturi, que vestia uma roupa toda azul-marinho, fazendo o reconhecimento dos passageiros. Além desse, havia mais 49 Denoturis que cercavam a nave e possuíam armas de raio laser. Todos eles tinham cabelos azul-escuros bem curtos.

– DNA verificado! Passageiro liberado! – disse vagarosamente a voz eletrônica de uma esfera metálica azul que o Denoturi estava segurando em sua mão esquerda, logo após ser tocada pelo primeiro passageiro que estava sendo reconhecido. Dentro da nave havia vários passageiros em pé aglomerados junto à porta, fazendo zunidos enquanto cochichavam. De repente ouviu-se um "zuuuum", quando a parede que separava a cabine de pilotagem transformou-se em energia azul até desaparecer por completo. Todos olharam para a figura de Sakura, que estava com os braços cruzados e uma cara séria, um pouco preocupada. Sakura começou a andar em círculos em sua cabine, ainda com os braços cruzados, até alguém chamá-la.

– Piloto Sakura! – exclamou um homem de barba verde que estava no meio da aglomeração, ao que Sakura parou de andar e olhou de esguelha para ele. – O que está acontecendo? – Sakura olhou diretamente para ele, depois abaixou o olhar e, sem responder, voltou a andar em círculos, agora segurando as mãos atrás das costas, perto da cintura. O homem de barba verde balançou a cabeça e depois voltou a cochichar. Enquanto isso, fora da nave, vários passageiros já haviam sido reconhecidos.

– Vossa Excelência! – exclamou o Denoturi, se ajoelhando, no momento em que o rei do planeta Netuno se aproximava para o reconhecimento. – Perdoe-me, Vossa Excelência, mas preciso fazer vosso reconhecimento. – O rei do planeta Netuno, que estava vestindo uma brilhante túnica azul combinando com sua coroa em forma de globo, abriu um sorriso bondoso ao tocar a esfera que o Denoturi segurava. No mesmo instante foi reconhecido, assim como o próximo passageiro, o rei do planeta Urano, que estava vestido de maneira semelhante ao rei do planeta Netuno: o que mudava eram somente alguns detalhes da roupa e o tom de azul, obviamente, mais claro.

A aglomeração dos passageiros na porta da nave pelo lado de dentro começava a diminuir cada vez mais. Agora só faltavam dez passageiros a serem reconhecidos, e a aglomeração já não mais existia.

– Domo? – indagou-se o cientista Carogue, quando olhou para trás e viu seu suposto colega ainda dormindo. Carogue era o primeiro da fila na porta da nave e o próximo a ser reconhecido. "Ai, agora eu lembrei! Ele me pediu para acordá-lo assim que chegássemos", pensou Carogue, ao fazer uma cara *de alguém que lembra algo que não deveria ter esquecido*, enquanto segurava na porta aberta da nave, praticamente pronto para sair.

– Senhor Carogue? – indagou o passageiro que estava na fila atrás de Carogue, enquanto olhava-o sair da fila em direção aos assentos. Quando Sakura viu Carogue chacoalhando os ombros do suposto Domo para acordá-lo, ela arregalou os olhos, mantendo sua cara séria.

– Acorde, Senhor Domo! Acorde! – dizia Carogue com as mãos apoiadas nos ombros do suposto Domo enquanto o chacoalhava.

– Pare! – gritou Sakura ao esticar seu braço direito com a mão aberta. – Você vai perder o seu lugar na fila, Carogue – disse Sakura, agora com uma voz brava.

– Desculpe-me, Sakura, mas preciso acordar meu colega cientista – disse Carogue, com as mãos enroscadas na cabeleira azul do suposto Domo e olhando para Sakura.

– NÃO! – agora Sakura deixou escapar um "não" tão alto que todos os que ainda estavam na nave olharam para ela, inclusive...

O suposto Domo despertou, abrindo rapidamente seus olhos, que se focaram em Sakura, fazendo uma cara de espanto.

– Chegamos? – perguntou o suposto Domo, olhando diretamente para os olhos verdes de Sakura. Carogue respirou aliviado e sorriu, enquanto Sakura trocava sua cara de espanto por uma de preocupação ao consentir com a cabeça, olhando para as lentes escuras dos óculos do suposto Domo.

– Domo, você acordou! – exclamou Carogue ao levantar suas mãos para cima em um movimento brusco e...

– Aaaaaiiiiiiiiii... – gritava o suposto Domo de dor ao sentir seu cabelo azul sendo puxado pelas mãos de Carogue, que fez uma cara de trapalhão. O suposto Domo olhou com uma cara feia para Carogue e depois arrumou o seu cabelo despenteado. Até mesmo a própria Sakura, que não tinha nada a ver com isso, ficou com vergonha do que acabara de ver, avermelhando as bochechas.

Agora só restavam os três na nave: Sakura, Carogue e o suposto Domo. Todos estavam sérios novamente depois da palhaçada, e o suposto Domo olhava de uma forma muito estranha para Sakura.

– Vamos, Domo! Só faltamos nós dois para sair da nave – disse Carogue olhando para o suposto Domo, que parecia não ter ouvido nada, pois a única coisa que estava fazendo era olhar para Sakura. Então, o suposto Domo começou a se levantar lentamente, sem tirar seus olhos de Sakura, que fechou a cara numa expressão defensiva. – Domo? – Carogue fez uma cara de dúvida.

– É a primeira vez que vejo você tão de perto, Sakura – disse o suposto Domo com uma voz calma. Sakura, que estava com os braços soltos, pensou: "O que esse cara está pensando?". – E agora percebo que é uma mulher muito bonita! – Imediatamente Sakura franziu a testa e abriu a boca, fazendo uma expressão *de alguém que ouve palavras atrevidas para com sua pessoa*. "Eu sou uma mulher casada!", pensou Sakura.

O suposto Domo começou a se aproximar com leves passos até onde Sakura estava. Sakura parecia ouvir o sutil ruído de cada passo que ele dava, até finalmente chegar muito próximo ao seu corpo. Sakura fez uma cara séria e pensou: "Se esse atrevido encostar um dedo em mim, o Kem acaba com ele depois!".

– Cientista Domo, cientista Domo... – Carogue chamava o suposto Domo, que nem deu a mínima atenção para ele.

– Sakura... seus lábios... seus olhos... – dizia o suposto Domo, prestes a tocar com sua mão direita nos cabelos castanhos de Sakura, que fechou sua cara numa expressão muito brava e...

– TRACK! – ouviu-se o som de um estalo ressoando por dentro de toda a nave.

Carogue arregalou os olhos ao ver o suposto Domo se afastar uns dois passos para trás com as duas mãos sobre a face esquerda. Sakura acabara de dar-lhe um tapa na cara.

– Ai, ai... que mulher agressiva – resmungou o suposto Domo quando tirou as mãos de sua face, mostrando uma marca avermelhada no formato dos cinco dedos da mão direita de Sakura.

– Hu! Seu atrevido! – disse Sakura, com os braços cruzados, ao virar a cabeça para o lado com cara de brava. Carogue ainda olhava espantado para o suposto Domo e não acreditava no que acabara de ver.

– Sa... ku... ra – disse o suposto Domo lentamente, agora com uma cara mais séria, enquanto olhava para Sakura. – Um dia nos veremos novamente, e as coisas serão muito diferentes. – Sakura via sua face refletida nos óculos do impostor enquanto o ouvia falar. Após dizer aquilo para Sakura, o suposto Domo virou-se em direção à porta da nave e começou a caminhar. Carogue seguiu atrás, enquanto Sakura continuava com os braços cruzados vendo os dois saírem da nave.

Agora, o suposto Domo estava frente a frente com o Denoturi, que segurava a esfera metálica azul, pronto para fazer a identificação. Mas, em vez de colocar sua mão sobre a esfera, o suposto Domo ergueu seus óculos, mostrando sua face para o Denoturi, ao mesmo tempo em que sorriu orgulhoso e ameaçador.

– Mas... não... não pode ser! – exclamou o Denoturi ao olhar para a face ferida daquele homem que se passava por Domo. Mas as feridas não foram causadas pelo tapa de Sakura, pois haviam sido escondidas pelos óculos e eram marcas de batidas e queimaduras. Seus olhos, que eram de um tom azul-escuro, assim como seus cabelos, se mostravam em uma expressão ameaçadora. – É você! Você... você é o impostor?

– Está surpreso? *Hahahaha*! – disse o impostor com uma voz orgulhosa, enquanto ria e mexia os ombros. Neste instante podia-se ver o medo dentro dos olhos do Denoturi. Quando o impostor deu um passo à frente, o Denoturi começou a dar passos para trás com dificuldade, pois sua perna parecia estar paralisada pelo medo. Mesmo estando com uma arma de raio laser em uma das mãos, o Denoturi hesitava em fazer qualquer ataque. Com o corpo todo tenso, o Denoturi olhava para o sorriso e os olhos de frieza do impostor à sua frente; foi quando amoleceu suas mãos, deixando tanto a esfera quanto a arma de raio laser caírem no chão.

– Domo? Cientista Domo? – indagou Carogue, que estava olhando por cima dos ombros do impostor e tentando entender o que estava acontecendo com o Denoturi, que agia de forma muito estranha. – Diga-me o que está acontecendo, Domo! – exclamou Carogue com uma voz mais firme, ao mesmo tempo em que cutucava com o dedo o ombro do impostor. Mas Carogue não deveria ter feito isso. Foi neste instante que o impostor olhou para trás e Carogue pôde ver a sua fria face.

– Você não é... você não é o Domo! – exclamou Carogue com espanto ao ver o sorriso maldoso do impostor. Após virar o rosto para frente, o impostor, com um leve e rápido movimento, golpeou o estômago de Carogue com o cotovelo direito, fazendo com que ele caísse desmaiado no mesmo instante.

– Está vendo! É isso o que acontece a insetos que me incomodam! – disse o impostor num tom de voz firme e autoritário, apontando seu dedo em direção à cara do Denoturi. Depois começou a apontar o dedo para todos os Denoturis que estavam ao redor, girando lentamente o seu braço em um movimento horizontal e acompanhando com o olhar enquanto dizia:

– Todos vocês! Seus insetos insignificantes! Nem pensem em usar essa armazinha de raio laser ridícula para tentar fazer algo contra mim! Pois já sabem o que vai acontecer se fizerem isso! – Com uma expressão séria e fria, o impostor começou a caminhar no silêncio que se fez, e o barulho de cada passo que dava à frente ressoava nos ouvidos de todos os Denoturis que estavam ao redor. Aquele Denoturi que antes segurava a esfera saiu correndo, correndo atrapalhadamente até os outros Denoturis para se proteger.

O impostor, que estava com aquela roupa branca e com seus cabelos azuis caídos até a metade das costas, jogou os óculos escuros no chão enquanto caminhava e se aproximava cada vez mais dos Denoturis.

– Ah, eu não tenho medo desse cara! Ele só quer aparecer! – exclamou um dos Denoturis, dando alguns passos à frente. – Nós devemos garantir a segurança do povo netunianoooo! Haaaa... ao ataque! – E saiu gritando e correndo em direção ao impostor. Um Denoturi que estava ao seu lado tentou impedi-lo, mas não conseguiu.

– Hu? – indagou-se o impostor, olhando para o lado. – Inseto – disse baixinho para si mesmo quando o Denoturi já estava bem próximo. Foi então que o Denoturi acionou a arma de raio laser e gritou ao mesmo tempo:

– Tome issoooo... seu impostooooor!

– BUUUM! – uma pequena explosão acabara de acontecer. Todos olhavam espantados. Mas o que teria acontecido com o impostor? Teria sido ele ferido pela arma de raio laser?

– Oh, não! – gritou o Denoturi que tinha tentado impedir o colega de se aproximar do impostor. O sorriso frio no rosto do impostor continuava ali, e seus olhos miravam a fumaça que saía do corpo do Denoturi estirado no chão. Sendo muito rápido, o impostor havia lançado uma pequena chama de energia, que absorveu o laser e atingiu em cheio o Denoturi.

– E depois não digam que eu não tinha avisado! *Hahahahaha... Hahahahaha...* – ria o impostor com a cabeça inclinada para o alto, debochando de todos. Sakura, que estava escondida atrás da porta dentro da nave, espiava com seus olhinhos apavorados tudo o que estava acontecendo lá fora mantendo muita cautela. – Vamos, saiam da minha frente! Vocês são uma vergonha para esse planeta! – O impostor virou a cabeça para olhar à sua esquerda e viu que alguns dos passageiros da nave ainda estavam ali, protegidos atrás dos Denoturis.

– Ah, mas não é o rei do planeta Netuno? – disse o impostor com uma voz sarcástica ao olhar para o rei do planeta Netuno com sua túnica azul brilhante. O rei olhava espantado para tudo aquilo que estava acontecendo. – O que acha desses Denoturis, rei? – gritou o impostor, olhando para o rei. – Tem certeza de que está seguro se protegendo aí atrás deles? *Hahaha*! – Quando ouviu isso, o rei fechou fortemente as suas mãos enquanto fazia uma expressão brava e inconformada em sua face. Com isso, os Denoturis ficaram ainda mais furiosos e não podiam mais suportar a humilhação. Partiram com força total para cima do impostor, todos ao mesmo tempo.

– Aaaaaaaah! – gritavam alguns dos Denoturis que corriam para cima do impostor, já com a arma de raio laser apontada para ele. E foi nesse momento que o impostor pulou em cima do corpo do Denoturi que estava caído no chão e, no mesmo instante, gritou:

– O amigo de vocês ainda está vivo, posso acabar com ele?

– O impostor ergueu sua perna direita, preparando um chute. Os Denoturis pararam no mesmo instante; alguns até patinaram e outros escorregaram.

– Ora, seu... seu... canalha! – disse um dos Denoturis, que estava agachado com as mãos no chão por ter escorregado, olhando para a face cruel do impostor. De repente, uma energia amarelo-clara começou a brilhar em torno do corpo do impostor, e seus cabelos azuis começaram a balançar.

– Meu Deus! – exclamou Sakura, que estava olhando tudo pela porta, de dentro da nave. – Esse cara parece ter um poder muito parecido com o de Kem... Ah, é mesmo! Energia amarela, nível 1! – Com a cabeça um pouco inclinada para o alto, Sakura se lembrava da simulação que Kem havia lhe mostrado em seu computador. – Preciso sair daqui e procurar reforços, pois esse cara pode destruir as coisas e ferir as pessoas, inclusive o nosso rei, que ainda está aqui. – Sakura saiu correndo para a cabine, sentou-se depressa em sua cadeira de piloto e acionou os comandos da nave com sua voz.

– Fechar porta e decolar em modo manual! – ordenou Sakura.

Podia-se ver uma energia azul fluindo pela porta aberta da nave, que se fechou logo em seguida, transformando-se em metal negro. As paredes internas da nave tornavam-se novamente invisíveis enquanto a nave começava a subir. Nesse instante, via-se a face do impostor transformar seus lábios em um sorriso malvado, olhando para os Denoturis.

– HÁ! – gritou o impostor ao bater com sua perna direita sobre as costas do Denoturi para pegar impulso e saltar sobre os Denoturis que estavam à sua frente. Com o joelho esquerdo dobrado no ar, o impostor golpeou em cheio a cabeça de dez Denoturis com o seu pé direito, fazendo um movimento circular na horizontal, acertando um após o outro instantaneamente. Após ouvir-se o ruído de seus pés quando tocaram no chão, o impostor golpeou o rosto de mais cinco Denoturis com o punho direito, fazendo um movimento semelhante ao chute, também na horizontal. Agora já eram dezesseis Denoturis caídos inconscientes no chão.

Porém, vários tiros de raio laser acertaram as costas do impostor enquanto lutava com os outros Denoturis, fazendo sua roupa branca rasgar em vários lugares. Mas isso não foi o suficiente para detê-lo. Com a energia amarela ainda brilhando em torno de seu corpo, o impostor se pronunciou, olhando para os Denoturis que tinham atirado:

– Acham mesmo que essas armas podem me deter? Acham que a energia desses raios *lasers* é capaz disso? – Alguns Denoturis que estavam mais próximos engoliram em seco. – Pois então eu vou mostrar o que é *energia*!

Estando de pé, o impostor fechou suas mãos fortemente, e a energia amarela que fluía pelo seu corpo começou a aumentar de tamanho. O chão metálico da estação espacial começou a vibrar, e o ar ao redor começou a circular fortemente, fazendo seu cabelo azul esvoaçar por toda a parte. Sakura olhava espantada através das paredes invisíveis dentro da nave, ainda decolando, pois tudo isso estava acontecendo muito rápido.

– HAAA... HAAA... – gritava o impostor, franzindo o nariz e a testa enquanto uma energia azul-marinho em forma de um anel gigante começava a se formar ao redor do seu corpo. Os 34 Denoturis que ainda restavam ficaram todos espantados, sem exceção, e alguns até arregalavam os olhos com a cena que viam. Agora o corpo do impostor estava no centro de um anel de uns dois metros, formado por uma poderosa energia azul-marinho que flutuava na altura de seu peito. Um som eletromagnético vindo do anel de energia vibrava no ar ao redor, assim como também vibravam os pés dos Denoturis, que estavam apoiados no chão metálico da estação espacial.

– E agora? – indagou Sakura, ao olhar lá do alto para a energia azul do anel em volta do corpo do impostor, enquanto a nave negra subia, já estando a uns cinco metros do chão. De repente viu-se uma grande explosão de energia azul-marinho.

– AAAAH... AAAAH... – gritava o impostor, enquanto a energia azul do anel explodia, expandindo-se para todos os lados, atingindo em cheio todos os Denoturis que não tiveram tempo de fugir e muito menos de ver o que tinha acontecido, pois foi algo tão rápido que apenas sentiram seus corpos sendo arremessados a alguns metros dali. O impostor acertara trinta e quatro Denoturis com um golpe só. Agora eram cinquenta Denoturis caídos no chão. Sakura via tudo lá do alto, com seus olhos verdes apavorados e com um friozinho na barriga.

– Vamos, nave! Rápido! Vamos – dizia Sakura, desesperada, com suas duas mãos apoiadas no painel de comando da nave. Foi quando o impostor apenas inclinou sua cabeça para o alto e olhou com uma cara de desespero para a nave negra que estava decolando.

– Sakura! – disse o impostor, fechando fortemente a sua mão esquerda. – Não vou permitir que você fuja de mim! Nuncaaaa! – Ao gritar, o impostor dobrou levemente os joelhos e, num movimento com seu braço direito de baixo para cima, lançou uma pequena bola de energia azul-marinho em direção à nave negra de Sakura.

Ao olhar para trás, Sakura via, através das paredes invisíveis da nave, uma bola de energia azul do tamanho da palma de sua mão se aproximando cada vez mais e mais, subindo, fazendo um pequeno barulho enquanto atravessava o ar. Sendo uma piloto muito habilidosa, Sakura conseguiu desviar a nave da bola de energia azul, que continuou subindo até desaparecer na imensidão do céu azul-marinho do planeta Netuno.

Com um sorriso orgulhoso no rosto, Sakura balançou seu punho direito num movimento de comemoração. Mas, infelizmente, ela não desviou da segunda bola de energia, que atingiu a parte traseira da nave. Foi tudo tão rápido que Sakura nem ao menos percebeu que o impostor havia lançado essa segunda bola de energia.

– Droga! – resmungou Sakura, inconformada ao sentir e ouvir o impacto da bola de energia ao atingir a nave. No mesmo instante, Sakura olhou para trás e viu uma grande quantidade de fumaça. Olhou novamente para frente, assustada, com o corpo tremendo um pouco, e segurou fortemente com as duas mãos o controle direcional da nave, que tinha o formato de um triângulo azul-claro.

– Você é habilidosa, Sakura! Mas não conseguirá escapar de minhas mãos. *Hahahaha*! – dizia o impostor, ao olhar para o rastro de fumaça que se formava pelo céu azul enquanto a nave negra caía rapidamente.

Sakura mexia seus lábios vagarosamente, como se estivesse pedindo por socorro, ao pronunciar, com uma voz baixinha, cheia de sentimento:

– Kem... meu amado Kem. – Sakura colocou a mão esquerda sobre sua barriga, enquanto segurava o controle direcional com a outra mão. – Não posso permitir que nada de mau aconteça com o nosso filho. – Retomando a grande confiança que também se expressava em seu rosto, Sakura manobrou a nave de uma forma incrível e milagrosamente conseguiu fazer um pouso forçado a uns cem metros da estação espacial. O barulho do impacto da nave negra com o chão podia ser ouvido por qualquer um que estivesse na estação espacial.

Neste instante, no planeta Urano, Kem despertou bruscamente de seu sono, chamando pelo nome de Sakura.

– Sakura! Sakura! – exclamou Kem, quando tirou rapidamente as costas do chão para ficar sentado com as duas mãos apoiadas em seus joelhos. – O que é isso que estou sentindo? Que estranho... parece um mau pressentimento – disse Kem para si mesmo enquanto olhava entre seus joelhos, vendo a grama azul do chão. – Onde estará Sakura agora? Bem, vou ficar aqui uns dez minutos meditando para pedir que tudo fique bem com Sakura, mesmo não sabendo onde ela está agora ou se realmente aconteceu ou não alguma coisa. – Então Kem fechou seus olhos, dobrou os joelhos, cruzou as pernas em forma de um "V" bem aberto, colocou uma mão sobre cada joelho, assumiu uma postura com as costas retas e começou a meditar ali, na borda da floresta petrificada, onde se ouvia apenas o barulho da água que corria tranquila pelo pequeno riacho e sentia-se um vento brando e calmo num ambiente de sossego.

No planeta Netuno, via-se uma enorme bola de poeira que encobria toda a nave negra. Sakura ainda estava consciente, porém um pouco abatida pelo choque da nave com o chão. As paredes da nave agora não estavam mais invisíveis, pois todos os comandos foram automaticamente desligados devido ao impacto. Sakura estava sentada com a cabeça inclinada para o alto e com os olhos fechados enquanto inspirava profundamente.

– K... e... m – disse Sakura vagarosamente e com uma voz baixinha após expirar o ar. Por sorte, Sakura foi protegida pela *Energia de Segurança*, um campo de energia verde-claro no formato de uma grande esfera que envolve o corpo dos passageiros e pilotos para absorver os impactos da nave em casos de acidente (no planeta Terra os humanos usam cintos de segurança e airbags em seus veículos para se protegerem). Sakura abriu os olhos e olhou para o painel de comando da nave.

– Preciso sair daqui rápido! Ele pode aparecer a qualquer instante – disse Sakura, com os cabelos desarrumados e jogados em seu rosto de desespero, enquanto estava com as mãos apoiadas no painel de comando.

– Piloto Sakura no comando! – gritou Sakura para o painel, mas nada aconteceu – E agora? Não funciona! – disse Sakura, com um tom de voz desesperado, e depois deu várias batidas com suas mãos no painel, socando-o num ato de desespero. – Piloto Sakura no comando! – continuava gritando, mas nada acontecia. Neste instante o impostor já estava a caminho da nave negra. Ele nem se preocupou com aqueles passageiros que antes estavam sendo protegidos pelos Denoturis, nem mesmo com o rei do planeta Netuno, sendo que todos eles acabaram fugindo dali. O impostor só estava com uma pessoa em sua mente: Sakura.

– Aquele tapa doeu, Sakura... mas não doeu tanto quanto o fato de ter me ignorado! Eu vou levar você comigo... sim, Sakura, você será minha – dizia o impostor, enquanto podia-se ver em sua face uma expressão malvada e seus olhos de raiva ao caminhar em direção à nave negra.

– Ah, agora me lembrei! – disse Sakura, estalando os dedos com um ar de esperança. Olhou para a lateral da nave, no lugar onde ficava a porta, fazendo agora uma cara mais séria e concentrada. – O comando de emergência! – Sakura fixou os olhos em apenas um ponto.

Rapidamente Sakura se levantou e correu até lá, perto da porta, onde ficava o comando de emergência. Colocou sua mão direita sobre um quadrado azul-escuro visível na parede da nave.

– Comando de emergência acionado! Porta sendo aberta! – disse uma voz eletrônica vinda de algum lugar da nave. Neste instante parte da parede se desintegrou, fazendo um rápido ruído – “zuuuum” –, e a porta se abriu para Sakura sair. Sem perder tempo, Sakura atravessou a porta através do portal de energia e, sem olhar para lugar algum, saiu correndo sem rumo no meio da poeira, que ainda envolvia a nave.

6 De volta para casa

O impostor estava a apenas uns dez metros daquela poeira que se espalhava em torno da nave negra. Com uma expressão muito atenta e um olhar frio e calculista, o impostor tentava enxergar alguma coisa no meio daquela poeira, que começava a baixar.

– Sakura... eu não vou perder tempo aqui vendo essa poeira baixar! – disse o impostor, com uma cara muito séria, e depois correu para o meio da poeira. – Cof, cof... cof, cof – tossia o impostor com a mão esquerda perto de sua boca, enquanto corria em meio à poeira. Seus olhos azul-escuros, que estavam quase fechados e irritados por causa da poeira, finalmente viram alguma coisa. Fazendo um esforço para abrir seu olho direito (pois o esquerdo ficou completamente fechado), o impostor via a nave negra que estava um palmo à sua frente. Colocou suas mãos sobre a nave e começou a andar de lado, guiando-se pelo tato, pois seus olhos já estavam lacrimejando por causa da irritação. Foi quando sentiu um vazio ao tentar tocar a nave com uma das mãos. Examinou melhor o local e disse:

– Está aberta! Essa é a porta! – Sem mais espera, o impostor entrou na nave e depois começou a esfregar suas mãos nos olhos para aliviar a irritação. Quando abriu vagarosamente os olhos, a primeira coisa que viu foram os assentos vazios dos passageiros. Depois começou a caminhar e olhar por toda a parte para tentar encontrar Sakura, mas, obviamente, foi tudo em vão. – Além de bonita, também é esperta. – O impostor torceu o nariz, fazendo uma cara de bravo, e depois mexeu sua boca, resmungando. – Huuuurrrr...

Sakura, que conseguira se esconder naquela bola de poeira, agora estava correndo em direção à estação espacial, porém com muita dificuldade. Com os passos cada vez mais lentos, podia-se ouvir a sua forte respiração e ver a expressão de cansaço em sua face.

– Não aguento mais! Não... Kem... – disse Sakura, bem baixinho e quase sem fôlego. Suas pernas já estavam amolecendo, e por um momento cambaleou, quase caindo no chão. Nesse momento, o impostor, que estava furioso, saiu rapidamente da nave. A poeira, que tinha quase sumido, já não era mais um obstáculo para o impostor, que deu uma volta completa por fora da nave com a intenção de encontrar Sakura.

– Onde você está?! – exclamou o impostor, que estava com as mãos fortemente fechadas, enquanto olhava por toda a parte. Via as montanhas de cor violeta ao redor e o céu azul-marinho no horizonte, pois a poeira agora já havia baixado totalmente. Por um instante fixou seu olhar em três dos muitos satélites que orbitavam o planeta Netuno: Proteus, Tritão e Nereida, as três luas que embelezavam aquele horizonte azul e que agora faziam parte da visão do impostor.

Não conseguindo encontrar Sakura, o impostor começou a andar em círculos em torno de onde estava e, de repente, avistou alguém correndo a uns setenta metros dali.

– Sakura – disse o impostor ao vê-la fugindo. Depois sorriu, orgulhoso, ao mesmo tempo em que olhou para ela como se estivesse mirando um alvo. – Vamos ver se agora você escapa. *Ha... hahaha*! – E o impostor saiu correndo com uma velocidade incrível em direção a Sakura.

Quando Sakura estava a uns poucos metros da estação espacial, sentiu um vento que balançou os seus cabelos castanhos e fez com que olhasse para trás.

– Hã... o que foi isso? – indagou Sakura, quando já estava virando a cabeça para olhar para frente novamente, e ouviu:

– Estou aqui, Sakura – disse uma voz assombrosa, pouco antes de Sakura esbarrar no impostor, que estava bem na sua frente. Com olhar de medo, Sakura via a expressão de frieza do impostor, paralisada, como uma presa diante do predador. – Fui mais rápido que você, hein, Sakura?

– Solte, solte-me! Solte-me, seu cretino! – gritava Sakura, enquanto seus braços estavam presos pelas duas mãos do impostor. Desesperada, Sakura fazia força, tentando movimentar os braços para se soltar, enquanto o impostor permanecia com um sorriso malvado em sua face.

– Pensou que conseguiria escapar de mim? – disse o impostor com um ar de deboche.

– Me solta, seu monstro! – disse Sakura enquanto tentava chutar as canelas do impostor, que desviava com facilidade de todos os seus chutes.

– Agora você será minha... Sakura! Sua beleza me cativa.

– Solte-me, ou você...

– Ou você... o quê? – disse o impostor com uma voz de desdém.

– Ou você vai se ver com o Kem! Ele vai acabar com você!

– Ah... é mesmo? Quem é esse idiota? – perguntou o impostor novamente com uma voz de desdém.

– Ele é um Guerreiro do Universo! – Quando Sakura disse isso, o impostor arregalou os olhos e se distraiu amolecendo as mãos.

– Hã... um Guerreiro do Universo? Que piada, você tem mesmo senso de humor, hein, Sakura. – Ao perceber a distração do impostor, Sakura conseguiu soltar seus braços e tentou correr. Mas o impostor rapidamente segurou o braço direito de Sakura, que se esticou, dando um tranco em seu corpo. – Não, não, não, não, não

– dizia o impostor enquanto balançava o seu dedo indicador esquerdo, fazendo um gesto negativo.

Sakura mirou seu olhar por cima do ombro direito do impostor, apontou o dedo indicador esquerdo no mesmo rumo e fez uma cara de surpresa ao dizer:

– Olha lá o mestre Chun!

– Hã...? – indagou o impostor e depois olhou para trás, porém não viu o mestre Chun em lugar algum.

– *Hehehe* – debochou Sakura, que no mesmo instante colocou toda a sua força no pé direito, fazendo um chute de baixo para cima.

– UUUUUUUUH! – gemeu o impostor, dando um grito para dentro ao sofrer o impacto do chute de Sakura, que acertou em cheio o seu ponto fraco masculino. O impostor caiu ajoelhado no chão com as mãos no ponto sensível, enquanto gemia de dor. Aproveitando a oportunidade, Sakura saiu correndo e entrou na estação espacial.

Dentro da estação espacial de paredes metálicas azul-marinho, Sakura via à sua frente vários seres estranhos de diversos planetas que a olhavam enquanto corria, desesperada.

– Tem alguma nave com destino a Urano? – perguntou Sakura, ofegante, como se tivesse acabado de participar de uma maratona de corrida. Uma mulher de cabelos vermelhos cacheados, que estava atrás do balcão de venda de passagens, respondeu:

– Há uma nave com destino a Júpiter que fará intermediação em Urano, na plataforma 25, mas está...

– Obrigada! – agradeceu Sakura, disparando a correr no mesmo instante e deixando de ouvir as últimas palavras que a mulher ia dizer.

– ...saindo agora. A nave está saindo agora – disse a mulher de cabelos vermelhos, que ficou parada com uma cara de tonta. – Essa gente de hoje em dia! Estão sempre apressados.

Sakura já estava novamente ao ar livre, passando pela plataforma 24, quando viu a nave da plataforma 25 começando a decolar. Sakura fez uma cara séria, mordendo os lábios ao mesmo tempo em que apertava o passo. Passou correndo no meio dos dois guardas à sua frente, identificando-se como piloto.

– Piloto Sakura! A nave já está subindo! – disse um dos guardas, desesperado, ao olhar para Sakura e esticar o braço direito como se a estivesse chamando. Enquanto isso, dentro da estação espacial, viam-se vários seres correndo e gritando por toda a parte, estabelecendo um tumulto por onde o impostor passava, pois ele já havia se recuperado do chute de Sakura e estava procurando por ela. Quando o impostor já estava na parte externa da estação espacial, via várias naves de várias cores e tamanhos pousando e decolando por toda a parte enquanto tentava localizar Sakura. Mas nesse instante via-se ela mesma, Sakura, dando um incrível salto e se agarrando à parte traseira da nave verde que estava decolando da plataforma 25.

Sakura ficou pendurada na nave, que agora já estava a uns dez metros do chão, subindo na vertical, agarrando-se com suas mãos, pés, braços e pernas para não cair. Logo em seguida a nave disparou em direção ao céu azul-marinho. O vento batia cada vez mais forte em sua face à medida que a nave verde se afastava da estação espacial, fazendo seus cabelos esvoaçarem e seu corpo balançar. Com os olhos apertados por causa do vento, Sakura começou a escalar a nave, indo para a lateral, tentando encontrar a porta. Os passageiros que estavam dentro da nave ficaram assustados ao olharem através da parede invisível e verem uma mulher pendurada pelo lado de fora.

– Mamãe, o que aquela mulher faz ali fora? – perguntou um garotinho que apontava o dedo para Sakura, não obtendo a resposta de sua mãe, que estava com a boca aberta e os olhos arregalados.

Alguns passageiros uranianos reconheceram Sakura e pediram ao robô azul piloto que abrisse a porta da nave com urgência. Quando a porta da nave se abriu, Sakura tentou se agarrar com as mãos para entrar, mas escorregou, ficando pendurada apenas pela mão esquerda, que por sorte havia sido segurada por alguém, pois caso contrário teria se esborrachado no chão. Tudo isso aconteceu enquanto a nave se deslocava rapidamente pelo céu azul-marinho de Netuno. Sakura, que havia sido puxada para dentro da nave, estava muito assustada, quando ouviu-se o "zuuuum" do portal se fechando.

– Muito obrigada. Você salvou minha vida! – disse Sakura, que estava sentada no chão, com a face em lágrimas e os olhos vermelhos enquanto se recuperava do susto e olhava para o rosto gentil do homem de cabelo azul que estava de pé à sua frente. O homem respondeu com um sorriso, ajudando Sakura a se levantar, e conduziu-a até um assento que estava vazio. "Salvou também a vida de meu filho", pensou Sakura enquanto se sentava.

O impostor, que estava frustrado por não conseguir encontrar Sakura em parte alguma, já havia causado um caos na estação espacial, machucando pessoas, danificando robôs e naves que esfumaçavam por toda parte e espalhando o terror. Ninguém conseguia pará-lo. Quando soube, pelos guardas, que Sakura havia fugido, o impostor foi embora furioso, e é claro que antes disso os dois guardas serviram como sacos de pancada para descontar sua raiva.

A nave verde agora havia trocado o céu azul de Netuno pela escuridão do espaço sideral, e nesse instante Sakura estava dormindo em sono profundo, abatida pelo cansaço, recostada no assento com a cabeça caída.

A alguns metros da floresta petrificada, Kem, que estava em pé, finalmente percebeu algo que estava por todo aquele tempo bem na sua frente. Kem franzia a testa e seus olhos mostravam uma expressão de surpresa enquanto olhava para uma nave azul-marinho a apenas alguns metros dali, pousada no gramado azul. Era uma nave quase toda em formato triangular, um pouco parecida com a de Kem, exceto pela traseira circular.

– Uma nave? – indagou Kem a si mesmo com um ar de curiosidade. Kem começou a caminhar em direção à nave, fazendo barulho na grama azul a cada passo que dava com os seus pés descalços. Quando estava a apenas um metro da nave, Kem arregalou os olhos e abriu a boca, surpreso com o que viu.

– Esse símbolo! – exclamou Kem, lembrando-se do momento em que estava no riacho dentro da floresta petrificada.

Havia um símbolo desenhado na lateral esquerda da nave, um triângulo negro. Foi nesse instante que Kem olhou para trás e viu a roupa azul caída sobre a grama, aquela que ele havia encontrado no riacho dentro da floresta. Kem voltou para pegar a roupa, e, enquanto caminhava, dizia:

– Deve ser da mesma pessoa. Sim, a roupa e a nave são daquele miserável! – Kem chegou perto da roupa, agachou-se para pegá-la e pensou: "Que estranho! Se a nave é daquele cara, por que ela ainda está aqui? E já faz umas quatro horas que eu estou aqui. *Hehehe*... puxa vida, eu dormi demais". Ao pegar a roupa em suas mãos, Kem pôde confirmar. Os símbolos eram exatamente iguais, dois triângulos negros, porém o desenho do triângulo na nave era umas dez vezes maior. Caminhou novamente até a nave e parou. Olhou para o triângulo da roupa por alguns segundos e depois olhou para o triângulo da nave. Depois ficou segurando a roupa com sua mão direita e abriu sua mão esquerda enquanto fazia uma cara séria, encarando a nave.

– Bem, vamos ver se isso vai funcionar! – Kem colocou sua mão esquerda sobre a parte lateral azul da nave. – Abra! – gritou Kem, mas nada aconteceu. – Abra! Abra! – Nada de novo. Dessa vez, Kem colocou a mesma mão sobre o triângulo negro. – Abra! – disse Kem com autoridade, ficando na expectativa com uma expressão muito concentrada. A nave sequer fez algum ruído ou deu algum sinal em resposta. – Abra! Abra, seu lixo espacial! Abra, abra, abra... – Kem parecia uma criança contrariada enquanto gritava para a nave abrir, fazendo uns gestos malucos. Isso até chutar a nave e fazer uma cara feia pela dor que sentiu no pé.

– Desisto – disse Kem, inconformado, encurvando as costas para frente com os ombros caídos e a cabeça abaixada. – Vou voltar para casa e depois penso em alguma coisa. – Kem assumiu uma postura firme e ergueu a cabeça. – Tenho quase certeza que essa nave não é desse planeta. – Kem tocou a nave pela última vez, olhando para ela, sério, e depois saiu dali. – A essas horas com certeza Sakura já deve ter chegado em casa. Puxa vida... ela ficará surpresa com as coisas que aconteceram aqui comigo. Bem, agora é hora de voltar para casa.

E Kem ficaria também surpreso com as coisas que aconteceram a Sakura?

Sentindo-se um pouco perdido por não saber direito onde estava, Kem começou a caminhar sem rumo, deixando para trás a nave azul. Porém, levava aquela roupa azul consigo, pois ali havia um objeto pelo qual estava curioso.

Após andar por alguns minutos, Kem encontrou uma estrada isolada naquela área externa da floresta petrificada. Então Kem parou na beira da estrada, olhou para sua esquerda e depois para a direita, mas não viu ninguém; nenhuma alma passava por ali, realmente era um lugar isolado. "Talvez fosse mais fácil eu voltar pelo mesmo caminho, por dentro da floresta, mesmo que demorasse um pouco mais. Não sei onde estou", pensou Kem, enquanto olhava para trás na direção do caminho pelo qual chegara até a estrada.

De repente os ouvidos de Kem se aguçaram.

– Que barulho é esse? – indagou-se Kem ao ouvir um ruído baixo e constante. A cada segundo que se passava, o barulho ia aumentando cada vez mais, dando a impressão de que algo se aproximava. – Parece o barulho de algum veículo. O que será? – Kem olhou para o seu lado direito, de onde parecia vir o barulho, concentrando seus ouvidos e o olhar, porém seus olhos não viram nada. Quando o barulho já estava bem próximo, Kem finalmente conseguiu ver algo que se movia ao longe na estrada, vindo em sua direção. Um ponto amarelo percorria a estrada e estava cada vez mais perto.

– Quem será? – indagou Kem, quando o objeto amarelo que se movia já estava a uns noventa metros. Agora o barulho era reconhecível. Kem franziu a testa, olhando para o veículo amarelo que vinha em sua direção e tentando identificar quem o estava pilotando; agora estava a apenas uns vinte metros. Kem ergueu as sobrancelhas e deu um sorriso. – Vejam só, que sorte a minha! Não pode ser outra pessoa, é ele mesmo!

Vinha o primo Jorge com um fuzar amarelo da cor de suas roupas. Parecia uma banana ambulante, tudo em amarelo. Primo Jorge olhou para sua esquerda e viu a face de Kem, que se refletia em seus óculos de sol, também amarelos, enquanto o vento batia em sua face com o fuzar em movimento e o cachecol amarelo, que usava no pescoço, esvoaçava para trás.

– Olha aí... é o Kem! – disse o primo Jorge com uma voz calma e vagarosa. – Oiiii, Kem, tudo bem? – cumprimentou o primo Jorge, que depois olhou para frente e passou reto, deixando Kem para trás, parado, com uma cara de bobo. Kem saiu correndo atrás dele e gritando.

– Ei, Jorge, ei, Jorge! Volte aqui, primo Jorge! – Kem corria esticando seu braço esquerdo para frente e chamando o seu primo Jorge, até que Jorge parou e Kem se aproximou dele. – Como vai, primo Jorge? – disse Kem, olhando para aqueles óculos amarelos.

– Tudo bem, Kem! Paz e amor – dizia o primo Jorge com aquela voz vagarosa enquanto mostrava seus dedos indicador e médio, fazendo um gesto com sua mão direita em forma de "V", "paz e amor". – Pintei meu cabelo de amarelo, Kem... Ficou bacana?

– *Hehehe*, ficou legal – respondeu Kem, que depois deu um sorriso forçado e imitou o gesto do primo Jorge com a mão. – Preciso de uma carona, primo Jorge!

– Uma carona... cara! Uma carona. Olha só, Kem, daqui a umas duas horas deve passar uma carona por aqui. Sempre passam uns aventureiros nesse horário – disse o primo Jorge, pouco antes de Kem, bater com a mão na testa e balançar a cabeça, inconformado com o que acabara de ouvir.

– Não, primo Jorge, eu pedi uma carona para você – disse Kem olhando para as botas amarelas do primo Jorge.

– Ah, para mim! Que satisfação! Sobe aí no fuzar, Kem – disse o primo Jorge com muita naturalidade. Após dar outro sorriso forçado, Kem subiu no fuzar com o seu primo Jorge e desapareceu de vista, saindo daquele lugar isolado pela estrada afora.

Algum tempo depois, quando Kem já estava em frente à sua casa, via-se o primo Jorge se despedindo – "Até logo Kem" – com aquele gesto de "paz e amor", pouco antes de levantar poeira e fazer barulho com o fuzar, indo embora.

Após ter entrado em sua casa, Kem subiu direto ao segundo andar para a sala de treinamento. Quando a porta do elevador se abriu, fazendo um ruído sutil, os olhos de Kem brilharam e um sorriso apareceu em sua face ao ver a sala de treinamento toda reconstruída, novinha em folha.

– Robôs vermelhos... vocês são fantásticos! – disse Kem em tom de elogio. Porém os robôs vermelhos não estavam mais ali, pois tinham reconstruído tudo enquanto Kem estava fora. Com os pés descalços, Kem entrou na sala de treinamento enquanto o elevador descia. Olhou para a esquerda e viu os equipamentos para treinos de musculação, velocidade, flexibilidade e corrida, que eram todos eletrônicos.

Os equipamentos de musculação usavam força eletromagnética em vez de pesos metálicos. Vários jogos de feixes de luzes coloridas que se moviam, acendendo e apagando, faziam parte dos equipamentos para treinos de velocidade e flexibilidade. Entre os equipamentos de musculação e os de velocidade e flexibilidade ficava o equipamento simulador de corrida, onde o corredor podia escolher entre as mais belas paisagens do planeta Urano enquanto corria.

Mas foi quando Kem olhou para a direita que ficou mais encantado. Seus olhos agora viam o simulador de combate, que ficava em uma sala separada ali dentro, a sala de treinamento virtual, sendo que suas paredes metálicas estavam transparentes nesse momento, iguais às paredes internas das naves espaciais, pois os robôs vermelhos deixaram-nas acionadas antes de irem embora.

Após dar um sorriso de *eu vou ser o melhor*, Kem caminhou até a sala de treinamento virtual com passos lentos. Ao entrar na sala através de um portal, que se fechou logo em seguida, Kem ficou muito admirado não somente porque estava novinha em folha, mas principalmente por outro motivo. Com uma expressão de satisfação em sua face, Kem olhava fixamente para um ponto específico no painel de controle do simulador de combate.

– Incrível! Realmente incrível, robôs vermelhos! – disse Kem para si mesmo, mantendo o seu olhar fixo no painel de controle, e continuou.

– Vocês conseguiram instalar um novo módulo de nível de energia! – Kem, que estava muito surpreso, deu um sorriso de orelha a orelha, mantendo sua boca fechada enquanto mexia as sobrancelhas. De repente, esticou seu braço direito, fazendo o gesto do primo Jorge, "paz e amor", no mesmo instante em que gritou em alto e bom som:

– TÃTÃTÃTÃ... TÃRÃ! Módulo de energia... NÍVEL 4! DEMAIS!

Após toda essa encenação, Kem colocou as mãos na cintura, inclinou a cabeça para o alto e começou a rir alegremente sem parar, feito uma criança. Ali, no painel de controle do simulador de combate, estava desenhado o número 4 na cor marrom, dentro de um quadrado branco de uns dez centímetros. O simulador de combate (que na verdade era formado por vários equipamentos eletrônicos e eletromagnéticos que ficavam instalados dentro da sala de treinamento virtual), que antes possuía um módulo de energia nível 2, agora tinha um módulo de energia nível 4.

– Que incrível! Agora o simulador pode suportar até o nível de energia marrom! Legal, amanhã eu já começo uma nova série de treinamentos! – disse Kem, sorrindo, ao fechar a sua mão esquerda. Porém, Kem, que antes fazia uma cara alegre, de repente começou a fazer uma cara de indignação, fechando fortemente as mãos, ao lembrar-se das palavras de seu pai: "No planeta Saturno, existem Guerreiros do Universo que atingiram a energia *soveruni* no nível salmão".

– Agora preciso tomar um banho refrescante e descansar um pouco – disse Kem para si mesmo enquanto caminhava até o elevador.

Quando a porta do elevador se abriu para Kem sair no primeiro andar, ele começou a ouvir duas vozes de mulheres conversando. As vozes vinham da sala de estar, e então Kem começou a caminhar até lá. O barulho de seus passos era quase imperceptível, pois estava descalço; porém, alguém parecia ter ouvido o seu caminhar.

– Kem, é você? – disse uma voz que Kem reconheceu. – Quem esta aí?

– Sou eu mesmo, Sakura! – disse Kem ao chegar à sala de estar e olhar para Sakura.

– Oh... é o Kem! – disse uma mulher de cabelo azul com uma voz simpática, assim como a expressão de seu rosto, ao olhar admirada para Kem.

– Olá, Sara, como vai? – cumprimentou Kem ao levantar sua mão direita e olhar para a mulher de cabelo azul, a irmã de Sakura. Sara respondeu com um sorriso simpático, tombando sua cabeça para o lado.

– Chegou agora, Kem? – perguntou Sakura, que estava sentada numa espécie de sofá marrom, com uma expressão muito cansada, enquanto Sara estava em pé ao seu lado.

– Sim, Sakura, cheguei faz uns trinta minutos... é porque... porque... – disse Kem com uma cara de receio enquanto olhava e remexia com as mãos um objeto decorativo em formato de cubo, que estava em cima de uma estante prateada do seu lado esquerdo, temendo que Sakura fosse repreendê-lo.

– Ah, então você chegou antes de mim – disse Sakura com os ombros caídos enquanto olhava para o chão.

– Hã? Antes de você? – Kem olhou para Sakura e depois para Sara enquanto colocava o objeto decorativo de volta no lugar. – Já sei, vocês foram fazer compras e Sara acompanhou você até aqui.

– Não, Kem! Sara me trouxe aqui porque eu não tinha mais energia e disposição para vir por conta própria. Aconteceram coisas horríveis comigo hoje. Chegamos agora há pouco.

– O que está me dizendo, Sakura? – Kem olhou para Sakura com uma cara de preocupado, pois finalmente percebeu que ela estava muito abatida. Caminhou até Sakura e agachou-se, segurando as mãos dela com as suas e olhando-a no rosto. – O que aconteceu, Sakura? – perguntou Kem com uma voz baixinha e suave enquanto via dois olhos verdes abatidos e arrumava os cabelos castanhos de Sakura atrás de sua orelha direita.

– Foi algo assustador – disse Sakura ao olhar para o rosto sujo de terra e para os cabelos loiros e desarrumados de Kem. – É uma longa história.

– Pode dizer, Sakura – disse Kem, ao que Sakura começou a encará-lo durante alguns segundos.

– Mas primeiro acho melhor você tomar um banho e colocar uma roupa limpa, pois, além de sujo, está suado. Ah... o cheiro não está nada bom, Kem! – Nesse instante, Sara colocou a mão em sua boca e deu uma risadinha com os olhos fechados. – Eu já tomei banho na Estação Interplanetária, quando cheguei aqui a Urano. – Kem fez uma cara de desprazer ao ouvir o que Sakura tinha dito, mas depois lembrou que as mulheres gostam de homens limpinhos, cheirosos e bem arrumados. – Depois nós conversaremos, Kem, pois sei que é algo muito importante.

Kem se levantou e foi tomar banho. Mas, quando estava para sair da sala, Sakura o chamou:

– Kem! De quem é essa roupa azul-marinho jogada aqui no chão? – Sakura mantinha o olhar em Kem enquanto abaixava o corpo para pegar a roupa, que estava próxima aos seus pés. Kem parou, olhou para trás e respondeu:

– Depois nós conversaremos, Sakura, isso também é algo importante! – Após virar a cabeça para frente, Kem seguiu para o banho, enquanto Sakura fazia uma cara *de quem ouviu e não gostou.*

Após o banho, Kem apareceu bem-arrumado aos olhos de Sakura, que ainda estava na sala de estar, conversando com Sara. Kem estava usando uma camisa branca e uma calça azul-clara, porém seus cabelos loiros ainda estavam um pouco desarrumados e seus pés estavam descalços. Kem começou a olhar para a face de Sakura, ainda cansada.

– E então? O que aconteceu? – disseram Sakura e Kem ao mesmo tempo, um olhando para o outro. Nesse instante, Sara olhou para Kem e deu aquele mesmo sorriso simpático de sempre.

– Estou indo, Sakura – disse Sara de repente, ao que Kem e Sakura olharam para ela. – Outro dia visitarei vocês novamente para conversarmos mais. Agora preciso cuidar dos meus amores. John e o pequeno Eric devem estar me esperando para a segunda refeição.

– É mesmo, o pequeno Eric! – enfatizou Kem, e continuou. – Nosso sobrinho de cabelo azul que aspira a ser um grande piloto.

– Ele se inspirou na sua querida titia Sakura – disse Sakura com sua cabeça um pouco inclinada para o alto, com os olhos brilhando e com suas mãos junto ao peito, fazendo uma cara e um sorriso de boba. Kem e Sara olharam para a cara de Sakura e ergueram suas sobrancelhas, as de Kem, loiras, e as de Sara, azuis. – Já vai mesmo, irmã? – Sara consentiu com a cabeça, fazendo aquele sorriso simpático.

– Hã... Sara! – exclamou Kem, chamando a atenção de Sara. – Eu acompanho você até a porta. – Kem fez um gesto de gentileza com sua mão direita, apontando em direção à porta.

– Ai, Kem, você é mesmo um grande cavalheiro! – afirmou Sara, sorrindo para Kem. Sara caminhou até a porta e Kem tocou o quadrado azul da parede com sua mão, fazendo o portal se abrir. Sara atravessou o portal de energia azul, olhando para trás e abanando sua mão em um gesto de despedida, até o portal se fechar e tornar-se sólido novamente. Após Sara ir embora, Kem caminhou até Sakura, sentou-se ao seu lado e abraçou-a com seu braço esquerdo.

– Sara quis nos deixar sozinhos para conversar, não é mesmo? – perguntou Kem, com a cabeça virada para a esquerda, enquanto olhava para Sakura.

– Sim, Kem. Acho que sim – respondeu Sakura com uma voz cansada.

– O que é isso, Sakura? – perguntou Kem ao olhar para o braço direito e a perna esquerda de Sakura, que estava com a barra da calça levantada. Sakura estava com dois objetos muito pequenos sobre os ferimentos de seu braço e de sua perna. Tinham o formato da metade de uma esfera de um centímetro e eram feitos de metal. Esses eram os *dispositivos de cura* usados pelos uranianos, que faziam com que o corpo se recuperasse dos ferimentos dez vezes mais rápido do que o normal. Eram objetos de metal negro que iam mudando a cor para o azul à medida que o corpo ia se curando, até se tornarem totalmente azuis, indicando que o corpo havia se recuperado por completo.

Sakura, que antes estava com a cabeça abaixada, agora olhava para Kem.

– Bem, Kem, isso foi... na verdade... foi... hã... o que aconteceu comigo hoje – disse Sakura enquanto Kem olhava-a nos olhos, que começaram a ficar um pouco úmidos. – Eu pensei que... – algumas lágrimas escorreram pela face de Sakura – ... pensei que fosse morrer, Kem! – Sakura, não suportou as emoções e caiu em prantos, abraçando Kem e chorando em seus ombros. – E o nosso filho, Kem! – dizia Sakura chorando e com a voz abafada, entre os braços de Kem.

– Acalme-se, Sakura – disse Kem com uma voz suave enquanto passava a mão nos cabelos de Sakura para consolá-la. Foi então que Kem tirou Sakura de seus braços, arrumou os cabelos dela, que estavam caídos na face e um pouco molhados pelas lágrimas, e por fim limpou as lágrimas de sua face com os dedos enquanto olhava para aqueles olhos verdes de choro.

– Já passou, Sakura. Está tudo bem. Já passou – dizia Kem enquanto estava com suas mãos sobre os ombros de Sakura, olhando-a fixamente. Sakura consentiu com a cabeça umas três vezes e engoliu o choro. – Agora me diga, Sakura, o que aconteceu?

Sakura mexeu em seus cabelos com a mão direita, abaixou a cabeça e depois olhou novamente para Kem, agora com uma cara mais séria.

– É uma longa história, Kem.

7
O laboratório secreto de Raldot

Sakura e Kem ainda estavam ali sentados na sala de estar. Tinha se passado meia hora desde que Sakura começou a contar para Kem tudo o que havia acontecido com ela naquele dia conturbado.

– Então foi isso, Sakura? – disse Kem com uma cara séria ao fechar fortemente suas mãos, e depois se levantou com fúria. – Foi issoooo! – gritou Kem com muita raiva, franzindo o nariz. Sakura até se assustou com o grito de Kem.

– Kem! Kem! – exclamava Sakura, assustada, ao olhar para ele, que estava sendo consumido pela raiva; mas ele nem prestou atenção a Sakura.

– Canalha! Bandido! Canalha! Como ousa machucar uma mulher, seu cretino! – gritava Kem, enfurecido, bufando como um touro bravo. – Eu vou acabar com você! Acabar com você! – Kem virou-se, preparando-se para sair da sala, dominado pela raiva.

– Espere, Kem! Espere! Volte aqui! – gritava Sakura, desesperada, com seu braço direito esticado e com sua mão aberta, apontando na direção de Kem, que já estava quase fora da sala. – Aonde você vai? Espere! – Sakura tentou se levantar e...

Kem olhou para trás ao ouvir o barulho de Sakura ao cair no chão. No mesmo instante, Kem correu até Sakura para ajudá-la a se levantar.

– Ainda está fraca. Precisa se deitar um pouco – disse Kem ao escorar Sakura em seus ombros.

– O que pensa em fazer, Kem? – perguntou Sakura, preocupada, enquanto a raiva reaparecia estampada na face de Kem.

– Vou pegar minha nave e ir até o planeta Netuno para acabar com aquele... – Kem fechou fortemente sua mão esquerda. – Aquele cretino!

– Não faça isso, Kem! Não faça como eu fiz agora há pouco – disse Sakura, que estava sendo conduzida por Kem até o quarto, onde se deitaria para descansar.

– Como assim, Sakura? Não entendi o que você quis dizer com isso.

– Kem, eu me entreguei às emoções agora há pouco e comecei a chorar. Fui fraca, Kem. Deixei minhas emoções me controlarem.

– Hã? – indagou Kem, franzindo a testa e olhando para Sakura, que estava escorada em seus ombros. Os dois pararam de caminhar por um instante e Sakura continuou a falar.

– Essas emoções de medo, de tristeza e de raiva nos tornam fracos, e não devemos dar atenção para elas, nunca! Devemos cultivar as emoções de amor, alegria e de todos os bons sentimentos, pois essas, sim, nos tornam fortes. E em momentos como esse você deve usar a razão ao invés do coração. Olhe para você, desesperado, querendo ir até Netuno só para dissipar sua raiva!

– Sakura – murmurou Kem, agora com uma expressão mais calma.

– Você é um Guerreiro do Universo, Kem! E é por isso que, nessas horas, você deve usar sua razão, sua inteligência, Kem, em vez de se tornar uma marionete de suas emoções, de cair nas armadilhas de suas emoções. – Kem tirou Sakura de seus ombros, segurando-a agora à sua frente.

– Tem razão, Sakura – disse Kem, com uma expressão de lamento, ao olhar para Sakura. – Desculpe-me. – Sakura sorriu para Kem e depois fechou os olhos, abatida pelo cansaço. Então, Kem levou-a até o quarto, ajeitou-a sobre a cama e depois saiu para fazer a segunda refeição.

Sakura dormiu como uma pedra até o outro dia e não comeu nada para repor as energias, pelo menos até a hora da primeira refeição.

Ali, na sala de refeições, podia-se ver Kem sentado à mesa, deliciando-se com a refeição sabor do oeste, a sua preferida, assim como a de seu pai, o sr. Kiraua. Como de costume, Kem estava vestido com camiseta vermelha, calça e sapatos azuis. Quando Sakura entrou na sala de refeições, ela viu três pratos vazios empilhados na frente de Kem enquanto ele empilhava o quarto prato e o robô cozinheiro trazia o quinto prato com mais uma refeição do oeste para Kem deliciar-se.

Ao ouvir o barulho do prato que o robô colocou sobre a mesa – "tric" –, Kem olhou para o lado e viu Sakura entrando.

– Olá, Sakura, bom novo dia! – exclamou Kem, prestes a atacar a comida, enquanto Sakura, que estava toda vestida de branco, sentava-se ao seu lado.

– Bom novo dia, Kem. – Sakura estava com uma cara séria e pensativa.

– Você precisa comer alguma coisa – disse Kem, abafando as palavras com a boca cheia de comida, engolindo-a logo em seguida, fazendo barulho. – Está se sentindo melhor? – Kem olhava para Sakura, que estava pensativa, com a mão sob o queixo.

Ao ouvir a pergunta de Kem, olhou para ele e tirou a mão do queixo.

– Estou bem melhor. Mas ainda tem duas coisas que estão me incomodando.

– E o que são, Sakura? – perguntou Kem, surpreso.

– A primeira é essa sua mania... – os pratos que estavam empilhados estremeceram por causa da batida que Sakura deu na mesa – ...de falar com a boca cheia, Kem! – Kem exibia um sorriso de garoto sapeca.

– Desculpe-me, Sakura, não faço de novo – disse Kem ao fazer um olhar de arrependimento.

– Tudo bem, Kem. Isso não é o mais importante agora. – Sakura olhou para o outro lado e chamou o robô cozinheiro. – Por favor, traga-me uma refeição do leste.

– Sim, senhora Sakura! Com sua licença – disse a voz eletrônica do robô. Kem, agora com uma cara mais séria, olhava fixamente para Sakura, aguardando que ela falasse. Sakura virou-se novamente para Kem, olhando-o nos olhos.

– A segunda coisa, Kem, é aquela roupa azul estranha que estava jogada no chão da sala de estar ontem. E você disse que era algo importante, não disse? – Kem ficou calado, olhando para Sakura durante alguns segundos antes de responder:

– Sim, Sakura. E aconteceram várias coisas comigo também. Ontem, quando eu estava...

Enquanto Sakura fazia sua refeição, Kem contava toda a história sobre a floresta petrificada, o suposto inimigo, a roupa azul-marinho e a nave. Mesmo enquanto comia, Sakura prestava atenção em todos os detalhes.

– Então você não conseguiu abrir a roupa para ver o que tinha dentro – afirmou Sakura quando já havia terminado de comer.

– Não, não consegui. Tentei tudo o que podia para abri-la sem danificá-la – disse Kem, que estava com sua mão direita sobre a mesa, ao bater os dedos rapidamente de forma sequencial, do mindinho ao indicador, fazendo pequenos ruídos. Sakura olhou para Kem e sorriu, como se estivesse querendo dizer algo.

– O que foi, Sakura? – perguntou Kem ao mesmo tempo em que parou de bater os dedos na mesa, olhando para Sakura.

– Vamos lá! Vou tentar abri-la! – exclamou Sakura com um ar de confiança, pegando a mão de Kem e arrastando-o até a sala de estar, onde estava a roupa. Foi então que ela pegou a roupa em suas mãos e sentou-se junto com Kem numa espécie de sofá, que possuía quatro assentos e quatro encostos em formas circulares, para quatro pessoas, feito com um material muito macio, na cor marrom. Aos olhos de Sakura mostrava-se o misterioso triângulo negro. Sakura tentou abrir a roupa de várias maneiras, mas não conseguiu.

– Está vendo, Sakura? Não abre! – exclamou Kem, após Sakura ter tentado cortar a roupa com um objeto cortante e com raio laser, jogar fogo, colocar a mão sobre o triângulo negro e pronunciar palavras, jogá-la no chão impaciente etc.

– Que mistério – disse Sakura, segurando a roupa nas mãos com uma cara de desânimo e as costas encurvadas, com os ombros caídos. Kem estava coçando a cabeça, quando de repente Sakura colocou a roupa no sofá e se levantou, gritando:

– Tive uma ideia! Tive uma ideia!

– Hã? – indagou Kem, erguendo as sobrancelhas, enquanto fitava Sakura.

– Raldot! – exclamou Sakura com um ar de esperança, olhando para Kem.

– Raldot?

– Sim, Kem! Não se lembra dele?

– Não.

– Ai, o cientista doido do norte – exclamou Sakura com uma voz áspera.

– Aaah, o cientista doido do... O quê? Aquele maluco? – disse Kem, franzindo a testa com uma cara de bobo.

– Esse mesmo, o cientista maluco. Talvez ele possa ajudar a abrir essa roupa azul. Apesar de ser doido, ele é muito inteligente.

– É, talvez sim, Sakura, pode ser que sim – disse Kem com uma voz não muito afirmativa. Sakura inclinou um pouco a cabeça para o alto junto com seus olhos e colocou sua mão direita sobre o queixo, lembrando-se de algo.

– O cientista doido disse que iria para Júpiter... – disse Sakura, ainda com a cabeça inclinada, e depois olhou para Kem. – Falar com Ganimedes.

– Ganimedes? – indagou Kem, franzindo a testa. – Puxa vida! Agora me lembrei, é o velho sábio, não é? – Kem deu um grande sorriso.

– Sim, Kem. E espero que Raldot ainda esteja aqui em Urano – disse Sakura, antes de Kem se levantar. Em um movimento rápido, Kem pegou a mão esquerda de Sakura e puxou-a, conduzindo-a em direção ao elevador.

– Então vamos depressa, Sakura! – Kem puxava Sakura, enquanto ela franzia a testa. – Hoje eu ia treinar, estreando o novo módulo de energia do simulador de combate, mas deixa para outro dia... Onde fica o laboratório de Raldot?

– Calma, Kem, você está muito afobado! Eu... – disse Sakura, sem completar a frase, porque Kem a interrompeu:

– Vamos, Sakura! Vamos! – O elevador já estava a uns cinco passos dos dois.

– Eu não sei onde fica, Kem! – exclamou Sakura pouco antes de Kem parar, olhar para trás e soltar sua mão. Sakura cruzou os braços e olhou para Kem com uma cara séria. – Eu só sei que o laboratório de Raldot fica ao norte, mas não sei em que ponto. – A empolgação de Kem foi por água abaixo. – E você estava se esquecendo do mais importante! – exclamou Sakura, que estava com o dedo indicador apontado para o alto na altura do rosto, enquanto Kem franzia a testa. – Você se esqueceu de pegar a roupa azul-marinho!

– Ah, não! – exclamou Kem ao olhar para o alto e colocar as mãos sobre a cabeça. Depois olhou para a cara séria de Sakura e deu uma risadinha sem graça.

– Mas eu tive uma ideia, Kem – disse Sakura, ainda com a cara séria.

– É mesmo? E o que é?

– Vamos, Kem, pegue a roupa que está lá na sala! Nós vamos para a Estação Interplanetária! – exclamou Sakura com um ar de confiança. Nesse instante a face de Kem se mostrou com um ar de mistério.

Sakura e Kem foram para a Estação Interplanetária. Enquanto Sakura pilotava a nave, Kem estava pensativo, lembrando-se do dia anterior. Quando chegaram à Estação, na parte que tinha forma de estrela, Sakura foi direto para sua sala, acompanhada de Kem. Ao fazer uma pesquisa em seu computador, Sakura finalmente encontrou o que estava procurando.

– Achei! – exclamou, Sakura, com um sorriso orgulhoso, enquanto olhava para a tela holográfica do computador. – Vamos, Kem! Vamos até o laboratório de Raldot! – Sakura havia encontrado no sistema a ficha de Raldot, pois todos aqueles que viajavam pela Estação Interplanetária possuíam uma ficha de dados, e Raldot não era exceção.

Logo após saírem da sala, Sakura trocou de roupa, colocando o seu uniforme verde-azulado colado ao corpo.

E, novamente, Sakura e Kem estavam na nave, mas agora seguindo em direção ao laboratório de Raldot, que ficava no ponto 4 da região norte.

– Sakura – disse Kem ao chamar Sakura.

– Sim, Kem, diga – disse Sakura enquanto pilotava a nave.

– Por que está ficando tudo escuro aqui nessa região?

– Você deveria saber, Kem. Durante esses anos a região norte não é iluminada pelo Sol e fica completamente na escuridão, assim como metade da região leste, e metade da região oeste. A outra metade da região leste onde moramos, da região oeste, onde seu pai mora, e a região sul por inteiro é a parte do planeta Urano iluminada pelo Sol durante esses anos.

– Ah... é mesmo, Sakura, agora me lembrei disso – disse Kem, olhando para a lateral da nave, tentando enxergar alguma coisa lá fora.

– É aqui! – exclamou Sakura com entusiasmo enquanto os seus olhos avistavam uma construção levemente iluminada pela luz que saía das paredes metálicas externas da nave. Alguém que estivesse ao longe poderia ver um ponto brilhante sobrevoando a escuridão do céu da região norte. Sakura estava certa de que ali era o laboratório de Raldot.

A nave azul que Sakura pilotava já estava muito próxima daquela construção, que agora podia ser vista com clareza. Uma pirâmide negra se mostrava aos olhos de Kem, que fazia uma cara de mistério enquanto a nave pousava.

– Então é aqui, Raldot, nessa pirâmide negra – afirmou Sakura enquanto olhava para o lado, pouco antes de o portal se abrir abaixo da nave. Sakura se levantou. – Vamos descer, Kem! – Kem pegou a roupa azul-marinho e acompanhou Sakura.

Enquanto a nave flutuava, Sakura e Kem saíram dela através da luz azul e tocaram com os seus pés no chão. Depois deram alguns passos à frente, enquanto a nave pousava. Quando a nave tocou o chão, ouviu-se um "trrrim". Um barulho metálico foi ouvido por Sakura e Kem.

– O que foi isso? – perguntou Sakura para Kem, que balançou a cabeça em um gesto negativo. – Parece até que pousamos em uma plataforma da Estação – disse Sakura ao olhar para o chão, que refletia as luzes da nave. Kem também olhou.

Finalmente entenderam o porquê daquele barulho metálico. O chão daquele lugar, que do alto parecia ser feito de uma terra escura, na verdade era feito de metal.

– Veja isso, Sakura! É todo feito de metal! – disse Kem enquanto batia os pés no chão com força, como se estivesse marchando, fazendo uma algazarra de ruídos metálicos.

– É verdade, Kem! – afirmou Sakura com surpresa, mas depois amarrou a cara, olhando para Kem antes de gritar: – PARE DE BATER ESSE PÉ NO CHÃO, MEUS TÍMPANOS ESTÃO TREMENDOOO! – Kem ficou paralisado como uma estátua e engoliu em seco, olhando para Sakura com uma cara de garoto repreendido.

– Vamos, Kem – disse Sakura ao apontar com a cabeça para a pirâmide negra. Após caminharem sobre aquele chão metálico, finalmente estavam a um passo da pirâmide negra, que não era muito grande, pois tinha a metade do tamanho da casa de Kem. Não havia nenhum quadrado, figura ou qualquer tipo de mecanismo acionador que pudesse ser visto ali, na parede daquela pirâmide. Então, Kem resolveu bater na parede para ver se alguém atendia. Fechando a sua mão direita, Kem deu duas batidas na parede, que vibrou em um som metálico, assim como também vibraram os ouvidos de Sakura.

– Olha, Sakura! – disse Kem ao olhar para Sakura. – A pirâmide também é feita de metal! – Sakura consentiu com a cabeça com uma cara não muito agradável. – Puxa vida! Ninguém atende! Será que o Raldot está dormindo?

Sakura e Kem ficaram ali parados de braços cruzados por uns trinta minutos. Durante esse tempo, de vez em quando um olhava para o outro. Algumas vezes Kem batia na pirâmide, esperando que alguém atendesse, e depois voltava a cruzar os braços. Já estavam prestes a desistir. Sakura virou-se, preparando-se para caminhar de volta até a nave que iluminava aquele lugar imerso na escuridão.

– Talvez se voltássemos amanhã, Kem – disse Sakura ao olhar para trás, vendo a face de Kem com uma expressão descontente. Kem abaixou a cabeça, hesitando em voltar para a nave.

De repente, o chão metálico começou a tremer. Um barulho, que parecia ser de passos fortes no chão, se aproximava mais e mais. Sakura e Kem pareciam duas britadeiras de terráqueos, vibrando sobre o chão metálico, cada vez mais forte na medida em que alguma coisa se aproximava.

"TRRREM... TRRREM... TRRREM... TRRREM". Era o barulho da coisa que se aproximava e fazia o chão tremer.

– O que é... isso? K... em? – perguntava Sakura com uma voz tremida e com a cara assustada. Porém, nem deu tempo de Kem responder, pois o barulho parou, assim como também o chão parou de tremer, e a resposta para a pergunta de Sakura estava bem à sua frente. Várias luzes de faróis azuis iluminavam Kem e Sakura, cegando seus olhos, que se apertavam contra esse forte brilho. Não conseguiam ver nada por causa das fortes luzes que vinham daquela coisa, que fazia tremer o chão. Kem colocou sua mão esquerda sobre as sobrancelhas para proteger os olhos, pouco antes de as luzes começarem a apagar-se lentamente. Quando as luzes se apagaram por completo, Kem e Sakura finalmente puderam ver aquela coisa que fazia a terra tremer e que agora estava apenas iluminada pela luz da nave azul.

– Mas esse é o... – disse Kem ao reconhecer aquela coisa que estava à sua frente, enquanto olhava para ela com uma cara de surpresa, a mesma cara que também fazia Sakura.

– É o Guerrebô azul! – gritou Sakura, ainda com a cara de surpresa. Foi quando a cabeça do Guerrebô se abriu, fazendo um ruído metálico. Um homem com uma cartola preta se levantava de um assento na cabeça do Guerrebô, levemente iluminado pela luz que vinha da nave azul.

– Pelas luas de Urano! Tive que atravessar metade do planeta por terra! – dizia o homem da cartola preta, que estava com sua mão direita no queixo e a cabeça abaixada, em pé, dentro da cabeça aberta do Guerrebô. – Devo ter gastado quase um dia inteiro para chegar aqui. – Foi quando olhou para baixo e viu duas pessoas que reconheceu no mesmo instante.

– Sakura?... Kem?... O que estão fazendo aqui? – indagou o homem da cartola preta com uma voz baixinha para si mesmo. Depois puxou a manga esquerda de seu casaco preto, onde se podia ver um objeto metálico azul brilhante em formato triangular que estava preso em seu pulso. Ao trazer o seu pulso esquerdo para perto de sua boca, ele deu um comando de voz. – Descer! – De repente uma prancha triangular apareceu, flutuando na altura da cabeça do Guerrebô. O homem da cartola preta e cabelos grisalhos ondulados pulou na prancha e desceu até onde estavam Sakura e Kem, enquanto a cabeça do Guerrebô se fechava.

– Raldot! – exclamou Sakura com uma cara de satisfação quando o homem da cartola preta desceu da prancha e tocou com seus sapatos pretos no chão metálico. Nesse instante, ouviu-se o barulho metálico da cabeça do Guerrebô ao se fechar e, logo em seguida, o barulho da prancha ao se acoplar ao seu peito metálico.

– Que surpresa ver vocês por aqui! – exclamou Raldot, olhando com uma cara meio maluca para Sakura e Kem, que estava quase dando risada por se lembrar do nome “O Super Guerrebô Azul”.

– Viemos até aqui, ao seu laboratório, porque achamos que você pode nos ajudar! – exclamou Sakura ao olhar para Raldot, que franziu a testa logo em seguida.

– Laboratório? – indagou Raldot com uma expressão de dúvida.

– Sim, o seu laboratório... esse aqui! – disse Sakura ao olhar para a cara de dúvida de Raldot, enquanto apontava com o seu braço direito esticado para a pirâmide negra.

– Esse não é o meu laboratório, Sakura. – Raldot fez uma cara meio maluca e apontou seu dedo indicador direito para o nariz de Sakura, que arregalou os olhos. – Essa é a minha casa! – Sakura deu até um pulinho para trás, assustando-se com a maluquice de Raldot, enquanto Kem balançava a cabeça. – Aquele é o meu laboratório! – Raldot olhou para um vazio na escuridão do lado esquerdo da pirâmide negra, enquanto apontava o seu braço esquerdo na mesma direção. Então Kem foi até perto de Raldot para poder ver.

– Mas eu não estou vendo nada – disse Kem, enquanto Sakura também olhava e não via nada. Então Raldot olhou para Sakura e Kem, que estavam com uma cara de curiosos, e anunciou:

– Eu também não estou vendo nada! – Nesse instante Sakura e Kem se entreolharam, e deveriam estar pensando no quanto esse cientista doido era maluco. – Não tem como ver nada nessa escuridão, pois o laboratório está a uns trezentos metros daqui.

– Ah, puxa vida... então era isso. Está longe daqui – afirmou Kem ao coçar a cabeça.

– Mas me digam. Do que é que vocês estão precisando? – perguntou Raldot, agora com uma cara mais séria, olhando para os dois. Kem pegou a roupa azul que estava no chão (pois ela havia caído com a tremedeira causada pelo Guerrebô) e mostrou-a para Raldot.

– É sobre isso aqui, Raldot! – exclamou Kem, que logo depois contou toda a história do dia anterior para Raldot.

– Muito interessante... – dizia Raldot, enquanto examinava a roupa azul-marinho em suas mãos. – Muito interessante. – E agora olhava para o triângulo negro da roupa.

– Então vamos, Kem! Vamos para a nave! – exclamou Sakura, enquanto se virava em direção à nave. Kem olhou para Sakura.

– Esperem, aonde vão? – perguntou Raldot ao olhar para Sakura, que já caminhava até a nave.

– Vamos para o seu laboratório – afirmou Sakura, que continuou caminhando sem olhar para trás.

– Não! – exclamou Raldot espontaneamente. Sakura parou e olhou para trás, e Kem, que ainda estava parado no mesmo lugar, olhou para Raldot. – Vamos com o Guerrebô! – Kem e Sakura franziram a testa. Raldot aproximou o pulso esquerdo de sua boca, olhando para o triângulo azul metálico, que refletia a luz da nave.

– Subir! – disse Raldot ao fazer um comando de voz, pouco antes de a prancha descer para pegá-lo e levá-lo até a cabeça do Guerrebô. Kem e Sakura olhavam para ele, paralisados. Raldot, já sentado na cabeça do Guerrebô, ainda aberta, olhou para o painel à sua frente e acionou um comando logo em seguida. De repente o Guerrebô dobrou os joelhos, abaixando-se, e... "TRRRIM": ouviu-se o barulho de seus enormes braços ao tocarem o chão metálico.

– Vamos, subam! – exclamou Raldot para Kem e Sakura.

– Hã? O quê? Subir? – indagou Sakura, que olhou para Kem logo em seguida. Kem olhou para o braço esquerdo do Guerrebô e disse:

– Parece divertido. – Sem demora, Kem começou a subir no enorme braço do robô, enquanto Sakura olhava para ele e Raldot dizia para que se sentasse no ombro do Guerrebô. – Vamos lá Sakura! Suba, é fácil! – gritava Kem com as duas mãos na boca para amplificar sua voz, lá do alto, sentado sobre o ombro esquerdo do Guerrebô. Sakura hesitava, balançando a cabeça, mas acabou cedendo logo em seguida, subindo pelo braço direito do Guerrebô e sentando-se sobre o ombro.

– Eu ia comer agora, mas vocês apareceram de repente com essa roupa azul e me deixaram muito interessado mesmo! – gritava Raldot ao olhar para Sakura e depois para Kem, enquanto dizia as últimas cinco palavras. Kem e Sakura estavam olhando para Raldot no momento em que a cabeça do Guerrebô se fechou, fazendo um barulho metálico e vibrando levemente os seus ombros gigantes. Os faróis azuis do Guerrebô voltaram a acender-se, iluminando com um forte brilho tudo o que estava à sua frente; logo em seguida, ele se levantou para caminhar.

Quando o Guerrebô virava-se para seguir na direção esquerda da pirâmide negra, Raldot anunciou:

– Segurem-se firme, lá vamos nós! – Porém, Sakura e Kem não puderam ouvir nada, pois a cabeça do Guerrebô já estava fechada, abafando a voz de Raldot. Sakura olhou para a nave azul e, em seguida, para o relógio integrado à sua blusa, e deu um comando de voz para apagar as luzes da nave com a intenção de economizar energia para que depois pudessem voltar para casa sem problemas. Ao mesmo tempo em que as luzes da nave azul se apagavam, podia-se ouvir os passos do Guerrebô ao baterem no chão metálico: "TRRREM, TRRREM, TRRREM", fazendo-o tremer, assim como também tremiam Sakura e Kem, que se seguravam firmemente sobre os ombros do robô gigante enquanto passavam pelo lado esquerdo da pirâmide.

Após uma caminhada de uns trezentos metros, o Guerrebô finalmente parou. "Por que paramos? Eu não estou vendo nada!", pensou Kem consigo mesmo enquanto olhava para frente. Porém Sakura, que franzia a testa, percebera que alguma coisa ali na frente refletia parte da luz dos faróis do Guerrebô.

– Hum... hum? – indagou Sakura consigo mesma ao tombar sua cabeça para a esquerda e depois para a direita. Kem olhava para Sakura sem entender nada. Quando a cabeça do Guerrebô se abriu, Raldot gritou aos quatro ventos:

– Chegamos! – Kem franziu a testa e coçou a cabeça. De repente, uma luz branca apareceu diante dos olhos de todos, formando um portal com uma altura um pouco maior do que a do Guerrebô. Nesse instante Kem e Sakura arregalaram os olhos. – Bem vindos ao *laboratório secreto de Raldot*! – O Guerrebô atravessou o portal, que logo em seguida se fechou.

Agora Sakura e Kem haviam saído da escuridão e pareciam estar dentro de algum lugar fechado, iluminado pelas luzes que saíam das paredes negras ao redor. Ali havia vários computadores formados por telas holográficas e painéis, além de muitas bugigangas espalhadas ao redor. Quando Sakura, Kem e Raldot já haviam descido do Guerrebô, de repente um pequeno robô verde passou fazendo vento com um voo rasante e veloz, fazendo balançar os cabelos de Kem, e logo em seguida ouviram-se uns barulhos: "POFT, POW, PAFT".

– Pelo visto ainda não está funcionando direito – afirmou Raldot ao olhar para o robô verde que havia se espatifado no chão. – Eu já disse para ele que a bolsa voadora ainda não era totalmente segura, mas ele foi teimoso! – Raldot fazia um trejeito com sua cabeça e o dedo indicador.

– Onde estamos? – perguntou Sakura, chamando a atenção de Raldot, enquanto Kem olhava para o robô verde se levantando.

– Esse é o meu laboratório, Sakura! Talvez não tenha percebido quando estávamos lá fora, pois o laboratório possui um sistema de camuflagem. Na verdade, esse lugar onde estamos, o laboratório secreto, é uma montanha toda feita de metal que muda de cor conforme o ambiente externo, como se fosse um espelho. – Nesse instante Sakura se lembrou da luz refletida que viu quando estava lá fora. – Essa montanha tem uns trinta metros de altura e possui o mesmo sistema de camuflagem da pirâmide negra e do chão metálico.

– Então é por isso que o chão é metálico? Para camuflar a região? – perguntou Kem, enquanto acompanhava com os olhos o robô verde que passava mancando à sua frente, carregando a bolsa voadora, que pesava uns dez quilos. Esse robô lembrava a aparência do Guerrebô.

– Exatamente! Toda essa região está camuflada em um raio de quinhentos metros – disse Raldot, e depois pegou a bolsa voadora prateada que o robô verde trazia. – Obrigado, número 7! – agradeceu Raldot ao robô verde, que estava um pouco danificado e torto. – Número 5! – gritou Raldot ao chamar um robô vermelho, que estava passando por ele. Ao ouvir o chamado de Raldot, o robô voltou para trás. – Leve o número 7 para a sala de recuperação e conserte-o.

– Certo, senhor Raldot. Consertar número 7! – disse o robô vermelho com uma voz eletrônica. Ao fazer um movimento circular na horizontal com suas mãos, o robô vermelho criou um disco de energia azul e colocou o robô verde em cima desse disco, que flutuava no ar. Então, o robô vermelho rumou em direção à sala de recuperação, dizendo: "Seguir número 5!". O disco começou a mover-se, seguindo o robô vermelho e carregando o robô verde, flutuando no ar.

– Puxa, Raldot! – exclamou Kem, enquanto olhava para os robôs se distanciando de sua visão. – Eu não sabia que os robôs vermelhos também consertavam outros robôs.

Sakura, que estava com seus braços cruzados, olhou para Raldot e disse:

– Você estava falando sobre a camuflagem desse local pouco antes dos robôs interromperem. – Raldot arregalou os olhos ao olhar com uma cara meio maluca para Sakura, soltando a bolsa voadora prateada, que caiu no seu pé direito, fazendo-o apertar fortemente as mãos e morder os lábios para segurar o grito de dor. Kem balançou a cabeça umas cinco vezes e pensou: "Apesar de tudo, esse cara sempre será um doido". Sakura apenas franzia a testa, ainda com os braços cruzados.

– Nos anos em que o Sol aparece nessa região... – disse Raldot, já recuperado da dor, ao se abaixar para pegar a bolsa prateada com sua mão esquerda, e continuou

– ...o sistema de camuflagem reflete todo o aspecto da natureza ao redor, deixando a montanha e a pirâmide invisíveis aos olhos de qualquer pessoa. – Sakura descruzou os braços, sorriu, ergueu as sobrancelhas, olhando para Raldot, que já estava de pé, e disse:

– Que máximo, Raldot! Foi você quem inventou todo esse sistema?

– Não, eu apenas aprendi como fazê-lo. Quem inventou esse sistema e merece todo o mérito é o professor Ganimedes! – disse Raldot. Os ouvidos de Kem se aguçaram ao ouvir a palavra "Ganimedes". Agora Kem realmente começou a prestar atenção em Raldot. – Aliás, eu precisava conversar com o professor Ganimedes sobre o Guerrebô. Mas eu vou fazer isso outra hora, pois nós temos que analisar essa roupa azul-marinho, não é mesmo? – Raldot arregalou os olhos com uma expressão maluca ao olhar para Kem e, logo em seguida, para a roupa azul-marinho que Kem segurava. Kem abriu um sorriso de orelha a orelha, mostrando quase todos os seus dentes, enquanto mantinha os olhos quase fechados.

– Tome, Raldot, agora é com você! – disse Kem, agora com uma cara mais séria, ao entregar a roupa azul-marinho para Raldot, que havia se esquecido de que estava segurando a bolsa voadora prateada, pegando a roupa azul com as duas mãos e...

– Aiiiiiiiii! – Dessa vez Raldot não conseguiu segurar o grito quando a bolsa voadora prateada caiu, agora, no seu pé esquerdo. Raldot fazia uma cara maluca e de dor ao mesmo tempo, enquanto tirava a bolsa de cima de seu pé, jogando-a para o lado. Sakura e Kem se entreolharam e já haviam se conformado com as trapalhadas do cientista doido. Já de pé e segurando a roupa azul nas mãos, Raldot olhou para Kem.

– Raldot, por que a pirâmide estava visível? – perguntou Kem com cara de dúvida.

– Ah, eu deixei o sistema de camuflagem da pirâmide desligado para algum bobo pensar que ali fosse o meu laboratório enquanto eu estava fora, mas raramente aparece alguém por aqui – disse Raldot com naturalidade, sem malícia. Kem fechou um pouco o olhar, fazendo uma cara séria. De repente, Raldot fez uma cara maluca olhando para os dois.

– Sigam-me! – disse Raldot ao chamar os dois, fazendo um gesto com sua mão direita. – Vamos para a *sala de análise de outros mundos*! – Sakura e Kem fizeram uma cara de surpresa, mas isso até Raldot tropeçar na bolsa voadora prateada e se esborrachar no chão, ao que Sakura fez uma cara de lamento e Kem não se aguentou de tanto rir. Ainda estirado no chão, Raldot olhou para os dois com uma cara maluca.

Quando os três já estavam na *sala de análise de outros mundos*, podia-se ver Raldot sentado em uma espécie de cadeira sem pernas no formato de um retângulo macio e cor de laranja que ficava flutuando no ar, enquanto procurava informações sobre o triângulo negro no computador à sua frente, com a roupa azul em seu colo.

Kem estava sentado do lado esquerdo de Raldot, e Sakura, do lado direito do cientista, em cadeiras também flutuantes e laranjas.

– Com licença! – disse um robô branco doméstico com uma voz eletrônica. Com um aspecto feminino e humano, rosto simpático, olhos grandes, usando touca, gravata borboleta e uma saia, que trazia alguns utensílios no bolso frontal, esse robô estava segurando uma bandeja com três copos transparentes que tinham um líquido de cor meio rosada. Kem olhava para a bandeja, enquanto Raldot pegava um dos copos.

– Hum... muito bom! – exclamou Raldot, após beber aquele líquido e ficar com um bigode de espuma. – Sirvam-se! – disse Raldot ao olhar para Sakura e depois para Kem, enquanto o bigode de espuma desaparecia de sua face.

– O que é isso? – perguntou Kem, hesitante e apontando o dedo para um dos copos, como se estivesse com medo de tomar aquele líquido.

– Ah, isso é suco de goiaba! – exclamou Raldot com naturalidade. Kem franziu a testa e Sakura fez uma cara de curiosa. – É feito com uma fruta que eu trouxe do planeta Terra há alguns anos e comecei a cultivar aqui no laboratório. Vamos, experimentem! – Kem hesitou com uma expressão desconfiada.

– Planeta Terra! – exclamou Sakura, erguendo as sobrancelhas e fazendo um singelo sorriso, e depois pegou um copo para tomar.

– Sakura! – disse Kem com um tom de voz repreensivo ao ver Sakura, que já estava com o copo na boca.

– Gostei! Obrigada! – disse Sakura ao olhar para o robô branco e colocar o copo vazio sobre a bandeja, que agora tinha apenas um copo cheio, o de Kem. Pressionado pelo olhar de Sakura, que estava com a cara amarrada, Kem pegou o copo sem muita vontade e começou a tomar o suco de goiaba. Surpreendentemente, Kem levantou as sobrancelhas e sorriu, fazendo uma cara de criança feliz.

– Que delícia! Quero mais um! – exclamou Kem, empolgado. Sakura cruzou os braços e pensou: “Eu sabia que ele ia dizer isso caso gostasse”.

– Acabou! – disse o robô branco com sua voz eletrônica ao olhar para Kem. – Goiabas somente daqui a dois dias. Acabou! – As palavras do robô foram como “tirar um doce de uma criança” para Kem, que ficou com uma cara desapontada. Sakura, que agora estava com a mão esquerda sob seu queixo, curvou-se para frente, olhando para Kem à sua esquerda.

– Kem, realmente você não deveria ter tomado o suco. Olhe o que aconteceu! – disse Sakura ao tirar a mão esquerda do queixo, colocando-a sobre o joelho, e depois deu uma risadinha caçoando de Kem enquanto ele mudava sua cara de desapontado para uma cara mais séria. Durante esse clima de descontração, o robô branco saiu da sala levando a bandeja com os copos enquanto Raldot estava concentrado na tela do computador. Kem olhava para Sakura, que estava com a face sorridente enquanto arrumava os seus longos cabelos castanhos.

– Pelas luas de Urano! Vejam só isso! – exclamou Raldot de forma repentina, dando um pulinho, fazendo com que a cadeira laranja flutuante se movimentasse descendo e subindo novamente no lugar, enquanto mantinha os olhos fixos na tela do computador. Sakura e Kem, que estavam dispersos, rapidamente olharam para Raldot e depois grudaram os olhos na tela holográfica do computador. Podia-se ver ali o desenho de um triângulo negro do lado esquerdo da tela, com uma descrição do lado direito, na qual as escrituras em preto refletiam sobre os olhos de Kem, que começou a ler em silêncio através de seus pensamentos.

"Exército do Triângulo Negro.

Organização ilegal e ameaçadora formada no planeta Netuno, três anos atrás. É considerado o maior inimigo do rei do planeta Netuno, e sua força possui homens espalhados por todas as regiões do planeta. Seus veículos, armamentos, vestimentas e bases possuem o desenho de um triângulo negro protegido por um código secreto."

Sakura olhava para a tela com os olhos arregalados após ler o que estava escrito, e Kem fazia uma cara séria enquanto fechava fortemente as suas mãos.

– Então era isso – murmurou Kem.

– O Exército do Triângulo Negro? – indagou Sakura.

– Um código secreto! – disse Kem ao olhar para a direita, vendo Sakura com uma cara de dúvida. – Eu nunca ouvi falar desse Exército do Triângulo Negro. – Agora Kem olhava para o triângulo negro na tela.

– Nem eu – afirmou Sakura ao olhar para Kem. – Raldot! – disse Sakura ao chamar Raldot, que virou-se para ela no mesmo instante. – Como conseguiu essas informações... sobre o triângulo negro? – perguntou Sakura ao olhar para Raldot, que fez uma cara séria e depois desviou o olhar, olhando para baixo. Sakura esperava uma resposta enquanto Raldot mexia os dedos de suas mãos, batendo uns nos outros, ainda olhando para baixo, parecendo estar um pouco nervoso.

– Bem... sabe... Sakura – disse Raldot, hesitando, um pouco antes de olhar para a cara de expectativa de Sakura e arregalar os olhos, erguendo suas grossas sobrancelhas. – Você promete guardar segredo? – Raldot colocou uma das mãos perto de sua boca e se aproximou de Sakura, de maneira a cochichar. – É algo ultra secreto... Ninguém mais pode saber! – murmurou Raldot para Sakura, que consentiu com a cabeça, inclinando o corpo para trás, meio assustada.

– Hã? – indagou-se Kem ao olhar para Raldot e Sakura.

– Você também pode saber! Mas precisa guardar segredo! – disse Raldot, com uma expressão meio maluca, ao olhar para Kem.

– Tudo bem! – confirmou Kem com uma expressão sincera.

– Então está certo! Muito bem, é um segredo sobre uma de minhas experiências – disse Raldot, com a cabeça um pouco inclinada para o alto, enquanto Kem e Sakura se concentravam em cada palavra que ele dizia. – São *os robôs espiões*!

– Robôs espiões? – disseram Sakura e Kem ao mesmo tempo.

– Isso mesmo, meus estimados robôs espiões. – Fez-se o silêncio durante alguns segundos após Raldot dizer essas palavras. Sakura e Kem olhavam para ele atentamente. – São robôs que criei para fazer investigações em alguns planetas. – Raldot se levantou da cadeira flutuante laranja e começou a caminhar em círculos pela sala, com as mãos para trás, enquanto Kem e Sakura (após se virarem) seguiam-no com os olhos, até que finalmente ele parou na frente dos dois.

– Você disse "investigações"? – perguntou Kem ao olhar para Raldot, que dessa vez não estava com uma cara maluca, mas com uma cara séria, olhando de forma pensativa na direção da tela do computador.

– Sim. São robôs que possuem uma aparência comum, semelhantes aos que eu tenho aqui e aos que você tem em sua casa. Mas que possuem uma diferença... – Raldot, que antes estava olhando para frente, agora pousava o olhar em Kem e Sakura, que estavam com ar de curiosos em suas faces. – Esses robôs podem voar em alta velocidade e, além disso, o principal ponto é que possuem um sistema de camuflagem igual ao da pirâmide e do laboratório. – Kem levantou as sobrancelhas, achando tudo aquilo interessante, enquanto Sakura mexia nos cabelos, e Raldot continuou:

– A princípio, coloquei um robô aqui no planeta Urano, outro no planeta Terra e mais outro no planeta Netuno, contudo... – Raldot fechou os olhos durante alguns segundos, abrindo-os novamente. – O robô que estava em Netuno já não envia mais nenhum sinal, perdi totalmente o contato com ele durante quase um ano. E, agora que descobrimos sobre o triângulo negro, eu já até suponho o que deve ter acontecido.

– O quê, Raldot? – perguntou Kem ao olhar para o rosto de Raldot, marcado pela idade, com seus cabelos grisalhos.

– Provavelmente esse robô foi capturado ou destruído pelo Exército do Triângulo Negro – disse Raldot com uma voz de suspense.

– Mas então, Raldot, qual o motivo dessas investigações? – perguntou Sakura impaciente.

– O motivo! O motivo? – gritou Raldot ao fazer uma cara maluca enquanto mexia os seus braços, que estavam abertos, a cada palavra que dizia. Sakura consentiu com a cabeça umas três vezes e com a cara séria, enquanto Kem pensava: "Oh não! Crise de maluquice de novo!", balançando a cabeça. – Pois fiquem sabendo que o professor Ganimedes é um grande sábio e teve um pressentimento! Algo ameaçador! – Raldot fazia uma grande encenação de suspense e perigo com um tom de voz assustador.

– O quê? – disseram Sakura e Kem ao mesmo tempo, um pouco assustados.

– Oh oh oh oh oh! Um mau pressentimento... algo que mudará para sempre a trajetória de nossas vidas... dos pobres seres do Sistema Solar! – dizia Raldot, continuando a encenação.

– Ah, qual é a desse cara, Sakura! – disse Kem, de forma a ignorar Raldot.

– Kem! – disse Sakura, ao olhar com uma cara brava para Kem e dar-lhe uma cutucada com o cotovelo.

– E disse Ganimedes: "Aqueles que não estiverem preparados e não conseguirem vencer o medo serão aniquilados pela presença do Mal" – disse Raldot com uma expressão aterrorizante enquanto mexia os dedos das mãos perto de sua face, olhando para Kem e Sakura. Nesse instante Kem fez uma cara *de quem não estava acreditando*, enquanto Sakura estava realmente assustada. – E é por isso que os robôs estão nesses planetas! – Raldot agora fazia uma voz e uma expressão mais agradável. – Para enviar informações de algo que possa provocar uma ameaça a qualquer momento. E, com esses robôs, eu estou ajudando o professor Ganimedes, que já está trabalhando em outros planos para salvar os planetas dessa ameaça.

– Mas por que você colocou os robôs em apenas três planetas? – perguntou Sakura, franzindo a testa.

– Porque os outros seis robôs ainda estão sendo preparados para serem colocados nos planetas que estão faltando – disse Raldot ao caminhar para se sentar novamente na cadeira laranja flutuante. – Agora chega de perguntas... agora chega! Já falei muita coisa que não devia – disse Raldot, impaciente, enquanto fazia uns tremeliques com a cabeça, pouco antes de se sentar. Kem e Sakura se entreolharam em silêncio e logo em seguida se viraram. – Vocês estão aqui por causa dessa roupa azul. – Raldot puxava com sua mão direita a roupa azul, em cima da qual havia se sentado. – E precisam do código secreto do triângulo negro para abri-la. Certo?

– Sim, Raldot – concordou Kem, ao mesmo tempo em que consentiu com a cabeça.

– Pois bem, vamos procurar aqui no computador. Talvez o robô que estava em Netuno tenha enviado alguma outra informação sobre o triângulo negro antes de desaparecer – disse Raldot, que olhava fixamente para a tela holográfica do computador, assim como Sakura e Kem.

Os minutos se passavam, e Raldot ainda não havia encontrado nada. Sakura ficava enrolando os seus cabelos nos dedos enquanto Kem pensava em um delicioso copo de suco de goiaba. Até que, de repente, a voz de Raldot se fez presente:

– Aha! Olhe, você tem muita sorte, Kem! – Raldot apontou o dedo para a tela, ao que Sakura e Kem olharam para o que estava escrito:

"*Os sete toques do código secreto do triângulo negro*".

8 Aparece uma miniatura de Kem

Sakura, Kem e Raldot olhavam para a tela do computador com um ar de triunfo. Mas o que seriam os sete toques do código secreto do triângulo negro?

– Isso parece ser a chave, Kem. O código secreto de acesso, mantido em segredo pelos integrantes do Exército do Triângulo Negro – disse Raldot, enquanto Kem e Sakura prestavam atenção em suas palavras. Parecia que Kem estava prestes a descobrir o que estava ali por todo aquele tempo dentro da roupa azul-marinho. – Vejamos... – disse Raldot ao esticar a roupa azul em seu colo, com o símbolo do triângulo negro voltado para os seus olhos. Raldot olhou para a tela do computador e depois para o triângulo negro da roupa azul, aproximando sua mão direita.

Enquanto Kem olhava para a mão de Raldot, Sakura olhava para a tela do computador.

– Vamos lá, Sakura! – exclamou Raldot com o olhar fixo no triângulo negro. – Leia o código secreto para mim. – Sakura se concentrou no código secreto que aparecia na tela do computador e começou a ler:

– O código secreto possui sete toques de dedo que devem ser feitos sobre o triângulo negro na seguinte ordem... – Raldot aguçou os ouvidos enquanto Kem olhava atentamente para a mão do cientista.

– Dois toques com o dedo indicador... – disse Sakura, ao que Raldot deu dois toques com o seu dedo indicador sobre o triângulo negro. – Dois toques com o dedo anelar, um toque com o dedo médio, um toque com o dedo mindinho e um toque com o dedo polegar. – Raldot seguiu perfeitamente as instruções de Sakura e...

Os três ficaram na expectativa, olhando fixamente para o triângulo negro, esperando que algo acontecesse. Passados alguns segundos, nada aconteceu, e foi então que Kem se pronunciou:

– Você deve ter feito alguma coisa errada, Raldot... Deixa eu tentar. – Kem já estava prestes a colocar suas mãos sobre a roupa azul para tirá-la de Raldot, que ainda estava com o olhar fixo no triângulo negro, assim como Sakura, quando de repente o símbolo do triângulo negro começou a piscar, desaparecendo e aparecendo rapidamente várias vezes. Nesse instante podia-se ver Sakura, Kem e Raldot arregalando os olhos enquanto viam o símbolo piscar, até que finalmente desapareceu, dando lugar a uma abertura no mesmo formato do triângulo que ali estava.

Aos olhos de Kem, a mão direita de Raldot adentrava a abertura em formato de triângulo. Enquanto Raldot inclinava sua cabeça um pouco para o alto, mordendo a língua com uma expressão concentrada, sua mão se remexia por dentro do compartimento (que parecia um bolso da roupa) procurando algo.

– Achei alguma coisa! – disse Raldot, ao tocar com sua mão num objeto que estava dentro do compartimento, ao que Kem e Sakura fizeram uma cara ainda mais curiosa. Quando Raldot tirou sua mão de dentro da roupa, ergueu o objeto até a altura de seus olhos, segurando-o com a ponta dos dedos.

– Mas não é possível! – disse Kem, espantado com o que via. – Isso é um...

– Um *cristal medidor de energia*! – completou Raldot, com os olhos fixos no objeto.

Podia-se ver na mão de Raldot um cristal translúcido de uns dez centímetros de comprimento, em formato hexagonal, que brilhava com as luzes da sala em que os três estavam. – Interessante... Curioso! – Raldot movimentava o cristal diante de seus olhos. – Por que alguém usaria um cristal para medir energia? – Nesse instante Kem abaixou as sobrancelhas e franziu o nariz.

– Miserável! – disse Kem para si mesmo, ao que Raldot e Sakura olharam para ele. – Aquele miserável estava medindo a minha energia. Sim, quando eu estava na floresta petrificada ele percebeu o meu nível de energia através do cristal e fugiu. – Sakura olhava para Kem falando sozinho, sem conseguir entender muita coisa do que ele estava dizendo. – E ainda tentou me atacar achando que iria me surpreender. – Kem, ainda falando sozinho, agora fechava a sua mão direita fortemente. – Seu verme!

Raldot olhava para Kem, agora fazendo uma cara mais maluca do que todas as outras que antes já fizera enquanto pensava: "E depois eu que sou o maluco aqui".

– Então esse cristal serve para medir energia? – perguntou Sakura ao olhar para o cristal, que estava na mão de Raldot, encostada sobre a cadeira laranja.

– Sim, Sakura; eu, inclusive, tenho um cristal igual a esse, assim como muitos outros guerreiros também têm – disse Kem ao se levantar. Sakura olhou para sua face. – Esse cristal possui a capacidade de medir os níveis de energia de qualquer um, de acordo com a tabela de energias. – Sakura levantou as sobrancelhas. – Porém, é preciso que a energia esteja fluindo através do corpo da pessoa para que o cristal possa detectar esse nível de energia. – Kem abaixou a cabeça, depois olhou novamente para Sakura e disse:

– Provavelmente, quando elevei minha energia ao nível máximo, próximo à floresta petrificada, esse mesmo cristal deve ter mudado sua cor para laranja e detectado um nível de energia 2, variação 1, ou algo próximo. – Kem deu dois passos para frente e olhou para o cristal na mão de Raldot. – E como, nesse momento, nós não estamos emitindo nenhuma energia, o cristal permanece normal, o que indica que a energia aqui é zero.

– E por que alguém do Exército do Triângulo Negro viria de Netuno até Urano só para medir sua energia, Kem? – perguntou Sakura, confusa, ao olhar para o cristal na mão de Raldot.

– Não sei se aquele guerreiro veio até esse planeta só por isso – disse Kem, enquanto via Sakura pegar o cristal que estava com Raldot. – Talvez ele tenha me encontrado por coincidência. Não sei exatamente quais eram suas reais intenções. – Kem olhou para Sakura, que examinava cuidadosamente o cristal hexagonal. – Sakura!

– Diga, Kem! – exclamou Sakura, ao desgrudar seus olhos do cristal e olhar para a face de Kem. Raldot também virou-se para olhar para Kem.

– Você tinha dito que aquele impostor que havia atacado a estação espacial do planeta Netuno podia produzir energia na cor azul-marinho, não é mesmo? – perguntou Kem, enquanto Sakura arrumava seus cabelos atrás da orelha direita.

– Acho que era isso mesmo, mas por que pergunta isso? – respondeu Sakura ao fazer outra pergunta.

– E qual era mesmo a cor do cabelo dele?

– O cabelo do impostor era azul-escuro, Kem – quando Sakura disse isso, Kem franziu o nariz e fez uma expressão de raiva, ao mesmo tempo em que as imagens do dia anterior na floresta petrificada passavam como um filme em sua mente.

– Acho que, talvez... Miserável! Será? – dizia Kem, enquanto fechava fortemente sua mão esquerda ao levantá-la na altura de seu rosto, que ainda mostrava uma expressão de raiva. – Pode ser que então... então seja ele mesmo. – Sakura arregalou os olhos.

– Kem! – disse Sakura, espantada. – Você quer dizer que o impostor e o guerreiro misterioso da floresta petrificada são a mesma pessoa?

– É um indício. Não é certeza. Mas é um forte indício! – disse Kem, enquanto Sakura olhava pra ele, ainda espantada, e Raldot fazia uma cara *de alguém que não estava entendendo muita coisa*. Kem se aproximou de Sakura e pegou o cristal com sua mão direita.

– Não, Kem! Deve ser ele mesmo... É ele mesmo, Kem! – dizia Sakura num tom de voz confiante ao abaixar a cabeça e fazer barulho batendo com sua mão direita fechada sobre sua mão esquerda aberta.

– Não devemos ser precipitados, Sakura – disse Kem com uma voz tranquila enquanto olhava fixamente para o cristal. Sakura olhou para Kem. – Devemos ficar de olhos abertos, vamos ficar espertos.

– Posso estar enganada, Kem; contudo, ainda mantenho minha opinião – disse Sakura, com um ar de confiança e firmeza, enquanto olhava para Kem. Nesse instante, Kem, que estava brincando com o cristal, movimentando-o de um lado para o outro com suas mãos, deixou-o escorregar e cair. Porém, não se ouviu barulho nenhum, e Kem fez uma cara dramática de *"foi sem querer"* antes de olhar para o chão. Ali, aos pés de Kem, havia uma criatura vermelha que tinha o formato de uma mão de uns trinta centímetros e segurava o cristal. – Mas o que é essa coisa estranha aqui? – Kem arregalou os olhos, enquanto Sakura olhava para a criatura.

– Não se esqueça de onde você está, Kem! – disse Raldot, enquanto a criatura em forma de mão dava o cristal para Kem, que hesitou antes de pegá-lo. – Aqui é a *sala de análise de outros mundos*, olhem ao redor e verão coisas que vocês ainda não tinham percebido. – Então Kem começou a olhar ao redor e ver vários objetos estranhos; alguns se mexiam sozinhos (como uma pequena pirâmide de cobre cheia de furos que ficava circulando no ar), algumas criaturas e plantas estavam no chão e em cima de estantes, e outras, dentro de alguns aparelhos de teste. De repente, a criatura em forma de mão transformou-se em uma bola vermelha, mostrando seus grandes olhos verdes e amarelos saltados para fora e um largo sorriso cheio de dentes.

– Deixe-me apresentar-lhes – disse Raldot, enquanto Sakura e Kem olhavam para a criatura que estava no colo do cientista. – Esse é o forma-forma! – Raldot deu dois tapinhas de leve na criatura. – É uma criatura de origem jupteriana e pode assumir qualquer forma que ele tenha visto antes, é claro, dentro dos limites da massa de seu corpo. Essa forma de bola é a forma original dele.

Em um piscar de olhos, o forma-forma saltou no colo de Sakura e assumiu a forma de um coração. Sakura se assustou a princípio, mas logo mudou sua cara de assustada, dando lugar a um meigo sorriso, olhando para a criatura.

– Que bonitinho! – disse Sakura, encantada com o forma-forma, enquanto Kem cruzava os braços e balançava a cabeça de cara fechada. – Ele é mole e frio. – Sakura olhou para Raldot.

– Os jupterianos adotam os forma-forma como seus mascotes. Eles se alimentam apenas da luz do sol e são criaturas muito dóceis – afirmou Raldot ao olhar para Sakura, que sorria enquanto acariciava o forma-forma. – Parece que ele gostou muito de você, Sakura! Gostaria de ficar com ele? Eu tenho outros aqui. – Sakura, que estava com uma cara meiga, deu um grande sorriso, olhou para Kem e disse:

– O que você acha, Kem? Vamos levá-lo?

Kem fechou os olhos e bateu com sua mão direita na testa, fazendo uma cara de preocupação antes de pensar: "Eu acabo com esse cientista doido".

Haviam se passado 340 dias em Urano (em torno de oito meses do calendário terráqueo) desde que Sakura e Kem visitaram pela primeira vez o laboratório de Raldot. Nesse período, Raldot viajou umas duas vezes para o planeta Júpiter para se orientar com Ganimedes. Raldot também estava com a nave azul do triângulo negro, analisando-a em seu laboratório, e o Guerrebô já estava funcionando perfeitamente. Klaus e o sr. Kiraua iam com frequência até a casa de Kem para treinarem no segundo andar, e na maioria das vezes o sr. Kiraua ficava de braços cruzados, apenas olhando os dois treinarem e dizendo: "Vamos, Klaus, você consegue!". Algumas vezes o sr. Kiraua levava umas porradas, não porque lutava com Kem ou Klaus, mas sim porque ficava no meio do caminho, de braços cruzados, enquanto os dois treinavam. Kem, progressivamente, começou a superar seus limites com uma série de treinamentos mais pesada, graças ao módulo de energia nível 4 que fora instalado no seu simulador de combate. Primo Jorge ia visitar Kem de vez em quando – é claro, sempre de amarelo. Mesmo visitando o seu primo Kem poucas vezes, Jorge criou uma nova moda ou uma nova mania, pois todas as pessoas que iam à casa de Kem agora o cumprimentavam como o primo Jorge, ou seja, com aquele gesto de "paz e amor", inclusive Sara e John.

Em um belo começo de um novo dia, Kem, que acabara de acordar, estava se dirigindo pelo corredor até o banheiro, com uma cara de sono e os cabelos desarrumados, vestindo shorts azul-claros, descalço e sem camisa. O pequeno quadrado na parede que abria o portal do banheiro estava verde, sinal de que o banheiro estava desocupado. Kem tocou com sua mão sobre o quadrado verde, o portal do banheiro se abriu e, logo após Kem ter entrado, o quadrado tornou-se vermelho, indicando que o banheiro estava ocupado.

– Preciso aumentar o meu ritmo de treino hoje – dizia Kem, enquanto lavava o rosto e olhava para o espelho, vendo os seus cabelos bem desarrumados e a parede branca do banheiro. – Obrigado! – agradeceu Kem, ao pegar uma toalha de rosto azul que se aproximou de suas mãos. – Hã? – indagou Kem após enxugar o seu rosto e, ao olhar para o espelho, pensou: "A toalha se mexeu sozinha!". Kem começou a virar lentamente sua cabeça para o lado direito e arregalou os seus olhos no momento em que viu algo estranho na parede, aliás, não muito estranho quando Kem o reconheceu.

– O que essa coisa está fazendo aqui de novo? – indagou-se Kem quando viu um cabide vermelho se mexendo na parede. Kem fez uma cara meio brava enquanto apertava a toalha em sua mão direita, dizendo:

– Obrigado pela toalha... forma-forma! – Kem jogou a toalha no chão e agarrou com as duas mãos o forma-forma, que ainda estava transformado em cabide. – Vamos, saia daí! Saia daí agora!... Você atravessou o sistema de água e entrou aqui no banheiro saindo pela torneira, não foi? – Kem puxava-o com força, mas o forma-forma não se desgrudava da parede. – Então você não quer sair, hein? – disse Kem com um ar ameaçador, preparando-se para dar um puxão no forma-forma. – É um... é dois... e é três! – O forma-forma se desgrudou da parede poucos instantes antes de Kem puxá-lo com toda a força, o que fez com que Kem caísse sentado no chão.

– Ooooh, não! – disse Kem, enquanto puxava com raiva os seus próprios cabelos e o forma-forma se transformava novamente em uma bola, mostrando um sorriso de triunfo em sua face.

Ao sair do banheiro, e obrigando o forma-forma a sair também, Kem agora caminhava até a sala de refeições, pois precisava reabastecer as energias para começar uma nova sessão de treinamentos. Mas, ao ouvir algo, Kem parou no meio do caminho e seus passos fizeram silêncio para aguçar os seus ouvidos. Com uma expressão séria e concentrada, Kem ouvia um choro, um choro de criança. Podia-se ver um sorriso aparecendo lentamente na face de Kem, no mesmo instante em que também aparecia o brilho em seus olhos.

– Já está acordado! – disse Kem com empolgação. Logo em seguida voltou para trás, caminhando até o quarto. Quando estava a alguns metros do quarto, caminhando pelo corredor, Kem viu Sakura vestida com uma roupa de dormir verde-clara, carregando alguém em seus braços que não era o forma-forma, antes de entrar no quarto. Kem entrou no quarto logo em seguida e ouviu Sakura cantarolando:

– Vamos colocar uma roupinha... bem bonitinha... no meu anjinho.

Diante dos olhos de Kem, um bebê sorria em cima da cama junto com Sakura, que parecia estar muito feliz. Esse bebê tinha alguns poucos cabelos de cor azul-claro e seus olhos eram verdes, iguaizinhos aos de Kem e Sakura. Estava vestindo uma roupinha azul-clara que Sakura acabara de colocar.

– Ele é a cara do pai! – disse Sakura, com uma expressão de alegria, enquanto olhava e erguia o bebê sorridente com os seus braços, segurando-o no alto, sentada em cima da cama com os joelhos dobrados, descalça. Com um rosto sorridente, Sakura olhou para Kem, que respondeu com um sorriso feliz. Kem se aproximou de Sakura e ficou ali parado, em pé, olhando para o bebê.

– Agora vem aqui com o papai! – disse Kem ao colocar as mãos sobre o bebê para pegá-lo. – Já brincou muito com a mamãe, agora é a minha vez. – Com o bebê já em seus braços, Kem olhava para aquela frágil criatura e sorria. Mas o bebê fazia cara de bravo para Kem. Tentando fazer alguma outra coisa para agradar o bebê, Kem agora mexia sua boca, imitando um peixe. Foi nesse instante que o bebê fez uma cara feia e...

– BUÁÁÁÁ... BUÁÁÁÁ... BUÁÁÁÁ – chorava o bebê sem parar, derramando um rio de lágrimas. Desesperado e sem saber muito o que fazer, Kem segurou firmemente o bebê e começou a correr pelo quarto e a gritar "Uhu", "Uhu" com muito ânimo.

– Kem! Cuidado, Kem! – gritava Sakura com uma cara de preocupada enquanto olhava para Kem correndo para todo lado com o seu filho. Aos poucos, as lágrimas do bebê foram secando e o seu rostinho frágil, que antes mostrava uma expressão não muito agradável, agora dava lugar a um simpático sorriso. De repente Kem parou de correr e começou a balançar o bebê para baixo e para cima, acompanhando-o com o olhar.

– Oba! Oba! Vamos lá... Uhu! – gritava Kem enquanto balançava o bebê, ao que Sakura tocou com os seus pés no chão levantando-se da cama e, olhando para os dois, agora com uma cara menos preocupada. – O filho do Guerreiro do Universo também será um grande Guerreiro do Universo! – Kem agora estava com seus braços esticados na reta de seus ombros, segurando o seu filho, que mostrava um brilho no olhar e mantinha um sorriso simpático. Sakura, que agora havia abandonado a cara de preocupada, sorria enquanto abraçava Kem e olhava para o bebê.

Uma tela holográfica de um metro apareceu, de repente, na parede que ficava do lado oposto à cama, fazendo um breve ruído: "dziii".

– Senhor Kem, senhora Sakura – anunciou uma voz eletrônica que vinha da tela holográfica. Quando Sakura e Kem olharam para a imagem na tela, viram o robô mordomo, que era de cor preta e usava uma gravatinha borboleta branca de metal. Tinha o rosto de aparência humana, com bigode e cavanhaque pequenos e cabelo curto penteado. Esse era um dos robôs mais novos que Kem havia comprado.

– Diga, mordomo! – disse Kem, olhando para a tela, enquanto Sakura pegava o bebê de seus braços e dizia: "Vem aqui com a mamãe, meu lindinho".

– Temos visitas, senhor Kem! – A imagem do robô mordomo desapareceu da tela após dizer essas palavras, dando agora lugar às imagens do sr. Kiraua, primo Jorge e, surpreendentemente, Raldot. Esses visitantes formavam o trio mais inesperado que pudesse aparecer em qualquer lugar. Os três estavam do lado de fora da casa de Kem, e podia-se ver o sr. Kiraua de braços cruzados; Raldot com a mesma cara maluca de sempre, ajeitando sua cartola com as mãos; e o primo Jorge ainda sentado no seu fuzar amarelo, arrumando o seu topete amarelo.

– Por favor, mordomo, peça para que entrem e acompanhe-os até a sala de estar – pediu Kem ao mordomo, que agora aparecia na tela novamente.

– OK, senhor Kem, entendido! – A gravatinha branca do robô mordomo girou e depois a tela holográfica desapareceu, fazendo novamente um "dziii".

Passados alguns minutos, viam-se Kem e Sakura, que carregava o bebê, enquanto andavam pelo corredor a caminho da sala de estar. Agora, Kem usava camiseta vermelha, calça e sapatos azuis, e Sakura, uma blusa rosa decotada, calça rosa colada ao corpo, botas rosa e o pingente azul-claro do planeta Urano logo abaixo de seu pescoço. Enquanto caminhava, Kem reclamava que trocar fraldas era o trabalho do robô babá que haviam comprado há uns trinta dias, quando o bebê nasceu, e não o trabalho dele, pois Kem acabara de trocar a fralda do bebê. Sakura deu risada e disse para Kem que ele deveria aprender, sim, porque, nas situações em que não tivesse ninguém para ajudar, ele mesmo deveria trocar as fraldas de seu filho. Kem balançava a cabeça, inconformado com as palavras de Sakura.

– Veja, bebê, tem visitas para você! – disse Sakura ao balançar o bebê em seus braços enquanto sorria e olhava para aqueles olhinhos verdes e sérios. Ali na sala de estar, Sakura, Kem e o bebê viam Raldot, o sr. Kiraua e o primo Jorge sentados no sofá marrom de formas circulares. O bebê fitou Raldot e fez uma cara feia, depois olhou para o sr. Kiraua e fez uma cara séria e, quando olhou para o primo Jorge... começou a dar soluços de riso. Jorge, que via o bebê sorrindo para ele, com a mesma voz tranquila e vagarosa de sempre, disse:

– Olha sóóó... que bacana. Ele gostou de mim. Ele gostou de mim, Kem! – Primo Jorge olhou para Kem.

– Será que ele gostou mesmo ou está tentando dizer o quanto é engraçada a banana que está sentada no sofá (banana era outra fruta que Raldot havia trazido da Terra) – disse Kem, caçoando de Jorge, enquanto o sr. Kiraua colocava a mão em sua boca para não soltar uma gargalhada. Primo Jorge franziu a testa, fazendo uma cara *de alguém que não havia entendido a piada.*

– Bom novo dia para todos! – disse Sakura ao aproximar-se do sofá com o bebê, enquanto os visitantes também a cumprimentaram com um "Bom novo dia, Sakura". O sr. Kiraua levantou-se do sofá e abriu os braços.

– Deixe eu segurar o meu netinho querido! – disse o sr. Kiraua com uma cara de bobo ao pegar o bebê que estava com Sakura. Com o bebê nos braços, o sr. Kiraua olhava para o rostinho bravo dele. – Ele é bonito igual ao avô! – disse o sr. Kiraua ao sentar-se no sofá com o bebê em seu colo, ao mesmo tempo em que Sakura espirrou. – E tem o mesmo cabelo azul do avô! – O sr. Kiraua passava a mão direita no cabelo do bebê, que começou a fazer cara feia.

Enquanto o sr. Kiraua tentava agradar o seu netinho – sem ter muitos resultados, pois os olhinhos do bebê começaram a ficar úmidos –, Kem olhava para Raldot, que agora se mostrava com um ar de mistério, o que normalmente era raro. Jorge olhava para um quadro holográfico na parede azul que estava a um metro e meio do chão, na direção de seus olhos, e mostrava o planeta Terra visto do espaço. Enquanto isso, parecia que algo incomodava Raldot em seus pensamentos, como se houvesse alguma coisa errada.

– Acho melhor você voltar com a mamãe – disse o sr. Kiraua ao olhar para o bebê, que estava de cara feia e prestes a começar um berreiro. Quando o sr. Kiraua esticou os braços para entregar seu netinho para Sakura, o bebê olhou para o primo Jorge e sorriu. Começou a dar soluços de riso.

– Acho que ele quer brincar com você, Jorge – disse Sakura, que depois sorriu, quebrando a concentração de Jorge, que estava olhando para o quadro holográfico, agora mostrando o planeta Marte, pois de três em três minutos a imagem do quadro mudava para um planeta diferente. – Pegue o bebê, Jorge! – Jorge olhou para o rostinho sorridente do bebê e engoliu em seco, hesitando. – Vamos lá, Jorge, é fácil, ele gostou de você! – Nesse instante, Kem, que antes olhava para a expressão misteriosa de Raldot, agora fixava o seu olhar no primo Jorge, que encarava o bebê, esticando os seus braços para pegá-lo, porém, não com muita vontade. Jorge fechou os olhos e pegou o bebê, segurando-o com suas mãos por baixo de seus frágeis bracinhos.

Por um instante, Jorge começou a melhorar ao sentir as batidas do coraçãozinho do bebê, que o tranquilizavam. Jorge começou lentamente a abrir os seus olhos, que puderam ver a face sorridente do bebê e seus olhinhos verdes, que brilhavam. Para Jorge, que antes estava receoso, aquilo se tornou algo mágico, uma coisa de outro mundo, que de alguma forma o fazia sentir-se bem.

– Olá, bebê... paz e amor! – dizia o primo Jorge, enquanto colocava o bebê em seu colo e depois fazia aquele gesto de paz e amor com sua mão direita, olhando para o bebê. Sakura olhou para Kem e sorriu, enquanto o sr. Kiraua arregalava os olhos e fazia uma cara de inconformado ao olhar para Jorge brincando com o seu netinho.

"Como ele pode gostar mais desse jovem vestido de banana do que do próprio avô?", pensou o sr. Kiraua enquanto balançava a cabeça sem parar.

– Bem, pessoal, preciso ir agora – disse Raldot inesperadamente, o que fez com que todos olhassem surpresos para ele, inclusive o bebê.

– Mas você acabou de chegar, Raldot! – exclamou Kem. – E não disse nada até agora além de "bom novo dia". – Raldot deu uma piscadela para Kem de modo que ninguém mais percebesse. Kem franziu a testa.

– Poderia me acompanhar até a porta, Kem? – perguntou Raldot ao se levantar bruscamente do sofá, fazendo o sr. Kiraua e o primo Jorge com o bebê balançarem de leve.

– Tudo bem, Raldot, me acompanhe. – Kem olhava para Raldot, sentindo que ele tinha algo a lhe dizer. Sakura cruzou os braços e fechou o olhar, fazendo uma cara desconfiada, enquanto olhava para Raldot, que não se comportava como de costume. Então, Kem e Raldot começaram a caminhar até a saída, acompanhados pelo olhar desconfiado de Sakura e o olhar de dúvida do sr. Kiraua, que os via passar em frente ao quadro holográfico, agora mostrando o planeta Saturno com seus lindos anéis. Primo Jorge era o único com a atenção voltada para o bebê, que continuava sorrindo.

– O que há com ele, Sakura? – perguntou o sr. Kiraua ao cruzar os braços e olhar com uma cara de dúvida para Sakura.

– Não sei, senhor Kiraua... eu também gostaria de saber – disse Sakura com a voz lenta e um pouco baixa, enquanto via Kem e Raldot na porta de saída, frente a frente, um olhando para o outro. "O Raldot está muito estranho, nem parece ele mesmo!", pensou Sakura enquanto olhava para a expressão séria de Raldot.

Raldot fez um gesto afirmativo com a cabeça enquanto olhava seriamente para Kem, que correspondeu fazendo o mesmo gesto e logo em seguida tocou com sua mão esquerda no quadrado da parede. O portal da parede se abriu e, logo em seguida, Kem e Raldot o atravessaram enquanto eram mirados pelos olhares de Sakura e do sr. Kiraua, que, após alguns instantes, viram o portal se fechar.

Já fora da casa, em um ambiente de iluminação natural sobre o gramado azul e próximos ao jardim, Kem e Raldot se encararam durante alguns segundos, enquanto o robô jardineiro, que estava podando algumas plantas, passava de um lado para o outro, flutuando rente ao chão.

– O que está acontecendo, Raldot? Eu nunca vi você tão sério dessa forma – disse Kem, olhando firmemente nos olhos caramelo de Raldot.

– Kem – disse Raldot, e depois respirou fundo antes de continuar a falar. – Na primeira vez, você pareceu não acreditar muito no que eu tinha dito... – Kem franziu a testa. – Porém, o que eu vou lhe dizer agora fará com que você acredite.

– Mas do que é que você está falando? – perguntou Kem com um ar de mistério. Raldot encarou Kem durante alguns segundos antes de responder.

– É sobre a *Profecia de Ganimedes*! – quando Raldot disse isso, Kem franziu a testa e tombou um pouco a cabeça para o lado. – É sobre a presença do Mal que está para chegar.

– Alerta vermelho, alerta vermelho! – dizia o robô jardineiro, que passava ao lado de Kem e Raldot, tentando tirar com os seus braços robóticos o forma-forma, que estava preso em sua cabeça, transformado em um capacete vermelho. Kem olhou para o jardineiro com o capacete, ou melhor, com o forma-forma na cabeça e pensou: "Esse forma-forma... Eu preciso dar um jeito de ..". Raldot colocou sua mão esquerda sobre o ombro direito de Kem, que olhou novamente para o cientista.

– Kem, vamos ali à minha nave, lá explicarei melhor.

Mistérios no planeta mais próximo do Sol

Kem olhou para a nave de Raldot, que estava pousada no final do gramado azul de sua casa, perto da rua. A nave era amarela e tinha formato de disco, lembrando uma empadinha, porém metálica, com dois metros de altura por uns quinze metros de comprimento.

– O que será que estão falando? – indagou Sakura consigo mesma enquanto olhava para uma tela holográfica na parede (igual àquela do seu quarto), vendo Kem e Raldot caminhando em direção à nave amarela. Enquanto isso, o primo Jorge, que ainda estava com o bebê em seu colo, olhava para o quadro holográfico, que agora mostrava o planeta Urano; porém, ainda não tinha percebido que o bebê estava dormindo.

– Eu nunca tinha visto uma nave assim antes – disse Kem, que estava frente a frente com a nave. Raldot estalou os dedos das duas mãos simultaneamente, fazendo com que a nave subisse, ao mesmo tempo em que dava um giro completo de trezentos e sessenta graus, e ficasse flutuando a uns quatro metros do chão.

– Tecnologia exclusiva de Ganimedes. – Raldot deu dois tapinhas de leve em seu próprio peito. – Devo dizer que essa tecnologia é mais avançada do que a dos uranianos, sem querer me gabar, é claro. – Raldot fez uma cara maluca ao olhar para Kem, que, no mesmo instante, pensou: "Acho que ele voltou ao normal; não sei se isso é bom ou ruim". Kem e Raldot se colocaram embaixo da nave, sendo transportados para dentro dela através de um feixe de luz verde.

– É tudo verde aqui dentro – afirmou Kem, olhando para todos os lados e para cima. – Mas não tem nada aqui além de paredes!

– Está enganado, Kem, veja só isso. – Raldot tocou com as suas duas mãos sobre uma parede que estava bem à sua frente. De repente, a parede desapareceu por completo, sem o menor sinal de algum campo de energia, como nos portais de tecnologia uraniana. – Essa é uma das três cabines da nave, a cabine principal.

– Uau! – exclamou Kem, que ficou boquiaberto e com os olhos arregalados. Foi então que os dois entraram na cabine e sentaram-se nos únicos dois assentos que ali estavam. Um supercomputador e uma grande tela holográfica se mostravam à frente dos olhos de Kem e de Raldot quando a parede que tinha sumido voltou a se fechar.

– Muito bem, Kem, vou lhe mostrar o que está acontecendo – disse Raldot ao virar a cabeça para olhar para Kem, que estava sentado do lado esquerdo. Raldot olhou para a tela holográfica. – Preste muita atenção no que vai aparecer na tela do computador... Kem!

Após ouvir as palavras de Raldot, Kem, que antes estava sentado com o seu corpo pendendo para o lado esquerdo, agora ajeitava-se em seu assento amarelo muito macio e confortável, assumindo uma postura mais firme e concentrando-se na tela holográfica do computador, que se mostrava toda branca. De repente, sem que Raldot ao menos movesse um dedo ou dissesse uma palavra sequer, a tela holográfica ficou azul-clara, e apareceu a imagem de oito robôs de cor violeta um ao lado do outro na parte superior da tela. Nesse instante podia-se ver Raldot no assento direito com uma expressão séria e um olhar penetrante na tela à sua frente. Uma face muito concentrada, para surpresa de Kem.

– Raldot? – indagou Kem, olhando para Raldot.

– Concentre-se na tela, Kem – disse Raldot, olhando para a tela holográfica. – Assim fica mais fácil para você entender. – Quando Kem olhou novamente para a tela, a imagem do planeta Mercúrio apareceu logo abaixo do primeiro robô do lado esquerdo, e logo em seguida apareceram em sequência as imagens dos planetas Vênus, Terra, Marte, Saturno, Urano, Netuno e Plutão, um abaixo de cada robô.

– Raldot! – chamou Kem enquanto olhava para a tela. Raldot apenas movimentou sutilmente a cabeça num gesto afirmativo, mantendo sua concentração na tela do computador. – Esse computador está fazendo tudo sozinho! Você o programou para mostrar essas telas em sequência? – Kem agora olhava para Raldot, que permanecia sentado ali, imóvel, sem falar nada, apenas olhando para a tela.

– Não, Kem, nada disso. O computador está apenas executando os meus comandos.

– Seus comandos? – indagou Kem ao franzir a testa. – Como assim, seus comandos? Você não tocou em nada até agora e não disse nenhuma palavra de comando, só ficou olhando para essa tela sem ao menos piscar os olhos!

– Exatamente, Kem! – Raldot fez silêncio durante alguns segundos e continuou. – Minha cartola. O segredo está em minha cartola... algo em minha cartola.

– Já sei! – Kem fez uma expressão *de alguém quando descobre uma charada*. – É uma lebre azul de orelhas redondas das montanhas do leste! – Kem sorriu, esperando a resposta de Raldot.

– Não, não, não é uma lebre – afirmou Raldot. – Na verdade isso é... – Kem interrompeu, dizendo:

– É a falta de cabelo no meio da cabeça... e por isso você usa a cartola para esconder sua careca – disse Kem sem malícia alguma, fazendo Raldot perder a concentração.

– Não, não, não, não, não! – gritou Raldot, irritado. – Não tenho careca nenhuma, meus cabelos são perfeitos. – Kem moveu o olhar para o alto e pensou: "Não está mais aqui quem falou". Apesar de irritado com o que Kem tinha dito, Raldot mantinha o olhar na tela do computador.

– *Hehehe*... me desculpe, Raldot. – Kem olhou novamente para a tela, vendo os oito robôs e os oito planetas.

– *Hu*! – fungou Raldot. – O que eu estava tentando dizer é que os comandos são enviados para o computador através de minha cartola.

– *Hã*? – indagou Kem, ao ver a imagem do primeiro robô e de Mercúrio aumentando de tamanho enquanto os outros sete robôs e planetas desapareciam, dando lugar a palavras em vermelho que apareciam do lado direito da tela.

– Minha cartola possui um dispositivo que recebe minhas ondas cerebrais e as codifica para poder se comunicar com o computador. – Kem arregalou os olhos ao ouvir o que Raldot acabara de dizer. – Isso quer dizer, Kem, que eu controlo o computador através de meus pensamentos. – Agora Kem abriu a boca.

– Isso é incrível! – exclamou Kem com uma cara de surpresa, olhando logo em seguida para a cartola de Raldot. – Puxa vida, comandos dados pelo pensamento!

– Veja a tela, Kem – disse Raldot, ao que Kem olhou novamente para a tela. – Uma das coisas que tenho a lhe dizer é sobre isso.

– Mercúrio? – Kem olhava para a imagem do planeta Mercúrio na tela.

– Sim, algo sobre Mercúrio. Mas antes vou voltar à tela anterior para que você entenda melhor. – Ao dizer isso, Raldot fez aparecer a tela anterior, que mostrava os oito planetas e os oito robôs. – Lembra-se do que eu tinha falado sobre os robôs espiões?

– Lembro, sim, e agora eu acho que estou entendendo. – Kem colocou a mão direita sob o seu queixo, curvando a cabeça um pouco para frente.

– Como você pode ver, Kem, esses são os robôs espiões que foram colocados em cada um desses oito planetas – disse Raldot, que sempre olhava para frente, concentrado na tela holográfica. Kem consentiu com a cabeça umas duas vezes e agora estava atento a tudo o que Raldot dizia. – Em Mercúrio foi colocado o robô URSP1, em Vênus, o URSP2, na Terra, o URSP3, o URSP4 em Marte, URSP5 em Saturno, URSP6 em Urano, URSP8 em Netuno e o URSP9 em Plutão. – Kem franziu a testa e perguntou:

– O que significa URSP? E por que não foi colocado nenhum robô em Júpiter?

– UR significa Urano e SP significa espião. "Urano Espião" seguido de um número, certo, Kem? – Ao ouvir a explicação de Raldot, Kem pensou ironicamente: "Não sei qual é o nome mais bonito, Super Guerrebô ou Urano Espião". – Respondendo a sua outra pergunta... – Kem, que estava no mundo dos pensamentos, voltou para a sala onde estava ao ouvir a voz de Raldot, tirando sua mão do queixo para colocá-la no braço direito do assento amarelo. – O planeta Júpiter também possui um robô espião, mas não é um modelo URSP, e sim um modelo JPSP. Esse é um modelo de Júpiter e foi construído pelo professor Ganimedes para fazer investigações em seu planeta. Na verdade o robô JPSP foi o primeiro robô espião, e eu usei a mesma tecnologia dele para construir os modelos URSP. Entendeu, Kem?

– Hã... é... acho que sim. – concordou Kem, mas a expressão de seu rosto não concordava muito com suas palavras.

Novamente, a imagem do planeta Mercúrio e a do robô URSP1 aumentavam de tamanho e mostravam-se do lado esquerdo da tela, enquanto as imagens dos outros planetas e robôs desapareciam, dando lugar a letras vermelhas do lado direito sobre o fundo azul-claro da tela holográfica. Kem se concentrou novamente na tela e fixou os olhos naquelas palavras em vermelho, lendo-as em seus pensamentos:

"Planeta Mercúrio, o mais próximo do Sol.

O primeiro planeta do Sistema Solar não possui luas.

Está a uma distância de uns 2 milhões e 800 mil quilômetros do planeta Urano.

Informações coletadas pelo robô URSP1:

Péssimas condições de habitação. A população desse planeta quase foi extinta, poucos conseguiram sobreviver nesse ambiente de clima hostil. Os poucos sobreviventes possuem um nível de energia um pouco acima do amarelo, variação 1, e por isso puderam suportar as altas e baixas temperaturas de Mercúrio."

– Deve ser um planeta muito difícil de se viver – disse Kem antes de olhar para Raldot e franzir a testa. – Mas o que mais me surpreende é que os mercurianos alcançaram um nível de energia apenas para que pudessem sobreviver. – Raldot consentiu com a cabeça, enquanto Kem olhava para a tela, onde se projetava a imagem do planeta Mercúrio, lentamente em rotação.

Logo acima da imagem de Mercúrio, onde antes estava a imagem do robô violeta, Kem e Raldot agora viam passar imagens de fotos e filmes que o robô URSP1 tinha gravado na missão espiã ao planeta Mercúrio. Kem, que estava atento à foto de um vulcão de Mercúrio que nesse exato instante aparecia na tela, teve sua concentração quebrada pelas palavras de Raldot:

– Mas isso não é tudo, Kem! – Ao tirar os seus olhos da tela, que mudava da foto do vulcão para a foto de um vale acinzentado, Kem olhou para Raldot, que deu duas batidinhas com sua mão direita no braço macio do assento enquanto mantinha o olhar fixo e concentrado na tela do computador.

– Ainda tenho algumas outras coisas para lhe mostrar. Você ficará surpreso com o que vai ver agora – disse Raldot com um ar de surpresa visível no pequeno sorriso em seu rosto, ao que Kem ergueu suas sobrancelhas, pouco antes de cruzar os braços e olhar novamente para a tela, agora muito concentrado.

– Puxa vida! Agora você me deixou realmente curioso... Raldot. – murmurou Kem lentamente enquanto olhava para a foto de um rio de lava que aparecia na tela, aguardando ansioso para ver o que Raldot iria mostrar.

– Veja, Kem, isso sim é interessante! – exclamou Raldot com empolgação pouco antes de a imagem da tela mudar para a imagem de um filme onde aparecia um lugar muito escuro e podia-se ver a entrada de uma caverna.

Enquanto isso, na casa de Sakura, podia-se ver o sr. Kiraua sentado no sofá, abaixando e levantando a cabeça várias vezes; porém, não estava fazendo gestos de consentimento, e sim dando umas "fisgadas" de sono. Toda vez que sua cabeça levantava, podia-se ouvir um grunhido, muito parecido com o barulho de um porco. Sakura, que estava em pé e de braços cruzados, olhou para o sr. Kiraua e depois ficou olhando para o seu filho, que dormia tranquilamente no colo do primo Jorge.

– Pobre de meu filho, parece que isso é de família, herdou o mesmo hábito do avô e do pai dorminhoco – disse Sakura, que logo depois descruzou os braços e aproximou-se de Jorge. – Ah... – suspirou Sakura. – Sorte que essa criança tem o meu DNA.

Jorge, que antes olhava para o bebê em seu colo, ergueu sua cabeça e levantou suas sobrancelhas amarelas ao ver Sakura, que se agachava para pegar o seu filho. Com muita delicadeza, Sakura tomou o bebê em seus braços, tendo muito cuidado para não acordá-lo. Jorge agora olhava para Sakura, que estava em pé, sorrindo e olhando para o seu filho, enquanto o balançava em seus braços delicadamente e cantava uma canção com a voz baixinha, vagarosamente:

– Dorme, bebê... do planeta azul... dorme... dorme... meu amor...

Sakura, que mostrava alegria em sua face, cantava e dava largos sorrisos para o seu filho, que dormia tranquilamente. Mas, de repente, um ruído esquisito foi ouvido na sala de estar:

– RRRRRRRONC... RRRANC, RRRENC, RRRUNC. – grunhia o sr. Kiraua, fazendo muito barulho e gestos bizarros no momento em que acordava de seu cochilo. Jorge até olhou para ele com uma cara assustada, fazendo um gesto de paz e amor com sua mão direita. Sakura viu a boca de seu filho se mexer num gesto de desconforto e depois olhou com uma cara amarrada para o sr. Kiraua, que estava bocejando; para sua sorte, o bebê não tinha acordado.

– Ainda bem que ele não acordou chorando – murmurou Sakura, ainda com a cara amarrada, enquanto olhava para o sr. Kiraua, agora se espreguiçando com os braços para os lados, quase acertando a cabeça do primo Jorge.

– Hã... am! – fez o sr. Kiraua com a garganta, assumindo uma nova postura ao lembrar-se de onde estava após ter acordado. – Onde está o Kem? – perguntou o sr. Kiraua enquanto olhava com uma cara de sono para a tela holográfica, não vendo Kem e nem Raldot do lado de fora da casa, pois a única imagem que aparecia ali era a do robô jardineiro, que passava de um lado para o outro, ainda tentando tirar o forma-forma de sua cabeça.

– Com licença! – exclamou Sakura enquanto caminhava para sair da sala de estar com seu filho nos braços, ao que o sr. Kiraua e o primo Jorge olharam para a face não muito agradável dela. – Vou colocar o meu filho no berço e já volto.

Os olhares de Jorge e do sr. Kiraua acompanhavam Sakura até a saída da sala (principalmente o olhar do sr. Kiraua, que achava Sakura muito bonita, apesar de estar brava). O barulho dos passos de Sakura foi diminuindo cada vez mais, à medida que se afastava da sala de estar, até desaparecer por completo. O sr. Kiraua cruzou os braços e virou sua cabeça para o lado esquerdo, vendo Jorge, que logo em seguida sorriu e fez aquele gesto de paz e amor, porém, agora com as duas mãos.

– Vou deixar você em sua caminha – murmurou Sakura ao olhar para os olhinhos fechados e o rosto sereno de seu filho, enquanto atravessava o portal para entrar em seu quarto. Já dentro do quarto, Sakura sorria com o bebê em seus braços enquanto olhava para as paredes e o teto, onde podia-se ver os desenhos de vários planetas, estrelas e galáxias por toda a parte. Qualquer um que estivesse ali se sentiria dentro da imensidão e da beleza do universo.

– O robô babá cuidará de você enquanto mamãe não estiver aqui – disse Sakura com uma voz fininha para o bebê, enquanto caminhava em direção ao berço, que ficava do lado esquerdo do quarto, separado por alguns metros de sua cama, que ficava do lado direito. Ao contrário da cama, que ficava quase encostada na parede, o berço ficava no meio daquele grande quarto, um berço azul-claro em formato retangular, de um metro de altura, todo feito de metal e sem pés, porém, muito acolchoado por dentro.

Os olhos de Sakura agora miravam um grande símbolo que estava desenhado no lado maior do berço, enquanto se podia ouvir o barulho de seus passos vagarosos se espalhar pelo silêncio do quarto. Esse símbolo era o mesmo que estava desenhado no uniforme de Sakura da Estação Interplanetária, um símbolo dourado em forma de "U", com uma estrela no centro e uma pequena esfera acima da ponta dessa estrela.

Sakura parou em frente ao berço, olhou por alguns instantes para o rostinho do bebê e depois deu-lhe um caloroso beijinho na testa antes de colocá-lo naquele berço macio e todo branco por dentro. Então Sakura passou a mão na cabeça do bebê já dentro do berço, nos seus poucos fios de cabelos azuis, pouco antes de olhar para um planetário que estava pendurado sobre o berço, composto pela estrela Sol e os nove planetas, dez pontos luminosos e coloridos que giravam, refletindo aos olhos de Sakura. "É hora de chamar a babá", pensou Sakura enquanto olhava fixamente para o menor ponto azul do planetário, o planeta Terra.

Com sua mão direita, Sakura tocou sobre um círculo branco desenhado na lateral do berço. Um minuto depois, via-se o portal do quarto se abrindo e um robô atravessando sua luz azul antes que ele se fechasse.

– Às suas ordens, senhora Sakura! – disse uma voz eletrônica e baixinha vinda de um robô cor-de-rosa que caminhava em direção ao berço. Esse era o robô babá, com rosto meigo, cabelo curto e vestido, mostrando uma aparência feminina e humana, exceto por ter quatro dedos nas mãos como os outros robôs.

Enquanto o robô caminhava até Sakura, podia-se perceber que seus passos não faziam barulho algum, pois seus pés possuíam um sistema silencioso anti-impacto que estava ativado para não acordar o bebê.

– Agora é com você, babá! – disse Sakura baixinho, olhando para o robô babá à sua frente. – Qualquer coisa você me chama, estarei na sala de estar.

– Entendido, entendido! – confirmou o robô babá com sua voz eletrônica, baixinho, para não acordar o bebê. Sorrindo, Sakura deu uma última olhada para o seu filho dormindo, depois caminhou até a porta e, pouco antes de sair pelo portal, diminuiu a luminosidade do quarto para o conforto do bebê.

Na sala de estar, o sr. Kiraua conversava com Jorge.

– Por que você gosta tanto de amarelo, Jorge? – perguntou o sr. Kiraua, que estava sentado com suas mãos sobre os joelhos enquanto olhava para Jorge.

– É que amarelo parece uma cor bacana – disse Jorge com a mesma calma de sempre, olhando para o sr. Kiraua enquanto fazia aquele gesto de paz e amor com uma das mãos.

– O quê? Parece com uma banana? – perguntou o sr. Kiraua sem malícia alguma ao franzir a testa, enquanto podia-se ver Sakura entrando na sala de estar.

– Não, não é banana... é bacana! – disse o primo Jorge, que pela primeira vez parecia estar um pouco irritado. Sakura olhava para os dois enquanto se aproximava.

– Aaah... já entendi! É UMA BANANA BACANA! – exclamou o sr. Kiraua com os olhos arregalados e depois fez o gesto de paz e amor, olhando para Jorge. Foi nesse instante que o primo Jorge amarrou a cara e, alguns segundos depois, abaixou a cabeça, balançando-a enquanto pensava: “Desisto de tentar explicar a ele... Banana... é diferente de bacana”.

– Estou de volta! – disse Sakura, chamando a atenção de Jorge e do sr. Kiraua, que no mesmo instante olharam para ela.

Sentando-se no sofá ao lado do sr. Kiraua, Sakura cruzava as pernas enquanto olhava para o quadro holográfico, que agora mostrava o planeta Netuno. O sr. Kiraua abriu um sorriso com a boca fechada ao olhar para o rosto de Sakura, vendo uma pintinha que ela tinha no rosto sobre o lábio superior, no lado direito. “Meu filho se casou com uma boneca”, pensou o sr. Kiraua.

– O que foi? – perguntou Sakura, olhando confusa para o sr. Kiraua, que no mesmo instante engoliu em seco.

– Nada... Hu... um. – fez o sr. Kiraua com a garganta, disfarçando. – E o Kem, Sakura?

– É mesmo! O Kem – disse Sakura ao levantar-se do sofá e erguer as sobrancelhas. Depois deu alguns passos à frente e virou-se para olhar para a tela holográfica, que mostrava o gramado e o jardim do lado de fora da casa. Sem demora, Sakura caminhou em direção à porta de saída e atravessou o portal.

– Que mulher apressada! – exclamou o sr. Kiraua e depois olhou para o primo Jorge. – Pelo menos isso é sinal de que ela se preocupa muito com o meu filho. Sim, o Kem se casou com uma boa mulher, apesar de os pais dela serem... – Primo Jorge franziu a testa. – Bem, isso não vem ao caso agora.

Na cabine da nave de Raldot, sentado sobre o assento amarelo e macio, Kem olhava atentamente para o filme que passava na tela holográfica do computador, um filme gravado por uma câmera acoplada ao corpo do robô URSP1, que naquele dia estava camuflado do lado de fora da caverna.

– Preste muita atenção, Kem – disse Raldot com os olhos fixos na tela holográfica do computador, onde se podia ver um lugar escuro e sinistro na entrada de uma caverna.

– Que lugar é esse, Raldot? – perguntou Kem, que agora via muita poeira sendo arrastada por uma forte ventania que fazia ruídos e passava em frente à caverna.

– Vamos ver! – exclamou Raldot ao dar um comando de pensamento para pausar o filme, que agora mostrava a imagem parada de um pequeno turbilhão de poeira. De repente apareceu uma linha de palavras em amarelo na parte inferior da tela.

– Montanha da lava incandescente, localizada na região Vulcão 1, Mercúrio – pronunciou Kem ao ler as palavras em amarelo, que agora apareciam em mais uma linha abaixo. – Robô URSP1 localizado a oitocentos e sessenta e dois metros acima da base da montanha. Pico a mais de quarenta e oito metros acima – disse Kem ao terminar de ler as palavras, pouco antes de olhar para Raldot.

– Isso mesmo, o robô estava praticamente no topo dessa montanha, em uma região sinistra, pouco antes de... – disse Raldot, que logo em seguida engoliu em seco.

– Pouco antes do quê? – perguntou Kem com um ar de mistério, olhando para Raldot.

– Veja isso, Kem! Preste muita atenção na tela agora. – Kem olhou atentamente para a tela e viu o pequeno turbilhão de poeira começar a se mover novamente, pois Raldot fez um comando para continuar o filme.

Kem, que olhava atentamente para a imagem da caverna na tela, cruzou os braços e franziu a testa no momento em que começou a ouvir ruídos de tremores de terra. A imagem da tela começou a tremer, fazendo Kem arregalar os olhos ao ver algumas sombras que começaram a aparecer na entrada da caverna.

– O que será? – indagou-se Kem ao ver as sombras se movendo cada vez mais para frente. – Parece que tem alguma coisa saindo da caverna.

A imagem da tela parou de tremer e os ruídos dos tremores cessaram no instante em que os olhos de Kem começaram a ver três vultos saindo da caverna. Como era um lugar escuro e havia muita poeira passando na frente, dificilmente podia-se ver a fisionomia daqueles três seres que agora estavam completamente fora da caverna, parados ali, na frente do robô URSP1.

– Parece que são três, Raldot – disse Kem ao tombar a cabeça para o lado. – Mas não dá para ver direito, está muito escuro! Percebo apenas que eles têm estatura média. – Raldot consentiu com a cabeça, vendo aqueles três vultos que agora andavam e olhavam para todos os lados, como se estivessem procurando algo. Kem aguçou os ouvidos no instante em que uma voz disse:

– Eu tinha certeza que estava por aqui... aqui do lado de fora!

– Sim, eu também não estou conseguindo vê-lo – disse a voz grossa de um daqueles três vultos que estavam conversando entre si, posicionado do lado direito.

– É lógico que não! Está muito escuro e tem muita poeira por aqui – disse uma fina e feia voz de outro daqueles três vultos, posicionado no centro.

– Ha... ha... ha... Então vamos destruir tudo por aqui, assim ele vai aparecer de um jeito ou de outro – disse aquela voz mais grossa com um ar maléfico. Kem olhava fixamente para a tela sem ao menos piscar os olhos, mantendo os seus ouvidos atentos a cada palavra que ouvia.

– Boa ideia! *Hihihihi* – disse o vulto de voz mais fina, tentando ser assustador, mas sua voz era muito bizarra.

– *Hahahahaha*! – riram os três vultos juntos num tom arrogante. De repente as vozes dos três cessaram, e o lugar, que antes estava escuro, agora começava a ser iluminado por uma energia de cor amarelo-clara. As sobrancelhas de Kem se arregalaram antes de ele dizer:

– Será que são... guerreiros?

– Veja, Kem! Do lado direito da tela – disse Raldot ao apontar com a cabeça para as informações em amarelo que apareceram do lado direito. – Esse robô possui um cristal medidor de energia integrado ao seu sistema, e o que está aparecendo ali é exatamente a energia de cada um daqueles três, veja.

Kem olhou para o lado direito da tela holográfica e começou a ler:

– *Total de indivíduos: três.* – Kem olhou para a linha de baixo. – *Nível máximo do indivíduo da esquerda: Amarelo-V10.* – Kem olhou para as duas últimas linhas e continuou. – *Nível máximo do indivíduo da direita: Amarelo-V42. Nível máximo do indivíduo do centro: Amarelo-V16.* – Kem sorriu, orgulhoso. – Ah... esses caras não são de nada, não passam de uns fracotes. – Kem descruzou os braços e fez um gesto esnobe, balançando a mão direita.

– Eu imagino como você se sente, Kem, sei que está em um nível mais elevado de energia – afirmou Raldot, que depois fixou o olhar naqueles três seres que agora mostravam sua verdadeira fisionomia, pois as energias que envolviam os seus corpos iluminavam aquele local do lado de fora da caverna. Pareciam-se muito com os uranianos e terráqueos. Tinham as orelhas pequenas e a cabeça careca. Os seus olhos eram grandes, negros e expressavam a maldade naturalmente, porque suas negras sobrancelhas eram inclinadas para baixo. Vestiam quimonos vermelhos sem mangas, calças cor de laranja e sapatos pretos fechados, lembrando a roupa de um ninja. – Talvez seja melhor que não tire conclusões precipitadas antes que esse filme termine.

– Hu? – indagou Kem, franzindo a testa e olhando durante alguns segundos para Raldot, instantes antes de voltar a olhar para os três seres mercurianos na tela. Nesse instante, os três mercurianos estavam com as mãos fechadas, postura firme, um de costas para o outro, como se formassem um triângulo. Algumas pequenas pedras do local começaram a se erguer do chão e ficaram flutuando no ar ao redor, enquanto ouvia-se o barulho eletromagnético da energia amarela que fluía de seus corpos e que afastava a poeira para todos os lados por uma onda circular que ficava aumentando e diminuindo constantemente. A imagem que aparecia na tela dava a impressão de que o robô espião estava vibrando com o fluxo de energia enquanto fazia as filmagens. Kem e Raldot olhavam atentamente para a tela.

– *Hahahahaha*! – riram os três mercurianos juntos, fazendo um tom de voz malvado, enquanto o chão vibrava levemente ao redor.

– Onde está você? Você não vai aparecer? – gritava o mercuriano de voz mais fina e feia com os olhos arregalados, bem em frente à câmera do robô espião, a apenas alguns metros. – Está me irritando... apareça! – disse o mercuriano com sua voz bizarra e depois fez cara de bravo, torcendo o nariz e cerrando os dentes. A imagem da tela holográfica aumentou de tamanho, focalizando seu rosto e sua careca envolvidos pela energia amarela.

– Mesmo agora, com o local iluminado pela energia amarela, eles não conseguem ver o robô espião? – perguntou Kem, que olhava para a imagem do rosto medonho do mercuriano que preenchia toda a tela holográfica.

– O sistema de camuflagem dos robôs espiões é muito eficiente. Seria impossível que pudessem enxergá-lo! – exclamou Raldot, enquanto ajeitava a cartola em sua cabeça com ambas as mãos.

– Então como eles souberam que tinha alguém fora da caverna? – perguntou Kem enquanto olhava para a tela holográfica, vendo os três mercurianos, que agora estavam destruindo tudo ao redor, dando golpes de chutes e socos para quebrar grandes blocos de pedra e fazer pequenas rachaduras no chão. O mercuriano de voz mais grossa gritava “Aaaaah”, enquanto derrubava uma pequena árvore cinzenta com o seu punho esquerdo envolvido pela energia amarela.

– Os mercurianos possuem uma grande habilidade, Kem – afirmou Raldot enquanto olhava para o ser de voz mais fina fazendo uma ventania ao deslocar o ar com o seu fluxo de energia.

– Hã? – indagou Kem ao olhar para Raldot. Podia-se ver a imagem do outro mercuriano entre os rostos de Kem e Raldot, quebrando um grande bloco de pedra com um chute de pé direito.

– Esses seres do primeiro planeta do Sistema Solar possuem a audição aguçada – disse Raldot pouco antes de Kem franzir a testa. – Sim, Kem, eles podem ouvir os passos de uma formiga a centenas de metros de distância se quiserem, pois eles têm essa capacidade. – Kem fez uma cara de surpresa.

– Puxa vida! – disse Kem ao erguer suas sobrancelhas loiras.

– E por isso devem ter ouvido os passos ou o deslocamento de ar do robô espião – afirmou Raldot enquanto via pedaços de pedra que esvoaçavam na direção da câmera do robô espião. Após olhar novamente para a tela holográfica, Kem até abaixou a cabeça quando viu um grande pedaço de pedra vindo na direção de seus olhos. – Não se preocupe, Kem, as pedras não passam pela tela, isso é apenas um filme. – Kem avermelhou as bochechas e coçou seu desarrumado cabelo loiro com sua mão esquerda.

– Ah, é verdade... *hehehe*. Mas quase atingiu o robô! – disse Kem, meio sem graça.

Os três mercurianos de vermelho e laranja continuavam a destruição ao redor, tentando encontrar alguém que pensavam estar escondido em algum lugar dali, enquanto o robô espião, que possuía todas as informações sobre as habilidades dos mercurianos em seu banco de dados, fazia um grande esforço para não causar o menor ruído.

De repente ouviu-se um ruído eletrônico – "plam" –, quando apareceu uma nova linha de informações do lado direito da tela holográfica, o que chamou a atenção de Kem. Nesse instante da filmagem, o robô espião havia detectado mais um nível de energia de outro ser que estava se aproximando do local. Kem grudou os olhos na última linha escrita em palavras laranja que aparecia na tela.

– Mas... o que... é isso? – indagou-se Kem com espanto após ler as palavras "Laranja-V15" que apareciam na última linha do lado direito da tela. Kem engoliu em seco e depois leu todas as palavras em voz alta:

– *Nível crescente de energia de indivíduo se aproximando: Laranja-V17*... Não, não... *Laranja-V20*... *Laranja-V26*... e continua aumentando! – Kem arregalava os olhos enquanto via as informações do nível de energia que aumentava cada vez mais. Raldot estava concentrado na tela, sem abrir a boca.

– LARANJA-V50! Não! Isso é... ISSO É IMPOSSÍVEL! – gritou Kem, desesperado, ao levantar-se rapidamente do assento amarelo, fazendo uma cara de espanto enquanto colocava suas mãos sobre a cabeça.

– Observe, Kem, observe – disse Raldot enquanto Kem balançava sua cabeça, parecendo estar inconformado.

– Quem é... quem é ele? – perguntou Kem ao escorregar as mãos sobre a nuca. Raldot observava a tela com a cara séria e concentrada.

– Não sei quem ele é... mas sei que tem um grande poder, Kem.

Enquanto Raldot olhava concentrado e Kem olhava desesperado para a tela, uma fraca luz de brilho laranja começava a aparecer na entrada da caverna. A cada segundo que se passava, o brilho aumentava de intensidade. Nesse instante, o mercuriano de voz mais grossa, que estava quebrando e lançando pedaços de pedras para todos os lados, parou de repente, mostrando uma expressão concentrada em sua face. Os outros dois mercurianos também pararam de destruir para se concentrarem no barulho dos passos e no fluxo de energia que vinha de dentro da caverna.

Podiam ser vistos ali na tela holográfica os três mercurianos parados em pé um ao lado do outro, olhando atentamente para a luz laranja que brilhava cada vez mais forte na entrada da caverna.

– Mestre! – gritaram os três mercurianos juntos, num coral de vozes, fazendo um ar de surpresa.

Um vulto de um homem de estatura média envolvido por uma intensa energia de brilho laranja começava a aparecer na entrada da caverna. Os barulhos de seus passos, que eram percebidos pelos três mercurianos, pararam.

– Vocês são uns inúteis – afirmou com uma voz lenta e agressiva o vulto que se encontrava parado na entrada da caverna. Os três mercurianos engoliram em seco e arregalaram os olhos ao ouvirem as palavras daquele vulto que tinham chamado de mestre.

– Desculpe-me me... me... mes... mes... mestre – gaguejou o mercuriano de voz fina e feia.

– Irrita-me escutar as suas desculpas com essa voz horrorosa – disse a voz novamente lenta e agressiva do vulto, que expressava frieza em seu rosto parcialmente escondido pelo brilho de energia laranja. O mercuriano de voz mais fina começou a tremer as pernas.

As energias amarelas, que antes envolviam os corpos dos três mercurianos e iluminavam o local, agora haviam desaparecido, apagando o brilho, assim como se apagavam as três linhas de informações escritas em amarelo do lado direito da tela holográfica. Apenas a linha em laranja, que informava o nível de energia "Laranja--V50", continuava a aparecer na tela.

– Está parado exatamente na reta dessa caverna, a dez metros daqui. Posso ouvir os seus mecanismos internos fazendo barulho – disse a voz daquele vulto lentamente, enquanto podia-se ver a energia laranja fluindo em torno de seu corpo. – Não me agrada em nada ter saído de onde eu estava somente para fazer o que vocês não conseguiram.

– Mas mestr... – tentou dizer o mercuriano de voz mais grossa, quando a voz do vulto interrompeu com autoridade:

– Calem a boca! Sumam daqui agora, antes que eu tenha tempo para decidir o que fazer com vocês!

– SIM, MESTRE! – gritaram os três mercurianos ao mesmo tempo enquanto batiam continência com a mão esquerda, e depois saíram correndo, desesperados, esbarrando um no outro. O mercuriano de voz mais grossa e o de voz mais fina até bateram cabeça com cabeça na tentativa desesperada de sair rapidamente daquele lugar, pouco antes de descerem a montanha pelo lado direito. O mercuriano que sobrou entrou novamente na caverna.

Agora sozinho e sem ninguém para atrapalhar, aquele homem que mostrava apenas o seu vulto olhava na direção do robô espião, fazendo um sorriso malvado. Nesse instante do filme, Kem voltou a sentar-se no macio assento amarelo, colocando os seus braços sobre os braços do assento enquanto fixava o seu olhar concentrado na tela. Raldot estava sentado da mesma maneira que Kem, muito concentrado. De repente ouviu-se uma risada malévola:

– *Huhuhohahaha*! – O vulto daquele homem misterioso que estava na entrada da caverna, todo iluminado por uma intensa energia laranja, começou a se mover a passos lentos no meio daquela escuridão. A cada passo que dava, começava a ficar mais e mais próximo do robô URSP1.

– Será que vai mostrar sua cara agora? – indagou Kem enquanto apertava os braços do assento amarelo com suas mãos, inclinando o corpo um pouco para frente.

– Preste atenção, Kem... preste atenção – disse Raldot, que agora via o vulto daquele homem caminhando na direção da câmera do robô, cada vez mais próximo.

– A energia que o envolve é intensa, mal dá para ver sua fisionomia, isso é incrível! – exclamou Kem, que logo em seguida pensou: "Mas é claro, ele está no nível 2-V50, metade do nível de energia laranja", e franziu o nariz.

Os passos daquele vulto cessaram de repente, parando a uma distância de uns cinco metros à frente do robô espião. Uma energia de brilho laranja saiu do corpo daquele vulto com grande intensidade, explodindo para todos os lados juntamente com o seu grito:

– HAAAAAAA... AAAAH!

Kem, que estava com uma expressão séria, viu a tela holográfica se preencher totalmente com um brilho laranja, pouco antes de ouvir o barulho das batidas do robô espião sobre o chão enquanto rolava sem parar, assim como também a imagem rolava na tela. O robô foi atingido em cheio pela explosão de energia, porém seu sistema de gravação ainda estava funcionando. Agora podia-se ver ali na tela holográfica a escuridão ao redor, juntamente com a fumaça que subia do corpo do robô espião, estirado sobre o chão da montanha com a câmera apontada para o céu de Mercúrio.

– Miserável! – exclamou Kem ao fechar fortemente as suas mãos enquanto olhava para tela, sem piscar os olhos, redobrando sua atenção. O barulho de passos ameaçadores agora fazia suspense nos ouvidos de Kem, que olhava para aquela tela escura, onde podia-se ver também alguma fumaça que ainda subia. – E agora, o que vai fazer? O que vai fazer... miserável? – perguntava Kem com um ar de suspense, como se estivesse participando do filme que via. O barulho dos passos começava a ficar mais alto à medida que o brilho de energia laranja voltava a aparecer aos poucos na tela, até preenchê-la totalmente. Foi quando os passos pararam e a voz daquele homem misterioso disse lentamente:

– Eu sabia que você era um robô... Hu. – O homem misterioso deu uma risadinha orgulhosa enquanto Kem e Raldot viam o brilho de energia laranja na tela. – Estava querendo se esconder? Parecia que você estava invisível, não é mesmo? – Como a imagem da tela estava totalmente coberta pelo brilho laranja, Kem e Raldot colocavam mais concentração em seus ouvidos do que em seus olhos, ouvindo aquela voz lenta, sombria, e o barulho de faíscas eletromagnéticas que saíam do corpo danificado do robô URSP1.

– Ele está vendo o robô? – perguntou Kem enquanto olhava para a tela.

– Suponho que o sistema de camuflagem tenha sido danificado junto com o sistema principal, e sem dúvida esse homem misterioso está vendo um robô violeta abaixo de seus pés – concluiu Raldot. – Ouça, Kem.

– O que veio fazer aqui? O que queria aqui em Mercúrio? – Após as perguntas do homem misterioso, o silêncio esteve presente durante alguns segundos. – Ah... será que você queria... isso?

– PRACK! – o barulho de um estalo ressoou nos ouvidos de Kem no momento em que um pedaço do braço esquerdo do robô passou voando pela energia laranja na imagem da tela holográfica. Kem olhava, espantado, ameaçando levantar-se de seu assento amarelo, mas continuou sentado.

– *Hahahaha*! *Hahahaha*! – ria o homem misterioso com uma voz agressiva, logo após ter arrancado parte do braço do robô com uma pisoteada. – De onde você é... robô? Melhor dizendo... você quer saber quem eu sou? – Os ouvidos de Kem se aguçaram nesse instante. – Eu sou... AAAAAH... – Uma expansão violenta de energia podia ser vista na tela holográfica. Nesse instante podia-se ver Kem arregalando os olhos. E arregalou-os mais ainda quando percebeu um aumento brutal no número que indicava a quantidade de energia do lado direito da tela. Kem engoliu em seco pouco antes de dizer, com uma voz lenta e séria:

– Laranja-V64.

– Laranja-V71 – disse Raldot, sem o menor sinal de surpresa, pois já havia analisado esse vídeo anteriormente.

– Continua... não... não é possível... continua aumentando... e aumentando! – exclamou Kem com um ar de desespero. – Nível de energia Laranja-V87... V88. – Nesse instante o brilho da energia começou a se mostrar em uma tonalidade laranja cada vez mais forte, até que...

– LARANJA-V99! – gritou Kem, que agora se levantou do assento sem hesitar. A energia, que antes era laranja, agora se mostrava em um intenso brilho na cor salmão-clara. As letras do lado direito da tela holográfica eram agora vistas na cor salmão pelos olhos de Kem, que lia as informações, espantado:

– *Nível máximo de energia do indivíduo: SALMÃO-V10*! – Kem inclinou sua cabeça para o alto, fechou os olhos, e começou a gritar. – Nããão... não, não, não... Ele me passou, e muito. – Raldot concentrava-se na tela. Kem colocou as mãos sobre a cabeça, expressando-se como uma criança desesperada. – Já não basta em Saturno, agora em Mercúrio também. – Kem esfregou suas mãos pelo rosto, desesperado. – Não, não pode ser... Nível 3, NÍVEL 3!

– Eu soooou... *Hahahaha* – gritava e ria a voz do homem misterioso, envolvido agora por uma energia de cor salmão que preenchia toda a tela. Rapidamente Kem concentrou-se na tela novamente e aguçou seus ouvidos.

– Eu sou um Guerreiro do... *Huhuhohahaha*...

Kem viu um brilho de energia salmão e ouviu a explosão de um grande "BUM", instantes antes de a imagem da tela holográfica ficar completamente negra. O silêncio invadiu a cabine da nave de Raldot. Kem se mostrava com uma expressão atormentada, e Raldot, sério.

– Esse foi o fim do robô URSP1, Kem! – disse Raldot, que depois abaixou sua cabeça com um ar de lamento. Nesse instante podia-se ver o rosto de Kem com uma expressão séria, olhos bem abertos, como se estivesse em um transe, sem pensar em nada.

– Kem! Está me ouvindo? – Raldot olhou para a esquerda, chamando a atenção de Kem, que estava em pé, parecendo uma estátua, sem se mexer. Após alguns segundos de silêncio, Kem respondeu:

– Um Guerreiro do Universo? – Kem ainda parecia uma estátua; apenas sua boca se mexia para falar. – Será que foi isso que ele quis dizer? – Kem virou o seu rosto e olhou para Raldot, que nesse instante podia ver e sentir o olhar sério e penetrante daquele jovem loiro. – Um Guerreiro do Universo... Raldot?

– Não podemos ter certeza, Kem, mas é muito provável. O nível de energia dele estava bem alto, não é verdade?

– Sim. Apesar de ser apenas um filme e de não poder ver o rosto daquele guerreiro, eu pude sentir o pavor daqui – dizia Kem, olhando para Raldot. – Se o robô estivesse de frente para ele, poderíamos ter visto o vulto de energia do planeta dele caso realmente fosse um Guerreiro do Universo.

– Diga-me, Kem, em que nível você está? – Kem abaixou a cabeça após ouvir a pergunta de Raldot. Sem hesitar, Kem ergueu a cabeça e respondeu:

– Nível Laranja-V20, ou, se preferir, 2-V20. Lembro-me muito bem que me tornei um Guerreiro do Universo ao atingir o nível de energia laranja. Esse cara de Mercúrio está quase um nível inteiro na minha frente. – Podia-se ver Kem fechando as mãos fortemente, a ponto de machucá-las, enquanto também franzia o nariz e a testa. – Nível 3... Drogaaa!

– Acalme-se, Kem... – Raldot balançava as duas mãos abertas, como se estivesse advertindo Kem de algo. – Por favor, aqui na nave não... Aqui não, Kem... Pelas luas de Urano... cuidado. – A nave de Raldot começou a balançar e a vibrar enquanto uma energia amarela começava a envolver o corpo de Kem, que parecia estar inconformado.

– Kem, o que está fazendo? – gritou Raldot, desesperado, agora com aquela cara maluca que sempre fazia. De repente a nave parou de tremer, e podia-se ver Kem suspirando, erguendo e abaixando os seus ombros; a energia que envolvia o seu corpo desapareceu bruscamente. Raldot estava com suas mãos segurando a cartola, olhando para Kem com uma cara de cachorro assustado.

– Fique tranquilo, Raldot, eu só me empolguei um pouquinho. – Kem agora expressava uma face mais animada, mais cheia de vida. – Sei que não posso sentir inveja daqueles que são mais poderosos do que eu. Ao contrário, isso me inspira a me tornar mais forte e poder alcançá-los. Ficar aqui de braços cruzados e ressentido não vai adiantar em nada, e é por isso que vou fazer algo para me superar. – Podia-se ver os lábios de Kem se mexendo num sorriso orgulhoso. – Vou entrar em ação... Vou treinar como jamais treinei antes... Vou ficar mais forte!

Raldot olhava para a face de Kem, cheia de orgulho e com os olhos brilhando, cheios de vida.

10
A profecia

Kem se virou e caminhou em direção à saída da cabine.

– Kem? – indagou Raldot, ainda sentado no macio assento amarelo, logo após ter virado o seu corpo para trás e olhado para Kem. Sem prestar atenção em Raldot, Kem abriu suas mãos e colocou-as sobre a parede verde à sua frente, olhando para ela, sem pensar em nada. – Aonde você vai, Kem? – Sem responder, Kem continuava ali esperando a porta abrir. – Não vai abrir!

– Hã? – indagou Kem, olhando rápido para trás, vendo Raldot.

– Você não pode abri-la... apenas eu posso – afirmou Raldot, olhando para Kem, que se virou para o cientista e cruzou os braços, atencioso. – Além de detectar minhas duas mãos e o meu DNA, o sistema também precisa receber um comando de pensamento para abrir a porta.

– Puxa vida, isso é o que eu chamo de sistema de segurança! – exclamou Kem, surpreso, e depois fez um singelo sorriso.

– Não vá embora ainda, Kem, tenho algo a mais para mostrar – disse Raldot ao ver Kem franzindo a testa, estando de costas para a parede verde, ao contrário do cientista, que estava de costas para a tela holográfica. – É algo muito importante!

– Importante?

– Sim, Kem. Algo surpreendente, perigoso e que vai mudar totalmente as coisas daqui em diante – disse Raldot com um ar de suspense.

– Hu? Mais surpreendente do que o que acabamos de ver em Mercúrio? – perguntou Kem, que logo depois viu Raldot consentindo com a cabeça. – Você me deixou curioso de novo, Raldot. – Kem olhava para a expressão cheia de suspense estampada no rosto do cientista, fazendo com que sentisse uma sensação de desconforto durante alguns segundos.

– Venha, Kem! – exclamou Raldot, chamando Kem. – Irei mostrar rapidamente, você precisa saber disso. – Raldot virou-se para frente novamente, olhando para a tela holográfica, que estava escura. Kem descruzou os braços no momento em que viu os oito robôs violeta e os oito planetas aparecerem na tela holográfica novamente. Arrastado pela curiosidade, Kem, que estava com uma expressão séria, caminhou até o assento amarelo e sentou-se novamente do lado esquerdo de Raldot.

– Kem, o URSP1 foi o segundo robô que eu perdi – disse Raldot com um ar de lamento enquanto olhava para a imagem do robô espião acima do planeta Mercúrio na tela. Kem olhou para a face de Raldot, se perguntando o que esse cientista sentia por aquelas máquinas. – O primeiro foi o URSP7, em Netuno, provavelmente exterminado pelo Exército do Triângulo Negro, como vimos há algum tempo. – Raldot olhava para a tela, mostrando um pouco de tristeza em sua face. Foi a primeira vez que Kem viu o cientista nesse estado. – Mas vamos ao que interessa. Veja isso, Kem!

Estando com ambas as mãos sobre o colo, Kem olhou atentamente para a tela holográfica, vendo agora somente palavras que apareciam em branco sobre o fundo negro cheio de pontinhos luminosos, como estrelas na imensidão do espaço.

– *Informações gerais sobre as investigações nos planetas*! – Kem leu em voz alta a primeira linha que aparecia naquela grande tela holográfica. Redobrando sua concentração, Kem começou a ler as linhas de baixo em seus pensamentos:

"Mercúrio, o primeiro planeta do Sistema Solar. Poucos habitantes, sem rei para governar. O clima não é muito bom. Um indivíduo com alto nível de energia detectado – Informações de URSP1.

Vênus, o segundo planeta do Sistema Solar. Totalmente desabitado. O clima é péssimo. Nenhum nível de energia detectado – Informações de URSP2.

Terra, o terceiro planeta do Sistema Solar. Muitos habitantes, vários governadores e reis. O clima é excelente e o planeta é muito bonito. Nenhum indivíduo com nível de energia detectado. – Informações de URSP3.

Marte, o quarto planeta do Sistema Solar. Ainda não encontrado nenhum habitante. O clima é agradável. Mais de um indivíduo com alto nível de energia detectado. – Informações de URSP4.

Saturno, o sexto planeta do Sistema Solar. Muitos habitantes, sem rei para governar. O clima é bom e o planeta é muito bonito, assim como os seus anéis. Vários indivíduos com alto nível de energia detectado. – Informações de URSP5.

Urano, o sétimo planeta do Sistema Solar. Muitos habitantes, um rei no governo. O clima é agradável e o planeta é muito bonito. Um indivíduo com alto nível de energia detectado. – "Esse sou eu!" – Informações de URSP6.

Netuno, o oitavo planeta do Sistema Solar. Muitos habitantes, um rei no governo. O clima é agradável e o planeta é muito bonito. Um indivíduo com médio nível de energia detectado. – "Hum... deve ser aquele cretino..." – Informações de URSP8.

Plutão, o nono planeta do Sistema Solar. Poucos habitantes, sem rei para governar. O clima é razoável. Um indivíduo com médio nível de energia detectado. – Informações de URSP9."

Após ter lido a última linha em seus pensamentos, Kem piscou os olhos uma vez, arregalando-os em seguida, fazendo uma cara de surpresa enquanto olhava para a tela holográfica.

– Puxa vida, isso é incrível, Raldot! – exclamou Kem, ainda com aquela cara de surpresa, ao olhar para Raldot, que estava concentrado na tela. – Parece que há muitos guerreiros fortes aqui no Sistema Solar. – Raldot consentiu com a cabeça, mantendo os olhos fixos na tela. – Imagine em outros sistemas, planetas... e em toda a galáxia, a Via Láctea... Imagine quantos guerreiros mais fortes não devem existir.

– Sim, Kem – concordou Raldot, enquanto Kem voltava a olhar para a tela.

– Meu pai me disse há algum tempo que há cem Guerreiros do Universo divididos entre as quatro galáxias pelas quais o mestre Chun é responsável – disse Kem, pouco antes de ver a tela holográfica ficar toda branca, desligando. – Ei, Raldot, por que a tela ficou branca? – Kem franziu a testa e olhou para Raldot.

– Era exatamente nesse ponto que eu queria chegar, Kem – disse Raldot enquanto fazia uma cara séria, muito séria, olhando para Kem.

– Hã? O que você está querendo dizer, Raldot? – perguntou Kem, agora franzindo um pouco mais a testa, olhando para a expressão séria de Raldot.

– Os cem Guerreiros do Universo que você acabou de mencionar... – dizia Raldot, olhando para a cara de dúvida de Kem. – O mestre Chun... Ah, e a tela está desligada, Kem, fui eu que a desliguei, pois não precisamos mais dela para falar sobre... – Raldot fez um clima de suspense, calando-se por alguns segundos, pouco antes de sussurrar com uma voz assustadora:

– *A profecia*! – Kem olhou, paralisado, para Raldot.

– O quê? A profecia? – indagou Kem, muito confuso. Raldot fez suspense durante alguns segundos, não dizendo nenhuma palavra.

– A profecia de Ganimedes, Kem – Raldot continuava a sussurrar, olhando fixamente para a face ainda confusa de Kem.

– O velho sábio de Júpiter?

– Ele mesmo, Kem. Ganimedes, o velho sábio de Júpiter, um oráculo a que vários seres de diversos planetas, desta e de outras galáxias, vão para se consultar.

– Você quer dizer que esse ancião pode predizer o futuro?

– Mais respeito, Kem... Um velho sábio, não um ancião! – afirmou Raldot, querendo prezar o nome de Ganimedes, enquanto Kem pensava: "Para mim velho e ancião são a mesma coisa". – E respondendo à sua pergunta, Kem... – Raldot ajeitou a cartola com sua mão direita. – Pode-se dizer que Ganimedes de certa forma consegue prever os acontecimentos, mas não com tantos detalhes, ou como a maioria das pessoas pensam que seja – por "magia" ou coisas do tipo. Nada disso. – Nesse instante, Kem tombou sua cabeça um pouco para o lado esquerdo, fazendo uma expressão de dúvida e surpresa que Raldot jamais vira antes no rosto do jovem loiro.

– Ganimedes não é um médium ou coisa do gênero, mas ele tem conhecimentos aprofundados na análise de sonhos – disse Raldot, que logo em seguida viu Kem franzir a testa.

– Análise... de sonhos? – indagou Kem ao cruzar os braços.

– Isso mesmo, Kem, e Ganimedes é muito requisitado por possuir esse conhecimento... – Raldot virou o corpo para o lado esquerdo, ficando meio desajeitado no assento amarelo, abraçando o encosto do assento com o seu braço esquerdo. O cientista ergueu seu braço direito e apontou o dedo indicador na direção do rosto de

Kem, pouco antes de fechar seus olhos. – E foram os sonhos do mestre Chun que revelaram... – Raldot abriu os olhos. – *"A profecia"*! – Foi neste instante que Kem engoliu em seco, pois a expressão que via no rosto de Raldot não era a expressão de alguém que estava mentindo, fantasiando ou enlouquecendo (apesar de Raldot ser conhecido como cientista doido).

– O mestre Chun? – indagou Kem com olhos arregalados e desfocados, enquanto descruzava seus braços para colocá-los sobre os braços do assento. Raldot virou-se novamente para frente, olhando para a tela holográfica desligada.

– Ganimedes... – começou a dizer Raldot, enquanto Kem agora se mostrava mais concentrado – nasceu em Júpiter, o mesmo planeta em que vive atualmente. Sempre se interessou pela ciência e tecnologia, dedicando sua vida a esses estudos, e por isso possui uma incrível sabedoria. – Com uma expressão atenta, Kem consentia com a cabeça enquanto ouvia as palavras de Raldot, que continuou: – Quando completou cinquenta anos de idade, e após muitos estudos, Ganimedes deixou o seu planeta natal pela primeira vez e saiu em viagem espacial para diversos planetas das galáxias, com o objetivo de ampliar os seus conhecimentos em níveis galácticos.

– Puxa vida! – exclamou Kem. – Eu preciso conhecer esse cara!

– Mais respeito de novo, Kem... Não o chame de cara! – disse Raldot, logo após virar sua cabeça para o lado esquerdo, olhando com uma cara séria e maluca para Kem.

– Está bem, Raldot, me desculpe, foi mal. – Após dizer isso, Kem fechou os olhos, abriu um largo sorriso e fez aquele gesto de paz e amor com sua mão esquerda. Raldot virou novamente sua cabeça para frente, na reta da tela holográfica, que estava toda branca, e Kem voltou a ficar sério e concentrado, aguçando seus ouvidos para as palavras do cientista:

– Após cento e dois anos percorrendo a imensidão do espaço sideral, Ganimedes retornou a Júpiter, pois sua presença era muito importante para o desenvolvimento do seu planeta – aliás, de todo o Sistema Solar. Ficou em Júpiter por mais cinquenta anos e depois partiu espaço afora novamente. – Kem sorriu ao pensar: "Esse cara é um aventureiro espacial... Oops! Eu disse... cara. Ainda bem que Raldot ainda não pode ler meus pensamentos... Bem, tomara que não".

– Tudo bem, Kem? – perguntou Raldot, após virar sua cabeça para a esquerda, e ver Kem disperso. Ao ouvir Raldot, Kem deu uma sacudidela, como se estivesse saindo de um transe.

– *Hahahaha* – riu Kem ao coçar a cabeça, meio sem graça, e após alguns instantes voltou a se concentrar no cientista. – Hã... continue, Raldot.

– Ah, vejamos... Ganimedes conheceu o mestre Chun durante essa viagem, e se tornaram grandes amigos. E essa foi a última longa viagem de Ganimedes pelo espaço, que também durou cinquenta anos.

– Então quantos anos esse ca... quero dizer, o Ganimedes tem? – perguntou Kem, curioso, pois ele achara que foram muitas viagens de longos anos.

– Para você ter uma ideia, Kem, o mestre Chun é apenas vinte anos mais novo do que Ganimedes – respondeu Raldot, que logo em seguida voltou a olhar novamente na direção da tela holográfica.

– O quê? – indagou Kem, espantado. – Meu pai me disse que o mestre Chun tem duzentos e oitenta e um anos, isso quer dizer que... Ganimedes tem trezentos e um? – gritou Kem, espantado, ao arregalar os olhos. Raldot apenas consentiu com a cabeça, calado.

Passou-se quase um minuto sem que Kem e Raldot abrissem a boca para falar qualquer coisa. O ambiente estava sob a presença do silêncio, até o momento em que o cientista se levantou de seu macio assento amarelo e virou-se para Kem, dizendo:

– Kem, agora chegou o momento de falar sobre a profecia... Sobre o Mal que está vindo ao nosso encontro. – Pronunciadas com um tom de voz sério, as palavras de Raldot fizeram com que Kem se arrepiasse e também mostrasse uma expressão preocupada. No instante em que Raldot mexeu a boca para falar, ele foi interrompido por um ruído eletrônico que não parava de fazer “bip... bip... bip”. Um círculo, que estava no painel do computador, ficava acendendo e apagando uma luz vermelha enquanto o “bip” continuava a ressoar nos ouvidos de Kem e Raldot. – Tem alguém lá embaixo!

– Você quer dizer, embaixo da nave?

– Sim, Kem – confirmou Raldot, virando-se de frente para a tela holográfica.

– Isso quer dizer que a nave...

– A nave ainda está flutuando desde quando entramos nela – completou Raldot.

– Puxa vida! – exclamou Kem.

De repente uma imagem apareceu na tela holográfica diante de Kem e Raldot. Era a imagem de uma linda mulher de cabelos castanhos que estava bem embaixo da nave, olhando para cima e segurando algo em seus braços. Kem, fixou os olhos na tela.

– É a Sakura! – disse Kem, franzindo a testa, mas logo depois fez uma cara não muito agradável quando viu o que Sakura estava segurando. – É aquela... aquela criatura.

– Veja só, ela está com o forma-forma! – disse Raldot com um ar de surpresa. – Lembro-me como se fosse hoje do dia em que dei esse forma-forma para vocês. – Raldot abriu um sorriso, enquanto Kem, que estava com uma cara de desagrado, pensava: “Grande coisa”. – Vou trazer Sakura para dentro da nave. – Raldot deu um comando de pensamento para o computador, fazendo com que um feixe de luz verde encobrisse o corpo de Sakura embaixo da nave.

Podia-se ver uma luz verde sobre o rosto assustado de Sakura ao mesmo tempo em que se refletia sobre os dentões brancos do forma-forma, que abria um largo sorriso. Quando Kem viu essa imagem na tela holográfica, logo pensou: “Não acredito que aquela coisa vai vir junto com a Sakura”.

Nesse momento, de camiseta branca e calça marrom, o sr. Kiraua, que já estava do lado de fora da casa, atravessava o jardim, pisando com seus sapatos marrons sobre o gramado azul, enquanto ouvia um barulho que vinha de um arbusto azul, poucos metros à sua frente. Ao passar por ali enquanto caminhava, o sr. Kiraua via o robô jardineiro podando o arbusto azul com uma serra circular no lugar de sua mão direita, fazendo barulho.

– Até logo, senhor Kiraua – disse o primo Jorge ao se despedir, pouco antes de pegar estrada com o seu fuzar amarelo, pilotando com a mesma calma de sempre, em baixa velocidade, muito diferente de Sakura. Enquanto continuava a caminhar, o sr. Kiraua se despedia de Jorge, fazendo aquele gesto de paz e amor com sua mão esquerda, pouco antes de olhar para frente e...

– Sakura? – indagou o sr. Kiraua ao apertar os olhos, fechando-os e abrindo--os novamente, no momento em que via Sakura desaparecendo no feixe de luz verde embaixo da nave amarela.

Sem mais esperar, o sr. Kiraua apertou o passo, correndo em direção ao feixe de luz verde, onde podia-se ver a imagem de Sakura, segurando o forma-forma, desaparecendo cada vez mais, agora quase invisível. Podia-se ouvir os sapatos marrons do sr. Kiraua fazendo barulho ao baterem na grama azul a cada longo passo que dava.

– Desapareceu! – exclamou o sr. Kiraua ao ver Sakura e o forma-forma desaparecerem totalmente no feixe de luz verde que agora se afinava cada vez mais, a ponto de também desaparecer. A apenas alguns metros da nave amarela, e correndo, o sr. Kiraua tomou impulso e deu um salto, mergulhando no feixe de luz verde, que estava quase se extinguindo. O sr. Kiraua quase bateu com a cara no chão, arregalando os olhos ao sentir uma graminha tocar o seu nariz, pois na verdade estava flutuando de bruços sobre o gramado por causa do feixe de luz verde, que o transportou no mesmo instante para dentro da nave amarela.

– Que lugar é esse? Aqui é a nave? – indagou-se o sr. Kiraua, olhando para o chão verde, agachado dentro da nave. Quando olhou para trás, ainda agachado, viu Sakura entrando em um lugar que estava com a porta aberta. Logo em seguida levantou-se e seguiu em direção de onde estava Sakura.

– Olá, Sakura, como vai? – disse Raldot antes de fazer um amigável sorriso ao ver Sakura se aproximando com o forma-forma, que mostrava uma expressão de saudade estampada em sua face vermelha. Era a primeira vez que o forma-forma voltara a ver o cientista desde aquele dia em que fora adotado por Sakura e Kem.

– Hu? – indagou Sakura ao olhar para baixo e ver o forma-forma saltando de seus braços e flutuando rapidamente pelo ar, transformando-se em dois braços grandes para dar um abraço apertado em Raldot – aliás, muito apertado, pois o cientista ficou até vermelho e perdeu o ar. "Isso é que é sentir saudades mesmo, hein?", pensou Kem, ainda sentado, pouco antes de o forma-forma soltar Raldot e transformar-se em uma bola vermelha novamente.

Caminhando em direção à cabine principal, o sr. Kiraua via toda aquela cena lá dentro. E, quando estava prestes a pôr os pés do lado de dentro da cabine, a porta se fechou bem em sua cara, o que fez o sr. Kiraua resmungar, franzindo o nariz, ao dizer:

– Por que essas coisas sempre acontecem comigo?

– Que estranho – disse Raldot para si mesmo ao ver um círculo que ficava piscando uma luz laranja no painel.

– O que foi, Raldot? – perguntou Kem enquanto colocava o seu tornozelo esquerdo sobre o joelho direito, cruzando as pernas.

– Parece que tem mais alguém dentro da nave – afirmou Raldot enquanto franzia a testa, ao virar-se novamente de frente para a tela holográfica.

– Você quer dizer que entrou mais alguém aqui além de Sakura? – perguntou Kem com naturalidade ao colocar sua mão direita sob o queixo. Mas, quando o forma-forma ouviu as palavras de Kem, sentiu-se isolado, humilhado e como se não fosse ninguém ali, fazendo uma cara de bravo ao olhar para Kem. Nesse instante, Raldot olhava para a tela do computador e via a imagem do sr. Kiraua do lado de fora da cabine, batendo na porta como se alguém fosse ouvir alguma coisa.

– Parece que seu pai está aqui, Kem – disse Raldot enquanto olhava para a imagem do sr. Kiraua na tela. – Está do lado de fora da cabine, porém não sei como ele entrou aqui.

– É mesmo, Raldot! – concordou Kem ao olhar para a tela e ver a imagem de seu pai.

Ninguém, além de Sakura, que estava a uns dois metros atrás de Kem, havia percebido que o forma-forma estava bravo. Somente foram perceber isso quando ouviram um irritante e alto barulho de um assovio de vapor, pois o forma-forma havia se transformado em uma chaminé que ficava soltando fumaça sem parar, flutuando no ar. Podia-se ver Kem, Sakura e Raldot tapando fortemente os ouvidos com as mãos por causa do barulho irritante do assovio de chaminé que fazia o forma-forma.

– O que há com essa coisa? – disse Kem, sem ao menos poder ouvir direito suas próprias palavras, pois estava com os ouvidos tapados, e o forma-forma assoviando... e assoviando, um ruído muito agudo.

Depois de quase um minuto assoviando, o forma-forma transformou-se em dois pés e desceu até o chão. Agora, Kem virava-se e debruçava-se sobre seu macio assento amarelo para acompanhar com os olhos os dois pés vermelhos que caminhavam até a porta. Sakura ouvia os passos daqueles dois pés e olhava com pena para o forma-forma, que nesse momento passava perto dela, caminhando em direção à porta de saída.

– Diga-me, Sakura... – disse Kem, pouco antes de se levantar do assento e ficar em pé, olhando para Sakura. – Como conseguiu tirar o forma-forma do robô jardineiro? – Sakura olhou para Kem, sorriu e segurou uma mão na outra, dobrando os cotovelos, antes de responder:

– Ah... ele estava brincando com o robô jardineiro... – Nesse instante Kem pensou: "Ela chama aquilo de brincar" – quando eu passei ali por perto e, sem ao menos perceber, ele já havia pulado em meus braços. – Kem fez uma cara não muito agradável e pensou: "Mas que sem-vergonha!".

– Parece que não me ouvem! – exclamou o sr. Kiraua, logo após ter dado a última batida na parede verde da entrada da cabine. – Então eu vou arrombar essa parede! – O sr. Kiraua se afastou uns três metros para trás e ficou olhando com bravura para aquela parede verde. Colocou sua perna esquerda mais à frente, mantendo a direita atrás, e inclinou o corpo para frente, assumindo uma posição de corrida.

Nesse instante, dentro da cabine, ouvia-se um barulho metálico irritante de pancadas, pois o forma-forma estava dando um chute atrás do outro na parede onde ficava a porta da cabine, alternando os pés a cada chute. Os ruídos metálicos das pancadas ressoavam nos ouvidos de Sakura, Kem e Raldot: "TRAM... TRAM... TRAM... TRAM...".

– Vou... abrir... essa... porta. Assim... ele... para... de bater – dizia Raldot, enquanto expressava uns tiques em sua face a cada pancada que o forma-forma fazia, uns tiques malucos. Foi nesse instante que o sr. Kiraua disparou a correr. Os barulhos de seus passos no chão metálico da nave se harmonizavam com o seu olhar sério e concentrado na parede verde enquanto corria. O forma-forma dava chutes com os pezões vermelhos na parede pelo lado de dentro, cada vez mais irritado. Quando o sr. Kiraua, em alta velocidade, virou-se para bater com o seu ombro direito na parede, a parede desapareceu e...

– TUM! – esse foi o barulho da pancada que o sr. Kiraua tomou no tornozelo esquerdo pelo pé esquerdo do forma-forma. – POFT! – e esse foi o barulho do sr. Kiraua ao cair, batendo com a cara no chão – é claro, antes de ter voado alguns metros, quase esbarrando em Sakura. Com as duas mãos abertas e uma face do rosto apoiados sobre o chão, o sr. Kiraua começou a se levantar lentamente. Neste instante, a parede que havia desaparecido voltou a se fechar.

– Quem foi o engraçadinho? – disse o sr. Kiraua, sentado no chão com ambas as mãos na cabeça, enquanto estalava o pescoço. No mesmo instante, Kem apontou o seu dedo indicador direito para o forma-forma, que já havia se transformado em uma bola vermelha novamente. – Hã? – indagou o sr. Kiraua ao olhar para trás e ver o forma-forma fazendo uma cara de inocente. – Essa criatura não poderia me derrubar, Kem – afirmou o sr. Kiraua, presunçoso, agora olhando para Kem.

– Mas foi ele, sim, eu tenho certeza... Eu vi tudo daqui! – afirmava Kem, olhando para o forma-forma, que o insultava mostrando a língua. Sakura olhou com uma cara brava para Kem.

– Hu! Foi sem querer, Kem, ele não fez por maldade – disse Sakura, defendendo o forma-forma, que abriu um largo sorriso ao ouvi-la. – E, além disso, eu acho que foi você quem provocou ele. – O forma-forma agora se sentia nas nuvens e fazia uma cara de deboche, olhando para Kem.

– Essa coisa se ressente muito fácil! – exclamou Kem, amarrando a cara e cruzando os braços. Sakura também cruzou seus braços e retrucou:

– Ele é um mascote dócil e sensível, e não um guerreiro bruto como vocês! – Kem olhava com uma expressão muito brava para o rosto sorridente do forma-forma, não se aguentando de ciúmes.

– EI, PAREM! – gritou surpreendentemente Raldot. – Vocês não querem ouvir sobre a PROFECIA?

– A PROFECIA? – gritaram Sakura e o sr. Kiraua (ainda sentado no chão) num coral de vozes ao olharem com um ar de surpresa para a cara séria do cientista. Kem virou-se, olhando para Raldot. O forma-forma aproximou-se de Sakura.

– Sim, preparem-se para ouvir algo que mudará tudo desse momento em diante – dizia Raldot, com uma postura firme e um olhar sério e penetrante, enquanto caminhava para frente segurando uma mão na outra atrás da cintura, ao mesmo tempo em que Kem caminhava para trás, olhando sério para o cientista. – Nosso futuro não será mais o mesmo. – O sr. Kiraua se levantava enquanto olhava para Raldot, que agora estava posicionado de costas para os assentos amarelos, na reta central da tela holográfica. Com um comando de pensamento, Raldot desligou a tela holográfica, que voltou a ficar branca novamente.

Alinhados um ao lado do outro, frente aos olhos de Raldot e a apenas alguns passos de distância do cientista, estavam o sr. Kiraua na esquerda, Sakura no meio e Kem na direita. O forma-forma entrou no meio e ficou flutuando entre os ombros de Kem e Sakura. Kem olhou para sua direita e fez uma cara de bravo ao ver o forma--forma olhando para ele, enquanto exibia um sorriso desprezível e mexia as sobrancelhas, provocando-o.

– Como eu já havia dito para Kem... – começou Raldot com um tom de voz firme, ao que todos olharam atentos para ele (inclusive o forma-forma e Kem, que estavam dispersos em suas brigas de gestos faciais) – sobre Ganimedes, o velho sábio de Júpiter, o homem que possui uma grande capacidade de analisar os sonhos daqueles que vão até a sua ilustre presença. – O sr. Kiraua, Sakura, o forma-forma e Kem olhavam para Raldot, paralisados. – Porém, não vou entrar em mais detalhes, pois agora vocês precisam apenas saber sobre a profecia revelada através da análise dos sonhos do mestre Chun. – Nesse instante o sr. Kiraua franziu a testa, pensando: “Mestre Chun? Sonhos do mestre Chun?”.

Podia-se ver Raldot inspirando pelo nariz e, logo em seguida, expirando pela boca, instantes antes de fechar os olhos e começar a viajar em pensamentos. Quando a boca de Raldot começou a se mexer, todos puderam ouvir as seguintes palavras através da firme voz do cientista:

– Há dois anos, quando o mestre Chun esteve pela última vez em Júpiter na presença de Ganimedes, a profecia foi revelada. Nessa época, já fazia mais de um ano que o mestre Chun estava tendo uns sonhos muito estranhos. E foi então que ele decidiu consultar-se com o velho sábio, pois estava preocupado com esses sonhos e também pesadelos que muitas vezes se repetiam frequentemente. – Raldot abriu os olhos lentamente, mantendo sua postura firme, e continuou a falar:

– O mestre Chun contou a Ganimedes que ele podia ver vários símbolos em seus sonhos, símbolos estes que se repetiam em vários sonhos cujo significado não conseguia interpretar. Então, o mestre Chun desenhou esses símbolos e mostrou-os a Ganimedes. Bem, agora eu repetirei as mesmas palavras que o velho sábio disse ao mestre Chun. – Podia-se ver o sr. Kiraua paralisado como uma estátua, com os braços soltos, olhando para Raldot sem ao menos piscar. – E essas foram as palavras:

– "Esses símbolos pertencem a uma linguagem de outra dimensão. Felizmente eu posso interpretá-los. Ainda não sei qual é motivo dessa mensagem, mas ela diz exatamente isso: *O herdeiro retornará e assumirá o trono. O Imperador conquistará todo o universo*". – Ao ouvir essas palavras, Kem sentiu um arrepio por todo o seu corpo.

– Mas isso não é tudo – continuou Raldot, que deu dois passos à frente, arregalando os olhos, mostrando um ar de terror em sua face. No mesmo instante, o forma-forma se escondeu atrás de Sakura e ficou olhando por cima dos ombros dela com seus olhinhos assustados para a face aterrorizante que o cientista fazia. – Sakura, olhando paralisada para o cientista, não percebeu que o forma-forma estava escondido atrás dela e muito menos ouvia o barulho do bater dos dentes daquela criatura assustada. – Essa foi apenas uma das mensagens que os sonhos do mestre Chun revelaram. – Raldot virava o pescoço, olhando firmemente nos olhos de cada um, inclusive do forma-forma, que se escondia rapidamente atrás de Sakura toda vez que via os olhos aterrorizantes do cientista, que, por sua vez, continuou:

– Porém, a mensagem mais preocupante foi revelada por um pesadelo que o mestre Chun tinha sempre. Nesses pesadelos, ele via uma sombra que dizia palavras com uma voz maléfica em outra língua, provavelmente a mesma linguagem daqueles símbolos que via nos outros sonhos. E, por ter esse pesadelo repetidas vezes, mesmo sem entender aquela outra língua, o mestre Chun acabou decorando as palavras, que foram traduzidas por Ganimedes assim:

– *"Seu discípulo será tomado pelo Mal e ele se tornará o mais forte.*
A maldade que existe dentro dele será despertada.
Sua hora chegará, Chun.
Sua hora e a de seus guerreiros miseráveis.
Huhuhohahaha."

Após a risada maléfica que Raldot reproduziu, o silêncio tomou conta da cabine principal por algum tempo. Todos estavam ali parados, apenas olhando para o cientista, que coçava a testa com a cabeça abaixada.

– Mas, Raldot, o... – Kem tentou dizer algo, mas foi interrompido por Raldot.

– Silêncio, Kem! – disse Raldot, ainda com a cabeça abaixada. – Estou tentando me lembrar das palavras exatas da profecia.

– Mas essa não é a profecia? – perguntou Sakura, enquanto o forma-forma olhava sobre os ombros dela, meio escondido.

– Bem, o que eu disse até agora apenas faz parte da profecia – disse Raldot logo após olhar para Sakura. – Analisando os sonhos do mestre Chun... junto com outras informações que obteve por outros meios, Ganimedes formulou a profecia. – Raldot deu mais um passo à frente, fechou os olhos durante alguns segundos e abriu-os novamente, vendo os rostos do sr. Kiraua, Sakura e Kem.

– Peço para que fechem os olhos agora, pois assim poderão ouvir as palavras com mais atenção.

Enquanto o sr. Kiraua, Sakura e Kem fechavam os olhos, o forma-forma se transformava em duas orelhas, já que tinha de prestar mais atenção nas palavras de Raldot. Então, Raldot finalmente pronunciou a profecia de Ganimedes:

– *"O Imperador do Mal deseja conquistar. O discípulo se voltará contra o mestre e reunirá forças para atacar. A estrela Sol é um dos pontos da Via Láctea a ser conquistado. Os dias de guerra estão se aproximando. Uma violenta batalha entre os Guerreiros do Universo deixará uma marca na história. Os guerreiros mais fortes surgirão, e aqueles que não estiverem preparados serão aniquilados. Os poderes das estrelas serão cobiçados. Uma luta entre o Bem e o Mal se aproxima."*

Após ouvirem a profecia, todos ficaram arrepiados. Durante alguns segundos, os três mantiveram os olhos fechados, antes de abri-los novamente e verem a face séria de Raldot.

– Nossos dias de paz estão chegando ao fim – disse Raldot com uma voz mais amena, e depois abaixou a cabeça, o que fez com que sua cartola preta caísse no chão. O sr. Kiraua olhou para ela e abaixou-se para pegá-la. Quando se levantou para entregar a cartola a Raldot, disse:

– O nível de energia do mestre Chun está além de nossa imaginação. – Raldot pegou a cartola e ajeitou-a em sua cabeça com ambas as mãos, enquanto o sr. Kiraua continuava a falar. – Eu não acredito que algum de seus discípulos poderia contra ele.

– Meu pai tem razão, Raldot! – exclamou Kem enquanto fechava a sua mão direita. – O mestre Chun é muito poderoso. – Raldot olhou para a cara séria de Kem, que agora também fechava a sua mão esquerda.

– Eu sei disso, Kem – disse Raldot após consentir com a cabeça, olhando para Kem. – Contudo, devemos levar em consideração que não sabemos dos detalhes ainda. Só o tempo irá dizer essas coisas. – Após dizer isso, o cientista começou a caminhar em direção à saída da cabine, passando por entre Kem e Sakura, que abriram caminho no mesmo instante, dando passos para o lado. – E é por isso que o mestre Chun está reunindo os guerreiros mais fortes para se prevenir.

– Mas quando isso ocorrerá, Raldot? – perguntou Kem ao virar-se para olhar para o cientista, que estava com as duas mãos sobre aquela parede verde que dava acesso à saída da cabine.

– Essa é uma ótima pergunta, Kem. Infelizmente não posso respondê-la com exatidão. Porém, eu acredito que essa batalha esteja muito próxima – disse Raldot, momentos antes de a parede se abrir. – Embora não saibamos qual será o sistema estelar a ser atacado primeiro, ou se vários sistemas serão atacados ao mesmo tempo... – Raldot deu o primeiro passo para sair da cabine. – Eu aconselharia a todos os guerreiros do Sistema Solar que fossem se preparando desde já. – Ao ouvir as palavras de Raldot, o sr. Kiraua, ainda de frente para a tela holográfica, engoliu em seco ao mesmo tempo em que fazia uma cara de preocupado. Sakura, que também fazia uma cara de preocupada, virou-se para Kem, abraçando-o. O forma-forma, antes transformado em duas orelhas, agora voltara a assumir a sua forma original, uma bola vermelha.

Finalmente fora da nave e sobre o gramado azul, Sakura, Kem e o sr. Kiraua olhavam para o alto. Nesse instante, os três viam a nave amarela de Raldot flutuando no ar, girando rapidamente em torno de si mesma, assim como gira um planeta em seu movimento de rotação.

– Tchau, Raldot! Até logo! – gritava Sakura, olhando para o alto enquanto balançava o seu braço direito no ar, fazendo um gesto de despedida. De repente, a nave amarela disparou rapidamente em direção ao céu e, poucos segundos depois, era apenas vista como um pequeno ponto que cortava a imensidão do céu azul daquele planeta. Quando Sakura abaixou o braço, Kem, que antes olhava também para o alto, agora virava-se olhando para trás no rumo de sua casa, vendo o seu pai com os braços cruzados e uma cara séria.

– Diga-me, papai... o que você acha dessa história da profecia? – disse Kem ao cruzar os braços, agora frente a frente com o sr. Kiraua.

– Não sei se isso se trata de apenas mais uma história fantasiosa, meu filho – afirmou o sr. Kiraua pouco antes de olhar de esguelha para Sakura, que passava do seu lado e caminhava em direção ao jardim, gritando: "Forma-forma, onde está você? Aonde você foi?". Kem olhava fixamente para os olhos azul-claros de seu pai. – Escute, Kem, se tratando do mestre Chun e do velho sábio de Júpiter, não devemos achar que isso é uma brincadeira. Aliás, talvez as coisas sejam mais sérias do que possamos imaginar.

– Não esquenta, não, papai! – exclamou Kem enquanto descruzava os braços e colocava a sua mão direita sobre o ombro esquerdo de seu pai. Nesse instante, uma pequena brisa fez mexer de leve os curtos cabelos azul-acinzentados do sr. Kiraua e os cabelos loiros de Kem. – Vamos supor que a profecia seja verdadeira. Levando em consideração que a minha energia já está no nível 2-V20, e se eu treinar mais ela vai aumentar mais ainda, não devemos ficar tão preocupados assim com os inimigos. Talvez eles sintam medo da nossa força tanto quanto uma lebre azul da montanha sente medo de seu predador. – O sr. Kiraua abaixou a cabeça, descruzando os braços.

– Sim, Kem... – O sr. Kiraua ergueu a cabeça e olhou nos olhos de Kem. – Talvez, como você acabou de dizer. Porém, "talvez" é uma palavra duvidosa. – Kem tirou a mão do ombro de seu pai. – Eu sou discípulo do mestre Chun, filho, e...

– O senhor está querendo dizer que... – disse Kem, arregalando os olhos, interrompendo o seu pai.

– Não é isso que está pensando, Kem. – O sr. Kiraua colocou ambas as mãos sobre os ombros de Kem. – Eu nunca me deixaria ser tomado pelo Mal. Na verdade, o que eu estou querendo lhe dizer é que, como sou um discípulo do mestre Chun, conheci alguns guerreiros poderosos que treinavam com ele. Isso significa que existem guerreiros muito poderosos nesta galáxia, e não sabemos em quais níveis eles estão e até onde podem chegar. Certo, Kem? – O sr. Kiraua deu uma sacudidela em Kem antes de tirar as mãos dos ombros de seu filho. Kem abaixou a cabeça e depois levantou-a novamente, fazendo um singelo sorriso ao olhar para o seu pai, que correspondeu com o mesmo sorriso.

– Certo, papai – respondeu Kem com uma voz branda. – Não deixarei que o meu orgulho distorça as coisas agora. Vou treinar como se deve. Mesmo que a profecia seja verdadeira ou falsa, eu vou me preparar para defender o nosso querido planeta Urano; afinal, eu sou um Guerreiro do Universo, e esse é o meu dever. – Viam-se algumas lágrimas aparecendo nos olhos do sr. Kiraua, momentos antes de ele dar um forte abraço em Kem e dizer:

– Estou orgulhoso de você, filho.

A apenas alguns metros dali, podia-se ver o forma-forma a vagar flutuando pelo ar, passando ao lado de um pequeno arbusto azul, enquanto movimentava os seus grandes olhos verdes e amarelos como se estivesse procurando alguma coisa. O forma-forma parou flutuando no ar quando ouviu um barulho de folhas se mexendo, mostrando uma expressão de atenção em seu rosto. Atrás do forma-forma havia cinco arbustos azuis de quase um metro de altura no meio do jardim, enfileirados um ao lado do outro com pequenos espaços entre eles. O forma-forma começou a passar por entre os arbustos fazendo movimentos de ziguezague, flutuando. Quando o forma-forma chegou ao último arbusto, ele finalmente encontrou o que estava procurando.

Bem ali, atrás do arbusto, podia-se ver o robô jardineiro tentando se esconder do forma-forma – mas, pelo visto, não conseguiu. Agora, aquele robô branco olhava desesperado para o sorriso sapeca que aparecia no rosto daquela criatura vermelha de olhos verdes e amarelos. Com as suas mãos sobre a sua cabeça metálica em um ato de desespero, o robô jardineiro começava a flutuar para trás rente ao gramado azul à medida que o forma-forma se aproximava dele, quando, de repente...

– Ah... forma-forma... enfim encontrei você! – disse Sakura ao ver o forma-forma, que logo em seguida olhou para ela e deu um sorriso meio forçado. Foi nesse momento que o robô jardineiro esticou seus braços para o alto em um gesto de agradecimento. – Brincando novamente com o robô jardineiro, hein! Você precisa tomar um banho agora. – Sakura sorriu para o forma-forma e depois pegou-o em seus braços.

– *Hahahahaha* – riu o robô jardineiro com sua voz eletrônica, comemorando ao fazer o gesto de paz e amor com sua mão metálica direita, enquanto via o forma-forma se afastando cada vez mais, sendo carregado por Sakura através do jardim como se fosse um bichinho de estimação e fazendo uma cara de bravo ao olhar para o robô.

Neste instante, no quarto onde estava o robô babá, aquele robô cor-de-rosa, podia-se ouvir o bebê chorando, remexendo-se dentro do berço azul-claro, pois ele havia acabado de acordar. Rapidamente, o robô babá tirou uma mamadeira amarela de dentro de um compartimento da sua barriga de metal. Nessa mamadeira, que o robô segurava em sua mão esquerda, havia uma bebida muito nutritiva para bebês recém-nascidos.

Logo após dar a mamadeira para o bebê, o robô babá começou a tocar uma canção de ninar. Podia-se ver ali, nos seus ombros metálicos cor-de-rosa, alguns furinhos por onde saía um som mais ou menos assim: "Dlim, dlim, dlim... tlim, tlim, tlim", uma doce e suave canção que o bebê ouvia, agora mais calmo, tomando a mamadeira com os olhinhos fechados. O ambiente parecia estar calmo novamente.

– Alerta... alerta – dizia a voz eletrônica do robô babá. – Alerta... alerta. – De repente a luz do quarto ficou mais forte, irritando os olhos do bebê.

– Buááá... buááá... buááá – chorava o bebê ao soltar a mamadeira dentro do berço. O robô babá percebeu algo estranho, olhou para o lado e...

Sakura sentiu uma sensação ruim no momento em que estava na sala de estar, arregalando os olhos enquanto o seu corpo se arrepiava. Sem demora, Sakura largou o forma-forma por ali mesmo e saiu correndo em direção ao quarto. Logo depois de atravessar o portal do quarto, Sakura viu algo que a deixou aterrorizada. O robô babá estava paralisado, soltando faíscas por todo o corpo. O bebê chorava sem parar, desesperado, e a luz do quarto estava piscando de uma forma estranha, como se estivesse falhando. Sakura caminhou em direção ao berço.

11 Sangue de Guerreiro

– Vamos, filho, venha! – dizia Kem, agachado, com os braços abertos, sorrindo com uma cara de bobo. – Pode soltar os braços dele, Sakura. Vamos, filho, você consegue! – Kem, vestido com sua camiseta vermelha e calça azul, olhava feliz para o seu filho, que estava vestido com uma roupinha toda preta, apenas alguns passos à sua frente. Sakura segurava os bracinhos do pequeno menino de cabelos azuis que estava em pé, aprendendo a andar no jardim.

– Kem, ele pode cair! – resmungou Sakura, que estava usando uma saia azul apertada que batia na altura de seus joelhos e combinava com sua blusinha decotada da mesma cor. Sakura estava inclinada com o corpo para frente, podendo-se ver o seu pingente balançando levemente, descalça, enquanto segurava o seu filho também descalço, assim como Kem.

– Ah, não tem importância, se ele cair na grama não vai se machucar – disse Kem no momento em que um lindo pássaro de cor verde e azul cruzou voando por entre ele e seu filho, fazendo barulho com o bater de suas asas. O menino virou a cabeça para a esquerda com uma cara séria, acompanhando com o olhar aquele pássaro, até que desaparecesse no meio de uma árvore vermelha.

– Hu! – resmungou Sakura, fazendo uma cara brava, fechando o olhar.

– Vamos lá, Sakura... ele já está maior agora! E, quanto mais cedo ele aprender, mais cedo ele se tornará um Guerreiro do Universo – disse Kem, dando mais um motivo para Sakura continuar de cara brava.

– Nós já conversamos sobre isso, Kem! – exclamou Sakura com uma voz autoritária enquanto olhava com uma cara séria para Kem. O menino olhava para um inseto marrom caminhando sobre a grama azul.

– Já sei, Sakura, já sei. Ele vai escolher o que vai querer ser quando crescer – dizia Kem com a cabeça inclinada para o alto e o olhar para cima. Depois, Kem olhou novamente para Sakura. – Mas você deve concordar que ele tem *sangue de guerreiro*. – Kem olhou para o rostinho de seu filho. – Olha só a cara séria dele! – O menino continuava com os olhos fixos no inseto, muito concentrado. – Ou então ele puxou para a mãe. – Sakura, que estava olhando para Kem, fez uma cara mais brava ainda. Kem, no mesmo instante, sorriu sem graça e pensou: "Eu acho que ele puxou para a mãe mesmo".

– Haha... haha... – gritava o menino com sua vozinha fina de criança enquanto batia o pé direito no chão, olhando para o inseto e fazendo força com seus braços para se soltar de sua mãe. Sakura abaixou a cabeça ao olhar para seu filho.

– Ele está querendo se soltar! – disse Sakura, que depois olhou para Kem.

– Então, o que está esperando? – disse Kem com uma voz firme enquanto olhava para Sakura. O menino batia o pé na grama, olhando para o inseto marrom que já estava quase perto de Kem.

– Está bem... eu vou soltá-lo – disse Sakura, fazendo uma expressão meio preocupada. Kem olhava fixamente para o seu filho, o menino de roupa preta e cabelo azul que olhava atentamente para o inseto que se movimentava na grama. Um pouco contrariada por sua própria vontade, Sakura soltou os bracinhos de seu filho. Quando o menino sentiu que estava livre, saiu andando com seus pés descalços, fazendo barulho na grama, tentando se equilibrar com suas perninhas, que davam passos muito curtos. Com o rosto muito sério e concentrado, ele caminhava em direção ao inseto marrom.

Kem mostrava uma expressão séria e concentrada em sua face enquanto olhava para o seu filho caminhando em sua direção. Sakura olhava, espantada, com a boca aberta e as mãos nos joelhos, vendo o seu filho caminhar sozinho pela primeira vez. Ao ver o menino se aproximando cada vez mais, Kem pensou: "É isso mesmo, meu filho, vamos lá, você consegue chegar até o papai!". Estando muito próximo de seu pai, o menino tentou se agachar para pegar o inseto, mas acabou se desequilibrando, caindo de barriga no chão. Kem colocou as mãos sobre a cabeça, fazendo uma expressão inconformada.

– Filho! – gritou Sakura, fazendo uma cara preocupada, pouco antes de caminhar até o seu filho. – Está tudo bem com você, meu amor? – disse Sakura com uma voz branda, a fim de confortar o menino, no momento em que se agachou para pegá-lo. Sakura tirou o seu filho da grama, tomando-o em seus braços.

– Não se preocupe, Sakura, ele nem chorou – disse Kem ao olhar para Sakura agachada com o seu filho no colo. Sakura olhou com uma cara séria para Kem. – Ele tem *sangue de guerreiro*, não ia abrir o berreiro com um tombinho desses. Olhe para a cara dele, está até sorrindo. – Podia-se ver um sorriso orgulhoso na face do filho de Kem. Sakura ajeitou o seu filho nos braços e olhou para o seu rostinho.

– Dadada... dadada! – disse o menino, após olhar com aquele sorriso orgulhoso para o rosto de sua mãe, balançando o seu bracinho direito com a mão fechada.

Quando Sakura pegou as mãos do menino com as suas mãos, ela percebeu que ele fazia bastante força com sua mãozinha direita.

– O que foi, filho? – indagou Sakura, olhando para o seu filho, que balançava o seu braço direito com força. Kem olhava com uma cara alegre para o menino. Foi então que Sakura percebeu que o seu filho segurava algo em sua mão direita. – O que você tem aí? – Sakura tentou abrir a mãozinha dele, mas o menino fazia força.

– Como você é forte, meu filho! – disse Sakura com um ar de surpresa, tentando abrir a mão dele.

– Hã? – indagou Kem enquanto olhava aquela cena. Quando Kem fixou os olhos em uma coisa marrom que estava com uma parte para fora da mão direita do menino, ele percebeu o que era. – Sakura... acho melhor você não abrir a mão dele. – Mas Kem avisou tarde demais, pois Sakura finalmente havia conseguido abrir a mão do menino. No mesmo instante, o inseto marrom que estava na mão direita do menino, agora aberta, saltou rapidamente no nariz de Sakura.

– AAAAAH! – gritou Sakura, com uma voz muito aguda e ardida, antes de cair de costas no chão, sentindo o seu filho bater com a cabeça em seu peito. Kem bateu com sua mão direita na testa e depois balançou a cabeça.

– Puxa vida, ele já está aprendendo a pegar a presa! Esse menino realmente tem *sangue de guerreiro*! – disse Kem, empolgado, enquanto estava com sua mão esquerda sobre sua mão direita fechada. Sakura se levantou do chão e ficou sentada, olhando para Kem com uma cara não muito agradável, enquanto o pequeno menino de cabelo azul, que estava no colo de sua mãe, fazia uma cara de quem estava se divertindo muito.

As coisas pareciam estar indo muito bem. Kem e Sakura desfrutavam juntos da companhia de seu filho, e os dias se passavam com muita alegria quando os três se divertiam juntos. O filho de Kem já havia crescido um pouco e, como podia-se notar, já estava aprendendo a andar, pois nessa época já haviam se passado quinhentos dias uranianos (em torno de um ano no calendário terráqueo) desde aquele dia em que Raldot contou sobre os sonhos do mestre Chun e revelou a profecia.

Todos aqueles que visitavam a casa de Kem gostavam muito do menino, apesar de ele quase sempre estar com aquela cara séria. Outras vezes, porém, ele fazia uma cara simpática, principalmente quando ganhava presentes dos visitantes, que, aliás, eram muitos. Certa vez, o seu avô, o sr. Kiraua, deu-lhe uma espada de brinquedo e uma bainha prateadas, muito bonitas, que por sinal não agradaram muito a Sakura. Primo Jorge deu-lhe uma bola de plástico com a cara do forma-forma desenhada, que logicamente era de cor amarela, porém os olhos eram vermelhos. Tia Sara e tio John deram-lhe uma nave espacial preta de brinquedo, pois achavam que aquela era a cor preferida dele, já que na maioria das vezes ele estava vestido com aquela roupinha preta. Mas o presente de que ele mais gostou foi o ninja negro de brinquedo com uma espada na mão direita, que Klaus lhe deu. O que mais divertia o menino era pegar esse ninja em sua mãozinha e atacar as tropas de robôs de brinquedo que Raldot tinha lhe dado.

– Cuidado, filho! – disse Kem, sentado no chão de seu quarto, ao olhar para o menino de olhos verdes e cabelo azul, que estava próximo dele e tinha acabado de arremessar um robô de brinquedo, quase acertando a perna de Sakura, que acabara de entrar no quarto. – Você quase acertou a sua mãe com um ataque de robô... *hehehe*

– ria Kem enquanto olhava para Sakura, que mostrava uma expressão de alegria em seu rosto.

Kem estava vestindo um colete vermelho com uma gola em forma de "V", sapatos e calça azul-claros. O menino usava aquela roupinha preta, como de costume. E Sakura usava seu uniforme verde-azulado da Estação Interplanetária (aquele de blusa decotada, calça coladas ao corpo e botas de mesma cor), além do seu pingente do planeta Urano.

– Vamos, temos visitas! – disse Sakura ao olhar para Kem brincando com o menino. – Depois vocês brincam mais... "crianças"! – Nesse instante, o menino mirou na cara de Kem e lançou um robô de brinquedo, que acertou em cheio a testa de seu pai.

Podia-se ver, ali na sala de estar, sentados no sofá marrom, Klaus do lado direito de John, Sara e, para surpresa de Sakura, o pequeno Eric, filho de Sara e John.

– Olá para todos! – disse Sakura, com o seu filho nos braços, ao se aproximar para cumprimentar com um aperto de mão cada um dos quatro ali sentados no sofá. Kem fez o mesmo, cumprimentando Klaus por último e dizendo:

– Que surpresa ver você aqui, Klaus!

Klaus sorriu para Kem.

– Ouvi dizer que você ficou mais forte, Kem – disse Klaus, olhando para Kem, enquanto soltava sua mão.

– Sim, é o que dizem por aí – disse Kem enquanto mexia os seus cabelos loiros e desarrumados com sua mão esquerda, e depois fez um singelo sorriso.

– Não seja modesto, Kem. Você é o guerreiro mais famoso de todo o planeta, o único Guerreiro do Universo de Urano – afirmou Klaus, que podia ser visto vestido com camisa de mangas compridas e calça, coladas ao corpo, verdes brilhantes, da mesma cor de seus sapatos.

– Sou tão conhecido assim? – perguntou Kem olhando para Klaus, que logo em seguida consentiu com a cabeça e disse:

– Sim, Kem, em toda a extensão do planeta, em todas as quatro regiões. – Kem arregalou os olhos, fazendo uma cara de surpresa.

– Como ele está bonito, Sakura! – disse Sara, que mostrava uma expressão alegre em seu rosto enquanto olhava para o seu pequeno sobrinho no colo de sua irmã. Sara, sentada entre John e Eric, estava com uma blusa decotada azul-clara da mesma cor de suas botas, uma calça verde colada ao corpo e um pingente do símbolo *Edo* visto um pouco abaixo de seu pescoço. – Ele se parece muito com o Kem. – Após ouvir o comentário de Sara, Kem pegou o menino do colo de Sakura e segurou-o em seus braços.

– Como está o nosso futuro piloto? – perguntou Sakura, que estava em pé do lado direito de Kem, bem em frente ao pequeno Eric. Ao ouvirem a pergunta de Sakura, Sara e John se entreolharam, um sorrindo para o outro. Logo em seguida, Sara, mostrando um simpático sorriso, passou sua mão esquerda nos penteados cabelos azuis de Eric, que olhava um pouco acanhado para sua tia Sakura, no mesmo instante em que John olhou para o rosto sorridente de Sakura e respondeu:

– Ah, sim! Eric já está aprendendo a pilotar, e inclusive foi ele que veio pilotando de nossa casa até aqui. – Sakura cruzou suas mãos, colocando-as abaixo do queixo enquanto mantinha os cotovelos para baixo, olhando sorridente para o pequeno Eric, que avermelhou as bochechas, ainda meio acanhado. Eric podia ser visto com uma calça verde, da mesma cor de sua camiseta com os desenhos dos nove planetas do Sistema Solar, sapatos brancos e uma pulseira de planetas em seu pulso esquerdo.

– Ele veio do ponto 34 da região leste até o ponto 20 da região leste sem problema algum, e, aliás, devo dizer que Eric pilotou de forma incrível, e logo estará tão bom quanto você, Sakura – disse John, que usava uma calça verde, sapatos e camisa brancos.

– Ele realmente nos surpreendeu! – exclamou Sara, olhando com aquele sorriso simpático de sempre para Sakura, que ficou muito orgulhosa de seu sobrinho Eric. Com seu braço esquerdo, Sara abraçou Eric. – Nosso pequeno Eric é um garoto prodígio, com apenas doze anos já é quase um piloto profissional. – Nesse instante, podia-se ver a face do pequeno Eric ficar mais vermelha do que antes, mantendo uma expressão retraída que era visível em seu rosto, que lembrava muito os traços de sua mãe, Sara. Eric, que era um garoto muito sensato e que não gostava de ficar se exibindo, achava que seus pais estavam exagerando em seus elogios para com ele diante de todos. Klaus e Kem olhavam com caras admiradas para Eric, enquanto o filho de Kem olhava com uma cara séria para o seu primo.

Enquanto olhava com uma cara pensativa para o seu sobrinho Eric, Sakura teve uma ideia.

– Que tal se nós formos passear agora? Com a minha nave? – sugeriu Sakura com entusiasmo ao cruzar os braços enquanto olhava para Sara e John. – E, logicamente, o nosso piloto será o pequeno Eric. – Quando Sakura disse isso, ela olhou para Eric, que no mesmo instante engoliu em seco, arregalando os seus olhos azuis. – A tia Sakura quer ver o quanto você progrediu – disse Sakura, olhando para a face espantada do garoto. Logo em seguida, Sara e John olharam um para o outro enquanto sorriam e consentiram com a cabeça.

– Podemos ir para minha casa... irmã! – disse Sara com a mesma simpatia de sempre ao olhar para Sakura, que ainda estava de braços cruzados. – Assim você já fica para fazer a refeição conosco. – Sakura franziu a testa enquanto olhava para Sara e disse:

– Mas... e sua nave? Vai ficar aqui em casa? – Sara olhou para John, e depois olhou novamente para a cara de dúvida de Sakura.

– Não se preocupe, irmã. O John voltará com a nossa nave para casa enquanto eu, você e o nosso piloto Eric vamos com a sua nave. – Sara sorriu e olhou para Eric, que, no entanto, não achava muito boa ideia pilotar ao lado de sua tia Sakura, que era considerada uma das melhores pilotos de todo o planeta Urano.

– É uma boa ideia, Sara! – concordou Sakura, que logo em seguida olhou para Kem, à sua esquerda.

– Você fica cuidando dele, Kem? – perguntou Sakura, que logo em seguida olhou para os olhinhos verdes e sérios de seu filho. – Você consegue tomar conta dele sozinho? – Sakura olhou agora para os olhos verdes de Kem.

– Pode deixar comigo, querida! – afirmou Kem, que depois deu um largo sorriso, fazendo uma cara de bobo. Sakura descruzou os braços e fez um singelo sorriso.

– Então eu acredito que você também não terá problemas para cuidar do forma-forma, certo, Kem? – Quando Kem ouviu Sakura dizer "forma-forma", ele fechou os olhos, fazendo uma cara de desgosto. Ao abrir os olhos, Kem disse para Sakura:

– Aquela coisa não precisa de ninguém para cuidar dele. – Sakura amarrou a cara e voltou a cruzar os braços. Ao ver a cara de Sakura, Kem expressou um sorriso em sua face como se estivesse querendo dizer: "Tudo bem, Sakura, eu posso cuidar do forma-forma".

Transformado em um cubo vermelho, em cima de uma estante prateada de metal que estava a uns três metros do lado esquerdo de Kem, podia-se ver o forma-forma escondido no meio de vários objetos de formas geométricas diversas. A criatura estava se corroendo de raiva por dentro, por ter ouvido Kem falar que "ninguém precisa cuidar daquela coisa". Consumido pela raiva, o forma-forma começou a se mexer com uns tremeliques, fazendo com que a estante de metal começasse a vibrar e...

– PLIM... PLEM... TLEM... TLIM – esses foram os barulhos feitos por quatro objetos de metais que estavam na estante ao caírem no chão da sala de estar. Todos os que ali estavam, inclusive o filho de Kem e o pequeno Eric, olharam para a estante prateada ao ouvirem aqueles barulhos. Um dos objetos, uma esfera metálica de cor verde, rolou pelo chão até bater no pé esquerdo de Kem. Sakura olhou para o chão e viu, próximos ao pé da estante, os três objetos que haviam caído: uma pirâmide vermelha, um cubo azul e um losango amarelo.

Kem fixou o olhar em cima da estante e viu um cubo vermelho fosco, que não parecia ser de metal, e segundos depois ele pensou: "Tenho certeza de que é você, forma-forma". Então, Sakura, que já havia decorado em sua mente as posições de todos os objetos que ficavam na estante, percebeu que aquele cubo vermelho fosco não fazia parte dali.

Sakura caminhou até a estante e, no momento em que ia tocar com sua mão direita naquele cubo vermelho fosco, o cubo se transformou em uma bola vermelha com dois grandes olhos verdes e amarelos e uma boca fechada.

– Forma-forma! – exclamou Sakura ao colocar suas mãos na cintura, enquanto olhava com uma cara séria para o forma-forma que fazia uma cara de arrependido, abaixando o seu olhar. Kem, olhando para o forma-forma, pensou: "Agora você não escapa da Sakura, pois ela não gosta quando alguém mexe na decoração da casa".

Sakura cruzou os braços e disse com uma voz consoladora:

– As palavras de Kem o magoaram, não foi? – Ao ouvir Sakura, o forma-forma levantou o olhar, fazendo uma cara de vítima. Sakura virou sua cabeça para direita, olhando para Kem com uma cara de brava. Kem franziu a testa, enquanto segurava o seu filho nos braços. – Peça desculpas a ele, Kem!

– O quê? – indagou Kem ao arregalar os olhos, inconformado. Nesse instante podia-se ver um sorriso vitorioso no rosto do forma-forma. – Mas, Sakura! – Kem olhava para Sakura, porém ela não falou mais nada, apenas mantinha aquela cara de brava e os braços cruzados. Foi então que Kem balançou a cabeça, inconformado, e logo em seguida caminhou até Sakura. Olhando para aquela cena, Klaus, sentado no sofá, pensou: "O guerreiro mais poderoso de Urano tem um ponto fraco chamado Sakura. Será que Sakura é a mulher mais poderosa do planeta?".

– O que você tem a dizer para ele, Kem? – disse Sakura para Kem, que agora estava frente a frente com o forma-forma, encarando aqueles dois grandes olhos verdes e amarelos junto com um sorriso de deboche.

– Desculpe, forma-forma, eu não disse aquilo por maldade – disse Kem, olhando para o forma-forma, que ficou até surpreso. Sakura sorriu e depois deu um beijo estalado na face esquerda de Kem. As bochechas de Kem se avermelharam. E, nos braços de Kem, o seu filho mostrava uma frieza no olhar ao encarar o forma-forma, que até ficou espantado e logo em seguida se escondeu atrás da Sakura.

– Não precisa se assustar, forma-forma – disse Sakura ao descruzar os braços. – O Kem já pediu desculpas para você.

Parece que ninguém havia percebido que o forma-forma estava assustado por causa do olhar frio na face do filho de Kem, que tinha apenas um ano. Nem mesmo Kem havia percebido isso.

Sakura virou-se para trás e pegou o forma-forma em seus braços. A criatura vermelha de olhos verdes e amarelos começou a fazer ruídos, batendo os dentes com medo, ao olhar para a cara brava do pequeno menino de olhos verdes e cabelo azul, que agora via o forma-forma nos braços de sua mãe. Kem estava sério, olhando para Sakura.

– Bem, vou levar você comigo! – disse Sakura ao abaixar sua cabeça e olhar para o forma-forma. Ao ouvir isso, o forma-forma respirou aliviado. Muito discreto, Kem não mudara a sua expressão facial, porém, ele estava sorrindo por dentro, comemorando, apenas porque Sakura levaria o forma-forma com ela. Foi nesse instante que Sakura olhou para o sofá. – Então, vamos! Sara, John... Eric. – Os três olharam atentos para Sakura e então se levantaram. Logo em seguida, Sakura, forma-forma, Sara e Eric seguiram em direção ao elevador para subirem até o terceiro andar da casa, local onde ficava a nave azul que pertencia a Kem e Sakura. John seguiu em direção à porta de saída da casa, acompanhado pelo robô mordomo.

Alguns minutos depois, podia-se ver a nave azul de Sakura cruzando o céu da região leste, sendo pilotada pelo pequeno Eric e seguida pela nave branca de John.

– Klaus... – disse Kem, agora sentado no sofá ao lado esquerdo de Klaus, segurando o seu filho no colo – fique sabendo que o brinquedo de que ele mais gostou foi aquele ninja negro com uma espada que você deu pra ele. – Klaus sorriu e olhou para o pequeno menino de roupa preta e cabelo azul, que, como sempre, estava com aquela cara séria.

– Kem, tive uma ideia! – exclamou Klaus, empolgado, agora olhando para Kem.

– Diga, Klaus. – Kem olhava para seu filho, que continuava olhando para Klaus.

– O que acha de irmos treinar em outro lugar, agora que você não precisa mais cuidar do forma-forma?

– Você quer dizer... agora? Nesse instante? – perguntou Kem, meio confuso, ao olhar para Klaus.

– Sim, Kem.

– É uma ótima ideia, mas... – Kem abaixou a cabeça, olhando para o seu filho – eu preciso cuidar dele, Klaus.

– É verdade, eu havia me esquecido. – Klaus olhou para o quadro holográfico na parede e viu a imagem que mudava do planeta Saturno para o planeta Urano.

– Já sei! – disse Kem, empolgado, estalando os dedos de sua mão direita, ao que Klaus olhou-o atentamente. – Vamos passar na casa do meu pai e pedir para que ele fique cuidando de seu querido netinho enquanto treinamos. – Klaus mostrou uma expressão em sua face de maneira a concordar com Kem. – Mas tem um pequeno detalhe, Klaus.

– E qual é, Kem?

– Onde vamos treinar?

– Não se preocupe, Kem! O lugar aonde vamos é a caminho da casa do seu pai. – Kem olhou durante alguns segundos para Klaus, mantendo o silêncio, e depois disse:

– Maravilha! E então, que lugar é esse?

– O castelo azul! – disse Klaus, empolgado, e depois sorriu.

– O castelo azul? O castelo do rei? – indagou Kem com uma cara de espanto. O filho de Kem mantinha o seu olhar fixo em Klaus.

– Sim, o castelo do rei – afirmou Klaus.

– Mas nós precisamos de permissão para entrar lá – disse Kem, ainda confuso. Klaus abaixou a cabeça e, após alguns segundos, levantou-a novamente ao olhar para Kem e dizer:

– É natural que você reaja dessa forma, Kem. – Mantendo o olhar fixo em Klaus, Kem franziu a testa. – Peço desculpas por não ter lhe contado antes. É que... – O silêncio se fez presente durante uns três segundos, antes de Kem ver a boca de Klaus se mexer para dizer:

– Eu sou o filho mais novo do rei do planeta Urano. – No mesmo instante, Kem, com um ar de surpresa, arregalou os olhos e abriu a boca.

– Kla... Klaus – gaguejou Kem. – Então isso quer dizer que você é irmão de Norako, o príncipe guerreiro.

– Isso mesmo, Kem. Eu sabia que ficaria surpreso.

– Puxa vida!

– Embora o meu pai, o rei Luzano, nunca tenha se dedicado a combates e a treinamentos de luta, meu irmão Norako foi instruído desde pequeno para se tornar um guerreiro. Meu pai acreditava que, como na família real não havia nenhum guerreiro, deveria instruir o seu primeiro filho para se tornar um e honrar o sangue da família real, dando o exemplo a toda a população do planeta Urano. Agora que o meu irmão se tornou um forte guerreiro, e, além disso, é o príncipe do planeta, muitos jovens uranianos ficaram inspirados e estão treinando para se tornarem tão fortes quando ele. – Klaus cruzou os braços, mantendo o seu olhar em Kem. – Seria uma honra para nós recebê-lo no castelo azul, Guerreiro do Universo. – Kem abriu um sorriso enquanto olhava para Klaus.

– Certo, Klaus! – Os olhos de Kem brilhavam enquanto ele se imaginava treinando no castelo azul. – Vamos, então! Passaremos na casa de papai. – Klaus consentiu com a cabeça, pouco antes de Kem olhar para o seu filho. – Você vem conosco, meu filho. Nós vamos para a casa do vovô Kiraua. – O menino, ainda de cara séria, olhou para Kem.

– Se tivermos sorte, ainda encontraremos o meu irmão lá no castelo, e talvez ele treine conosco – disse Klaus.

– Parece que isso vai ser muito divertido – disse Kem para si mesmo, devagar, com uma voz baixa, enquanto olhava para a imagem do planeta Netuno no quadro holográfico.

Alguns minutos depois, podia-se ver Klaus e Kem, com o seu filho nos braços, já do lado de fora da casa, caminhando sobre a grama azul em direção à nave de Klaus. Era uma nave vermelha de formato triangular, o mesmo formato da nave de Kem, porém um pouco maior. Por dentro, as paredes da nave eram todas de cor azul-clara e os assentos eram vermelhos. A aparência interior dessa nave era bem parecida com a da nave de Kem, diferindo apenas no número de assentos, que eram quinze, três na primeira fileira e quatro em cada uma das outras três fileiras.

Os três agora já estavam dentro da nave de Klaus. Com o seu filho no colo, Kem sentou-se no assento esquerdo da primeira fileira e Klaus sentou-se ao seu lado, no assento do meio, estando de frente para o painel de comando da nave. Kem olhou para Klaus do seu lado direito.

– Klaus... – Kem chamou Klaus, que rapidamente olhou para ele. – Essa nave possui assentos especiais para bebês? – Klaus sorriu para Kem e depois olhou para o painel de comando, dizendo:

– Providenciar assento especial para bebê. Primeira fileira, assento direito.

– Comando entendido! Assento sendo materializado! – anunciou uma voz eletrônica que saía do painel de comando da nave. Podia-se ver uma energia de cor vermelha dando forma a um pequeno assento do lado direito de Klaus.

– Está pronto, Kem, já pode colocá-lo – disse Klaus, pouco antes de ver Kem esticando os braços de maneira a entregar-lhe o seu filho.

– Pode pegá-lo, Klaus, não precisa ficar com receio da cara de bravo dele – disse Kem ao ver a cara preocupada de Klaus, que olhava para o menino.

– Tem razão, Kem. – Klaus sorriu e pegou o filho de Kem por baixo de seus bracinhos. – Vamos lá, filho do Guerreiro do Universo, sente-se ao meu lado! – E Klaus colocou o menino no assento especial para bebê. Logo em seguida um campo de energia verde-claro no formato de uma pequena esfera envolveu o corpo do menino sobre o assento. Essa era a já conhecida *Energia de Segurança*, a mesma que salvou Sakura daquele terrível acidente no planeta Netuno, e que agora foi acionada para evitar que o menino caísse do assento. – Tudo pronto. Agora é hora de partir.

– *Uhu*! Rumo ao castelo azul! – gritou Kem, empolgado, enquanto dava um soco no ar para o alto, esticando o seu braço direito.

Com um comando de Klaus, a nave vermelha subiu em direção ao céu azul--claro, rumo à casa do sr. Kiraua.

Enquanto isso, na nave de Sakura, o pequeno Eric pilotava em direção ao ponto 34 da região leste, local onde ficava a sua casa.

– Você está pilotando muito bem, Eric! – disse Sakura com muita simpatia ao elogiar o seu sobrinho, sentada atrás dele no assento da esquerda, segurando o forma-forma em seu colo. Sara, sentada à direita de Sakura, mantinha sua expressão facial como de costume, os olhos semiabertos e um sorriso simpático. – Vejam só... é o John! – disse Sakura, logo após olhar para a esquerda e ver a nave branca de John através da parede invisível. John sobrevoava lado a lado da nave azul-clara, acompanhando a velocidade de Eric.

– Ah, papai, não vou deixar você ganhar de mim! – exclamou Eric quando olhou para o lado, vendo à nave branca ultrapassá-lo pouco a pouco. Com os olhos fixos no horizonte à sua frente, Eric acelerou a nave a toda velocidade, pensando: "Vamos ver se consegue me acompanhar agora, papai". E, em alta velocidade, a nave azul-clara ultrapassava a nave branca com muita facilidade.

Nesse instante, podia-se ver Sakura e Sara grudando as costas nos assentos azuis por causa da alta velocidade da nave, e até mesmo Sara mostrava uma cara de assustada, o que era raro de acontecer. O forma-forma voou do colo de Sakura, passando por cima dela e indo parar no assento de trás, quando se transformou em uma mão esquerda e segurou firmemente na ponta de cima do encosto desse assento, balançando com a alta velocidade da nave.

– Eric, tome cuidado, você está indo muito rápido! – advertia Sakura enquanto fazia uma cara assustada, segurando-se no assento com ambas as mãos. Balançando para trás, o forma-forma fazia força, tentando chegar até o assento para se sentar.

– Filho! – gritou John ao fazer uma cara preocupada enquanto via a nave azul-clara desaparecendo no horizonte à sua frente, ficando cada vez mais longe e menor.

Confiante demais, Eric mantinha a nave em alta velocidade e estava tão concentrado em sua pilotagem que acabou não ouvindo as palavras de advertência de sua tia Sakura. Se ele pudesse ver as caras de preocupadas de Sara e Sakura, talvez diminuísse a velocidade e pilotasse mais devagar.

– Devagar, Eric, mais devagar – continuou a advertir Sakura enquanto olhava para a lateral esquerda da nave, vendo o céu passar muito rápido.

– O que você disse... tia Sakura?

– Você está... – Mas não deu tempo de Sakura continuar o que ia falar, pois foi interrompida por um grande barulho e um tremor que fez a nave balançar, quase arremessando Sara para o chão e quase fazendo com que Eric, batesse sua cabeça no controle direcional da nave. Felizmente, eles foram protegidos no último instante pela *Energia de Segurança*, que absorveu o impacto. O forma-forma transformou-se em uma mola no mesmo instante em que se soltou do encosto do assento, sendo arremessado para trás, e ficou quicando pelo chão, pelo teto e pelas paredes da nave.

Uma nave cor-de-rosa, que Sakura viu passar do lado direito, acabara de se chocar com a sua nave azul-clara. Nem deu tempo de Eric ver aquela nave e desviar, pois estava muito rápido.

– Perigo, perigo! Lateral direita danificada! Lateral direita danificada! – dizia a voz eletrônica do computador da nave. – Nave perdendo o controle! Nave perdendo o controle!

Sakura olhou para trás com desespero e, por entre a energia verde de segurança que envolvia o seu corpo, via a nave cor-de-rosa começar a descer para fazer um pouso forçado naquela região que sobrevoavam, que, pelo visto, parecia ser um deserto. Sakura virou-se para frente e viu Eric com as mãos no controle direcional, tentando controlar a nave, que continuava em alta velocidade – porém, agora em direção ao chão.

– Eric! Deixe-me... – gritou Sakura, tentando se levantar com a intenção de assumir o controle da nave, mas a *Energia de Segurança* impedia os seus movimentos, mantendo-a presa no assento. – Eric... Eric! Desative o campo de energia do meu assento! – Sakura continuava a gritar com uma expressão de urgência, mas sua voz era abafada tanto pela energia verde que a envolvia quanto pela energia que envolvia Eric. A nave descia, desgovernada, em direção ao chão. Sara tampava os olhos com ambas as mãos, totalmente desesperada. Aos olhos de Eric, tudo girava enquanto via o chão do deserto ficar menos distante a cada segundo que se passava. O garoto tentava restabelecer o controle da nave mas, infelizmente, tudo o que ele fazia era inútil.

A nave descia na vertical, girando de encontro ao chão do deserto.

– Emergência, emergência! Nave em rota de colisão! Nave em rota de colisão! – dizia novamente a voz eletrônica do computador da nave, por incrível que pareça, com um tom de desespero.

– Filho, Kem – sussurrou Sakura, com lágrimas nos olhos, sem saber o que fazer.

– Meu Deus! Salve-nos! – gritava Sara, desesperada, ainda com as mãos nos olhos.

– Vamos lá, nave... vamos lá – dizia Eric, concentrado. Apesar de tudo, ainda não tinha perdido as esperanças. De repente, a expressão de Sakura mudou, aparentando um ar de esperança, pois se lembrara de algo. Com sua mão direita, Sakura retirou um minúsculo cubo azul de metal que guardava entre os seios. Era o supercomputador particular de Sakura (parecido com aquele que Kem usara uma vez para mostrar a tabela de energias).

– Acesso permitido – disse a voz vinda do cubo de metal azul, pouco antes de Sakura dizer:

– Conectar com o sistema da nave. Desativar *Energia de Segurança*... Segunda fileira, assento esquerdo. – Sakura deslizou para baixo, batendo com suas duas mãos no painel de comando da nave quando a energia verde que envolvia o seu corpo desapareceu. O cubo azul escapara da mão de Sakura e seu barulho metálico indicava que ele havia se perdido em algum lugar da nave.

Ao apertar alguns botões no painel, Sakura desativou o campo de energia do assento de Eric e assumiu o comando da nave ao pedir para ele trocar de lugar com ela. Então, Eric começou a escalar em direção ao assento onde antes estava Sakura, pois a nave caía na vertical. Quando Eric se agarrou ao assento, Sakura ativou o campo de energia em torno dele e também em torno de si mesma. Com um ar concentrado, Sakura tentava fazer uma manobra milagrosa.

Com uma cara de desespero, o forma-forma, agora transformado em um gancho, estava pendurado em uma das duas argolas com hastes metálicas e azuis presas no teto da nave, utilizadas por Kem para fazer exercícios de barra.

Nesse instante, podia-se ver John franzindo a testa enquanto pilotava a nave branca e via, ao longe, algo descendo do céu em direção ao chão. Quando percebeu o que era, empalideceu e arregalou os olhos, mostrando uma expressão de espanto em sua face.

– Meu Deus! Eles estão caindo! – exclamou John, antes de acelerar a nave a toda velocidade. – Estão muito longe, não vai... não vai dar tempo de chegar até lá. Vamos, nave... acelere, acelere, mais rápido!

A nave azul-clara continuava descendo em direção ao chão, enquanto John pilotava a nave branca a toda velocidade para tentar salvá-los de alguma forma, quando chegasse perto. Mas parecia que um milagre estava prestes a acontecer. A nave azul-clara, que antes estava inclinada na vertical, caindo como se fosse um foguete de ponta cabeça, agora começava a se inclinar novamente na horizontal, quase restabelecendo sua posição original de voo, graças à milagrosa pilotagem de Sakura.

"Tia Sakura é incrível", pensou Eric, mesmo ainda estando um pouco apavorado, pois a nave continuava caindo com alguns graus de inclinação em direção ao chão do deserto. Sara ainda estava com as mãos nos olhos. O forma-forma do formato de gancho balançava pendurado na argola. E Sakura, apesar de tudo, mantinha uma expressão firme e muito concentrada em sua pilotagem. "Vamos lá, só falta mais um pouco", pensou Sakura enquanto mantinha os olhos fixos no deserto à sua frente, vendo uma área plana e extensa, perfeita para um pouso forçado, que ficava logo após três dunas de uns trinta metros de altura cada.

Sakura agora teria que fazer outra manobra milagrosa para não se chocar com alguma dessas dunas e chegar até a área plana do deserto para fazer o pouso.

A nave branca de John estava agora muito mais próxima do que antes, porém sem esperança de chegar a tempo de fazer alguma coisa para ajudá-los. Com o olhar fixo na nave azul-clara, que estava fazendo um pouso forçado, e sem saber que era Sakura quem pilotava, John disse para si mesmo:

– Vamos lá, Eric, meu filho, você consegue! – John deu dois socos de leve no controle direcional de sua nave. Mas, passados alguns segundos, John fez uma cara de preocupado e arregalou os olhos. – Oh, não... oh, não! Suba... suba. Subaaa! – dizia John, em um tom de desespero, no momento em que viu a nave azul-clara prestes a se chocar com uma das dunas.

– Não vai dar tempo – disse Sakura com uma voz baixinha consigo mesma enquanto olhava para a enorme duna à sua frente. Eric arregalou os olhos e pensou, desesperado: "Eu ainda sou muito jovem". Sara não via nada à sua frente, pois ainda estava com os olhos tampados. O forma-forma continuava pendurado, pensando desesperadamente no que deveria se transformar. Foi então que Sakura arregalou os olhos e abriu a boca com uma expressão de desespero, pouco antes de gritar em alto e bom som:

– Acionar energia de segurança externa! – Sakura fechou os olhos e virou o rosto para o lado. Um grande impacto estremeceu a nave ao se chocar bem no meio da duna, ouvindo-se um barulho abafado. Uma enorme nuvem de areia se espalhou ao redor no mesmo instante. Ao ver aquela cena, John, que já não estava tão longe, ficou horrorizado, seu corpo se arrepiou e sua face empalideceu.

– Não – disse John lentamente. – Espero que... espero que vocês... – Uma expressão de lamento era visível no rosto de John, que observava a nuvem de areia se abaixando à medida que se aproximava mais e mais do local do acidente. – Aguentem mais um pouco, eu já estou indo. – Podia-se ver, nesse instante, a nave branca de John descendo do céu em direção às dunas do deserto.

Ali, no interior da nave azul-clara, agora totalmente invadido pela escuridão por causa da areia que cobria quase toda a nave, podia-se ver os três passageiros com os olhos fechados e os corpos jogados sobre os seus assentos, que agora não estavam mais envolvidos pela *Energia de Segurança*. Transformado em uma corda, podia-se ver o forma-forma jogado pelo chão. Estariam eles vivos? Apenas desacordados? Ou não?

Finalmente, John chegou até a duna contra a qual a nave azul-clara se chocara, flutuando com sua nave branca ao lado esquerdo da pequena nuvem de areia, que agora estava quase se extinguindo. John olhou para o lado, vendo o local do acidente, e engoliu em seco.

Após terem passado na casa do sr. Kiraua, que se negou a ficar cuidando do seu netinho, pois ficou zangado por Kem tê-lo acordado de um sonho maravilhoso, Klaus, Kem, seu filho e o sr. Kiraua partiram a caminho do castelo azul na nave vermelha, muito empolgados com o treinamento que estava à espera de todos, principalmente Kem. Porém, mal sabiam eles o que tinha acontecido com Sakura, Sara e Eric. Provavelmente, se soubessem disso, Kem já não iria mais treinar e voltaria para trás no mesmo instante.

Podia-se ver ali dentro da nave, sentado sobre um assento vermelho da direita, bem atrás do seu neto, o sr. Kiraua carregando em seu colo uma bainha preta de metal, com várias figuras abstratas em relevo, que guardava uma espada prateada com um formato levemente curvado, apenas um gume e um cabo preto com detalhes semelhantes ao da bainha. Uma letra "K" branca se destacava no centro do cabo. O sr. Kiraua estava vestido como sempre, com aquela camiseta branca, calça e sapatos marrons.

– Estamos quase chegando – disse Klaus enquanto olhava para o horizonte à sua frente, cercado pela escuridão da região que sobrevoavam.

– O castelo azul fica na área escura desses anos? – perguntou Kem, curioso, ao olhar para Klaus, e logo em seguida inclinou sua cabeça para o alto quando percebeu que as luzes que saíam do teto da nave estavam acesas.

– Não, Kem. O castelo azul fica no ponto central da região oeste, o ponto 1, entre a parte iluminada pelo Sol e a parte escura do planeta – disse Klaus no momento em que a escuridão ao redor foi diminuindo e os olhos de Kem começaram a ver um ambiente mais claro do seu lado esquerdo. – Esse lugar não é escuro e nem muito claro, Kem. – Klaus olhou para Kem à sua esquerda e depois olhou para frente novamente. – É como se fosse um dia nublado no lugar em que você mora, como se as nuvens encobrissem o Sol. Sempre fica desse jeito, com exceção dos dias de chuva, em que as nuvens negras escurecem o ambiente. É um lugar agradável, Kem.

– Puxa vida! Essa é uma das paisagens mais bonitas que já vi em toda a minha vida! – exclamou Kem com um brilho nos olhos enquanto apreciava uma bela visão de seu lado esquerdo, pois agora sobrevoavam um ambiente claro, deixando a região escura para trás. Uma cachoeira de uns cinquenta metros de altura, que cortava duas montanhas laranja, derramava suas águas verde-azuladas para formar um rio que atravessava uma floresta de árvores vermelhas. Parte dessas águas contornavam as bases dessas duas montanhas para formar uma espécie de lago. Podia-se ouvir o barulho de várias aves ecoando por toda a região da floresta; umas cantavam, enquanto outras pareciam gritar. E, por entre as árvores vermelhas da floresta, havia outras montanhas em um tom de laranja mais claro, umas menores e outras maiores.

Quando a nave sobrevoava a floresta vermelha, Kem percebeu algo que começou a aparecer atrás de uma montanha laranja, antes escondido de sua visão.

– O castelo azul! – disse Kem com um ar de surpresa e magia quando os seus olhos fixaram-se no castelo azul em uma gigantesca clareira no meio da floresta de árvores vermelhas. – Parece um castelo encantado. – Kem estava admirado, com os olhos arregalados e boquiaberto. Esse castelo era feito de blocos de um metal azul polido, e por isso brilhava. Seu contorno era quadrado e possuía quatro torres, uma em cada vértice, e a ponta de cada torre tinha o formato de uma pirâmide. Atrás do castelo azul, outra incrível visão e uma surpresa para Kem, uma floresta de árvores violeta.

Nesse instante podia-se ver o sr. Kiraua dormindo, com a espada na bainha apoiada sobre suas pernas, sendo admirada pelo seu neto. Klaus parecia estar surpreso com alguma coisa, porém não era com a bela paisagem em volta do castelo azul.

– Kem... – chamou Klaus. – O seu filho... Olhe para ele.

– Hã? – indagou Kem enquanto admirava o castelo azul pela lateral esquerda da nave. – O que foi, Klaus? – disse Kem ao olhar para a direita, inclinando o seu corpo para frente, pouco antes de ver o seu filho e franzir a testa. Kem ficou confuso ao ver o seu filho, segurando-se no encosto do assento com uma das mãos para se manter em pé, enquanto olhava para a espada de seu avô e com a sua outra mão esmurrava com força a *Energia de Segurança* que o envolvia.

– Filho? – indagou Kem com uma cara de dúvida vendo o seu filho que, além de estar dando socos na energia verde de segurança, agora também mexia a boca como se estivesse tentando falar alguma coisa. – Mas o que há com você, hein? – Kem se levantava de seu assento enquanto mantinha seus olhos firmes no menino, que continuava a mexer a boca e a dar socos.

– Já vamos descer, Kem! Pousaremos do lado de fora, na frente do castelo – anunciou Klaus enquanto manobrava para fazer o pouso. O sr. Kiraua dormia, Kem olhava para seu filho, e Klaus via uma das torres do castelo sumindo de sua vista à medida que a nave descia lentamente na vertical. Quando Kem percebeu que o seu filho olhava desesperado para a espada que estava com o sr. Kiraua, ele disse:

– Então é isso. Tão pequeno e já fascinado por essa arma.

– Kem olhava para o menino, que ainda batia na energia de segurança. – Não posso explicar o porquê, mas... Sim, talvez seja isso mesmo... Esse menino tem *sangue de guerreiro*! – De repente a nave parou e ficou flutuando a uns dois metros do chão. Nesse instante, Kem olhou para frente e viu a entrada do castelo através da nave.

Um grande portão quadrado azul-escuro de uns cinco metros de altura e dois guardas de cabelos loiros e curtos, que vestiam uniformes azul-claros, estando um em cada lado desse portão, formavam a imagem que podia ser vista de dentro da nave. Quando a energia de segurança do assento especial para bebês desligou-se, o menino, antes dando socos, agora desequilibrou-se de maneira a cair; mas, para sua sorte, Kem estava ali para segurá-lo entre ele e o sr. Kiraua, que acabou acordando com a pisada que Kem deu em seu pé direito, sem querer. Klaus, já de pé, olhava para aquela cena.

Kem olhou para Klaus enquanto ajeitava o seu filho nos braços e disse, com uma voz orgulhosa:

– Esse menino tem *sangue de guerreiro*! – Kem sorriu enviesado e cheio de orgulho.

– É o que parece, Kem – afirmou Klaus enquanto mantinha seus olhos fixos em Kem, e logo em seguida sorriu sincero. O sr. Kiraua se levantou, coçando os seus cabelos azul-acinzentados com sua mão direita, meio confuso e com sono. Klaus fixou os olhos no menino de cabelo azul, que olhava-o com aquela cara séria. – Qual é o nome dele, Kem? – Klaus olhou para o rosto de Kem, esperando uma resposta.

– O nome dele é... – tentou dizer Kem, mas foi interrompido pelo barulho metálico da espada e da bainha ao cair no chão, após escorregar da mão esquerda do sr. Kiraua sonolento.

Fora da nave vermelha, Kem e seu filho, Klaus e o sr. Kiraua agora estavam bem em frente à entrada do castelo. Quando Klaus tomou a frente, os guardas que protegiam a entrada fizeram-lhe reverência, curvando-se para frente ao dobrarem os joelhos, enquanto mantinham as mãos direitas junto ao peito e tocavam com os joelhos direitos no chão.

– Eles são meus convidados – disse Klaus enquanto passava por entre os guardas ajoelhados, acompanhado por Kem e seu filho e o sr. Kiraua, que o seguiam em fila.

– Sim, Vossa Majestade! – gritaram os guardas ao mesmo tempo. Kem olhou para o seu lado direito e viu uma espada embainhada na cintura de um dos guardas, que olhava com respeito para o sr. Kiraua, pensando: "É Kiraua! O mestre de Vossa Majestade!". O sr. Kiraua carregava em sua mão direita a bainha preta que guardava sua espada, balançando os braços sutilmente enquanto caminhava. O filho de Kem olhava para trás, com os olhos fixos na espada que seu avô carregava. Klaus parou a uns dois metros da frente do portão azul do castelo, esticou o seu braço direito e abriu a mão. Parados logo atrás, Kem e o sr. Kiraua observavam Klaus.

– Abra! – ordenou Klaus e, um segundo depois, o grande portão azul desmaterializou-se, deixando visível o interior do castelo. Nesse instante podia-se ver Kem erguendo as sobrancelhas. – Quatro pessoas. – E, após dizer isso, Klaus seguiu em frente, dando sinal para que Kem e o sr. Kiraua o acompanhassem. Instantes após o sr. Kiraua atravessar o enorme portal, o portão azul-escuro materializou-se, fechando a entrada do castelo. Kem olhava para Klaus com uma cara de dúvida.

– Kem, o sistema de entrada do castelo é diferente das residências comuns – explicou Klaus. – Você deve ter notado que eu nem ao menos toquei no portão. O sistema reconhece o DNA da Família Real a dois metros de distância. Com um comando de voz deve-se dizer qual é o número de pessoas que irão atravessar a entrada antes do portão se fechar novamente. – Kem piscou os olhos duas vezes, fazendo uma cara de surpresa enquanto olhava para Klaus.

Podia-se ver ali, contornado pela muralha azul e brilhante do castelo, um enorme campo gramado de cor azul-clara, e muito clara. Ao longo desse campo viam-se vários guerreiros e soldados treinando técnicas de combate, no instante em que batia um vento forte que fazia mexer as vestes pretas de alguns, amarelas de outros e também a grama azul sobre a qual pisavam, incansáveis. Algumas pequenas bandeiras vermelhas em formato triangular sacudiam-se ao redor desse campo, fazendo barulho com o vento frio que soprava debaixo de um céu que parecia nublado.

– Norako ainda não deve ter chegado – disse Klaus enquanto caminhava pela borda do campo e olhava para os soldados de preto treinando. – Ele quase sempre fica nesse campo treinando com os guerreiros de amarelo... e eu não estou vendo ele em parte alguma. – Enquanto passava por ali, Klaus respondia aos cumprimentos dos soldados e guerreiros fazendo um aceno com sua mão direita.

– Como vai, Vossa Majestade? – disse um dos soldados de roupa preta, próximo à borda do campo, no instante em que parou e olhou para Klaus, cumprimentando-o. Porém, sua distração custou-lhe um soco bem no meio da cara, dado por outro soldado de preto que estava treinando com ele.

– Olá, Vossa Majestade! Olá, mestre Kiraua! – gritou um guerreiro de roupa amarela e cabelos vermelhos mais à frente, enquanto defendia um soco com sua mão direita.

Kem ouvia várias coisas enquanto acompanhava Klaus pela borda do campo, coisas como: "Vamos treinar, Vossa Majestade?", "Vejam só, é o mestre Kiraua", e o menino em seu colo olhava extremamente concentrado e com aquela cara séria para os soldados e guerreiros, uns caindo no chão, uns tomando e outros acertando golpes, e ainda outros sozinhos dando golpes ao vento. Olhando para sua sombra sobre a grama azul, Kem pensou: "Mestre Kiraua?... O papai deve ser famoso por aqui".

– Klaus... o meu pai – disse Kem ao chamar Klaus, ao que o sr. Kiraua aguçou os ouvidos ao olhar para Kem à sua frente. – Ele é conhecido por aqui como "mestre Kiraua"? – Klaus agora parecia caminhar em direção a uma das torres do castelo, deixando o campo de treinamento para trás, demorando alguns segundos para então responder à pergunta de Kem.

– Bem, Kem, como você sabe, o seu pai é o meu mestre e de vez em quando ainda vem aqui para treinarmos, mas... mas não é por isso que... – Com receio de falar algo, Klaus, que antes olhava para frente, estava agora olhando para trás enquanto caminhava, vendo Kem. – Bem, sabe, Kem... é que... sabe... – Mostrando uma expressão de receio em sua face, Klaus deu uma espiadela na cara preocupada do sr. Kiraua, que parecia querer dizer: "Não diga nada a ele, por favor". Klaus olhou para frente novamente, vendo uma das torres do castelo. – Seu pai é conhecido por aqui como mestre... porém... não como um mestre de luta, Kem. – Nesse instante podia-se ver o rosto do sr. Kiraua se avermelhando por inteiro, como um tomate bem maduro.

– Hã? Como assim, Klaus? O que você está querendo dizer? – perguntou Kem ao franzir a testa e abrir a boca, tombando a cabeça para o lado. Agora o rosto do sr. Kiraua ficou da cor das árvores da floresta da parte de trás do castelo, violeta.

– Você vai ficar sabendo ainda hoje, Kem – disse Klaus, que depois colocou sua mão direita sobre a boca, parecendo segurar uma risadinha. Kem olhou para trás, vendo o seu pai sorrir sem graça.

– Por que o castelo azul tem quatro torres, Klaus? – perguntou Kem, curioso, enquanto olhava para o alto da torre da qual estavam se aproximando, onde vibrava uma bandeira laranja sobre o céu azul presa por um mastro.

– Cada torre representa uma região do planeta. A torre que está dez metros à nossa frente é a torre do leste e representa a sua região, Kem – disse Klaus ao apontar com sua mão esquerda para a torre de metal azul que brilhava à sua frente. – Cada torre está posicionada geograficamente na direção de sua respectiva região. – Kem olhou de seu lado direito para o alto e viu outra torre ao longe, onde vibrava uma bandeira verde na ponta, e essa era a torre do sul. Assim também vibravam uma bandeira azul na ponta da torre do norte e uma bandeira amarela na ponta da torre do oeste. Diferente de Kem, que estava concentrado nas torres, seu filho, sendo carregado em seus braços, ainda estava concentrado no campo de treinamento que ficou para trás, encarando-o com aquela cara séria de sempre.

Ao atravessarem a porta de entrada da torre do leste, todos se depararam com o primeiro andar. Ali se podia ver um salão enorme com vários quadros holográficos nas paredes brilhantes de metal azul e algumas estátuas de antigos membros da Família Real. Um enorme tapete laranja se estendia até o trono de Klaus, um trono verde que ficava no final do salão.

Como o elevador estava quebrado, Klaus, Kem e o sr. Kiraua seguiram em direção a uma escada que dava acesso ao segundo andar da torre. Um robô vermelho se encontrava ali perto da escada, arrumando o elevador, no momento em que disse com sua voz eletrônica: “Olá, Kem!”. Kem olhou, surpreso, ao dizer: “Vejam só, que mundo pequeno, é o robô número 1 que ajudou a consertar minha sala de treinamento”, e o robô perguntou: “Você tem visto o mestre Guerrebô?”, fazendo Kem franzir a testa.

Enquanto caminhavam por um corredor, já no segundo andar, uma empregada passou por Klaus cumprimentando-o com simpatia, o que fez Kem pensar: “Puxa vida, uma pessoa como empregada em vez de um robô!”.

Após subirem mais algumas escadas, finalmente chegaram ao lugar a que Klaus os estava levando, o quinto andar. Um grande corredor se mostrava diante dos olhos de Kem, iluminado pelas luzes que saíam das paredes azuis. Havia apenas uma porta que ficava do lado esquerdo e dava acesso a um lugar restrito.

– Seja bem vindo a minha sala de treinamento, Kem – disse Klaus ao tocar com sua mão direita sobre um quadrado azul na parede, fazendo abrir o portal que dava acesso àquela sala. E, ao atravessarem o portal, todos eles ficaram frente a frente com...

– Mais uma parede? Não tem nada aqui! – disse Kem para si mesmo quando viu uma parede metálica à sua frente, em um tom de azul mais escuro do que o do resto do castelo. Olhando ao redor, Kem virava lentamente sua cabeça em um movimento horizontal para ver uma sala completamente vazia.

– Não é o que parece, Kem – disse Klaus, de frente para aquela parede. Kem, com o seu filho nos braços, e o sr. Kiraua estavam logo atrás, um ao lado do outro, ambos atentos a Klaus. – Veja! – Ao ouvir a voz de Klaus, Kem fez uma cara muito concentrada, e o sr. Kiraua sorriu, expressando-se de uma forma como se soubesse o que iria acontecer. Quando Klaus se moveu para frente, um portal de energia azul se abriu. Após Klaus atravessar para o outro lado do portal, a parede, que antes estava com um aspecto opaco na cor azul, agora mostrava-se transparente, sem cor, como se fosse um vidro, porém era toda feita de metal.

Ao ver aquela cena, Kem olhava com uma cara de espanto, percebendo, logo em seguida, que Klaus agora estava em uma sala de treinamento virtual umas dez vezes maior do que aquela no segundo andar de sua casa. Enquanto Kem olhava admirado para a sala do outro lado da parede transparente, ele não havia percebido que o seu filho esticava seus bracinhos na direção do seu avô, que estava do seu lado esquerdo. Percebendo, o sr. Kiraua olhou para a cara de ansiedade do menino de cabelo azul nos braços de Kem.

– É isso o que você quer ver? – disse o sr. Kiraua ao virar-se para o menino, olhando-o sério nos olhos, e logo em seguida desembainhou metade da espada que carregava consigo, puxando a bainha preta com a mão esquerda e a espada prateada com a mão direita, fazendo um barulho de metais ao se resvalarem, num movimento horizontal na altura de seus ombros. O brilho metálico da espada se refletia nos olhos do menino, que sentia uma sensação de êxtase, como se ele e a espada fossem ligados intimamente. Sério, o sr. Kiraua disse:

– Eu posso ver nos seus olhos o que você está sentindo, garoto. – Nesse instante Kem olhou para o lado com um ar de surpresa, vendo o seu pai mostrar a espada prateada para o seu filho. – Você, garoto... você tem *sangue de guerreiro*! – Em seguida, o sr. Kiraua fixou seu olhar nos olhos sérios de Kem, fazendo um barulho metálico ao deslizar a espada, embainhando-a novamente, batendo-a na bainha. – Olhe, que equipamento simulador de combate magnífico, Kem! Veja só o que o Klaus vai fazer.

12 O combate virtual

Ali estava Klaus, dentro da sala de treinamento virtual, que era toda feita de metal com as paredes e o teto na cor azul brilhante, e o chão branco. Podia-se ver Klaus com uma expressão muito concentrada, em pé, quase de costas para a parede transparente, meio de lado, mãos fechadas e olhos bem abertos, seu cabelo azul, vestido colado ao corpo, de camisa de mangas compridas verde brilhante, e sapatos de mesma cor. O painel de controle do simulador de combate estava poucos metros à sua frente, onde se podia ver um módulo de energia nível 4, igual ao que Kem possuía.

– Ativar treinamento no nível de energia Amarelo-V50! – disse Klaus, com uma voz autoritária, para o computador do simulador. Kem olhava, admirado, enquanto via Klaus mexer os lábios ao falar, porém não podia ouvir o que ele dizia, pois a parede transparente abafava qualquer som produzido dentro da sala de treinamento. O filho de Kem olhava com aquela cara séria, prestando atenção em Klaus.

– Nível máximo 1-V50 ativado! Por favor, escolha o seu adversário – disse uma voz eletrônica que ecoou por toda a sala de treinamento. Após os ouvidos de Klaus escutarem a voz eletrônica, seus olhos azul-claros agora viam uma tela holográfica de um metro que mostrava um mapa da Via Láctea. Olhando com uma cara de surpresa para o sr. Kiraua, que estava à sua esquerda, Kem perguntou:

– O que está acontecendo? Eu não estou conseguindo entender.

– Klaus está escolhendo um adversário – disse o sr. Kiraua ao olhar para Kem, enquanto segurava em sua mão esquerda a bainha com a espada, que quase tocavam no chão. – Esse é um dos recursos desse equipamento, que é importado de outro planeta de outro sistema estelar.

– Escolhendo um adversário?

– Exatamente, Kem! – respondeu o sr. Kiraua, pouco antes de olhar para Klaus novamente.

– Uau! Isso parece incrível! – disse Kem, como uma criança ao descobrir um novo brinquedo. – Nem mesmo o meu simulador tem um recurso desses.

– Preste atenção, Kem. Veja a tela holográfica – orientou o sr. Kiraua, ao que Kem olhou concentrado para Klaus e para a tela holográfica ao lado direito dele.

– Mostrar mapa num raio de dez anos-luz da estrela Sol! – exclamou Klaus, e logo em seguida apareceu uma imagem ampliada de várias estrelas distribuídas em diferentes posições em relação ao Sol, que estava no centro do mapa. Podia-se ver, na tela holográfica, a escuridão do espaço cheio de pontinhos luminosos, com o nome de uma estrela em cada um deles.

– Por favor, escolha o sistema estelar – disse a voz eletrônica do equipamento. Logo em seguida, Klaus fixou seus olhos em apenas um dos pontos luminosos do mapa, onde podia-se ver um nome brilhando em vermelho.

– Barnard! Estrela Barnard! – ordenou Klaus.

– Entendido! Sistema Barnard... – disse a voz eletrônica ecoando por toda a sala de treinamento, enquanto a imagem da estrela vermelha Barnard ampliava-se na tela, mostrando o seu sistema planetário, composto por alguns poucos planetas. – Localizado a 5,94 anos-luz do Sistema Solar. Por favor, escolha um planeta. – Foi então que Klaus fixou o olhar em um planeta de cor verde e azul, muito parecido com o planeta Terra, acompanhado por um nome enquanto girava lentamente na escuridão do espaço sideral representado na tela holográfica.

– Planeta Rivera! – disse Klaus com uma voz autoritária, o que fez com que a imagem do planeta se ampliasse na tela fazendo um som eletrônico: "zeeem".

– Planeta Rivera... Quarto planeta do Sistema Barnard, lugar onde todos os habitantes amam a música e vivem em completa harmonia – dizia a voz eletrônica, enquanto Klaus olhava atentamente para um nome que aparecia na cor branca, ao lado direito da imagem do planeta Rivera, que girava lentamente em torno de si mesmo. – Apenas um guerreiro disponível! – Klaus olhava atentamente para o nome enquanto pensava: "Nunca ouvi falar desse guerreiro. Bem, então será ele mesmo, já que é o único desse planeta".

– Ariel! – gritou Klaus. A imagem do planeta diminuiu e, ao seu lado esquerdo, apareceu a imagem de um rosto. Tinha os olhos castanhos, a pele branca como a neve e sobrancelhas finas da mesma cor de seus lisos cabelos alaranjados, que cobriam totalmente seu olho esquerdo e caíam até a altura de seu pescoço. Kem também prestava atenção nas imagens que apareciam na tela holográfica, um pouco longe de seus olhos.

– Entendido! Ariel, Guerreiro do Universo... – Ao ouvir a voz eletrônica, Klaus arregalou os olhos, um pouco apavorado, e depois começou a ler as palavras com letras brancas que apareciam do lado direito da tela, as mesmas palavras que a voz eletrônica continuava a pronunciar. – Dezenove anos, setenta quilos, um metro e setenta de altura, planeta natal, Rivera. Sua energia máxima conhecida está no nível Laranja-V20. A energia máxima do guerreiro será adaptada para o nível Amarelo-V50 na simulação deste combate de treinamento. "Com tantas opções neste simulador, eu fui escolher justo um Guerreiro do Universo", pensou Klaus ao fechar os olhos. Após alguns segundos, Klaus fechou fortemente as mãos, pensando novamente: "Isso não importa. Então venha, Guerreiro do Universo!", e abriu os olhos rapidamente. – Sistema pronto! Posicionar-se!

A tela holográfica desapareceu, e os passos de Klaus ecoavam na sala de treinamento à medida que caminhava lentamente até um triângulo azul de meio metro desenhado no chão branco metálico, bem no centro daquela sala. Quando o barulho de seus passos cessou, o silêncio se fez presente, e Klaus podia ser visto parado sobre o triângulo azul. Kem e o sr. Kiraua olhavam atentamente para Klaus, que agora afastava suas pernas para alinhar seus pés com os ombros e movimentava seus braços, subindo-os esticados ao lado do corpo, até que suas mãos ficassem alinhadas horizontalmente na reta da cintura.

Klaus fechou os olhos, como se estivesse esperando por algo. De repente, vários feixes bem finos de uma luz vermelha, que saíam do teto e do chão, começaram a adentrar várias partes do corpo de Klaus, que parecia estar muito tranquilo. Enquanto alguns feixes de luz entravam em seus ombros, outros entravam em vários pontos de seus braços, mãos, pernas, pés, cabeça e tronco. Podia-se ver o corpo de Klaus refletindo aquelas luzes vermelhas enquanto ele mostrava uma expressão de calma estampada em seu rosto, pois o contato com os feixes de luz vermelha não provocavam dor e nem ao menos cócegas.

Essas luzes entram em pontos específicos do corpo da pessoa, formando vários sensores que trocam informações com o computador do simulador, fazendo com que a pessoa sinta o impacto e a dor produzidos por um combate.

– Isso não é novidade para mim – disse Kem para si mesmo, segurando o seu filho no colo enquanto via, através da parede transparente, os feixes de luz vermelha penetrarem o corpo de Klaus.

– Sim, Kem, é claro! – disse o sr. Kiraua com os olhos fixos em Klaus, enquanto chacoalhava a bainha com a espada em sua mão esquerda. – Todos os simuladores de combate instalam sensores energéticos no corpo da pessoa. Mas preste atenção no combatente que irá aparecer... Não é um boneco azul e sem rosto igual àquele do seu simulador. Lembre-se de que Klaus escolheu um adversário!

– É verdade, estou lembrado, papai.

– Então veja... veja isso, Kem! – O sr. Kiraua apontou com o seu dedo indicador direito para Klaus. Nesse instante, os feixes de luz vermelha desapareceram completamente, juntamente com o triângulo azul e o painel de controle, que atravessou um portal no chão. A sala de treinamento virtual parecia estar vazia, com exceção de Klaus, que abriu os olhos e tomou uma posição de luta, erguendo os punhos na frente do rosto para fechar a guarda e posicionando sua perna esquerda um pouco à frente da direita, aguardando o seu adversário virtual em um ambiente silencioso.

De repente, um holograma começou a formar-se um metro à frente de Klaus, fazendo um barulho eletromagnético, até que, passados alguns segundos, tornou-se nítida a imagem de um guerreiro que ali surgiu. Apesar de a imagem ser virtual, parecia muito real e viva, fazendo com que Klaus sentisse um friozinho na barriga e engolisse em seco enquanto fixava os seus olhos no rosto calmo e sereno do guerreiro Ariel, uma expressão típica da raça tranquila e pacífica que habita o planeta Rivera.

– Que incrível! – exclamou Kem ao grudar o seu nariz e sua mão direita na parede transparente, segurando o seu filho com o braço esquerdo enquanto arregalava os olhos, fazendo uma cara de surpresa. – Parece um combatente real. – Kem virou sua cabeça para a esquerda, olhando para o sr. Kiraua, que logo em seguida também olhou para Kem. – Quem é ele? – O sr. Kiraua olhou novamente para frente e fixou os olhos no guerreiro virtual, estudando sua imagem.

– Não sei, filho... Não conheço!

Kem continuava olhando para Klaus e o guerreiro virtual.

– Não o conhece? Puxa vida – disse Kem, desapontado. – Mas ele existe mesmo? Quero dizer... É um guerreiro que existe na atualidade em algum planeta?

– Sim, Kem. – O sr. Kiraua ainda olhava para frente, vendo Klaus encarar o guerreiro. – Esse simulador possui um banco de dados com pelo menos uns cinquenta guerreiros, que realmente existem em algum lugar desse imenso espaço sideral. Inclusive você deve ser um deles, Kem. – E ao ouvir as palavras de seu pai, Kem ergueu suas sobrancelhas, pensando: "Puxa vida!" – Nesse computador há guerreiros que vão do nível de energia 1 ao 4, incluindo alguns Guerreiros do Universo.

– Incrível! – Kem franziu a testa, lembrando-se de algo, desfocando o olhar. – E será que... que tem algum guerreiro do planeta Mercúrio aí? – Kem se lembrara do dia em que estava na nave amarela de Raldot.

– Não sei, Kem. E, como já disse a você tempos atrás e repetirei isso agora, lembre-se de que o universo é muito grande, meu filho, é impossível para nós conhecermos todos os guerreiros e as raças existentes, pois pode ser que até mesmo o mestre Chun ainda não conheça outros guerreiros que sejam muito fortes, espalhados por entre as galáxias.

– Refletindo um pouco sobre o que você disse... eu cheguei à conclusão de que você tem razão, papai, o universo é muito grande.

– Então, Kem... vamos ver a luta agora. Vamos ver como Klaus vai se sair. – Após dizer essas palavras, o sr. Kiraua deu um sorriso enviesado, olhando para Klaus, pronto para avaliar a luta de seu aluno.

O guerreiro Ariel, com seus cabelos alaranjados, vestia uma roupa toda branca e larga; a camisa tinha mangas curtas e as barras de sua calça se dobravam sobre os seus pés descalços. Klaus, com sua roupa verde brilhante, ainda estava pensando se atacaria ou esperaria o ataque do adversário.

Os segundos se passavam mais e mais, até se transformarem em minutos, e os combatentes continuavam parados, trocando olhares, um encarando o outro, Klaus com um olhar frio e calculista, Ariel com uma expressão serena e tranquila. O tempo continuava passando.

– Ei, Klaus, mas o que é que está acontecendo? – indagou-se Kem ao franzir a testa enquanto olhava para Klaus, sofrendo de dúvida por causa daquela luta parada. O sr. Kiraua olhava firme para Klaus, apertando com muita força a bainha com a espada que segurava em sua mão esquerda, num ato de desconforto.

– Mas o que é que você está fazendo, Klaus? – gritou o sr. Kiraua, indignado, com uma voz alta e brava que até fez arder os ouvidos de Kem, que fez uma cara de desconforto no mesmo instante. Mas Klaus não podia ouvir qualquer som que viesse de fora da sala de treinamento virtual. – Vai ficar parado aí... HEIN? – Os tímpanos de Kem estremeceram, principalmente no berro do "HEIN". – Ataque ele! Ou finge que vai atacar... Mexa-se, faça alguma coisa! – O sr. Kiraua parecia desesperado, se mexendo para lá e para cá, batendo algumas vezes o cabo da espada na parede metálica transparente, fazendo barulho.

– O que há com eles, papai? Será que estão se estudando até agora? – perguntou Kem, enquanto mantinha o olhar fixo nos combatentes e coçava a cabeça.

– Não, não pode ser isso, Kem. Não sei o que eles estão pensando.

– Veja, papai! – Kem apontou seu dedo indicador direito na direção de Klaus. – Em torno de Klaus... Parece que ele estava concentrando...

Uma energia amarelo-clara começou a aparecer em volta do corpo de Klaus, mas ele nem teve tempo de concentrar energia suficiente: Ariel moveu-se rapidamente, golpeando-o com o punho esquerdo no meio do estômago e, uma fração de segundo depois, golpeou-o com um gancho de direita bem no queixo. A energia em torno do corpo de Klaus desapareceu. Ao sentir o impacto e a dor causados pelos sensores, Klaus afastou-se de seu adversário virtual e depois se agachou, abaixou a cabeça e colocou suas mãos sobre o estômago dolorido. O sr. Kiraua balançava a cabeça enquanto olhava para Klaus, num gesto de decepção.

– Huum... parece que esse tal guerreiro foi mais rápido do que Klaus – disse Kem, analisando a luta enquanto mantinha sua mão direita sob o queixo. O filho de Kem olhava a luta atentamente, e a expressão em seu rostinho parecia dizer que ele estava gostando.

– O que o Klaus pensa que está fazendo?! – reclamou o sr. Kiraua. – Ficou concentrando energia enquanto o adversário estava a apenas alguns passos dele! – o sr. Kiraua continuava a reclamar. – Se ele continuar assim vai perder.

Klaus começou a se levantar lentamente por causa da dor, até ficar totalmente de pé; porém, Ariel já estava bem à sua frente para desferir o próximo golpe com sua perna direita. Mas, desta vez, Klaus foi mais rápido, segurando a perna de Ariel com o seu braço esquerdo e lançando-o ao chão ao passar a perna direita atrás da perna esquerda do adversário virtual, desequilibrando-o. "Muito bem, Klaus, é assim que deve continuar a lutar", pensou o sr. Kiraua.

– Puxa vida... O Klaus derrubou-o – afirmou Kem, ainda com a mão no queixo.

– Gostou dessa... Ariel? – disse Klaus, de maneira a querer provocar o seu adversário virtual, que o olhava com aquela expressão tranquila, deitado de costas no chão.

Aproveitando-se do momento, Klaus começou a concentrar energia novamente ao manter uma nova postura, dobrando os cotovelos, fechando os olhos e as mãos.

– AAAAAH... – gritava Klaus com a cabeça inclinada para cima, enquanto franzia o nariz. Uma energia em um tom amarelo-claro começou a envolver o corpo de Klaus, e a cada segundo que se passava o tom amarelo ficava mais vivo e mais brilhante. Ariel se levantou e ficou encarando Klaus.

Kem e o sr. Kiraua viam o brilho da energia amarela espalhar-se por toda a sala de treinamento, refletindo-se em seus olhos através da parede transparente, enquanto sentiam o chão metálico começar a vibrar.

– Vai, Klaus, agora você consegue! – gritou Kem com a mão direita perto da boca, como se Klaus fosse ouvir o que ele estava dizendo, e seu rosto refletia a energia amarela, assim como o rosto do sr. Kiraua.

Klaus novamente posicionou sua cabeça para frente e abriu os olhos, fazendo um sorriso orgulhoso enquanto ouvia e sentia a energia fluir por todo o seu corpo e ao redor. Se Ariel não estivesse ali como um adversário virtual, ele poderia sentir o chão vibrar.

– O guerreiro Klaus possui agora uma energia de nível 1-V30... 1-V30 detectado! – ecoou uma voz eletrônica por toda a sala de treinamento. – O guerreiro Ariel possui uma energia de nível "zero"!

Confiante demais e com um sorriso orgulhoso estampado no rosto, Klaus avançou com um forte impulso em direção a Ariel.

Com um golpe de punho direito, Klaus nem chegou a tocar o rosto de Ariel, e este foi impelido para trás apenas com a força da energia. Nesse mesmo instante, enquanto Ariel se desequilibrava, dando três passos para trás, vulnerável, Klaus desencadeou uma sequência de socos rápidos, alternando os punhos no rosto do adversário, sentindo em suas mãos os impactos que eram produzidos pelos sensores. Podia-se ver o rosto de Ariel sendo ferozmente atingido, virando de um lado para o outro a cada soco de Klaus.

– Issooo! Acerte-o, Klaus... acerte-o! – dizia o sr. Kiraua, extasiado, mexendo o seu corpo como se estivesse lutando, enquanto olhava Klaus golpear o Ariel virtual. Kem até teve que se esquivar de um cruzado de direita que o sr. Kiraua fez, empolgado.

– Tome isto! – gritou Klaus, cheio de energia, ao finalizar sua sequência de golpes com uma joelhada direita bem no meio do queixo de Ariel, que caiu sentado no chão logo em seguida, limpando o sangue virtual que escorria de sua boca com as costas de sua mão esquerda. Klaus olhava com uma face vitoriosa para Ariel, enquanto a energia amarela continuava a brilhar em torno de seu corpo.

– Puxa vida, no final das contas parece que esse cara não era grande coisa... O Klaus já acabou com ele. O que você acha, papai? – perguntou Kem ao olhar para o sr. Kiraua. Mas o sr. Kiraua não respondeu, pois parecia estar muito concentrado, olhando fixamente para Klaus e o guerreiro virtual sem ao menos piscar.

– Bem, Ariel... agora... é hora de acabar com esse combate – disse Klaus, olhando seriamente para a face agora mais séria do guerreiro Ariel. Foi então que Klaus esticou seu braço direito e abriu sua mão, apontando a palma em direção ao rosto de Ariel. Nesse instante podia-se ver uma energia azul, no formato de uma pequena esfera, brilhando no meio da palma da mão de Klaus e fazendo um barulho eletromagnético que aumentava de intensidade na mesma medida em que aumentava de tamanho. – Adeus, Ariel, foi bom ter lutado com você.

Sentado com as mãos e os cotovelos no chão, Ariel via a esfera de energia azul e ouvia o barulho eletromagnético enquanto ela brilhava sobre toda a palma da mão de Klaus, pronta para ser lançada a qualquer instante. O brilho da esfera de energia azul se misturava com o intenso brilho da energia amarela que emanava do corpo de Klaus e se espalhava ao redor, junto com o som eletromagnético.

– Parece que o Klaus não está de brincadeira – disse Kem, enquanto olhava para Klaus pela parede transparente. O filho de Kem olhava concentrado para a luta. – Vai lançar energia e acabar com a luta agora.

Com uma expressão muito concentrada, Ariel fechou os olhos.

– Não me diga que está com medo de ver o seu fim? – perguntou Klaus, debochando de Ariel. – Não se preocupe, Ariel, você é apenas um guerreiro virtual. – Klaus mantinha sua mão direita firme, apontada para Ariel, enquanto mostrava confiança no olhar.

– É mesmo... Você tem razão, guerreiro – disse a voz virtual de Ariel pela primeira vez, deixando Klaus surpreso. – Então por que você não lança essa energia logo?

– Está zombando de mim... seu miserável! – dizia Klaus, colocando raiva em cada palavra enquanto mexia os seus lábios. – Lá vaaai! Raaá! – gritou Klaus ao lançar a esfera de energia a uma curta distância de Ariel, fazendo o barulho de um “fluuum” ao sair com toda força da palma de sua mão. Nesse exato instante, uma intensa energia de cor amarela explodiu ao sair do corpo de Ariel, fazendo com que a esfera de energia azul fosse desviada em direção à parede metálica transparente.

Os olhos do sr. Kiraua, de Kem e do seu filho refletiram o brilho azul da esfera de energia durante uma fração de segundo, antes que ela explodisse sobre a parede transparente, estremecendo todo o local ao fazer um “BOOM”. Nesse instante o sr. Kiraua até caiu para trás, deixando também a espada cair, fazendo um som metálico ao se debater no chão. Kem apenas fechou os olhos no momento da explosão, fazendo uma cara feia ao virá-la, assim como o seu filho

A parede, que antes se mostrava transparente, agora voltara a se tornar opaca na cor azul-escura, pois, ao que parece, a explosão daquela energia causou alguma interferência, impedindo que o sr. Kiraua, Kem e seu filho pudessem continuar assistindo à luta. Kem foi abrindo os seus olhos lentamente, até ver os cabelos azuis de seu filho, e logo em seguida olhou para o sr. Kiraua caído no chão.

– Papai! Você está bem?

– Sim, Kem... eu estou bem. Foi apenas um susto... *Hahaha.* – o sr. Kiraua dava uma risada sem graça, sentado no chão. – Por essa eu não esperava... Acho que o Klaus confiou demais. – O sr. Kiraua olhava para o chão.

– Sim, papai, e agora não podemos mais ver a luta. Dê só uma olhada na parede! – Ao ouvir Kem, o sr. Kiraua moveu sua cabeça lentamente para olhar a parede.

– O que será que está acontecendo lá dentro? – indagou-se o sr. Kiraua, enquanto fazia uma cara séria e olhava para a parede azul-escura.

Podia-se ver Klaus fazendo uma cara de espanto, com os olhos arregalados e a boca aberta, enquanto olhava para a face tranquila de Ariel, ainda com os olhos fechados; porém, agora o guerreiro virtual estava em pé. A energia amarela que agora envolvia o corpo virtual do guerreiro Ariel parecia muito mais brilhante e intensa do que a energia que envolvia o corpo de Klaus, duas energias fluindo ao redor do ambiente, fazendo barulhos eletromagnéticos dentro da sala de treinamento virtual.

– Pensou mesmo que seria fácil assim... guerreiro? – disse Ariel com uma voz tranquila e, ao mesmo tempo, provocante. – Lutar contra um Guerreiro do Universo... mesmo limitando a minha energia para um nível mais baixo? – Klaus olhava com uma cara séria para Ariel e, por um instante, chegou à conclusão de que o simulador era tão real que até mesmo os adversários virtuais faziam provocações.

– Não diga bobagens! – exclamou Klaus ao fechar sua mão direita com força na altura de seu rosto. – Você teve sorte em desviar aquela esfera de energia!

– Eu acho que você deveria prestar atenção no que vai ouvir agora – disse Ariel, mantendo aquela voz tranquila e os olhos fechados enquanto Klaus franzia a testa. As energias dos combatentes fluíam pelo ambiente enquanto os segundos se passavam e Klaus aguçava os seus ouvidos, até que uma voz eletrônica anunciou:

– O guerreiro Ariel possui agora uma energia de nível 1-V40... 1-V40 detectado!

"Oh, não... a energia dele superou a minha! Se eu não fizer alguma coisa rápido, ele pode me vencer!", pensou Klaus, enquanto mostrava uma preocupação em sua face e fechava fortemente suas mãos logo abaixo da cintura, olhando para Ariel com seus cabelos alaranjados, que se mexiam e vibravam por causa daquela intensa energia que fluía incessantemente ao redor de seu corpo. O chão branco e metálico vibrava sem parar.

– Vou aumentar minha energiaaaa! HAAAAA... – gritava Klaus intensamente enquanto franzia o nariz, tentando liberar mais energia. Nesse instante, a energia amarela que fluía ao redor do corpo de Klaus começou a ficar mais escura, sinal de que a variação estava aumentando, porém, muito lentamente, o que foi percebido pelo seu adversário.

– Tarde demais, guerreiro! – disse tranquilamente Ariel com uma voz provocante, mantendo os seus olhos fechados. – Ouça agora a minha doce melodia. – Ariel começou a abrir os olhos lentamente. – A doce e mortal melodia.

No meio daquele constante fluxo energético e dos ruídos eletromagnéticos, Klaus tentava aumentar sua energia sem dar muita importância para o que Ariel acabara de falar, ignorando-o. De repente, ele começou a ouvir um som bem baixinho, algo parecido com uma música bem lenta e tranquila. Parecia o som de cordas ao vibrarem, formando uma doce melodia. Podia-se ver parte da energia amarela que envolvia o corpo de Ariel começando a tomar uma nova forma, logo acima de sua cabeça.

– O guerreiro Klaus possui agora uma energia de nível 1-V42! – disse a voz eletrônica do simulador, ecoando por toda a sala de treinamento, o que fez com que Klaus recuperasse as esperanças. No momento em que Klaus parou de elevar sua energia, podia-se ver um sorriso confiante estampado em sua face, enquanto ele olhava para Ariel.

Klaus se empolgou, mas aquela melodia parecia não sair de seus ouvidos. A cada nota musical que ouvia, o som começava a penetrar cada vez mais forte em seus ouvidos, aumentando de volume. "Mas que droga é essa? Que som é esse?", pensou Klaus ao franzir a testa. "O que é isso? Estou me sentindo estranho!", pensou novamente Klaus, agora abaixando sua cabeça e abrindo a boca. O som da melodia parecia incomodar muito, e isso fez com que Klaus tampasse com muita força os seus ouvidos usando suas mãos. Ariel olhava calmamente para Klaus, vendo-o com as mãos sobre os ouvidos, meio perturbado.

– Não adianta, guerreiro! É inútil o que está fazendo – disse Ariel enquanto olhava para Klaus, que fazia uma cara de desconforto. – Apenas continue ouvindo a doce e mortal melodia de minha... *harpa*.

Ainda meio perturbado pela melodia, Klaus olhou logo acima dos cabelos alaranjados de Ariel, que se mexiam constantemente naquele fluxo de energia, e fez uma cara de surpresa ao ver uma enorme harpa feita de energia amarela. Aos olhos de Klaus, a harpa tocava sozinha, e cada corda produzia um intenso brilho de energia no momento em que vibrava.

– Chega de dizer asneiras! – gritou Klaus logo após destampar os seus ouvidos. – Agora... eu vou acabar com você – disse Klaus ao se preparar para atacar Ariel.

– Então tente, guerreiro – disse Ariel com a maior naturalidade, o que foi suficiente para deixar Klaus furioso, franzindo o nariz e cerrando os dentes. – Vamos, tente!

Klaus tentava se mover para atacar Ariel, mas não conseguia, não saía do lugar. Parecia que alguma coisa estava paralisando os seus músculos. "Não... O que está acontecendo?", pensou Klaus, fazendo muita força para se movimentar, mas era inútil, pois não conseguia mover-se um só centímetro. "Minhas pernas... meus braços... minha cabeça... meu corpo", pensava Klaus, sem entender o que estava acontecendo, enquanto começava a fazer uma expressão de desconforto e desespero, ouvindo a doce melodia da harpa.

– Mas que drogaaaa! O que é isso... seu... miserável? – gritou Klaus com um tom de voz desesperado, sentindo sua energia diminuir e o seu corpo amolecer enquanto arregalava os olhos. As cordas da harpa brilhavam a cada nota da melodia.

– Hum... parece que sua língua ainda está se mexendo bastante – disse Ariel, tranquilamente enquanto o seu olhar calmo fixava-se na face de desespero e agonia de Klaus. – Mas tenha calma, logo deixará de expressar o seu sofrimento. A harpa é uma de minhas técnicas que apenas consigo executar quando o meu nível de energia está baixo. Infelizmente, como você limitou o nível de energia do simulador para apenas 1-V50, não poderá ver minhas outras técnicas, as quais executo em níveis superiores de energia. – A energia que envolvia o corpo de Ariel fluía intensamente, e apenas os ruídos eletromagnéticos desse fluxo incessante e a melodia da harpa podiam ser ouvidos durante os segundos em que ele se calou. – É uma pena que não esteja aguentando apenas com essa técnica de nível inferior.

– Mas... aaah... como... aaah – dizia Klaus com uma voz baixa e agonizante, olhando para o chão enquanto sua energia diminuía mais e mais, perdendo o brilho, assim como sua tonalidade de amarelo, prestes a se extinguir. Os olhos de Klaus se mostravam semiabertos, e os sensores espalhados dentro de seu corpo faziam-no sentir como se estivesse sedado. O som da harpa continuava a soar sem parar.

– Quando a música entrar em harmonia com todos os átomos de seu corpo... – dizia Ariel, enquanto seus cabelos alaranjados se mexiam com o fluxo energético – ...você poderá sentir a tranquilidade e ficar em paz, seu estado de agonia e sofrimento pela incapacidade de se mover desaparecerá e você adormecerá. – Mantendo aquele rosto sereno e a voz calma, Ariel continuava a falar. – Por enquanto, a música da harpa está entrando diretamente em seu cérebro e bloqueando o seu sistema nervoso central. Isso significa que não adianta tampar os seus ouvidos como fez da outra vez, mas acho que isso também seria impossível, já que você não consegue mover um só dedo.

– Nã... ã... ão – dizia Klaus lentamente para si mesmo, com uma voz baixa, enquanto sua visão começava a ficar embaçada e seus olhos piscavam lentamente, querendo se fechar. Seus braços estavam largados ao lado de seu corpo enfraquecido, sua cabeça começava a se abaixar lentamente e a energia que antes envolvia o seu corpo não mais existia. Klaus ouvia a melodia da harpa cada vez mais baixa à medida que ia perdendo a consciência. Ariel olhava para o seu adversário, que ainda se aguentava em pé com muito custo, lutando para não fechar os olhos completamente.

– Antes de adormecer, guerreiro, quero que se lembre disso: *nunca subestime um Guerreiro do Universo* – disse Ariel com aquela voz calma, vendo Klaus começar a dobrar os joelhos, prestes a desabar no chão. E parece que essa foi realmente a última coisa que Klaus ouviu quando Ariel viu o seu corpo caindo em direção ao chão. – Sentirá o meu último golpe antes que perca totalmente os sentidos! – No mesmo instante, Ariel, com alta velocidade, tomou impulso na direção de Klaus e golpeou-o com o seu punho esquerdo bem no meio do estômago.

Agora podia-se ver Klaus ajoelhado, totalmente inconsciente, apoiado apenas pelo punho virtual de Ariel, que segurava o seu corpo, evitando que caísse no chão. Na verdade era a energia dos sensores que estava segurando o corpo de Klaus, que desabou no chão quando o guerreiro virtual desapareceu. Logo em seguida, o triângulo azul foi aparecendo lentamente perto do pé de Klaus, que podia ser visto estirado no chão branco e metálico daquela grande sala de treinamento.

– Combate encerrado! Combate encerrado! – dizia uma voz eletrônica e animada ecoando por toda a sala de treinamento. – O guerreiro Ariel foi o vencedor! A vitória foi do simulador! – Logo em seguida uma música comemorativa começou a tocar e várias luzes coloridas piscavam por todo o lugar. Passados alguns minutos, a sala de treinamento virtual voltou a ficar tranquila, sem música e luzes piscando; apenas Klaus continuava ali jogado no chão, inconsciente. – Analisando estado do guerreiro Klaus! – Continuava a dizer aquela voz eletrônica, agora mais séria. – Emergência! Estado de emergência! Solicitando equipe de socorro! Equipe de socorro!

Do outro lado da sala de treinamento virtual, podia-se ver Kem do lado direito, perto do sr. Kiraua, ambos de braços cruzados e encostados na parede azul mais escura, olhando para baixo enquanto viam o menino de cabelo azul e roupinha preta engatinhando no chão.

– Papai...

– Diga, Kem.

– Por que você nunca me disse que Klaus era o filho mais novo do rei? – perguntou Kem enquanto olhava para o seu filho engatinhando.

– Sabe, Kem... – O sr. Kiraua permaneceu calado durante alguns segundos enquanto olhava para o seu neto. – Como você tem muito respeito pelo rei de Urano, eu achei que você veria Klaus como um nobre príncipe e não como um guerreiro, e isso atrapalharia quando fossem treinar juntos, deixando de fazer um bom treinamento com receio de machucá-lo.

– Bem, papai, talvez você tenha razão, ou... talvez eu me sentisse mais empolgado ao lutar contra um príncipe. Somente um combate me permitiria saber disso!

– Kem, você... – tentou dizer o sr. Kiraua, mas interrompeu sua fala no momento em que viu o portal se abrindo poucos metros à sua frente, e alguém parecia estar prestes a entrar naquele lugar restrito. – Mas será que é... – Os olhos do sr. Kiraua se fixaram no vulto de alguém que atravessava o portal.

– Hã? – indagou-se Kem, descruzando os braços ao olhar para o portal e ver alguém entrando. Finalmente alguém apareceu. Um homem de quase um metro e noventa de altura se encontrava a alguns passos de distância de Kem. Ao reconhecê-lo, o sr. Kiraua descruzou os braços e sorriu antes de dizer:

– Norako.

13 O príncipe guerreiro

Diante do sr. Kiraua, de Kem e do seu filho encontrava-se Norako, o príncipe guerreiro. Tinha o cabelo azul-prateado e comprido que caía até a metade de suas costas. Seu fino bigode era da cor do cabelo, assim como sua bem-aparada barba, e suas finas sobrancelhas. Tinha olhos azuis e a pele clara. Usava uma camisa verde-clara de mangas compridas com as pontas mais largas, que cobriam metade de suas luvas douradas. Podia-se ver um símbolo dourado estampado do lado esquerdo, na altura do peito, semelhante àquele que havia no uniforme de Sakura. Um cinto dourado prendia a camisa por dentro de sua calça também verde-clara, com barras largas que encobriam parte de seus sapatos dourados. Usava ombreiras douradas e metálicas no formato de um cone partido ao meio, que seguravam sua grande capa branca, que quase encostava no chão. Aparentava estar em ótima forma física.

– Como vai, mestre Kiraua? Que surpresa encontrá-lo justamente aqui!

– Olá, príncipe Norako! – disse o sr. Kiraua ao cumprimentá-lo erguendo sua mão direita, pois sua mão esquerda ainda segurava a bainha com a espada.

– Hãã... – disse Norako, pouco antes de olhar ao redor daquele lugar como se estivesse procurando alguém, franzindo a testa ao ver um moço loiro ao lado do sr. Kiraua e um pequeno menino de cabelo azul sentado no chão. – Disseram-me que Klaus estava por aqui.

Kem olhava surpreso para Norako, que mal sabia estar diante de um Guerreiro do Universo.

– Bem, Norako, o Klaus estava... – dizia o sr. Kiraua com uma voz tranquila enquanto olhava para o rosto sério de Norako, quando, de repente, dois homens com roupas cinza-claras atravessaram o portal e correram em direção à parede azul mais escura. Norako franzia a testa, fazendo uma cara de dúvida enquanto olhava para aqueles homens de cinza esbarrando no meio do moço loiro e do sr. Kiraua para atravessarem o portal que dava acesso à sala de treinamento virtual. Quando um deles já havia atravessado o portal, o sr. Kiraua segurou o outro pelo braço com sua mão esquerda, deixando a bainha com a espada cair no chão, fazendo um barulho metálico, ressoando nos ouvidos de Norako, que olhou para baixo no mesmo instante.

– Está louco? – disse o sr. Kiraua com uma voz de advertência, enquanto segurava e olhava o homem de cabelo azul e roupa cinza que estava de costas para ele e de frente para o portal. – Está tendo um combate lá dentro!

– Eu sou da equipe de socorro! – exclamou o homem de cinza com uma voz séria. Logo em seguida deu um puxão, fazendo o sr. Kiraua soltar o seu braço, e atravessou o portal. "Equipe de socorro?", pensou o sr. Kiraua enquanto franzia a testa e via o portal se fechar.

Passado uns dois minutos, o portal da sala de treinamento virtual se abriu e os dois homens de cinza passaram correndo, carregando Klaus, que estava deitado sobre um retângulo de energia azul que flutuava no ar.

– Mas o que está acontecendo aqui? – indagou Norako com uma voz séria, enquanto franzia a testa e olhava para o seu irmão Klaus sendo carregado e logo em seguida atravessando o portal de saída daquela sala restrita. O sr. Kiraua se agachou para pegar a bainha com a espada e Kem fez o mesmo, mas para pegar o seu filho.

– Antes que eu lhe conte sobre o que aconteceu, deixe-me apresentar o meu filho para você – disse o sr. Kiraua, já de pé, olhando para Norako. – Norako, esse é Kem. – O sr. Kiraua fez um gesto com sua mão direita, apontando para Kem e logo em seguida para Norako. – Kem, como você já deve ter percebido, esse é Norako, o príncipe guerreiro. – Kem segurava o seu filho com o braço esquerdo e mostrava um sorriso no rosto enquanto via Norako fazer uma cara de surpresa.

– Não me diga que ele é o Guerreiro do Universo? – Norako olhava fixamente para o rosto de Kem, que mantinha o sorriso em sua face. O sr. Kiraua deu uma risadinha com a boca fechada. – Muito prazer, Kem! – disse Norako logo após se aproximar de Kem e apertar-lhe a mão direita, cumprimentando-o com entusiasmo.

– O prazer é o meu... príncipe guerreiro! – exclamou Kem e depois voltou a sorrir, ainda segurando a mão de Norako, que também sorria.

– É uma honra recebê-lo aqui no castelo azul. – Norako largou a mão de Kem. Os dois se olhavam com simpatia, como se fossem bons amigos, até o sr. Kiraua interferir.

– Bem, Norako, a respeito de Klaus...

O sr. Kiraua contou a Norako tudo o que vira acontecer com Klaus. Após isso, todos eles entraram na sala de treinamento virtual, que estava um pouquinho escura, e analisaram o combate entre Klaus e Ariel através das informações fornecidas pelo computador do simulador.

– Hum... então esse tal de Ariel é um Guerreiro do Universo – afirmou Kem enquanto segurava o seu filho com o braço esquerdo e olhava para a imagem do rosto de Ariel na tela holográfica. – Quero lutar agora contra ele! – Kem inspirou, empolgado, e depois expirou com força. O sr. Kiraua olhou para Kem, fazendo uma cara de desaprovação. – Posso usar a sala, Norako?

– Que tal se fôssemos treinar lá embaixo? Há muitos guerreiros fortes lá no campo, e são reais – sugeriu Norako enquanto olhava com uma cara animada para Kem. Logo em seguida, Kem olhou para Norako ao seu lado direito.

– Bem, eles não são Guerreiros do Universo... mas são muitos... e são fortes – dizia Kem, agora com a cabeça um pouco inclinada para o alto, fazendo uma cara *de alguém que estava decidindo alguma coisa.* – Então vamos treinar lá embaixo! – disse Kem, empolgado, ao fechar sua mão direita na altura dos ombros e olhar para Norako, que consentiu com a cabeça enquanto mantinha um sorriso no rosto. De repente, o portal daquela sala se abriu, o que chamou a atenção de todos, que se viraram e depois ficaram olhando na expectativa de saber quem estava entrando. Quando o portal se fechou, todos olharam para baixo para ver a pequena criatura.

– Olá novamente, Kem! – disse a criatura com uma voz eletrônica.

– Robô vermelho número 1? – indagou Kem enquanto olhava para o robô vermelho alguns metros à sua frente.

– Eu vim consertar a parede que não fica mais transparente – dizia o robô com sua voz eletrônica enquanto fazia uns gestos com os seus braços robóticos. – Fui avisado diretamente pelo computador do simulador, que detectou minha presença aqui no castelo.

– Está vendo, Kem? – disse o sr. Kiraua, olhando para Kem do seu lado esquerdo. – Esse é mais um motivo para fazer uma luta lá embaixo. Vamos, deixe o robô aí trabalhando sossegado.

– Kem... – disse a voz eletrônica do robô, chamando a atenção de Kem, que já imaginava o que ele iria perguntar. – Você tem visto o mestre Guerrebô? – Kem colocou sua mão direita sobre a cabeça, fazendo uma cara de bobo enquanto pensava: "De novo essa pergunta! Eu sabia que ele ia perguntar isso. Hum... já sei como dar uma boa resposta para ele parar de fazer essa pergunta."

– Pergunte ao Raldot! Ele saberá lhe responder – respondeu Kem, que depois deu um sorriso forçado, olhando para o robô.

– Ral... dot? – O robô depois calou-se durante uns cinco segundos. – Muito bem! Obrigado, Kem!

E assim, Kem, carregando o seu filho no colo, o sr. Kiraua e Norako desceram para o campo de treinamento. Podia-se ver ali vários guerreiros de roupas amarelas e soldados de roupas pretas, todos de botas pretas, ainda treinando desde aquele momento em que Klaus passara ali com os três antes de entrarem na torre do leste. A cena que se via era muito parecida, pois o vento frio ainda soprava, mexendo as bandeiras vermelhas e o gramado azul sob um céu que parecia nublado.

Quando Norako pisou no gramado azul, seguido pelo sr. Kiraua e Kem com o menino nos braços, todos os soldados e guerreiros que perceberam sua presença interromperam no mesmo instante seus treinamentos para baterem continência a ele. Um uníssono de vozes gritava: "Vossa Majestade, o príncipe guerreiro", enquanto Norako caminhava pelo campo em linha reta por entre os soldados e guerreiros, que iam se alinhando um ao lado do outro em duas fileiras para formarem um imenso corredor da ponta até a metade do campo.

"Puxa vida! Com Klaus não foi assim. Que diferença de disciplina... Norako parece ter total autoridade", pensou Kem, enquanto seguia seu pai, que seguia

Norako pelo corredor de soldados e guerreiros. Foi então que Norako parou no meio do corredor de soldados e guerreiros, assumindo uma postura firme e autoritária.

– Soldados! Guerreiros! – gritava Norako ao virar lentamente sua cabeça na horizontal, olhando de uma ponta a outra do corredor, enquanto os seus longos cabelos azuis se mexiam ao vento. – Hoje faremos um treinamento diferente! – Quando Norako se calou e o silêncio se fez presente, podia-se ouvir apenas os ruídos do vento frio que soprava e também fazia esvoaçar os cabelos loiros e desarrumados de Kem. – Hoje temos um novo guerreiro que treinará conosco! – E, após dizer isso, Norako piscou para Kem pois, quando estavam descendo as escadas do castelo, eles combinaram de não revelarem a identidade de Kem até terminarem os treinamentos.

O sr. Kiraua pegou o menino que estava com Kem e segurou-o em seus braços, instantes depois de pendurar a bainha com a espada em suas costas. Então Kem se aproximou de Norako, que colocou sua mão esquerda sobre o ombro direito do jovem loiro enquanto olhava para a multidão de guerreiros e soldados. Nesse instante podia-se ouvir várias vozes cochichando: "Quem será o novato?", "Ele não parece ser muito forte", "Ah... vejam a cara de bobo dele... eu acabo com ele em dez segundos", "Ele nem tem cabelo azul", "Que cara estranho". E, assim, todos permaneciam ali, aguardando Norako dizer como seria o treinamento.

Enquanto isso, no meio do deserto, podia-se ver a nave branca de John com a parte traseira quase encostada na parte traseira da nave azul-clara, que estava quase totalmente afundada na grande duna de areia. A nave branca emitia uma grande força eletromagnética, tentando puxar a nave azul-clara como se fosse um imã. Após trinta minutos de tentativa, John finalmente conseguiu. As duas naves agora se encontravam pousadas sobre o chão quente do deserto, uma ao lado da outra, na base daquela duna.

Preocupado por ver a nave azul-clara muito danificada, torta e amassada, John tentava abri-la para resgatar os passageiros. Porém, após várias tentativas, John não obteve sucesso e quase perdeu as esperanças, pois, pensou ele: "Se eles estivessem bem, então provavelmente conseguiriam sair da nave. Não... não quero nem imaginar o que possa ter acontecido. Sakura... Sara... Ericccc!". Agachado próximo à nave azul-clara, John colocava suas mãos sobre a cabeça enquanto fechava os olhos, em um gesto de desespero.

De repente o chão começou a vibrar levemente ao redor de John, e a nave azul-clara começou a fazer uns ruídos, dando uns trancos, espalhando areia ao seu redor. Quando John percebeu que algo estava acontecendo, ele tirou as mãos da cabeça, abriu os olhos e olhou para frente, fazendo uma cara de espanto quando viu a nave azul-clara começando a subir lentamente, flutuando no ar. E, quando a nave parou a dois metros de altura do chão, John se levantou e logo em seguida viu uma luz de energia azul em formato cilíndrico sair por baixo da nave, fazendo um breve ruído: "zuuuum".

Aos olhos de John, que mal podia acreditar no que estava vendo, o forma-forma, transformado em uma mão fazendo aquele gesto de "paz e amor", descia lentamente através daquela energia azul que se formara entre a nave azul-clara e o chão de areia do deserto. John olhava boquiaberto para aquela criatura vermelha, que estava com os olhos fechados enquanto mostrava um sorriso animado. E, quando estava quase tocando as areias do deserto, o forma-forma transformou-se em uma bola e pingou no chão com força suficiente para subir verticalmente e entrar novamente na nave.

– Mas o que essa criatura está fazendo? – indagou-se John, meio confuso. – Primeiro ele sai da nave todo animado, e agora ele volta para trás. – Mas John entendeu a atitude do forma-forma quando viu a criatura descer novamente através da energia azul, porém agora transformado em uma prancha e carregando alguém em cima. – Eric! – gritou John ao ver o seu filho sendo resgatado pelo forma-forma, sem saber se ficava feliz ou triste, pois o pequeno Eric parecia estar desacordado, impossibilitando saber em que situação se encontrava.

Da mesma maneira, o forma-forma também resgatou Sara e Sakura, deixando os três deitados um ao lado do outro sobre as areias do deserto, todos desacordados. John, com a cabeça inclinada para baixo, olhava apavorado para os três deitados aos seus pés. Logo, a nave azul-clara pousou.

– Será que eles estão... – dizia John com uma voz baixa de desespero, inspirando e expirando profundamente ao olhar para os rostos abatidos de Sakura, Sara e Eric enquanto projetava sua sombra sobre aqueles três corpos caídos no chão. O forma-forma flutuava perto de John, agora transformado em sua forma original, uma bola vermelha com olhos grandes verdes e amarelos que olhavam preocupados para o rosto de Sakura. – ...Vivos? Ou... Não quero nem pensar.

Podia-se ver John agachando lentamente enquanto olhava para o rosto de Eric, prestes a tocá-lo no pescoço para verificar sua pulsação. Após verificar o estado do pequeno Eric, John olhou com uma cara séria para o forma-forma, que estava bem à sua frente, flutuando rente ao chão.

– Está tudo bem, ele está vivo! – disse John com um ar de alegria enquanto olhava para o forma-forma, que logo em seguida começou a chacoalhar-se animado no ar, fazendo o mesmo quando John disse que Sara também estava bem. A criatura olhava com expectativa no momento em que John verificava o estado de Sakura. Logo em seguida, John ficou olhando sério para o forma-forma durante alguns segundos e, no instante em que a criatura viu um sorriso aparecer no rosto de John, seus olhos verdes e amarelos se encheram de lágrimas de alegria e começaram a brilhar, isso pouco antes de dar três rodopios no ar com muita empolgação. – Nem preciso dizer que a Sakura está bem... não é mesmo, forma-forma? – E John começou a dar risadas de alegria por todos estarem bem.

Logo em seguida, John colocou vários dispositivos de cura sobre os ferimentos dos três acidentados, que, por sorte, não tiveram ferimentos graves devido ao fato de terem sido protegidos pelas energias de segurança interna e externa da nave azul-clara.

– Vamos, forma-forma! Ajude-me a levá-los para dentro da nave – disse John, pouco antes de fazer uma cara sorridente e olhar para o forma-forma, que transformou-se em uma prancha alguns segundos depois para carregar o Eric. John colocou seu braço esquerdo por baixo das pernas de Sara (que tinham alguns dispositivos de cura) e o seu braço direito sob as costas dela. Depois levantou-a das areias e carregou-a em direção à nave, acompanhado pelo forma-forma, que vinha logo atrás.

– Abra! – ordenou John ao tocar com sua mão direita sobre a nave branca, que depois subiu e ficou flutuando a uns dois metros do chão. Quando a luz de energia azul apareceu, John (carregando Sara, que podia ser vista desacordada e com seus longos cabelos azuis caídos em direção ao chão) foi subindo lentamente através dessa energia até entrar na nave. O forma-forma levou Eric e depois Sakura para dentro da nave branca, onde se podia ver um interior quase todo azul-claro com cinco assentos brancos enfileirados, como os da nave de Sakura.

Com os três passageiros feridos dentro da nave e já colocados sobre os assentos, protegidos por uma energia de cor vermelha especial para pessoas debilitadas, John manobrava a sua nave branca, descendo lentamente em direção à nave azul-clara.

– Vou carregar a nave de Sakura até a Estação Interplanetária e deixar lá para consertar – disse John para si mesmo, enquanto podia-se ver o forma-forma flutuando com uma cara de consolo ao lado de Sakura, que estava num dos assentos da terceira e última fileira, atrás de Sara e Eric, envolvida por uma energia vermelha em formato esférico. – Qual é a nossa localização? – John olhava para uma tela holográfica acima do painel de comando da nave, sentado em sua cadeira de piloto, enquanto sua nave subia na vertical, puxando a nave azul-clara pela traseira através de uma força eletromagnética.

– Ponto 51 da região leste! – disse a voz eletrônica do painel de comando.

– Parece que a rota foi desviada no momento da colisão – concluiu John enquanto olhava atentamente para a imagem de um mapa que aparecia na tela, onde se podia ver o ponto 51 como um lugar isolado dentro da região leste. – Isso significa que terei que voltar pelo caminho onde ocorreu a colisão.

Alguns minutos se passaram, e a nave branca agora podia ser vista sobrevoando o céu azul do ponto 51 da região leste, carregando a nave azul-clara em direção à Estação Interplanetária.

Em um súbito relance, John franziu a testa quando avistou alguma coisa caída ao longe, lá embaixo, no chão de um lugar que parecia ser um deserto mais aberto, sem dunas. Quando a nave branca já havia percorrido mais uns poucos quilômetros, John finalmente percebeu o que era aquilo. Não havia mais dúvida, aquilo era a nave cor-de-rosa que tinha se chocado há pouco com a nave azul-clara. “Preciso descer agora e ver o que aconteceu, pois talvez eu tenha que salvar mais algumas vidas hoje”, pensou John, enquanto mantinha o seu olhar fixo na nave cor-de-rosa lá embaixo no deserto. Logo em seguida, começou a descer para fazer o pouso.

À medida que os segundos se passavam, a nave branca carregando a nave azul-clara aproximava-se cada vez mais e mais do local onde estava caída a nave cor-de-rosa. Enquanto isso o forma-forma ainda olhava com aquela cara de lamento para Sakura desacordada, e uma nova paisagem começava a aparecer através das paredes da nave.

As areias do chão do deserto começaram a se espalhar para todos os lados através de um fluxo energético no instante em que a nave branca, fazendo um breve ruído – "xxxxx..." –, e a danificada nave azul-clara pousavam a uma distância de uns dez metros do lado da nave cor-de-rosa. Quando as naves ficaram flutuando a dois metros do chão, a voz de John se fez presente:

– Cuide deles enquanto eu verifico o que aconteceu aos passageiros da nave cor-de-rosa, forma-forma! – John olhava para o forma-forma, que, após ter ouvido suas palavras, transformou-se em uma mão esquerda fazendo um gesto de positivo, assumindo a responsabilidade pelos passageiros feridos.

John desceu da nave através da luz de energia azul e depois caminhou alguns passos para frente, antes de as naves tocarem lentamente o chão quente daquela parte do deserto. Aos seus olhos, a nave cor-de-rosa refletia os raios de sol, que eram bem fortes naquela região. Essa nave não se parecia totalmente com a nave branca e a nave azul-clara, pois apenas a parte frontal tinha um formato triangular, ao contrário da parte traseira, que tinha um formato circular. Podia-se ouvir os passos de John com seus sapatos brancos, caminhando pelas areias quentes até a nave cor-de-rosa, deixando rastros pelo chão. Finalmente, John chegou até a nave cor-de-rosa, tocando-a com suas mãos enquanto a encarava, surpreso.

– Esse é um modelo diferente! – exclamou John enquanto andava pela lateral da nave, estudando-a com o olhar. – Jamais vi nada parecido em toda minha vida de piloto!

– Está contemplando o que fez? – gritou uma voz desconhecida, fazendo com que John parasse e começasse a olhar para todos os lados, procurando alguém.

– Quem está aí? – gritou John enquanto franzia a testa e virava sua cabeça, tentando encontrar o dono daquela voz.

– Parece que foi você quem derrubou minha nave, não foi? Seu uraniano nojento! – gritou novamente aquela voz desconhecida, com um ar de desdém. John arregalou os olhos quando finalmente avistou, a uns vinte metros dali, um ser desconhecido, que parecia vestir uma roupa toda azul-marinho. Encarou-o junto à paisagem do deserto durante alguns segundos, pouco antes de ele correr em alta velocidade em sua direção, deixando muita poeira para trás. Agora aquele ser desconhecido estava cara a cara com John.

– Você está bem? E os outros passageiros? – perguntou John com uma voz cheia de medo enquanto olhava apavorado para dois olhos azul-escuros de frieza que estavam apenas alguns centímetros à sua frente. – Como você fez isso, como correu dessa maneira? – E essa foi a última pergunta que John fez antes de ver o sorriso frio e ouvir uma breve risada malvada daquele ser que estava à sua frente. O forma-forma olhava suspeito para aquela cena através da parede transparente da nave branca, enquanto flutuava, vendo John e aquele ser desconhecido. De repente, a criatura vermelha arregalou seus olhos verdes e amarelos e abriu a boca, fazendo uma cara de espanto, ficando paralisado ao ver algo que o deixou aterrorizado.

Ali no campo de treinamento do castelo azul podia-se ver Kem ao lado esquerdo de Norako e ao lado direito do sr. Kiraua, que segurava o pequeno menino. Eles estavam no meio daquele corredor formado por soldados e guerreiros que continuavam a cochichar coisas como: "Eu aposto a minha refeição de hoje que esse cara loiro não vai aguentar nem dois minutos", "Eu nunca vi esse cara na minha vida", "Será que esse cara de bobo sabe mesmo lutar?". O vento frio continuava soprando, fazendo esvoaçar os cabelos de todos que estavam ali naquele campo.

– Agora... soldados... e guerreiros... abram uma roda em volta do campo! – gritava Norako, cheio de energia, enquanto olhava de um lado para o outro, mostrando uma expressão autoritária em seu rosto. Seus longos cabelos azuis e sua capa branca se mexiam ao vento, assim como as bandeiras vermelhas ao redor do gramado azul-claro. Nesse instante os barulhos dos cochichos cessaram, dando lugar a uma exclamação de obediência:

– Sim, Vossa Majestade, príncipe guerreiro! – Esse foi o grito do uníssono formado pelas vozes de todos os soldados e guerreiros, pouco antes de formarem uma enorme roda ao redor do campo, um ao lado do outro. Assim, Norako, Kem, o sr. Kiraua e seu netinho ficaram no meio da roda formada de pontos pretos e amarelos.

– O que vai fazer, Norako? – perguntou o sr. Kiraua, logo após dar dois passos para frente e olhar para Norako.

– Escutem... – disse Norako, pouco antes de ficar de frente para Kem e o sr. Kiraua, ao que o menino de cabelo azul olhou com aquela cara séria para o príncipe guerreiro. – Kem, quero que você entre na roda com os guerreiros e soldados – dizia Norako enquanto Kem olhava para ele atentamente. – E você, senhor Kiraua, sente-se nas arquibancadas com o menino. – O sr. Kiraua consentiu com a cabeça enquanto olhava para Norako. Mas Kem parecia estar meio confuso enquanto olhava ao redor, procurando as arquibancadas e não vendo nada além das muralhas e torres do castelo azul. Foi então que Norako aproximou o seu pulso esquerdo da boca e arregaçou a manga verde de sua camisa para mostrar um relógio computador verde brilhante preso perto de sua luva dourada. – Materializar pequena arquibancada no ponto 7 do gramado!

– Arquibancada sendo materializada – disse a voz eletrônica do relógio computador, que começou a piscar no pulso de Norako logo em seguida, emitindo um brilho azul.

– Puxa vida! – exclamou Kem, fazendo uma cara de surpresa ao olhar para uma pequena arquibancada azul de dez degraus em forma de meia lua, que havia se formado na parte de cima do campo, atrás de uma parte da roda de guerreiros e soldados.

Podia-se ver Kem caminhando para o lado direito enquanto o sr. Kiraua, segurando o menino, caminhava para o lado de cima do campo, na direção da pequena arquibancada azul que acabara de aparecer. Dois soldados de preto abriram caminho para o sr. Kiraua passar e dar alguns passos até a arquibancada, subindo-a logo em seguida e sentando-se no sétimo degrau com o seu netinho no colo. Kem agora fazia parte da roda e podia ser visto no meio de dois guerreiros de amarelo, um de cabelo azul-claro à sua direita e outro de cabelo vermelho à sua esquerda, que encarou o jovem loiro pouco antes de ele colocar-se ao seu lado.

– Como eu já havia dito antes... hoje faremos um treinamento diferente! – gritava Norako com uma voz séria e autoritária enquanto andava em círculos no centro da roda e olhava para sua sombra sobre a grama azul, fazendo gestos com sua mão direita a cada palavra que dizia. Foi então que Norako parou de caminhar e colocou-se em uma postura firme, de frente para o lado onde estava a pequena arquibancada, olhando para os soldados e guerreiros. Ouvia-se o sopro do vento frio que mexia os cabelos e a capa de Norako. – Temos aqui duzentos combatentes; porém, apenas alguns irão participar, pois faremos vinte combates que deverão respeitar as seguintes regras:

"Quem desejar ser o primeiro combatente deverá erguer a mão e depois vir até o centro da roda, onde estou agora. Caso mais de um erga a mão, ou ninguém a erga, eu, Norako, escolherei o primeiro. Quem desejar desafiá-lo deverá erguer a mão e em seguida vir até aqui para iniciar o combate. Caso ninguém erga a mão, eu, Norako, escolherei o desafiante e, caso mais de um desafiante erga a mão, o combatente que está aguardando aqui no centro da roda deverá escolher qual será o seu oponente dentre aqueles que ergueram a mão. Quando os dois combatentes estiverem frente a frente, o juiz contará até três para iniciarem a luta. O combatente que encostar na roda, sair dela, ferir alguém que está nela, atingir a arquibancada ou algum de seus espectadores perderá o combate. Também perderá o combate aquele que não conseguir se levantar na contagem de dez. Aquele que desejar entregar a luta deverá bater duas vezes com a mão esquerda no chão. Nenhum dos combatentes poderá matar o seu oponente, com pena de ser banido do planeta Urano e com a possibilidade de ser enviado para Aetalag (quando os soldados e guerreiros ouviram a palavra "Aetalag", eles engoliram em seco e fizeram uma cara de pavor, com a exceção de Kem, que não sabia do que se tratava). *Os combatentes que forem vencendo deverão enfrentar os próximos oponentes, que serão escolhidos conforme já explicado, até que se completem vinte combates, chegando a um vencedor final. Vocês poderão usar quaisquer golpes e estratégias que tenham em mente, sintam-se livres, contanto que se lembrem dessas regras. Não desejo que ninguém daqui possa vir a ser enclausurado em Aetalag."*

O silêncio se fez presente durante alguns segundos enquanto o vento frio continuava a soprar. Norako foi virando-se para o lado esquerdo, como se estivesse procurando alguém naquela multidão em forma de roda.

– Você! – gritou Norako quando parou e esticou seu braço direito, apontando o seu dedo indicador na direção de um soldado. – Você será o juiz! – Um soldado dentuço, de pele levemente morena e cabelo azul, engolia em seco enquanto olhava para Norako, que logo em seguida abaixou o braço e caminhou até ele. – Lembra-se bem das regras que acabei de dizer? – O soldado fez que sim com a cabeça enquanto olhava para os olhos sérios de Norako. – Vamos! Troque de lugar comigo e vá para o centro da roda. – Norako apontava com o braço esquerdo para o centro da roda enquanto sua capa branca se mexia ao vento. – Agora eu também farei parte dos combatentes. E quero que você se mantenha o mais distante possível dos combatentes, mas de modo que possa observar bem a luta. Boa sorte! – E, antes de Norako trocar de lugar com o soldado dentuço, ele fez uma última observação, gritando em alto e bom som para que todos pudessem ouvir:

– O combatente que encostar ou até mesmo ferir o juiz perderá o combate. Como eu também irei participar, ele será o juiz!

– Norako colocou sua mão direita sobre o ombro direito do soldado dentuço. – Então... que comecem os combates! – E, nesse instante, Norako trocou de lugar com o soldado dentuço, que caminhou em direção ao centro da roda, sendo observado pelos olhares daqueles homens ao redor. Esse soldado que há pouco parecia ser um bobalhão, agora se mostrava com uma postura firme e uma expressão séria, olhando de um lado para o outro lentamente e sentindo a autoridade de juiz que Norako havia lhe deixado; porém, não conseguia manter os seus dois dentes da frente dentro da boca.

– Quem será o primeiro? – gritou o juiz dentuço, com um timbre de voz engraçado, enquanto mantinha uma cara séria e atenta, virando sua cabeça lentamente da esquerda para a direita, esperando ver alguém se pronunciar e levantar a mão. Porém, o único som que podia ser ouvido era o do vento frio que soprava. – Alguém se habilita? – Passaram-se mais alguns segundos de silêncio e ninguém levantou a mão. – Essa é a última chance! Caso ninguém se pronuncie, Vossa Majestade escolherá o primeiro! – Nisso, o soldado dentuço olhou para Norako, vendo-o de braços cruzados.

Kem deu uma espiadela para o lado esquerdo e depois para o lado direito, com a intenção de ver se alguém já tinha levantado a mão; porém, ele viu que ninguém ainda o tinha feito. Então, Kem respirou fundo, cruzou as mãos e esticou os seus braços para baixo, estalando os dedos, parecendo estar muito animado e ansioso para ser o primeiro a combater.

Kem se preparou para levantar a mão e...

– Eu serei o primeiro! – gritou um soldado careca, levantando a mão esquerda, do lado esquerdo do campo, perto de onde estava Norako, no lado oposto de onde Kem estava. Kem olhava, inconformado, enquanto via o soldado careca caminhando até o centro da roda para perto do juiz dentuço, ao que pensou: "Ah! Puxa vida!".

– Quem será o desafiante? – gritou o juiz dentuço com empolgação, enquanto o soldado careca ao seu lado ficava se mexendo, saltitando levemente e dando socos no ar. "Agora é minha chance", pensou Kem, que não perdeu tempo em levantar sua mão direita. Olhando animado em direção ao centro da roda, Kem, com a mão levantada, aguardava ser chamado pelo juiz dentuço. Foi então que o juiz dentuço apontou o dedo para Kem e gritou:

– Três! São três desafiantes!

Quando Kem olhou para a parte de baixo da roda, ele viu mais dois guerreiros de amarelo com as mãos levantadas. Logo em seguida, fez uma cara de bobo enquanto pensava: "Ah... não!".

– O combatente deverá escolher o seu oponente dentre os três! – gritava o juiz dentuço enquanto o vento frio fazia mexer as roupas e os cabelos de todos que ali estavam. O soldado careca finalmente apontou para um guerreiro de cabelo azul que estava na parte de baixo da roda. Aos olhos de Kem, que fazia uma cara de desgosto enquanto pensava: "Deveria ter sido eu!", o guerreiro agora caminhava em direção ao centro da roda para iniciar o combate.

Finalmente, o soldado careca e o guerreiro de cabelo azul estavam frente a frente, um encarando o outro, ambos mantendo um sorriso convencido em sua face, enquanto também mantinham seus punhos na frente do rosto para fechar a guarda.

– Preparados? – gritou o juiz dentuço enquanto cruzava seus antebraços na frente do corpo, olhando para os combatentes, e logo em seguida afastou-se alguns metros dali. – Um... dois... três... – E, ao descruzar os braços rapidamente, com muita energia, gritou:

– LUTEM!

Sem perder tempo, o guerreiro de roupa amarela e cabelo azul, que estava de costas para Kem, deu um chute de perna esquerda para acertar a cabeça careca do soldado de preto. Porém, num movimento rápido, o soldado careca defendeu o chute com o seu braço direito, sentindo um forte impacto. Quando a perna do guerreiro voltou descendo, batendo sua bota preta na grama azul, ele desencadeou uma sequência de socos, obrigando o soldado careca a se defender rapidamente e a começar a se afastar, caminhando de costas na direção de Norako, que assistia ao combate com seus braços cruzados. "Se ele continuar se afastando, logo vai encostar-se na roda e eu vencerei o combate", pensou o guerreiro de amarelo enquanto dava socos sem parar, muito concentrado, pois nem sentia o vento frio que continuava a soprar.

Do outro lado da roda e muito concentrado, Kem olhava os combatentes se afastando cada vez mais, diferente de Norako, que os via se aproximando cada vez mais. O sr. Kiraua, junto com o seu neto, apreciava o combate de cima da arquibancada. O juiz dentuço acompanhava os combatentes muito atento, mantendo uma distância segura.

Quando o soldado careca estava a um metro de encostar na roda, ele se abaixou rapidamente e mais rápido ainda passou uma rasteira de perna direita, que arrancou grama do chão pouco antes de bater nos dois calcanhares do guerreiro de amarelo, fazendo-o desequilibrar-se e cair, batendo com as costas no chão. Nesse instante, todos os soldados de preto enlouqueceram, dando muitos gritos como se estivessem comemorando: “Éééeh...”, e alguns também levantavam os braços.

– Engula sua derrota! – gritou, convencido, o soldado careca, que nesse instante já saltava no ar para dar o golpe final. Em uma fração de segundo seu pé esquerdo tocou o chão pouco antes de seu joelho direito, desferindo logo em seguida um golpe de punho direito no estômago do guerreiro de amarelo, que estava deitado no chão. Podia-se ver o guerreiro fechando fortemente os olhos e abrindo a boca, mostrando uma expressão de dor em sua face, enquanto o soldado careca estava ajoelhado ao seu lado. – *Hahaha*! – riu o soldado careca, debochando. – Depois dessa, eu acho melhor você dar dois tapinhas no chão... ou então é só esperar o juiz contar até dez.

Quando o soldado careca, agora muito orgulhoso, estava prestes a se levantar, um brilho de energia amarela muito clara começou a envolver o corpo do guerreiro de cabelo azul, que, no mesmo instante, levantou sua perna direita num movimento veloz e poderoso, acertando em cheio as costas do soldado com um chute. Com isso, o soldado careca bateu de cara no chão, comendo grama, sentindo o impacto e a dor do chute. Logo em seguida o guerreiro de amarelo se levantou, e podia-se ver a energia amarela ao redor de seu corpo continuando a fluir.

Nesse instante, o juiz dentuço se aproximou e começou a contagem. Os guerreiros de amarelo começaram a gritar, empolgados.

– Um... dois... três... – contava o juiz enquanto dobrava e esticava o seu braço direito na direção do soldado careca, que, com ambas as mãos apoiadas no chão, se esforçava para se levantar, mas o efeito do golpe foi tão forte que ele mal conseguia se mexer e tremia ao fazer o mínimo esforço. – Sete... oito... nove... e dez! Temos um vencedor! – gritou o juiz dentuço enquanto erguia o braço esquerdo do guerreiro de amarelo, que fazia a energia amarela desaparecer de seu corpo. Nesse instante podia-se ouvir os gritos e o bater de palmas de todos os guerreiros e também soldados, em respeito à vitória do guerreiro de cabelo azul.

– Esse golpe foi demais! – dizia aquele guerreiro de cabelo azul que estava ao lado de Kem, enquanto batia palmas e olhava para o guerreiro vencedor longe dali. Enquanto alguns achavam aquilo incrível, Kem parecia nem estar ligando muito, pois fazia uma cara normal enquanto olhava para o guerreiro de amarelo, que agora ajudava o soldado careca a se levantar. “Puxa vida, acho que vou esperar mais algumas lutas antes de levantar a mão”, pensou Kem enquanto cruzava os braços.

– Quem será o próximo desafiante? – gritou o juiz dentuço com aquela voz engraçada ao lado do guerreiro vencedor no centro da roda. Dessa vez apenas um homem levantou a mão. E não era um homem qualquer, pois era um brutamonte. Tinha a pele morena e cabelo azul no estilo moicano. Estava sem camisa, mostrando o seu corpo musculoso, e vestia uma calça amarela, pois era um guerreiro, um guerreiro de dois metros de altura. Ao abaixar a mão, ele se dirigiu ao centro da roda, dando socos na palma de sua mão esquerda enquanto tombava o pescoço de um lado para o outro, estalando os ossos.

Sem se deixar amedrontar pelo tamanho de seu oponente, o guerreiro de cabelo azul já estava preparado para o combate, frente a frente com o brutamonte, apenas aguardando o sinal do juiz. O guerreiro brutamonte soprava o seu cabelo moicano, fazendo graça, e depois dava risada, fazendo cara feia enquanto encarava o seu oponente.

– LUTEM!

Ao ouvir o grito do juiz, o guerreiro brutamonte no mesmo instante cruzou suas mãos, balançou os braços para trás e depois jogou-os para frente, em um movimento rápido que acertou em cheio o peito do guerreiro de cabelo azul, fazendo-o voar uns dez metros para trás e bater com a bunda no chão. Sentindo falta de ar e um pouco de tontura por causa do golpe, o guerreiro de cabelo azul mal se levantou e viu o brutamonte correndo em sua direção, preparando-se para dar o mesmo golpe novamente. Num momento súbito de fraqueza, o guerreiro de cabelo azul fechou os olhos, abaixando a cabeça, e depois apenas sentiu o impacto do mesmo golpe novamente, que dessa vez jogou-o contra a roda, fazendo com que ele perdesse o combate.

"Que luta rápida. Esse cara de cabelo azul marcou bobeira, e por isso o seu oponente se aproveitou para usar a força física", pensou Kem enquanto olhava para o guerreiro de cabelo azul, caído no meio de dois soldados de preto perto da arquibancada onde estava o sr. Kiraua, que olhava para baixo junto com o seu netinho.

– Está vendo, menino? – disse o sr. Kiraua ao olhar para o seu netinho. O menino olhava para baixo com aquela cara séria, vendo o guerreiro de cabelo azul caído no chão. – Você deve treinar muito para ficar forte e não passar esses vexames, mesmo que lute contra um brutamonte igual a esse. – Com o pé direito, o sr. Kiraua pisava na bainha com a espada, prendendo-a junto ao degrau de baixo, o sexto degrau.

Após esse combate, o brutamonte de cabelo moicano azul venceu mais quatro combates seguidos. No primeiro, o brutamonte venceu um soldado narigudo ao segurá-lo pelos pés, girá-lo em um movimento horizontal durante alguns segundos e depois arremessá-lo com toda a força em cima da roda.

No segundo, ele venceu um soldado de cabelo azul que estava deitado no chão, enfraquecido. Aproveitando-se da situação, o brutamonte sentou-se nas costas do soldado e ficou assim até que ele batesse duas vezes com a mão esquerda no chão, entregando a luta.

No terceiro, ele venceu um guerreiro de cabelo azul comprido com sua sequência de dez socos fortes, fazendo-o desmaiar e acabar sendo resgatado pela equipe de socorro.

No quarto, ele teve um pouco de sorte, pois estava lutando contra um guerreiro de um metro e oitenta de altura que estava cansando-o por esquivar-se de todos os seus golpes. E, quando esse guerreiro foi dar o seu primeiro golpe, uma voadora de pé direito, o brutamonte se esquivou, e o golpe acabou acertando em cheio a cabeça de um soldado de cabelo azul que estava na roda, fazendo-o voar uns três metros para trás antes de cair no chão. Com isso, a voz do juiz dentuço ecoou pelo campo dizendo: "Está fora! A regra diz que não pode ferir ninguém da roda!".

Porém, após esse combate, o brutamonte lutou contra aquele guerreiro de cabelo vermelho que estava ao lado de Kem.

Aproveitando-se do cansaço de seu oponente, que já havia feito cinco combates, o guerreiro de cabelo vermelho pensou em uma estratégia. Percebendo que o brutamonte abatido pelo cansaço dava golpes muito lentos, o guerreiro de cabelo vermelho saltou por cima daquele gigante ao vê-lo dar um golpe brusco e meio desequilibrado. Quando estava no ar por cima de seu oponente, o guerreiro de cabelo vermelho começou a fazer fluir uma energia amarela que brilhava ao redor de seu corpo e, uma fração de segundo depois, movimentou o seu braço esquerdo para dar uma cotovelada no meio da nuca do brutamonte, fazendo voar alguns fios de seu cabelo moicano azul, antes de afundar sua cara no gramado, comendo terra. O impacto do golpe foi o suficiente para nocautear o brutamonte, que logo em seguida foi levado dali pela equipe de socorro.

"Hum... até que enfim alguém que vale a pena", pensou Kem, de braços cruzados, enquanto olhava para o guerreiro de cabelo vermelho ao longe e ouvia o juiz dentuço anunciar o vencedor do combate.

Após a luta com o brutamonte, o guerreiro de cabelo vermelho venceu outro combate – que, por sinal, foi muito rápido, pois derrubou um soldado com apenas um chute no nariz.

– Quem será o... – dizia o juiz no centro da roda, ao que Kem levantou a mão antes mesmo de o dentuço terminar de falar – ...próximo desafiante? – O juiz olhou para Kem e fez um sinal de mão para que ele se aproximasse. Ao abaixar sua mão, Kem começou a caminhar em direção ao centro da roda enquanto encarava de longe o guerreiro de cabelo vermelho, que também o encarava. Enquanto Kem caminhava, podia-se ouvir algumas risadas, comentários e cochichos dos soldados e guerreiros que estavam ao redor, como: "Vejam só! É aquele novato" e "Não vai durar nem um segundo contra o cabelo vermelho".

Kem finalmente estava frente a frente com o oponente para fazer o seu primeiro combate dentro do castelo azul. Norako olhava com um sorriso pretensioso para Kem, que podia ser visto com os olhos brilhando, como uma criança prestes a se divertir.

Kem, com seu colete vermelho de gola em "V" e sua calça azul-clara se mexendo ao vento, juntamente com seus cabelos loiros, mantinha seus sapatos azuis sobre o gramado, separados pela posição de luta de seus pés. O guerreiro de cabelos vermelhos e curtos, chamado Sebastian, que tinha a pele levemente acinzentada, vestia um colete parecido com o de Kem, porém de cor amarela, assim como sua calça, e suas botas eram pretas. Seus olhos prateados com um contorno negro encaravam os olhos verdes de Kem, que ficou surpreso ao ver pela primeira vez em sua vida olhos daquele tipo, questionando a si mesmo se aquele guerreiro era da raça uraniana. O vento soprava frio e o céu começava a ficar um pouco mais escuro.

– Guerreiro loiro – murmurou o guerreiro Sebastian com um ar de provocação enquanto encarava Kem. O juiz dentuço se afastou, prestes a dar o sinal de combate. – Não pense que vou devagar só porque dizem que você é um novato.

– Está bem – disse Kem com a maior tranquilidade enquanto fechava sua guarda com os punhos, assim como fazia Sebastian.

– Preparados... LUTEM! – gritou o juiz dentuço, fazendo sinal para iniciar o combate.

– Rá! – gritou Sebastian ao dar um soco de direita para acertar o rosto de Kem, que esquivou-se do golpe no mesmo instante ao movimentar sua cabeça para o lado. Logo em seguida, Sebastian começou a desferir uma sequência de socos diretos e cruzados de esquerda e de direita, obrigando Kem a se esquivar dos golpes com rapidez. – Você se acha esperto, não é mesmo? – Kem mexeu suas sobrancelhas loiras. – Então tome isso! – Sebastian começou uma sequência de chutes baixos seguida por outra de chutes altos. Kem não defendia os golpes e muito menos atacava o seu oponente, apenas se esquivava com rapidez. Foi então que Sebastian parou de atacar e ficou parado, encarando Kem um metro à sua frente.

– Cansou? – perguntou Kem de forma inocente, sem nenhuma malícia.

– Isso só foi um aquecimento... Eu estava brincando com você. Agora você vai ver! – disse Sebastian com uma voz de deboche, mas no fundo sentia um pouco de raiva. As nuvens sobre o céu do castelo azul começaram a ficar mais escuras. De repente uma energia amarela começou a envolver o corpo de Sebastian, brilhando aos olhos de Kem. O vento ao redor começou a aumentar de intensidade, e um barulho eletromagnético podia ser ouvido por todos aqueles que assistiam atentamente ao combate. O sr. Kiraua erguia as sobrancelhas, enquanto seu netinho assistia ao combate muito concentrado, vendo seu pai lá embaixo no gramado.

Com um movimento mais rápido do que antes, Sebastian deu um chute de direita que acertou em cheio o estômago de Kem, fazendo-o arregalar os olhos e curvar seu corpo para frente, enquanto se arrastava desequilibrado para trás por causa do impacto do golpe. Um segundo depois, Sebastian, com o corpo inteiro brilhando em energia amarela, golpeou o queixo de Kem com um gancho de esquerda, impulsionando sua cabeça para trás. Em seguida começou uma sequência de socos, na qual Kem defendia alguns e tomava outros à medida que recuava.

Podia-se ver o sr. Kiraua arregalando os olhos e se desequilibrando para frente, quase deixando o seu netinho cair de seu colo, mas não evitou que a bainha com a espada rolasse arquibancada abaixo, parando no segundo degrau. O menino esticou seus bracinhos e ficou olhando desesperado para a espada lá embaixo.

– Ei! Mas o que pensa que está fazendo, KEM? Fingindo que não sabe lutar? – disse o sr. Kiraua com uma voz de altura suficiente para que um soldado magro próximo ao primeiro degrau da arquibancada ouvisse a palavra “KEM”. Logo em seguida esse soldado olhou para trás, vendo o sr. Kiraua fazer gestos com os braços como se estivesse inconformado. Ao perceber que o soldado olhava para ele, o sr. Kiraua no mesmo instante voltou à sua postura anterior, com um ar de tranquilidade e concentração no combate, pois lembrou que não deveria revelar a identidade de Kem até acabarem os treinamentos. O soldado magro cutucou um soldado meio gordo ao seu lado.

– Ei, ei... Você ouviu o que o mestre Kiraua disse? – sussurrou o soldado magro para o soldado meio gordo, que via o guerreiro de cabelo vermelho acertando golpes naquele "novato" loiro. – Ele chamou esse jovem loiro de Kem.

– Você não deve ter ouvido direito então – disse o soldado meio gordo enquanto mantinha os olhos fixos no combate. – Pelo que eu saiba, Kem é um Guerreiro do Universo e... esse cara aí é um novato! Veja como ele está apanhando do cabelo vermelho. – O soldado magro, sem falar mais nada, voltou a assistir ao combate. O ambiente continuava a escurecer, e o vento frio, a soprar.

Kem acabara de levar uma rasteira, caindo de costas no chão. Sebastian, ainda brilhando em energia amarela que emitia um ruído eletromagnético, agora estava prestes a desferir um soco potente. Com muita astúcia, Kem rolou para o lado, desviando do punho de Sebastian, que explodiu um intenso brilho de energia amarela ao impactar com o chão, fazendo voar grama e terra para todos os lados, abrindo um buraco de um metro no gramado. "Percebo que a coisa está ficando séria. Agora que eu já analisei as técnicas dele, é hora de começar a lutar", pensou Kem enquanto se levantava e mantinha o seu olhar fixo nos olhos prateados de seu oponente.

– Para um novato, até que você luta bem – afirmou Sebastian enquanto olhava para Kem, que agora estava em pé e com os cabelos mais despenteados do que nunca. – Mas é uma pena que não consiga me atacar, e isso o levará a derrota!

Podia-se ouvir o vento soprando e o ruído eletromagnético da energia amarela que fluía do corpo de Sebastian e iluminava uma pequena parte daquele ambiente que estava escurecendo. De repente, o chão começou a vibrar e uma energia amarela explodiu ao redor do corpo de Kem, logo em seguida brilhando mais intensamente, num tom de amarelo mais vivo e mais escuro do que a energia do oponente. Todos em volta olhavam, espantados.

– Desculpe-me, guerreiro... mas não estou querendo perder tempo – disse Kem baixinho para si mesmo, enquanto a energia amarela fluía intensamente ao redor de seu corpo, fazendo os seus pelos se arrepiarem e seus cabelos loiros esvoaçarem, sentindo-a vibrar em harmonia com cada célula de seu corpo.

Num piscar de olhos, Kem avançou dando um soco de esquerda que Sebastian defendeu com muita dificuldade, desequilibrando-se, mas seus olhos prateados não conseguiram enxergar o cruzado de direita que Kem fez numa fração de segundo depois. Esse golpe acertou em cheio o rosto do guerreiro de cabelo vermelho, que caiu no chão arrancando grama, e seu corpo se arrastou pelo gramado até parar uns cinco metros à frente, quando encostou de leve com sua cabeça no pé de um soldado que fazia parte da roda.

Podia-se ver um grande rastro no chão, entre os pés de Kem e o corpo de Sebastian. "Estou vendo que amanhã terei muito trabalho por aqui", pensou um soldado que estava ali perto, pois ele era o responsável por cuidar do gramado e teria que replantar toda a grama. O juiz dentuço se aproximou de Sebastian e deu uma espiadela, vendo a cabeça dele encostada no pé do soldado.

– Está fora! – gritou o juiz dentuço ao apontar seu braço direito para Sebastian caído no chão, ainda com um leve brilho de energia amarela ao redor de seu corpo. Nesse instante Kem fez desaparecer sua energia e o ambiente ao redor de si se acalmou, com a exceção do vento frio que ainda soprava.

O sr. Kiraua podia ser visto fazendo uns gestos bobos com os braços, comemorando, quase acertando o seu netinho, que olhou para ele com aquela cara séria.

Ao se aproximar de Sebastian, Kem se inclinou para baixo e esticou seu braço direito, oferecendo sua mão para ajudá-lo a se levantar. A energia desapareceu do corpo do guerreiro de cabelo vermelho. Com uma cara não muito agradável, Sebastian olhava com os seus olhos prateados para o rosto amigável de Kem, hesitando em dar-lhe a mão. Após alguns segundos encarando o jovem loiro, Sebastian sorriu, presunçoso.

– Você teve muita sorte, guerreiro. Foi por muito pouco que eu encostei na roda e perdi o combate – disse Sebastian, que, sem muita vontade, deu a mão para Kem ajudá-lo a se levantar. Quando ele já estava de pé, com seu colete amarelo todo sujo de terra e rasgado nas costas, Kem disse:

– O que você chama de sorte eu chamo de agir no momento certo.

Kem, sorridente, e Sebastian, um pouco descontente, ficaram se encarando até o juiz anunciar Kem como vencedor, erguendo-lhe o braço esquerdo. O soldado magro ficou olhando para o jovem loiro enquanto passava a mão no queixo e se lembrava do que tinha dito o sr. Kiraua, começando a desconfiar de que aquele homem poderia ser Kem. Os soldados e guerreiros ao redor olhavam surpresos e calados para o jovem loiro, pois Sebastian era um dos guerreiros mais fortes do castelo azul e fora vencido com um único golpe.

– A próxima será a décima luta, e isso significa que já estamos na metade dos combates – gritou o juiz dentuço com aquela voz engraçada, ao lado de Kem, no centro da roda, parecendo estar empolgado pela experiência de ser um juiz. – Quem será o próximo combatente?

Instantes se passaram sem que ninguém levantasse a mão. O sr. Kiraua mostrava um sorriso sutil em sua face enquanto pensava: "Hum... Já ficaram com receio de lutar, isso sem ao menos saberem que ele é o Kem. Imagine então quando eles souberem... *Hehehe*". De repente, uma voz se pronunciou, quebrando o clima de silêncio:

– Eu! Eu serei o próximo.

Quando todos olharam em direção àquela voz, ficaram surpresos ao verem o príncipe guerreiro. Norako podia ser visto com o seu braço direito levantado. Logo em seguida, ao abaixar o braço, Norako começou a caminhar em direção ao centro da roda, enquanto podia-se ver sua capa branca e seus longos cabelos azuis se mexendo com o vento frio que soprava. Nuvens escuras podiam ser vistas sobre o céu do castelo azul. Kem olhava para Norako, que estava com aquela roupa verde e se aproximava cada vez mais.

– Vo... Vossa Majestade? – indagou-se o juiz dentuço enquanto via o príncipe guerreiro se aproximando. O sr. Kiraua olhava concentrado de cima da arquibancada enquanto pensava: "Enfim... eu estava esperando por essa luta. Sinceramente não sei para quem torcer." Quando Norako chegou perto de Kem no centro da roda, começaram novamente os comentários e cochichos: "Acho que essa será uma luta difícil para o príncipe guerreiro", "Que nada. Vossa Majestade é o melhor! Esse cara loiro não tem a mínima chance", "Ninguém é páreo para o príncipe guerreiro", "Somente um Guerreiro do Universo estaria à altura de Norako", e "Ele venceu Sebastian, mas não terá a mesma sorte contra o príncipe guerreiro".

Kem e Norako, ambos fazendo um sorriso sutil, agora encaravam um ao outro, frente a frente, próximos ao juiz dentuço.

– Aquele guerreiro de cabelo vermelho, o Sebastian, não é um uraniano, ou é? – perguntou Kem a Norako, curioso.

– Como você deve ter notado, ele tem os olhos prateados com um contorno negro, típicos da raça que habita o planeta Saturno e que e em sua maioria, também possuem os cabelos vermelhos.

– Puuuuxa vida! Isso quer dizer que ele é um saturniano! Eu lutei contra um saturniano!

– Isso mesmo – afirmou Norako.

O juiz dentuço se preparava para dar o sinal de combate.

– Preparados?

Norako colocou seus punhos com as luvas douradas na frente do rosto para fechar a guarda, e Kem fez o mesmo. Em um ambiente escurecido por nuvens azul--escuras e cinzentas, os olhos verdes de Kem se fixaram nos olhos azuis de Norako. Além do barulho do vento frio que ainda soprava, agora também podia-se ouvir o barulho de trovoadas. Alguns relâmpagos cortavam o céu por entre aquelas nuvens escuras, enquanto podia-se ver algumas gotas de chuva caindo, batendo e se esparramando nas graminhas azuis do campo de treinamento, próximas aos sapatos dourados de Norako.

Os cabelos azuis de Norako e loiros de Kem esvoaçavam ao vento quando um alto barulho de trovoada se fez presente.

– LUTEM! – gritou o juiz dentuço, dessa vez se afastando para muito mais longe dos combatentes, enquanto mantinha seus olhos arregalados.

Norako ergueu sua perna direita e depois bateu com seu pé direito no chão, erguendo sua perna esquerda, impulsionando seu corpo ao dar um salto para trás e para cima, fazendo uma cambalhota no ar enquanto sua capa branca se movimentava. Naquele breve segundo, todos aqueles que assistiam ao combate olhavam para Norako lá no alto, passando na frente da imagem do castelo que podia ser vista ao longe, acompanhando o seu movimento acrobático com seus olhares. Quando Norako tocou com seus sapatos dourados sobre o chão gramado, dobrando levemente os joelhos por causa do impacto, podia-se ver uma chuva muito fina caindo sobre o castelo azul, enquanto o céu piscava com os relâmpagos.

– Quero começar uma luta empolgante! Haaaaa... – gritou Norako, o príncipe guerreiro, ao que uma energia de cor amarela apareceu e começou a se expandir ao redor de seu corpo, brilhando intensamente e mostrando as finas gotas de chuva que caíam à sua volta. Vendo que Norako começou a todo vapor, Kem não perdeu tempo e fez a energia explodir de seu corpo, aumentando os ruídos eletromagnéticos, a vibração do chão e a rebeldia do vento ao redor. Esses foram os fenômenos causados pela soma das energias de Kem e Norako. Nesse instante, o sr. Kiraua colocou a mão em seu bolso, remexendo-o.

– Aqui está! Vamos ver o nível desses dois – disse o sr. Kiraua ao tirar um cristal medidor de energia de seu bolso esquerdo, e depois olhou para o campo, vendo Kem e Norako envolvidos por brilhantes energias amarelas, no meio daquela roda onde se misturavam os uniformes pretos e amarelos dos soldados e guerreiros. A fina chuva caía sobre a cabeça do sr. Kiraua e de seu netinho. – Ah, sim! Também vou precisar disso. – O sr. Kiraua retirou um minúsculo cubo de metal amarelo do seu bolso direito.

– Guarda-chuva! – disse o sr. Kiraua para o cubo de metal amarelo em sua mão direita, que logo em seguida disparou uma luz azul-clara para cima, materializando um guarda-chuva azul de um metro e meio feito de metal bem fino, e com um desenho de uma espiral preta no lado onde batia a chuva. – Ainda bem que eu me lembrei de trazer o meu porta-objetos. – Após guardar o cubo em seu bolso, o sr. Kiraua segurava o guarda-chuva com a mão direita, protegendo a si mesmo e ao seu netinho da fina chuva. Logo em seguida esticou seu braço esquerdo, apontando o cristal hexagonal na direção de Kem. O cristal, que antes se mostrava translúcido, agora assumia uma tonalidade de um amarelo bem escuro e vivo. O sr. Kiraua grudou os olhos no cristal.

– Você ainda está longe de seu limite, Kem! – exclamou o sr. Kiraua enquanto via o número 75 numa cor amarela ainda mais escura, dentro do cristal. – Nível Amarelo-V75... Agora vamos ver o Norako. – O sr. Kiraua apontou o cristal na direção de Norako, e a sua tonalidade de amarelo ficou um pouco mais escura, mudando o número que aparecia. – Hum... Amarelo-V87? Não imaginava que Norako já pudesse alcançar essa variação. – Um relâmpago brilhou aos olhos do sr. Kiraua.

Nesse instante podia-se ver Norako com seu braço direito esticado, inclinado para o alto. De repente, uma esfera de energia azul-clara começou a se formar em volta de seu punho direito, aumentando lentamente de tamanho. Sua capa branca se agitava ao vento com força, e seus longos cabelos azul-prateados esvoaçavam para trás.

"Já vai começar desse jeito? Estou vendo que você não está para brincadeira", pensou Kem enquanto olhava para a esfera de energia azul de uns trinta centímetros que acabara de se formar ao redor do punho de Norako. O juiz dentuço engolia em seco, com uma expressão meio apavorada, enquanto olhava o combate ao longe, bem longe. Foi então que Norako deu um salto de uns dois metros na vertical, brilhando em energia amarela enquanto sua capa se movimentava e Kem o acompanhava com os olhos no meio daquela fina chuva, estando muito atento à esfera de energia azul.

– Agora receba o... PUNHO DO PRÍNCIPE! – gritou Norako lá do alto ao lançar a esfera de energia azul em alta velocidade na direção de Kem. Podia-se ver a esfera descendo, cortando aquela fina chuva enquanto fazia um barulho eletromagnético. Os olhos de Kem refletiam o brilho azul da esfera de energia, que se aproximava dele em alta velocidade numa fração de segundo.

– RAAAAA! – gritou Kem pouco antes de ouvir-se um grande estrondo, "BUM". A esfera de energia que Norako havia lançado atingira alguma coisa. Kem desapareceu no meio de uma bola de fumaça, para a qual todos olharam enquanto Norako tocava com os seus pés no chão. O juiz dentuço espiava ao longe, hesitando em se aproximar.

– Viram? O príncipe guerreiro acabou com ele num só ataque! – disse, com uma voz orgulhosa, um guerreiro pequenino que estava de braços cruzados ao lado daquele soldado magro que suspeitava da identidade do guerreiro loiro. Norako fechava sua guarda enquanto observava aquela bola de fumaça se desmanchando rapidamente com aquela fina chuva. O sr. Kiraua apontava o cristal medidor de energia na direção da bola de fumaça, enquanto ouvia o barulho da chuva batendo, agora mais forte, no seu guarda-chuva.

– Amarelo-V90... Hum – disse o sr. Kiraua ao olhar para o cristal e logo em seguida para o seu netinho. – Seu pai é esperto, menino. Ele aumentou a variação de energia numa fração de segundo para defender ou se esquivar do golpe... Vamos ver. – O sr. Kiraua olhou novamente para frente, vendo a bola de fumaça desaparecer e dar lugar a uma energia de cor amarela escura, viva e brilhante, que fazia um barulho eletromagnético enquanto a chuva caía mais forte e alguns relâmpagos clareavam o céu de nuvens escuras. Essa era a energia que agora envolvia Kem, que foi visto diante de todos quando aquela fumaça que encobria o seu corpo desapareceu por completo.

"Vejam! É o guerreiro loiro!", "Não acredito". Esses foram alguns dos comentários que surgiram por entre os guerreiros e soldados que assistiam ao combate.

– Devo-lhe dizer que você me assustou... príncipe guerreiro – disse Kem enquanto olhava com uma cara séria para Norako, que estava uns cinco metros à sua frente. Depois Kem olhou para baixo e viu um buraco no chão entre os seus pés. – Você quase conseguiu me acertar – disse Kem ao olhar novamente para Norako.

– Você tem certeza disso? – Norako sorriu, seus cabelos azuis molhados de chuva.

– O quê? – indagou Kem, franzindo a testa enquanto a chuva escorria por sua face. Os barulhos das trovoadas se faziam presentes.

– Por que você não olha para os seus pés?

Ao ouvir Norako, Kem olhou para baixo e viu os seus dedos dos pés para fora dos sapatos. A esfera de energia azul, além de fazer um buraco no chão, também fizera um buraco na ponta dos sapatos azuis de Kem. "A Sakura vai me matar... Ah, não... Esses eram os sapatos novos que ela trouxe da região sul especialmente para mim", pensava Kem enquanto fazia uma cara de bobo e assustado ao mesmo tempo, olhando para os seus sapatos destruídos.

– Agora é minha vez – sussurrou Kem para si mesmo, ainda olhando para baixo, enquanto fechava fortemente ambas as mãos, mostrando uma expressão séria e confiante em sua face. No meio daquela chuva que encharcava o gramado, Kem olhou para Norako e logo em seguida deu dois passos largos e rápidos, batendo seus sapatos furados no chão molhado, pouco antes de saltar e gritar:

– RECEBA UM DOS MEUS GOLPES MAIS FORTES... CHUTE VOADOOOOR! – Nesse instante podia-se ver Norako com as mãos fechadas, cruzando os braços na frente do peito para defender a voadora de pé direito de Kem, um golpe que fez explodir um brilho de energia amarela ao atingir o príncipe guerreiro. A uns dez metros dali, o juiz dentuço via Norako sendo arrastado para trás com uma incrível velocidade, empurrado pela pressão do chute voador que não desgrudou dos braços do príncipe guerreiro, até ele conseguir parar a apenas uns vinte centímetros de encostar num soldado que fazia parte da roda. Podia-se ver dois rastros no gramado molhado, feitos pelos pés de Norako ao rasgarem o chão.

– Ah... ah. – desabafou Norako, como se estivesse sofrendo com o golpe que acabara de receber, mantendo a cabeça abaixada e os olhos fechados. "Que golpe formidável... ah... ah. Se eu não o tivesse defendido... ah... já teria perdido a luta... ah. Será esse o poder de um Guerreiro do Universo?... Ah", pensava Norako enquanto sentia o seu corpo abalado, ainda mantendo os braços cruzados.

Alguns soldados e guerreiros que assistiam ao combate ficaram boquiabertos com o que haviam acabado de ver. Aquele soldado magro passava a mão em seu queixo, enquanto olhava muito curioso para o jovem loiro que mantinha um sorriso orgulhoso estampado em sua face.

Norako foi lentamente descruzando os braços, erguendo a cabeça e abrindo os olhos, e logo em seguida olhou para Kem.

– Devo admitir que esse golpe me machucou, meus braços estão doendo.

Kem e Norako encaravam um ao outro, ambos brilhando em energia amarela, completamente molhados pela chuva. Os cabelos de Kem até pareciam mais arrumados por agora estarem ensopados de água.

– Mais um golpe e você estará na roda, Norako – disse Kem, pouco antes de dar um sorriso confiante. Norako deu uma risadinha, como se o que Kem acabara de dizer fosse impossível de acontecer. Podia-se ver um relâmpago cortando céu abaixo, iluminando a torre do norte do castelo e a bandeira azul que vibrava em sua ponta. Norako esticou seus braços na direção do rosto de Kem e abriu as mãos pouco antes de gritar:

– RESPLENDOR! – Uma luz branca muito forte cruzou da mão direita para a mão esquerda de Norako, brilhando como os raios de sol. No mesmo instante os olhos de Kem sentiram o efeito do golpe, fazendo com que ele não enxergasse nada além de uma luz branca. Kem virava-se para todos os lados, tentando se localizar, mas enxergava tudo branco, como se estivesse no nada. Desesperado, Kem esfregava a mão em seus olhos para tentar voltar ao normal; porém, nada acontecia.

– Mas o que é isso? – murmurou Kem para si mesmo enquanto mostrava uma expressão assustada em seu rosto molhado pelas gotas da chuva, que continuava a cair fazendo barulho. – Não estou vendo nada... nada.

– Estou aqui, guerreiro! – gritou Norako, que agora estava no centro da roda, pois havia caminhado até lá enquanto Kem estava sofrendo com o golpe do "resplendor". Aquele soldado meio gordo cutucou o soldado magro dessa vez.

– Eu apenas tinha visto Norako dar esse golpe uma vez anteriormente. Deve ser um golpe secreto – dizia o soldado meio gordo, enquanto o soldado magro e o guerreiro pequenino olhavam para ele atentamente.

Enquanto a visão de Kem voltava aos poucos, podia-se ver Norako no meio da chuva com seus longos cabelos azuis molhados, colocando sua mão direita em sua capa branca ensopada, puxando-a e arrancando-a de suas ombreiras douradas para logo em seguida jogá-la no chão de seu lado direito. Após isso, Norako arrancou sua camisa verde-clara, jogando-a em cima de sua capa branca naquela grama encharcada de água.

Por baixo da camisa, Norako usava um colete de cor verde-esmeralda brilhante. Na frente de seu peito, dois cintos laranja-claros se cruzavam enquanto seguravam uma bainha de mesma cor em suas costas, acessório este que antes se escondia debaixo de sua camisa e de sua capa.

Ao enfiar a sua mão direita por entre seus molhados cabelos azuis em suas costas, Norako puxou uma espada, fazendo um barulho metálico; uma espada em formato levemente curvado, um só gume, cabo preto, muito parecida com aquela do sr. Kiraua, porém a sua cor era azul-clara. "Hum... Norako foi muito esperto ao esconder essa arma. Nem ao menos eu havia percebido isso", pensou o sr. Kiraua, olhando para Norako empunhando a espada enquanto a chuva caía fazendo barulho sobre o seu guarda-chuva.

Quando Kem se recuperou do efeito do "resplendor", voltando a enxergar normalmente, ele olhou para baixo, vendo aqueles dois rastros no chão molhado, e percebeu que ainda estava no mesmo lugar. Logo em seguida, Kem olhou para trás e viu Norako.

– Aí está você... príncipe guerreiro! – exclamou Kem enquanto olhava para Norako no centro da roda, sem perceber que ele segurava uma espada. Kem se agachou e tirou os seus sapatos furados. Logo em seguida, os homens que estavam ao redor começaram a ver o jovem de cabelo loiro molhado caminhando até Norako, enquanto seus pés descalços pisavam no gramado encharcado fazendo barulho.

– Eu só não entendi por que você não me atacou após fazer o "resplendor"! – dizia Kem enquanto já estava a uns cinco metros de Norako, pouco antes de grudar os olhos na espada azul que refletia o brilho da energia amarela. – Mas o que é isso aí? – Kem apontou seu dedo indicador direito para a espada azul enquanto fazia uma cara de bobo, parando a uns três metros de Norako! – Isso é uma... uma es... espada!

– Isso mesmo! E não o ataquei naquela hora porque a luta teria terminado se eu jogasse você na roda – disse Norako enquanto mostrava um sorriso pretensioso em sua face e olhava para Kem. – E, se a luta tivesse terminado, eu não poderia ver o seu talento com armas.

– Talento com armas? – disse Kem, franzindo a testa e olhando para Norako, que logo em seguida esticou seu braço, apontando a espada na direção da arquibancada. O sr. Kiraua ficou olhando esse gesto sem entender.

– Vamos... Pegue a espada que está com o Kiraua! Ele estava carregando uma, não é mesmo? – disse Norako enquanto encarava Kem, que depois olhou para a arquibancada e engoliu em seco. "Ai, ai, ai, eu nunca prestei muita atenção nas aulas de espada que papai me deu", pensava Kem enquanto fazia uma cara de bobo e abria a boca, mostrando os seus dentes cerrados.

– Ei, você aí, soldado! – gritou o sr. Kiraua de cima da arquibancada, ao que aquele soldado magro olhou para trás. – Pegue essa espada que está aí no segundo degrau e entregue-a para o guerreiro loiro. – Logo em seguida o soldado magro pegou a espada e levou-a para Kem. "Muito bem, Kem... Agora mostre o que você aprendeu nas nossas aulas de espada", pensou o sr. Kiraua enquanto girava o guarda-chuva na mão.

Kem agora empunhava a espada prateada de seu pai em sua mão direita, encarando Norako à sua frente, ambos brilhando em energia amarela. Os barulhos das trovoadas e da chuva caindo e das energias que fluíam incessantemente se misturavam em um ambiente de céu escuro, onde os relâmpagos brilhavam.

Sem demora, Norako, o príncipe guerreiro, avançou cortando a chuva e o vento frio com a espada azul num golpe na horizontal, do qual Kem desviou ao encolher a barriga e encurvar as costas. Foi então que Norako começou uma sequência de golpes de espada, obrigando Kem a defendê-los. "TLIM, TLIM, TLIM...", esses eram os barulhos da espada azul batendo na espada prateada. Todos ao redor olhavam para os combatentes brilhando em energia amarela e ouviam os barulhos metálicos das espadas batendo. Nesse instante o juiz dentuço estava bem longe dos combatentes. Kem começou a se afastar, meio desequilibrado, enquanto defendia com dificuldade os golpes de espada de Norako. "Mas que droga! Se isso continuar assim, ele vai fazer picadinho de mim", pensou Kem enquanto aquele "TLIM, TLIM, TLIM..." continuava sem parar.

– Vamos, guerreiro! Não sabe manejar uma espada? – dizia Norako, fazendo Kem se afastar cada vez mais enquanto golpeava-o sem parar, sem dar-lhe oportunidade para contra-atacar. "Eu agora acho que deveria ter sido mais rigoroso nos treinamentos de espada que eu fazia com Kem", pensou o sr. Kiraua ao balançar a cabeça negativamente, enquanto seu netinho assistia ao combate concentrado, sem ao menos piscar, mantendo aquela carinha séria. O menino parecia fascinado enquanto via e ouvia as espadas batendo.

– Haaaaa! – gritou Norako ao fazer um golpe de cima para baixo com sua espada azul que refletia os relâmpagos, cortando o vento e a chuva em alta velocidade. "TLIM", um alto barulho causado pelo impacto da espada azul com extrema força na espada prateada, vibrou nos ouvidos de Kem e de Norako. Podia-se ver Kem ajoelhado, defendendo o golpe de espada de Norako com a espada prateada – Vamos ver até quando você vai aguentar. – À medida que Norako fazia força com a espada azul, os cotovelos de Kem iam se dobrando lentamente, fazendo com que seus braços se abaixassem cada vez mais junto com a espada prateada.

Barulhos de trovoadas se faziam presentes, a chuva continuava caindo forte e, em um breve segundo, tudo ficou claro quando dois relâmpagos desceram na direção da floresta vermelha. A espada azul já estava quase tocando a cabeça de Kem, que já não aguentava mais a força que Norako fazia sobre ele. De repente, Kem começou a elevar sua energia, que logo em seguida explodiu em um intenso brilho e força, jogando Norako para trás. A espada azul do príncipe guerreiro voou alguns metros para cima, rodopiando por entre as gotas de chuva, e depois caiu fincada no chão, próxima aos pés de Kem, fazendo o barulho de uma lâmina ao vibrar.

– AAAAAH! – gritava Kem, extasiado, segurando a espada prateada em sua mão direita. A energia que fluía ao redor de seu corpo começou a aumentar de intensidade de maneira brutal, fazendo com que a força do vento aumentasse, expulsando as gotas de chuva que caíam à sua volta e fazendo o chão vibrar com fúria. Também vibrava a mão esquerda do sr. Kiraua, que segurava o cristal medidor de energia, agora se mostrando na cor laranja. Norako, caído sentado no chão, arregalava os olhos enquanto olhava para Kem alguns metros à sua frente.

Podia-se ouvir um forte barulho eletromagnético vindo da energia, agora laranja, que envolvia o corpo de Kem, no momento em que a espada azul vibrou, desenterrando-se do chão, e depois subiu flutuando no ar. A água do chão e da chuva que caía espirrava para os lados, formando um grande círculo ao redor de Kem.

Com a intensa ventania que se formou, o guarda-chuva do sr. Kiraua foi empurrado para trás, puxando fortemente o seu braço direito pouco antes de virar do avesso, fazendo o barulho de um "flupt". O sr. Kiraua quase caiu de costas com o menino e depois fez uma cara de surpresa ao olhar para o guarda-chuva.

De repente, a imagem do planeta Urano foi aparecendo lentamente atrás de Kem, até ficar mais forte e brilhante, com uns dez metros de altura. Todos ao redor olhavam, espantados e boquiabertos. O cristal medidor de energia, além de estar na cor laranja, também mostrava o número 20. "Minha suspeita realmente estava certa. Esse guerreiro loiro é o Kem... Sim, ele é um Guerreiro do Universo", pensava o soldado magro enquanto cruzava os braços e observava a imagem de Urano.

– É incrível – sussurrou Norako para si mesmo e depois começou a se levantar. – Que poder incrível. – Norako, já de pé, olhava para Kem enquanto a imagem do planeta Urano desaparecia lentamente e a natureza ao redor se acalmava. A espada azul caiu no chão, junto com a espada prateada que Kem jogou para o lado, pouco antes de começar a caminhar em direção a Norako. A energia laranja que envolvia o corpo de Kem estava agora mais tranquila e com menor tamanho, algo superficial, porém mais forte e brilhante.

Disparando em uma corrida rápida, Kem saltou por cima de Norako, dando uma cambalhota no ar, e, após tocar com os seus pés no chão molhado, travou a garganta do príncipe guerreiro com uma chave de pescoço, prendendo-o por trás. Podia-se ver Norako franzindo a testa e o nariz e fechando os olhos enquanto fazia força tentando se soltar.

– Não desperdice a oportunidade de vencer o oponente, príncipe guerreiro, pois ele pode reverter a situação da luta – dizia Kem, mantendo sua energia na mesma intensidade enquanto a energia amarela de Norako começava a diminuir, assim como a chuva, que ficava mais fina com o passar dos segundos.

– Vi que você não é muito bom com armas, Kem... ah... Porém, você... ah... é incrivelmente forte – dizia Norako, sofrendo com a chave de pescoço de Kem, que o apertava, fazendo-o perder as forças.

Espantados! Assim estavam os guerreiros e soldados que olhavam para Kem, reconhecendo-o como um Guerreiro do Universo, que vencia o combate contra Sua Majestade, o príncipe guerreiro. Mas, de repente, um objeto estranho passou voando em alta velocidade rente à torre do leste e depois começou a descer verticalmente em direção ao campo de combate, fazendo sombra sobre as cabeças de Kem e Norako, no meio daquela chuva. Ao perceber a sombra no chão e um barulho diferente, Kem olhou para o alto e viu uma nave azul descendo, prestes a pousar. De cima da arquibancada, o sr. Kiraua tentava arrumar o guarda-chuva enquanto franzia a testa e acompanhava a nave com o olhar, até que finalmente ela tocou no gramado molhado a uns cinco metros de Kem e Norako.

– Quem será? – indagou-se Kem, baixinho, dispersando do combate. Ao perceber que Kem amolecera os braços, Norako se soltou e ficou olhando para a nave.

– Espere, Kem! Infelizmente será necessário interromper o nosso combate – dizia Norako enquanto passava suas mãos no pescoço. Kem olhava para ele, vendo o relógio computador verde brilhante em seu pulso esquerdo. – Ninguém pode pousar dentro do castelo azul sem permissão. – Norako agora olhava para a nave, franzindo a testa. De repente, Kem arregalou os olhos ao ver um símbolo desenhado na nave.

– É um *triângulo negro*! – disse Kem, espantado. – Norako, é melhor você pegar sua espada, pois eu acho que teremos uma companhia não muito agradável por aqui.

Após Norako ouvir as palavras de Kem, um portal de energia azul apareceu na lateral daquela nave, e o vulto de um homem podia ser visto por detrás.

14 Revelações

Kem e Norako olhavam, surpresos e muito concentrados, para o vulto que aparecera por detrás do portal de energia azul, um portal que começava rente ao chão e subia quase até o teto da nave. Um homem estava prestes a sair de dentro da nave azul que tinha o símbolo do triângulo negro desenhado em sua lateral. A chuva caía fina, e aos poucos a escuridão do céu ia diminuindo, assim como as trovoadas e os relâmpagos.

– Kem – disse Norako ao chamar Kem, que olhou para ele no mesmo instante. – Por que você ficou tão espantado ao ver essa nave?

– Você não está vendo, Norako? – disse Kem, afobado, ao olhar para a nave e apontar para o símbolo. – Veja! Aquele é o símbolo do triângulo negro.

– Triângulo negro? – indagou Norako ao franzir a testa e depois olhar para o símbolo.

– Não acredito – disse Kem, surpreso, ao olhar para Norako. – Puxa vida... Vai me dizer que você não sabe sobre o Exército do Triângulo Negro?

– Não – disse Norako, fazendo cara de dúvida ao olhar para Kem, que no mesmo instante arregalou os olhos, ainda mais surpreso.

– O Exército do Triângulo Negro é uma organização ilegal e ameaçadora, considerada a maior inimiga do rei do planeta Netuno – dizia Kem, à medida que via Norako fazendo cara de surpresa. – Você é da Família Real, achei que soubesse disso.

Espantado com o que acabara de ouvir, Norako abaixou-se para pegar a sua espada azul, que estava próxima a seus pés, caída sobre o gramado molhado. Logo em seguida, o príncipe guerreiro se levantou e esticou o seu braço direito para o alto, empunhado a espada.

– CERCAR! – gritou Norako com tanta força que fez doer os tímpanos de Kem. Ao ouvirem a ordem de Norako ecoando por todo o campo, os soldados e guerreiros imediatamente saíram de suas posições, desfazendo a formação da roda para agora cercarem aquela nave azul desconhecida. O sr. Kiraua, que conseguiu arrumar o seu guarda-chuva azul e que agora o fechava porque a chuva tinha parado, sentiu-se até isolado ali naquela arquibancada, pois os soldados, que antes estavam ali perto, agora se aglomeravam em volta da provável nave inimiga.

– Nunca fiquei sabendo da existência de tal exército, Kem. Meu pai, o rei Luzano, é muito amigo do rei do planeta Netuno e nunca me disse nada sobre isso. Será que ele sabe de alguma coisa e nunca me contou? – Norako olhou para o portal de energia azul, concentrando-se no vulto daquele homem que ainda estava ali. – Talvez isso possa ter alguma ligação com os fatos misteriosos que têm acontecido ultimamente.

– Fatos misteriosos? O que você quer dizer com isso, Norako? – perguntou Kem ao franzir a testa.

– É que ultimamente... – tentou dizer Norako, mas Kem interrompeu:

– Oh, não! Agora eu me lembrei. – Kem virou-se para trás repentinamente e olhou para a arquibancada. – Filho! Preciso tirar meu filho daqui. Pode ser perigoso.

Quando Kem estava prestes a correr em direção à arquibancada, uma voz se fez presente:

– Espere! Está fugindo, Guerreiro do Universo? – gritou uma voz vinda de dentro daquela nave azul. Kem ficou paralisado no mesmo instante, feito uma estátua. – Não é você quem protege esse planeta?

– Essa voz – sussurrou Kem para si mesmo enquanto mantinha os seus olhos arregalados e o olhar desfocado, paralisado. Seus cabelos loiros ainda estavam um pouco molhados.

Norako e todos os soldados e guerreiros ao redor olhavam para a nave muito concentrados após ouvirem aquela voz misteriosa, prontos para atacar ao menor movimento do suposto inimigo.

– Você pousou em território proibido! – gritou Norako, direcionando sua voz para o vulto daquele homem por detrás do portal. – Vamos! Saia daí logo e se entregue! Você está cercado pelas *Tropas da Fortaleza Real do planeta Urano*!

– Essa nave – sussurrou Kem novamente, e depois se virou para olhar a nave azul. – É muito parecida com aquela outra. Será a mesma? – Kem olhava fixamente com cara de espanto para a nave, estudando-a com os olhos. – Não, não pode ser! Será ele? – Kem grudou os olhos no portal de energia azul e viu o vulto se mexer, logo em seguida colocando um dos pés para fora da nave. Podia-se ver um sapato preto tocando a grama azul molhada, acompanhado por uma perna com calça marrom. Logo em seguida, o outro sapato preto tocou o chão e o corpo daquele homem misterioso atravessou completamente o portal.

Finalmente, o homem misterioso, que antes se escondia atrás do portal de energia azul como um vulto, agora se mostrava diante de todos. Num sutil e breve ruído, "zuuum", o portal se fechou.

Sapatos pretos, calça e camisa marrons, pulôver verde, gravata-borboleta vermelha, casaco preto, cabelos grisalhos e ondulados, óculos e uma cartola preta. Essa era a aparência do homem misterioso, um homem magro de nariz fino e rosto marcado pela idade. Todos se depararam frente a frente com...

– Raldot! – exclamou Kem ao franzir a testa, fazendo cara de dúvida. O homem misterioso que acabara de sair da nave azul do triângulo negro era o cientista doido do norte, nada mais, nada menos que Raldot. "Mas o que ele faz aqui? E, além do mais, chega pousando desse jeito no cast... oh, ou", pensou Kem, confuso.

– PRENDAM-NO, SOLDADOS! – gritou Norako ao apontar sua espada azul na direção de Raldot, quando três soldados de preto já haviam corrido para cima do cientista doido. Um dos soldados prendia Raldot pelo pescoço, enquanto os outros dois travavam suas pernas e seus braços, fazendo sua cartola cair no chão. Olhando para aquela cena, Kem passava a mão nos cabelos enquanto arregalava os olhos e fazia cara de bobo, mostrando um sorriso cheio de dentes, e pensando: "Ai, ai, ai".

– Ei, o que estão fazendo... Soltem-me, soltem-me! – gritava Raldot, desesperado, tentando se mexer, mas não conseguia, pois estava bem preso. Norako caminhava em direção a Raldot enquanto segurava a espada azul com o seu braço esticado para baixo.

– Os inimigos do rei do planeta Netuno também são nossos inimigos – dizia Norako com uma cara séria, fixando os seus olhos azuis em Raldot sem saber quem era ele, enquanto o vento fazia mexer seus longos cabelos azuis, ainda um pouco molhados, caídos sobre a bainha laranja em suas costas.

– Pare, pare! O que pensa em fazer? O que vai fazer? – gritava Raldot, ainda mais desesperado. Norako empunhou a espada no alto, segurando-a com as duas mãos.

– Cortar-lhe-ei a cabeça, e assim vai parar de fazer escândalo... guerreiro do triângulo negro – disse Norako, convicto, lançando um olhar penetrante a Raldot, que olhou desesperado para Kem pouco antes de fechar os olhos e engolir em seco.

– Ei, Norako, espere! – gritou Kem ao esticar seu braço direito para frente. – Isso é um engano! Esse cara maluco aí não é um guerreiro do triângulo negro! – Norako olhou rápido para Kem, franzindo a testa e meio confuso. – Na verdade ele é o cientista...

Mas nem deu tempo de Kem completar o que ia dizer. De repente, uma pequena esfera de energia azul atingiu as mãos de Norako, fazendo sua espada cair no chão. Podia-se ver o portal da nave aberto novamente. Nesse instante, três esferas de energia azul saíram de dentro da nave pelo portal em alta velocidade para atingir aqueles três soldados que seguravam Raldot. "BUM, BUM, BUM!" – Essa foi a sequência dos barulhos que as esferas fizeram ao atingirem em cheio as cabeças de cada um daqueles três soldados, que soltaram Raldot no mesmo instante.

Os soldados e guerreiros ao redor, que presenciaram aquele ataque inesperado, agora olhavam atentamente para o portal de energia azul, assim como Kem, esperando uma resposta. Norako, que fazia cara feia por estar sentindo suas mãos abaladas pelo ataque surpresa, também olhava para o portal. Foi então que Raldot se abaixou para pegar sua cartola, um pouco molhada pela água do chão, e logo em seguida levantou-se, colocando-a na cabeça. Agora recuperado do susto, o cientista fez aquela cara maluca de sempre e começou a caminhar em direção a Kem, pisando sem querer no pé de um daqueles três soldados que estavam caídos sentados no chão, ainda meio tontos pelo ataque que receberam.

– Cheguei até a pensar que você ia deixar ele cortar minha cabeça, Kem – disse Raldot ao parar perto de Kem.

– Não diga isso, Raldot. Eu tinha o controle da situação – disse Kem ao fechar a sua mão esquerda na altura de seu rosto. Raldot sorriu, arregalando os olhos, fazendo uma cara muito maluca.

– Bem, Kem, mas ele foi mais rápido que você. – Raldot fixou os olhos no portal da nave. – Não é mesmo?

– Ele? – perguntou Kem, confuso, enquanto franzia a testa. – Ele quem? – Ao dizer isso, Kem olhou para o portal de energia azul.

De repente, um ser misterioso atravessou o portal. Tinha o formato de uma bola de uns trinta centímetros na cor azul-clara, olhos amarelos e brancos, sérios, e a boca fechada, revelando uma expressão séria. Podia-se ver essa criatura flutuando a um metro do chão, enquanto quatro esferas de energia azul ficavam girando ao redor de seu corpo em um movimento horizontal no sentido horário, fazendo barulhos eletromagnéticos. Todos ao redor olhavam para a criatura azul e redonda, uns fazendo cara de dúvida, outros, cara de espanto, e alguns outros, uma cara séria. Kem franzia a testa com cara de dúvida, olhando para a criatura.

– Já pode desfazer a posição de combate... forma-forma! – gritou Raldot, olhando para a criatura.

– O quê? Forma-forma? – gritou Kem com uma voz de surpresa e cara de espanto ao mesmo tempo, arregalando os seus olhos, que estavam fixos na criatura.

Ao entender o pedido de Raldot, aquela criatura azul fez desaparecer completamente as quatro esferas de energia azul que circulavam em torno de seu corpo redondo. Logo em seguida, a criatura se dirigiu até Raldot, voando na horizontal, e parou flutuando bem na frente do cientista doido, que estava do lado esquerdo de Kem. Norako, com cara de dúvida, olhava para Kem, conversando com aquele homem que há pouco chamara de inimigo, enquanto se abaixava para pegar a espada azul.

– Esse aqui é o forma-forma azul, Kem – explicou Raldot enquanto olhava para a criatura. – O forma-forma vermelho que você conhece é da espécie brincalhona, ele gosta de brincar e se divertir. – "Não me diga", sussurrou Kem com uma voz irônica e depois pensou: "E também gosta de fazer travessuras". – Mas o forma-forma azul... – continuou Raldot – é da espécie guerreira.

– Espécie guerreira? – indagou Kem, que depois olhou para o forma-forma azul.

– Exatamente, Kem. Os forma-forma azuis, como você viu, podem produzir e lançar energia e, além disso, podem se movimentar rapidamente e voar a grandes altitudes – explicou Raldot a Kem, que ficou de boca aberta.

– Isso é incrível! – exclamou Kem, erguendo suas sobrancelhas loiras. – Mas ele é bem sério, hein. – Kem olhou para a expressão séria do forma-forma azul. – Parece até o meu filho. Ah! E, por falar nisso, onde está o meu... – dizia Kem, enquanto olhava para trás – ...filho. – Kem viu aqueles guerreiros e soldados que estavam mais atrás se mexendo, um esbarrando de leve no outro, em um breve tumulto, enquanto podia-se ouvir a voz do sr. Kiraua:

– Dá licença aí, dá licença... Vai pra lá, vai. Deixa eu passar aqui, deixa... Vai, vai. – O sr. Kiraua, carregando o seu netinho nos braços, passava por entre os guerreiros e soldados, abrindo caminho para ir até onde Kem estava. "Claro, mestre Kiraua, pode passar", "Sim, mestre Kiraua", "Vamos, abram passagem para o mestre Kiraua", essas eram as vozes dos guerreiros e soldados que estavam no caminho do sr. Kiraua. – Tome, Kem, pegue ele, meus braços já estão cansados. Você é o pai da criança – disse o sr. Kiraua ao entregar o seu netinho para Kem.

– Olá, filho! O que achou da luta do papai? – dizia Kem, empolgado, enquanto segurava seu filho nos braços e olhava para aquela carinha séria de sempre. O sr. Kiraua, que estava à direita de Kem, olhou para frente, vendo Norako.

– O que está acontecendo aqui? – disse Norako, meio desconfiado, ao se aproximar de Kem, que no mesmo instante olhou para o príncipe guerreiro com aquele colete verde brilhante, ainda segurando a espada azul.

– Como eu estava tentando lhe dizer, Norako, mas fui interrompido... – disse Kem, pouco antes de olhar para o forma-forma azul. – Esse homem não é um integrante do triângulo negro, e muito menos o nosso inimigo. Na verdade ele é um amigo e está do nosso lado. – Kem sorriu e olhou para Raldot, que fazia uma cara maluca enquanto olhava para Norako. O príncipe guerreiro estranhou-o e fez uma cara de desentendido, mas logo em seguida mostrou-se com uma expressão mais amigável, quando Kem explicou que ele era um cientista doido que morava na região norte.

– E essa nave com o símbolo do triângulo negro? – perguntou Norako olhando para Kem, que logo em seguida olhou para Raldot e disse:

– Essa nave é...

– Sim, Kem. Essa é a mesma nave que você encontrou do lado de fora da floresta petrificada – afirmou Raldot enquanto olhava para aquela nave em formato triangular, azul, com a traseira circular e com o símbolo do triângulo negro em sua lateral esquerda. O sr. Kiraua, que estava de braços cruzados, e Norako olhavam para Raldot enquanto ouviam atentamente as suas palavras. – Como você sabe, Kem, eu analisei essa nave durante um bom tempo. Porém, você ainda não sabe o que eu descobri... sobre ela! – Raldot arregalou os olhos e aproximou a sua cara maluca de Kem, que até sorriu meio forçado enquanto inclinava o seu corpo um pouco para trás. O menino de cabelo azul olhava com uma cara séria para o cientista doido.

– Então, Raldot! Diga o que você descobriu! – disse Kem, empolgado.

– "PLIM", "PLIM", "PLIM"! – um alto barulho metálico ressoou aos ouvidos de Kem, que fez cara feia. – HORA DA REFEIÇÃO! HORA DA REFEIÇÃO!

– gritava um soldado de preto, enquanto caminhava pelo campo batendo com um pequeno bastão metálico azul em uma lâmina metálica também azul em forma de escudo.

– Vamos comer, Kem. Depois todos nós conversaremos – disse Norako ao olhar para Kem, que ainda mostrava uma expressão apertada em seu rosto por causa do barulho que ouvira há pouco. – Eu também tenho algo a lhe dizer. Lembra que comentei sobre os fatos misteriosos? – Kem consentiu com a cabeça ao olhar para Norako.

Parecia que tanto Norako quanto Raldot estavam prestes a fazer misteriosas revelações. Mas, afinal, o que o cientista doido do norte tinha descoberto, que o levou a chegar de forma tão inusitada ao castelo azul?

– Papai! – exclamou Kem ao olhar para o sr. Kiraua à sua direita. – O Klaus ficou me devendo uma resposta. Por que todos o chamam de "mestre Kiraua"? – Ao ouvir isso, o sr. Kiraua avermelhou as bochechas.

– Bem, como agora vamos fazer a refeição, você verá o "mestre Kiraua" em ação – disse Norako com um ar de simpatia pouco antes de Kem olhar para ele. Os ouvidos de Kem se aguçaram, esperando Norako dizer mais alguma coisa. – Seu pai cozinha para nós de vez em quando, Kem. Ele é "o mestre Kiraua", o nosso "mestre--cuca"!

– Mestre-cuca? – indagou Kem ao olhar para o sr. Kiraua, que estava com a cara vermelha como um tomate. – Então era isso, papai? – O sr. Kiraua mostrava uma expressão de vergonha em sua face enquanto desviava o seu olhar do rosto de Kem. – *Hahaha... hehehe...* Então não era um mestre de artes marciais... *hihihi...* e sim um mestre de cozinha... *haha... hahaha.* – Podia-se ver Kem perdendo o fôlego de tanto rir, mas não de forma a desprezar o sr. Kiraua, e sim por parecer uma criança feliz, inocente, uma pessoa que gostava de se divertir. – Desculpe, papai, é que... *hahaha...* é que eu me empolguei. – Kem abriu os olhos, que antes estavam fechados enquanto ele dava risada, porém não via mais o seu pai à sua frente. – Papai? – indagou Kem, agora franzindo a testa.

– Vamos lá, Kem! – disse Norako pouco antes de colocar a espada azul na bainha laranja em suas costas, fazendo um barulho de metal deslizando e depois batendo. – Seu pai já foi preparar as refeições. Hoje é o dia de saborearmos uma refeição do oeste. – Ao ouvir as palavras de Norako, a barriga de Kem se mexeu e fez barulho. O filho de Kem até olhou para baixo, pensando que tivesse algo estranho por ali. Então Kem e seu filho, Raldot e até o forma-forma azul seguiram Norako a caminho da sala de refeições do castelo azul, onde o sr. Kiraua os aguardava para servir a refeição.

Nesse instante, todos os soldados e guerreiros já não estavam mais ali no campo, pois haviam saído dali junto com o sr. Kiraua para a sala de refeições – que, por sinal, deveria ser muito grande para caber tanta gente. Norako, Kem e seu filho, Raldot e o forma-forma azul passavam pela grama azul molhada, debaixo de um céu que agora estava calmo e nublado como sempre, sem mais sinais de chuva.

Haviam se passado algumas horas desde que John resgatara Sakura, Sara e Eric com a ajuda do forma-forma. Ali, dentro da nave branca, ainda podia-se ver os três passageiros desacordados nos seus assentos, envolvidos por aquela energia vermelha em formato esférico. De repente, Sakura, que estava com a cabeça jogada para trás sobre o encosto do assento, assim como seus longos cabelos castanhos, começou a mexer os dedos de suas mãos, que estavam sobre suas pernas, devagar, quase sem força.

– Kem... ah, ah... ah. O que... aconteceu? – dizia Sakura consigo mesma, com uma vozinha baixa, enquanto abria lentamente os seus olhos. – Essa energia vermelha... é a *Energia de Cura?* – Sakura, sentindo seu corpo um pouco cansado, ajeitava-se com dificuldade no assento enquanto seus olhos verdes viam aquela energia vermelha que a envolvia. – Essa nave... – Sakura virava lentamente sua cabeça de um lado para o outro, meio confusa, vendo as paredes azuis e sólidas da nave. – ...não é a minha. – E, ao perceber um volume de cabelos azuis acima de um dos assentos à sua frente, também envolvido pela energia vermelha, Sakura arregalou os olhos, dizendo:

– Sara! – Sakura virou sua cabeça para o lado e viu mais um assento envolvido pela energia vermelha. – Deve ser... o Eric! – Quando Sakura sentiu alguma coisa incomodando seus braços, ela olhou para baixo. – Mas esses são... dispositivos de cura! Isso significa que... alguém nos ajudou. Mas quem foi?

Sakura franzia a testa enquanto olhava para aqueles dispositivos de cura sobre várias partes de seu corpo. Esses dispositivos em forma de meia esfera estavam quase totalmente azuis, o que significava que Sakura estava quase recuperada por completo.

–Será que foi o forma-forma que nos ajudou? – indagou Sakura consigo mesma, e depois começou a olhar ao redor da nave. – Mas eu não o vejo em parte alguma.

E parecia que realmente o forma-forma não estava mais ali dentro da nave de John. Mas, então, o que teria acontecido com aquela criatura vermelha e redonda de olhos verdes e amarelos? E o que ele teria visto de tão apavorante quando John se deparou com o dono da nave cor-de-rosa?

– Meu pequeno computador, onde estará? – indagou Sakura consigo mesma enquanto vasculhava seu corpo com as mãos, procurando o cubo de metal azul. – Não estou achando. – Sakura agora tocava sua cintura do lado esquerdo com uma das mãos. – Apesar de que talvez ele não fosse funcionar nessa nave. Droga! Como vou sair daqui? Estou presa dentro dessa energia vermelha e não posso fazer nada – dizia Sakura, mostrando uma expressão inconformada em sua face, e logo em seguida deu um soco com raiva na energia. De repente, aquela energia vermelha desapareceu. Sakura olhou para o seu punho, fazendo uma cara de surpresa. Mas logo em seguida percebeu que os dispositivos de cura agora estavam totalmente azuis.

Completamente recuperada, Sakura retirou os dispositivos de cura que estavam em seu corpo e depois se levantou e caminhou até Sara e Eric, que ainda podiam ser vistos desacordados sobre seus assentos, envolvidos pela energia vermelha. Enquanto Sakura olhava para os dois, ela percebeu que eles também tinham dispositivos de cura em seus corpos. Após passar quase um minuto, as energias vermelhas que envolviam Sara e Eric desapareceram.

– Acorde, Sara, acorde! – dizia Sakura, abaixada, enquanto chacoalhava o corpo de sua irmã. Sara começou abrir os olhos lentamente. – Eric, acorde, vamos, acorde! – Agora Sakura chacoalhava o seu sobrinho. E, quando Sara e Eric já estavam totalmente despertos, Sakura ajudou-os a retirar os dispositivos de cura.

"Agora eu entendi! Quando os dispositivos de cura ficam azuis por inteiro, a energia vermelha de cura desaparece", pensou Sakura enquanto olhava para um dispositivo de cura em sua mão direita, pouco antes de jogá-lo no chão.

– O que aconteceu, Sakura? – dizia Sara com uma voz branda. – Estamos no outro mundo?

– Não. Mas estamos em outra nave – afirmou Sakura pouco antes de puxar Sara de seu assento, levantando-a. Logo em seguida o pequeno Eric também se levantou.

– O que estamos fazendo aqui na nossa nave, mamãe? – perguntou Eric, confuso.

– Nossa nave? – Sara começou a olhar ao redor. – Ah, mas é verdade! Estamos dentro da nossa nave! – exclamou Sara, surpresa.

– John! – exclamou Sakura, arregalando os olhos. – Então deve ter sido o John. Sim, ele deve ter nos socorrido e nos colocado aqui para que pudéssemos nos recuperar. – Eric e Sara olharam para Sakura, que inclinou sua cabeça para baixo e começou a trazer vagas lembranças da memória. – A última coisa de que me lembro é que estávamos prestes a bater contra uma imensa duna de areia.

– Mas então onde está o John? – dizia Sara, meio confusa, enquanto olhava para trás e depois para os lados, não vendo nada além dos assentos brancos e das paredes azuis.

– Vamos descer, Sara! – disse Sakura, com uma voz firme e uma expressão convicta estampada em sua face, enquanto olhava para Sara.

Quando Sakura, Sara e Eric já estavam fora da nave branca, pisando sobre as areias quentes do deserto, eles perceberam que estavam em um lugar diferente, pois ali era um campo aberto, um lugar no meio do nada.

– Onde estamos? – disse Sakura, olhando para o horizonte vazio à sua frente. – Aqui não tem dunas. Parece até um lugar perdido no meio do nada.

– Mamãe, tia Sakura... Vejam aquilo! – disse Eric com um ar de surpresa ao apontar o dedo para algo que viu ali perto. Imediatamente Sara e Sakura viraram-se para olhar o que era.

– Mas essa é a minha nave! – exclamou Sakura, surpresa, ao ver a nave azul-clara atrás da nave branca. Acompanhada por Sara e Eric, Sakura se aproximou de sua nave e ficou olhando-a de perto.

– Está muito danificada. – Sakura começou a caminhar com suas botas verde-azuladas sobre as areias quentes do deserto, contornando a nave azul-clara. – Eu só não estou entendendo por que o John pousou aqui nesse lugar.

Após alguns segundos caminhando ao redor da nave azul-clara, Sakura, Sara e Eric se depararam com mais uma surpresa quando chegaram do outro lado. Diante dos olhos dos três, a nave cor-de-rosa estava pousada a uns dez metros dali.

– Essa nave! – disse Eric, espantado, enquanto olhava fixamente para a nave, e depois arregalou os olhos ao começar a trazer lembranças da memória. Parecia que Eric ouvia o barulho do choque entre as naves como se isso tivesse acabado de acontecer. – É... é aque... aquela nave! – Sakura e Sara olhavam para a nave cor-de-rosa com as sobrancelhas erguidas.

– Vamos lá – disse Sakura com uma cara agora animada. Eric parecia hesitar, pois ele havia sido o responsável por se chocar com a nave e se sentia com receio. – Talvez o John tenha pousado aqui para saber o que aconteceu. É bem provável que ele esteja ajudando os passageiros daquela nave. – "Mas ainda estou preocupada com o forma-forma", pensou Sakura.

– Sim, Sakura! – disse Sara, empolgada, ao juntar suas mãos perto do peito e depois sorrir, feliz, olhando para aquela nave cor-de-rosa. – Agora as coisas parecem fazer sentido! Primeiro os dispositivos de cura, depois a nave azul-clara, e agora essa nave cor-de-rosa. – O pequeno Eric estava com a cabeça meio inclinada para cima enquanto olhava para sua mãe e ouvia-a falar. – O John deve estar lá mesmo... Ah, agora eu estou mais aliviada, pois eu já estava ficando preocupada com ele.

Então, Sakura do lado direito, Sara do lado esquerdo e Eric no meio, começaram a caminhar em direção àquela nave cor-de-rosa. Eric, meio receoso, andava devagar, ficando alguns passos para trás de Sara e Sakura. Quando estavam a apenas uns três metros daquela nave, algo fez com que eles parassem.

– Esperem! – advertiu Sakura ao esticar o seu braço esquerdo para o lado enquanto olhava atentamente para o chão. Uma sombra podia ser vista aparecendo ao lado da traseira da nave cor-de-rosa sobre aquelas areias quentes. Sakura franzia a testa enquanto via aquela sombra se aproximando cada vez mais.

– O que foi, irmã? – perguntou Sara ao olhar para a expressão séria e concentrada estampada no rosto de Sakura.

– Alguém está se aproximando – disse Sakura ao apontar o dedo indicador direito para aquela sombra no chão, enquanto um vento quente e seco fazia esvoaçar os seus cabelos castanhos na frente do rosto. "Será que é o papai?", pensou Eric enquanto olhava com uma cara de dúvida para aquela sombra.

– John? É você, John? – dizia Sara com um ar de expectativa enquanto olhava para a sombra se aproximando.

– *John?* – gritou uma voz estranha que nenhum dos três reconheceu. – Então esse era o nome daquele idiota?

– Quem está aí? – disse Sara, com dúvida, e depois deu alguns passos para frente. – Onde está o John?

– Sara! – gritou Sakura, meio preocupada, ao ver sua irmã dando mais alguns passos para frente. Eric olhava para sua mãe sem saber o que pensar ou dizer. De repente, o dono daquela sombra apareceu diante de todos. Com sua mão direita apoiada na parte traseira da nave, a parte que tinha um formato circular, um homem de altura média mostrava um sorriso frio estampado em sua face. Tinha cabelos azul-escuros curtos e arrepiados, da mesma cor de seus olhos e sobrancelhas. Sua pele era branca, bem pálida; seu rosto era meio redondo, e seu corpo, forte. Estava usando um colete azul-marinho da mesma cor de sua calça e sapatos. Sara, Sakura e Eric encaravam, surpresos, aquele homem desconhecido que acabara de aparecer.

– Quem é você? – perguntou Sara, meio assustada, pois aquele homem mostrava uma expressão fria em seu rosto. Mas ele não respondeu a pergunta de Sara e nem ao menos se mexeu.

Quando Sakura grudou os olhos num símbolo que estava desenhado no colete azul-marinho daquele homem, ela fez uma cara de espanto. Logo em seguida, Sakura olhou para a lateral da nave cor-de-rosa e viu o mesmo símbolo desenhado em tamanho maior. O símbolo do triângulo negro, para o qual Sakura olhava, espantada, enquanto o vento quente do deserto batia em sua face e fazia um barulho sinistro.

Sakura rapidamente olhou para Sara e depois começou a se aproximar dela com a intenção de puxá-la e fugir. Porém, mal deu tempo de Sakura se aproximar de Sara e aquele homem correu para cima dela em alta velocidade. Ele segurou Sakura por trás, prendendo o corpo dela junto com os braços, deixando-a imobilizada.

– O que foi, belezinha? Por que se assustou ao ver o triângulo negro? – dizia aquele homem com um tom de intimidação enquanto segurava firmemente Sakura, que tentava se mover mas não conseguia. Sara e Eric olhavam paralisados para aquela cena.

– Solte-me, seu covarde, solte-me! Solte-me! – gritava Sakura, desesperada, pois era a única coisa que conseguia fazer por estar presa daquele jeito.

– *Hahahaha*! – ria aquele homem do triângulo negro com uma voz maléfica. – Parece que você está assustada, não é mesmo? Assustada com o triângulo negro! – Sara, que estava de frente para Sakura, olhava assustada para sua irmã, sem saber o que fazer, enquanto Eric se encontrava alguns passos atrás daquele homem. – Hum... – O homem de cabelo azul-escuro apertou Sakura com mais força, fazendo-a resmungar de dor. – Eu estou achando que você, gracinha, sabe de alguma coisa. Nenhum uraniano deveria saber sobre o triângulo negro. Aliás, é a primeira vez que vejo uma pessoa da raça uraniana que tem os cabelos castanhos – disse aquele homem ao olhar para os cabelos de Sakura, que se mexiam ao vento. – O povo de sua raça miserável geralmente tem cabelos loiros ou azul-claros. Bem diferente da raça superior do planeta Netuno, cuja população toda possui cabelos azul-escuros.

– Então você é... ah... ah... de Netuno? – disse Sakura com dificuldade, sofrendo, perdendo suas forças.

– Oh, você adivinhou! *Hahahaha*! – disse aquele homem com um ar de deboche, rindo com maldade, mantendo Sakura imobilizada.

– Quem... ah... é você? O que você quer? – disse Sakura com os olhos fechados, sentindo sua energia se esgotar, enquanto um vento quente e abafado soprava por ali.

– Vocês, uranianos, serão os próximos! – gritou o homem de cabelo azul-escuro com um ar de audácia, e depois sorriu enviesado e frio.

– Próximos? – indagou Sara com uma voz baixinha consigo mesma, enquanto mantinha seus olhos arregalados e desfocados. Eric ficava pensando onde estaria o seu pai, que poderia ajudá-los nesse momento tão difícil.

– Hu! Já que vou acabar com vocês aqui mesmo, direi meu nome e o que vim fazer aqui – dizia aquele homem com uma voz insolente. – Deixarei que saibam de tudo antes de morrerem. *Hahahahaha*! – ria aquele homem com um tom de voz maléfico. Nesse instante Sara começou a tremer, assustada, Eric começou a bater os dentes e Sakura estava quase inconsciente, com a cabeça tombada e os cabelos jogados para baixo na frente de seu rosto.

– Meu nome é Nagor! E eu vim aqui para...

Mas quando esse homem chamado Nagor tentava dizer alguma coisa, Sara tomou coragem e, ao fazer uma cara séria, abandonando sua expressão de medo, partiu para cima dele gritando:

– SAKURAAA!

Mas, pobre Sara, agiu por impulso, sem pensar, querendo ajudar sua irmã. Com um movimento não muito rápido, Nagor acertou um golpe com a palma de sua mão direita um pouco abaixo do pescoço de Sara, jogando-a para trás e fazendo com que ela batesse com as costas na nave rosa, caindo sentada logo em seguida na areia.

– Mamãe! – gritou Eric, desesperado, ao ver sua mãe caída, e depois correu para perto dela. Eric se agachou e, com suas mãos tremendo de nervoso, segurou as mãos de Sara. – Está tudo bem... com você... mamãe? – dizia Eric com a voz trêmula.

– Fuja daqui, filho. Rápido! Fuja daqui – dizia Sara, mostrando uma expressão abatida em seu rosto enquanto olhava para a carinha de desespero de seu filho. Podia-se ouvir o barulho sinistro do vento abafado que fazia mexer os cabelos azuis de Sara e Eric. Nesse instante, Nagor franziu a testa com uma cara de dúvida e olhou para Sara.

– Você disse "Sakura"? Foi isso mesmo que eu ouvi? – perguntou Nagor, curioso, mas Sara apenas olhava para ele calada, sem responder. De repente, Sakura, com muito esforço, levantou a cabeça para tentar dizer algo, ainda sentindo o seu corpo sendo espremido por Nagor.

– Por quê? Ah... por que você quer saber? – disse Sakura com uma voz baixa, sofrendo. – O que você quer dela? – Nagor agora espremeu Sakura com mais força.

– Me diga, você é ou não é a Sakura? – gritou Nagor, que, depois de alguns segundos sem obter uma resposta, espremeu Sakura ainda mais forte. – Vamos, responda! – Sakura sofria com falta de ar e o corpo abatido, não aguentando mais.

– Pare! – gritou Sara ao esticar seu braço esquerdo na direção de Nagor. – Não a machuque, ela é a Sakura. – Sara fechou os olhos, quase chorando. Eric, agachado ao seu lado, olhava com medo para Nagor. – Ela é a Sakura... Pronto, eu já respondi – disse Sara, fazendo voz de choro. Nagor amoleceu um pouco seus braços, porém ainda mantinha Sakura imobilizada.

– Hum. Então você é Sakura – dizia Nagor enquanto olhava para os cabelos castanhos de Sakura. – Hoje é o meu dia de sorte! O comandante ficará muito feliz assim que eu levar você para ele.

– Comandante? – indagou Sakura com uma voz branda, mostrando uma expressão abatida em sua face. – Me levar para ele?

– Isso mesmo! – afirmou Nagor com uma voz autoritária, olhando para a nave rosa à sua frente. – Eu vim aqui para isso, boneca. Essa é uma de minhas missões nesse planeta miserável. Levar você para o comandante, o homem que tem total poder e está no topo do Exército do Triângulo Negro. Assim, ele me recompensará, me promovendo de posto, e terei total controle sobre uma das regiões desse planeta... *Hahahahaha*! – ria Nagor com uma voz sinistra enquanto mantinha a cabeça um pouco inclinada para o alto. Sara e Eric olhavam, assustados.

– Controle sobre esse planeta? – disse Sakura, abatida, conseguindo manter-se de pé apenas porque Nagor a segurava.

– Exatamente. Tudo estará sobre o nosso controle após o ABALO DE URANO, *hahaha... hahahaha... hahahahaha*! E, antes que isso aconteça, eu devo cumprir a minha outra missão, que é derrotar todos os guerreiros do planeta Urano para que eles não atrapalhem os planos de conquista do nosso comandante.

Ao ouvirem as palavras aterrorizantes de Nagor, Sara e Eric se levantaram, tremendo de medo, fazendo cara de espanto com os olhos arregalados, e logo em seguida encostaram suas costas na lateral da nave cor-de-rosa, perto do desenho do triângulo negro.

– Aonde pensam que vão?! – gritou Nagor enquanto fazia uma cara sinistra encarando Sara e Eric. O garoto, aterrorizado, quase molhou as calças. Sara arregalava os olhos, imóvel. Sakura usou o pouco de força que lhe restava para dizer:

– Duvido... ah... que você consiga vencer o nosso Guerreiro do Universo... ah.

– O quê? Guerreiro do Universo? – indagou Nagor, franzindo a testa, mas depois sorriu, presunçoso. – *Hahaha*, não me faça rir. Como poderia haver um Guerreiro do Universo nessa raça medíocre dos uranianos? – dizia Nagor com um ar de deboche. – Vocês nasceram para serem conquistados, só isso! Nenhum uraniano nojento que se ache forte o bastante poderá nos derrotar. Sequer conseguirão nos arranhar... *Hahaha*!

Segundos aterrorizantes de silêncio se passavam. Sara e Eric, que também estavam preocupados com o que teria acontecido com John, não viam esperanças de escaparem vivos dali, assim como Sakura, que estava quase inconsciente, também não imaginava como poderia escapar de ser capturada. Foi quando uma pequena sombra em forma circular começou a aparecer junto à sombra dos pés de Nagor. A sombra circular aumentava de tamanho, na medida em que um agudo ruído de um "fiiii..." aumentava de volume.

Percebendo a aparição da sombra e do ruído, Nagor franziu a testa, olhou para o alto e... "PLUFT". – Um objeto vermelho bateu e se encaixou na cabeça de Nagor. Parecia-se com um vaso de plantas. Com esse objeto preso na cabeça e sem enxergar nada, Nagor soltou Sakura, que caiu no chão no mesmo instante.

Sara olhava para Sakura estirada sobre aquelas areias quentes, enquanto Eric olhava para Nagor tentando arrancar aquele vaso vermelho da cabeça com ambas as mãos. Sem saber para onde correr, Eric mantinha sua atenção naquele vaso, quando de repente seus olhos viram algo que o deixou surpreso. Dois olhos verdes e amarelos e um sorriso largo apareceram na superfície do vaso vermelho quando Nagor girou-o para o lado, tentando arrancá-lo.

– Forma-forma! – disse Eric com uma voz baixinha para si mesmo, surpreso. Nesse instante Sara correu desesperada para perto de Sakura. Tentando ser rápida para tirar sua irmã dali, Sara agachou-se, pensando: "Essa é a nossa chance. Vamos, irmã, aguente firme!", e logo em seguida levantou Sakura, escorando-a em seus braços. Com muita dificuldade, Sara conseguiu levar Sakura para perto da nave onde estava Eric.

Ainda consciente, porém com uma expressão abatida, Sakura olhou para aquele vaso vermelho, enquanto mantinha-se apoiada com o braço direito nos ombros de Sara, e reconheceu o seu mascote, o forma-forma.

– Forma-forma... Não, não! – dizia Sakura com uma voz branda, rosto abatido e olhos semiabertos, enquanto esticava o seu braço esquerdo e olhava com pena para aquela criatura, pois Nagor enfiou suas mãos na boca do vaso e começou a puxá-lo, fazendo força para rasgá-lo ao meio. O forma-forma arregalou os seus grandes olhos verdes e amarelos e abriu a boca numa expressão de desespero, e somente não era possível ouvir seu grito, porque era mudo, não tinha cordas vocais.

– Mas que irritante! Aaaaah! – gritava Nagor, enraivecido, ouvindo sua própria voz que ecoava dentro do vaso enquanto ele continuava puxando o forma-forma, começando a rasgá-lo. – Maldito! Aaaah! Miserável!

– Vamos fugir daqui, irmã! – disse Sara, desesperada, enquanto olhava para Sakura e a mantinha apoiada em seus ombros. Depois a carregou alguns passos à frente, e Eric acompanhou-as. – Essa é a nossa chance, vamos para minha nave, depressa!

– Preciso salvar o forma-forma primeiro – sussurrou Sakura lentamente ao tentar se soltar de Sara e ficar de pé por conta própria. Ela quase caiu tentando caminhar com as próprias pernas, porém Sara segurou-a, apoiando-a novamente nos ombros.

– Você está muito fraca, Sakura – afirmou Sara, olhando para o rosto abatido de sua irmã. – Vamos! O forma-forma é muito esperto, ele sai dessa sozinho.

Mas quando Sara, Sakura e Eric se prepararam para fugir, eles olharam para frente e viram o forma-forma sendo aberto como um zíper, rasgado ao meio, e depois lançado pelo braço esquerdo de Nagor com toda força para trás, fazendo a criatura se chocar com a lateral da nave branca. Podia-se ver Nagor furioso, encarando os três à sua frente.

– Agora é a vez de vocês – disse Nagor com uma voz fria, um olhar frio e penetrante, pouco antes de fechar fortemente suas mãos. Eric arregalou os olhos com medo e começou a bambear as pernas. Enquanto Nagor dava um passo para frente, os três davam um passo para trás, isso até encostarem na nave cor-de-rosa e ficarem sem saída. Vendo aquele olhar frio e enraivecido de Nagor, os três sentiam-se como presas diante do predador. – Você será a primeira! – Ao erguer o braço, Nagor movimentou sua mão direita para grudar no pescoço de Sara quando, de repente... – Ah... mi... se... rá... vel. Você de novo! – resmungou Nagor, que parecia estar preso por alguma coisa.

Podia-se ver o braço direito de Nagor esticado, faltando apenas uns dois centímetros para sua mão encostar no pescoço de Sara, que estava de olhos fechados, com uma cara de medo. Com sua mão esquerda, Nagor tentava arrancar alguma coisa que estava enrolada e presa em seu pescoço. Era uma corda vermelha, que prendeu Nagor puxando-o um pouco para trás quando ele estava prestes a pegar Sara pelo pescoço.

Podia-se ver essa corda vermelha esticada uns dez metros para trás, do pescoço de Nagor até uma ventosa vermelha que estava grudada na lateral da nave branca. Não podia ser outro, essa corda com ventosa era o forma-forma, que novamente deu um jeito de prender Nagor. Parecia até que a criatura estava mais forte do que o normal, e a sua cor se mostrava num tom de vermelho mais vivo enquanto os intensos raios de sol batiam sobre o seu corpo. Seus olhos verdes e amarelos olhavam para Nagor enquanto mostrava um sorriso sapeca estampado em seu rosto de ventosa.

Passados alguns segundos, Sara abriu os olhos e viu Nagor meio desesperado, tentando arrancar a corda do pescoço com ambas as mãos. "Forma-forma, você é demais! Se eu conseguir escapar daqui, vou pedir um para mamãe", pensava Eric enquanto olhava com uma cara agora animada para a criatura transformada em corda.

– O forma-forma é mais esperto do que eu pensava – disse Sara, admirada. – Vamos, Sakura. Depressa, para a nave branca!

– Não, Sara, isso é arriscado. Eu tive uma ideia melhor – disse Sakura de maneira a impedir Sara. – Vamos, ajude-me a virar. Precisamos ficar de frente para aquele símbolo. – Sakura olhou e apontou com o dedo para o triângulo negro à sua esquerda, desenhado na lateral da nave rosa.

– O que está querendo fazer, Sakura? Não podemos perder tempo! – resmungou Sara.

– Vamos, irmã, confie em mim... ah. – Sakura abaixou a cabeça num mal súbito, mas depois ergueu-a novamente. – Assim será mais rápido. – Com uma cara de dúvida, Sara ajudou Sakura a ficar de frente para o símbolo do triângulo negro. "Como era mesmo o código secreto? Ah... me lembrei. Preciso acertar na primeira para não perder tempo, ou estaremos encrencados", pensou Sakura e depois olhou para trás, vendo Nagor tentando se soltar, começando a emitir um pequeno brilho de energia amarelo-clara. – Aguente firme, forma-forma, confio em você.

– Sua criatura miserável! – gritava Nagor enquanto aumentava lentamente a variação do seu nível de energia, tentando arrancar o forma-forma de seu pescoço. – Vou transformá-lo em pó! Aaaaah! – Mas Nagor se aquietou por um instante quando viu Sakura batendo com os dedos no triângulo negro. – O que pensam que estão fazendo? Isso é ridículo, ninguém pode conhecer o código secreto além de nós! – E Nagor arregalou os olhos quando viu o símbolo do triângulo negro desaparecer para dar lugar a um portal em forma de um grande triângulo de luz azul que apareceu ali na lateral da nave rosa.

– Deu certo! – exclamou Sakura, comemorando. Eric arregalou os olhos, surpreso, e Sara fez uma cara admirada. – Vamos entrar na nave, rápido!

Ao ver os três entrando na sua nave, Nagor ficou furioso. Virou-se para trás, apoiou os pés com firmeza no chão, afundando seus sapatos azul-marinho naquela areia quente, e depois puxou a corda vermelha com toda sua força, "Raaaa", gritando de raiva, elevando sua energia, que podia ser vista expandindo ao redor de seu corpo. Com isso o forma-forma desgrudou da nave branca e voou para o alto, indo em direção a Nagor. E, com seus olhos verdes e amarelos arregalados, o forma-forma transformado em ventosa encarava o olhar furioso de Nagor, que se preparava para apanhá-lo. Tudo isso aconteceu em poucos segundos, enquanto o forma-forma se aproximava rapidamente de Nagor.

Quando Nagor estava prestes a pegar o forma-forma transformado em ventosa, a esperta criatura se transformou em um pequeno foguete vermelho que passou por entre suas mãos envolvidas por uma energia amarela e, uma fração de segundo depois, atravessou o portal da nave rosa e bateu no peito de Eric, fazendo o garoto cair deitado no chão.

– Hã? O que foi isso? – indagou Eric, meio desnorteado, enquanto se levantava do chão metálico da nave, sentando-se. Quando o garoto viu um foguete vermelho de olhos verdes e amarelos com a cara amassada caído ao seu lado, ele o reconheceu e sorriu. – Forma-forma! – E, ao ouvir a voz de Eric, Sakura, que estava sentada do lado esquerdo em um dos três assentos cor-de-rosa de piloto junto ao painel de comando da nave, olhou para o forma-forma e fez um singelo sorriso de contentamento. Sara, que estava sentada à direita de Sakura no assento do meio, olhava sorrindo para o forma-forma foguete como se estivesse agradecendo-lhe por salvar a sua vida.

– Vamos, Sakura, depressa! – disse Sara ao olhar com uma cara séria para sua irmã, que consentiu com a cabeça logo em seguida. Então Sara virou-se para o painel de comando e franziu a testa. – Isso aqui parece um pouco diferente das naves uranianas. – Sara olhava confusa para várias figuras geométricas desenhadas no painel. – Pelo menos precisamos fechar o portal da nave, e rápido! – Sara começou a ficar desesperada, sem saber o que fazer, e olhou para sua irmã. Podia-se ver uma expressão abatida estampada no rosto de Sakura, que foi fechando seus olhos até desmaiar e bater com a cabeça no painel de comando, esparramando seus longos cabelos castanhos sobre o mesmo. – Ah! Sakura!

Debaixo do sol daquele deserto, podia-se ver Nagor mais furioso do que nunca. Quando ele se virou para trás, preparando-se para entrar na nave rosa, seus olhos viram uma cena que o deixou desesperado e ainda mais enfurecido: o portal da nave acabara de se fechar, dando lugar novamente ao símbolo do triângulo negro, que piscou três vezes, aparecendo e desaparecendo, e depois sumiu.

Parece que a cabeça de Sakura havia batido em algo que acionou o fechamento do portal da nave, e, além disso, ainda impediu o seu acesso externo pelo código secreto, fazendo o símbolo do triângulo negro desaparecer por completo da lateral da nave rosa.

– Malditos! Não podem escapar! NÃO VÃO ESCAPAR! – gritava Nagor com os seus olhos ardendo em fúria, enquanto mantinha seu punho direito na frente do rosto e elevava sua energia amarela, que brilhava cada vez mais intensa ao redor de seu corpo. Uma esfera de energia azul-marinho foi se formando na palma de sua mão esquerda, que estava próxima de sua cintura, fazendo um barulho eletromagnético.

Enquanto isso, Sara olhava com uma cara de dúvida de um lado para o outro no painel de comando daquela nave netuniana, tentando adivinhar como funcionava. “Vai ter que ser na sorte”, pensou Sara enquanto olhava para um círculo azul-marinho no painel e colocava uma mecha de seus cabelos azul-claros atrás de sua orelha esquerda. Do lado de fora, Nagor olhava com frieza para sua própria nave.

– Tomem isso... seus uranianos nojentos. – Nagor virou o seu corpo um pouco para a esquerda e preparou-se para lançar a energia azul-marinho que brilhava em sua mão, porém acabou se lembrando de algo nesse instante que o fez hesitar. “Não se importe com o resto, mas traga a Sakura viva para mim. Eu quero ela viva! Entendeu, Nagor? Ou sabe muito bem qual será o seu destino!”, pensava Nagor com os olhos arregalados, lembrando-se das palavras autoritárias de seu comandante. Logo em seguida, Nagor fez a esfera de energia desaparecer de sua mão, assim como a energia amarela que envolvia o seu corpo.

– TUM, TUM, TUM, TUM! – batia Nagor, dando socos fortes na lateral metálica da nave. – Abram essa nave! Eu estou mandando! Abram rápido, senão... – Ao ouvir os barulhos das batidas de Nagor, Eric se levantou depressa e correu para sentar-se ao lado de sua mãe. O forma-forma, agora em sua forma original, flutuava ao lado de Sakura, olhando-a desmaiada. – Abram, seus miseráveis! – Nagor continuava batendo, deixando Sara cada vez mais desesperada, pois ela já havia tocado em várias figuras no painel e nada tinha acontecido.

– Que legal, mamãe! – exclamou Eric com uma cara animada ao ver o painel de comando à sua frente. – Isso se parece até com o painel da nave do jogo "Viagens ao Sistema Solar" que joguei ontem na casa do Bart.

– Agora não é hora para brincadeiras, filho. – Sara estudava o painel com os olhos.

– Você precisa fazer uma sequência combinada para ligar a nave, mamãe.

Foi então que Sara franziu a testa, olhou para Eric e logo em seguida fez um singelo sorriso.

– Agora eu entendi o que você queria dizer, filho, me desculpe. Vamos, troque de lugar comigo e assuma a pilotagem. Quero ver o quanto esse jogo pode simular o comando dessa nave.

Sem demora Eric e Sara trocaram de lugar. Então o garoto tocou em várias figuras geométricas azul-marinho do painel em uma determinada sequência. Logo em seguida, aquelas figuras geométricas tornaram-se pretas e uma voz eletrônica anunciou:

– Nave trinta por cento danificada! Seu desempenho será reduzido em cinquenta por cento na velocidade e altura de voo! DNA verificado há cinco horas! Comando liberado!

– A nave ligou! – disse Eric, animado, enquanto Sara mostrava uma expressão de surpresa estampada em seu rosto. Foi então que Eric segurou o controle direcional em forma de um triângulo negro e deu um comando para a nave subir. Do lado de fora, podia-se ver as areias ao redor da nave sendo jogadas para todos os lados.

– Hã? – indagou Nagor ao sentir algo batendo em suas canelas e depois olhou para baixo, vendo as areias que iam cobrindo os seus pés. – Não... Não pode ser. – A nave começou a fazer um barulho sutil e subiu, flutuando na vertical lentamente. Nagor segurou-se com ambas as mãos na parte de baixo da nave, na lateral, e foi subindo junto com ela.

Quando a nave cor-de-rosa parou flutuando a uns dez metros de altura, podia-se ver Nagor pendurado com seus braços esticados. Nesse instante, o símbolo do triângulo negro voltou a aparecer na lateral da nave. E, num forte impulso, a nave rosa partiu em direção ao horizonte do deserto, e Nagor acabou escorregando e caiu no chão sobre as areias.

– Droga! – resmungou Nagor ao dar um soco com raiva na areia, enquanto via a nave se afastando cada vez mais por aquele céu azul do deserto até tornar-se um pequeno ponto cor-de-rosa ao longe. – Miseráveis! Preciso fazer alguma coisa e pegá-los de algum modo. – Nesse instante, Nagor, que estava caído sentado no chão, apoiando seus cotovelos sobre aquelas areias quentes, virou sua cabeça para o lado e viu a nave branca de John. Logo em seguida sorriu, pretensioso, e começou a levantar-se.

15
A promessa

Podia-se ver Eric sentado sobre o assento cor-de-rosa do meio, segurando o controle direcional do triângulo negro com as duas mãos, enquanto sua mãe, Sara, encontrava-se em pé ao lado de Sakura, verificando se estava tudo bem com ela. O forma-forma, que flutuava por ali, olhava com uma cara de pena para Sakura, enquanto Sara a ajeitava no assento, tirando com cuidado sua cabeça do painel de comando, no qual se encontrava debruçada. Quando a cabeça de Sakura tocou no encosto do assento, esparramando seus longos cabelos castanhos, seus olhos começaram a se abrir. Sentindo o seu corpo cansado, Sakura piscava os seus olhos lentamente, vendo o painel de comando à sua frente.

– O que aconteceu? – sussurrou Sakura consigo mesma, pouco antes de ver o rosto surpreso de Sara, que se inclinou à sua frente, e a cara vermelha e sorridente do forma-forma, que apareceu flutuando sobre o painel de comando.

– Olá, irmã! – disse Sara, pouco antes de fazer um meigo sorriso, mantendo seus olhos semiabertos enquanto olhava para Sakura. – Que bom que você despertou. – Então Sara virou sua cabeça para o lado, olhando para Eric. – Está tudo bem agora. O Eric está pilotando a nave e já devemos estar muito longe daquele homem malvado.

– Está indo muito bem, Eric – afirmou Sakura após olhar para o seu sobrinho, sentado ao seu lado. – Nem mesmo eu saberia sequer ligar essa nave. Você será um grande piloto, Eric!

– Acontece que... na verdade... – disse Eric pouco antes de olhar para o lado, vendo os rostos de sua mãe, do forma-forma e de Sakura. – ...eu não estou pilotando a nave. E acabei de perceber isso agora. – Eric deu um sorriso forçado pouco antes de ver sua mãe e Sakura franzirem a testa e dizerem juntas:

– O quê?

– O que você está querendo nos dizer, Eric? – perguntou Sara, fazendo cara de dúvida. Eric jogou seu olhar para baixo e depois olhou para o rosto de sua mãe, enquanto ela ajeitava com as mãos seus cabelos azuis atrás das orelhas.

– Piloto automático – disse o garoto de cabelo azul ao ver sua mãe e Sakura, franzindo a testa novamente. – Essa nave está em piloto automático e só percebi isso quando... – Eric olhou e apontou com o seu dedo indicador direito para uma tela holográfica sobre o painel de comando à sua frente, que mostrava um mapa com a localização da nave. – ...vi que estava seguindo em uma direção oposta à que eu pilotava. – Com sua mão direita, Eric deu uma palmada no controle direcional em forma de triângulo negro. – O controle direcional está bloqueado e não consigo acessar o modo manual. Estamos seguindo em direção à região oeste.

Ao ouvirem as palavras de Eric, Sara e Sakura olharam para a tela holográfica, vendo um ponto cor-de-rosa se deslocando pelo mapa de Urano.

– Ah! – resmungou Eric ao se levantar. – Vou dar uma volta por aqui, pois estou curioso para saber o que tem de diferente nessa nave netuniana.

– Tenha cuidado, filho, e não fique mexendo em tudo o que vê! – disse Sara ao sentar-se no lugar de Eric, que seguiu caminhando em direção ao fundo da nave. Logo o forma-forma chegou, flutuando perto de Eric.

– Você foi incrível, forma-forma! – disse Eric, admirado, ao olhar para o forma-forma flutuando ao seu lado direito, acompanhando-o enquanto caminhava. Ao ouvir o elogio de Eric, o forma-forma sorriu com um ar de convencido. Eric olhava de um lado para o outro vendo as paredes da nave, que eram cinza-claras, assim como o teto e o chão.

Após andar pela nave e não ver nada além das paredes, Eric, acompanhado pelo forma-forma, chegou até o fundo da nave, onde encontrou uma outra parede; porém, diferente das outras, essa parede tinha algo que lhe chamou a atenção. Havia um triângulo azul-marinho de uns dez centímetros desenhado nessa parede bem em frente aos olhos de Eric.

– O que será isso? – indagou-se Eric, pouco antes de tocar o triângulo com a palma de sua mão esquerda, o que fez com que o forma-forma arregalasse os olhos. De repente ouviu-se um breve ruído eletromagnético e a parede desapareceu num piscar de olhos. Eric agora podia ser visto com os olhos arregalados e uma expressão de espanto estampada em seu rosto, não tanto pela parede ter desaparecido, mas sim pelo que viu atrás da parede. O forma-forma também fazia cara de espanto.

Ali, do outro lado da parede, num lugar que parecia ser uma cabine escondida, encontrava-se um homem sentado e preso em um assento por três cordas feitas de energia azul-marinho que passavam pelo seu tronco, apertando-o contra o encosto do assento.

– PAPAI! – gritou Eric, tão alto que até mesmo Sakura e Sara ouviram-no lá do outro lado da nave e olharam para trás. Ali estava John, preso, com seus cabelos azuis desarrumados e seu rosto todo machucado. – Papai, o que aconteceu? – Eric correu para cima de John, agachando-se ao seu lado. John olhou para Eric com dificuldade, pois estava com os olhos inchados.

– Filho... ah... foi aquele... – dizia John, se esforçando para falar, mexendo sua boca, que mostrava marcas de sangue. – Foi aquele guerreiro de cabelo azul-escuro... ah... Ele me capturou e... – Nesse instante o forma-forma arregalou os olhos ao trazer lembranças à sua memória. Agora as imagens que se passavam na mente do forma-forma eram as de Nagor lançando uma luz azul com sua mão direita no peito de

John, fazendo-o desmaiar, e depois disso ainda dando um soco em seu rosto. Foi essa cena que fez o forma-forma se assustar quando ele estava dentro da nave branca cuidando de Eric, Sara e Sakura.

– E o quê, papai? Papai! – disse Eric ao ver seu pai abaixando a cabeça num mal súbito. Nesse instante Sara chegou.

– Oh, meu Deus, John! – disse Sara com uma expressão aflita, pouco antes de se aproximar de John. – O que aconteceu, meu querido John? – Sara passava a mão no cabelo azul-claro de John enquanto olhava para o seu rosto abatido e machucado. Sakura, ainda sentada no assento lá na frente da nave, olhava para trás com cara de dúvida.

– Ele me capturou e... – disse John enquanto levantava a cabeça. – E queria usar-me como guia, pois ele não conhecia... ah... o mapa de Urano. Além disso, me obrigou a dar informações que eu não queria dizer. Ele me bateu tanto e me torturou até que eu não aguentei mais e disse. – Todos olhavam com uma cara de espanto enquanto prestavam atenção nas palavras de John. – Ele queria saber onde morava o rei Luzano e eu acabei dizendo a localização do castelo azul.

– Castelo azul? – Eric franziu a testa. – E onde fica o castelo azul?

– Fica no ponto 1 da região oeste... ah – respondeu John.

– Mamãe! – exclamou Eric ao olhar para Sara, que no mesmo instante olhou para o seu filho. – A rota programada no piloto automático está nos levando para a região oeste.

– Então isso significa que estamos indo para o castelo azul! – afirmou Sara. – Nagor programou a nave para fazer esse percurso assim que tirou as informações de John. Que canalha! – disse Sara, com raiva, e depois voltou a fazer uma cara de pena ao olhar para John. – Oh, meu amado John, que bom que você está conosco e fora de perigo. Aquele homem ruim não irá mais nos fazer mal, pois está bem longe daqui.

– Eu não contaria com isso, irmã, talvez... – disse Sakura, que ouvia a conversa dos três e agora podia ser vista escorando-se na parede daquela cabine escondida para poder manter-se de pé.

– Sakura? – disseram Eric e Sara ao mesmo tempo num coral de vozes ao olharem para a persistente Sakura, que ainda se aguentava em pé, ali perto deles.

– O radar mostra um objeto se aproximando a toda velocidade. E, ao que parece, é uma nave branca – disse Sakura, enquanto olhava para as caras de dúvida de Eric e Sara.

– O que você está querendo dizer com isso, irmã?

– A minha nave e a de vocês ficaram para trás lá naquele deserto... Junto com o Nagor, não é mesmo, Sara?

Ao entender o que Sakura estava querendo dizer, Sara arregalou os olhos e depois colocou sua mão esquerda sobre a boca.

– Oh, não... Sakura! – exclamou Sara logo após ter tirado sua mão da boca. – Ele deve estar nos perseguindo com a nossa própria nave, não é isso?

– Certamente que sim, Sara. É o que tudo indica – disse Sakura, agora olhando para John, preso naquelas cordas de energia. – Espero que, por um milagre, possamos estar enganados. – Nesse instante podia-se ver Eric olhando desfocado para o chão cinza-claro da nave com uma expressão pensativa em seu rosto.

– Essa nave está um pouco danificada – disse Eric ao olhar para sua mãe Sara e depois para sua tia Sakura. – E, por causa disso, a velocidade foi reduzida pela metade. – Eric agora olhou para o seu pai John, vendo o seu rosto ferido. – A nave do papai, pelo contrário, está em perfeitas condições e pode percorrer o céu em alta velocidade, bem acima da velocidade em que estamos agora.

– E, se for mesmo o Nagor que está vindo em nossa direção, precisamos pensar em alguma coisa bem rápido ou ele nos alcançará em poucos minutos – disse Sakura ao olhar para a face ferida e abatida de John. – Mas, primeiro, seria melhor tirar o John desse assento de tortura. – E, ao ouvir as palavras de sua tia Sakura, Eric, que antes estava agachado, levantou-se e olhou para as cordas de energia que prendiam o seu pai.

– Não se preocupe, papai! Vou tirar você daí! – afirmou Eric de maneira tão convicta que ninguém foi capaz de fazer alguma objeção. Todos agora olhavam para Eric, inclusive o seu pai, que estava bem à sua frente.

Foi então que o garoto grudou suas duas mãos na corda de energia do meio e apoiou o seu pé direito no assento, entre as pernas de John. Logo em seguida, Eric começou a inclinar o seu corpo para trás enquanto puxava a corda de energia, fazendo força. Passados uns trinta segundos de tentativa, as mãos de Eric começaram a se abrir e escorregar da corda, até que, num forte impulso com sua perna direita, o garoto foi com toda a força para trás e... "TUM"... bateu com o traseiro no chão. Eric, agora sentado por causa do tombo, olhava para as palmas de suas mãos, que ficaram avermelhadas, sentindo-as um pouco queimadas, e depois começou a soprá-las. Sakura franziu a testa e estava com uma das mãos na cabeça enquanto olhava para Eric.

– Assim será difícil, meu filho – disse John ao olhar para Eric, que agora chacoalhava as mãos em vez de soprá-las. – Essas cordas são muito resistentes, e acredito que até mesmo guerreiros que sejam fortes não conseguiriam arrebentá-las desse jeito.

– Seu pai tem razão, Eric! – disse Sakura, ao que Eric olhou para ela no mesmo instante. – Precisamos pensar em outra maneira de tirá-lo daí. – Foi então que Sakura olhou para o forma-forma, que flutuava ali perto e estava de costas para John. Ao encarar Sakura, a criatura fez uma cara de dúvida, franzindo o seu rosto vermelho, e depois foi virando-se lentamente para trás até ver John. Logo em seguida o forma-forma se transformou em um ponto de interrogação e ficou fazendo uma cara pensativa, enquanto olhava para John. Após alguns segundos, a criatura abriu um sorriso e arregalou os olhos.

Sara e Eric, sem ao menos piscar, olhavam para o forma-forma quando, de repente, a criatura transformou-se de ponto de interrogação em uma grande tesoura.

Sem perder tempo, o forma-forma tesoura se enfiou entre as três cordas de energia que prendiam John e fechou-se, fazendo um barulho: "TRACK!".

Mas, infelizmente, esse não foi o barulho das cordas cortadas, e sim o barulho das grandes marcas de dente que as cordas de energia fizeram naquela grande tesoura vermelha. Nesse instante podia-se ver o forma-forma tesoura fazendo cara de choro, umedecendo seus olhos verdes e amarelos.

Numa expressão inconformada, Eric colocou suas mãos sobre a cabeça, Sara colocou as mãos sobre os lábios e Sakura tapou os olhos com uma das mãos, pois estavam torcendo para a criatura cortar as cordas, e aconteceu quase o contrário. Então o forma-forma saiu dali das cordas meio desengonçado e torto para ficar flutuando acima de John.

Em uma transformação rápida, o forma-forma transformou-se em seis pequenas bolas vermelhas. Após isso, cada uma das bolas transformou-se em uma mola. E, assim, cada uma das molas forma-forma se comprimiu e se enfiou entre as bordas do assento e as cordas de energia, três de um lado e três do outro. Com uma expressão um pouco abatida e também meio confusa, John olhou para baixo do seu lado direito e depois para o lado esquerdo, vendo aquela criatura que agora eram seis molas.

– O que está pensando em fazer agora, forma-forma? – perguntou John, enquanto ficava virando sua cabeça de um lado para o outro, ora vendo as três molas da direita, ora vendo as três da esquerda começando a se descomprimir. À medida que as molas forma-forma se descomprimiam, aumentando de tamanho, as cordas de energia azul-marinho se esticavam para cima, fazendo com que o corpo de John, que antes ali, estava apertado, agora começasse a ficar folgado. Podia-se ver, no meio de cada mola, os olhinhos apertados do forma-forma, que fazia força, enquanto John olhava surpreso para aquela cena, com os olhos arregalados, sentindo o seu corpo cada vez mais livre. Sara e Eric viam aquela cena boquiabertos enquanto Sakura olhava para aquilo tudo de maneira pensativa.

– Ei, Sara! – chamou Sakura de forma espontânea, ao que Sara olhou para ela. – Rápido, Sara, aproveite para tirar o John dali enquanto as cordas ainda estão esticadas. – Sem saber o que fazer, Sara olhava com cara de dúvida para John. – Vamos, Sara! Puxe ele pelos pés ou pelos braços enquanto o forma-forma se aguenta como molas... Rápido!

Foi então que Sara se dirigiu para trás do assento de John e segurou-o por baixo dos braços com as suas frágeis mãos de mulher. Nesse momento, Eric olhava para as cordas esticadas enquanto ouvia-as fazer pequenos ruídos de estalos, começando a descer muito lentamente, fazendo as seis molas vermelhas se comprimirem aos poucos. A expressão que o forma-forma mostrava em cada mola era a de alguém que estava fazendo muita força para se aguentar.

– Mamãe! – gritou Eric ao olhar para Sara. Os barulhos dos estalos continuavam enquanto as cordas de energia forçavam o forma-forma a comprimir-se. – Depressa, mamãe, puxe o papai! – Com uma cara apertada, Sara começou a fazer força, puxando John para cima para tirá-lo dali do assento. "Força, Sara!", gritava Sakura, escorada na parede. O corpo de John começou a ser tirado do assento à medida que Sara dava passos lentos e forçados para trás. – Vamos lá, mamãe, você consegue! – Eric olhava com expectativa enquanto via sua mãe puxar o seu pai.

Nesse instante o forma-forma já havia descido metade da altura de quando as cordas estavam esticadas ao máximo. A criatura já não estava mais aguentando segurar. E, quando Sara já havia conseguido tirar o corpo de John quase totalmente para fora do assento, as cordas comprimiram totalmente o forma-forma, fazendo as seis molas vermelhas espirrarem para fora do assento e baterem no chão logo em seguida, ao que podia-se ouvir vários barulhos de "TÓIM, TÓIM, TÓIM" enquanto saltitavam.

– Oh, não! Você quase conseguiu, mamãe... Veja só os pés do papai. – Eric apontou com o dedo para os pés de seu pai, que ficaram presos na última corda de energia, a corda de cima. Mas, mesmo assim, Sara não desistiu.

– Não se preocupe, querido! Vou tirar você daí – disse Sara com confiança e logo em seguida começou a puxar John novamente com força, balançando lentamente para trás e para frente, para trás e para frente, para trás e para frente... até que...

Num forte impulso para trás, os pés de John saíram de seus sapatos brancos, que acabaram ficando presos na corda de energia e...

– TUM! POFT! – Foram esses os barulhos de Sara batendo as costas no chão e depois John caindo em cima dela.

– Você conseguiu, querida, muito obrigado – disse John, caído em cima de Sara.

– Por na... da, que... ri... do – dizia Sara, quase sem voz, faltando o ar, espremida entre John e o chão. – Por fa... vor, ago... ra saia de ci... ma de mim.

Por um breve instante podia-se ver Sakura e Eric com uma expressão alegre, enquanto riam e olhavam para Sara e John caídos ali no chão. As molas forma-forma, que também estavam no chão, saltaram para cima e se uniram, transformando-se novamente em uma bola vermelha de olhos verdes e amarelos.

Enquanto ajudava John a se levantar, Sara contou brevemente a ele como conseguiram entrar na nave de Nagor. Quando John já estava em pé, escorado nos ombros de Sara, e parecia que tudo já havia sido resolvido, Sakura lembrou-se de algo não muito agradável.

– Bem, agora que conseguimos soltar o John... – dizia Sakura enquanto via Sara se aproximando com John – ...precisamos fazer alguma coisa para despistar a nave branca que está nos seguindo e que provavelmente está sendo pilotada por Nagor. O castelo azul ainda está um pouco longe, e acredito que não conseguiremos chegar a tempo, pois o perseguidor já está bem próximo. – Foi nesse instante que Eric olhou para Sakura.

– Tive uma ideia, tia Sakura!

Enquanto isso, na sala de refeições do castelo azul, podiam-se ver três enormes mesas azuis com uns cem lugares cada, onde muitos guerreiros e soldados faziam agora as suas refeições. Ali também se encontrava Kem, no meio da segunda mesa, sentado entre o seu filho, que estava num assento especial para bebês, e o sr. Kiraua, que estava do seu lado direito. Raldot se encontrava em pé atrás dos três, no corredor entre a segunda e a terceira mesa.

– Não vai comer nada, Raldot? – disse Kem com a boca cheia de comida ao olhar para trás, vendo Raldot com os braços cruzados. Depois olhou para frente e abocanhou mais um pedaço da refeição do oeste. – Hum! Mas que DELÍCIA! – dizia Kem, empolgado, enquanto mastigava o último pedaço de sua refeição amarela do oeste. Podia-se ouvir o barulho de um "TRIM" enquanto Kem empilhava o seu quinto prato vazio em cima da mesa. Raldot olhava com uma cara maluca para Kem, que mostrava um sorriso de satisfação enquanto dava uns tapinhas com as mãos sobre sua barriga, agora um pouco maior por causa das cinco refeições do oeste. O sr. Kiraua empilhava o seu sexto prato vazio, dando até a impressão de que estava disputando com Kem quem comia mais.

– Modéstia à parte, acho minhas refeições uma delícia! – disse o sr. Kiraua, pouco antes de olhar para Kem do seu lado esquerdo e passar a mão em seu bigode azul-acinzentado. Nesse instante Kem olhou para o seu filho, vendo aquela carinha séria de sempre.

– Eu também adoro as suas refeições, papai, porém não sei se ele achou o mesmo – disse Kem ao olhar para a refeição no prato de seu filho. – Veja só, papai! Ele nem tocou na comida. – Kem agora olhava para o garotinho de cabelo azul, sentado, imóvel, mantendo aquela cara séria.

– Esse garoto deve ter puxado a Sakura nessa parte – afirmou o sr. Kiraua ao dar uma espiadela em seu netinho. Foi quando Kem se levantou da cadeira, espreguiçando-se, e depois olhou para Raldot, que ainda estava de braços cruzados.

– Ei, Raldot, me diga! – exclamou Kem, ao que Raldot descruzou os braços e encarou o jovem loiro no mesmo instante. – Já se passou um ano desde que você comentou sobre a profecia, e até agora nada de estranho aconteceu. Será que o Ganimedes não se equivocou em suas previsões? – E, após Kem fazer essa pergunta, o cientista doido do norte começou a fazer uma expressão muito, e muito maluca que podia ser vista estampada em seu rosto.

– Você está louco? – disse Raldot com uma voz firme enquanto fazia uma cara meio séria e meio maluca, olhando para Kem. "Eu sou o louco?", pensou Kem, indagando-se ao fazer uma cara *de alguém que não deveria ter feito uma pergunta*, enquanto via os dois olhos muito arregalados de Raldot próximos à sua face.

– A PROFECIA! – gritou Raldot ao esticar o seu braço esquerdo para o alto, fazendo uma cara séria e maluca. O sr. Kiraua bateu com uma das mãos em sua testa e balançou a cabeça. Aos olhos de Kem, Raldot, que agora estava ao lado do sr. Kiraua, apoiava ambas as mãos na mesa, prestes a subir. Com um jeito meio desengonçado, o cientista doido subiu na mesa, ficou de pé, colocando as mãos na cintura, e depois ficou virando lentamente sua cabeça de um lado para o outro, vendo os guerreiros e soldados que estavam na terceira mesa. – Escutem! Combatentes do planeta Urano! – Nesse instante Kem olhava para Raldot com uma cara de "faz de conta que eu não o conheço".

De repente, os guerreiros e soldados de todas as mesas começaram a olhar para Raldot enquanto alguns ainda faziam suas refeições. Nesse instante começaram os cochichos: "Olhem! Ele deve ser algum palhaço que Vossa Majestade contratou para animar o nosso horário das refeições", "Tem razão! Deve ter sido por isso que ele chegou naquela nave estranha pousando daquele jeito no campo", "É verdade! Então foi tudo combinado".

– Silêncio, por favor! Silêncio! – gritava Raldot, mexendo as mãos enquanto ouvia uma onda de cochichos se espalhando no ar como se fossem zumbidos. "Ei, palhaço, faça uma palhaçada!", gritou um guerreiro de cabelo azul que estava na mesa de trás, a primeira mesa. E, quando Raldot movimentou o seu corpo para virar-se para trás, sem querer ele pisou bem em cima da refeição do filho de Kem, escorregando e depois caindo sobre a pilha de pratos, quebrando tudo e fazendo muito barulho. Com isso a cartola de Raldot voou e foi parar bem em cima da cabeça do sr. Kiraua, que não sabia se ria ou se chorava, assim como Kem. Uma onda de gargalhadas se espalhou, ecoando por toda a grande sala de refeições. Alguns guerreiros e soldados começaram a chorar de tanto rir, enquanto outros ficaram até com falta de ar. "Boa palhaçada... *hahahaha*... minha barriga está doendo... *hehehehe*", dizia aquele mesmo guerreiro de cabelo azul enquanto ria sem parar. Mas, de repente, tudo ficou mudo e o silêncio se fez presente novamente quando uma voz autoritária se pronunciou:

– O que está havendo aqui? – Essa era a voz de Norako, que podia ser visto chegando à ponta esquerda da segunda mesa, acompanhado pelo guerreiro Sebastian e por seu irmão Klaus, que acabara de se recuperar. Sebastian estava vestido com aquela roupa amarela, e Klaus, com sua camiseta e botas verde-claras e calça azul-clara. Com a cartola preta na cabeça, o sr. Kiraua olhou para a direita e viu Norako. Kem fez uma animada cara de surpresa ao ver Klaus. – Qual é o motivo de tantos risos? – Norako começou a caminhar pelo corredor onde Kem estava, enquanto alguns soldados da terceira mesa colocavam as mãos na boca para disfarçar os risos. Podia-se ver Raldot se levantando, pouco antes de ficar novamente de pé sobre a mesa. Quando Norako viu o cientista doido, ele parou e franziu a testa, encarando-o.

– Repetirei aqui a "profecia"! Ouçam-na atentamente! – gritava novamente Raldot, agora fazendo uns gestos, mexendo os seus braços no alto. Norako, que ainda estava com aquele relógio e o colete verde brilhante, cruzou os braços e ficou prestando atenção no cientista doido. Fazendo uma cara séria, Raldot começou a pronunciar com uma voz firme:

– *"O Imperador do Mal deseja conquistar. O discípulo se voltará contra o mestre e reunirá forças para atacar. A estrela Sol é um dos pontos da Via Láctea a ser conquistado.*

Os dias de guerra estão se aproximando. Uma violenta batalha entre os Guerreiros do Universo deixará uma marca na história. Os guerreiros mais fortes surgirão, e aqueles que não estiverem preparados serão aniquilados. Os poderes das estrelas serão cobiçados. Uma luta entre o Bem e o Mal se aproxima."

Raldot entonou a profecia de uma maneira tão extravagante que sua voz fez com que todos que antes estavam rindo agora ficassem arrepiados e surpresos. Um ar de silêncio agora dominava a sala de refeições, com exceção apenas dos barulhos dos passos de Sebastian e Klaus, que caminhavam até pararem ao lado de Norako, este olhando para Raldot com uma expressão de surpresa.

– O que você está querendo dizer com isso, cientista, amigo de Kem? – perguntou Norako com uma voz firme, mantendo os olhos fixos em Raldot, que fez uma cara maluca e abaixou um pouco a cabeça para olhar para o príncipe guerreiro, ainda de braços cruzados. Todos os guerreiros e soldados estavam prestando atenção na conversa entre Vossa Majestade e aquele cientista doido. Enquanto isso, Kem tirava o seu filho do assento para pegá-lo no colo, e o sr. Kiraua tirava a cartola da cabeça para devolvê-la a Raldot, que agradeceu com um "muito obrigado, Kiraua". Ao ajeitar a cartola na cabeça, Raldot olhou novamente para Norako.

– Explicarei de outra maneira, então! – disse Raldot, com uma cara maluca, pouco antes de fazer uma cara séria. – Quero dizer, ou melhor, a "profecia" diz que um dos discípulos do mestre Chun se voltará contra ele, se isso já não ocorreu ainda, e... – Klaus cutucou Norako com o cotovelo e cochichou em seu ouvido direito: "Deve ser o mesmo mestre Chun de quem o mestre Kiraua me falou há quase dois anos". Todos se mantinham em silêncio, ouvindo Raldot. – ...como ele deseja conquistar o Sistema Solar, isso SIGNIFICA... – Raldot agora começou a gritar. – QUE O PLANETA URANO TAMBÉM É ALVO DO INIMIGO!

Por alguns segundos, o silêncio tomou conta do ambiente. Todos que ali estavam começaram a mostrar uma expressão meio preocupada em seus rostos. E, após aquele breve discurso, Raldot começou a descer da mesa, quase acertando o seu pé na cara do sr. Kiraua, que ainda estava sentado.

Agora podia-se ver, ali naquele corredor, enfileirados um ao lado do outro, Kem, com o seu filho nos braços, Raldot, Norako, Klaus e Sebastian. Logo em seguida o sr. Kiraua se levantou e cumprimentou Klaus, perguntando se estava tudo bem com ele. Com uma cara animada enquanto apertava a mão do sr. Kiraua, Klaus disse que já estava pronto para outra.

– Cientista! – exclamou Norako ao colocar sua mão sobre o ombro direito de Raldot, que olhou para ele no mesmo instante. – É verdade o que está dizendo? Urano será atacado?

– Não apenas o planeta Urano, como provavelmente muitos outros sistemas e planetas de nossa Via Láctea serão alvos do "Imperador do Mal", assim como diz a profecia de Ganimedes – respondeu Raldot.

– Você quer dizer que foi Ganimedes, o velho sábio de Júpiter, quem formulou essa profecia? – perguntou Klaus, entrando na conversa. Raldot agora olhava para Klaus.

– Exatamente. E, como eu já havia dito para Kem e Kiraua... – Nesse instante o sr. Kiraua passou a mão em seu bigode e olhou para Raldot. – Ganimedes formulou a profecia baseando-se nos sonhos do mestre Chun e através de informações que conseguiu por outros meios. – Ao ouvir as palavras de Raldot, Klaus ergueu as sobrancelhas, enquanto Sebastian cruzava os braços.

– Então, talvez... talvez os fatos misteriosos que estão acontecendo possam ter alguma ligação com isso tudo – dizia Norako com uma voz calma e com a cabeça abaixada enquanto olhava para o chão. Kem franziu a testa e deu dois passos para ficar de frente a Norako.

– Diga, Norako, o que está acontecendo? – perguntou Kem, pouco antes de ver os olhos azuis de Norako. – Lembro-me de que você comentou sobre isso anteriormente.

– Sim, Kem – disse Norako ao consentir com a cabeça enquanto encarava Kem. – É que, ultimamente... – Todos que estavam ali próximos de Norako aguçaram seus ouvidos para não perderem uma só palavra – ...ouvimos relatos de que algumas naves estranhas têm sobrevoado o espaço aéreo do planeta Urano de uma maneira muito suspeita, como se estivessem explorando vários lugares. Além disso, foram informadas algumas ocorrências de ataques no ponto 12 da região sul, local conhecido como "país robótico" por ter a maioria da população formada de robôs. Muitas casas e robôs foram destruídos por ataques aéreos e por terra. O caos estava presente lá e...

– Mas que covardes! – interrompeu Raldot ao bater com seu punho direito na palma de sua mão esquerda, fazendo barulho. – O Guerrebô precisa entrar em ação para defender os seus irmãos robóticos da região sul! – dizia o cientista com seu braço esquerdo esticado, apontando o dedo indicador para o alto, enquanto podia-se ver no seu pulso aquele objeto metálico azul brilhante em forma triangular. Norako olhou para Raldot com uma cara de dúvida e piscou os olhos.

– Guerrebô? – indagou Norako, ainda olhando para o cientista.

– Ei, calma aí, Raldot – disse Kem ao tocar com sua mão direita sobre o ombro de Raldot, enquanto segurava o seu filho com o braço esquerdo. – E então, Norako, o que estava dizendo? – perguntou Kem, interrompendo uma possível explicação de Raldot sobre o Guerrebô. O cientista abaixou o seu braço e olhou com uma cara séria para Kem, que tirava sua mão do ombro de Raldot enquanto olhava para Norako.

– Como eu estava dizendo... – continuou Norako, – ...o caos estava presente no país robótico, e por isso eu mandei algumas tropas lá para pegarem os invasores. Porém, quando nossos homens chegaram, os invasores já não estavam mais lá. As únicas coisas que puderam ver foram as marcas da destruição.

– Puxa vida, Norako! – exclamou Kem ao fechar fortemente a sua mão direita e franzir o nariz. Klaus, Sebastian e o sr. Kiraua mantinham-se apenas de braços cruzados, quietos e atentos. – Isso está acontecendo em todo o planeta, Norako?

– Os ataques ocorreram apenas no país robótico, enquanto a invasão do espaço aéreo parece estar ocorrendo apenas nas partes iluminadas desses anos de três regiões de Urano. E, além de tudo isso... mais uma coisa estranha vem acontecendo desde ontem. – Todos fizeram uma cara *de quem estava esperando uma resposta*, enquanto alguns segundos se passavam num clima de silêncio. – Todas as naves com destino ao planeta Netuno estão sendo barradas na órbita de Nereida, que é o satélite mais distante daquele planeta. A Estação Interplanetária de Urano nos informou que cancelou todos os seus voos para o planeta Netuno, pois há uma poderosa esquadra de naves armadas cercando a órbita de Nereida, impedindo qualquer um de se aproximar.

– Isso parece preocupante – disse Raldot, ao que todos olharam para ele, enquanto fazia uma cara pensativa, mantendo sua mão direita sob o queixo. Num gesto rápido, Raldot olhou para Kem à sua frente, do lado direito. – Era exatamente nesse ponto que eu queria chegar. – Olhando para o cientista, Kem franziu a testa e tombou um pouco a cabeça para o lado. – Escute, Kem... Aquela nave azul-marinho do Exército do Triângulo Negro que está pousada ali fora, e que você encontrou nas redondezas da floresta petrificada, pertence ao comandante deles.

– Ao comandante deles? – indagou Kem, arregalando os olhos.

– Sim, pertence ao comandante do triângulo negro, que se chama... – Nesse instante o sr. Kiraua, Klaus, Sebastian e Norako aguçaram seus ouvidos. Então Raldot disse:

– *Netuno!*

– Netuno? – disseram ao mesmo tempo Klaus, Sebastian, Norako, sr. Kiraua e Kem num coral de vozes.

– Você quer dizer que o planeta Netuno conseguiu entrar dentro daquela nave e veio até aqui a Urano? – perguntou Kem de forma inocente enquanto imaginava o planeta Netuno com olhos, nariz e boca entrando apertado na nave azul-marinho.

– NÃO, IDIOTA! – vociferou Raldot, gritando com tanta força que até espirrou saliva no rosto de Kem, que apertou os olhos ao sentir seus tímpanos vibrando. Norako e o sr. Kiraua fizeram uma cara de bobo, arregalando os olhos enquanto viam Raldot. – Netuno, Netuno é o nome de um guerreiro que comanda o Exército do Triângulo Negro, o soberano deles! – disse Raldot com uma voz alta, pouco antes de Kem avermelhar as bochechas e dar um sorriso forçado ao contrário de seu filho, que fez uma cara de bravo para o cientista. – E provavelmente foi ele quem você tentou perseguir dentro da floresta petrificada. – A expressão envergonhada de Kem foi mudando lentamente para uma expressão mais séria.

– Quer dizer então que aquele... aquele miserável era o comandante do Exército do Triângulo Negro, o guerreiro Netuno! – disse Kem com uma voz séria enquanto mantinha o olhar desfocado. – O que ele queria? Por que estava na floresta petrificada? Por que aquele miserável veio para Urano há quase dois anos? – indagou-se Kem, e depois olhou para Raldot. – Será que todos esses fatos misteriosos têm alguma relação com o Exército do Triângulo Negro?

– Não podemos afirmar nada com certeza ainda, Kem – disse Raldot. – Como sabemos, o Exército do Triângulo Negro é inimigo do rei do planeta Netuno, e não do planeta Urano. – Kem olhou para Norako.

– Me diga, Norako, o rei do planeta Netuno não comentou nada sobre o que está acontecendo?

– Não, Kem – disse Norako ao balançar a cabeça num gesto negativo. – Desde quando esses fatos misteriosos começaram a acontecer, nós não conseguimos mais entrar em contato com o rei do planeta Netuno. Todos os meios de comunicação com o planeta Netuno parecem estar bloqueados. – Kem erguia suas sobrancelhas enquanto Raldot ajeitava sua cartola com as mãos, os dois olhando atentamente para Norako. O sr. Kiraua, Klaus e Sebastian também ouviam atentamente as palavras do príncipe guerreiro. – Minha dúvida é... se meu pai sabe de alguma coisa e não nos disse nada – comentou Norako antes de olhar para Klaus do seu lado direito. Klaus arregalou as sobrancelhas e fez um gesto com as mãos, como se quisesse dizer: "Eu não sei de nada".

– Raldot! – chamou Kem, pouco antes de ver a cara maluca do cientista. – E o robô UPPSSR8? Tem alguma informação nova do planeta Netuno?

– Em primeiro lugar, Kem... – o cientista fez uma cara mais maluca – ...é URSP8! – disse Raldot com a voz alta. E, após alguns segundos encarando Kem, Raldot abaixou o olhar e seus olhos começaram a ficar umedecidos. – Esse robô, Kem, ele também...

– Oh, não, Raldot, não me diga que... – disse Kem, pouco antes de ver Raldot erguer o olhar novamente.

– Eu também perdi o contato com ele, Kem, assim como aconteceu anteriormente com URSP7.

Após ouvir as palavras de lamento de Raldot sobre o robô espião, Kem fez uma cara bem séria e olhou para o sr. Kiraua, depois para Sebastian, Klaus e, por último, Norako.

– Escutem! – gritou Kem, ao que todos olharam para ele, inclusive o seu filho. – Sabemos que algo estranho está acontecendo e não sabemos ainda quais serão as consequências disso. Se eu não estiver enganado, nós aqui somos os guerreiros mais fortes do planeta Urano e... – podia-se ver o sr. Kiraua engolindo em seco – ...precisamos ficar alerta a quaisquer acontecimentos suspeitos. – Kem ergueu seu punho direito, esticando o braço para o alto. – Nós somos responsáveis por proteger esse planeta de qualquer ameaça. E, se algo realmente acontecer, estarei sempre pronto para lutar! – Foi então que Kem abaixou o seu braço até a altura de seu peito, mantendo-o esticado, e depois abriu sua mão. – Quem estará comigo? Quem sempre estará pronto para lutar? – Norako sorriu e depois colocou sua mão direita sobre a mão de Kem. Klaus deu um passo para frente e fez o mesmo. Depois foi a vez de Sebastian.

Podia-se ver quatro mãos, uma em cima da outra. A única mão que faltava ali era a do sr. Kiraua, que, após hesitar durante alguns segundos, finalmente colocou-a junto às outras quatro, forçado pelos olhares de Kem, Norako, Klaus e Sebastian. E, ao ver a mão de seu pai tocar a de Sebastian, Kem sorriu e anunciou:

– Se concordarem, repitam comigo: *"Prometemos agora proteger Urano até o fim!"* – Três segundos de silêncio se passaram e as cinco vozes gritaram juntas:

– PROMETEMOS AGORA PROTEGER URANO ATÉ O FIM! ... RAA-AA! – E os cinco jogaram as mãos para o alto. Logo em seguida, Norako ergueu os braços e ficou virando e olhando para os soldados e guerreiros à sua volta, que, ao entrarem no mesmo clima de empolgação, jogaram os punhos para o alto e também gritaram "RAAAA" num mar de vozes que ecoou de forma extravagante por toda a sala de refeições.

Mas, de repente, ouviu-se um barulho de passos que batiam rápidos e fortes no chão. Os ouvidos de Kem, assim como os de Norako, aguçaram-se.

Um soldado de preto com cabelo loiro vinha correndo, desesperado, atravessando a sala de refeições e depois virando no corredor entre as mesas dois e três para chegar até Norako. Todos ao redor acompanhavam esse soldado com seus olhares, num clima de suspense. O príncipe guerreiro franziu a testa no instante em que o viu se aproximando.

– Vossa Majestade, Vossa Majestade! – disse o soldado, respirando fundo ao chegar perto de Norako, que mostrava uma expressão de surpresa em sua face. – Uma nave... – O soldado respirou fundo e continuou. – Uma nave acabou de pousar no campo de treinamento e... – respirou fundo mais uma vez – ... parece que tem aquele símbolo, o do triângulo... o do triângulo negro. – Nesse instante, Norako arregalou os olhos e abriu a boca, pouco antes de olhar para Kem, que fazia a mesma expressão em sua face.

– Vamos lá, guerreiros! – disse Norako com uma voz firme, enquanto virava sua cabeça, olhando para o sr. Kiraua, Sebastian, Klaus, Kem e até Raldot. – Agora deve ser a hora em que começaremos a cumprir a nossa promessa.

16
O comandante

Podia-se ver, correndo na parte de fora do castelo, seguindo em direção ao gramado azul do campo de treinamento, Norako ao lado de Kem, Klaus logo atrás ao lado de Sebastian e, por último, Raldot junto com o forma-forma azul, os dois bem mais atrás, pois o cientista não conseguia acompanhar a velocidade dos outros quatro. O sr. Kiraua tinha ficado na sala de refeições cuidando de seu netinho a pedido de Kem, afinal, poderia haver uma batalha perigosa lá fora e o garoto deveria ficar em segurança.

– Veja! – disse Kem ao olhar e apontar com o dedo indicador direito para uma nave pousada na grama azul a uns trinta metros dali, enquanto corria ao lado de Norako. Podia-se ouvir o barulho de seus pés batendo fortemente no gramado azul em que acabara de entrar. Após alguns segundos correndo e olhando para a nave, Kem e Norako finalmente chegaram e pararam perto dela. Logo em seguida, Klaus e Sebastian também chegaram. Parados um ao lado do outro, os quatro olhavam sérios e atentos para a nave. – É uma nave cor-de-rosa!

– E a traseira dela é em formato circular, como aquela outra – afirmou Norako, percebendo que aquela nave azul em que Raldot veio estava logo atrás da nave rosa. – Eu nunca tinha visto naves parecidas com essas antes.

– Sim... e tem o símbolo do triângulo negro, como aquele soldado havia dito – disse Klaus, que estava do lado direito de Norako, enquanto olhava e apontava para o símbolo do triângulo negro que via na lateral da nave rosa, uns três metros à sua frente. Nesse instante, Raldot chegou cansado, com a língua de fora, acompanhado pelo forma-forma azul, que estava com um pouco de fome, pois no horário da refeição ele ficou rodeando o castelo azul à procura de raios de sol com que se alimentar, porém, não encontrou quase nada naquela região, que parecia ser pouco iluminada, como em dias de céu nublado.

– Está se abrindo! – exclamou Kem ao fixar firmemente os olhos na lateral da nave cor-de-rosa, vendo uma luz de energia azul em forma de um grande triângulo. – O portal!

Neste exato momento, podia-se sentir o chão vibrar fortemente e ouvir os vários barulhos dos passos do batalhão de soldados e guerreiros que corriam pelo gramado azul em direção a Norako. Ao perceber a presença do seu batalhão, Norako olhou para trás, enquanto os vultos de quatro pessoas apareciam por detrás do portal de energia azul da nave.

– Parece que eles também estão em quatro guerreiros – comentou Kem enquanto olhava para aqueles vultos atrás do portal triangular, ao que Norako atentou-se e olhou para frente. Klaus e Sebastian também olhavam atentos para o portal, sem ao menos piscarem. De repente, uma criatura vermelha e redonda de olhos verdes e amarelos atravessou a energia azul do portal, e depois ficou flutuando um metro e meio acima do gramado azul.

– Um forma-forma! – gritou Kem, surpreso, ao olhar para a criatura uns dois metros à sua frente. – Então estamos em mesmo número. – Kem olhou para sua mão esquerda e começou a contar nos dedos. – Quatro guerreiros e um forma-forma! – Kem olhou para trás e viu o forma-forma azul flutuando ao lado de Raldot. – Porém, o nosso forma-forma é da espécie guerreira! – disse Kem pouco antes de sorrir orgulhoso e depois olhar para frente novamente. Nesse instante, o batalhão de soldados e guerreiros começou a alinhar-se logo atrás de Norako em várias filas, assumindo um posicionamento de batalha. Raldot franzia a testa enquanto olhava para aquele forma-forma vermelho, que também olhava para ele e fazia um sorriso de alegria.

– Soldados! Guerreiros! – gritava Norako para o seu batalhão. – O inimigo está na nossa frente e não sabemos do que é capaz! Fiquem atentos e estejam prontos para qualquer coisa!

Finalmente, dois dos passageiros saíram da nave, atravessando o portal, e tocaram com seus pés no gramado azul.

– O quê? – indagou Kem ao arregalar os olhos, surpreso, enquanto encarava um dos passageiros, e depois ficou de boca aberta. – Sakura? – Kem olhou para o outro passageiro que estava ao lado. – Eric? – Norako franzia a testa enquanto olhava para Kem. – Então são vocês? Vocês vieram até aqui, ao castelo azul, em uma nave do triângulo negro? Não estou entendendo mais nada – dizia Kem para si mesmo enquanto coçava a cabeça num gesto de dúvida.

Klaus olhava para os passageiros da nave cor-de-rosa, vendo uma linda mulher de cabelos longos e castanhos e um pequeno garoto de cabelo azul, reconhecendo-os no mesmo instante. Ali estavam Sakura e Eric, e também o forma-forma vermelho, que agora podia ser visto flutuando ao lado esquerdo de Raldot. A criatura vermelha fazia uma cara não muito agradável enquanto encarava o forma-forma azul, que flutuava ao lado direito de Raldot.

– Kem? – indagou Sakura com uma cara de dúvida enquanto olhava para Kem, e depois começou a caminhar até ele. – O que você está fazendo aqui?

– Sou eu quem pergunto. O que você está fazendo aqui, Sakura? – E, sem responder a pergunta de Kem, Sakura continuava se aproximando.

Norako olhava para aquela mulher que caminhava até Kem e para aquele garoto de cabelo azul que ficou parado ali perto da nave, sem entender nada, e por isso perguntou:

– Quem são eles, Kem? Você os conhece?

Kem manteve-se calado e com a cara séria, apenas olhando para Sakura. Norako olhava para aquela cena sem saber o que pensar. Foi quando Klaus cutucou com o dedo o ombro direito de Norako, que no mesmo instante olhou para o seu irmão. "Ela é a mulher de Kem, e se chama Sakura", cochichou Klaus, olhando para Norako. Então Norako olhou para a esquerda e viu Sakura parada bem em frente a Kem.

– Primeiro foi o Raldot. Agora você... também chega em uma nave do triângulo negro! – dizia Kem enquanto olhava para os olhos verdes de Sakura, que começaram a ficar um pouco úmidos. Foi então que Sakura deu um curto passo à frente e abraçou Kem.

– Ah... Kem! Que bom que você está aqui – disse Sakura calmamente, com uma voz baixa e tranquilizante. Kem sentia um abraço caloroso e reconfortante enquanto olhava para a cabeça de Sakura encostada em seu ombro direito. A respiração de Kem tornava-se mais calma à medida que sentia a respiração tranquila de Sakura. E, quando Kem também abraçou Sakura, ela ergueu a cabeça e olhou para ele. – Nós escapamos por pouco, Kem. – Nesse instante Kem franziu a testa. – Algo terrível está para acontecer, Kem. Eles vão nos atacar.

– Eles? Eles quem, Sakura? O que você está falando? – perguntou Kem enquanto olhava para o rostinho aflito de Sakura, e depois arrumou alguns fios de cabelo dela que estavam jogados na face.

– O Exército do Triângulo Negro do planeta Netuno! O comandante! – respondeu Sakura com uma voz meio desesperada, ao que Kem arregalou os olhos.

– Comandante? – indagou Kem pouco antes de olhar para Raldot, que estava atrás. – O comandante. Netuno? – Raldot e Kem ficaram se encarando, espantados, durante alguns segundos. Norako e Klaus à direita e Sebastian à esquerda de Kem olhavam para eles enquanto ouviam atentamente suas palavras. Kem olhou novamente para Sakura. – Por que está me dizendo essas coisas, Sakura? O que aconteceu?

– Fomos atacados por um guerreiro deles. Mas agora eu não tenho tempo de contar o que aconteceu, Kem, pois ele está chegando. – Kem fez uma cara de dúvida novamente. – Ele está chegando... Ele nos perseguiu! – Sakura parecia desesperada.

– Calma, Sakura, calma – disse Kem ao passar sua mão direita nos cabelos de Sakura. – Eu ainda não entendi muito bem o que você está querendo dizer.

De repente começou a aparecer uma pequena sombra triangular sobre o gramado azul, próximo à frente da nave cor-de-rosa, uma sombra que aumentava de tamanho a cada segundo que se passava. Foi quando uma energia de luz azul em formato cilíndrico apareceu por cima daquela sombra, junto com um ruído de um "zuuuum", chamando a atenção de todos, que olharam no mesmo instante. Podia-se ver uma nave branca parada no ar, acima dessa luz azul. Kem e todos que estavam ali com ele agora viam o vulto de um homem descendo através daquela energia sob a nave. "Mas essa não é a nave de John?", pensou Kem consigo mesmo.

Nesse instante, mais dois passageiros saíram da nave cor-de-rosa atravessando o portal triangular, que se fechou logo em seguida. E, ao perceber a presença desses outros passageiros, Kem olhou para a nave rosa e ficou surpreso quando viu Sara e John. Ainda meio abatido, John escorava-se nos ombros de Sara para manter-se de pé. Confuso, Kem franziu a testa e olhou novamente para a nave branca.

– Mas, se o John, a Sara e o Eric estão ali .. então quem está descendo daquela nave? – indagou Kem. Sakura olhou para ele, apreensiva.

Logo a pergunta de Kem foi respondida sem palavras. Um homem de cabelos curtos e azul-escuros, vestindo um uniforme azul-marinho, podia ser visto pisando sobre a grama azul, quando a luz de energia desapareceu. Logo em seguida, ele deu alguns passos para frente, e a nave branca pousou no chão às suas costas. Eric arregalou os olhos ao ver quem havia chegado.

– Nagor! – exclamou o garoto de cabelo azul, assustado. Ao ouvir a voz de seu sobrinho, Sakura, ainda abraçada a Kem, olhou para trás e também viu Nagor.

– Ah, então esse é o famoso castelo azul! – dizia Nagor enquanto olhava ao redor, vendo as muralhas azuis e brilhantes e as torres do leste e do sul junto àquele céu azul com uma aparência nublada. – Hum... gostei! Acho que vou ficar por aqui, e escolher essa região para estabelecer os meus domínios.

– É ele, Kem – disse Sakura, meio aflita, e depois deu um abraço mais apertado em Kem. – Esse é o guerreiro de quem eu estava falando, e o nome dele é Nagor. – Kem começou a olhar com uma cara séria para Nagor.

– Sakura! – disse Nagor ao ver Sakura alguns metros à sua frente, pouco antes de dar um sorriso ameaçador. – Então você está aí. Eu avisei que você não iria escapar... *Hahahaha*! – Sakura encostou sua face no ombro esquerdo de Kem. Nagor deu três passos à frente, parou e ficou encarando a todos com um olhar frio e ameaçador. – Veja só! É realmente como eu havia suspeitado. Como aqui é o castelo do miserável rei desse planeta, eu encontraria muitos guerreiros reunidos em um só lugar. – Ao ouvir as palavras de Nagor, Norako fez uma cara enfurecida e foi lentamente erguendo seu braço direito. – Obrigado por facilitarem o meu trabalho. – Nagor esticou seu braço esquerdo, apontando o dedo indicador para frente. – Assim eu pouparei tempo e exterminarei todos de uma só vez – disse Nagor com um tom de voz presunçoso e depois fechou sua mão esquerda, aproximando-a ao rosto. – *Hahahahaha*!

Nesse instante, Norako, furioso, pegou o cabo da espada e desembainhou-a fazendo um barulho metálico, e logo em seguida apontou-a na direção de Nagor. Kem e Klaus olharam para Norako, enquanto Sebastian mantinha seu olhar fixo em Nagor. Um vento frio soprava, fazendo mexer os cabelos castanhos de Sakura, que estava meio apavorada e bem agarrada a Kem.

– Pagará caro por invadir o nosso território e ainda mais por proferir essas palavras insultuosas! – gritou Norako com uma voz firme enquanto segurava a espada azul e olhava para Nagor. – Não o perdoarei por ter chamado o meu pai de miserável, seu cretino!

– Mas vejam só! Temos aqui um príncipe! – disse Nagor com um ar de gozação ao cruzar os braços, encarando Norako. – E o que vai fazer... príncipe? – Nesse instante Norako tentou avançar para cima de Nagor, mas foi parado por Klaus, que segurou-o pelo braço direito com as duas mãos.

– O que está fazendo, irmão? – disse Norako com voz e cara séria ao olhar para Klaus, pouco depois de dar um puxão para soltar o seu braço direito das mãos do seu irmão.

– Não sabemos a força do inimigo. E, além disso, se acabarmos com ele agora, perderemos uma fonte de informações – afirmou Klaus enquanto encarava os olhos azuis e sérios de seu irmão Norako, que alguns segundos depois consentiu com a cabeça ao acalmar suas emoções.

Eric saiu de perto da nave rosa, onde estava com Sara e John, e correu para perto de Kem e Sakura quando percebeu que Nagor olhava para frente. Ao perceber a movimentação do garoto de cabelo azul, Nagor ficou olhando para ele.

– Vocês tiveram muita sorte por conseguirem escapar daquele jeito em minha nave – disse Nagor ainda de braços cruzados enquanto olhava para Eric, que tentava se esconder atrás de Kem. "Sorte que eu estava com o meu supercomputador e entrei em contato com o Bart, que me disse como ligar o super foguete traseiro secreto de alta velocidade das naves netunianas. E assim conseguimos deixar Nagor para trás, *hehehe*", pensava Eric escondido atrás de Kem, apenas apontando a cabeça enquanto olhava para Nagor.

– Ele está querendo derrotar os guerreiros de Urano – gritou Eric com sua voz de menino enquanto segurava as calças de Kem pelas pernas, puxando-as num gesto inconsciente. Kem puxava as calças para cima. – Ele está obedecendo ao comandante! – Todos olharam para Eric, inclusive Kem, fazendo-o soltar suas calças, e um clima de silêncio se fez presente durante alguns segundos, com exceção apenas do ruído do vento frio que soprava e fazia mexer os cabelos de todos que ali estavam.

– Não obedeço ao comandante apenas por imposição. Não trabalho por pouco! – disse Nagor com uma voz alta, ao que todos olharam para ele. – Eu sou um guerreiro mercenário! Eu cumpro as ordens do comandante e ele me recompensa com algo valioso, como, por exemplo... – Nagor agora mudou a voz para um tom provocante. – O castelo azul e a região oeste de Urano. *Hahahaha*! – Cinco segundos de silêncio se passaram enquanto Kem e Norako encaravam Nagor, indignados com o que acabaram de ouvir. – Eu faço parte das *tropas mercenárias*!

– Tropas mercenárias? – indagou Norako com uma voz séria.

– Isso mesmo! – respondeu Nagor e depois sorriu, orgulhoso. – Mas, como eu sozinho vou acabar com todos vocês, não será necessário que o resto das tropas venha até Urano! – Foi quando Kem pegou nos braços de Sakura, tirando-os de seu corpo, e colocou-se na frente dela feito uma barreira protetora. Eric agora podia ser visto atrás de sua tia Sakura, que grudou suas mãos nos ombros de Kem, meio encolhida de medo.

– Escute aqui, guerreiro do triângulo negro! – exclamou Kem, fazendo com que Nagor o encarasse. – O seu comandante é o Netuno? – Nagor arregalou os olhos.

– Como você sabe o nome dele? – disse Nagor ao descruzar os braços, sem obter a resposta daquele jovem loiro que ficou calado, apenas o encarando. – Estou percebendo que vocês sabem mais do que deveriam sobre o triângulo negro. – Nagor esticou seu braço direito para frente, apontando o dedo indicador. – Então vou ter que acabar com vocês agora mesmo! Derrotarei um de cada vez e depois levarei Sakura comigo, *hahahaha*! – Nagor chacoalhava os ombros enquanto ria.

– Parece que você não viu uma coisa ainda, guerreiro do triângulo negro! – gritou Norako, agora com a espada azul na frente do rosto. – Por que não dá uma olhada no que está atrás de nós? – Nagor abaixou o braço.

– Hã? – indagou Nagor pouco antes de focalizar sua visão no batalhão de soldados e guerreiros que estava logo atrás de Klaus, Norako, Kem, Sakura, Eric, Raldot, os dois forma-forma e Sebastian. – Estou vendo – disse Nagor ao cruzar os braços novamente, enquanto olhava para o grande batalhão que se misturava em preto e amarelo. – Mas de qualquer jeito vou derrotar a todos, apenas gastarei um pouco mais de tempo – disse Nagor, pouco antes de olhar para Norako e dar um sorriso enviesado e orgulhoso.

– Eu duvido! – gritou Kem, ao que Nagor olhou para ele num gesto rápido. – Pois uns dois anos atrás eu pude sentir o poder do seu comandante, aqui mesmo em nosso planeta. – Nagor, franziu a testa, e depois Kem abaixou a cabeça, abrindo um sorriso. – E eu percebi que ele... ele é fraquinho. – Norako, Klaus e Sebastian fizeram cara de dúvida ao olharem para Kem, que ergueu a cabeça, olhando para Nagor novamente. – Foi uma pena eu não ter conseguido ver o rosto assustado dele quando fugiu. Se o comandante, o soberano do Exército do Triângulo Negro, é fraco daquele jeito, então já estamos com a vitória – disse Kem, convencido, e depois sorriu enquanto via Nagor descruzando os braços, enfurecido, franzindo o nariz e fechando fortemente as mãos.

– Como ousa dizer isso... seu uraniano nojento! O nosso comandante é muito forte e deseja conquistar!

Ao ouvir as palavras de Nagor, Kem arregalou os olhos quando trouxe uma lembrança em forma de palavras na voz de Raldot em sua mente: "O Imperador do Mal deseja conquistar. O discípulo se voltará contra o mestre e reunirá forças para atacar". Essas eram as primeiras palavras da profecia de Ganimedes.

– O comandante Netuno é o Imperador? – gritou Kem para Nagor, ao que Raldot arregalou os olhos. Nagor franziu a testa, confuso. Percebendo que Nagor estava distraído enquanto conversava com Kem, Sara e John caminharam até perto de Sakura e se esconderam atrás de Norako e Klaus.

– Imperador? – indagou Nagor, ainda confuso. – Não sei do que está falando, seu uraniano idiota! Obedeço às ordens do comandante, não existe Imperador. – Ao ouvir isso, Kem olhou para trás e viu o rosto de Raldot. Ambos ficaram se encarando num ar de mistério. – Agora chega de conversa à toa. – Nagor levantou seu punho esquerdo na frente do rosto. Kem e Raldot olharam para ele ao ouvirem-no.

– Vocês serão os próximos a serem conquistados! Os primeiros foram os netunianos, e foi muito fácil – disse Nagor, imponente. – O rei daquele planeta é um coitado! Ele não aguentou com as forças de nosso exército. Agora o planeta Netuno pertence ao Exército do Triângulo Negro! *Hahahahahaha... hahahaha*. – Todos que estavam ali à frente arregalaram os olhos. – E vejo que esse planeta também será fácil de conquistar.

– Agora tudo faz sentido – afirmou Norako. – As naves na órbita de Nereida, a perda de comunicação com o rei do planeta Netuno, as naves misteriosas e os ataques no país robótico. Está tudo relacionado ao plano de conquista do triângulo negro.

– Deixa ele comigo – disse Kem ao mexer o corpo para colocar sua perna direita mais à frente, fazendo uma cara séria enquanto encarava Nagor. E, quando Kem ameaçou avançar, sentiu um braço tocar o seu peito, interrompendo-o, e uma voz se pronunciou:

– Eu cuidarei dele, guerreiro Kem! – Essa era a voz de Sebastian, que podia ser visto com seu braço direito esticado para o lado na altura do peito, bloqueando a passagem de Kem enquanto encarava Nagor de forma séria. – Não perca tempo aqui com esse lixo de cabelo azul-escuro, você precisa usar o seu poder para enfrentar guerreiros mais fortes. Esse tal de Nagor só sabe falar... Vamos ver se ele é tão forte quanto diz. Vamos, Kem, apresse-se! Deixe que eu remova esse lixo de Netuno aqui do planeta Urano. – Kem ficou surpreso com a atitude de Sebastian e consentiu com a cabeça.

– Ora seu... seu... você não é uraniano – dizia Nagor enquanto olhava para Sebastian, vendo os seus cabelos vermelhos e os seus olhos prateados que o encaravam. – Não me diga que você é...

– Sentirá o poder de um guerreiro de Saturno. Prepare-se! – exclamou Sebastian, e logo em seguida uma energia de brilho amarelo começou a envolver o seu corpo. Nagor até arregalou os olhos, surpreso, mas depois também começou a elevar sua energia, sendo envolvido por um brilho amarelo parecido com o de Sebastian. Quando o vento ao redor começou a aumentar de intensidade e ruídos eletromagnéticos se fizeram presentes por causa do fluxo de energias, Kem anunciou:

– Vamos agora! – Os cabelos loiros de Kem esvoaçavam ao vento, enquanto Norako e Klaus mantinham seus olhos semiabertos, também por causa da ventania. – Precisamos nos preparar para enfrentar o resto das tropas mercenárias do Exército do Triângulo Negro. Vamos!

Podia-se ver Kem correndo, passando ao lado da nave cor-de-rosa, acompanhado por Sakura, Eric, Sara, John, Norako, Klaus, Raldot, forma-forma vermelho (que se transformou em uma boca que mostrava a língua para Nagor de maneira a provocá-lo) e o forma-forma azul.

– ESPEREM! – gritou Nagor, furioso, enquanto franzia o nariz, e depois avançou para atacar todos que corriam junto com Kem. Nagor, envolvido por aquela energia amarela, erguia o seu punho direito, jogando o cotovelo para trás enquanto corria para cima deles, pronto para desferir um golpe. O punho de Nagor brilhou intensamente numa energia amarela e... – TOMEM ISSO!... – "Tum".

Ao perceberem que aconteceu alguma coisa, Kem e Sakura, que estavam mais à frente, pararam e olharam para trás. Eric, Sara e John fizeram o mesmo, provocando um efeito dominó, pois Klaus e Norako também pararam e olharam para trás.

Apenas Raldot permaneceu lá atrás, parado como uma estátua, olhos arregalados e boca aberta, apavorado. Podia-se ver algumas gotas de sangue sobre a face do cientista. O forma-forma vermelho olhou para ele, assustado, enquanto o forma-forma azul, mais sério, apenas olhava.

– Pensou que seria fácil assim?

– Aah... seu... ah... seu miserável... ah...

– Está doendo?

Podia-se ver o punho direito de Sebastian quase enterrado no estômago de Nagor, que fazia uma cara de dor. Raldot fazia cara de apavorado porque o punho de Nagor parou a apenas alguns centímetros do seu rosto graças à intervenção de Sebastian. As gotas de sangue que estavam no rosto do cientista foram cuspidas por Nagor no momento em que sentiu o impacto do punho de Sebastian sobre o seu estômago.

Nagor via dois olhos prateados que o encaravam.

– Está suja de sangue. Limpe sua boca, seu netuniano nojento, e vamos continuar essa luta que mal começou! – disse Sebastian com uma voz autoritária.

– Você me paga, seu... ah – dizia Nagor enquanto dava alguns passos para trás, meio desequilibrado e com a mão direita sobre o estômago, ainda sentindo a dor do golpe. Logo em seguida parou a uns dois metros de Sebastian e limpou o sangue da boca com seu braço esquerdo. Ainda com a mão sobre o estômago, Nagor olhou para Norako, que mostrava um sorriso enquanto pensava: "Muito bem, Sebastian! Estou vendo que ele não será problema para você. Vença-o!".

– Escute aqui, príncipe!

Norako, que já havia embainhado a espada azul, olhou imediatamente para Nagor ao ouvir sua voz.

– Está muito enganado se pensa que irá encontrar o resto das tropas mercenárias!

– O que está querendo dizer com isso, guerreiro do triângulo negro? Acha que não sou capaz de encontrá-las? – disse Norako com uma voz brava. Nesse instante Raldot já tinha ido para perto de Kem e Sakura, acompanhado pelos forma-forma.

– Não! Tenho certeza de que não conseguirá – afirmou Nagor. – Eu já disse uma vez. As tropas mercenárias ainda não vieram. As únicas naves que vieram foram as exploradoras, ah... ah... – Nagor ainda sentia um pouco de dor enquanto falava. – Mas elas já voltaram para Netuno com todas as informações necessárias sobre o planeta Urano para que nós possamos armar uma estratégia de ataque... invencível! – Norako fechou um pouco o olhar, encarando Nagor. – E eu fui o único guerreiro mercenário que veio junto com as naves exploradoras. Fui eu que destruí aquelas latas velhas da região sul... ah. *Hahaha,* foi um bom divertimento explodir aqueles robôs idiotas com minha energia.

As palavras de Nagor ressoaram nos ouvidos de Raldot como uma bomba, fazendo-o ficar enraivecido, mostrando uma cara brava e maluca ao mesmo tempo.

– Vamos, Raldot – disse Kem ao colocar sua mão direita sobre o ombro esquerdo de Raldot, que estava com as mãos fortemente fechadas e sentia uma enorme vontade de avançar para cima de Nagor. – Você é um grande cientista e não um guerreiro. Deixe que o Sebastian cuide dele. – Raldot olhou para Kem, vendo seus cabelos loiros se mexendo ao vento. – Precisamos pensar em alguma coisa rápido e agir, pois, como você mesmo disse, Urano agora é um alvo.

E, assim, Kem e os outros voltaram a correr pelo gramado azul, seguindo em direção à torre do oeste para se reunirem, enquanto deixavam Nagor e Sebastian para trás. Podia-se ver uma enorme roda de guerreiros e soldados formando-se em volta de Nagor, Sebastian e das três naves. Agora era um batalhão inteiro contra Nagor.

– Escute, Nagor! Você está cercado, e se me vencer terá que lutar com um por um depois. Mas não darei esse privilégio para você – dizia Sebastian, ainda mantendo aquele fluxo de energia ao redor de seu corpo, que fazia ruídos eletromagnéticos e brilhava em amarelo. Nagor, recuperado do golpe, agora voltava a elevar sua energia, fazendo aparecer novamente o brilho amarelo, pois ela havia desaparecido quando Sebastian o machucou com seu punho. – Está pronto?

– Quando quiser, guerreiro saturniano – disse Nagor, mostrando um sorriso presunçoso em sua face enquanto fechava a guarda, elevando os seus punhos na altura do rosto, assim como também fez Sebastian.

Bem longe do castelo azul, além das órbitas de Urano, aproximadamente a 1 milhão e 600 mil quilômetros de distância, encontrava-se o planeta Netuno, onde também ficava uma cadeia de montanhas violeta em uma região isolada que guardava um segredo. Ali, entre essas montanhas violetas sob um céu azul-marinho, podia-se ver a base secreta do Exército do Triângulo Negro. Essa base era toda feita de um metal negro muito resistente e tinha o formato de um enorme triângulo do tamanho de um quilômetro, que se estendia na altura de uns vinte metros do chão. Podia-se ver uma pequena floresta de árvores vermelhas que cercava essa enorme base por toda sua extensão.

Nesse instante, o vento soprava, fazendo as árvores vermelhas balançarem e fazerem barulho, enquanto três naves azul-marinho saíam pelo teto da base através de três grandes portais de energia azul, cada um próximo a cada ponta do triângulo metálico. Enquanto as naves subiam na vertical, podia-se ver, ao fundo, um céu azul-marinho entre aquelas montanhas violetas.

Aproximando-se da base, podia-se ver um guarda a cada cem metros, dez em cada lado do triângulo. Esses eram soldados em uniformes azul-marinho que protegiam e controlavam a entrada e a saída de qualquer um na base do Exército do Triângulo Negro.

– Identifique-se! – disse um daqueles guardas para um homem que acabara de chegar ali na base do triângulo negro. Esse homem tinha cabelos negros e despenteados que caíam até a altura de seu queixo, olhos negros como a cor de suas finas sobrancelhas e pele branca. Usava um colete cinza da mesma cor de suas calças e botas pretas.

– Parece que nem todos por aqui me conhecem ainda, pessoalmente – disse aquele homem desconhecido enquanto olhava para aquele guarda narigudo de cabelos azul-escuros que segurava uma esfera azul metálica em sua mão direita. – Agora saberá quem sou eu. – O homem desconhecido tocou com sua mão esquerda sobre a esfera azul e, logo em seguida, foi identificado, fazendo o guarda arregalar os olhos. Depois foi tirando lentamente sua mão de sobre a esfera, enquanto encarava seriamente os olhos assustados do guarda.

– Por favor, pode entrar – disse o guarda ao se colocar ao lado de um portal de energia azul que apareceu na parede negra metálica da base. Foi quando esse guarda olhou por cima do ombro esquerdo do homem de cabelos negros e ficou encarando alguém que estava bem atrás.

– Ele está comigo – disse o homem de cabelos negros enquanto olhava friamente para o guarda, que engoliu em seco no mesmo instante. – Ele também precisa ser identificado?

– Não... não precisa. Podem entrar – afirmou o guarda, meio assustado.

– Muito bem, assim é melhor – disse o homem de cabelos negros pouco antes de atravessar o portal acompanhado de mais alguém.

Enquanto isso, na parte de dentro da base do triângulo negro, em um enorme salão de paredes alaranjadas, encontrava-se um lindo assento azul-marinho, algo parecido com um trono, que possuía o símbolo de um triângulo negro desenhado na parte posterior do encosto, onde se podia ver, logo acima, um amontoado de cabelos azul-escuros de um homem que estava ali sentado. Podia-se ver grandes estátuas metálicas alaranjadas que representavam os planetas do Sistema Solar e ficavam ao redor daquele salão, que era iluminado por luzes que saíam das paredes e do teto. Dois metros à frente do assento azul-marinho começava uma escada de dez degraus que terminava no chão do salão, onde, nesse instante, podia-se ver um soldado de cabelo azul-escuro bem raspado, quase careca, vestindo um uniforme azul-marinho. O soldado, perto do primeiro degrau da escada, mantinha suas mãos às costas, segurando uma na outra logo abaixo da cintura, numa posição de respeito, enquanto olhava para o alto da escada, vendo aquele homem no assento azul-marinho.

– Parece que Nagor está tendo problemas lá em Urano! – exclamou o soldado, fazendo sua voz ecoar por todo o salão alaranjado.

– Isso não importa – disse o homem que estava no assento azul-marinho. – Aquele idiota do Nagor já cumpriu sua missão. Nós o usamos apenas para descobrir a força do inimigo. Ele foi muito ingênuo acreditando que fazia parte das tropas mercenárias... Tolo! Ha... agora já podemos enviá-las.

– Mas, comandante... vamos deixá-lo ser exterminado pelos inimigos?

– É isso que merece um guerreiro fraco como ele, e, além de tudo, convencido. E agora também não adianta fazer mais nada, pois aquele idiota está sozinho em Urano. Entendeu agora, soldado? – essa última frase foi dita com uma voz mais enérgica.

– Sim, comandante! – afirmou o soldado ao consentir com a cabeça, meio forçado.

– Envie as tropas mercenárias imediatamente para Urano! – exclamou o homem no assento azul-marinho com uma voz autoritária que ecoou por aquele enorme salão.

– Sim, senhor! Com sua licença. – concordou o soldado ao bater continência com sua mão direita e, logo em seguida, virou-se para caminhar até a saída do salão. O chão metálico laranja fazia barulho a cada passo que o soldado dava enquanto caminhava até uma enorme parede, uns trinta metros à frente, que tinha um grande triângulo negro desenhado do chão ao teto. De repente, o grande desenho do triângulo negro se transformou em uma energia de luz azul, um imenso portal em forma de triângulo, que foi atravessado por um homem. Nesse instante, o soldado parou na metade do caminho e franziu a testa, encarando aquele homem estranho que nunca vira antes, enquanto o enorme portal brilhava em azul. Uns quinze metros à frente do soldado, agora se podia ver um homem de cabelos negros, vestido todo de cinza, levemente iluminado pelo brilho azul do imenso portal em forma de triângulo.

Novamente se podia ouvir o barulho de passos batendo no chão metálico, porém, agora eram os passos daquele homem de cabelos negros que ecoavam pelo enorme salão alaranjado, seguindo em direção ao assento azul-marinho com suas botas pretas. O soldado, ainda parado, encarava-o seriamente enquanto ele caminhava em sua direção, aproximando-se cada vez mais. Nesse instante, o homem de cinza passava ao lado de uma grande estátua metálica e alaranjada do planeta Urano à sua direita, enquanto olhava atentamente para o homem que estava no assento azul-marinho logo acima da escada. E, quando estava a apenas cinco metros do soldado de cabelo raspado, o homem de cinza, ainda caminhando, anunciou com uma voz que ecoou por todo o salão:

– Trouxe um reforço para você, comandante.

– Hipno? O que você faz aqui em Netuno? – disse o homem do assento azul-marinho, que ficou surpreso ao reconhecer o homem de cabelos negros que caminhava em sua direção. E, ao se lembrar do nome “Hipno”, o soldado de cabelo raspado arregalou os olhos, manteve-se imóvel e nem sequer ousou olhar novamente para aquele homem, que agora passava do seu lado esquerdo.

– O Imperador me ordenou que eu o trouxesse – disse Hipno, o homem de cabelos negros vestido de cinza, que agora já estava uns dois metros à frente do soldado, um de costas para o outro.

– Hã? – indagou o comandante, o homem do assento azul-marinho, enquanto sua boca se mexia sutilmente em sua face. – Do que está falando, Hipno? Diga logo! – bateu sobre o braço do assento com sua mão esquerda, na qual se via um anel (com um ornamento de triângulo negro) no dedo anelar.

Foi então que Hipno parou perto do primeiro degrau da escada, virou-se e fixou seus olhos negros naquele enorme portal em forma de triângulo, que ainda emanava seu brilho de luz azul.

– Entre, guerreiro! – gritou Hipno com uma voz firme que ecoou por todo o salão.

De repente, apareceu o vulto de um homem por detrás daquele enorme portal de luz azul. O soldado, ainda parado no meio do caminho, sentia o seu corpo estremecer enquanto fixava os seus olhos arregalados naquele vulto prestes a atravessar o portal. Hipno mostrava um sorriso orgulhoso em sua face enquanto via um guerreiro atravessando o portal trinta metros à sua frente. Logo, o portal foi se fechando das pontas ao centro até desaparecer por completo e mostrar novamente o grande desenho do triângulo negro. Finalmente o guerreiro de que Hipno falava apareceu.

– Mas ele é...

– Sim, comandante. É ele mesmo – afirmou Hipno com voz firme enquanto seus olhos se mantinham fixos no guerreiro ao longe. – Ele faz parte do mesmo sistema estelar que eu, o Sistema Barnard. E ele também é um Guerreiro do Universo, assim como nós, comandante.

– Isso é ótimo. Com ele ao nosso lado seremos invencíveis! – exclamou o comandante, pouco antes de se levantar e olhar para a sua sombra no chão. – Seus dias de calma se acabaram, uranianos. *Hahaha!*... Sentirão na pele o "Abalo de Urano". *haha... ha... hahaha... hahahaha... hahahahaha!* – ria o comandante com uma voz maléfica, enquanto se podia ver a sombra de seus ombros chacoalhando. – Soldado!

– Sim, comandante! – gritou o soldado ao juntar as pernas e bater os braços junto ao seu corpo, que estava meio tenso.

– A partir de agora, Hipno e o guerreiro que está à sua frente farão parte das tropas mercenárias. Compreende, soldado?

– Sim, senhor comandante!

– Muito bem, agora pode ir – disse o comandante, e logo em seguida o soldado foi embora atravessando o enorme portal triangular. O guerreiro começou a caminhar em direção a Hipno. Tinha os cabelos alaranjados e estava todo vestido de branco. Durante alguns segundos, apenas os barulhos de seus passos podiam ser ouvidos dentro daquele enorme salão. – Os guerreiros de Urano sentirão... agora eles sentirão... a *doce melodia da morte*!... *Hahahahaha*! – Alguns segundos se passaram sem ninguém dizer nada.

– Comandante... – disse Hipno lentamente, com uma voz tranquila, ao virar-se e olhar para o comandante, enquanto o guerreiro de cabelo alaranjado parava ao seu lado direito.

– Diga, Hipno! – exclamou o comandante, pouco antes de Hipno colocar o seu pé direito sobre o primeiro degrau da escada, mantendo a cabeça inclinada para cima.

– Urano já foi atacado ou nós seremos os primeiros a fazê-lo?

– Hu! Primeiramente, Hipno... eu quero deixar bem claro que, a partir de agora, quem fará as perguntas aqui sou eu. – Ao ouvir essas palavras do comandante, Hipno tirou o seu pé direito do degrau e depois fechou o olhar numa expressão não muito agradável. – Lembre-se de que o Imperador colocou você sob o meu comando, e, aliás, também será bem recompensado com o seu trabalho. Contudo, essa pergunta eu responderei. – A sombra do comandante se modificou quando ele sentou-se novamente no assento azul-marinho. Podia-se ver os cabelos negros de Hipno caídos ao lado de seu olho esquerdo, que estava fixo no comandante. – Apenas um guerreiro chamado Nagor foi para lá, mas era muito fraco, sua energia mal alcançava o nível Amarelo-V40. Aliás... agora fiquei curioso. Vamos ver o que aconteceu com aquele idiota! – De repente apareceu uma tela holográfica quadrada de uns dois metros do lado direito do comandante.

– O que é isso? – indagou Hipno ao olhar para a tela no alto à sua esquerda, vendo um gramado azul com vários homens espalhados ao redor. O guerreiro de cabelos alaranjados também olhou para a tela.

– Essas são as imagens do castelo azul de Urano transmitidas pela nave de Nagor – respondeu o comandante, enquanto via o rosto de um homem de cabelos vermelhos e olhos prateados na tela. – Hum, parece que esse tal de Sebastian derrotou o Nagor sem problemas. – Podia-se ver agora, na tela holográfica, a imagem de Nagor estendido de bruços sobre o gramado azul, com sua roupa toda destruída mostrando graves marcas de combate. "Poderia pelo menos ter capturado a Sakura. Foi mesmo um imprestável", pensou o comandante, distraindo-se por alguns segundos. – Bem, isso só foi a derrota de um fraco; o mais importante são as informações que o computador coletou desse combate. – Nesse instante Hipno olhou novamente para o comandante. – Certamente você não terá nenhum problema com os inimigos, Hipno... usando sua técnica infalível!

Podia-se ver um sorriso orgulhoso aparecendo no rosto de Hipno.

17
Um último Adeus?

No planeta Urano as coisas já estavam mais calmas, principalmente no castelo azul, que há pouco fora invadido. O único inimigo, Nagor, já havia sido derrotado e não representava mais nenhum perigo. Kem e os outros conversaram durante quase duas horas na torre do oeste, onde ficava o trono de Norako. Cada um deles propôs uma solução de acordo com suas habilidades, comprometendo-se a ajudar o planeta Urano contra a invasão do Exército do Triângulo Negro. Kem prometeu treinar de forma extravagante junto com Klaus e os guerreiros mais fortes do castelo azul, para aumentarem seus níveis de energia e não dar nenhuma chance sequer para os guerreiros do triângulo negro. Já Norako comprometeu-se a fechar o cerco contra quaisquer invasores, colocando guerreiros e soldados em pontos estratégicos das quatro regiões de Urano e também enviando naves armadas para as órbitas de cinco satélites do planeta: Oberon, Umbriel, Miranda, Desdemona e Cordélia. Raldot ficou responsável por preparar uma estratégia com suas "amadas máquinas", enquanto Sara, John e Eric prometeram procurar ajuda no suposto laboratório secreto da Estação Interplanetária de Urano, um lugar misterioso que muitos dizem ser apenas um boato. Para o sr. Kiraua sobrou a responsabilidade de cuidar de seu netinho, pois Sakura viajaria até o planeta Júpiter para pedir ajuda ao velho sábio.

Nesse instante, a nave cor-de-rosa de Nagor, que teve sua rota programada pelo cientista doido do norte, seguia vazia no piloto automático rumo ao laboratório secreto de Raldot. Sara, John e Eric voltavam para casa na nave branca, enquanto Kem, Sakura e seu filho, o sr. Kiraua e os dois forma-forma pegaram uma carona com Raldot na nave azul-marinho do triângulo negro.

– Temos mesmo que ficar sentados no chão, Raldot? – perguntou o sr. Kiraua, sentado no chão cinza da nave, com suas mãos sobre os joelhos dobrados.

– Essa nave não tem nenhum assento além do meu – disse Raldot, sentado no assento azul-marinho do piloto, logo à frente do sr. Kiraua.

– E além de tudo é pequena! – disse o sr. Kiraua olhando ao redor da nave, não vendo nada além de paredes cinzas e do painel de pilotagem.

– É uma nave individual – disse Raldot ao olhar para trás e fazer uma cara maluca. – E, além disso, o modelo dessa nave deve ser um pouquinho mais antigo, pois o portal aparece ao lado do triângulo negro em sua lateral. – Raldot olhou para frente novamente. – Já na nave rosa, que deve ser um modelo mais moderno, o símbolo do triângulo negro se transforma num portal triangular. – Podia-se ver o sr. Kiraua com uma cara *de alguém que acha um comentário sem sentido*, pois, para ele, o que importava era estar confortável na nave, e não se ela era antiga ou moderna.

– Ainda bem que o forma-forma é um cavalheiro! – afirmou Sakura, pouco antes de fazer um meigo sorriso, fechando os olhos. Podia-se ver o forma-forma transformado em um banquinho vermelho quadrado e macio, no qual Sakura estava sentada, segurando o seu filho no colo. – E, além de tudo... ele é o nosso "herói". – Sakura fez um carinho na criatura com sua mão esquerda. Kem, que estava do lado direito de Sakura, sentado no chão, olhava com uma cara não muito agradável para aquela criatura vermelha, que fazia um grande sorriso enquanto mantinha seus olhos fechados.

– Sakura! – chamou Kem, ao que Sakura olhou para ele. – Acho melhor já o deixarmos com o papai – disse Kem, olhando no fundo dos olhos de Sakura, que logo em seguida fez uma cara triste e olhou para o seu filhinho, o menino de cabelo azul. De repente, Sakura ouviu um ruído e sentiu algo se mexendo.

– Parece que a barriguinha dele está roncando. Ele comeu alguma coisa, Kem?

– Nem tocou na comida, Sakura – respondeu Kem ao piscar os olhos duas vezes, enquanto via Sakura arrumando os cabelos atrás da orelha.

– Você deu a comida para ele, Kem? Ajudou-o a comer? – perguntou Sakura, olhando meio suspeita para Kem.

– Ah... bem, Sakura... não – respondeu Kem, meio sem jeito, ao que Sakura fechou a cara.

– Kem, ele só tem um ano, ainda não sabe comer sozinho! – exclamou Sakura, brava.

– Puxa vida – disse Kem, fazendo uma cara de criança repreendida enquanto passava a mão direita nos seus cabelos loiros desarrumados e via a cara brava de Sakura. – Eu havia me esquecido disso, Sakura. *Hehehe*!

– Sobre o que você comentou do forma-forma, Sakura... – disse o cientista de repente, ao que Sakura e Kem olharam para frente. Nesse instante, dois ouvidos apareceram nas laterais do forma-forma transformado em banquinho quadrado. – Como o forma-forma se alimenta da luz do sol, que era intensa naquele deserto em que vocês estavam, ele ficou mais forte naquele momento. Quanto mais forte a luz do sol, mais forte fica o forma-forma, e sua cor vermelha fica mais viva. – Sakura arregalou os olhos, surpresa, e o mesmo fez o forma-forma com seus olhos verdes e amarelos, que viam à sua frente os pés do sr. Kiraua perto do assento azul-marinho. Raldot olhou para o forma-forma azul flutuando à sua esquerda, perto do painel de comando. – Este da espécie guerreira, também fica mais forte.

– Ele também pode se transformar, Raldot? – perguntou Kem ao olhar para a criatura azul.

– Você ficaria surpreso ao saber o que ele é capaz de fazer, Kem.

Podia-se ouvir o barulho da nave azul-marinho atravessando o céu do planeta Urano no imenso horizonte a caminho da casa do sr. Kiraua.

Na nave branca, Eric, Sara e John seguiam a caminho de casa. Dessa vez era Sara quem estava pilotando.

– Eu só não consegui entender como o Nagor conseguiu acessar o comando dessa nave – comentou Sara enquanto via, lá do alto, uma cidade logo à frente. – John? – Sara olhou para trás, vendo John, que engoliu em seco e balançou a cabeça negativamente, meio tenso.

– Isso é um mistério, mamãe – comentou Eric, que estava à esquerda de John.

A nave branca começou a descer em direção à cidade.

No ponto 526 da região oeste, num vilarejo tranquilo, podia-se ver uma casa de cor prateada em formato piramidal, onde um gramado azul enfeitado com um jardim de flores vermelhas e amarelas tomava um banho de sol no final do dia. Essa era a casa do sr. Kiraua, onde, perto do jardim, podiam ser vistos os pés de algumas pessoas que estavam conversando.

– Meu filho – sussurrou Sakura consigo mesma, antes de dar um beijo afetuoso na testa do menino de cabelo azul que ela segurava em seus braços. Logo em seguida, Kem, que estava do lado esquerdo de Sakura, passou sua mão na cabecinha do menino.

– Não se preocupem, eu cuidarei bem do meu netinho! – disse o sr. Kiraua, tentando mostrar ânimo, enquanto via lágrimas escorrendo pela face triste de Sakura, que esticava seus braços para entregar-lhe a criança. Tão logo o sr. Kiraua pegou o menino, Sakura abraçou Kem e ficou chorando em seu ombro.

– Não se preocupe, Sakura. Tudo isso vai acabar bem – dizia Kem com uma voz reconfortante enquanto acariciava os cabelos castanhos de Sakura com sua mão direita.

– Esses malditos! – gritou Sakura, desesperada, ao olhar para Kem e dar duas palmadas com sua mão direita no peito do jovem loiro. Kem olhou para a face toda molhada de Sakura e limpou as lágrimas dos olhos verdes de sua amada. – Por que tudo isso, Kem? Por que essa luta? Por que essa guerra? – Kem olhava para Sakura com uma cara de pena. – Por que pensam assim? Matando gente inocente para realizar os seus próprios desejos pessoais? Por quê, Kem? – Os olhos verdes de Sakura brilhavam arregalados em lágrimas para Kem.

– Não sei, Sakura – sussurrou Kem ao abaixar seu olhar. – Talvez seja porque eles ainda não saibam o que é o amor e ainda não conseguiram ouvir o choro de suas almas pedindo para que experimentem o amor. Talvez eles não sejam culpados por isso. Apenas não conseguiram ouvir... Sim, talvez seja isso. E, para tentar suportar a dor interna que sentem, sem ao menos saber por que ela está ali, eles fazem isso, a guerra. A guerra que começa dentro deles e afeta os demais. – Kem ergueu novamente o olhar, vendo vários fios de cabelo grudados na face molhada de Sakura. – Suas almas estão chorando lágrimas de sangue.

– Kem – sussurrou Sakura devagarzinho e depois olhou para o seu filho com o avô.

– Faremos a nossa parte, Sakura. Nós, guerreiros, lutaremos a favor de um Universo melhor para se viver, de um lugar cheio de esperança em que todos os seres e todas as raças possam conviver entre si em completa harmonia, paz e alegria – disse Kem, que depois olhou para o céu azul-claro no horizonte. – Talvez isso leve muito tempo... No entanto, isso dependerá das futuras gerações, um dia, sim, um dia, Sakura...

– Hu... hum. – pigarreou o sr. Kiraua para chamar a atenção, ao que Kem e Sakura olharam para ele. – Cuide-se, filho! – disse o sr. Kiraua com os olhos fixos em Kem. – Filho... não deixe que o Mal contamine esse planeta e destrua-o. Não deixe que aqueles miseráveis roubem a liberdade e o lar do nosso povo. – A expressão na face do sr. Kiraua agora se mostrava mais séria e firme. – Lute como um Guerreiro do Universo deve lutar, Kem! – Com uma expressão séria e firme, Kem consentiu com a cabeça enquanto olhava para o seu pai.

– Lutarei até o fim, não importa o que aconteça! – disse Kem com uma voz firme. – Foi o que prometemos. Proteger Urano até o fim. – O sr. Kiraua abriu um singelo sorriso enquanto segurava o seu netinho no colo. Logo em seguida, Kem saiu dos braços de Sakura e olhou no fundo dos olhos verdes de seu filho enquanto colocava suas mãos de guerreiro nos frágeis ombrinhos do menino de cabelo azul. – Aproveite a companhia do vovô Kiraua. – O menino olhava para Kem sem entender muita coisa, já que era apenas um bebê. – Hoje é o papai quem vai lutar. Talvez um dia, um dia, quem sabe, você também se transforme em um Guerreiro do Universo e lute do lado do bem para manter a paz. – Alguns segundos de silêncio se passaram. – Até um dia, meu filho. Espero que, depois de tudo isso, eu possa estar novamente ao seu lado. Quero brincar com você enquanto ainda é criança. Quero ver você crescer. Tchau! – Mantendo uma face séria, Kem não demonstrava tristeza, mas no fundo era isso que o seu coração sentia ao se despedir de seu filhinho naquele momento.

– Papa... papa – dizia o menino enquanto olhava para Kem. Sakura olhava para aquela cena de despedida com os olhos ainda em lágrimas.

– Kem – disse Sakura devagarzinho e com uma voz baixinha, pouco antes de Kem dar dois passos para trás. Foi então que Sakura se aproximou de seu filho e fez carinho com sua mão nos cabelos azuis do menino, olhando para ele. – Mamãe voltará para buscá-lo, meu filho. – Diferente de Kem, Sakura não conseguia esconder a tristeza de seu rosto e nem as lágrimas que nele escorriam.

– Mamã... mamã – dizia o menino, olhando para o rosto de sua mãe. E, apesar da tristeza, Sakura abriu um sorriso quando ouviu o seu filho dizer "mamã". Logo em seguida ela fechou os olhos e deu um caloroso beijo na testa do menino. Com o seu netinho nos braços, o sr. Kiraua arregalou os olhos e respirou fundo, pois Sakura estava muito próxima, e ficou pensando se também ganharia um beijo de despedida daquela linda mulher.

– Vamos, Sakura, Raldot está nos esperando na nave – disse Kem ao olhar para trás e ver a nave azul-marinho pousada a uns cinco metros dali. Sakura, que ainda mantinha um pouco de tristeza em sua face, afastou-se dois passos enquanto olhava fixamente para o rostinho de seu filho. Nesse instante o sr. Kiraua abaixou a cabeça, vendo a bainha preta com a espada perto de seus pés sobre a grama azul, enquanto remexia o seu bolso com a mão esquerda e segurava o menino com o braço direito.

– Achei! – disse o sr. Kiraua pouco antes de erguer a cabeça e olhar para frente. – Tome, Kem. Pegue. – Aos olhos de Kem, um pingente dourado balançava levemente, pendurado numa corrente que o sr. Kiraua segurava em sua mão esquerda, mantendo o braço esticado na altura do rosto.

– Mas isso é... – disse Kem, espantado, ao arregalar os olhos, reconhecendo aquele objeto em forma de "U" com uma estrela no centro e uma pequena esfera logo acima, o mesmo símbolo que havia na camisa de Norako e no uniforme de Sakura. – É o pingente que minha mãe usava.

– É para você se lembrar dela enquanto estiver lutando. Ela estará olhando e rezando por você lá do outro mundo, Kem – disse o sr. Kiraua com uma voz calma, pouco antes de Kem pegar o pingente com sua mão direita, sem hesitar. Podia-se ver os olhos de Kem com algumas lágrimas, que não escorreram, enquanto ele olhava para o pingente na palma de sua mão e pensava: "Mamãe... Minha querida mamãe. Eu gostaria que você estivesse aqui para ver o seu netinho, mas agora isso é impossível, já que você está em um lugar melhor do que nós, um lugar onde deve reinar a paz e o amor. Proteja-nos, mamãe, olhe por nós".

– Obrigado, papai! – exclamou Kem ao olhar no fundo dos olhos azuis do sr. Kiraua.

– Até mais, meu filho, boa sorte – disse o sr. Kiraua pouco antes de ver Kem e Sakura se virarem para caminharem até a nave. "Espero que em breve possamos nos reencontrar, meu filho", pensou o sr. Kiraua, vendo Kem se afastar junto de Sakura. Kem, que já estava prestes a entrar na nave, não viu as lágrimas que escorriam pelo rosto de seu pai.

18 As tropas mercenárias

No começo de um novo dia, após a primeira refeição, Kem e Sakura se encontravam na sala de estar de sua casa, sentados numa espécie de sofá marrom. Sakura estava à direita de pernas cruzadas e braços largados, enquanto Kem podia ser visto à esquerda de pernas esticadas, canelas cruzadas e mãos na nuca, balançando a cabeça com o olhar para o alto na direção do quadro holográfico que mostrava o planeta Terra.

– Kem, eu estava pensando... – disse Sakura enquanto mantinha um olhar desfocado para frente. Sem tirar as mãos da nuca, Kem olhou para Sakura à sua direita. – ...naquele dia um ano atrás. Eu ainda estou meio preocupada com aquilo que aconteceu.

– O quê, Sakura?

– Eu havia comentado com você, mas pelo visto você não está lembrado, Kem. Até hoje aquilo é um mistério para mim. – Kem franziu a testa pouco antes de tirar suas mãos da nuca e descruzar as canelas, ajeitando-se no sofá. Sakura olhou para Kem. – Naquele dia o robô babá foi gravemente danificado, e o nosso filho estava assustado, chorando sem parar. As luzes do quarto ficaram piscando de uma forma muito estranha, como se alguma energia tivesse provocado interferência.

– Isso realmente é algo muito estranho e misterioso – afirmou Kem ao coçar seus cabelos loiros e despenteados enquanto olhava para Sakura.

– Mas, graças a Deus, nada aconteceu com o bebê – disse Sakura ao abaixar a cabeça. – Apenas tivemos que comprar outro robô babá.

– Isso parece ser obra de alguém com incríveis poderes – disse Kem ao cruzar os braços e olhar para o quadro holográfico, que agora mostrava a imagem de Urano. – Alguém capaz de interferir com sua energia mesmo estando longe daqui. – Sakura franziu a testa ao olhar para Kem. – O que mais me chamou a atenção foi que essa energia interferiu apenas onde havia eletricidade. Apenas no robô e nas luzes do quarto.

– Por que alguém atacaria o nosso filho, um bebê inocente? – perguntou Sakura pouco antes de se levantar do sofá.

– Não sei, Sakura. – Kem olhou para Sakura à sua frente e descruzou os braços para apoiar suas mãos no sofá. – Isso é o que mais me intriga, e, como você mesmo disse... é um mistério.

Sakura e Kem ficaram se encarando em silêncio durante uns cinco segundos.

– Bem, Kem, agora eu preciso ir. Tenho que cumprir minha parte da missão. E, como agora estamos sem nave, eu irei até a Estação Interplanetária para pegar uma emprestada. Logo estarei em Júpiter pedindo ajuda para o velho sábio.

– E você sabe como chegar até Ganimedes?

– Raldot me explicou o caminho. Não terei problemas em encontrar o laboratório de Ganimedes – afirmou Sakura com convicção, pouco antes de curvar-se para frente e abaixar-se um pouco, fazendo o pingente do planeta Urano acima de seu decote balançar aos olhos de Kem. – Até logo, meu querido Kem – disse Sakura com uma voz suave, e depois deu um selinho que fez barulho nos lábios de Kem ao se despedir. As bochechas de Kem se avermelharam no mesmo instante.

– Sakura, lembre-se de perguntar a Ganimedes se existe um meio de aumentar os poderes de um guerreiro de uma maneira mais rápida. – Kem olhou para Sakura enquanto ela se afastava.

– Pode deixar, Kem, eu perguntarei – confirmou Sakura ao piscar o seu olho esquerdo para Kem e depois começar a abanar a mão esquerda num gesto de despedida. – Tchau, tchau! Se cuide, Guerreiro do Universo.

Kem olhava fixamente para Sakura, que estava de costas e usava aquele uniforme verde-azulado da Estação Interplanetária, colado no corpo, emoldurando sua natureza, enquanto caminhava até a porta de saída da casa fazendo barulho com seus passos na sala de estar, jogando os seus longos cabelos castanhos para o lado.

Tão logo Sakura saiu de casa, o robô mordomo apareceu diante de Kem. Além de sua habitual gravatinha-borboleta de cor branca, o robô mordomo também estava usando um chapelão vermelho de quase um metro na cabeça.

– O que é isso, mordomo? – perguntou Kem, olhando com uma cara de dúvida para o robô mordomo à sua frente. O robô mordomo ajeitou o chapéu na cabeça e disse com sua voz eletrônica:

– É um chapéu, senhor Kem. Um chapéu vermelho!

– Não, não! Não foi isso que eu quis dizer. Eu sei que isso é um chapéu – disse Kem com cara de bobo enquanto remexia seus cabelos loiros com a mão esquerda. – Mas por que você está usando esse chapéu vermelho? – Kem olhava, desconfiado, para o chapéu na cabeça do mordomo.

– Não sei, senhor Kem! – respondeu o robô, ao que Kem franziu a testa. – Ele apareceu na minha cabeça faz alguns minutos – Kem ficou encarando o chapéu, e encarando o chapéu. E foi quando dois olhos verdes e amarelos apareceram no chapéu junto com um sorriso brincalhão. "Forma-forma... por que eu sabia que era você? Hu! Criatura travessa. Gosta de ficar pregando peças nos robôs. Ah... você vai ver... vai chegar o seu dia", pensou Kem, fechando a cara.

– Veio até aqui só para me mostrar esse chapéu estranho? – disse Kem enquanto encarava o forma-forma, que, pelo visto, não gostou do que ouviu, pois fez cara feia.

– Não, senhor Kem. Trouxe uma chamada da região norte para o senhor. Veja! – disse o robô mordomo pouco antes de esticar seu braço robótico esquerdo para o lado, fazendo sair uma luz branca de sua mão, que instantaneamente se transformou numa tela holográfica. Kem olhou para a tela à sua direita e viu a imagem do rosto de um homem de cabelos grisalhos ondulados que usava uma cartola preta na cabeça.

– Raldot? – indagou Kem.

– Olá, Kem! – disse a imagem de Raldot na tela holográfica.

– Olá, Raldot, como vai? Novidades?

– Você não vai acreditar, Kem! – Raldot fez uma cara maluca. – Você nem imagina quem atravessou toda a escura região norte a pé e conseguiu sozinho encontrar o meu laboratório. – Kem franziu a testa, esperando a resposta de Raldot. – Um robô vermelho! Um robô reconstrutor, chamado número 1.

"Número 1?", pensou Kem com cara de dúvida, tentando trazer algo da memória. Após alguns segundos, arregalou os olhos e mordeu o lábio.

– Ele veio até aqui só para ver o Guerrebô e ficou falando sem parar: "Pergunte ao Raldot! Pergunte ao Raldot! Ele saberá lhe responder. Ele saberá lhe responder. Mestre Guerrebô! Mestre Guerrebô!" – dizia Raldot enquanto fazia uns gestos malucos, balançando a cabeça. – O que foi, Kem, está com sono? – perguntou Raldot ao ver Kem com a cabeça abaixada e as mãos na boca. Na verdade Kem não estava se aguentando de tanto rir, não por causa dos gestos malucos de Raldot, e sim por causa do robô número 1 que vivia sempre perguntando do "Mestre Guerrebô". Mas Kem parou de rir quando viu a tela holográfica chacoalhando junto com o braço do robô mordomo, distorcendo a imagem de Raldot.

Kem bateu a mão na testa, inconformado, quando viu as grandes abas do chapéu vermelho grudadas no rosto do robô, deixando-o sem enxergar nada.

– Alerta vermelho! Alerta vermelho! – dizia a voz eletrônica do mordomo desnorteado, enquanto ele ficava se mexendo para tentar tirar o forma-forma da cabeça com sua mão direita. De seu laboratório, Raldot via a sala de estar da casa de Kem se mexendo para todo lado.

– A Sakura deveria tê-lo levado de volta para Júpiter. Lá, sim, é o seu lugar, sua criatura levada! – exclamou Kem, agora em pé, enquanto ajudava a puxar o forma-forma para tirá-lo da cabeça do mordomo. De repente, o portal de entrada da sala de estar apareceu brilhando em energia azul e fazendo um breve ruído, "zuuuum", o que chamou a atenção de Kem. – Será que é a Sakura? – Kem olhou para um vulto por detrás do portal enquanto puxava com força o forma-forma, que fazia cara de desconforto. – Se for a Sakura voltando, é um milagre; assim eu peço para levar essa coisa junto com ela.

Mas, para a surpresa e o desapontamento de Kem, não foi Sakura quem atravessou o portal que se fechou logo em seguida. Agora, os olhos surpresos de Kem olhavam de baixo para cima, vendo botas amarelas, calça amarela, camiseta amarela, cachecol amarelo, óculos de sol amarelos e um cabelo amarelo de topete. Era o primo

Jorge, que podia ser visto com um sorriso no rosto enquanto fazia aquele gesto de paz e amor com sua mão direita.

– Olá, Kem... Tudo bem? – cumprimentou o primo Jorge.

– Oi, primo Jorge – disse Kem com uma voz de esforço no momento em que conseguiu tirar o forma-forma da cabeça do mordomo, fazendo o ruído de um "pluft". Logo em seguida a criatura vermelha se transformou em uma mão direita, fazendo aquele gesto de paz e amor enquanto flutuava no ar. A tela holográfica, que mostrava o rosto de Raldot, agora estava parada novamente, e o robô mordomo sentia-se mais aliviado. – Foi bom que tenha chegado justamente agora, primo Jorge! – A imagem do rosto de Kem se refletia nos óculos amarelos de Jorge. – Você precisa ficar em um lugar seguro para se proteger da guerra.

– Paz e amor, Kem! Sem essa de guerra. Paz e amor! – dizia o primo Jorge, agora fazendo aquele gesto com as duas mãos.

– Eu sei, primo Jorge, eu sei. – Kem via o primo Jorge se aproximando. – Eu entendo perfeitamente o que quer dizer. Mas o Exército do Triângulo Negro não entende isso. Eles não sabem o que é paz e amor. – Kem olhou para a tela logo atrás e viu o rosto do cientista. – O primo Jorge pode ficar com você aí, Raldot? Talvez o seu laboratório agora seja o lugar mais seguro do planeta Urano. Aqueles miseráveis dificilmente o encontrarão.

– Claro que sim, Kem, pode trazê-lo! O Jorge ficará seguro aqui – disse a imagem de Raldot, que olhava para o primo Jorge parando perto de Kem.

– Kem – chamou o primo Jorge, ao que Kem olhou para ele. – Você tem certeza que eu devo ir para lá junto com o Raldot? – disse Jorge com aquela voz lenta e calma.

– Você precisa ir, primo Jorge! – exclamou Kem com uma cara séria enquanto tocava sua mão direita com firmeza no ombro esquerdo de Jorge.

– Ei, Kem, o que é... – tentou dizer Jorge, mas a voz do próprio Kem o interrompeu:

– Ei, forma-forma, você também não gostaria de ficar com o Raldot enquanto a Sakura estiver fora? – Kem olhava à sua esquerda, vendo o forma-forma "mão de paz e amor" flutuando perto do robô mordomo. A criatura vermelha olhava com uma cara desconfiada para Kem, pouco antes de se transformar numa bola novamente. Ao tirar a mão do ombro de Jorge, Kem deu um sorriso forçado com a intenção de agradar e convencer o forma-forma, que não demonstrava muito ânimo em sua face. – Vamos lá, forma-forma! Você não gostaria de morar com o Raldot novamente? – O forma-forma abaixou o olhar e ficou se lembrando da sala de luz do sol artificial em que ele ficava com os outros forma-forma lá no laboratório, muito diferente do ambiente em que vive agora. Então, a criatura se mexeu fazendo um gesto negativo; mas, apesar disso, ele ainda sentia saudades de Raldot. – Estou vendo que não é muito fácil convencer você, forma-forma. Então fique aqui mesmo, já que é isso que quer.

– Vocês vão vir agora? – disse a imagem de Raldot.

– Estou sem nave, Raldot. Talvez cheguemos aí em uns dois dias com o fuzar do primo Jorge – disse Kem, olhando para a imagem de Raldot na tela.

– Não se preocupe, Kem! Enviarei uma nave com um robô piloto para o primo Jorge.

– Puxa vida, muito obrigado, Raldot! – agradeceu Kem. – Assim eu já poderei ficar concentrado em meus treinamentos aqui.

– Boa sorte, Kem! – disse a imagem de Raldot.

– Kem... o que é esse Exército do Triângulo Negro? – perguntou o primo Jorge.

– Pergunte ao Raldot. Ele saberá lhe responder... Oops! – disse Kem enquanto olhava para o primo Jorge, arregalando os olhos ao dizer "oops!", e depois colocando a mão na boca.

Raldot franziu a testa.

Enquanto isso, na Estação Interplanetária de Urano, Sakura andava pelos corredores azul-claros fazendo barulho com seus passos no chão metálico. Por onde ela passava as pessoas a cumprimentavam, principalmente os homens, que depois ficavam olhando-a caminhar, apreciando a sua beleza dos pés à cabeça. Foi então que Sakura entrou numa grande sala atravessando um portal de energia azul. Essa sala de paredes azul-claras era um dos centros de treinamento espacial, onde Sakura via uma mesa redonda branca com dez lugares vazios poucos metros à sua frente. Podia-se ver do lado esquerdo, mais ao fundo, várias mesas e cadeiras brancas com pequenos computadores, telas holográficas e painéis, onde muitas pessoas trabalhavam, enquanto do lado direito havia oito grandes esferas azuis metálicas (agrupadas em duas colunas), que na verdade eram equipamentos de simulação de voos. Bem mais ao fundo, quase encostada na parede, havia uma gigante tela holográfica que nesse instante mostrava o mapa do planeta Urano.

– Você viu a Sara por aí? – perguntou Sakura ao se aproximar de uma mulher loira com calça marrom e camisa branca que estava ao lado esquerdo da mesa redonda.

– Olá, Sakura – disse a mulher loira ao erguer a cabeça antes abaixada e ver Sakura. – Bem, a Sara estava aqui até agora há pouco, acompanhada de John e de um garoto de cabelo azul, acho que é o filho dela. – "John e Eric também estão juntos. Então provavelmente os três já vieram procurar o superlaboratório secreto", pensou Sakura, se distraindo por um instante. – Sakura? Tudo bem?

– Ah, sim! – respondeu Sakura, sorrindo para a mulher loira que franzia a testa. – Bem, entretanto... eu não os vejo em parte alguma. – Sakura virava a cabeça, olhando para todos os lados, tentando encontrar Sara, John e Eric.

– Já faz uns trinta minutos desde a última vez que eu os vi por aqui, Sakura.

– Será que eles não estão nos equipamentos de simulação de voo? – perguntou Sakura ao olhar para a sua direita, vendo aquelas grandes esferas azuis que tinham uns três metros cada uma.

– Não, Sakura, isso é impossível, pois os equipamentos de simulação de voo estão em manutenção.

Sakura olhou mais atentamente para as grandes esferas azuis e viu três robôs vermelhos reconstrutores se movendo entre elas de um lado para o outro. "É verdade, não deve ter ninguém ali! Mas, então, onde esses três estão agora?", pensou Sakura ao colocar a mão sob o queixo.

– Preciso de uma nave! – exclamou Sakura ao olhar para a mulher loira e tirar a mão do queixo. – Uma boa nave para ir até Júpiter. Deve ter algumas naves sobrando que iriam para Netuno.

– Sim, Sakura, os voos foram cancelados e há naves sobrando, mas... você vai sozinha?

– Vou até Júpiter pedir ajuda, eu preciso de uma nave urgente. – Sakura via uma expressão de hesitação no rosto da mulher loira. – Tenho bons motivos para isso.

– Sinto muito, Sakura, mas... – dizia a mulher loira, mas Sakura interrompeu:

– Se não for liberada uma nave para mim eu mesma pegarei uma por conta própria, e não duvide disso. Lembre-se de que eu sou a Sakura! – A mulher loira abaixou a cabeça, respirou fundo, depois olhou para Sakura novamente e disse:

– Plataforma B4. Lá você encontrará uma nave disponível.

– Obrigada! – agradeceu Sakura, séria, e depois virou-se para sair da sala.

– Sakura, você será identificada na órbita de alguns satélites.

– Eu sei disso! – disse Sakura com uma voz firme, enquanto o seu corpo podia ser visto iluminado pelo brilho azul do portal de saída. A mulher loira olhava para ela com uma cara inconformada enquanto balançava a cabeça num gesto negativo e pensava "Sakura, Sakura... Sakura e esse seu jeito de ser. Você não muda mesmo, mas tudo bem".

E lá estava Sakura andando novamente pelos corredores da Estação Interplanetária, fazendo barulho com seus passos no chão metálico. Após passar por um corredor que cruzava aquele em que ela estava, Sakura parou ao ouvir um barulho.

– Hã? – indagou Sakura ao franzir a testa, pouco antes de virar-se para trás. – Tem alguém aí? – Sakura deu alguns passos à frente e depois olhou para os dois lados daquele corredor que cruzava por ali, não vendo nada além de paredes azuis. – Deve ser a minha imaginação.

Sakura andou por toda a Estação Interplanetária procurando por Sara, John e Eric, porém não encontrou nenhum dos três.

– Estou cansada de tanto andar. Já perguntei para os guardas, pilotos e até mesmo para os robôs, mas ninguém viu aqueles três em parte alguma – dizia Sakura consigo mesma enquanto caminhava em direção à sua sala, que ficava na esquina entre dois corredores, poucos metros à sua frente. – Que coisa estranha! Parece até algo misterioso. Saíram do centro de treinamento espacial e ninguém mais os viu. Bem, agora eu vou pegar o meu agasalho eletrônico para levar na viagem. – Foi então que Sakura parou em frente à sua sala e, quando ia tocar com sua mão num quadrado azul-escuro para abrir o portal, ela olhou assustada para o chão e depois para o lado esquerdo ao perceber algo. Com os olhos arregalados, Sakura sentia o seu coração bater mais forte e acelerado, enquanto via a parede azul do corredor. "O que foi isso? Pensei ter visto uma sombra. Será minha imaginação brincando comigo de novo? Meu Deus, que susto! Será que estou paranoica?", pensou Sakura enquanto respirava fundo com uma expressão assustada estampada em sua face.

Nesse instante, no gramado do lado de fora da casa de Kem, podia-se ver o primo Jorge e um robô azul piloto ao seu lado direito. Um quepe, óculos escuros, terno e gravata formavam a aparência desse robô. Aquela nave amarela de Raldot, que parecia uma empadinha metálica, flutuava a uns quatro metros do chão sobre as cabeças de ambos.

– Até um dia, primo Jorge! – gritava Kem próximo aos arbustos azuis do jardim enquanto abanava a mão num gesto de despedida para o primo Jorge, que estava uns dez metros à sua frente. O forma-forma, transformado em uma mão flutuando do lado esquerdo de Kem, e o robô mordomo do lado direito, dizendo "tchau, tchau Jorge!" com sua voz eletrônica, também faziam um gesto de despedida com a mão.

– Até logo, Kem... Paz e amor! – disse o primo Jorge com sua voz calma, abanando a mão direita para Kem enquanto fazia um gesto de paz e amor com a esquerda, no instante em que um feixe de luz verde encobriu-o junto com o robô azul e, logo em seguida, os dois foram transportados para dentro da nave amarela. Aos olhos de Kem, a nave começou a girar em torno de si mesma em alta velocidade, pouco antes de disparar em direção ao céu azul e ser vista como um pontinho amarelo ao longe no horizonte.

Depois de o primo Jorge ir embora com o robô piloto para o laboratório secreto de Raldot, Kem não perdeu mais tempo e foi direto para a sala de treinamento no segundo andar de sua casa.

– Agora acho que vou suar um pouquinho – dizia Kem para si mesmo ao tirar sua camiseta vermelha e depois jogá-la no chão metálico azul da sala de treinamento, mostrando sua ótima forma física que lhe proporcionava força e velocidade, e também aquele pingente dourado que seu pai havia lhe dado, antes escondido por baixo da camiseta. Estando com sua calça azul de costume e com os pés descalços, Kem se aproximou do equipamento para treinos de velocidade e flexibilidade que ficava do lado direito do simulador de corrida, que nesse instante mostrava a paisagem de um campo florido. – Vou tentar quebrar o meu recorde aqui e depois vou para a sala de treinamento virtual.

Após Kem ter escolhido um nível de treino no painel do equipamento, várias luzes coloridas começaram a acender e apagar enquanto se moviam rapidamente para todos os lados. Podia-se ver Kem movimentando-se rapidamente para se esquivar das luzes, mexendo o pescoço, os braços, as pernas e o corpo para a direita e para a esquerda, saltando e agachando.

Durante uns dez minutos, Kem moveu-se numa velocidade incrível e nem ao menos mostrava sinal de cansaço ou uma gota de suor. De repente todas as luzes coloridas se apagaram de vez e uma voz eletrônica anunciou:

– Treinamento finalizado! Treinamento finalizado! Vamos ver o resultado! Vamos ver o resultado! – Nesse instante Kem cruzou os braços ao ver uma tela holográfica azul que apareceu diante de seus olhos. – Um feixe de luz azul atingiu sua cabeça uma fração de segundo após outro feixe de luz azul ter atingido o seu peito! – Kem, que estava com seus cabelos loiros mais desarrumados do que nunca, não fez uma cara muito contente. – Foram dois golpes em cheio! Se o inimigo fosse forte você já era! Sua pontuação foi de "noventa e oito por cento"! – Kem olhava para a tela holográfica vendo "98%" em vermelho. "Ah... você já era... Que máquina engraçadinha. Mas, pensando bem, eu devo tomar um pouco mais de cuidado", pensava Kem enquanto mantinha os olhos fechados. – Temos um novo recorde! Um novo recorde! Seu recorde anterior foi de "noventa e seis por cento"! Agora é de "noventa e oito". – Kem abriu os olhos e viu uma mãozinha dourada com um gesto de positivo que ficava piscando na tela. – Até a próxima! – disse a voz eletrônica muito entusiasmada, pouco antes da tela holográfica desaparecer, fazendo o barulho de um "ziim".

– Bem, já que eu nem suei aqui, agora está na hora de ir para a sala de treinamento virtual e esforçar-me ao máximo para aumentar a variação do meu nível de energia – disse Kem ao virar-se para a direita e ver a parede azul da sala de treinamento virtual. Kem tombou sua cabeça para a direita e para a esquerda, estalando o pescoço enquanto alongava os seus braços para frente, mantendo as mãos cruzadas pelos dedos.

Mas, de repente, houve três estrondos violentos, "BUM", "BUM", "BUM", um após o outro, fazendo muito barulho enquanto o chão metálico do segundo andar tremia e Kem se desequilibrava, assustado.

– Mas o que é isso? – disse Kem para si mesmo, meio assustado, enquanto podia-se ouvir o "trim... trim" de uma barra de ferro do equipamento de musculação caindo no chão. – Droga... o que estará acontecendo? – Nesse instante Kem virou-se e correu para o elevador, pisando sobre sua camiseta vermelha, que ficou para trás, jogada no chão.

Após descer pelo elevador, Kem correu em direção à sala de estar para atravessar o portal de saída. Com uma cara séria e concentrada, Kem via o forma-forma com uma cor vermelha meio desbotada, pálido de susto, flutuando sobre o sofá marrom. Finalmente Kem atravessou o portal para fora da sua casa e viu algo que o fez arregalar os olhos.

– Klaus!

– Kem... ah... eu fui... ah... – dizia Klaus, aparentando estar muito exausto, olhos cansados e quase fechados, enxergando Kem de forma embaçada uns dois metros à sua frente. – K... e... m – disse Klaus, quase sem voz, esticando o seu braço direito para frente na direção de Kem, enquanto sua visão parecia sumir aos poucos.

Foi quando Klaus perdeu as forças e caiu de joelhos no chão, apoiando a mão direita para sustentar o corpo enquanto respirava, cansado, perdendo os sentidos. Klaus estava todo vestido com aquela sua roupa verde brilhante.

– Oh, não, Klaus! Seu braço! – exclamou Kem, preocupado, ao fixar seus olhos arregalados no braço de Klaus. – Está... está sangrando. – Podia-se ver o braço esquerdo de Klaus imóvel, sem mais a manga comprida da camisa, que parecia ter sido toda rasgada, escorrendo sangue do ombro para baixo. A grama, antes azul, agora se tornara vermelha em volta da mão esquerda de Klaus, que estava apenas encostada no chão, pois seu braço parecia estar pendurado no corpo. – Preciso ajudá-lo, Klaus.

– Não... Kem – disse Klaus com a cabeça abaixada, vendo a grama coberta pelo seu sangue. – To... me... cuidado. Não se preocupe... comigo. Depressa... Kem, depressa – dizia Klaus com muita dificuldade.

– Hã? – indagou Kem, confuso, ao franzir a testa. – O que está acontecendo aqui, Klaus? E aqueles barulhos? – Kem parecia falar meio afobado.

– Kem... ah... – agonizou Klaus pouco antes de bater com sua face direita na grama, caindo com o corpo por cima do braço direito.

– KLAUS! – gritou Kem, desesperado, ao ver seu amigo caindo diante de seus pés. Sem perder tempo, Kem se agachou e colocou sua mão direita sobre o pescoço de Klaus para sentir a pulsação. – Está apenas desacordado. – Kem sentiu-se mais aliviado, porém, ainda estava preocupado, sem saber o que estava acontecendo.

– Esse é o príncipe? – disse uma voz feia e desconhecida que soou nos ouvidos de Kem, fazendo-o se levantar rapidamente, com a atenção redobrada. – É realmente lastimável. Não pensei que fosse tão fácil assim.

Kem mostrava uma expressão séria e concentrada, olhando ao redor, tentando encontrar o dono daquela voz desconhecida. Mas Kem via somente o jardim do seu lado esquerdo e direito, a nave vermelha de Klaus pousada uns dez metros à frente, no gramado azul, e cinco árvores de folhas vermelhas perto dessa nave, à esquerda, que faziam uma grande sombra pelo chão.

– Quem é você? – gritou Kem de forma séria, mexendo lentamente a cabeça de um lado para o outro, sem ver ninguém por ali.

– O idiota do Klaus nem viu quem o acertou – disse aquela voz desconhecida no instante em que três pássaros verdes saíram voando do meio daquelas árvores vermelhas, fazendo barulho no bater das asas. Kem aguçou os ouvidos e fixou o olhar na direção das árvores vermelhas.

– Vamos, saia de onde está! Mostre a sua cara! – gritou Kem, sério.

– Ele deveria ter mais cuidado com a retaguarda. Foi vencido com três golpes em cheio! *Hahahaha* – dizia e ria aquela voz feia e desconhecida.

– Maldito! Você é do tipo que ataca pelas costas! – disse Kem, bravo, ao fechar fortemente suas mãos, ainda olhando para as árvores vermelhas, meio desconfiado. – Aguente um pouco aí, Klaus. – Kem agora olhava para baixo, vendo Klaus estendido sobre o chão gramado. Logo em seguida, Kem começou a caminhar para frente, alternando o seu olhar entre a nave vermelha e as árvores de folhas vermelhas de forma muito concentrada. – Vamos, diga quem você é! Você está com medo? Ou só sabe atacar escondido pelas costas, como fez com o Klaus?

– Se eu fosse você nem ousaria querer saber... Kem – disse a voz desconhecida no momento em que se podia ver os pés descalços de Kem dando os últimos passos sobre a grama azul, parando a uns cinco metros da nave vermelha. Podia-se ver Kem com os olhos arregalados de surpresa por ouvir o seu nome. De repente, um homem magro todo vestido de cinza saiu de trás do grande tronco marrom da árvore de folhas vermelhas que estava mais à frente das outras quatro. Após os ouvidos de Kem terem escutado o barulho de passos pisando nas folhas secas sobre a grama, seus olhos miraram na direção daquele homem desconhecido e ficaram encarando-o.

– Então era aí que você estava escondido? – dizia Kem enquanto olhava para aquele homem que estava debaixo das sombras das árvores e tinha os cabelos negros e lisos que caíam até a altura dos ombros, cara fina, queixo chupado, nariz comprido e encurvado, olhos negros da cor de suas grossas sobrancelhas e uma boca larga que mostrava um sorriso frio e convencido. – Vamos, diga logo quem é você e como sabe o meu nome, seu feioso! – Kem apontava o seu dedo indicador direito na direção daquele homem de cinza.

– Hu! A beleza está nos olhos de quem vê, Kem... Bem, então eu direi, já que insiste tanto em saber – disse o homem de cinza enquanto encarava Kem, dando uma olhadinha de relance em seu pingente dourado. Logo em seguida, Kem mirou o olhar num ponto específico do colete cinza que aquele homem vestia e arregalou os olhos, surpreso, ao ver um símbolo conhecido no lado esquerdo perto da cintura. – Meu nome é Stanley, e eu sou um...

– Cala a bocaaaa! – gritou Kem, fazendo uma energia amarela explodir ao redor de seu corpo, e uma fração de segundo depois partiu para cima de Stanley.

– Ah... eu sou um... ah... merce... nário... do triân... gulo negro... ah... maldito Kem – dizia Stanley, agonizando.

– Me diga, Stanley... – dizia Kem com um ar de deboche. – Como é ser atingido pelas costas? – Podia-se ver o punho direito de Kem grudado no meio da coluna vertebral de Stanley, enquanto uma energia de cor amarela fluía intensamente em volta de todo o seu corpo, distorcendo as sombras das árvores ao redor e fazendo ruídos eletromagnéticos.

– Não é bom... ah. – agonizava Stanley, quase sem ar e com os olhos arregalados. – Como você fez isso tão... ah... rápido... miserável – dizia Stanley, devagar e com dificuldade, sentindo o efeito do golpe de Kem.

Podia-se ver as árvores chacoalhando e as suas folhas vermelhas se espalhando e voando ao redor, fazendo barulho, devido ao deslocamento de ar produzido pelo fluxo de energia que se expandia ao redor do corpo de Kem.

– O que me diz de ser vencido com apenas um golpe em cheio? Opa, espera aí, não caia ainda – disse Kem ao segurar com sua mão esquerda o colarinho de Stanley, que já estava pendendo o corpo para frente. – Primeiro, me diga... como sabe o meu nome? – Stanley parecia hesitar em responder, mesmo estando quase inconsciente. – Vamos, diga logo! – disse Kem, bravo, ao chacoalhar o corpo de Stanley como se fosse um boneco sem vida. – Estou percebendo que você não vai falar. Pois bem, primeiro quero que você saiba, Stanley, que esse punho que o acertou pertence a um Guerreiro do Universo. E eu apenas usei uma pequena parte de meu poder. Eu não hesitaria em usar todo o meu poder se fosse necessário.

– Guerreiro... ah... do Universo? – indagou-se Stanley com os olhos quase fechados, enfraquecido. – Então vamos... ah... fazer um trato. Eu respondo as suas perguntas... ah... e você me deixa em paz... ah. – Ao ouvir as palavras de Stanley, Kem fechou a cara, meio desconfiado.

– Está bem, Stanley, pode dizer! Eu não farei mal a você. Essa é a palavra de um Guerreiro do Universo – disse Kem com uma voz firme ao fazer desaparecer a energia amarela que antes fluía ao redor de seu corpo. – Agora diga.

– A câmera externa da nave de Nagor... *ahah*... nos forneceu algumas informações.

– Nagor? – Kem arregalou as suas sobrancelhas loiras.

– Aquele imbecil do Nagor... ah... foi útil em descobrir informações sobre os guerreiros de Urano... ah... antes das tropas mercenárias chegarem.

– Então elas já chegaram? As tropas mercenárias? – disse Kem com um ar de surpresa, pouco antes de fixar o olhar no colete de Stanley. – Por que o seu uniforme é de cor diferente daquele de Nagor?

– Por quê? Haha... ah... porque Nagor nunca fez parte dos guerreiros das tropas mercenárias, que possuem o uniforme cinza como cor oficial. E o uniforme dele... *ahah*... nem tinha o símbolo *Critum*, que representa as tropas mercenárias, ahah... diferenciando-as das demais tropas do triângulo negro. *Aahah*... ele foi iludido a pensar que era um guerreiro mercenário para que, assim, pudéssemos usá-lo a nosso favor... ah.

– Vocês são uns cretinos mesmo! – disse Kem, inconformado, ao balançar Stanley pelo colarinho. – Nem sequer podem confiar uns nos outros.

– Esse é um dos lemas do triângulo negro... ah. Não confiar em ninguém, nem na própria sombra... ah.

– Então, por que confiou em mim?

– Porque... ah... há pouco senti uma energia nobre fluindo ao redor de seu corpo... ah. Você é um homem bom, Kem... ah... Diferente daqueles que eu conheço, diferente de mim... ah. – O silêncio se fez presente durante alguns segundos enquanto Kem olhava com pena para o inimigo, sustentado apenas com a força de seu braço esquerdo. Kem imaginava que os sentimentos ruins que Stanley cultivava dentro de si o faziam sofrer.

– Por que você veio até aqui, Stanley? Por acaso você seguiu o Klaus? – perguntou Kem, que depois olhou para Klaus, caído uns dez metros à frente na grama azul do jardim.

– Eu vim aqui... ah... para pegar você, Kem. Eu vim direto à sua casa... ah. Aaaaah. – Kem deu um chacoalhão em Stanley, fazendo-o sentir uma extrema dor nos ossos das costas. – Nós coletamos muitas informações... ah... ah, e por isso nossos ataques são todos planejados... ah. Nesse instante, Sebastian e Norako já devem ter tido uma surpresa... ah, assim como os outros guerreiros espalhados por... ah... esse planeta. E o Sebastian... ah... terá mais problemas... ah...

– Norako? E o Sebastian... mais problemas? – indagou Kem com cara de dúvida.

– Isso mesmo... ah. Todos os uniformes do Exército do Triângulo Negro guardam informações de combate através de um microdispositivo acoplado. – Kem aguçou os ouvidos, prestando atenção nas palavras de Stanley. – E, como Sebastian lutou contra Nagor, todas as informações desse combate foram passadas para os demais guerreiros do triângulo negro... ah. Agora o nível de energia e os golpes de Sebastian já são conhecidos por nós... ah. – Kem ergueu as sobrancelhas, preocupado. – Você, Kem... ah... teve sorte de usar apenas um golpe, porém, agora eles saberão alguma coisa sobre você, *ahah*... Guerreiro do Universo. – Kem fez uma cara séria, fechando um pouco o olhar. – Mas não se iluda... ah. Os nossos Guerreiros do Universo são fortes, Kem... *aaaaah*. – Ao agonizar pela última vez, Stanley desmaiou, pendendo a cabeça para baixo.

– Guerreiros do Universo no triângulo negro? Hu!... Não posso perder mais tempo aqui com você, Stanley – disse Kem ao olhar para o corpo molenga de Stanley e depois jogá-lo no chão. Agora os pés descalços de Kem passavam quase encostando no nariz encurvado de Stanley, que podia ser visto com os olhos fechados e a boca aberta, apagado. Kem seguia em direção ao jardim. – Preciso ajudar o Klaus, ele está muito ferido.

Podia-se ver Kem erguendo Klaus ainda desmaiado, apoiando-o em seu ombro esquerdo.

– Não se preocupe, Klaus, eu levarei você para o Centro de Cura da região leste, pois os dispositivos de cura não ajudarão muito com esses graves ferimentos – dizia Kem, mas Klaus estava desacordado e não podia ouvir nada. – Depois eu preciso ajudar os outros, principalmente o Sebastian.

Carregando Klaus em seu ombro, Kem caminhava até a nave vermelha. Ao passar ao lado do corpo de Stanley, que estava debaixo da árvore, Kem deu uma última olhada naquele guerreiro que ele venceu facilmente. Quando Kem parou ao lado da nave vermelha, ele colocou a mão direita em sua lateral metálica e disse:

– Abra! – Num segundo, a nave subiu na vertical e ficou flutuando a uns dois metros do chão. – Ainda bem que incluíram o meu DNA no banco de dados para que eu possa ter o acesso da Família Real – disse Kem ao esboçar um sorriso, mas logo em seguida mostrou uma expressão meio preocupada em sua face. – E a Sakura... Será que ela já foi para Júpiter? – Kem olhou para cima, vendo o céu azul de Urano.

A centenas de quilômetros do planeta Urano, podia-se ver uma nave de cor verde-esmeralda cortando a imensa escuridão do espaço sideral em alta velocidade, rodeada por inúmeros pontinhos luminosos. Essa era a nave em que estava Sakura, seguindo em direção ao planeta Júpiter. Dentro da nave, Sakura olhava acima do painel para o negro espaço à sua frente, mantendo seus braços cruzados e estando em pé ao lado esquerdo do assento verde-claro de piloto.

– Estou com um pouco de frio, acho que vou colocar o meu agasalho – disse Sakura, logo em seguida descruzando os braços e pegando o seu agasalho verde-azulado que estava em cima do encosto do assento. Sakura vestia o fino agasalho que passava por seus cabelos castanhos e mostrava um grande desenho do planeta Urano na parte das costas. – Pronto, agora eu já me sinto mais confortável! – Sakura jogara seus longos cabelos por cima do desenho após vestir o agasalho eletrônico, que proporcionava uma temperatura agradável através do seu sistema de sensores e dispositivos de aquecimento artificial.

Enquanto colocava as suas frágeis mãos nos bolsos do agasalho eletrônico, Sakura caminhava em direção à parede lateral direita da nave, que, neste instante, estava transparente e mostrava o negro espaço cheio de pontinhos de luz. Ficou ali parada, olhando para o espaço durante alguns minutos, até que abriu um sorriso e os seus olhos verdes começaram a brilhar.

– Como são lindos! – Sakura agora via algo além do espaço negro e dos pontinhos luminosos, mantendo uma expressão de apreciação em sua face. – Apesar de toda essa situação preocupante que está acontecendo, agora eu posso sentir-me mais tranquila apenas por olhá-los. Eu gostaria de ter essa visão todos os dias. Isso me acalma. Ah, como são lindos... os anéis de Saturno. – Os olhos de Sakura refletiam os coloridos anéis de Saturno, que também iluminavam com luzes multicores o seu rosto sorridente e o interior da nave, que cortava o espaço passando ao lado daquele enorme e lindo planeta. – Bem, ao passar por Saturno, daqui a pouco estarei em Júpiter.

Sebastian caminhava por entre as árvores vermelhas de uma parte da floresta que ficava poucos quilômetros antes de chegar ao castelo azul. Era um lugar úmido, exótico, onde Sebastian ouvia os gritos das aves ecoando por toda a parte juntamente com um forte barulho de águas em constante movimentação. Vestido com aquele colete e calça amarela e botas pretas, Sebastian deixava para trás a marca de seus passos naquele chão mole, úmido, enquanto via uma clareira entre os troncos das árvores à sua frente. Quando passou pelas últimas árvores vermelhas e entrou na clareira, Sebastian se deparou com a visão de um lago de águas verde-azuladas vindas de uma enorme cachoeira de uns cinquenta metros de altura. Essa cachoeira derramava suas águas por entre duas montanhas alaranjadas, fazendo um alto barulho, e formava, além do lago, um rio, que passava uns dez metros à esquerda de Sebastian e seguia por dentro da floresta. Podia-se sentir uma temperatura mais fria nesse lugar. Sebastian sentia a água respingando pelo seu corpo como se estivesse chovendo, enquanto olhava na direção da cachoeira com uma cara muito concentrada.

– Então era aqui que vocês estavam se escondendo! – disse Sebastian, encarando algo com seus olhos prateados, pouco antes de começar a atravessar o lago, que batia na altura de seus joelhos. – Para o azar de vocês, eu pude sentir as suas energias de longe e vim direto para cá. – Além dos barulhos das águas da cachoeira e do rio, agora também se podia ouvir o barulho das águas do lago pela movimentação de Sebastian enquanto o atravessava.

– Para o nosso azar? – disse uma voz esnobe que vinha do lugar para que Sebastian estava olhando. – Você ouviu isso, Brok?

– Sim, Lino. Parece que esse cara é um presunçoso – disse a voz de um jovem de cabelos verdes e curtos que tinha olhos e sobrancelhas negras e a pele quase clara, meio queimada.

– Você deve ser o Sebastian, não é mesmo? – disse novamente aquela voz esnobe, que pertencia a um homem de cabelos curtos e azul-escuros da mesma cor de suas sobrancelhas, pele clara e olhos negros. Ainda dentro do lago, Sebastian parou de caminhar.

– Como você sabe o meu nome? – perguntou Sebastian com uma voz e cara séria, enquanto encarava aquele sujeito de cabelo azul, que vestia um uniforme todo cinza e estava uns dez metros à frente, em pé, sobre uma grande pedra branca por onde as águas da cachoeira corriam antes de formarem o lago e o rio.

– Isso não importa! O que importa é que eu conheço todos os seus golpes! – exclamou o homem de cabelo azul, que se chamava Lino, pouco antes de cruzar os braços e fazer uma cara esnobe.

– Como assim? O que está dizendo?

– Estou dizendo que aqui será o seu túmulo, Sebastian... – Lino descruzou os braços e esticou o direito, apontando o dedo indicador para o chão, enquanto encarava Sebastian. – Aqui! Sobre essa grande pedra branca... jaz Sebastian.

– É isso aí! – disse o jovem de cabelos verdes, que vestia um uniforme azul-marinho (parecido com aquele de Nagor) e estava ao lado direito de Lino. – *Haha* – riu esse jovem, que se chamava Brok, tentando intimidar Sebastian.

– Estou vendo que vocês estão muito convencidos. Parece que os guerreiros do triângulo negro são todos assim – disse Sebastian ao fixar seus olhos nos símbolos do triângulo negro dos uniformes de Brok e Lino. – O Nagor era outro que dizia essas besteiras, e veja só como ele acabou.

– Hu, o Nagor? – disse Lino com um ar de desdém. – O Nagor era um fraco. Sinto-me até insultado ao ser comparado com aquele lixo. – Lino esticou seu braço direito na altura do rosto e ficou fazendo um gesto com a mão, como se estivesse chamando Sebastian de maneira a provocá-lo. – Venha. Venha me pegar, Sebastian.

– Ora, seu miserável... Quem você pensa que é? – disse Sebastian com um tom de voz firme ao fechar fortemente as mãos enquanto via o gesto provocativo de Lino. De repente, a água do lago ao redor de Sebastian começou a borbulhar e a ferver, fazendo barulho. Após uns cinco segundos, essa água começou a evaporar, e uma energia amarela começou a brilhar em torno do corpo de Sebastian, que mantinha o olhar sério e concentrado no inimigo à sua frente. À medida que os segundos se passavam, a intensidade da energia amarela aumentava, fazendo com que as águas se separassem ao redor das pernas de Sebastian, formando um círculo vazio que mostrava o fundo do lago. Os ruídos eletromagnéticos se faziam presentes juntamente com o barulho das águas. O ar ao redor começou a se mover com mais intensidade, fazendo mexer os cabelos vermelhos de Sebastian.

– Sinto muito, Sebastian, mas isso não me impressiona – afirmou Lino.

– Então você vai ver uma coisa. Tome issoooo! – gritou Sebastian ao levantar o seu punho esquerdo, preparando um golpe, correndo por dentro do lago e depois saltando por cima de pedras para chegar até Lino.

Estando cara a cara com Lino e brilhando em energia amarela sobre o som da cachoeira, Sebastian desferiu seu golpe de punho esquerdo, enquanto podia-se ver, ao fundo, as árvores vermelhas da floresta, misturando-se com a cena. "Tolo", pensou Lino após desviar do golpe, movendo-se para sua direita, e começar a brilhar em energia amarela. Numa fração de segundo, Lino, que mostrava um sorriso orgulhoso, virou um chute de direita que acertou em cheio as costas de Sebastian, arremessando-o contra a cascata. Nesse instante Sebastian sumiu dos olhos de Lino e Brok no meio das águas da cachoeira, batendo de frente e com força em uma parede rochosa no fundo da cascata. Aproveitando-se da situação e sem demora, Brok partiu para cima da cachoeira para pegar Sebastian. Foi então que uma luz azul apareceu brilhando por trás das águas da cachoeira.

– Cuidado, Brok! – gritou Lino ao dar um salto para o lado enquanto olhava para aquele brilho azul na cachoeira. Uma fração de segundo depois, uma esfera de energia azul saiu de dentro das águas da cachoeira a toda velocidade em direção a Brok, que, graças ao aviso de Lino, conseguiu desviar-se dela.

– BUM! – A esfera de energia azul chocou-se com violência contra algumas árvores vermelhas da margem do rio, destruindo-as e fazendo muita fumaça. Podia-se ver os olhos negros de Brok arregalados.

– Essa foi por pouco – sussurrou Brok, meio assustado. – Se o Lino não tivesse me avisado, eu teria sido atingido em cheio.

– Tome mais cuidado, seu garoto apressado! – gritou Lino ao advertir Brok. – Não vá com tanta sede ao pote! Você poderia ter...

Mas nem deu tempo de Lino completar o que ia dizer: Sebastian saiu de forma astuciosa de trás da cachoeira e golpeou Brok com um soco direto na face esquerda, fazendo sua cabeça virar para o lado com o impacto, deixando-o meio atordoado.

– Agora é você, Lino! – gritou Sebastian ao partir para cima de Lino, enquanto Brok estava de pé e imóvel, ainda sentindo sua cabeça vibrar.

Brilhando em energia amarela, Sebastian começou a desferir uma sequência de golpes com seus punhos para atingir Lino, que também brilhava em energia amarela enquanto se esquivava e se defendia dos ataques. Ao se abaixar, desviando de um soco cruzado de direita, Lino pegou impulso com os joelhos, levantando-se, e acertou um gancho com seu punho direito no queixo de Sebastian, fazendo-o dar uns passos para trás, meio desequilibrado, sobre o chão molhado da pedra branca. Nesse instante, Brok, o jovem de cabelos verdes, já recuperado do golpe que tinha tomado, aproveitou que Sebastian estava disperso e segurou seus braços, travando-os atrás das costas. Agora Sebastian tornara-se um alvo fácil para Lino, que começou a golpeá-lo sem parar no rosto, no peito e no estômago enquanto Brok o segurava.

– *Ahah*... ai... ah... vocês... ah... jogam... ai... ah... sujo – tentava dizer Sebastian enquanto sofria, preso por Brok, sem poder se defender, tomando um soco aqui e ali. Lino fazia cara de mau enquanto surrava Sebastian, que agora mostrava umas marcas de sangue em seu rosto.

– O que vai fazer agora, Sebastian? Lançar outra esfera de energia? *Hahaha*! – debochava Lino enquanto continuava golpeando Sebastian. Brok fazia força para segurá-lo, franzindo o nariz.

Sebastian já não estava mais aguentando e sentia que os intermináveis golpes de Lino estavam-no enfraquecendo cada vez mais, e a energia amarela que fluía ao redor de seu corpo começara a diminuir de intensidade lentamente. Porém, Sebastian ainda não tinha desistido da luta e, num movimento rápido, deu uma cabeçada para trás, que atingiu em cheio o nariz de Brok. Ao sentir o impacto da cabeçada, Brok soltou os braços de Sebastian no mesmo instante e colocou as mãos sobre o seu nariz, que começou a sangrar.

– Seu idiota! – reclamou Brok com uma voz fanha por estar com a mão no nariz.

Sentindo os seus braços soltos, Sebastian defendeu os socos de Lino, segurando-o pelos pulsos, e depois colocou o seu pé direito no estômago do guerreiro do triângulo negro. Ao som da movimentação das águas, Sebastian jogou o seu corpo no chão, batendo com as costas na pedra branca molhada enquanto puxava Lino pelos braços e, logo em seguida, dobrou seu joelho para pegar impulso e depois esticou sua perna direita, arremessando Lino para trás com toda a força que ainda lhe restava. Com isso, Lino se chocou com Brok e os dois caíram no chão de pedra, molhado pelas águas verde-azuladas da cachoeira. Sebastian se levantou, conseguindo ainda manter um pequeno brilho de energia amarela ao redor de seu corpo. A água da cachoeira respingava como se estivesse chovendo.

Podia-se ver Brok caído por cima de Lino.

– Sai de cima de mim... seu garoto estúpido! – disse Lino, bravo, ao empurrar Brok para o lado, levantando-se logo em seguida.

– Mas que droga, veja só! Você manchou meu uniforme com o seu sangue... o sangue daquela raça. – Lino olhava para o seu uniforme cinza manchado de sangue na altura do peito. – Por não ser de Netuno, você teve muita sorte de entrar no Exército do Triângulo Negro, Brok. Deve isso à influência de seu pai, que é um Guerreiro do Universo. – Enquanto via Brok se levantar, Sebastian ouvia, curioso, as palavras de Lino. – Foi um golpe de sorte, Sebastian! – Lino apontava o dedo para Sebastian. – Ainda mais por estar nessa situação deplorável, pois eu posso sentir a sua energia enfraquecida. Mas não se preocupe, eu acabarei logo com esse seu sofrimento, *hahahahaha*!

Sebastian fez uma cara séria enquanto colocava seus punhos na frente do rosto, fechando a guarda, e olhava concentrado para os inimigos à sua frente, ambos possuindo, no uniforme, o símbolo *Critum* das tropas mercenárias. Lino fechou fortemente as mãos, deixando-as na altura de suas coxas.

– Mostrarei a força de um verdadeiro guerreiro mercenário do triângulo negro! RAAAAÁ! – gritou Lino de forma extravagante ao fazer expandir com muito mais intensidade a energia amarela que fluía ao redor de seu corpo. Toda a água que corria sob os pés de Lino e caía sobre sua cabeça começou a se espalhar de forma violenta por causa do forte fluxo de energia que emanava em torno de seu corpo, fazendo ruídos eletromagnéticos e deslocando o ar ao redor. As árvores vermelhas da orla da floresta começaram a balançar, fazendo barulho junto com a ventania.

"Guerreiro mercenário? Ele é um guerreiro mercenário? Então... as tropas mercenárias chegaram?", pensou Sebastian, surpreso, enquanto via, ouvia e sentia a intensa energia que fluía ao redor de Lino.

Ao perceber que Lino não estava para brincadeiras, Brok se afastou dali, descendo pelas pedras até chegar ao lago.

– Ei, espere! Está fugindo? – gritou Sebastian ao ver Brok de costas, que nesse instante atravessava o lago. "Não, Sebastian. Você, sim, é quem deveria fugir", pensou Brok enquanto caminhava, sem olhar para trás. A energia de Lino se expandia mais e mais, e seu tom de amarelo começava a ficar mais vivo e intenso. Sebastian também começou a elevar sua energia lentamente. Mas o guerreiro de cabelos vermelhos e olhos prateados estava abatido, e a energia de Lino sobrepujava a sua facilmente. A diferença entre a variação de energia dos dois parecia ser grande.

Foi então que Lino trouxe suas mãos fechadas para perto do rosto, esticou seus dedos indicadores e cruzou-os logo em seguida, formando um "X". Agora com os braços esticados e olhando para as costas de suas mãos, Lino via uma energia azul-marinho se formando. Essa energia começou a aumentar de intensidade, concentrando todo o seu poder nos dedos indicadores. Sebastian olhava concentrado para aquele brilho azul-marinho nas mãos de Lino, que estava uns cinco metros à sua frente, sentindo na pele pela primeira vez o verdadeiro desespero. Não havia saída, Sebastian tinha três escolhas: fugir, atacar primeiro ou evitar o golpe, se esquivando ou defendendo. A cachoeira derramava suas águas entre os dois guerreiros.

– Tome isso, Sebastian!... RAIO CRUZADO! – gritou Lino com bravura ao lançar uma intensa energia de brilho azul-marinho em forma de um "X" de uns dois metros, que se expandiu de seus dedos cruzados com toda a força para cima de Sebastian. No mesmo instante, Lino dobrou os joelhos e pendeu com o seu corpo para trás por causa da intensidade da energia.

– Vou segurá-la! – gritou Sebastian ao franzir o nariz e esticar seus braços para frente com as mãos abertas, enquanto sua visão se preenchia totalmente com um brilho azul-marinho. Nesse instante as águas da cachoeira começaram a se mover de forma estranha e desordenada, por causa da interferência da energia, e o ar se deslocava com fúria por toda a parte.

Nesse instante podia-se ver Norako andando pela floresta de árvores vermelhas, um lugar com pouca luz, a uma distância de quase um quilômetro da cachoeira onde se encontrava Sebastian. O príncipe guerreiro estava com aquele colete verde-esmeralda, calça verde-clara, cinto, luvas e sapatos dourados, e a bainha laranja nas costas, com a sua espada azul embainhada. Os únicos ruídos por ali eram os dos passos de Norako e os dos cantos dos pássaros. De repente, Norako parou de caminhar e fez uma cara concentrada, prestando atenção em alguma coisa com os seus ouvidos.

– O que foi isso? – indagou-se Norako ao ouvir o barulho de um grande estrondo que parecia fazer a terra tremer ao longe. – Parece uma explosão. – Norako sentiu a terra vibrar levemente e virou-se para o lado de onde parecia vir aquele barulho de explosão. – Parece que vem de lá da cachoeira. – Norako olhava desfocado para as árvores vermelhas à sua frente. – Eu sinto uma forte energia vinda de lá, e há pouco eu também estava sentindo outra energia mais fraca, que agora desapareceu junto com esse barulho. – Norako fez uma cara de preocupado. – Essa energia que desapareceu me parecia muito familiar... Será que... pertencia a...

– Sebastian!

– Quem disse isso? – exclamou Norako, surpreso, virando sua cabeça rapidamente para a esquerda ao ouvir uma voz desconhecida.

Norako começou a olhar para todos os lados, procurando alguém, mas apenas via árvores e folhas vermelhas caídas sobre o chão.

– Finalmente encontrei você, Norako. Ou deveria dizer... *Vossa Majestade* – disse aquela voz desconhecida com um ar de desdém. Norako fechou um pouco o olhar e ficou atento ao mínimo ruído e movimentação ao seu redor. – Parece que finalmente Lino venceu aquele tal de Sebastian, que agora deve ser apenas um cadáver.

Norako colocou sua mão direita por entre seus longos cabelos azul-prateados e segurou o cabo da espada, pronto a desembainhá-la a qualquer momento. De repente uma luz branca brilhou no meio da copa de uma árvore que estava uns cinco metros à esquerda de Norako. Os ouvidos e os olhos de Norako perceberam um ruído eletromagnético e uma luz branca, pouco antes de ele saltar rapidamente para o lado, desviando de uma pequena esfera de energia branca que atingiu o chão, fazendo barulho e levantando poeira.

– Quem é você? Apareça! – gritou Norako logo após ter visto o buraco que a esfera de energia fez no chão.

– *Hahahahaha*! – riu aquela voz desconhecida, debochando.

De repente Norako começou a receber ataques de sucessivas esferas de energia branca, desviando-se de todas elas, que acabaram se impactando contra o chão e destruindo árvores, fazendo a poeira e as folhas vermelhas se espalharem pelo ar junto com barulhos de pequenas explosões.

– Estou vendo que você é habilidoso, Norako. Desviou-se de todos os meus ataques.

– Cof, cof, cof! – tossia Norako no meio da poeira que abaixava, mantendo a mão esquerda na boca e os olhos fechados enquanto uma folha vermelha caía sobre seus longos cabelos azuis.

Passados alguns segundos, quando a poeira já havia abaixado, pôde-se ouvir o barulho metálico deslizante de Norako desembainhando a espada. Foi então que Norako começou a virar sua cabeça lentamente de um lado para o outro, olhando para cima, procurando algo nas copas vermelhas das árvores quando, de relance, viu o vulto de um homem escondido em uma delas, e depois ficou encarando-o. Num movimento rápido de mãos, Norako gritou:

– RESPLENDOR!

Esse foi o mesmo golpe que Norako usou contra Kem uma vez, agora brilhando como os raios de sol em direção à copa de uma das árvores. Foi então que Norako ouviu um barulho de galhos quebrando, pouco antes de ver alguém cair da árvore para o chão. Sem demora, Norako correu para cima do homem de uniforme cinza que estava deitado de lado no chão, quase encostado no tronco da árvore da qual ele havia caído.

– Seu miserável! Estou cego! – gritou aquele homem vestido de cinza, que tinha cabelos brancos arrepiados para cima e a pele morena, enquanto arregalava os olhos, desesperado, e enxergava tudo branco. Logo em seguida, sentiu a ponta de um objeto metálico tocar a sua garganta.

– Não se mexa, seu verme! Só responda as minhas perguntas! Sua vida e sua morte estão entre a lâmina dessa espada – disse Norako com uma voz autoritária, enquanto olhava para baixo e mantinha a sua espada azul encostada na garganta daquele sujeito. – Não se preocupe com sua visão, ela logo voltará. Agora você deve se preocupar apenas com sua garganta.

Norako desviou seu olhar por alguns segundos e viu o símbolo do triângulo negro desenhado no colete cinza daquele sujeito, próximo à cintura, do lado esquerdo.

– Você não se parece em nada com um netuniano – disse Norako ao ver os olhos amarelo-claros daquele sujeito. – Então me diga... quem é você?

Enquanto isso, no ponto 12 da região sul, local conhecido como país robótico, podia-se ver várias casas destruídas e muita fumaça por toda parte. Nesse lugar, quase tudo era feito de metal, como as casas de várias cores e formas geométricas, sendo algumas delas quadradas, piramidais e semiesféricas. As ruas e as calçadas eram feitas de grandes blocos azul-claros de metal. Nesse instante um robô amarelo, que estava meio torto e soltando faíscas, caminhava desequilibrado no meio da rua.

– Tome isso, sua lata velha!

"BUM!". Voaram pedaços do robô amarelo por toda parte ao som de uma explosão causada por uma esfera de energia azul-marinho que o atingiu em cheio.

– *Hahahaha... hihihihi*! – ria um homem de cabelos azul-escuros compridos que caíam até os seus ombros e encostavam no colete cinza que vestia, se divertindo ao destruir não somente aquele robô amarelo, mas muitos outros robôs por toda parte do país robótico, causando o caos por onde passava. Vários robôs dos mais diversos tipos, cores e tamanhos corriam desesperados pelas ruas e calçadas, escondendo-se onde podiam para salvarem suas vidas robóticas e não terminarem como os outros robôs, que estavam jogados no chão, aos pedaços. Enquanto aquele homem de uniforme cinza estivesse ali, o perigo estaria presente.

– *Hahaha... hahahaha*! – continuava a rir o homem de cinza quando, de repente, viu uma sombra no chão aumentando de tamanho e que parecia vir do alto, sobre sua cabeça. Logo em seguida, ele ouviu o barulho de um forte impacto em sua retaguarda e sentiu o chão tremer.

– Há? – indagou o homem de cinza, surpreso, pouco antes de começar a virar o seu corpo lentamente para trás, curioso em ver o que tinha caído ali de forma tão repentina. – Mas o que é essa coisa? – O homem de cinza arregalou seus olhos azul-escuros e ergueu suas negras sobrancelhas, fazendo uma cara surpresa, inclinando sua cabeça para o alto, pouco antes de franzir a testa. – É parecido com as outras latas velhas, só que umas dez vezes maior!

Frente a frente com o homem de cinza, podia-se ver o Super Guerrebô Azul, que nesse instante refletia os raios de sol em seu enorme corpo metálico, principalmente na cabeça, porque era a parte mais alta. Parece que o cientista doido do norte reuniu toda sua coragem e partiu para o campo de batalha junto com o Guerrebô, deixando o primo Jorge no laboratório secreto. Finalmente o guerreiro robô entraria em ação, pois estava diante de um mercenário do triângulo negro.

– Você é grandão... mas não me assusta! – disse aquele homem de cinza, olhando para o alto, ao que o Guerrebô movimentou sua cabeça para baixo, fazendo um ruído robótico. – Vou derrubá-lo agora, seu monte de sucata!... Tome isso! – O punho esquerdo do guerreiro mercenário brilhou em energia azul-marinho, que foi lançada logo em seguida para acertar a cabeça do Guerrebô.

– PROTEÇÃO! – gritou Raldet dentro da cabine de comando na cabeça do Guerrebô, o que fez aparecer uma barreira protetora de energia azul ao redor de todo o corpo do gigante metálico. A energia azul-marinho explodiu, fazendo barulho, na barreira protetora, sem causar nenhum dano ao Guerrebô.

– O quê? – indagou o guerreiro mercenário, surpreso, ao ver o seu ataque falhar.

Rapidamente, o Guerrebô jogou sua perna direita para trás, pegando impulso, e depois deu um forte chute no guerreiro mercenário, fazendo-o voar até sumir de sua vista.

Após percorrer todo o país robótico, o Guerrebô venceu mais um guerreiro mercenário que também estava destruindo tudo, estabelecendo a paz novamente no ponto 12 da região sul. Voando pelo céu do país robótico a toda velocidade, cortando o ar, o Guerrebô levava os dois guerreiros mercenários presos dentro de uma rede de cordas metálicas amarelas que segurava em sua grande mão esquerda metálica.

Na região leste, Kem acabara de chegar ao Centro de Cura, carregando Klaus pelos ombros. Já Sakura estava sentada na cadeira de piloto, vendo a escuridão do espaço e inúmeros pontinhos de luz à sua frente, num ambiente solitário, enquanto pensava no barulho e na sombra misteriosa que achou ter ouvido e visto na Estação Interplanetária. Sakura ficou com isso na cabeça, pelo menos até ver uma pequena esfera marrom ao longe, que parecia ser o planeta Júpiter. Quanto a Sara, John e Eric, ninguém sabia onde estavam, pois realmente pareciam ter desaparecido de maneira misteriosa. O sr. Kiraua estava na sala de refeições de sua casa, tentando fazer o seu netinho comer uma deliciosa refeição do oeste que preparou com muito carinho, mas o menino se negava, fazendo cara séria. Primo Jorge, todo vestido de amarelo, como sempre, estava no enorme salão de entrada do laboratório secreto de Raldot, vendo o robô verde cortando o ar com a bolsa prateada voadora. Na floresta de árvores vermelhas, Norako ainda apontava sua espada para a garganta daquele homem de cabelos brancos.

Quanto a Sebastian...

12 Bandeira branca?

Ainda havia alguns guerreiros mercenários do Exército do Triângulo Negro atacando pontos estratégicos nas quatro regiões do planeta Urano. Cada um desses guerreiros mercenários possuía um batalhão de soldados sob suas ordens, enviados pelo comandante Netuno para ajudá-los na conquista de Urano. Brok era um desses soldados, que tinham como missão prender todos os uranianos que encontrassem, independente de serem mulheres, crianças ou idosos. Não seguiam nenhuma regra, pois, a essas horas, já haviam destruído vários lugares, ferindo e até matando algumas pessoas. A população uraniana estava frente a frente com o terror. As pessoas eram presas em enormes e robustas jaulas metálicas que eram materializadas no próprio local onde ocorriam os ataques.

As tropas mercenárias eram compostas por centenas de soldados em uniformes azul-marinho e por quinze fortes guerreiros em uniformes cinza. Mas agora esse número parecia ter diminuído, pois Kem venceu Stanley, o Guerrebô venceu Jagon (aquele que levou o chute) e Ramirez (esse era um grandalhão careca), e aquele brutamonte de cabelo moicano azul (que havia lutado contra Sebastian no treinamento) venceu um mercenário chamado Gobert, numa incrível luta de trinta minutos no topo da montanha de gelo que fica num ponto da divisa entre a região norte e a região leste. Muitos guerreiros e soldados de Norako, infelizmente, pereceram nas mãos das tropas mercenárias. Essa era uma batalha cruel.

Dos quinze guerreiros mercenários, agora só restavam onze, sendo que Lino era um deles, assim como aquele que estava como alvo da espada de Norako e chamava-se...

– *Flauber*. Então esse é o seu nome – dizia Norako tranquilamente no meio daquela floresta quase escura, ainda apontando sua arma para aquele homem de olhos amarelo-claros e uniforme cinza caído perto do tronco da árvore. – Me diga, Flauber, qual é a sua raça?

– Já que insiste em saber... – disse Flauber com uma voz firme. Com sua visão já recuperada do "Resplendor", fazia uma cara séria enquanto encarava Norako. – Digo que não pertenço à Via Láctea.

– O quê? Você não é dessa galáxia? – exclamou Norako, espantado.

– A *Grande Nuvem de Magalhães* está a 150 mil anos-luz de distância da Via Láctea – afirmou Flauber.

– Você veio da galáxia Grande Nuvem de Magalhães? Mas isso é impossível! Como pode ter chegado até aqui vindo de tão longe? – dizia Norako franzindo a testa, atordoado, buscando uma explicação para algo que não podia compreender.

– Através de portais interdimensionais que cortam o tempo e o espaço. Foi assim que vim do meu planeta natal, Mazuna, que gira em torno da estrela Beta Ayag, localizada na Grande Nuvem de Magalhães, e cheguei até aqui, ao Sistema Solar. – Flauber estava com a cara séria, encarando Norako, espantado. – Como muitos outros planetas dessa e de outras galáxias, Mazuna é um dos que possuem um Guerreiro do Universo. – Flauber sorriu, orgulhoso. – E ele está bem na sua frente!

– O quê? – indagou Norako ao arregalar os olhos, se distraindo, e, numa fração de segundo num ato inconsciente, afastou a espada alguns centímetros da garganta do guerreiro mercenário, o que foi tempo suficiente para Flauber bater com a palma esquerda de sua mão morena no lado cego da espada azul, enterrando sua ponta na terra. Rapidamente, Flauber também apoiou sua mão direita na espada, forçando-a para baixo, e com sua perna esquerda passou uma rasteira logo acima dos calcanhares de Norako, fazendo-o cair e bater com as costas no chão da floresta, soltando a espada. Podia-se ver a espada azul cravada no chão enquanto Flauber se levantava.

– Saiba, Norako, que eu não gosto de usar esse tipo de armas para lutar – afirmou Flauber ao pegar a espada e trazê-la à altura de seu rosto, olhando para ela da ponta ao cabo. Norako, caído no chão, olhava para Flauber. – Prefiro uma luta corpo a corpo, em que possa sentir meu próprio punho golpeando o adversário... Isso aqui! – Flauber apontou a espada para Norako. – Isso aqui não serve mais para a nossa luta! – E arremessou a espada com força para trás, porém, não ouviu-a cair no chão.

– Tenha mais cuidado, você quase me acertou, Flauber. Eu sabia que encontraria você aqui.

– Hã?... É você? – indagou Flauber ao ouvir uma voz conhecida, logo em seguida ouvindo barulhos de passos se aproximando, batendo sobre as folhas do chão. Ao olhar para trás, viu um homem de cabelos azul-escuros curtos vestido de cinza se aproximando. – Lino?

– Eu não olharia para trás se o inimigo estivesse na minha frente – disse aquele homem que chegou de surpresa e que realmente era Lino, caminhando enquanto segurava a espada que Flauber havia arremessado para trás, com a ponta virada para baixo, ao contrário. Percebendo a distração de Flauber, Norako levantou-se rapidamente e, com seu punho direito, golpeou-o na face esquerda, fazendo-o apenas virar o rosto, pois o seu corpo estava tão firme que nem se mexeu. – Nós, guerreiros mercenários, temos que ter mais cuidado, Flauber. – Na sequência, Lino parou, tomou impulso, virou a espada azul e arremessou-a contra Norako. A espada seguiu girando na vertical pelo ar e acabou atingindo Norako de raspão, rasgando seu colete verde do lado esquerdo, na altura das costelas, fazendo um corte superficial sobre sua pele, que fez brotar algumas gotas de sangue.

Norako olhava para o corte ao mesmo tempo em que ouvia a espada vibrar, cravada no tronco da árvore que estava logo atrás. Em seguida, Norako olhou sério para frente e pensou: "Então, eles são guerreiros mercenários? Hu!".

– Como ousa interferir na minha luta, Lino! – gritou Flauber, furioso.

– Flauber, Flauber. Deixa que eu cuido dele – disse Lino tranquilamente, pouco antes de dar um sorriso convencido e olhar para Norako. – Do príncipe! – Lino caminhou até Flauber e parou do seu lado direito. – Eu já tinha dito para você que cuidaria dessa região, a região do castelo azul – dizia Lino sem tirar os olhos de Norako. – Como você também recebeu as informações de Stanley, deve saber que aqui existe um Guerreiro do Universo chamado Kem. – Norako arregalou os olhos. – Vá atrás desse tal de Kem e deixe o príncipe comigo. – Flauber olhou para Norako, e o silêncio se fez presente durante alguns segundos.

– Está certo, Lino! Mas, se perder aqui, a culpa será toda sua! – exclamou Flauber.

– Não se preocupe, Flauber... Isso não vai demorar muito. Logo, ele estará junto com Sebastian... *Hahahahaha*! – ria Lino, chacoalhando os ombros, pouco antes de uma energia de brilho amarelo começar a envolver o seu corpo. Foi então que Flauber saiu correndo para a esquerda por entre as árvores vermelhas da floresta.

– Espere! – gritou Norako ao dar um passo à frente para correr atrás dele, mas Lino entrou na frente no mesmo instante.

– Agora eu sou o seu adversário! – exclamou Lino para Norako. Os dois começaram a se encarar seriamente. Nesse instante Flauber já havia desaparecido de vista.

– Onde está Sebastian?

– Logo você vai se encontrar com ele. Mandarei você para o mesmo lugar que o mandei.

– Não, eu não posso acreditar nisso – disse Norako, mostrando um ar de preocupação em sua face. – O Sebastian não pode ter...

– *Hahahaha*! Suponho que você deve ter ouvido uma explosão de energia naquela direção. – Lino apontou seu dedo polegar direito para trás, acima do ombro, mexendo o braço, enquanto encarava Norako. – Saiba que agora lá é o túmulo do Sebastian.

– Mi... se... rável! – dizia Norako, enraivecido, franzindo o nariz, enquanto fechava forte e lentamente suas mãos. Uma energia amarela começou a brilhar ao redor de seu corpo e, juntamente com a energia de Lino, fez com que a escuridão se dissipasse e as árvores balançassem ao som de ruídos eletromagnéticos naquele ponto da floresta. – Malditos mercenários! Como passaram pelas naves armadas nas órbitas dos cinco satélites? – O ar se deslocava fortemente, carregando folhas vermelhas por toda parte.

– *Ahahahaha*! Foi fácil. Destruímos todas elas – disse Lino com um ar de deboche enquanto Norako ainda mostrava aquela cara enraivecida. – Agora só restam os pedaços orbitando ao redor de Urano, *hahaha*. Transformaram-se em lixo orbital, ou melhor, lixo espacial, *hahaha*. – Norako parecia furioso.

A energia amarela que fluía ao redor do corpo de Norako começou a aumentar de tonalidade, ficando mais viva e mais intensa, enquanto o chão tremia e as árvores balançavam ao som de ruídos eletromagnéticos e do vento, que fazia esvoaçar seus longos cabelos azul-prateados. Lino, que antes zombava de Norako e mostrava uma expressão convencida, agora estava com uma cara mais séria.

"Não, não pode ser! Vou conferir", pensava Lino enquanto olhava preocupado para a intensidade da energia que fluía em torno de Norako. Também envolvido por uma energia amarela, Lino fez os sete toques do código secreto sobre o desenho do triângulo negro no seu colete cinza e depois pegou um cristal medidor de energia no bolso que se abriu do lado esquerdo, próximo a cintura. Com o cristal hexagonal em sua mão esquerda, Lino apontou-o na direção de Norako e o objeto, antes translúcido, mudou sua cor para um amarelo bem vivo e escuro. Ao ver o número que aparecia no cristal, Lino engoliu em seco.

– V90! Nível Amarelo-V90? – exclamou Lino, espantado, com os olhos grudados no número 90 que aparecia em uma cor amarela mais escura dentro do cristal. – Ah, seu miseráveeeel! Raaaaa! – Um violento brilho de energia amarela expandiu-se ao redor do corpo de Lino. As energias de Lino e Norako fluíam intensa e incessantemente naquele ponto da floresta, produzindo intensos brilhos em tons de amarelo, fazendo o chão tremer e o vento soprar com rebeldia. Passados alguns segundos, quando Lino percebeu que havia atingido seu poder máximo, olhou novamente para o cristal, agora apontado para si mesmo. – Minha variação é de... *ahah*... ah. – Lino olhava para o cristal com os olhos esbugalhados para fora, como se estivesse sentindo uma dor intensa, vendo o número 60 que aparecia ali dentro. – *Ahah*... é de 60... ah. – Ao tirar os olhos de sua mão esquerda, que segurava o cristal, Lino olhou para o lado e viu o punho direito de Norako, encostado em seu estômago, segurando um objeto metálico.

– Eu não me distrairia se o inimigo estivesse na minha frente – disse Norako com uma expressão séria em seu rosto, face a face com Lino. Podia-se ver a ponta da espada azul de Norako saindo pelas costas de Lino, que nesse instante amoleceu a mão, deixando o cristal cair no chão. – Isso é pelo Sebastian!... E isso... – disse Norako ao puxar a espada, embainhando-a logo em seguida ao som de um barulho metálico, sem nem ao menos limpar o sangue. No mesmo instante, Lino cuspiu sangue e caiu de cara no chão. – Isso é por todas as vidas que você tirou... seu mercenário miserável!

Sem ao menos perceber que a energia ao redor de seu corpo estava diferente, Norako olhou concentrado na direção da cachoeira e depois partiu correndo por entre as árvores vermelhas. Podia-se ver o corpo de Lino estirado no chão, banhado pelo seu sangue. O cristal medidor de energia, que estava caído no chão e apontava na direção de Norako, agora se mostrava na cor laranja-clara.

Cinco dias haviam se passado. Durante esse tempo, Kem, Klaus, Norako, o Guerrebô e alguns guerreiros do castelo azul derrotaram completamente as tropas mercenárias, com exceção de apenas três guerreiros que fugiram para o planeta Netuno, sendo Flauber um deles. Kem lutou bravamente protegendo a região leste, e Norako, a região oeste. Raldot e o Guerrebô ficaram famosos na região sul e tornaram-se heróis no país robótico, enquanto Klaus não teve muito trabalho ao proteger a região norte, que foi pouco atacada. Os soldados e guerreiros a serviço do rei Luzano, comandados por Norako, auxiliaram em todas as regiões, contribuindo de forma significativa para a vitória conquistada sobre as tropas mercenárias. A Estação Interplanetária de Urano, atacada várias vezes durante esses cinco dias, deveria ter sido protegida por Kem, pois está localizada na região leste, mas não foi isso o que aconteceu. Todos os inimigos que atacaram a Estação foram derrotados por um poder misterioso, que ninguém conseguia explicar o que era. Até mesmo Kem ficou surpreso ao saber disso.

Podia-se ver Kem na sala de estar de sua casa, sentado no sofá marrom, e o robô mordomo bem na sua frente, mantendo o braço esquerdo esticado enquanto produzia uma tela holográfica. Para a felicidade de Kem, o forma-forma não estava ali dessa vez, pois nesse momento a criatura estava lá fora, no jardim, transformado em um guarda-sol vermelho cravado na grama azul, se alimentando dos raios de sol enquanto olhava para o céu e fazia um sorriso de satisfação. Kem olhava para a sua direita enquanto conversava com alguém que aparecia ali na tela holográfica.

– É realmente um mistério, Kem. Eu mesmo ainda não encontrei uma explicação para o que está acontecendo na Estação Interplanetária – disse a voz de Raldot enquanto sua imagem aparecia andando de um lado para o outro na tela holográfica. Aos olhos de Kem, aquele robô vermelho número 1 aparecia na tela holográfica sentado numa cadeira flutuante laranja atrás de Raldot, enquanto abanava a mão direita e dizia "Olá, Kem" toda vez que o cientista saía de sua frente.

– Pelo menos esse poder misterioso parece estar nos ajudando – disse Kem.

"A não ser que... que esse poder possa ser...", pensava Raldot. "Será?", pensou ao virar-se rapidamente e olhar com uma cara maluca para o robô vermelho, que se assustou e quase caiu da cadeira. Raldot começou a caminhar.

– O que foi, Raldot? Está tudo bem aí?

– Nada, Kem. Esqueça, é tolice – disse o cientista, disfarçando. – Você tem notícias de Sara, John e Eric? – perguntou Raldot ao parar de andar, olhar para Kem e ficar bem na frente do robô vermelho.

– Não, Raldot! Esse é outro mistério que parece ter ocorrido na Estação Interplanetária. Sumiram sem deixar pistas, e isso me deixou preocupado.

– Já libertou todos os uranianos presos na região leste, Kem?

– Sim, Raldot. Com a ajuda do seu desmaterializador, eu consegui desintegrar todas as jaulas metálicas. Klaus e Norako também conseguiram nas regiões norte e oeste.

– Ah, isso é muito bom – disse Raldot ao ajeitar sua cartola preta com ambas as mãos. – E a Sakura, Kem?

– Ela está em Júpiter já faz cinco dias, mas só ontem encontrou o laboratório de Ganimedes.

– Pelas luas de Urano! – exclamou Raldot ao fazer uma cara maluca. – Agora me lembro! Acho que me esqueci de explicar uma parte do caminho. Ela deve ter se perdido durante esses quatro dias. – Raldot abriu um sorriso na sua cara maluca. – E quando ela voltará, Kem?

– Dentro de sete dias. Parece que Ganimedes está muito ocupado com uma superinvenção e Sakura mal conseguiu falar com ele ainda – disse Kem, ao que Raldot ergueu as sobrancelhas, pensando: "Uma superinvenção?". De repente, assustou-se, dando um solavanco para trás, ao ver a tela holográfica se preencher com um rosto de topete e óculos amarelos, tombado na horizontal.

– Olá, Kem! – disse a voz lenta e calma do primo Jorge. – Paz e amor!

– Puxa vida, você me assustou, primo Jorge – dizia Kem com as mãos apoiadas no sofá enquanto se ajeitava. – Como estão as coisas por aí?

– Está tudo bem, Kem – disse o primo Jorge ao afastar o seu rosto da tela e fazer aquele gesto de paz e amor com sua mão direita. – Aqui é muito bacana, Kem... – Jorge podia ser visto do lado esquerdo de Raldot. – Eu já fiz muitas amizades com os robôs e... Você precisa ver quantos forma-forma legais tem aqui! – "Não quero nem saber", pensou Kem enquanto via Raldot e Jorge na tela.

– E quanto aos inimigos capturados, Raldot?

– Estão todos presos numa enorme sala branca subterrânea localizada nas redondezas dessa região, inclusive Jagon, Ramirez e Stanley. Você deveria ter visto a cara de medo deles quando eu disse que mandaria todos para Aetalag – disse Raldot, ao que Kem franziu a testa. – Mas é claro que isso só foi uma brincadeira. Aetalag está inacessível por causa dessa guerra. – "Aetalag?... Lembro-me de que Norako comentou sobre isso uma vez... Mas, afinal, o que é Aetalag?", pensou Kem enquanto fazia uma cara de dúvida, pouco antes de o primo Jorge sair dali dizendo "Até logo, Kem!" enquanto abanava a mão. Isso fez Kem se distrair do que estava pensando, e então se lembrou de perguntar:

– Eles não conseguirão escapar dessa sala subterrânea, Raldot?

– Não se preocupe, Kem. Mesmo se tivessem a sua força, eles jamais conseguiriam escapar daquele lugar. E, além disso, o robô verde está de vigia sobrevoando o local com a bolsa voadora, pronto a alertar o Guerrebô sobre qualquer movimentação suspeita.

Kem abaixou a cabeça juntamente com o seu olhar.

– Parece que a profecia está se cumprindo. Não é mesmo, Raldot? – disse Kem com uma voz séria, ainda com a cabeça abaixada.

– Sim, Kem – disse o cientista lentamente, fazendo uma cara não muito contente. – E ainda não sabemos quem é que está por trás de tudo isso.

– O Imperador? – indagou Kem ao levantar a cabeça e olhar para Raldot na tela.

– O Imperador do Mal. Sim, é o que parece, de acordo com a profecia – disse Raldot com um ar sério. – Mas quem é o Imperador? Quem é ele? Quem é esse homem que parece ter tanto poder a ponto de comandar até mesmo os fortes Guerreiros do Universo? – Kem engoliu em seco enquanto os segundos se passavam no silêncio. Raldot virou-se de perfil. – As coisas estão mais calmas agora, mas devemos ficar de olhos bem abertos, Kem. Então, até outra hora! Ah, e agradeça ao forma-forma por ter prendido o moribundo do Stanley com sua transformação de corda.

– Certo, Raldot, até mais – disse Kem pouco antes de ver a tela holográfica escurecer e depois desaparecer. Nem deu tempo de o robô vermelho se despedir. Após o robô mordomo sair da sala de estar, podia-se ver uma expressão preocupada estampada no rosto de Kem enquanto ele pensava: "Se houver mais ataques, espero que possamos derrotar os inimigos sem ter que perder mais nenhum companheiro... Estou com saudades do meu filho. Papai, cuide bem dele. Sakura, se cuida... Eu amo todos vocês."

Enquanto isso, no planeta Netuno, dentro da base do triângulo negro, naquele enorme salão alaranjado onde as grandes estátuas metálicas dos planetas do Sistema Solar refletiam as luzes que saíam das paredes e do teto, podia-se ver três homens vestidos em uniformes cinza parados um ao lado do outro. Nesse instante podiam-se ouvir passos naquele chão metálico de alguém que andava para frente e para trás, indo e voltando, passando perto daqueles três homens. Quando os passos cessaram, uma voz alta e furiosa se pronunciou:

– Idiotas!... Idiotas!... Como puderam ser derrotados?... E vocês! Seus covardes! Como puderam fugir? – Nesse instante podia-se ver Flauber (que era um daqueles três homens de cinza) engolindo em seco enquanto arregalava seus olhos amarelo-claros.

– Mas, co... coman... comandante... – gaguejou um daqueles três.

– Cale a boca! Não me venha com suas desculpas! Isso não vai mudar a nossa derrota – disse a voz firme e furiosa do comandante enquanto Flauber ouvia-o e olhava para o chão de forma retraída. – Hu! Três guerreiros mercenários foram capturados, sete foram exterminados e os outros três, covardes, fugiram!

– Não falharemos da próxima vez, comandante – afirmou Flauber enquanto olhava para a sombra do comandante no chão.

– É o que eu espero – disse o comandante com uma voz autoritária. Depois os barulhos de seus passos voltaram a ecoar pelo salão quando começou a caminhar de um lado para o outro. Sua sombra se movia pelo chão alaranjado aos olhos daqueles três homens de cinza. – Primeiro Stanley foi derrotado vergonhosamente por Kem, depois Lino por Norako. Jagon e Ramirez, por um monte de sucata, o tal do Guerrebô. Gobert pereceu nas mãos de um brutamonte, mas que era apenas um simples guerreiro. Aron foi derrotado pelo irmão mais novo de Norako, o Klaus. E Shang não suportou o poder de Kem. – O comandante caminhava lentamente, enquanto seus passos batiam no chão. – Mas o que mais me intrigou foram os outros três. Dionísio, Verón e até mesmo Byorne, que era um Guerreiro do Universo, foram exterminados de uma forma misteriosa na Estação Interplanetária de Urano, tão misteriosa que até mesmo os nossos uniformes não enviaram as informações de combate.

– Deve ter ocorrido alguma falha no microdispositivo dos uniformes, senhor – disse Flauber, tentando dar alguma explicação.

– Isso é muito estranho. Mas agora isso não importa – disse o comandante ao parar de perfil perto dos três. – Metade dos soldados foi exterminada, e a outra metade, capturada. Dos quinze guerreiros mercenários, só restaram vocês três e...

Podia-se ver Flauber, com seu rosto moreno e seus cabelos brancos arrepiados, virado de costas para a grande estátua laranja do planeta Júpiter enquanto olhava para a face do comandante, coberta por seus longos cabelos azul-escuros. Do lado direito de Flauber podia-se ver Olin, um guerreiro netuniano de cabelos curtos e encaracolados, azul-escuros como seus olhos e suas sobrancelhas. Ao lado de Olin estava Víctor, um guerreiro de longos cabelos cinza e olhos negros que não tinha sobrancelhas e, assim como Flauber, também era um Guerreiro do Universo vindo de outra galáxia.

– ...Aqueles dois. Aqueles dois jamais serão derrotados, mesmo que o céu venha abaixo! Até mesmo eu hesitaria em lutar contra aqueles dois, apesar de todo o meu poder. Ninguém poderá vencê-los, nin... guém! *Hahahahahahaha*! – ria o comandante de forma extravagante enquanto chacoalhava os ombros. – As técnicas daqueles dois são formidáveis, magníficas, apavorantes. Ninguém poderá contra Hipno e...

– Comandante?

– Hã, Víctor? – indagou o comandante ao olhar para aquele guerreiro de cabelos cinza sem sobrancelhas. – Como ousa me interromper? – Víctor engoliu em seco.

– Perdão, comandante, mas... o senhor irá conosco até Urano?

– Víctor! Gostaria de lembrar-lhe que quem faz as perguntas aqui... sou eu! – Víctor abaixou o olhar. – Não vejo necessidade de usar meu poder nessa batalha, e, aliás, eu acho que vocês três seriam até uns estorvos para aqueles dois.

– Por favor, comandante, dê-nos uma última chance para esmagar aqueles uranianos nojentos – pediu Olin ao trazer seu punho esquerdo para perto do rosto. Cinco segundos de silêncio se passaram.

– Está bem! Mas, se voltarem para cá dessa forma vergonhosa novamente, vocês terão o que merecem os covardes – disse o comandante, pouco antes de seus passos voltarem a ecoar pelo salão alaranjado quando começou a caminhar até a escada que estava uns dez metros à frente. – Então serão apenas cinco mercenários, sem a ajuda dos soldados. Pois já perdi soldados demais. Mandarei outro tipo de reforço se precisar, mas acho que isso não será necessário. – O comandante sentou-se em seu assento azul-marinho logo após subir os degraus da escada. – Agora sumam da minha frente antes que eu mude de ideia. – Nesse instante, Flauber disse "Com sua licença", e depois ele, Olin e Víctor viraram-se para caminharem em direção até aquela enorme parede, na qual se podia ver o símbolo do triângulo negro desenhado do chão ao teto.

O planeta Netuno estava completamente dominado pelo Exército do Triângulo Negro. As ruas das cidades, dos vilarejos, a Estação Espacial Netuno e os lugares antes mais movimentados do planeta azul-marinho agora estavam totalmente vazios. As pessoas ficavam trancafiadas dentro de suas casas e saíam apenas para trabalhar como escravos do Exército do Triângulo Negro. Muitos Denoturis, soldados e guerreiros que defendiam a paz do planeta a serviço do rei foram exterminados, e muitos outros foram capturados e presos numa região isolada do planeta. Pouco a pouco esses homens capturados começaram a agir de forma estranha. Um após o outro, começaram a fazer parte do Exército do Triângulo Negro e, assim, tornaram-se soldados fiéis do comandante Netuno. Mudaram radicalmente de lado de uma forma misteriosa. O rei do planeta Netuno, que estava preso sozinho em um lugar secreto de difícil acesso, ficou perplexo quando soube que suas forças estavam passando para o lado do inimigo.

Por toda parte do planeta havia soldados vestidos em azul-marinho, que tinham permissão para eliminar qualquer pessoa que desobedecesse às ordens impostas pelo comandante Netuno. Dessa forma, ninguém ousava se rebelar, e todos eram facilmente dominados. Todos os lugares importantes do planeta foram marcados com o símbolo do triângulo negro. A Estação Espacial Netuno, que tem a forma circular, agora mostrava o desenho de um grande triângulo negro em seu centro e no centro de cada plataforma, assim como também na lateral de cada uma das naves.

Os netunianos viviam dias sem sentido, dias de terror e tristeza, dias vazios, aprisionados pelo medo da repressão.

Haviam se passado mais cinco dias, e durante esse tempo Kem havia treinado como nunca. Durante quase dois dias inteiros, treinou juntamente com Klaus e Norako num vale de montanhas alaranjadas da região leste. No final desse treinamento, os três guerreiros sentiram um considerável aumento de poder em suas energias. Klaus ficou muito satisfeito com isso, e Kem comentou que Norako seria um adversário mortal e perigoso se tivesse que enfrentá-lo. Nos últimos três dias, Kem treinou sozinho, algumas vezes no simulador de combate, surrando o boneco azul virtual sem rosto, e outras vezes nas proximidades da floresta petrificada, elevando sua energia até os seus limites.

O planeta Urano estava calmo e não sofreu mais nenhum ataque. A população uraniana estava tão tranquila que as pessoas até pareciam ter se esquecido da invasão que havia ocorrido naquele planeta há poucos dias. Alguns andavam pelas ruas sorrindo, outros de cara séria, outros discutindo, outros brincando. Estavam vivendo a rotina do dia a dia, comportando-se como de costume. Como tudo havia voltado ao normal, as horas do dia pareciam passar voando, e, assim, logo se passaram mais dois dias.

A região norte, escura como sempre, mantinha centenas de homens do Exército do Triângulo Negro enclausurados na gigantesca sala branca subterrânea; um lugar onde todos sentiam a impressão de estarem no meio do nada. Ali se podia ver Ramirez, o grandalhão careca que tinha olhos azul-escuros, e Stanley, com seus cabelos negros, queixo chupado e cara fina, ambos conversando no meio da multidão de soldados vestidos em azul-marinho.

– Será que eles virão nos resgatar? – perguntou Ramirez com sua voz grossa, olhando para Stanley, enquanto alguns soldados passavam ao lado.

– Não sei, Ramirez. Primeiro eles teriam que descobrir onde estamos. Esse lugar bloqueia todas as transmissões de dados, o que está impossibilitando o nosso contato com o Exército do Triângulo Negro – dizia Stanley enquanto olhava para baixo de forma pensativa. – Teremos que fazer algo por conta própria – disse Stanley ao olhar para Ramirez, que franziu a testa no mesmo instante.

Na superfície de metal negro acima da sala subterrânea, via-se um pontinho de luz verde no meio da escuridão, voando para cima e para baixo. Esse era o robô verde, que estava com suas luzes verdes acesas. As luzes saíam de seu próprio corpo metálico, enquanto rodopiava no ar com a bolsa voadora prateada em suas costas. "Eu posso voar! Eu posso voar! *Uhu*!", gritava o robô verde com sua voz eletrônica, divertindo-se, enquanto podia-se ouvir o barulho de seu corpo metálico cortando o ar. O robô verde, que deveria estar concentrado em vigiar aquele local perigoso, acabou se empolgando demais com a brincadeira de voar. Nesse instante ele voava em círculos na horizontal, emitindo sua luz verde na escuridão.

Nas redondezas daquela região, encontrava-se o laboratório secreto de Raldot, onde o primo Jorge achava que estava tirando umas férias. Durante todo esse tempo em que estava lá, Jorge ensinou algo que praticamente todos os forma-forma e robôs do laboratório aprenderam rapidamente: o gesto de paz e amor. Toda vez que Raldot passava perto de um robô ou de um forma-forma, eles o cumprimentavam com o gesto de paz e amor. Os robôs o faziam com suas mãos metálicas, e os forma-forma transformavam-se numa mão, às vezes direita, às vezes esquerda, e outras vezes nas duas juntas.

Enquanto isso, na casa do sr. Kiraua, o filho de Kem estava vestido todo de preto, como sempre, com aquela cara séria, sentado em um assento especial para bebês junto à pequena mesa azul metálica da sala de refeições. O menino olhava para o seu avô em pé e de costas para ele uns dois metros à frente, junto a um balcão azul e metálico que ficava logo acima das portas de um armário. Parecia que o sr. Kiraua estava mexendo algo dentro de uma tigela metálica branca, utilizando um pequeno bastão azul de metal.

– Hum! Isso aqui vai ficar muito bom! – dizia o sr. Kiraua enquanto olhava para uma massa amarela que ele mexia dentro da tigela. – Essa é uma refeição do oeste especial para crianças da sua idade! – O sr. Kiraua continuava mexendo a massa, mexendo e mexendo. De repente o menino de cabelo azul mudou sua cara séria, fazendo um sorriso ao ver um vaso metálico verde que tinha flores vermelhas do jardim do sr. Kiraua e que estava apenas alguns centímetros à sua frente, em cima da mesa.

– Dadá... dadá... – dizia o menino, esticando seu bracinho direito para tocar no vaso, faltando pouco para alcançá-lo.

– Calma, garoto, eu sei que você está com fome. Logo sua refeição estará pronta – dizia o sr. Kiraua, olhando para dentro da tigela enquanto colocava uns ingredientes. Foi quando o menino conseguiu tocar no vaso, mas foi de uma forma brusca, fazendo o vaso cair e rolar pela mesa.

Ao ouvir o ruído metálico de um "trim", o sr. Kiraua ficou estático, arregalou os olhos e depois virou-se rapidamente para trás, vendo o vaso na ponta da mesa, prestes a cair no chão. Com um jeito afobado, o sr. Kiraua agarrou o vaso verde, mas acabou se desequilibrando e caiu, batendo a bunda no chão e as costas no armário. Isso fez o balcão tremer e a tigela branca virar e cair na sua cabeça. Lá estava o sr. Kiraua com sua camiseta branca suja de terra, a terra que caiu do vaso que estava em sua mão, e o seu rosto coberto por aquela massa amarela que escorria da tigela.

– Dadá, dadá! – dizia o menino enquanto olhava sorridente para o seu avô naquela situação ridícula.

– Parece que ficou bom mesmo! – disse o sr. Kiraua, logo após passar o dedo em seu rosto e colocá-lo na boca para experimentar o gosto da massa. – Pena que terei que buscar mais água no Vale Hall para fazer a refeição de novo. Eu usei toda a água que eu tinha para fazer essa refeição. – O sr. Kiraua agora lambia a própria face. – Garoto, você ficará aqui com o robô babá enquanto o seu avô vai buscar mais água.

Após vinte minutos de caminhada, o sr. Kiraua chegou ao Vale Hall, localizado no ponto 525 da região oeste. Como esse lugar ficava a apenas dois quilômetros de sua casa, o sr. Kiraua resolveu ir a pé até lá. Nesse instante o sr. Kiraua apareceu agachado junto à margem de um raso riacho de águas verde-azuladas. Do lado direito desse riacho, seguindo o seu curso, havia duas enormes montanhas alaranjadas, assim como as outras duas do lado esquerdo. Quando a visão dessas montanhas se acabava perto do horizonte azul-claro, podia-se ver um cânion alaranjado que acompanhava o curso do riacho, percorrendo uma longa extensão da região oeste.

Ouvia-se o barulho da água que o sr. Kiraua pegava no riacho com uma pequena garrafa azul metálica, que segurava em sua mão direita enquanto via uma folha vermelha passando, sendo carregada pela fraca correnteza. O sr. Kiraua estava de frente para uma das montanhas que ficava do lado esquerdo.

– Isso já é o suficiente – disse o sr. Kiraua para si mesmo, pouco antes de tocar com seu dedo indicador esquerdo num círculo branco que ficava na lateral da garrafa, fazendo com que a abertura se fechasse, tornando-se sólida. – Agora eu vou...

De repente, pingos de água voaram na face do sr. Kiraua, que logo em seguida sentiu um forte impacto de algo que atingiu em cheio o seu rosto. Isso o fez bater com as costas no chão de terra alaranjada, arrastando-o uns dois metros para trás, enquanto a garrafinha azul rolava para dentro do riacho.

– Como vai, velhote? – disse uma jovem voz, que o sr. Kiraua não conhecia.

Deitado, o sr. Kiraua apoiou suas mãos no chão fazendo força para se levantar e, quando ficou sentado com os joelhos dobrados, ele viu um jovem à sua frente, todo vestido em azul-marinho, parado na margem do riacho.

– Você me pegou de surpresa com esse chute... seu fedelho! – resmungou o sr. Kiraua com uma cara de bravo, enquanto via um sorriso orgulhoso na face daquele jovem, que tinha cabelos verdes curtos e olhos negros. – Terá o que merece, seu moleque!

– *Hahahahaha*! Não me faça rir, seu velho idiota – dizia o jovem com uma voz totalmente convencida, enquanto o sr. Kiraua se colocava de pé. – Um velho como você não deveria andar sozinho por aí... Pode ser perigoso. – O jovem agora estalava os dedos, colocando uma mão sobre a outra enquanto olhava para o sr. Kiraua, que logo em seguida viu algo que lhe chamou a atenção.

– Ah, então você é do triângulo negro! – exclamou o sr. Kiraua enquanto olhava, surpreso, para o símbolo no colete azul-marinho do jovem. – Achei que todos tivessem sido derrotados, mas pelo visto sobrou um. Quem é você? – O sr. Kiraua apontou o dedo.

– Meu nome é Brok, *hu*! E não aponte o dedo para mim, seu velho! – O sr. Kiraua o encarava de forma séria enquanto abaixava o braço. – Parece que eu segui o curso desse riacho durante doze dias, somente para derrotar um velhote ranzinza.

– Pare de me chamar de velho, seu moleque irritante! – a expressão no rosto do sr. Kiraua tornou-se furiosa. Levantou suas mãos na altura do rosto, fechando-as fortemente enquanto franzia o nariz. Uma energia de cor amarela começou a circular pelo corpo do sr. Kiraua de forma extravagante, fazendo barulhos eletromagnéticos enquanto deslocava o ar ao redor, que mexia seus curtos cabelos azul-acinzentados, assim como sua camiseta branca e sua calça marrom.

– Eu também posso fazer isso – disse Brok com uma voz esnobe, enquanto via a energia ao redor do sr. Kiraua aumentando a tonalidade da cor amarela. Seu uniforme e seus cabelos verdes se mexiam com o deslocamento de ar que soprava fazendo barulho.

– Então faça rápido, seu fedelho! – gritou o sr. Kiraua, extasiado, arregalando os olhos, e logo em seguida partiu para cima de Brok, acertando-lhe um soco direto de esquerda e um cruzado de direita no rosto. Uma fração de segundo depois, agarrou-o pelos ombros, puxando-o para baixo, e deu uma joelhada com sua perna direita bem no meio do estômago de Brok, que no mesmo instante arregalou os olhos e resmungou de dor, sentindo o impacto do golpe. – O que achou disso, hein?

Podia-se ver Brok agachado com as mãos no estômago e o corpo retraído, agonizando de dor.

– *Ahah*... Velho maldito... ah.

– Parece que o velho ranzinza foi mais rápido do que o fedelho presunçoso, não é mesmo? – dizia o sr. Kiraua enquanto aquela energia amarela continuava a fluir na mesma intensidade ao redor de seu corpo. – Vou lhe dar duas escolhas, garoto! – O sr. Kiraua olhava para Brok, ainda agonizando de dor. – Ou você se entrega agora, ou eu vou ter que...

Mas nem deu tempo do sr. Kiraua terminar de falar quando, de repente, uma coisa apareceu ali flutuando no ar e fazendo sutis ruídos eletromagnéticos.

– Mas que coisa é essa? – indagou-se o sr. Kiraua, fazendo uma cara de surpresa ao ver uma máquina que flutuava uns dois metros acima de Brok. Essa máquina era formada por uma esfera azul-clara de um metro, metálica e brilhante, que possuía vários cubos, de uns trinta centímetros cada, que ficavam girando lentamente ao seu redor, um ao lado do outro. Esses cubos, também azul-claros e metálicos, que na verdade eram canhões de raios laser, ficavam uns vinte centímetros separados da superfície da esfera, pois esta os mantinha ligados por uma força eletromagnética.

– Ah... que máquina irritante... *ahah*. Seguiu-me da floresta até aqui... ah – dizia Brok enquanto se levantava lentamente, sofrendo não apenas pelos golpes que levara do sr. Kiraua, mas também parecia que o seu corpo já estava debilitado por algum outro motivo. – Essa máquina já me causou problemas demais. Preciso destruí-la, senão... – Com sua mão esquerda, Brok, que estava em pé, meio abatido, pegou algo no bolso de seu colete. O sr. Kiraua olhou mais atentamente para Brok e reparou que seu uniforme azul-marinho mostrava marcas de alguma energia que o tinha atingido e ferido. Foi então que Brok olhou para o alto e arremessou um objeto preto em forma de pastilha para atingir aquela máquina. – Aguente com esse robodaget se puder, seu monte de sucata!

O dispositivo robodaget acertou em cheio a máquina, grudando na esfera metálica. Após alguns segundos, a máquina começou a soltar faíscas, fazendo barulho, e depois começou a sofrer várias explosões sucessivas, soltando fumaça. Os cubos metálicos caíram ao se desprenderem da esfera, que logo em seguida também caiu no chão. Nisso, Brok tentou fugir, mas o sr. Kiraua lançou uma esfera de energia azul que explodiu nas costas do jovem, fazendo-o desmaiar e bater de cara no chão.

– Hum... parece que essa máquina estava resistindo até agora – disse o sr. Kiraua ao ver cinco dispositivos robodaget grudados na esfera azul-clara que estava caída no chão. – Mas ela não aguentou com esse último dispositivo. – O sr. Kiraua olhava para Brok caído e pensava: "Parece que essa máquina estava tentando derrotá-lo, um soldado do triângulo negro. Hum... isso deve ser coisa daquele cientista doido". – Agora, Brok, eu vou pedir para o Klaus levar você para junto de seus amigos, lá na região norte. – O sr. Kiraua olhou para dentro do riacho, vendo sua garrafinha azul, enquanto fazia desaparecer a energia amarela que envolvia o seu corpo. – Mas primeiro eu preciso pegar a água do Vale Hall.

20 O abalo de Urano

Na órbita de Urano, a uns quinhentos e oitenta quilômetros de distância, encontrava-se Oberon, um dos muitos satélites do planeta azul-claro. Ali estavam muitas naves armadas de cor azul-clara, que protegiam o local contra os invasores. Dentro de uma dessas naves que estavam orbitando ao redor de Oberon, podia-se ver um piloto de cabelo azul que olhava acima do painel de comando, vendo a escuridão do espaço à sua frente. De repente, esse piloto franziu a testa e levantou-se de seu assento ao ver alguma coisa que o deixou intrigado.

– Ei, soldado... o que é aquilo ali? – perguntou o piloto ao olhar para um soldado careca vestido de preto à sua direita e apontar o braço esquerdo para frente. Então o soldado olhou para a escuridão do espaço e começou a ver vários pontinhos azul-marinho que aumentavam de tamanho a cada segundo que se passava.

– Parece que são... naves, muitas naves! – disse o soldado ao arregalar os olhos.

– São centenas delas! Não, não... são milhares! – dizia o piloto com cara e voz apavoradas, abaixando o braço esquerdo. – Estão cobrindo todo o horizonte à nossa frente! Estão cada vez mais perto! Oh, não, agora é tarde demais. Se forem eles, estamos perdidos.

– Vamos, piloto, avise os outros, rápido! – disse o soldado, desesperado, ao olhar à sua esquerda para o piloto que estava com a boca aberta e os olhos arregalados, espantado, enquanto olhava paralisado para frente.

– Não precisa. Eles já devem ter percebido... veja.

No exato instante em que o soldado olhou para a lateral esquerda transparente da nave, ele viu e ouviu uma explosão de cor alaranjada que destruiu completamente uma das naves de sua esquadra, a nave de um amigo. A explosão foi tão próxima que o piloto e o soldado sentiram sua nave tremer. Naves azul-marinho (iguais àquela do triângulo negro que estava com Raldot) passavam por todos os lados, enquanto o piloto e o soldado olhavam para elas com uma cara de espanto, calados, sem reação.

– Depressa, piloto, ataque-as com os lasers! – disse o soldado de repente, ao olhar desesperado para o piloto, enquanto mais barulhos e clarões de explosões se seguiam por toda parte. O piloto continuou imóvel, com os olhos arregalados, vendo as naves passando como se não escutasse o soldado. – Hã! Piloto! – gritou o soldado, que, sem obter resposta, sentou-se no assento de piloto, olhou para o painel de comando e depois para frente. Foi então que viu uma forte luz de brilho azul-marinho que até cegou-lhe a vista e logo em seguida...

– Nãããão! – gritou o soldado, de olhos arregalados, num breve segundo antes de sua nave explodir em mil pedaços. Uma nave azul-marinho disparou um ataque de laser e manobrou passando por cima da explosão, seguindo em direção ao planeta Urano com o resto da esquadra de naves do triângulo negro.

Podia-se ver e ouvir disparos de lasers e sucessivas explosões naquele ponto escuro do espaço ao redor de Oberon, onde as naves azul-claras e também as azul-marinho eram destruídas umas após as outras. Mas as naves uranianas, que protegiam Oberon e os satélites Umbriel, Miranda, Desdemona e Cordélia, não conseguiram conter o gigantesco número de naves do triângulo negro, que agora podiam ser vistas atravessando aquela camada azul-clara que separava o planeta Urano da escuridão do espaço.

– Perdemos o contato com todas as naves, papai! – disse Norako com uma voz alta e não muito tranquila, enquanto olhava para o rei Luzano sentado num trono azul bem à sua frente. Estavam no salão principal da Família Real na torre do norte. Ali podia-se ver várias estátuas azuis e metálicas de pessoas, animais e corpos celestes, além de vários símbolos coloridos de formas geométricas diversas e quadros holográficos que ficavam espalhados ao redor das paredes azuis.

O rei Luzano, meio gordo e muito parecido com Norako, exceto por sua face marcada pela idade, sem barba e bigode, além de seus cabelos azul-prateados e curtos, estava vestido com uma túnica azul-clara da mesma cor de sua coroa em forma de globo. Ao seu lado esquerdo estava a rainha Zaluna, também sentada em um trono azul. Ela tinha olhos azul-claros, finas sobrancelhas azul-prateadas da cor de seus longos cabelos, nariz pequeno, rosto simpático e um corpo magro coberto por um lindo e longo vestido azul brilhante, além de estar com uma coroa parecida com a do rei.

Vestido com aquele uniforme verde brilhante, podia-se ver Klaus do lado direito de Norako, que estava com aquela sua roupa verde-clara, luvas e sapatos dourados da mesma cor de suas ombreiras, as quais seguravam a sua capa branca que quase encostava num tapete azul, um tapete comprido que cortava a entrada do salão até os tronos.

– Isso é preocupante, Norako, meu filho – disse o rei Luzano enquanto olhava para Norako. – Bem, deixarei tudo em suas mãos, você sabe organizar tudo melhor do que eu. Você tem espírito de guerreiro e sangue jovem, e eu sou apenas um rei velho que nunca soube combater.

– Não diga isso, papai! – exclamou Klaus ao olhar para a face preocupada do rei. – Você sempre cuidou com amor e lealdade do povo desse planeta!

– Eu entendo o que você quer dizer, Klaus, mas agora é diferente. O nosso inimigo parece ser muito poderoso, e somente com guerreiros cheios de coragem, estimulados pelo forte espírito de Norako, é que poderemos cuidar de nosso povo nesse momento crítico – dizia o rei Luzano enquanto olhava para a face séria de Klaus. – O tempo passou rápido, você cresceu, e também se tornou um grande guerreiro, meu filho, assim como o seu irmão. – O rei agora fazia um singelo sorriso, e seus olhos brilhavam, umedecidos. – Lembro-me como se fosse hoje de quando você era apenas um bebê... Também conto com você, Klaus. Ajude a proteger o nosso povo para que eles também possam ver os seus bebês crescerem.

– Pode contar comigo, papai – afirmou Klaus com os olhos levemente umedecidos, pouco antes de mostrar um sorriso cheio de esperança, elevando seu punho esquerdo na altura do ombro. – Agora eu preciso ir até a casa do mestre Kiraua, pois parece que ele capturou um soldado inimigo. – Klaus abaixou o punho. – Depois irei direto para a região norte para protegê-la novamente.

Foi então que a rainha colocou sua mão direita sobre a mão esquerda do rei, que estava no braço do trono, e algumas lágrimas começaram a aparecer no seu frágil rosto de mulher.

– Tome cuidado, meu pequeno Klaus – disse a rainha Zaluna ao olhar para Klaus, quando as primeiras lágrimas começaram a escorrer por sua face. O rei Luzano olhou para a esquerda, vendo a expressão abatida de sua amada rainha, que agora olhava para Norako. – Norako – disse a rainha lentamente, com o rosto todo molhado em lágrimas, enquanto Norako olhava para ela com pena.

– Agora vamos, Klaus! – disse Norako ao fazer uma cara séria e olhar para o seu irmão. – Precisamos descobrir o que está acontecendo e controlar a situação. – Foi então que Norako virou-se bruscamente, dando as costas para seus pais, fazendo a sua capa branca se mexer com barulho enquanto segurava-a na borda com a mão direita. – Rei... rainha... como comandante das forças uranianas, eu peço-lhes para que não saiam daqui. O lugar está cercado, protegido por todos os lados, inclusive o espaço aéreo do castelo. Com vossa licença. – E essas foram as últimas palavras de Norako antes de caminhar sobre o tapete azul em direção à saída do salão principal, acompanhado por Klaus, que olhou para trás umas três vezes enquanto caminhava, vendo os seus pais ficando para trás, ali sentados no trono.

– Se o papai tivesse nos avisado antes sobre o triângulo negro – comentou Klaus, murmurando, ao olhar para Norako.

– Sim, Klaus, porém... – sussurrou Norako ao olhar para Klaus à sua direita enquanto caminhavam. – Erbonozir, o rei do planeta Netuno, queria resolver isso sozinho e achou injusto envolver o nosso planeta com um inimigo que era deles. – Klaus e Norako olharam para frente novamente. – E, mesmo sabendo sobre o triângulo negro, o nosso pai guardou segredo para evitar que alguém tomasse uma ação precipitada e acabasse desrespeitando a vontade de seu amigo, o rei Erbonozir.

– Alguém como nós, não é mesmo, Norako? – disse Klaus ao olhar para o seu irmão, que não respondeu. – Eu compreendo a atitude de papai, mas, agora, esse inimigo é de todos nós. – Klaus fechou fortemente sua mão direita.

Quando Klaus e Norako já estavam fora da torre do norte, ao ar livre, uma visão surpreendente fez com que ambos arregalassem os olhos ao avistarem o céu. Centenas de naves azul-marinho aglomeradas cortavam o céu a uma grande altitude, formando uma enorme sombra que escurecia as muralhas e o chão do castelo.

– Estão seguindo na direção da região sul – disse Klaus enquanto olhava para aquela grande nuvem de naves que passavam no sentido de suas costas para sua frente. Foi então que Norako olhou para trás, acima da torre do norte, vendo de onde vinham as naves.

– São milhares delas, Klaus! Não consigo enxergar onde acabam – disse Norako ao fechar fortemente suas mãos, mantendo seus braços abaixados. – Ah... miseráveis! Então foram vocês, foi isso! Devem ter destruído todas as naves que guardavam as órbitas de Urano. Isso é terrível! São naves demais!

– O que vamos fazer, Norako?

– Continuaremos a seguir a mesma estratégia. Cada um continua protegendo uma região com a ajuda dos soldados e guerreiros. Quanto a essas naves, não enviarei nossa esquadra para atacá-las, pois isso seria cometer suicídio, já que estamos em total desvantagem no número.

– Norako, aquelas naves estão indo todas para o sul – disse Klaus após olhar para o alto à sua esquerda. Norako ainda olhava espantado para o céu.

– Eu sei disso, Klaus, estou vendo.

– Mas aquelas ali, não – disse Klaus, apontando o dedo para o céu na direção da torre do leste. Norako foi virando lentamente sua cabeça até ver a bandeira laranja que vibrava na ponta piramidal da torre do leste. Ao perceber o que via ao longe no horizonte acima dessa bandeira, Norako engoliu em seco. Mais um enorme aglomerado de naves azul-marinho, porém estas sobrevoavam mais baixo e vinham no sentido leste-oeste, ao contrário das outras que seguiam do norte para o sul.

– Oh, não, Klaus, elas estão vindo para cá! – exclamou Norako boquiaberto. Klaus abaixou o braço. – E já estão muito perto. – A imagem das naves sobre o horizonte da torre se refletia nos olhos azuis de Norako. – Agora não temos outra escolha, Klaus. Precisamos arriscar. Mandarei nossas naves mesmo que tenhamos que cometer alguns sacrifícios. Isso me entristece, mas é o bem da maioria que está em jogo.

De repente, um homem meio orelhudo de cabelos azul-claros e curtos da mesma cor de seu uniforme chegou correndo, desesperado, e parou perto de Klaus e Norako, que olharam para ele.

– Vossa Majestade! – gritou esse homem, que era o chefe de todos os pilotos da esquadra real, enquanto mostrava seus olhos verdes um pouco arregalados. – Pelo visto Vossa Majestade já percebeu. O que vamos fazer, Vossa Majestade?

Norako, prestes a dizer algo, olhava sério para a face preocupada do chefe dos pilotos quando, de repente, sucederam-se vários barulhos de explosões que pareciam vir do céu. No mesmo instante o chefe dos pilotos, Klaus e Norako olharam para o céu acima da torre do leste e viram algo que os surpreendeu.

– Veja, Norako! – exclamou Klaus, apontando o seu dedo indicador direito para o céu enquanto Norako franzia a testa, confuso. – Esse aí é o Guerrebô!

Podia-se ver o Guerrebô voando, movimentando seu enorme corpo metálico pelo céu de um lado para o outro enquanto atingia e derrubava várias naves azul-marinho com super-rajadas de fogo que saíam dos canhões verdes metálicos que ficavam nos seus pulsos. Também podia-se ver as mãos azuis metálicas do Guerrebô voando sozinhas em alta velocidade por entre as naves, derrubando-as ao atingi-las em cheio, uma após a outra. As mãos haviam se desprendido de seus pulsos para dar lugar aos canhões, além, é claro, de voarem livremente pelo ar para acertarem o alvo inimigo.

Norako olhava surpreso para o céu, vendo as naves inimigas caindo uma após a outra pelos arredores do castelo. Pela primeira vez em sua vida viu o Guerrebô, diferente de Klaus, que já havia conhecido o gigante guerreiro metálico quando estava na região norte.

Mas parecia que o Guerrebô não estava sozinho, e Norako percebeu isso enquanto olhava para aquele céu com o aspecto nublado, o céu sobre a região do castelo azul.

– Se esse aí é o Guerrebô, então quem é aquele outro ali? – indagou Norako ao franzir a testa e olhar para uma enorme nave azul-clara em forma de disco voador que apareceu no céu, flutuando ao lado direito do Guerrebô. Também sem saber do que se tratava aquilo, o chefe dos pilotos e Klaus arregalaram suas sobrancelhas, surpresos.

De repente essa enorme nave, que era maior que o Guerrebô, começou a girar em torno de si mesma numa incrível velocidade, tão rápido que seu imenso tamanho pareceu diminuir em uma grande proporção aos olhos daqueles que a viam. Foi então que ela disparou rapidamente, cortando o céu na horizontal enquanto atirava esferas de energia azul para todo lado, abrindo um corredor por entre as naves do triângulo negro e sumindo aos olhos de Norako enquanto seguia de oeste para leste, arrebatando-se contra as naves que vinham no sentido oposto. Diversas naves eram atingidas em uma fração de segundo, uma após a outra. Sucessivos barulhos de explosões e de quedas ressoavam aos ouvidos de Norako enquanto olhava para o céu, boquiaberto.

– Olhe, Norako.. – disse Klaus de repente. – Eu não sei quem é esse que está junto com o Guerrebô, mas percebi que está do nosso lado.

– Sim, isso é evidente – afirmou Norako. – Mas veja só, Klaus! Ele está voltando!... E agora está vindo nessa direção, de leste para oeste.

– Estou vendo, irmão. Agora ele está atacando as naves que restaram do lado direito enquanto o Guerrebô ataca as do lado esquerdo com... O que é aquilo? – Klaus franziu a testa ao olhar para o Guerrebô.

Uma enorme rede do tamanho do castelo, formada por grossos cabos metálicos prateados, pelos quais circulava uma energia azul, podia ser vista flutuando bem na frente do Guerrebô, que agora estava com os seus braços esticados para o alto. As mãos azuis do Guerrebô, que antes voavam de um lado para o outro derrubando as naves inimigas, agora voltaram para o seu dono e se encaixaram novamente nos seus pulsos verdes robóticos, primeiro à esquerda e depois à direita, fazendo barulhos metálicos. Logo em seguida, o Guerrebô abriu suas mãos e gritou com uma voz eletrônica:

– DISPARAR REDE DE ENERGIA!

Viam-se quatro pequenos foguetes verdes presos um em cada ponta da rede. De repente, uma explosão alaranjada de fogo disparou-os na direção das naves inimigas, carregando aquela enorme rede de energia. À medida que a rede de energia era arrastada horizontalmente no céu, dezenas de naves azul-marinho se chocavam contra ela umas após as outras, sendo capturadas, com exceção de apenas algumas que se desviaram e escaparam. Mas não conseguiram escapar das esferas de energia azul que a nave em forma de disco disparava com astúcia, enquanto também se desviava dos ataques inimigos de lasers azul-marinho ao se movimentar livremente pelo céu, tanto na horizontal quanto na vertical.

Quando a rede de energia capturou a última das naves que estava do lado esquerdo, uns dois quilômetros à frente do castelo azul, o Guerrebô esticou seu braço esquerdo para frente e fechou sua mão com rapidez, fazendo um barulho metálico. Isso fez com que os quatro foguetes verdes da rede manobrassem, saindo da horizontal para subirem na vertical e depois girarem uns em volta dos outros, unindo as pontas da rede até fechá-la com um grande nó. Logo em seguida, os foguetes se encostaram e emitiram um feixe de luz azul para o alto, materializando uma gigantesca hélice amarela, que ficou girando rapidamente para manter a rede flutuando no ar.

Centenas de naves azul-marinho eram vistas aglomeradas dentro da rede de energia, que depois seguiu em direção ao ponto 51 da região leste, conduzida pela hélice amarela.

Nesse instante, a nave azul em forma de disco estava seguindo as duas últimas naves inimigas que restaram e que se aproximavam cada vez mais da torre do leste, onde vibrava uma bandeira laranja. Foi então que a nave em forma de disco lançou duas esferas de energia azul. Uma delas atingiu a nave inimiga que estava mais atrás, porém a nave que estava mais à frente conseguiu desviar da outra esfera e logo em seguida lançou um laser azul-marinho na direção da torre.

"BUM". Um barulho de explosão fez com que Klaus colocasse as mãos na cabeça, desesperado, enquanto olhava para o topo da torre do leste, que soltava fumaça. Pouco depois, Norako gritou:

– Cuidado! Abaixem-se! – Norako puxou o chefe dos pilotos e Klaus para o chão segundos antes de dois tiros de laser explodirem a apenas cinco metros dos três, fazendo barulho e espalhando terra, enquanto a nave inimiga cortava rápido pelo ar, voando na altura das torres. Isso até ser atingida de frente e depois cair na floresta de árvores vermelhas ao receber um ataque de uma nave azul-clara da esquadra real.

Os três que ainda estavam ali abaixados, perto da torre do norte, de repente sentiram o chão vibrar quando alguma coisa se impactou ali por perto. Quando Klaus se levantou junto com os outros, ele se surpreendeu ao ver o Guerrebô bem na sua frente, olhando para baixo com sua cabeça robótica enquanto fazia aquele gesto de paz e amor com sua mão direita metálica e o braço esticado para baixo. Logo em seguida, a nave azul em forma de disco chegou e parou flutuando ao lado esquerdo do guerreiro robô, chamando a atenção dos três, que imediatamente olharam para ela e se espantaram ao verem dois grandes olhos amarelos e brancos que os encaravam juntamente com a boca fechada, que mostrava um sorriso sutil.

– Mas esse aí deve ser o... – disse Klaus, surpreso, interrompendo sua fala ao ver inúmeros pedacinhos azuis em forma de pequenas bolinhas que se desprendiam da nave pouco antes de desaparecerem no ar. Isso fez com que essa nave fosse pouco a pouco diminuindo de tamanho até ficar com uns trinta centímetros, e depois se transformar numa bola azul. – Forma-forma! – Klaus estava com os olhos arregalados, encarando os olhos amarelos, brancos e sérios daquela criatura azul. De repente ouviu-se o barulho de pés ao baterem no chão. Raldot acabara de saltar da prancha que agora podia ser vista se acoplando ao peito do Guerrebô, que estava imóvel, com a cabeça aberta.

– Conseguimos vencer essas naves. Mas parece que aquelas outras continuam indo para o sul – disse o cientista, apontando o seu braço direito para o alto enquanto olhava para Norako, que estava bem na sua frente. Então, o príncipe guerreiro olhou para o céu e viu novamente aquele aglomerado de naves que voavam a uma grande altitude. Raldot abaixou o braço e Klaus olhou para ele. – Mas não se preocupem! – Norako olhou para o cientista. – Pois eu coloquei várias máquinas dos tipos que vocês nem imaginam por toda parte do planeta Urano. Elas cuidarão da esquadra de naves inimigas junto com o Super Guerrebô Azul e o Forma-Forma Azul! – disse Raldot, empolgado, enquanto fazia uns gestos malucos. Klaus e Norako se entreolharam. – Preocupem-se apenas com os guerreiros. Eles são mais perigosos. Deixem que as máquinas cuidem do resto.

– Chefe dos pilotos! – exclamou Norako ao olhar para o homem de azul.

– Sim, Vossa Majestade!

– Mantenha a esquadra real apenas em volta do castelo!

– Entendido, Vossa Majestade! Com sua licença! – exclamou o chefe dos pilotos ao bater continência e depois ir embora dali.

– Vamos, Klaus! Vamos pegar esses guerreiros do triângulo negro antes que eles nos peguem primeiro – disse Norako com voz firme e cara séria enquanto encarava seu irmão. Mantendo seu olhar fixo em Raldot, Klaus levantou sua mão direita, como se estivesse pedindo para Norako esperar um pouco, e depois perguntou:

– Raldot, como o forma-forma azul conseguiu ficar daquele tamanho?

Raldot arregalou os olhos e sorriu, fazendo uma cara maluca, pouco antes de dizer:

– Diferente do forma-forma vermelho, que apenas pode se transformar usando o limite de sua massa, o forma-forma azul tem a capacidade de aumentar a sua massa, ou seja, a matéria azul da qual ele é formado.

– Aumentar a massa? – indagou Klaus, arregalando os olhos.

– Isso mesmo, Klaus. Como você sabe, tudo no universo é formado por átomos e moléculas que tomam as mais variadas formas ao se rearranjarem de certa maneira entre si. O forma-forma azul captura o ar ao seu redor e modifica sua estrutura atômica e molecular, transformando esse ar naquela matéria azul da qual ele é formado. Quanto mais ar ele pega, mais ele aumenta a sua massa e maior ele fica.

– Isso é incrível, Raldot! – disse Klaus, surpreso. – Então aquelas bolinhas azuis que se desprenderam do corpo dele eram a matéria azul se transformando em ar novamente?

– Exato – confirmou Raldot. – E, antes que você me pergunte, eu digo que não há limite para ele aumentar de tamanho enquanto tiver ar à sua volta. Porém, isso é um processo demorado, pois, para se transformar naquela enorme nave em forma de disco, ele gastou uns dez minutos. Poderia demorar uma eternidade para se transformar em algo muito, muito maior.

– Ouviu isso, Norako? – indagou Klaus, empolgado, pouco antes de olhar para a sua direita e ver que Norako não estava mais ali. Olhou para todos os lados e não o viu em parte alguma. – Ele já deve ter ido. Preciso alcançá-lo.

Klaus olhou para a torre do leste, vendo-a toda destruída no topo.

– Oh, não... Minha torre! – disse Klaus, lamentando-se, ao bater sua mão na cabeça.

Enquanto isso, nas proximidades da Estação Interplanetária de Urano, podia-se ver uma nave azul-marinho pousando no chão de terra de cor levemente alaranjada. Após a nave tocar o chão, o símbolo de um triângulo negro que havia em sua lateral desapareceu para dar lugar a um grande portal triangular de energia azul. Logo em seguida apareceu um homem todo vestido de cinza atravessando esse portal. Tinha cabelos curtos e encaracolados, azul-escuros da cor de seus olhos e sobrancelhas. Quando ficou totalmente fora da nave, pouco antes de o portal se fechar, ele começou a caminhar com suas botas pretas sobre o chão alaranjado, seguindo na direção da Estação Interplanetária que estava uns cem metros à sua frente.

Esse era Olin, um dos guerreiros mercenários que estava de volta ao planeta Urano, encarregado de descobrir informações sobre aquele poder que derrotou seus companheiros de uma forma misteriosa.

Olin caminhava olhando para frente, vendo a gigantesca construção violeta da Estação Interplanetária ficando cada vez mais perto.

– Hã? – indagou Olin, franzindo a testa, ao ver uma coisa azul caída ao longe na mesma reta em que caminhava. – O que será? – Então Olin começou a correr rapidamente, deixando poeira para trás. Quando chegou perto daquela coisa que tinha visto ao longe, Olin se agachou.

– É um soldado do triângulo negro – disse Olin com uma voz baixa e séria para si mesmo ao virar o corpo moribundo do soldado, que estava de bruços, estirado no chão. – Seu rosto está todo deformado. É como se tivesse sofrido um violento impacto de algo sólido e pesado. – Foi então que Olin olhou para os lados e viu dezenas de soldados vestidos em azul-marinho espalhados por toda a parte ao redor da Estação Interplanetária, todos caídos, imóveis, no chão.

– Mas quem fez isso? – disse Olin com uma cara séria enquanto se levantava e olhava para as plataformas violeta da estação número 5 uns dez metros à sua frente. De repente, um grande estrondo foi ouvido quando algo atingiu o chão de forma violenta, espalhando poeira para todo o lado. Nesse instante Olin havia saltado para trás.

– Ah... essa passou de raspão! – gritou Olin, que depois olhou para baixo, vendo a poeira sumir até mostrar um buraco de um metro e meio de largura que estava próximo aos seus pés. Podia-se ver um objeto um metro abaixo do chão, ali dentro do buraco. – Mas isso é uma esfera metálica! E parece bem pesada! – Olin grudou os olhos naquele objeto que quase o atingiu, uma esfera metálica prateada de meio metro que, a cada três segundos, mostrava pequenos raios eletromagnéticos piscando ao seu redor.

Olin ergueu a cabeça e começou olhar concentrado para as plataformas à sua frente, que, por sinal, estavam vazias, sem naves nem passageiros. Depois começou a olhar atentamente de um lado para o outro, pronto para atacar ou se defender ao menor sinal de movimento.

– Não deixarei que me vença! O guerreiro Olin! – gritou Olin com uma voz autoritária. – Não importa quem ou o que você seja! – Após uns dois segundos, ao perceber algo, Olin, muito atento, deu um salto no ar e uma esfera metálica prateada passou voando entre seus pés e o chão em alta velocidade, formando um rastro de poeira alaranjada. E, nesse breve segundo, quando os seus pés ainda estavam no ar, outra esfera veio ao seu encontro na direção de seu peito. Olin curvou a cabeça e o corpo para trás, e a esfera passou rente ao seu nariz, fazendo vento, mexendo seus cabelos azuis encaracolados. Ao sentir seus pés tocarem o chão, viu outra esfera vindo de frente, refletindo-se em seus olhos azuis, pouco antes de se esquivar, tombando a cabeça para o seu lado direito, ao que a esfera passou fazendo vento e barulho em sua orelha esquerda.

– Aaah... aah... aah! – gritava Olin, com os olhos fechados e uma cara de dor, ao sentir três fortes impactos sequenciais em suas costas. Aquelas três esferas metálicas prateadas de que Olin desviara-se anteriormente voltaram rapidamente, atacando-o pelas costas sem que ele nem ao menos tivesse tempo de perceber.

Podia-se ver Olin caído com a palma das mãos e a face direita encostadas no chão, pernas esticadas e cotovelos dobrados. De repente, as três esferas que estavam caídas perto das botas pretas de Olin e aquela outra que estava dentro do buraco, ao lado esquerdo de seu corpo, começaram a subir lentamente e depois ficaram paradas no ar, flutuando a uns dois metros de altura. Isso até se transformarem em quatro esferas de energia vermelha brilhante e depois desaparecerem.

– Aah... ah... miserável – dizia Olin, agonizante, enquanto arrastava o seu corpo pelo chão, sujando suas mãos de terra. – Pegou-me... ah... pelas costas. – "Estou percebendo uma presença", pensou Olin, enquanto ainda rastejava.

Foi então que Olin, numa fração de segundo, virou seu corpo para o lado, olhou fixamente para a plataforma à sua frente, esticou seu braço esquerdo, mirando na mesma direção com a mão aberta, e lançou uma esfera de energia azul-marinho que explodiu logo em seguida ao atingir algo. "BUM".

– Eu o peguei! – disse Olin, empolgado, porém ainda um pouco abatido, enquanto via uma nuvem de fumaça cinzenta em cima da plataforma violeta, uma estrutura de metal que se elevava uns três metros do chão. Com muita dificuldade, Olin começou a se levantar lentamente, até ficar totalmente em pé. Suas pernas e seus braços tremiam um pouco. – Eu sei que esse ataque fraco não deve ter lhe prejudicado muito! – gritou Olin enquanto encarava aquela nuvem de fumaça que se espalhava aos poucos, diminuindo.

– Queira me desculpar, mas esse ataque não me prejudicou em nada! – disse uma voz muito empolgada (como aquelas de propaganda de TV) que parecia vir do meio daquela nuvem de fumaça.

– Ora, parece que finalmente resolveu aparecer – disse Olin. A fumaça diminuía cada vez mais, começando a mostrar quem estava ali no meio dela. – Quem é você? Responda!

Então, aquela voz empolgada de propaganda de TV se fez presente novamente:

– EU SALVAREI A TODOS QUE ESTIVEREM POR PERTO!

Por trás da fumaça, que agora estava bem transparente, viam-se duas botas vermelhas e brilhantes sobre o chão violeta metálico da plataforma.

– GOSTO DA COR VERMELHA E DO CORAÇÃO CERTO!

Acima das botas, aparecia uma calça vermelha brilhante apertada, duas mãos de pele branca, apoiadas uma em cada lado da cintura, e uma camisa vermelha justa, brilhante, de mangas compridas. Nesse instante, a fumaça já havia desaparecido completamente.

– AMO AS MULHERES E TENHO UM SORRISO ABERTO!

Na face desse homem misterioso podia-se ver um sorriso bem aberto, cheio de dentes que até brilharam por um instante, assim como os seus olhos negros.

– EU SOU... O GUERREIRO SECRETO!

Com suas mãos apoiadas na cintura, todo vestido de vermelho brilhante e com seus longos cabelos loiros caídos até a metade de suas costas, esse homem, o Guerreiro Secreto, com um sorriso aberto, olhava de cima da plataforma para Olin lá embaixo. Mas seria ele quem havia derrotado os homens do Exército do Triângulo Negro de maneira tão misteriosa?

Achando aquela pose ridícula, Olin o encarava enquanto pensava: "Mas que idiota! Será que foi ele quem venceu Byorne e os outros?".

Foi então que o Guerreiro Secreto saltou lá de cima da plataforma, fazendo duas cambalhotas no ar, enquanto se podia ver sua roupa vermelha brilhando e seus longos cabelos loiros se mexendo ao vento, pouco antes de tocar com suas botas vermelhas no chão de terra alaranjado, parando uns dois metros à frente de Olin.

– Você deve ser apenas mais um do triângulo negro! – disse o Guerreiro Secreto com aquela voz empolgada, enquanto mantinha a mão esquerda na cintura e apontava o dedo indicador direito para o triângulo negro do colete cinza de Olin.

– Não aponte o dedo para mim, seu ridículo! – gritou Olin, meio bravo, enquanto olhava para o sorriso aberto do Guerreiro Secreto e fechava fortemente a sua mão esquerda perto da cintura. – E eu não sou apenas mais um! Eu sou um guerreiro mercenário! – Uma energia amarela começou a envolver o corpo de Olin, ficando mais viva e mais brilhante a cada segundo que se passava. – AAAAAH, RAAAA!

Olin partiu furioso para cima do Guerreiro Secreto, fazendo golpes sequenciais de chutes e socos muito rápidos, enquanto podia-se ouvir o ruído eletromagnético da energia que fluía ao redor de seu corpo. Porém, o Guerreiro Secreto, com as duas mãos na cintura e um sorriso aberto, desviava-se de todos os golpes numa incrível velocidade.

– Você não me pega... lalalalalalá! – dizia o Guerreiro Secreto como se fosse uma criança brincando, enquanto sentia apenas o vento dos golpes dos quais se esquivava.

– Ah, mas que sujeito irritante! – dizia Olin enquanto o golpeava sem acertá-lo. – Então tome isso... – Os punhos de Olin brilharam fortemente em uma energia azul-marinho. – PUNHO DUPLO! – gritou Olin ao bater rapidamente com os dois punhos sobre o peito do Guerreiro Secreto, fazendo uma energia azul se expandir como uma onda na vertical e lançar o seu oponente uns dez metros para trás de uma forma violenta, arrastando-o pelo chão enquanto a poeira alaranjada se espalhava.

O Guerreiro Secreto se levantou rapidamente com muita disposição, como se o golpe que acabara de levar não fosse nada, e depois começou a bater as mãos em sua roupa vermelha para tirar a poeira.

– Graças ao meu superuniforme, super-resistente, do *superlaboratório secreto* da Estação Interplanetária, meu corpo não sofreu nenhum arranhão com esse superataque! – dizia o Guerreiro Secreto com aquela voz empolgada, enquanto batia com sua mão para tirar a poeira do lado esquerdo de seu peito, onde havia o desenho daquele símbolo igual ao do uniforme de Sakura. Nesse instante, Olin avançava para desferir o próximo golpe.

– Espere! – gritou o Guerreiro Secreto esticando o seu braço esquerdo na direção de Olin, que se assustou, fazendo suas botas pretas se arrastarem pelo chão numa parada brusca. Foi então que o Guerreiro Secreto tirou um espelho e um pente vermelho de dentro da gola da camisa e começou a pentear os seus longos cabelos loiros enquanto olhava para o espelho. Olin franziu a testa, encarando-o, sem saber o que pensar. – Agora estou pronto! Eles ficaram muito desarrumados com o seu último golpe. – Então o Guerreiro Secreto guardou o espelho e o pente e depois ergueu seus punhos, fechando a guarda, encarando Olin, frente a frente.

– Diga-me, seu ridículo! De onde você é! – perguntou Olin.

– Eu venho do *superlaboratório secreto* e, por isso, eu sou o Guerreiro Secreto! – "Devo agradecer àqueles três por eu estar aqui agora, defendendo a Estação Interplanetária. Ah, se não fosse por eles! Obrigado... Sara, John e Eric. E por favor não saiam de onde estão. Fiquem aí, e assim estarão protegidos dessa guerra", pensava o Guerreiro Secreto com um sorriso de gratidão em sua face.

– Foi você quem derrotou todos os outros? – perguntou Olin com uma voz firme enquanto via corpos de soldados caídos por toda parte.

– Exato! E você será o próximo!

– Como ousa dizer isso, seu maldito! – disse Olin, furioso, ao fechar fortemente suas mãos, mostrando os músculos e as veias de seus braços. A energia amarela ao redor de seu corpo começou a ficar mais intensa, fazendo a poeira se espalhar. Mas o Guerreiro Secreto também fez aparecer uma energia amarela que, numa fração de segundo, se expandiu e ultrapassou a variação da energia de Olin, fazendo ruídos eletromagnéticos enquanto o chão vibrava e os seus cabelos loiros esvoaçavam.

– Veja! – gritou o Guerreiro Secreto ao esticar seus braços para o alto com as mãos abertas. De repente, uma energia vermelha no formato de um cubo de um metro apareceu dois metros acima de sua cabeça. Um segundo depois, essa energia se transformou em um cubo metálico prateado, que foi lançado a toda velocidade para cima de Olin quando o Guerreiro Secreto movimentou seus braços para baixo. Com um bom reflexo, Olin saltou rapidamente para sua esquerda, e o cubo prateado se chocou de forma violenta contra o chão, fazendo a terra tremer. Olin olhou assustado para sua direita e viu o cubo enterrado até a metade no chão, mostrando aqueles pequenos raios eletromagnéticos piscando ao redor.

– Miserável! Mas que poder estranho é esse? – gritou Olin, ainda olhando para o cubo metálico. "Será que esse poder causa alguma interferência nos dispositivos de nossos uniformes?", pensou Olin ao prestar atenção àqueles raios piscando.

– Esse é o poder secreto do Guerreiro Secreto! Eu posso dar forma a qualquer coisa inanimada que eu tenha em mente, através da energia vermelha. Agora receba... as lanças!

– O quê? As lanças? – indagou Olin ao ver cinco filetes de energia finos e compridos que apareceram na frente do Guerreiro Secreto e depois se transformaram em cinco lanças metálicas prateadas.

– Rá, rá, rá, rá, rá! – gritava o Guerreiro Secreto enquanto movimentava os seus braços no ar, indo e voltando, o direito e o esquerdo, o direito e o esquerdo e o direito, fazendo as cinco lanças avançarem para cima de Olin. O guerreiro mercenário se esquivou da primeira erguendo seu pé esquerdo, da segunda e da terceira movimentando sua cabeça para a esquerda e para a direita, e da quarta ao segurá-la em sua mão direita: porém, não conseguiu escapar da quinta, que atravessou o seu colete cinza do lado esquerdo na altura das costelas. – Ahá! Peguei você!

Com a cara assustada, Olin olhou para a lança enfiada em seu uniforme, segurou-a com sua mão esquerda e depois puxou-a com força para frente. Marcas de sangue se mostravam na ponta da lança. Olin estava de olhos arregalados, vendo a lança.

– Por sorte só pegou de raspão. Maldito! – Olin olhou para frente. – Você rasgou meu uniforme!

– Não se preocupe com o seu uniforme se for por causa do microdispositivo acoplado. Isso não funciona contra o meu poder, que causa interferência eletromagnética – afirmou o Guerreiro Secreto, brilhando em energia amarela, assim como Olin. "Eu já suspeitava disso", pensou Olin ao jogar as lanças, com raiva, no chão de terra alaranjada. – Agora receba os discos cortantes!

– Discos cortantes? – indagou Olin, franzindo a testa ao ver três rajadas de energia vermelha em forma de finos discos de trinta centímetros que apareceram na frente do Guerreiro Secreto, novamente com um sorriso aberto.

Enquanto isso, dentro de uma grande nave negra que sobrevoava o céu azul-claro do planeta Urano, podia-se ver o comandante do Exército do Triângulo Negro de costas, em pé, com seus longos cabelos azul-escuros caídos sobre seu colete preto, pois agora usava o seu uniforme oficial, todo preto. Ao lado esquerdo do piloto de cabelos azul-escuros e curtos, que estava sentado de frente para o painel de comando, o comandante Netuno olhava para uma tela holográfica à sua frente, que mostrava um pontinho azul-marinho se deslocando pelo mapa de Urano.

– Está seguindo o Brok, piloto? – disse o comandante com uma voz autoritária.

– Sim, comandante. Parece que ele está se deslocando no sentido da região norte.

– Ótimo. Vamos até lá. Parece que todos seguiram para lá antes de sumirem do nosso radar.

– Entendido, senhor comandante! – O piloto estava com os olhos grudados no mapa.

– *Hahahahaha*! – ria o comandante enquanto chacoalhava os ombros, fazendo seus cabelos se mexerem sobre suas costas. – Os mercenários se surpreenderão com isso. É claro que com Hipno ao nosso lado a vitória é certa, mas eu não confio naqueles outros três. É melhor prevenir. Vir pessoalmente até Urano trazendo os soldados e nossa poderosa e numerosa esquadra de naves armadas foi a melhor atitude que tomei. Uranianos! Sintam na pele *O Abalo de Urano*! *Hu*! – O comandante esticou seu braço direito para frente, fazendo uma esfera de energia azul-marinho brilhar na palma de sua mão. O piloto engoliu em seco.

"BUM!". Uma grande explosão de energia espalhou terra para todos os lados.

– Você quase me acertou, príncipe guerreiro! – disse uma voz vinda de um vulto no meio de uma nuvem de poeira.

– Você é rápido... Flauber! Eu não o subestimo, ainda mais porque é um Guerreiro do Universo – disse Norako, olhando para a poeira que se espalhava à sua frente, mostrando um rosto cansado e suado, assim como seus cabelos azuis, parecendo que já havia começado a luta há algum tempo.

Após alguns segundos a poeira se extinguiu totalmente, mostrando claramente a figura de um homem moreno de olhos amarelo-claros e cabelos brancos arrepiados, que vestia um uniforme cinza com o símbolo do triângulo negro. Flauber e Norako lutavam novamente, continuando aquela luta que não haviam terminado quando se encontraram pela primeira vez; porém, agora eles não estavam na floresta de árvores vermelhas como daquela vez. Os dois guerreiros, o mercenário e o príncipe, estavam nas redondezas da região do castelo azul, lá no alto de uma daquelas montanhas alaranjadas onde se encontrava aquela enorme cachoeira. Ao lado direito de Norako havia um grande barranco que descia até o estreito rio de águas verde-azuladas, as quais desciam por entre as duas montanhas, formando a cachoeira. Norako olhava para Flauber, que se mostrava na frente de um imenso céu azul com aspecto nublado, ambos brilhando em energia amarela. O rosto sério de Flauber encarava Norako, enquanto seus cabelos brancos se mexiam com o vento, que soprava fazendo barulho no topo da montanha.

– Se arrependerá de lutar contra um Guerreiro do Universo... Norako! – gritou Flauber, pouco antes de cruzar seus antebraços na altura do peito, fechando fortemente as mãos. – Vou lhe mostrar! Veja, Norako! Veja aparecer a imagem do planeta Mazuna! – De repente, a energia amarela que envolvia o corpo de Flauber começou a se expandir de forma violenta, provocando pequenas rachaduras no chão, que começou a tremer, e fazendo a terra deslizar pelo barranco enquanto uma forte ventania se espalhava ao redor, fazendo a capa branca de Norako vibrar bruscamente com barulho. – RAAAAA! – gritou Flauber, pouco antes de sua energia amarelo-escura mudar para a cor laranja-clara. Ruídos eletromagnéticos se faziam presentes com aquela intensa energia.

– Essa eu quero ver! – exclamou Norako, com uma expressão orgulhosa em seu rosto, enquanto seus cabelos azul-prateados esvoaçavam, pouco antes de jogar sua capa branca no chão à sua esquerda e mexer seus pés com os sapatos dourados. Então, Norako esticou seus braços para o alto, cruzando seus punhos com luvas douradas, e depois jogou-os fortemente para baixo, dobrando os cotovelos ao gritar:

– RAAAAA! AAAAAH! – A energia ao redor do corpo de Norako se expandiu tão intensamente quanto a de Flauber e, após alguns segundos, também alcançou o nível 2, mostrando o seu brilho alaranjado.

Duas intensas energias estavam prestes a se confrontarem em um emocionante combate.

Enquanto isso, as regiões leste, oeste e sul estavam sendo violentamente e constantemente atacadas pelas forças do Exército do Triângulo Negro. Apenas a região norte, totalmente imersa na escuridão, estava mais tranquila; mas isso era uma questão de tempo, pois o comandante Netuno seguia para lá, acompanhado de um grande número de naves armadas que cortavam o céu azul-claro do planeta. A essa altura, os guerreiros mercenários já haviam percebido que não eram mais os únicos do triângulo negro ali em Urano: o comandante Netuno fez questão de avisá-los posteriormente sobre sua vinda ao planeta com os reforços das naves armadas e das tropas de soldados.

A população de Urano estava chocada, pois realmente estava acontecendo algo aterrorizante. As pessoas corriam desesperadas e chorando pelas ruas, se escondendo onde podiam, vivenciando um ambiente de medo formado por constantes barulhos de explosões e gritos. Jaulas metálicas eram materializadas por toda parte enquanto os uranianos fugiam dos soldados do triângulo negro. Esses soldados, que estavam em grande número, todos em uniformes azul-marinho, pegavam suas vítimas de forma violenta para depois prendê-las dentro dessas jaulas. O céu agora se mostrava encoberto pela fumaça que subia por toda parte e pelas naves azul-marinho que voavam baixo, disparando seus lasers para destruírem o que podiam. Muitos guerreiros e soldados de Norako pereceram como vítimas do Exército do Triângulo Negro, pois estavam em menor número; porém, outros ainda resistiam enquanto lutavam bravamente.

Essa era a terrível realidade do planeta.

Esse era "O ABALO DE URANO", que havia apenas começado.

Na região sul, o Super Guerrebô Azul voava de um lado para o outro, tentando conter as naves inimigas.

– Pelas luas de Urano! São naves demais! – exclamou Raldot, sentado na cabine dentro da cabeça do Guerrebô, enquanto olhava para aquele interminável número de naves inimigas que vinham do norte para o sul. – São soldados demais! – Raldot agora olhava para baixo, vendo o país robótico muito destruído, enquanto o Guerrebô voava a uma grande altitude. "Hum... parece que minhas máquinas voadoras exterminadoras não estão conseguindo conter todas as naves inimigas. Isso é muito estranho. Deve ter acontecido algum imprevisto", pensou Raldot, enquanto o Guerrebô se desviava dos lasers inimigos e derrubava algumas naves com seus supersocos.

O Guerrebô não estava sozinho no país robótico, pois parecia que havia uma criatura ajudando-o; porém, estava lá embaixo, em terra firme. No meio da rua, onde se podia ver vários robôs destruídos soltando fumaça e outros correndo, o forma-forma azul, transformado em um grande lança-mísseis – ou melhor, um lança-duzentos-mísseis –, mirava constantemente para o céu, acertando e derrubando inúmeras naves do triângulo negro. Quando os soldados inimigos se aproximavam dele, a criatura os atingia com aquelas esferas de energia azul.

O castelo azul estava sendo invadido pelos soldados inimigos sobreviventes, que pilotavam as naves que haviam caído ali pelas redondezas quando foram atingidas pelo Guerrebô e o forma-forma azul. Porém, as tropas da fortaleza real conseguiram conter todos esses invasores, com exceção de apenas um homem, um homem todo vestido de cinza que abria caminho por onde passava, exterminando qualquer um que se colocasse à sua frente. Esse homem, que tinha os cabelos negros da cor de seus olhos, agora podia ser visto brilhando intensamente em energia amarela no meio daquele campo de treinamento do castelo, com dezenas de soldados e guerreiros caídos no chão ao seu redor.

– Onde estão Norako, o rei Luzano e a rainha? – gritava esse homem enquanto olhava para os soldados de preto e guerreiros de amarelo caídos aos seus pés. – Vamos, levantem-se! Levem-me até eles! – gritou com uma voz autoritária.

– SIM, SENHOR HIPNO! – gritaram os guerreiros e soldados enquanto se levantavam com dificuldade.

O rei Luzano, que estava sentado em seu trono ao lado da rainha Zaluna, franziu a testa quando, de repente, viu o portal de entrada da torre do norte se abrir. Vários homens atravessaram a energia azul do portal enquanto a rainha arregalava os olhos.

– Rei Luzano, rainha... onde está Norako? – gritou Hipno enquanto caminhava com suas botas pretas sobre o tapete azul, seguindo em direção ao trono do rei, acompanhado por dezenas de homens às suas costas. O rei Luzano arregalou os olhos, espantado, ao ver seus próprios soldados e guerreiros acompanhando aquele homem que vestia um colete cinza com o símbolo do triângulo negro.

– O que está acontecendo aqui? – murmurou o rei para si mesmo com aquela cara de espanto e depois engoliu em seco.

– Vai me dizer onde está Norako ou prefere ser exterminado pelos seus próprios homens? *Hahahahaha... hahahahaha*! – ria Hipno, enquanto o rei via os olhares frios e ameaçadores de seus próprios soldados e guerreiros encarando-o.

Finalmente, após doze longos dias de viagem, Sakura estava de volta ao planeta Urano. Nesse instante, sua nave verde-esmeralda podia ser vista descendo do céu azul até a Estação Interplanetária de Urano. Após pousar numa das plataformas da estação número 10, Sakura saiu correndo, fazendo barulho com as batidas de seus pés no chão metálico violeta. "Preciso avisar o Kem sobre o segredo que Ganimedes me contou. E preciso fazer isso rápido", pensava Sakura enquanto atravessava correndo um corredor levemente iluminado pelas luzes que saíam das paredes azuis, projetando sua sombra por onde passava.

– Parece que Sakura já chegou – disse uma mulher ao ajeitar uma mecha de seus cabelos azul-claros atrás da orelha direita. Ao seu lado direito encontrava-se um homem e um menino de cabelos azul-claros. Eram Sara, John e Eric, que estavam dentro de uma sala de paredes azul-claras, olhando para uma tela holográfica que mostrava a imagem de Sakura correndo pelos corredores da Estação. Sara estava vestida com um uniforme verde-azulado igual ao de Sakura. John e Eric também estavam vestidos com uniformes parecidos, porém, é claro, um modelo masculino. Os três estavam de braços cruzados, olhando para a tela.

– Sara – chamou John ao olhar para a esquerda, ao que Sara olhou para ele. – Avise a Sakura que estamos aqui, usando o seu relógio integrado ao uniforme. – Sara olhou para o relógio em seu pulso. – Diga a ela como chegar até o *superlaboratório secreto*. Ela ficará em segurança aqui conosco.

– Ainda não, John – disse Sara ao olhar para John, que franziu a testa. – Ela ainda precisa cumprir a parte dela na missão. Por sorte conseguimos cumprir a nossa parte ajudando o Guerreiro Secreto. Agora ele cuida do resto.

– Você tem razão, Sara – afirmou John ao consentir com a cabeça.

– E você, John, deveria ter me dito antes sobre o replicador de DNA que o Nagor usou para acessar os comandos de nossa nave. Assim poderíamos ter avisado o Raldot para fazer algum outro sistema de proteção. Agora os homens do triângulo negro poderão acessar tudo o que quiserem, até mesmo os portais que existem no castelo azul, como o cientista desse laboratório nos disse.

John fez uma cara como se estivesse lamentando.

– Vamos lá, irmã! – exclamou Sara ao olhar para a imagem de Sakura na tela. – Estamos torcendo por você e pelos outros!

Enquanto isso, o primo Jorge passava dias tranquilos no laboratório secreto de Raldot, ainda pensando que estava "tirando umas férias", enquanto se divertia com os robôs e os forma-forma.

Nesse instante podia-se ver o sr. Kiraua balançando o seu netinho no colo próximo a um berço verde-azulado, tentando fazê-lo dormir. Isso logo após ele ter comido a refeição do oeste especial para crianças, que o sr. Kiraua finalmente conseguiu fazer usando aquela água do Vale Hall. "Esse aqui é o antigo berço de Kem", pensou o sr. Kiraua enquanto olhava para aquele berço dentro de seu quarto, pouco antes de fazer um singelo sorriso.

Na outra parte do planeta, Klaus atravessava a escuridão da região norte com sua nave vermelha, levando Brok para prendê-lo naquela enorme sala branca junto com os outros homens do triângulo negro. Klaus estava no assento de piloto, e ao seu lado direito podia-se ver Brok envolvido por uma energia verde. Brok estava no assento da direita, preso dentro da energia de segurança, sentindo-se quase sem forças, pois havia sofrido muitos ataques da máquina de Raldot e mais alguns do sr. Kiraua.

– Ali está o robô verde! Então é aqui mesmo – disse Klaus ao ver um ponto de luz verde voando de um lado para o outro uns cinquenta metros à sua frente, no meio da escuridão, enquanto se preparava para pousar com a nave vermelha. Klaus olhou para Brok, vendo-o com o corpo largado e cabeça baixa, moribundo. – Chegamos, Brok! Logo se encontrará com os seus amigos novamente.

Enquanto isso, na região leste, o forma-forma vermelho flutuava pelo jardim na frente da casa de Kem enquanto olhava para o céu, arregalando seus grandes olhos verdes e amarelos, espantado, vendo naves e mais naves do triângulo negro passando de um lado para o outro e ouvindo barulhos de gritos e explosões. A criatura se escondeu atrás de um arbusto azul quando viu um soldado de azul-marinho se aproximando, pouco antes de vê-lo cair no chão ao ser atingido por uma esfera de energia azul.

– Esconda-se dentro de casa, forma-forma! – gritou Kem, que podia ser visto com seu braço direito esticado para frente, vestido com seu colete vermelho, calça e sapatos azuis e seu pingente dourado sobre o peito, enquanto brilhava intensamente em energia amarela, fazendo ruídos eletromagnéticos. A criatura olhou atentamente de um lado para o outro, vendo dezenas de corpos de soldados em azul-marinho esticados pelo chão por toda parte. Todos haviam sido derrotados por Kem. – Vamos, forma-forma, depressa! – Foi então que a criatura vermelha e assustada disparou para dentro de casa, atravessando o portal de energia azul.

Kem vencia soldado após soldado. Eles que chegavam um após o outro, descendo das naves do triângulo negro.

– Puxa vida! Preciso libertá-las! – exclamou Kem ao ver uma grande jaula metálica uns cem metros à sua frente, cheia de uranianos presos, no meio de uma estradinha de terra cercada por árvores avermelhadas. Com uma incrível velocidade, Kem correu até essa jaula e depois usou o desmaterializador de Raldot para libertar as pessoas. – Fujam daqui, depressa! – Kem olhava para o rosto aflito de uma mulher loira, que consentiu com a cabeça pouco antes de sorrir em agradecimento.

Enquanto as pessoas fugiam dali, alguns soldados do triângulo negro apareceram para prendê-las novamente; porém, Kem derrotou todos eles facilmente.

– Puxa vida! Isso já está ficando monótono! – dizia Kem enquanto golpeava vários outros soldados que não paravam de aparecer. De repente, os ouvidos de Kem se aguçaram ao ouvirem um som totalmente diferente de todos aqueles outros que ressoavam naquela guerra violenta. – Mas que música é essa? – indagou Kem ao franzir a testa enquanto dava uma cotovelada no peito de um soldado. – É uma música tão suave, calma e cheia de tranquilidade. Parece até o som de uma... – Kem, brilhando em energia amarela, olhou para baixo, fazendo uma cara de concentração. – Uma harpa!

21 Lutar ou morrer

Kem olhava de um lado para o outro, tentando ver de onde vinha aquela suave música que estava ouvindo. Porém, Kem apenas via soldados e mais soldados em azul-marinho ficando imóveis, parados, sem mover um só passo à frente.

– Mas o que está acontecendo aqui? – indagou-se Kem ao franzir a testa, olhando para todos os lados e vendo todos os soldados parados feito estátuas, enquanto aquela suave música continuava a tocar. – Vocês estão com medo, é? Ficaram com tanto medo que não conseguem se mexer? – gritava Kem enquanto olhava de um soldado para o outro, ainda meio confuso. Foi quando os soldados começaram a dobrar seus joelhos, pendendo com seus corpos para frente, e logo em seguida um após o outro caiu inconsciente, batendo com a cara no chão. Aquela música tocava sem parar, uma música lenta, que parecia o som de cordas vibrando.

Kem olhava para aquela cena, surpreso, sem entender nada. "Puxa vida! Será que ficaram com tanto medo de mim a ponto de desmaiarem? Mas... e essa música que continua a tocar?", pensava Kem, enquanto franzia a testa e via os soldados caindo sozinhos no chão. Passados alguns segundos, não havia mais nenhum soldado de pé por ali, somente soldados caídos. A música continuava tocando.

– Estou vendo que vocês já não podem fazer mais nada! – disse Kem com uma voz alta ao olhar para os soldados moribundos. – Já posso partir. Agora preciso ir defender outro ponto da região leste. – Com uma cara séria e concentrada, e ainda brilhando em energia amarela, Kem olhou para a estrada e preparou-se para correr.

– Espere, guerreiro! – disse uma voz lenta e calma, fazendo Kem franzir a testa, olhar para a esquerda e aguçar os ouvidos. – Ainda não começamos a nossa luta. – Árvores vermelhas e plantas azuis que se mexiam fortemente eram vistas pelos olhos de Kem, enquanto ele sentia uma forte e tranquila energia fluindo ali por perto. – Está apreciando a minha música, guerreiro? – E, ao ouvir novamente aquela voz calma e vagarosa, Kem começou a virar-se lentamente para trás, até ver algo que o fez arregalar os olhos.

– Vo... cê? Parece que eu já o tinha visto antes em algum lugar – dizia Kem, espantado, enquanto olhava para um homem dez metros à frente que estava caminhando em sua direção. Estava vestido todo de cinza e tinha cabelos alaranjados que caíam até a altura de seu pescoço e se mexiam com a intensa energia que fluía ao redor de seu corpo, brilhando na cor laranja, fazendo as árvores vermelhas se mexerem fortemente ao som de ruídos eletromagnéticos. Kem franziu a testa, tentando trazer algo da memória enquanto encarava aquele homem. – Ah! Lembrei-me! Mas você é o... – Agora mais perto, Kem podia ver o olho castanho e tranquilo daquele homem que o encarava, apenas o olho direito, pois o esquerdo estava totalmente coberto por seus cabelos alaranjados. – Ariel!

– Como sabe o meu nome? – indagou aquele homem com sua voz calma ao franzir sua sobrancelha laranja. Kem agora olhava surpreso para algo logo acima de Ariel, enquanto ouvia aquela suave música. Aos olhos de Kem, uma enorme harpa feita de energia alaranjada produzia um intenso brilho em cada corda que vibrava, formando uma doce melodia. – Como sabe o meu nome, guerreiro Kem?

Sem responder, Kem olhou mais para baixo e continuou com aquela cara de surpresa quando viu o símbolo do triângulo negro no colete cinza de Ariel. "Mas que estranho. Eu me lembro de que o Ariel virtual estava todo vestido de branco quando lutou contra o Klaus", pensou Kem ao trazer de sua memória as imagens de quando estava na sala de treinamento virtual do castelo azul, assistindo à luta de Klaus.

– Eu não sabia que você fazia parte do triângulo negro. Você é um guerreiro mercenário? – disse Kem, com voz alta e cara séria, enquanto olhava para a face de Ariel. De repente, Ariel fechou os olhos e fez cara feia, abrindo a boca, como se ficasse perturbado pelas palavras que Kem acabara de dizer.

– De novo, não! Maldição! Essa dor de cabeça! – dizia Ariel, perturbado, enquanto se agachava, apoiando suas mãos na cabeça como se estivesse sofrendo. Logo em seguida aquela suave música desapareceu junto com a harpa de energia alaranjada. – Ah... ah... está passando – dizia Ariel com aquela voz calma enquanto se levantava, agora mais aliviado. Kem franzia a testa, sem entender o que acontecia com o guerreiro de cabelo alaranjado.

– Escute, Kem... não importa quem eu seja, a única coisa que importa... é que eu vim até aqui para exterminá-lo, assim como eu fiz com muitos outros guerreiros ao redor desse planeta. Você é apenas mais um que ajudará a aumentar o meu recorde. – Ariel mostrava uma face serena enquanto a energia fluía intensamente ao redor de seu corpo, mexendo seus cabelos alaranjados. Kem mostrava uma expressão furiosa em seu rosto enquanto fechava fortemente as mãos. – Logo, todos os guerreiros uranianos desaparecerão de seu próprio planeta.

– Vai se arrepender do que disse... SEU MISERÁVEL! – gritou Kem pouco antes de olhar para baixo com seus olhos arregalados de raiva. – CALE A BOCA! CALE A BOCA! – Kem olhou para frente, sério, encarando Ariel enquanto sua energia amarela mudava para a cor laranja, expandindo-se violentamente ao redor, fazendo ruídos eletromagnéticos, provocando uma ventania que balançava as árvores. – LUTE!

Sem mais esperar, Kem partiu rapidamente para cima de Ariel, fazendo uma sequência de socos e mais socos com seus punhos brilhando em energia laranja. Ariel se desviava de todos os golpes, mantendo aquela expressão tranquila em seu rosto, diferente de Kem, que parecia estar furioso. "Ah, miserável, você é rápido!", pensava Kem enquanto socava, sem ao menos acertar um único golpe em Ariel. "Então terei que usar um de meus golpes especiais", pensou Kem ao trazer o seu punho direito para perto da cintura.

– PUNHO VELOZ DESTRUIDOOOOR! – gritou Kem ao avançar o seu punho direito para acertar o peito de Ariel com velocidade e força surpreendentes.

– Eu já conheço esse golpe – disse Ariel com muita tranquilidade ao segurar o braço de Kem com sua mão direita. Numa fração de segundo Ariel girou o seu corpo até encostar suas costas nas de Kem, ergueu sua perna direita lá no alto e, num movimento de cima para baixo, chutou a cabeça de Kem com o calcanhar, fazendo-o cair de cara no chão com um violento impacto e se arrastar uns dois metros à frente, comendo terra.

– Foi com esse golpe que você derrotou o Shang, não é mesmo... Kem? – Ariel falava com sua voz calma, enquanto brilhava em energia alaranjada e olhava para Kem caído no chão. "Você conhece esse golpe?", pensava Kem enquanto apoiava as mãos no chão para começar a se levantar. E, quando Kem já estava agachado, ainda brilhando em energia alaranjada, ele trouxe imagens à sua mente ao fechar os olhos, lembrando-se da luta contra Shang:

Kem olhava para o inimigo à sua frente, um homem magro de cavanhaque e bigode azul-escuros da mesma cor de seus olhos, de suas sobrancelhas e de seus longos cabelos trançados, um guerreiro mercenário que vestia um uniforme cinza. Shang e Kem estavam no meio de um grande campo de flores azuis e amarelas, que os encobriam até a cintura. Kem olhava para a face séria de Shang, preparando o golpe "Punho Veloz Destruidor", enquanto a energia alaranjada fluía intensamente ao redor de seu corpo, fazendo as flores se espalharem. Com um golpe rápido e certeiro, Shang foi atingido no peito, na altura do coração, sem ao menos mover um só dedo, pois não conseguiu enxergar o movimento veloz do punho de Kem, o Punho Veloz Destruidor. Kem se esquivou para o lado ao ver Shang cuspindo sangue e logo em seguida caindo de cara naquele campo de flores.

– Ah... então... ah... foi o microdispositivo acoplado ao uniforme de Shang que gravou essas informações... ah – dizia Kem, sofrendo com o efeito do chute de Ariel, enquanto se levantava e abria os olhos. – O Stanley já tinha me avisado disso aquela vez... ah.

– Isso mesmo, Kem – disse Ariel frente a frente com Kem, que agora já estava em pé. – Será fácil para mim vencê-lo. Você não lutou somente contra Shang, mas também contra muitos outros soldados. Estudei muitas informações sobre os seus golpes.

– Isso não importa – disse Kem, com sua roupa e a cara sujas de terra, enquanto olhava para Ariel. – Não deixarei você me vencer. Nunca me renderei, não importa o que aconteça! EU SOU UM GUERREIRO DO UNIVERSO! – gritou.

– Veja só, mas que coincidência! Eu também sou um Guerreiro do Universo – disse Ariel com um ar de desdém, debochando.

– Maldito! – disse Kem ao limpar a terra de seu rosto com o braço direito. – Não sabe como estou empolgado com essa luta. – Kem fechou a sua mão esquerda na frente do rosto, fazendo um sorriso orgulhoso. – Uma luta entre dois Guerreiros do Universo. Ariel! Você logo irá desfazer essa sua cara tranquila.

– Então mostre o seu poder... Guerreiro do Universo.

Os cabelos loiros de Kem e os alaranjados de Ariel se mexiam constantemente com o fluxo de energias alaranjadas, que faziam ruídos eletromagnéticos. Um encarava o outro, sem ao menos piscarem. "O que eu faço agora? Ele já deve conhecer muitos de meus golpes. Também deve conhecer o Chute Voador que usei para derrotar vários soldados enfileirados de uma só vez", pensou Kem.

– Mas, dessa vez, eu não lhe darei mais nenhuma chance para se levantar. Ouvirá a *doce melodia da morte* – disse Ariel com uma voz lenta e tranquila enquanto olhava para Kem.

– A doce melodia da morte? – indagou Kem enquanto olhava para os cabelos alaranjados de Ariel se mexendo, mostrando o seu olho esquerdo quando esvoaçavam para cima. De repente, a harpa de energia alaranjada apareceu novamente aos olhos de Kem. – De novo essa harpa. –"Eu não me lembro dela naquela luta de Klaus contra o Ariel virtual. Bem, pelo menos até antes da explosão quando a parede transparente ficou opaca. Mas será que... será que foi com essa técnica que o Ariel virtual derrotou o Klaus?", pensou Kem enquanto olhava para a harpa.

– Eu percebi que a harpa não será o suficiente para você – disse Ariel enquanto encarava Kem, vendo seus cabelos loiros se mexendo juntamente com o pingente dourado. Os olhos castanhos de Ariel se mostravam tranquilos. – Agora escute, Kem... uma outra melodia.

Aos olhos de Kem, a harpa de energia alaranjada começou tomar a forma de outro instrumento.

Enquanto isso, no ponto 2 da escura região norte, local próximo à divisa com a região leste, podia-se ver uma esfera metálica azul-clara de dez metros flutuando a uma grande altitude no céu, enquanto emitia um brilho de energia azul. Uma nave do triângulo negro se aproximava, e o soldado de cabelo azul-escuro que estava pilotando-a franziu a testa ao indagar-se:

– Mas o que será isso? É enorme! – O soldado olhava através da nave para aquela grande esfera que brilhava em uma luz azul no meio da escuridão, parada no céu uns cem metros à sua frente. De repente, o soldado ergueu as sobrancelhas.

Grandes tentáculos prateados e metálicos começaram a sair de dentro daquela enorme esfera através de portais de energia azul que apareciam em sua superfície. Na ponta de cada tentáculo havia um canhão giratório prateado (algo parecido com um rolamento de roda). No centro de cada canhão havia um olho robótico vermelho que enxergava o inimigo através de inteligência artificial, e ao redor desse olho estava a parte giratória, que possuía cinco buracos por onde saíam os lasers. Vinte tentáculos grudados na esfera azul brilhante se mexiam constantemente sob os olhos arregalados do soldado do triângulo negro.

Um daqueles tentáculos se colocou mais à frente, e o seu olho robótico vermelho ficou encarando a nave que se aproximava.

– Inimigo detectado! Nave do Exército do Triângulo Negro! Disparar! Disparar! – disse a voz eletrônica daquele tentáculo, pouco antes do canhão começar a girar e disparar inúmeros lasers contra a nave que aquele soldado pilotava. A nave explodiu em vários pedaços ao ser atingida em cheio pela perfeita pontaria da esfera de tentáculos, que era uma daquelas máquinas de Raldot, as *"supermáquinas"*, que estavam espalhadas por todo o planeta Urano para derrotarem as naves inimigas.

Outras quinze naves do triângulo negro, que chegaram logo em seguida, também foram derrubadas da mesma forma pelos canhões dos astutos tentáculos metálicos.

– Apressados! Não esperaram até eu chegar. É o que merecem! – dizia Víctor ao ver as naves azul-marinho explodindo no céu escuro após sofrerem o ataque da supermáquina de Raldot, enquanto seus longos cabelos cinza se rebatiam fortemente contra uma rajada de vento frio que fazia barulho. Víctor voava em direção à supermáquina em uma nave do triângulo negro; porém, não estava dentro, e sim fora dela, com seus dois pés apoiados sobre o teto metálico azul-marinho enquanto sentia o ar cortando ao seu redor. Estava vestido com seu uniforme cinza de guerreiro mercenário e emanava um intenso brilho de energia amarela que fluía ao redor de seu corpo, fazendo ruídos eletromagnéticos, no meio da escuridão do céu.

Víctor se aproximava da supermáquina enquanto encarava-a com os seus olhos negros sem sobrancelhas.

– Essa aí deve ser a última delas. Hu! Mas logo a transformarei em um monte de sucata, assim como eu fiz com as outras, *hahahahaha*! – riu Víctor ao inclinar sua cabeça para o alto. – Sentirá o meu poder elétrico interferir nos seus circuitos, sua lata velha! – Podia-se ver a nave azul-marinho com Víctor em cima brilhando em energia amarela a apenas uns cinquenta metros da supermáquina de tentáculos. Foi então que Víctor, com um orgulhoso sorriso em sua face, esticou o seu braço direito para frente, e pequenos raios brancos começaram a piscar ao redor de sua mão aberta, fazendo ruídos elétricos. – Adeus, sucata voadora!

– Inimigo detectado! Nave do Exército do Triângulo Negro! Disparar! Dis... dis... dis... Alerta vermelho! Alerta vermelho! Falha no sistema! Falha no sistema! Cir... cui... tos dani... ficados.. – disse a voz eletrônica da supermáquina, pouco antes de começar a faiscar, fazendo ruídos elétricos. Víctor dava risadas enquanto via a supermáquina soltando faíscas por toda parte. Logo em seguida, a enorme esfera metálica apagou o seu brilho azul e começou a cair na vertical em direção ao chão, enquanto os tentáculos esvoaçavam para cima, rebatendo-se com força até se desgrudarem da esfera, um após o outro. Víctor passava a uma grande velocidade pelo local onde a supermáquina havia caído, olhando para baixo enquanto via os seus últimos pedaços metálicos desaparecendo no meio da escuridão, e pensava: "Já era! Monte de sucata!".

Foi então que Víctor deitou-se no teto metálico da nave, esticou seu braço direito até alcançar o símbolo do triângulo negro na lateral esquerda e fez os toques do código secreto pouco antes de o portal triangular se abrir. Com uma grande habilidade, Víctor apoiou suas mãos no teto da nave, jogou-se para baixo e impulsionou o seu corpo para atravessar o portal de energia na lateral da nave. Dentro da nave, após atravessar o portal, Víctor fez desaparecer a energia amarela que antes o envolvia. De repente, uma tela holográfica apareceu acima do painel de comando da nave, mostrando a imagem do comandante com o seu rosto de perfil quase todo encoberto por seus cabelos azul-escuros.

– Já destruiu todas elas, Víctor?

– Sim, comandante – respondeu Víctor enquanto olhava para a tela. – Agora já podem entrar tranquilamente na região norte.

Em todas as regiões, Víctor derrotava as supermáquinas de Raldot, abrindo caminho para as naves armadas do triângulo negro. E, agora, Víctor acabara de derrotar a última esfera de tentáculos, que anteriormente destruíra centenas dessas naves que tentavam entrar na região norte e fizera com que outras centenas delas desviassem a rota para a região sul.

– Devo admitir que você fez um bom trabalho. Essas malditas máquinas já estavam me dando dor de cabeça. Perdi muitos homens e naves por causa delas! – Nessa última frase o comandante falou gritando, ao que Víctor fez cara feia. – Pode começar o ataque na região norte, Víctor. Logo chegaremos aí. – E essa foi a última coisa que o comandante disse antes de desaparecer da tela para dar lugar à imagem do mapa de Urano.

– Mas o que é isso aí no radar? – indagou-se Víctor ao sentar-se e grudar os olhos na tela, franzindo a testa. – O que será esse pontinho vermelho? Está parado a apenas quinhentos metros logo abaixo de mim. Hum... será alguma outra máquina? Ou algum guerreiro? – De repente apareceu na tela um pontinho azul ao lado do pontinho vermelho. – Soldado encontrado? – indagou Víctor ao ler a tela. – Mas por que um soldado nosso estaria aqui antes de mim? Vou descer para ver. – E Víctor manobrou a nave, descendo em meio à escuridão.

No topo da montanha alaranjada, via-se Norako, com seus cabelos azul-prateados esvoaçando no meio do intenso fluxo de energia alaranjada que o envolvia. Da mesma forma, podia-se ver Flauber à sua frente, porém, não era mais o céu azul com aspecto nublado que Norako via às costas do seu adversário, e sim o vulto de energia de um grande planeta amarelo. A figura do planeta Mazuna brilhava intensamente atrás das costas de Flauber e aparentava ter uns dez metros de altura. Podia-se ouvir intensos ruídos eletromagnéticos enquanto o ar se deslocava com fúria, o chão tremia e algumas pedras subiam lentamente, flutuando.

A imagem do planeta Mazuna desapareceu quando a energia que envolvia o corpo de Flauber diminuiu de tamanho; porém, agora estava mais forte e brilhante.

– RAAAAA! – gritou Flauber ao avançar numa incrível velocidade para cima de Norako. Com movimentos rápidos, o punho direito de Flauber afundou na face esquerda de Norako com um soco cruzado, e o seu punho esquerdo enterrou-se no estômago do príncipe guerreiro, que arregalou os olhos e abriu a boca, inclinando o seu corpo para frente, sentindo uma intensa dor. Com um sorriso convencido em sua face, Flauber deu um forte chute de pé direito na cabeça de Norako, jogando-o violentamente para o lado esquerdo, fazendo-o cair e rolar pelo barranco, até parar dentro do rio de águas verde-azuladas que corria lá embaixo.

Sem perder tempo, Flauber saltou lá do alto do barranco, fazendo uma grande esfera de energia branca formar-se entre suas mãos, arremessando-a para baixo logo em seguida. Ao som de uma grande explosão, as águas do rio espirraram para cima e para os lados de forma extravagante com o impacto da esfera de energia. Flauber desceu pelo barranco, escorregando com suas botas pretas, até chegar à margem do rio.

Flauber olhava para a camisa verde e rasgada de Norako sendo carregada pela correnteza do rio. Não via Norako em parte alguma, e o único barulho que ouvia era o da água correndo.

– Parece que eu consegui acertá-lo. Mas você não me engana. Ainda estou sentindo a sua energia – disse Flauber, meio suspeito. De repente, uma parte da água começou a mostrar um brilho alaranjado. – Hã? – indagou Flauber ao olhar rapidamente para a direita.

Norako, antes escondido dentro do rio, emergiu à superfície da água, desembainhando a sua espada azul ao som de um ruído metálico, e rapidamente atacou Flauber num movimento de cima para baixo na diagonal, segurando sua arma com ambas as mãos, enquanto podia-se ver as gotinhas de água espirrando ao seu redor. A energia alaranjada, que fluía intensamente ao redor do príncipe guerreiro e de sua espada, foi forte o suficiente para cortar o resistente colete de Flauber e fazer um corte superficial em sua pele morena, um risco na diagonal de onde brotavam gotas de sangue.

– Miserável – disse Flauber sobre a margem do rio, fazendo uma cara surpresa enquanto olhava para o corte em seu corpo. Furioso, Flauber tirou o seu colete, jogando-o à sua esquerda, mostrando o seu corpo musculoso, que era mais forte do que o de Norako. – Pagará caro por marcar o meu corpo... seu verme! – gritou Flauber ao olhar para Norako, que agora podia ser visto com o seu colete verde-esmeralda e a bainha alaranjada, seus cabelos azuis todos molhados e o seu corpo afundado no rio até a cintura.

– Tome isso! – Num movimento rápido, brilhando em energia alaranjada, Flauber deu um chute de pé direito para acertar a cabeça de Norako, que no mesmo instante se abaixou, desviando-se, e rapidamente segurou a perna esquerda do guerreiro mercenário com sua mão esquerda, derrubando-o e puxando-o para dentro do rio. Mais rápido ainda foi Flauber, que cruzou suas pernas, apertando-as contra a cabeça de Norako, e afundou-o no rio, fazendo-o soltar a espada que segurava em sua mão direita. Quando Norako tentou emergir à superfície, Flauber, agora com seus pés firmes dentro do rio, segurou sua cabeça com ambas as mãos, tentando afogá-lo.

Com os olhos arregalados e uma expressão de desespero, Norako soltava bolhinhas pela boca, vendo o fundo do rio, enquanto fazia força para se soltar, mas não conseguia. A força de Flauber era intensa enquanto ele brilhava em energia alaranjada, o que fazia a água se agitar, formando ondas que circulavam ao seu redor.

– Gosta de brincar na água, Norako? Hu! – disse Flauber com um ar de ironia enquanto olhava através daquela água clara, vendo suas mãos prendendo a cabeça de Norako. – Esse será o fim do príncipe guerreiro! Terminará igual ao seu amiguinho Sebastian. *Hahahaha*!... Morra, Norako! – Flauber apertava, forçando cada vez mais a cabeça de Norako, que já estava quase ficando sem ar, sem poder respirar.

"Sebastian... Malditos mercenários!", pensou Norako, de olhos fechados, furioso, fechando fortemente as suas mãos dentro da água. A intensidade da energia de Norako começou a aumentar gradativamente até ficar tão forte quanto a de Flauber.

– O quê? – Flauber ergueu suas sobrancelhas brancas. – Está quase morrendo afogado, como pode ter tamanho poder? Como consegue fazer isso? – Flauber agora sentia dificuldade para segurar Norako, que fazia força para se soltar enquanto ficava tocando o fundo do rio com sua mão direita, procurando a sua espada.

Norako começou a levantar o seu corpo aos poucos, erguendo lentamente os braços de Flauber. De repente, a energia que fluía ao redor de Norako expandiu-se de forma brutal, espirrando água para todos os lados e fazendo Flauber desequilibrar-se, dando uns cinco passos para trás ao soltar o príncipe guerreiro. Nesse instante, Flauber se dispersou, fechando os olhos durante uns dois segundos. Quando os abriu novamente, viu a lâmina da espada de Norako voando rápido em sua direção, refletindo a luz do sol, pouco antes que ela atravessasse o seu corpo na altura do estômago, pois não foi rápido o bastante para se esquivar. Com o seu braço direito esticado para frente, Norako respirava com a boca aberta enquanto olhava para as gotas de sangue de Flauber que pingavam e se diluíam nas águas verde-azuladas.

– Não permitirei que o Mal se espalhe por esse planeta! Mesmo que ainda exista apenas uma pequena chama de vida em mim quando eu estiver morrendo, eu me levantarei. Nunca me renderei! Não importa o que aconteça! – exclamou Norako, extasiado, enquanto encarava Flauber, que olhava desesperado para aquela espada cravada em seu corpo.

– Eu... um Guerreiro do Universo... vencido... – dizia Flauber, inconformado, dando passos lentos para trás, enquanto a energia que fluía ao redor de seu corpo começava a desaparecer. Enquanto ouvia o som da correnteza do rio, Flauber parou. – Vencido... não... não pode ser. Isso não pode estar acontecendo... ah... ah... aaaah. Não! – Agora o brilho da energia de Flauber desapareceu completamente. – Aah... ah... eu nunca gostei de usar armas... ah... e fui vencido por uma. – A imagem da espada se mostrava toda distorcida aos olhos de Flauber, que estava perdendo os sentidos pouco a pouco.

Norako começou a caminhar em direção a Flauber, que via, ouvia e sentia a intensa energia que fluía ao redor do príncipe guerreiro. Flauber começou a andar de costas, meio desequilibrado, ouvindo o barulho das águas, seguindo junto com a correnteza do rio, como se ainda houvesse alguma esperança de escapar da situação em que estava. Flauber caminhava para trás, Norako se aproximava. E, quando percebeu que o barulho da água se tornou mais forte e diferente, Flauber parou, olhou para trás e, mesmo enxergando embaçado, conseguiu ver a enorme queda da cachoeira uns dois metros às suas costas.

– Você sabe por que essa espada o venceu, Flauber? – Flauber olhou para frente, vendo a imagem de Norako brilhando em energia laranja se aproximando. – Foi porque, naquele exato momento, a minha variação de energia superou a sua e, com isso, a minha espada ganhou poder suficiente para ultrapassar a sua camada de energia e ferir o seu corpo. Agora devolva a minha espada... Flauber!

– Ah... o que vai fazer? – disse Flauber, com uma voz agonizante, ao ver Norako segurar o cabo da espada com ambas as mãos. Nesse lugar, na beira da queda da cachoeira, a água batia nos joelhos de Flauber e Norako. "Perdoe-me, mestre Chun, mas este Guerreiro do Universo se voltou para o lado do Mal", pensou Norako e depois puxou a espada ao mesmo tempo em que deu um chute no peito de Flauber, com força suficiente para jogá-lo para trás e desaparecer de sua vista ao cair na cachoeira. Com uma grande habilidade, Norako girou rapidamente a espada entre os dedos da mão direita e embainhou-a ao som de um ruído metálico. Logo em seguida, aproximou-se da beira da queda e ficou olhando lá para baixo com uma cara pensativa, vendo o corpo de Flauber estendido sobre a grande pedra branca. Neste instante, um filme começou a passar na mente de Norako, trazendo memórias daquele dia em que encontrou Sebastian morto:

Norako corria rapidamente por entre as árvores vermelhas da floresta enquanto respirava rápido e via a luz de uma clareira, na qual entrou após uns cinco segundos. – Sebastian – dizia Norako, desesperado enquanto atravessava o lago, vendo o corpo de Sebastian caído sobre a grande pedra branca. Norako subiu na pedra enquanto ouvia o barulho da cachoeira que estava ao seu lado esquerdo. – Sebastian, Sebastian. – Norako se agachou ao lado do corpo de Sebastian, que estava caído de costas na pedra branca, manchada pelo resto de sangue que a água ainda não tinha levado. – Está morto – disse Norako com uma voz triste ao verificar a pulsação e a respiração de Sebastian. – Meu amigo. – Ao levantar Sebastian em seus braços, Norako olhou para os seus olhos fechados e seus cabelos vermelhos. Enquanto atravessava o lago e carregava Sebastian em seus braços, Norako olhou para o céu azul. – Quantos mais precisarão chegar a esse fim por causa dessa maldita guerra? Espero que um dia essa guerra se acabe de vez. – Ao se aproximar das primeiras árvores da floresta, Norako olhou novamente para Sebastian. – Sebastian, você foi um grande guerreiro, e um grande amigo também.

– Um a menos. Agora preciso ajudar os outros a derrotarem o resto – disse Norako, ao fazer desaparecer a energia laranja de seu corpo, e depois começou a caminhar contra a correnteza do rio. – A energia de Flauber desapareceu por completo, mas agora estou sentindo novamente aquela outra energia. – Norako abaixou a cabeça, concentrado. – É uma intensa energia que venho sentindo há algum tempo, e parece estar vindo da direção da Estação Interplanetária. Mas de quem será?

Na Estação Interplanetária o combate continuava. Podia-se ver Olin agachado, segurando o seu ombro esquerdo com a mão direita enquanto o seu corpo tremia um pouco. O Guerreiro Secreto, com um sorriso aberto, brilhava intensamente em energia, que agora se mostrava alaranjada, enquanto os seus cabelos loiros se mexiam constantemente.

– Um dos meus discos o acertou, não foi, não foi... hein? – dizia o Guerreiro Secreto com sua voz empolgada enquanto olhava para Olin uns três metros à sua frente. – Mais precisamente, o meu terceiro disco! – Agora ele fazia o número três com sua mão direita, mantendo o seu sorriso aberto.

– Ah! Irrita-me o fato de estar perdendo a luta para um ridículo desses.

– Hã? De quem você está falando? – O Guerreiro Secreto olhando de um lado para o outro. – Eu não estou vendo ninguém. Onde está o ridículo? – Agora ele franzia a testa, ingênuo. De repente, uma luz branca que saiu do símbolo do triângulo negro do colete cinza de Olin se projetou no ar, mostrando uma tela holográfica quadrada, fazendo o barulho de um "zuim". Olin olhou para a tela.

– Recebendo novas informações de combate – disse Olin, ainda agachado, ao ler as letras amarelas que apareciam sobre a parte superior do fundo azul-marinho da tela holográfica. Logo abaixo apareceu a foto do rosto de Flauber do lado esquerdo e informações em amarelo do lado direito; abaixo disso, também apareceu a foto do rosto de Norako com informações. O Guerreiro Secreto franzia a testa olhando para aquela tela, vendo tudo ao contrário, pois estava enxergando a tela do lado oposto. – Flauber foi... DERROTADO? – Olin arregalava os olhos, espantado, enquanto lia as informações de combate.

– Flauber? – indagou o Guerreiro Secreto, meio confuso, ao ouvir a voz de Olin.

– Não acredito! Flauber, um Guerreiro do Universo, foi derrotado por... Norako, conhecido como príncipe guerreiro – disse Olin, boquiaberto, mexendo os olhos enquanto lia. – A energia máxima detectada em Flauber foi: nível 2-V8. A energia máxima detectada em Norako foi... – Olin arregalou os olhos um pouco mais. – O quê? Mas isso é impossível!... NÍVEL 2-V22!... Mas esse miserável nem ao menos é um Guerreiro do Universo!

Nesse exato instante, todos os outros guerreiros mercenários também receberam essas informações de combate.

Víctor arregalava os olhos, surpreso, enquanto pilotava sua nave e pensava: "Impressionante! Flauber foi derrotado. Esse tal de Norako me surpreendeu... Nível 2-V22".

Ariel, brilhando em energia laranja, olhava para a tela holográfica à sua frente enquanto pensava: "Mais um fraco morreu. Flauber, mas que imbecil. Hu! Norako... outro fraco... nível 2-V22... que ridículo".

Hipno, com os olhos fechados e em pé, de braços cruzados, sobrevoava o céu da região oeste dentro de sua nave enquanto pensava: "Maldito, está muito mais forte do que daquela vez em que venceu Lino. Nesse momento o seu nível de energia não me preocupa, mas isso pode se tornar perigoso se ele continuar a aumentá-lo. Preciso pegá-lo rápido. Usarei você a nosso favor... Norako!". Hipno sorriu enviesado ao abrir os olhos.

Podia-se ver o comandante Netuno em pé e de costas, com seus cabelos azul-escuros caídos sobre seu colete preto, enquanto olhava para o céu escuro da região norte através da lateral esquerda e transparente da nave, pensando: "Maldição! Flauber! Mais um guerreiro derrotado! Príncipe miserável. Isso já está me aborrecendo. Espero que os outros não me decepcionem! Não quero perder tempo usando o meu grandioso poder contra esses uranianos nojentos. Tenho certeza de que Hipno se encarregará de nossa vitória".

O Guerreiro Secreto erguia suas sobrancelhas loiras enquanto fazia uma cara surpresa, e seus cabelos loiros se mexiam com o fluxo de energia laranja.

– Norako? Hum... esse cara parece ser bem forte – disse o Guerreiro Secreto pouco antes de a tela holográfica desaparecer. "Olin disse... *príncipe guerreiro*? Ah, veja só! Foi nele que me inspirei para tornar-me um guerreiro. Então o príncipe guerreiro se chama Norako!", pensou o Guerreiro Secreto enquanto Olin se levantava com dificuldade, segurando o ombro esquerdo.

– Aquele disco me machucou muito! – Olin olhou para sua mão direita manchada de sangue logo após tirá-la do ombro. – Você é um imbecil! – Os olhos de Olin, que ardiam em fúria, encaravam o guerreiro loiro de roupa vermelha brilhante.

– Você está ficando nervoso! – disse o Guerreiro Secreto com a sua voz empolgada, olhando para Olin. – Mas não se esqueça de que você está no *nível 1*... e de que eu estou no *nível 2*. – Com um sorriso aberto, ele mostrou o número um e depois o número dois com sua mão direita.

– Não interessaaaa! Já chegaaaa! – gritou Olin ao expandir sua energia amarela de forma brutal, fazendo o chão tremer e quebrar em pedaços que subiram flutuando no ar, pouco antes de erguer o seu punho direito e franzir o nariz, avançando de forma violenta para cima do Guerreiro Secreto. – Receba o... GRANDE PUNHO DE OLIN! – O punho de Olin brilhava em energia azul-marinho.

– PROTEÇÃO CILÍNDRICA! – gritou o Guerreiro Secreto ao abrir os seus braços de dentro para fora na altura do peito, fazendo aparecer uma barreira de energia vermelha no formato de um cilindro de três metros de altura ao redor de seu corpo.

– "TROM!" – Esse foi o barulho do grande estalo que se ouviu quando o punho de Olin se chocou brutalmente contra a barreira de energia vermelha. O impacto entre a energia azul e a vermelha formou uma energia violeta que foi se expandindo e abrindo um grande buraco no chão entre os dois guerreiros, um buraco circular, côncavo, que crescia do centro até as bordas.

– Se ficar nervoso, vai perder a concentração e também o combate. Seus reflexos ficarão sem foco! – dizia o Guerreiro Secreto com seus cabelos loiros esvoaçando, enquanto olhava através da barreira de energia vermelha, vendo o rosto furioso de Olin iluminado pela energia violeta, que continuava lentamente a rasgar o chão. Ouviam-se incessantes ruídos eletromagnéticos naquele intenso fluxo de energias.

– AAAAAH! – gritava Olin, franzindo o nariz e arregalando os olhos enquanto expandia sua energia, aumentando a variação, assim como o brilho azul de seu punho. A força produzida pela energia de Olin aumentava cada vez mais, fazendo com que a barreira de energia vermelha sofresse deformações. "Apesar de sua energia estar no nível amarelo, sua variação aumenta sem parar. Preciso fazer algo, isso está ficando arriscado. Não posso perder essa luta, pois preciso proteger a Estação Interplanetária", pensava o Guerreiro Secreto com uma cara séria e preocupada.

Nesse instante, Sakura corria por um corredor da Estação Interplanetária, fazendo barulho com seus passos no chão metálico. Ao olhar para os dois lados de outro corredor que cruzava aquele em que ela estava, Sakura percebeu algo à esquerda, parando no mesmo instante. Com seus olhos verdes, Sakura via um brilho de energia alaranjada ao longe, no final do corredor que dava acesso à estação número 5, na área externa.

– Ah... um brilho alaranjado... será que... será que é o Kem? – disse Sakura consigo mesma, pouco antes de sorrir. – Que sorte a minha, deve ser o Kem! Preciso falar para ele. – Então Sakura começou a correr em direção ao brilho alaranjado. – Kem! – gritava Sakura, ofegante, enquanto seus passos batiam no chão do corredor.

Após uns dois minutos correndo, Sakura finalmente chegou à estação número 5 e depois se dirigiu até uma de suas plataformas, seguindo em direção ao brilho de energia. Dois homens em combate envolvidos por intensos fluxos de energia se mostravam aos olhos de Sakura, que estava em cima da plataforma quadrada metálica de cor violeta.

– Ele é loiro, mas... não é o Kem! – exclamou Sakura ao grudar os olhos no homem vestido de vermelho brilhante, o Guerreiro Secreto. – Então, quem é ele? – pensou Sakura, franzindo a testa. – E aquele outro ali? – Agora ela olhava para Olin.

Ao perceber a presença de alguém ali por perto, o Guerreiro Secreto olhou para a sua direita e viu Sakura lá no alto da plataforma, a uns dez metros dali.

– Uma mulher? – indagou o Guerreiro Secreto, franzindo a testa, enquanto sua barreira de energia se deformava para dentro cada vez mais. – E é uma linda mulher! – Agora ele arregalou os olhos, se distraindo ao apreciar a beleza de Sakura. Mas essa breve distração causou-lhe um grande problema.

Num intenso brilho de energia, o "Grande Punho de Olin" atravessou a "Proteção Cilíndrica" e atingiu o rosto do Guerreiro Secreto com um forte impacto, arremessando-o uns dez metros para trás, fazendo-o rolar e se arrastar pelo chão de terra alaranjada. Dessa vez ele sentiu o efeito do golpe de Olin, pois se levantava com dificuldade. Agachado, o Guerreiro Secreto sacudiu a cabeça, fazendo barulho com a boca, e depois pensou: "Essa doeu!". Ao limpar o sangue que escorria de seu nariz e depois olhar para Sakura parada em cima da plataforma, o Guerreiro Secreto gritou:

– Fuja, mulher! Aqui é um lugar perigoso para você!

– Hã? – indagou Olin ao franzir a testa, olhar para o lado e ver Sakura parada na plataforma. – Uma uraniana?

– Ei, mercenário! Eu estou aqui, venha me pegar! – gritou o Guerreiro Secreto, com sua voz empolgada, após se levantar. Olin olhou para ele. – Vem... vem... vem me pegar aqui! – Com um sorriso aberto, ele fazia um gesto com as duas mãos, provocando Olin.

– Miserável! Como ousa zombar de mim? – exclamou Olin com uma expressão furiosa, fechando fortemente a sua mão direita ao erguê-la na altura do rosto. – Está zombando de mim, seu ridículo? – Uma intensa energia azul-marinho começou a brilhar ao redor do punho de Olin, que logo em seguida avançou correndo para desferir mais um golpe. – AAAAAH! Tome isso! – Olin batia suas botas pretas no chão, aproximando-se de seu adversário a cada passo. – GRANDE... – Olin brilhava em energia amarela, enquanto seu adversário brilhava em alaranjado. – PUNHO... – O Guerreiro Secreto deu uma rápida espiadela para o lado e viu Sakura fugir correndo, pouco antes de ver Olin bem na sua frente. – DE OLIN!

– PROTEÇÃO PIRAMIDAL! – gritou o Guerreiro Secreto ao movimentar suas mãos da cabeça até a altura da cintura, como se fizesse um triângulo. Dessa vez apareceu uma barreira de energia vermelha no formato de uma pirâmide de uns três metros de altura ao redor de seu corpo. Numa fração de segundo, o punho de Olin se chocou contra a pirâmide de energia e algo surpreendente começou a acontecer. A energia azul do punho de Olin começou a deslizar até o topo da pirâmide, como se estivesse sendo sugada.

– Mas o que está acontecendo? – indagou Olin, confuso, vendo sua energia sendo sugada pela pirâmide. – Imbecil! – Nervoso, ele começou a socar a pirâmide de energia sem parar. Mas sua atitude era inútil, não fazia efeito algum contra a nova barreira que puxava a energia de seu golpe até o topo.

– Acha mesmo que pode me vencer usando o mesmo golpe duas vezes? – O Guerreiro Secreto via Olin socar, furioso, a energia vermelha da barreira. – Agora terá o privilégio de ver a técnica mais poderosa do Guerreiro Secreto! Ou melhor, sentirá na pele essa técnica!

Com um sorriso aberto e seus cabelos esvoaçando, brilhando em energia laranja, o Guerreiro Secreto fechou as mãos, cruzou seus antebraços na altura do peito e depois jogou-os para os lados ao gritar:

– EXPANSÃO!

A energia vermelha da barreira se expandiu de forma violenta pelos quatro lados da pirâmide num raio de uns cem metros, atingindo brutalmente tudo o que estava ao redor. Os soldados que estavam caídos por toda parte voavam como folhas ao vento. A nave azul-marinho de Olin era arremessada ao longe, enquanto as plataformas metálicas se chocavam em vários lugares da estação ao serem violentamente arrancadas do chão. Sakura escapou por pouco de uma plataforma que voou em sua direção, dando um grande salto para jogar-se dentro de um corredor da Estação. "Ufa! Essa foi por pouco!", pensou Sakura, caída de bruços no chão, logo após ter ouvido um grande estrondo metálico e sentido o chão tremer.

O grande poder da "Expansão" arremessou o corpo de Olin a uns cinquenta metros dali. "Esse já era!", pensou o Guerreiro Secreto ao fazer desaparecer a energia vermelha da barreira e a energia alaranjada, logo após a energia da "Expansão" ter se extinguido.

– A mulher! – disse o Guerreiro Secreto ao arregalar os olhos e depois olhar para a direita, vendo a estação número 5 toda destruída. – Espero que, por algum milagre, ela esteja a salvo. – E, quando deu alguns passos em direção à estação, preparando-se para correr, uma voz gritou:

– Espere! Aonde pensa que vai, seu miserável? – Era Olin. O Guerreiro Secreto olhou para trás, surpreso, e viu Olin caminhando com dificuldade, com seu uniforme todo rasgado e seu corpo todo machucado, parecendo um morto-vivo. – Ainda não terminamos!

– Essa luta já acabou, Olin. Você perdeu! – E, após dizer isso, o Guerreiro Secreto correu para a estação. "Acho que Olin se esqueceu de um pequeno detalhe. Não aprendeu da primeira vez com as esferas, mas agora aprenderá com...", pensou ele enquanto corria.

– Ah... está fugindo... *ahah*... seu ridículo? – Olin caminhava feito um zumbi. De repente, três objetos metálicos começaram a se aproximar, voando numa incrível velocidade. Eram os discos cortantes, que, durante todo esse tempo, ficaram vagando por uma longa distância e agora voltaram para atingir o seu adversário. Ao perceber que algo se aproximava, Olin foi virando o seu corpo lentamente para trás. Uma fração de segundo após Olin arregalar os olhos, assustado, dois discos cortantes o atingiram num movimento vertical de baixo para cima ao passarem na frente de seu corpo, formando um "X", e depois subirem em direção ao céu. Logo em seguida o terceiro disco atingiu o seu ombro direito e seguiu voando na horizontal, pouco antes de se transformar em energia vermelha e desaparecer, assim como os outros dois.

Mortalmente ferido, Olin caiu de joelhos e depois desabou, batendo com a cara no chão. Esse foi o fim de mais um guerreiro do Exército do Triângulo Negro, o quarto mercenário derrotado pelo Guerreiro Secreto.

"A Estação está completamente vazia. O que está acontecendo por aqui? Quem é aquele homem loiro de roupa vermelha?", pensava Sakura enquanto caminhava novamente pelos corredores da Estação. De repente ela ouviu um barulho.

– Hã? – indagou Sakura ao virar sua cabeça, olhando para trás. Não vendo nada além de paredes, ela pensou: "Sinto novamente aquela sensação de estar sendo vigiada". Após alguns segundos, Sakura olhou para frente novamente e arregalou os olhos, assustada, dando um solavanco para trás quando viu a face do Guerreiro Secreto com um sorriso aberto, poucos centímetros à sua frente.

– Agora estou reconhecendo-a. Você é a Sakura, não é mesmo?

Sakura manteve os seus olhos arregalados, sem responder.

"É... eu sei. Ela ficou fascinada ao me ver. Nenhuma mulher consegue resistir ao meu... charme secreto!", pensava o Guerreiro Secreto enquanto via os olhos verdes e arregalados de Sakura.

Nesse instante, na escura região norte, podia-se ver Klaus segurando os braços de Brok pelas costas, prendendo-o, enquanto ambos caminhavam pelo chão negro metálico seguindo em direção ao robô, que estava com as suas luzes verdes acesas uns dez metros à frente. Klaus estava vestido com seu uniforme verde brilhante, e Brok, com aquele uniforme azul-marinho do triângulo negro. De repente, uma nave azul-marinho com várias luzes acesas começou a pousar ao lado direito da nave vermelha de Klaus, que iluminava o local ao redor com suas luzes, que também estavam acesas.

Ao perceber a presença da nave que pousava uns sete metros às suas costas, Klaus parou de caminhar, olhou para trás e depois se virou, puxando Brok, mantendo-o preso.

– Uma nave azul-marinho? Hu! – disse Klaus ao fechar um pouco o olhar, fazendo uma cara desconfiada e grudando os olhos na nave, que, após alguns segundos, tocou o chão metálico, fazendo um breve ruído ao pousar. Brok, que mostrava uma expressão abatida em seu rosto, quase sem forças e preso pelos braços, olhou para a nave no momento em que a luz azul do portal triangular que se abriu em sua lateral refletiu-se na nave vermelha ao lado. Quando a luz do portal se extinguiu, um homem todo vestido de cinza se mostrava entre as duas naves.

– Mas ele é o... – disse Brok, arregalando os olhos apesar de seu rosto abatido, encarando aquele homem de cinza que agora caminhava a passos lentos por entre as duas naves. – Víctor!

– Víctor? – indagou-se Klaus enquanto encarava seriamente o homem de longos cabelos cinza que se aproximava. – Hum... uniforme cinza... símbolo do triângulo negro! – Os olhos azuis de Klaus se atentavam aos detalhes. – Ele só pode ser um... guerreiro mercenário!

– Parabéns, Klaus, você acertou – disse Víctor com um ar de desdém enquanto batia palmas lentamente, encarando Klaus. – E você deve ser o Brok, o assistente de Lino. – Ao parar de caminhar, Víctor ficou encarando Brok, que estava uns dois metros à sua frente, ao lado direito de Klaus. – Ou melhor, o ex-assistente do já morto Lino. É um milagre que ainda esteja vivo. Você foi um soldado usado no primeiro ataque. E, para minha sorte, você apareceu no radar da minha nave. Hu! – Víctor deu um sorriso enviesado. – O melhor de tudo é que eu segui a sua localização e ainda acabei encontrando o Klaus.

– Se eu fosse você, não ficaria tão feliz assim em me ver! – exclamou Klaus enquanto encarava os olhos negros de Víctor, que não tinha sobrancelhas. Víctor sorriu, presunçoso, e depois pequenos raios brancos começaram a piscar e fazer ruídos elétricos em volta de sua mão esquerda com os dedos afastados e dobrados para cima, levantada na altura do ombro.

– Hu! Acabarei rápido com você, Klaus. Não farei como o tolo do Aron! – exclamou Víctor. Klaus, que olhava para os raios piscando na mão de Víctor, trouxe lembranças à sua mente de quando lutou contra o guerreiro mercenário Aron:

Caído de costas no chão e meio abatido após tomar uma cotovelada na cara, Klaus olhava para o rosto de Aron sob o céu escuro da região norte, um guerreiro de cabelo liso e cheio cortado até a altura das orelhas, azul-escuro assim como a cor de seus olhos e sobrancelhas. Tinha o nariz largo e uma cicatriz de corte na face direita. – Olhe para o seu estado! Você já era, Klaus! Não darei meu golpe de misericórdia. Deixarei você agonizando aí no chão até a morte. Adeus! – disse Aron e depois virou-se para ir embora. Klaus levantou-se rapidamente, brilhando em energia amarela, e, com um chute de perna esquerda, acertou fortemente as costas de Aron, pouco antes de golpeá-lo com mais vinte socos nas costas e depois abrir as mãos, lançando uma esfera de energia a curta distância, derrotando-o. – Jamais vire as costas desse jeito para o seu adversário – disse Klaus enquanto via Aron caído no chão. – Você estava fingindo, seu miserável... ah. – Essas foram as últimas palavras do guerreiro mercenário Aron.

– Eu só gostaria de saber para onde você estava levando o Brok – disse Víctor ao encarar Klaus, que olhou para ele de repente, desfazendo sua cara pensativa. Klaus ficou encarando Víctor com uma cara séria e concentrada, sem responder. Os raios brancos piscando na mão esquerda de Víctor. – Parece que você ficou mudo de repente... Klaus? – Víctor desgrudou seu olhar da face séria de Klaus para ver a face abatida de Brok. – Vamos, Brok, saia daí! Onde estão suas forças? – Ao ouvir isso, Brok tentou se mexer, mas Klaus apertou-lhe os braços, prendendo-o com mais força.

– Aaah... aah... miserável, meus braços... ah... estão doendo! – disse Brok com uma voz agonizante ao fechar os olhos. – Esse miserável... ah... estava me levando para o mesmo lugar onde os outros estão aprisionados.

Ao ouvir as palavras de Brok, Víctor arregalou os olhos e depois sorriu.

– Mas que ótima notícia! Pelo visto estou com mais sorte do que pensava. Ainda mais porque o comandante logo chegará aqui. *Hahahahaha*! – dizia Víctor enquanto os raios piscavam em sua mão. Klaus engoliu em seco e fez uma cara preocupada ao pensar: “Netuno está vindo para cá? Droga!”.

– Brok, seu imbecil! Eu deveria ter acabado com você! – disse Klaus com uma voz baixinha ao olhar para o rosto abatido de Brok, e depois olhou para trás, fazendo uma cara preocupada enquanto via o robô verde, que andava tranquilamente de um lado para o outro com a bolsa prateada nas costas como se nada estivesse acontecendo.

Ao perceber a presença do robô e notar que Klaus olhava para ele, Víctor esticou o seu braço esquerdo para frente e...

– Alerta vermelho! Alerta vermelho! Falha nos circuitos! Falha nos circuitos! – dizia o robô verde com sua voz eletrônica enquanto o seu corpo faiscava por toda a parte, fazendo barulho. – Enviando sinal de socorro para o Guerrebô! Chamando o Guerrebô! – Klaus franzia a testa enquanto via as luzes verdes do robô se apagando, seu corpo faiscando. O robô verde tentava mover os seus braços e suas pernas metálicas, mas não conseguia, pois o seu corpo parecia estar paralisado.

– *Hahahahaha... hahahaha*! Olhe para isso, Klaus! Olhe para essa lata velha se transformando em um monte de sucata! Hahaha! – dizia Víctor enquanto os raios brancos piscavam em sua mão, fazendo ruídos elétricos e interferindo nos circuitos do robô verde. Klaus olhou furioso para Víctor.

– Por que está fazendo isso, seu mercenário malvado?

– Exatamente por isso, Klaus. Porque eu sou um mercenário malvado! *Hahahahaha*! – disse Víctor, extasiado, de forma a enfatizar suas palavras.

– Então eu vou ter que limpar o Mal desse lugar – disse Klaus quando uma energia amarela começou a brilhar ao redor de seu corpo, e depois soltou Brok, que caiu sentado no chão. Com as poucas forças que lhe restavam, Brok apoiava as suas mãos no chão, arrastando o seu corpo para trás, se afastando, pois sabia que ali não era um lugar seguro para se ficar agora. A cada segundo que se passava, o tom de amarelo e a variação da energia ao redor do corpo de Klaus aumentavam intensamente, fazendo ruídos eletromagnéticos. Com uma expressão séria e concentrada, Klaus encarava Víctor.

– Eu já disse, Klaus! – Os longos cabelos cinza de Víctor começaram a se mexer de forma calma. – Será rápido com você! – Os seus cabelos se mexeram bruscamente quando uma intensa energia amarela se expandiu em volta de seu corpo, aumentando o brilho e a tonalidade de cor, emitindo ruídos eletromagnéticos e fazendo o chão metálico vibrar, até se tornar laranja-clara. O ar se deslocava com fúria ao redor, fazendo mexer os cabelos verdes de Brok, que se arrastava para perto do robô verde apagado e imóvel. – Sentirá a eletricidade circular pelo seu corpo! – Víctor abriu os braços, esticando-os para os lados, fazendo agora os raios brancos aparecerem em ambas as mãos, piscando.

– É agora! – Ao ver Víctor abrir a guarda, Klaus avançou para desferir um potente soco de punho esquerdo. – Tome isso, seu mercenário! – No meio de um intenso fluxo de energias, Klaus golpeou fortemente o peito de Víctor, fazendo-o se arrastar para trás com suas botas pretas sobre o chão metálico. E, nesse breve instante, enquanto o seu corpo se movia para trás e seus cabelos cinza esvoaçavam, Víctor aproximou uma mão da outra, e entre elas se formou uma esfera de raios brancos que piscavam e faziam ruídos elétricos. Ainda com o corpo se arrastando para trás nesse breve instante, Víctor gritou:

– ESFERA DE ENERGIA ELÉTRICA!

Com um movimento veloz e um forte impulso, Víctor esticou os seus braços para frente, lançando uma esfera de energia elétrica contra Klaus, que estava alguns metros à frente. Mas os olhos de Klaus não foram capazes de acompanhar a velocidade da esfera de energia elétrica, que o acertou em cheio. Podia-se ver Klaus com suas pernas e seus braços meio abertos, seu corpo tremendo enquanto sentia o violento choque dos raios brancos que circulavam dos pés à cabeça, fazendo ruídos elétricos. Klaus levava um intenso choque elétrico que nem ao menos lhe permitia gritar de dor, e que também fazia sua energia amarela desaparecer.

De repente, os raios elétricos que circulavam pelo corpo de Klaus começaram a se espalhar pelo chão negro metálico, brilhando. Brok se assustou ao perceber que os raios brancos elétricos vinham percorrendo pelo chão em sua direção.

– ISOLAÇÃO! – gritou Víctor ao esticar o seu braço direito para frente e movê-lo de um lado para o outro, o que fez aparecer uma barreira protetora de energia transparente, grande e quadrada, que se formou em volta de Klaus e impediu a passagem dos raios elétricos que corriam pelo chão. Aos olhos de Víctor, os raios elétricos desapareciam pouco a pouco na barreira transparente. Sentado no chão próximo ao robô verde, Brok suspirou aliviado, pois a "Isolação" o livrou de tomar um choque elétrico.

Após alguns segundos, todos os raios desapareceram dali, inclusive os que antes circulavam pelo corpo de Klaus, que nesse instante podia ser visto em pé, imóvel, com os seus olhos arregalados, a sua boca aberta e o seu uniforme verde todo queimado e rasgado, soltando fumaça dos pés à cabeça.

– Hu! Não sou ingênuo a ponto de ser pego pelo meu próprio golpe! – disse Víctor, brilhando em energia laranja, ao movimentar o seu braço direito novamente, fazendo agora a barreira desaparecer.

Após levar o violento choque causado pelo golpe de Víctor, Klaus desabou de costas no chão com as pernas e os braços abertos, inconsciente.

– Ainda não está morto. Mas vou acabar com isso agora – dizia Víctor enquanto os seus passos lentos faziam barulho sobre o chão metálico, caminhando em direção ao corpo desmaiado de Klaus, que estava alguns metros à frente. – E você, Brok... – Víctor caminhava, brilhando em energia laranja. – Procure a entrada da prisão e liberte os outros. É claro, se conseguir fazer isso no estado vergonhoso e deplorável em que está. – Após ouvir as palavras de Víctor, Brok se levantou com dificuldade. – Tome. Pegue esses dispositivos de cura. – Após tirar a mão esquerda do bolso de seu colete, Víctor jogou dez dispositivos de cura para frente. Brok conseguiu pegar alguns no ar, mas outros caíram no chão. – Coloque-os onde sente mais dor. E não perca mais tempo aqui! Vamos, Brok, se mexa! – Agachado, Brok fez uma cara não muito agradável ao olhar para Víctor enquanto pegava os dispositivos de cura que estavam no chão. "Idiota! Quem você pensa que é para me dar ordens?", pensou Brok de cara fechada.

Parado ao lado do corpo de Klaus, Víctor se preparou para dar o golpe final ao esticar o seu braço direito para baixo, abrindo a sua mão.

– O primeiro membro da Família Real... a ser executado. *Hahaha*! – Víctor olhava para o rosto de Klaus, vendo os seus olhos fechados e a sua pele queimada e machucada pela energia elétrica. – Adeus, Klaus! – Raios elétricos começaram a piscar na mão de Víctor enquanto seus longos cabelos cinza esvoaçavam no fluxo de energia alaranjada. Foi então que o símbolo do triângulo negro de seu colete cinza projetou uma luz branca, fazendo aparecer uma tela holográfica azul-marinho diante de seus olhos negros.

– Hã? – Víctor franziu a testa ao ver as informações em amarelo que apareciam. – O quê? Olin foi derrotado na Estação Interplanetária de Urano? – Agora ele fazia uma cara pensativa. – Hum... essa é a primeira vez que recebo informações de combate vindas de lá. – Nesse instante, Klaus despertou, abrindo os olhos e mexendo os braços devagar, sentindo muita dor e fraqueza por todo o corpo. Víctor nem percebeu isso, pois estava concentrado na tela. – Mas que cara ridículo! – Víctor olhava para a foto do Guerreiro Secreto com um sorriso aberto, abaixo da foto de Olin na tela. – Foi ele quem derrotou Byorne e os outros, e agora Olin? – Então, Víctor leu uma frase que ficava piscando na tela:

– *Seus golpes causam interferência no microdispositivo acoplado.* – Victor arregalou os olhos durante um breve instante e depois continuou a ler o resto das informações. – Mas parece que, dessa vez, ele usou um golpe que não causou interferência... "Expansão". Sim, esse é o nome do golpe, e foi usado no nível 2 de energia, expandindo a variação de forma violenta e rápida. – Víctor lia a tela. – Parece ser uma técnica apavorante.

– Aah... ah... ai, ai... ah... ai. – agonizava Klaus enquanto se mexia no chão.

Víctor percebeu dessa vez, e então olhou para baixo. A tela holográfica desaparecia enquanto Víctor via Klaus agonizando no chão.

– Já está quase morto. Deveria apenas esperar a hora de fechar os olhos para sempre. Mas estou vendo que você é teimoso, gosta de sofrer. Então farei você sofrer até a morte, Klaus. – Com o corpo tremendo, Klaus conseguiu levantar a cabeça ao tirar o ombro esquerdo do chão. – Tome isso! – gritou Víctor ao dar um forte chute de pé direito no rosto de Klaus, fazendo-o bater com a cabeça no chão. – E isso! E mais isso! Miserável! *Hahaha*! – Com um sorriso frio e uma expressão malvada no rosto, Víctor dava fortes pisoteadas com sua bota direita no peito de Klaus, que agonizava de dor, apertando os olhos, pois estava recebendo golpes sobre os ferimentos anteriormente causados pela energia elétrica. – Tome, miserável! Tome! Lute, Klaus... ou morra! Lute ou morra! – Víctor pisoteava sem parar, fluindo em energia alaranjada, o que aumentava a intensidade de seus golpes mais ainda.

"Perdoe-me, Norako, mas eu estou sem forças para reagir. Perdoe-me, Kem, mestre Kiraua. Eu não sei mais o que fazer", pensava Klaus, quase não sentindo mais os golpes de Víctor, pois já estava perdendo os sentidos.

– Agora nenhuma tela holográfica irá me interromper novamente! – exclamou Víctor ao dar a última pisoteada em Klaus, que estava com os olhos quase fechados e com a boca aberta, tentando respirar. Podia-se ver uma esfera de energia elétrica se formando na mão direita de Víctor, que apontava-a para Klaus. Ruídos eletromagnéticos se faziam presentes enquanto Víctor brilhava em alaranjado na escuridão da região norte e seus cabelos cinza se mexiam. O rosto abatido de Klaus refletia o brilho da esfera de energia elétrica, que estava prestes a ser lançada a uma curta distância. – Agora, sim... Adeus, Klaus! – Víctor deu um sorriso enviesado e...

– FFFFFU! – Ouviu-se o barulho de algo que atravessou cortando pelo ar.

– Mas o que foi isso? – indagou-se Víctor ao olhar para a direita, e logo em seguida começou a mexer o nariz. – Estou sentindo cheiro de fumaça. Estou sentindo muito calor. – Víctor foi virando sua cabeça lentamente para trás, até ver algo que o fez arregalar os olhos. – Fogo!

Aos olhos de Víctor, um rastro de fogo que se estendia por uns dez metros em linha reta elevava as suas chamas dois metros acima do chão negro metálico. Foi então que Víctor fez desaparecer a esfera de energia elétrica para bater com ambas as mãos nas pontas de seus cabelos cinza que pegavam fogo.

– Ah! Que raiva! Quem foi o miserável que fez isso? – disse Víctor, muito bravo, após conseguir apagar o fogo de seu cabelo, que ficou com as pontas chamuscadas e cheirando queimado. – Maldito! Apareça! – Víctor olhava enraivecido de um lado para o outro, franzindo o nariz. De repente, Víctor foi mudando o seu rosto furioso para uma expressão mais atenta, concentrada. – Mas que energia poderosa é essa que estou sentindo? – Nesse instante a altura das chamas havia se abaixado, quase se extinguindo. – Sua intensidade é violentamente alta. Será o comandante? – Víctor olhou para o céu na direção sul, não vendo nada além da escuridão. – Não, o comandante ainda não chegou. – Agora o rastro de fogo havia se apagado totalmente.

Estendido no chão, Klaus apenas conseguia mexer os dedos das mãos, e com muita dificuldade.

– Assustou-se com o fogo? Guerreiro do Universo traidor! – disse uma voz desconhecida, ao que Víctor ficou virando sua cabeça rapidamente de um lado para o outro, sem ver ninguém.

– Quem está aí? Vamos, mostre a sua cara! – disse Víctor, procurando com os seus olhos negros, pouco antes de pensar: "Ah, essa energia que continuo sentindo... É muito poderosa".

– Me diga, guerreiro do triângulo negro...

Víctor procurava o dono daquela voz enquanto franzia a testa.

– Qual é a cor do próximo nível de energia após o laranja?

– Hu! Onde você está? – Víctor olhou para frente e viu apenas o robô verde apagado e parado em pé, imóvel, pois Brok já não estava mais ali.

– Se não sabe responder a minha pergunta, então eu vou lhe dizer – disse novamente aquela voz desconhecida, que aparentava ter um tom de extrema confiança. – Ou melhor, mostrarei essa cor diante de seus olhos!

– Como assim? – disse Víctor, meio preocupado, enquanto sentia aquela poderosa energia aumentando ainda mais de intensidade.

Enquanto isso, no topo da montanha alaranjada, podia-se ver Norako saindo de dentro daquele rio de águas verde-azuladas, apoiando as suas mãos na terra para subir pela margem direita. Seus cabelos azul-prateados, caídos por cima da bainha alaranjada com a espada, ainda se mostravam molhados.

– A energia de Klaus... – disse Norako lentamente para si mesmo, já de pé sobre a margem do rio, enquanto fazia uma cara preocupada. – Parece que está muito enfraquecida. Quase não consigo senti-la. – Então, Norako começou a escalar o barranco por onde havia caído anteriormente, quando recebera o chute de Flauber. "Irmão! Aguente firme! Lembre-se de nossa promessa", pensou Norako ao chegar ao topo do barranco, colocando os seus braços sobre o chão de terra alaranjado no alto da montanha.

Finalmente, após subir o barranco, Norako caminhava com seus sapatos dourados no alto da montanha, sob um céu com aspecto nublado, enquanto o vento que soprava fazia mexer seus cabelos azuis.

– Hã? Mas que estranho! – disse Norako ao ver algo que o fez franzir a testa e parar de caminhar. Uns vinte metros à frente, Norako via a sua nave vermelha pousada entre duas naves azul-marinho do triângulo negro. – Mas, se aquela nave da esquerda é a de Flauber, então... – Surpreso, Norako grudou os olhos na nave da direita, que não estava ali anteriormente. – Então, de quem é aquela ali do lado direito?

– É minha!

– Quem disse isso? – indagou Norako com uma voz firme ao olhar para a direita e depois para a esquerda, não vendo ninguém.

– Estou aqui atrás, Norako!

– Hã? – indagou Norako enquanto virava o seu corpo para trás, até ver um brilho de energia alaranjada e...

– PROGRAMAÇÃO... MENTAL!

O vulto de um homem vestido de cinza envolvido por uma energia alaranjada passou ao lado direito de Norako com uma extrema velocidade, fazendo os molhados cabelos azuis do príncipe guerreiro se mexerem bruscamente por um breve instante, juntamente com a poeira que subiu. Podia-se ver Norako com os olhos arregalados e a boca aberta, imóvel feito uma estátua.

– Ah... ah... ah... mas... o que... é isso? – dizia Norako com dificuldade, quase não conseguindo falar direito. De repente, ele fechou os olhos, fazendo uma expressão de dor, colocou as mãos na cabeça e depois se agachou, como se algo o fizesse sofrer. – Ah... minha cabeça... minha cabeça! – Novamente com os olhos arregalados,

Norako agora via o chão de terra alaranjada enquanto sofria com uma intensa dor de cabeça, apertando-a com as mãos.

Dois metros às costas de Norako, podia-se ver um homem com o seu braço direito esticado e seu punho brilhando intensamente em energia laranja, um homem de cabelos negros da cor de seus olhos, todo vestido de cinza. Só podia ser ele, Hipno, o guerreiro mercenário que estava à procura de Norako e conseguiu encontrá-lo.

– Agora, Norako... – disse Hipno, abaixando o punho direito enquanto seus cabelos negros se mexiam com a intensa energia que fluía ao redor de seu corpo. Norako sofria, mexendo a cabeça. – Você se tornará uma potente arma de guerra a favor do Exército do Triângulo Negro. Destruirá todos os guerreiros uranianos que cruzarem o seu caminho! – Podia-se ver um sorriso malvado se formando na face de Hipno. – Nem mesmo o seu querido irmãozinho poderá escapar. Isso se ele ainda estiver vivo para vê-lo novamente, Norako... – Hipno inclinou a cabeça para cima. – *Hahahaha, hahahaha... hahahahaha...* – ria Hipno, chacoalhando os ombros.

Na região leste, os olhos verdes de Kem refletiam a energia alaranjada que formava a imagem de outro instrumento, uma grande flauta que se mostrava logo acima da cabeça de Ariel.

– Uma flauta? – indagou Kem, surpreso, enquanto mantinha os olhos fixos na flauta de energia alaranjada, que brilhava intensamente. Os cabelos loiros de Kem se mexiam com a energia laranja que fluía ao redor de seu corpo, fazendo ruídos eletromagnéticos.

– Uma flauta, Kem – disse Ariel com aquela sua voz tranquila, mostrando muita calma em seus olhos castanhos, enquanto seus cabelos alaranjados esvoaçavam num intenso fluxo de energia que brilhava na cor laranja. – Uma flauta. Uma flauta doce e fatal!

As árvores vermelhas ao redor continuavam se mexendo fortemente e fazendo barulho por causa do intenso deslocamento de ar provocado pelo incessante fluxo das energias de Kem e Ariel. De repente, uma doce melodia começou a tocar lentamente, penetrando os ouvidos de Kem, nota após nota. Aos olhos de Kem, cada furo da flauta de energia brilhava mais intensamente quando uma nota era tocada.

– Ouça, Kem. Ouça a doce melodia da morte – disse Ariel com uma expressão tranquila em sua face, encarando Kem. Enquanto a música tocava, os furos da flauta brilhavam uns após os outros.

– Como essa música é tranquila! Ela me acalma – disse Kem enquanto mostrava uma expressão calma em sua face, como se estivesse prestes a dormir.

– Isso mesmo, Kem – disse Ariel com uma voz calma e lenta. – Continue... continue ouvindo essa doce melodia... Ouça-a até que ela se acabe.

De repente, Kem abriu a boca e começou a respirar fundo, sentindo-se estranho, como se o seu sangue começasse a correr mais forte por suas veias.

– Mas o que é isso? – dizia Kem com dificuldade, respirando fundo, respirando fundo, enquanto sentia o seu coração bater cada vez mais forte. – Essa música... – Kem respirou fundo. – Essa música, ela me encanta. – Respirou fundo outra vez, seu coração batendo forte. – Ela é muito tranquila... Eu não consigo reagir! – Agora Kem arregalava os olhos, respirando fundo.

A doce melodia da flauta tocava sem parar, enquanto os olhos tranquilos de Ariel encaravam Kem, vendo-o sofrer com o efeito da música.

– A técnica da harpa é utilizada quando o meu nível de energia está mais baixo. A melodia da harpa entra diretamente no sistema nervoso central, imobilizando completamente o corpo do oponente enquanto ele adormece lentamente, perdendo os sentidos até a morte – dizia Ariel enquanto podia-se ver e ouvir a flauta tocando acima de seus cabelos alaranjados, que esvoaçavam constantemente. – A técnica da flauta é usada quando a minha energia está em um nível intermediário. A melodia da flauta entra diretamente no coração, fazendo-o ficar cada vez mais acelerado, bombeando o sangue fortemente por todo o corpo do oponente enquanto a pressão sanguínea aumenta, até que o oponente finalmente perca os sentidos a caminho da morte. – Ariel sorriu sutilmente. – Como está se sentindo, Kem? Parece que suas veias aumentaram de tamanho, não é mesmo? – Kem olhava para os seus braços, vendo as suas veias ficando maiores, enquanto respirava fundo e a sua energia começava a diminuir. – Mas não se preocupe, Kem. Essa doce melodia o manterá calmo, e não sentirá desespero um segundo sequer até que chegue a hora de sua morte. Ela mantém o seu psicológico tranquilo a todo instante, enquanto o seu corpo sofre.

A energia de Kem continuava diminuindo, e diminuindo, mudando agora da cor laranja para amarela. Kem colocou sua mão direita sobre o peito, sentindo o seu coração bater cada vez mais forte, como se fosse sair para fora de seu corpo, enquanto continuava respirando fundo com dificuldade. Sem conseguir reagir ao som daquela doce melodia que não parava de tocar, Kem caiu de joelhos, apoiando as suas mãos no chão, e ficou olhando para baixo enquanto mantinha a boca aberta, respirando fundo. O brilho e a tonalidade da energia amarela que envolvia o seu corpo diminuíam a cada segundo que se passava.

– E, finalmente, Kem... quando a minha energia está em um nível alto, aparece outro instrumento, que usarei no final como um presente surpresa em comemoração ao seu funeral – disse Ariel e depois sorriu sutilmente.

– Foi essa música? – dizia Kem com dificuldade, respirando fundo, e olhando para o chão. – Essa música que derrubou os soldados?

– Foi a música da harpa, Kem. A música da harpa os fez cair no profundo sono eterno. O profundo sono da morte.

– Por que você atacou os seus próprios aliados... Ariel? – Kem respirou fundo. – Os soldados do triângulo negro?

– Meus aliados? – indagou Ariel ao arregalar os olhos, pouco antes de fechá-los com força, franzindo o nariz. – Ah... ah... minha cabeça... de novo... de novo. – Ariel colocou sua mão esquerda na testa ao abaixar a cabeça. – Ah, essa dor que vai e volta – disse baixinho ao recuperar-se, abrindo os olhos, que olharam para Kem novamente. – Eu estou aqui apenas para acabar com os guerreiros uranianos. Eu não me importo nem um pouco com esses soldados, e eu não os ataquei. Se eles morreram, o problema é deles. Eles é que deveriam ter ficado atentos.

– Não se importa? – disse Kem, que podia ser visto com os braços inchados, assim como as suas veias.

– Agora já chega, Kem – disse Ariel com calma e devagar. – Vamos acabar com isso de vez. Você tem apenas duas coisas a fazer: reagir e continuar lutando, ou aguardar a hora de sua morte. Lute, Kem... ou morra. O que vai fazer? Lutar... ou morrer?

Kem fechou a sua mão esquerda, trazendo-a para perto do rosto, enquanto mantinha a sua mão direita no chão.

– Proteger Urano até o fim – disse Kem e respirou fundo. – O guerreiro luta até vencer... não importa o que aconteça. O guerreiro nunca se rende – respirou fundo mais uma vez. – Lutar, lutar!

Nesse instante, na região oeste, podia-se ver o sr. Kiraua com uma cara preocupada, enquanto olhava para o seu netinho dormindo tranquilo dentro do berço verde-azulado. “Eu senti a energia de Kem diminuir muito. O que será que está acontecendo?”, pensou o sr. Kiraua enquanto mantinha os seus olhos fixos no menino de roupinha preta e cabelo azul, que estava com os olhinhos fechados.

– Menino, o seu pai precisa de ajuda. E eu não posso ficar aqui de braços cruzados esperando um milagre. – O sr. Kiraua olhava para o rostinho de seu netinho. – Vamos, menino! Você vem comigo. Vamos para a região leste.

22 O reencontro

– Então você é o Guerreiro Secreto. Eu nunca tinha ouvido falar de você antes – dizia Sakura enquanto caminhava pelos corredores da Estação Interplanetária, acompanhada pelo Guerreiro Secreto à sua esquerda.

– Ninguém nunca ouviu falar de mim – afirmou o Guerreiro Secreto e depois olhou com um sorriso aberto para Sakura, que, no mesmo instante, franziu as sobrancelhas e olhou para baixo. – Ninguém me conhecia até então. Isso porque eu faço parte de uma experiência super secreta, do *superlaboratório secreto* da Estação Interplanetária – disse ele, com uma voz empolgada.

– Isso é algo surpreendente – disse Sakura ao olhar para frente, enquanto os seus passos ressoavam pelo corredor azul metálico. – Mas por que estavam fazendo isso? Qual é o motivo dessa experiência?

– Porque os cientistas do laboratório sabiam que, mais cedo ou mais tarde, o planeta Urano sofreria um ataque.

– Sabiam? – indagou Sakura ao parar de caminhar, e depois cruzou os braços, encarando o Guerreiro Secreto, que também parou e ficou olhando para ela.

– Sim, eles sabiam, pois o antigo cientista do laboratório contou-lhes sobre a profecia. – Ao ouvir isso, Sakura arregalou os olhos, descruzando os braços.

– A profecia? A profecia de Ganimedes? – indagou ela, boquiaberta.

– Exato! E, por causa disso, começaram a desenvolver uma experiência para criar um guerreiro com incríveis poderes, ou seja, eu mesmo, o Guerreiro Secreto.

– Eu nunca poderia ter imaginado algo assim. Todo o tempo debaixo de meu nariz. E todos diziam que esse *superlaboratório secreto* era apenas um boato – dizia Sakura com o olhar abaixado e a mão direita no queixo. Então Sakura olhou para o Guerreiro Secreto. – Mas, então, quem é esse antigo cientista sobre o qual você comentou agora?

– Ah, ele era um cara meio maluco!

– Hum... meio maluco... – Sakura abaixou o olhar, pensativa. – E por acaso você poderia me dizer se ele usava uma cartola preta?

– Sim, e tinha cabelos grisalhos e ondulados. – Ao ouvir essas palavras, Sakura arregalou os olhos, olhou para o Guerreiro Secreto e disse:

– Raldot!

– Pelas luas de Urano! Você acertou o nome dele, Sakura! – exclamou o Guerreiro Secreto ao fazer uma cara surpresa.

– Então é ele mesmo? Raldot! Uma surpresa atrás da outra – disse Sakura, que depois voltou a caminhar, acompanhada novamente pelo Guerreiro Secreto. – Você deve ter aprendido com ele a falar isso.

– Isso o quê?

– Pelas luas de Urano! – exclamou Sakura ao aproximar suas mãos do rosto. – Pois é o Raldot quem fala isso. – Então ela abaixou as mãos.

– É verdade, ele vivia dizendo isso, até que eu comecei a falar também. Mas então você o conhece?

– Sim, eu o conheço há um bom tempo. Mas isso é uma outra história.

– Bem, Sakura, mudando de assunto, estamos num momento crítico agora, pois o planeta está constantemente e violentamente sendo atacado. E eu me pergunto: como você conseguiu chegar a salvo até a Estação com tantas naves do triângulo negro sobrevoando por toda a parte? – disse o Guerreiro Secreto quando ele e Sakura pararam próximos a um elevador. Sakura encostou na porta do elevador e cruzou os braços. – Você estava em Júpiter, e suponho que não sabia que Urano estava sendo atacado. – O Guerreiro Secreto via os olhos verdes de Sakura, esperando uma resposta dela.

– Ganimedes instalou um sistema de camuflagem em minha nave. Com apenas um comando de voz, a nave se torna invisível a qualquer momento que eu precise – afirmou Sakura.

– Hum... mas... e o radar?

– Bem, o Ganimedes também instalou um sistema antirradar, que ele havia desenvolvido usando as informações que Raldot lhe forneceu sobre as naves do triângulo negro – disse Sakura, que depois franziu a testa. – Como você sabia que eu estava em Júpiter? E como você sabe o meu nome? – Ao ouvir a pergunta de Sakura, o Guerreiro Secreto fez aquele sorriso aberto durante uns cinco segundos e depois respondeu:

– Foi a Sara. A Sara me disse.

– A Sara? – indagou Sakura ao fazer uma cara surpresa. – Você também conhece a Sara? Então, isso quer dizer que...

– A Sara, o John e o Eric encontraram o *superlaboratório secreto* da Estação – disse o Guerreiro Secreto pouco antes de abaixar a cabeça. – Eles me ajudaram. Eles doaram as suas fracas energias de pessoas comuns para completarem a experiência. – Sakura ouvia-o atentamente, enquanto via os seus cabelos loiros. – Havia uma grande quantidade de energia acumulada dentro de uma pequena esfera metálica azul, uma esfera com o desenho do símbolo dourado do "U" com a "Estrela". Os cientistas precisavam de apenas uma pequena quantidade de energia de pessoas de bom coração. E, graças àqueles três, que apareceram milagrosamente, a esfera metálica se completou com energia suficiente para que eu, um simples guerreiro, pudesse recebê-la e, assim, me transformar em um super guerreiro, o Guerreiro Secreto. – Sakura ficou muito surpresa com o que ouviu. Ao levantar a cabeça, o Guerreiro Secreto olhou novamente para ela. – Quanto ao seu nome, eu já o sabia há muito tempo. Nós, do *superlaboratório secreto*, conhecemos todos que trabalham aqui na Estação Interplanetária. Sabemos de tudo o que se passa por aqui.

– Puxa vida, isso é fantástico! Então quer dizer que toda a sua energia veio dessa tal esfera metálica azul? – disse Sakura com uma expressão surpresa em sua face assim como em sua voz, enquanto descruzava os braços para ajeitar uma mecha de seu cabelo castanho atrás da orelha direita. De repente, Sakura abaixou a cabeça, pensativa, e trouxe lembranças daquele dia em que estava procurando Sara, John e Eric pelos corredores da Estação. "Foi bem nesse dia que eu senti aquela sensação de estar sendo vigiada. E agora há pouco eu a senti novamente. Mas, então, será que...", pensou Sakura pouco antes de olhar para o Guerreiro Secreto. – Desde o dia em que Sara, John e Eric desapareceram, eu me sinto como se estivesse sendo vigiada aqui na Estação. – Sakura fez uma cara séria, fechando um pouco o olhar. O Guerreiro Secreto engoliu em seco.

– Bem, Sakura, é que... sabe... – disse o Guerreiro Secreto, meio receoso. – Eu tive que fazer isso. Era eu mesmo quem a estava vigiando.

– Você? – indagou Sakura ao franzir a testa. – Mas por que fez isso? Você quase me matou de susto! – Sakura fez uma cara meio brava, encarando-o.

– É porque... – disse o Guerreiro Secreto ao olhar para Sakura dos pés à cabeça, devagarzinho, contemplando a sua natureza feminina emoldurada no seu uniforme verde-azulado colado ao corpo. – Porque você é muito bonita! – disse ele enquanto fazia uma cara de bobo, olhando para o pingente do planeta Urano próximo ao decote do uniforme de Sakura. Agora Sakura ficou completamente com a cara brava.

– Eu sou uma mulher casada... – Sakura fechou fortemente as mãos e deu um passo à frente, enquanto o Guerreiro Secreto, com uma cara assustada, dava um passo para trás. – E meu marido é muito forte! – Mais um passo à frente, mais um passo para trás. – Seu atrevido!

Foi então que o Guerreiro Secreto colocou as mãos sobre sua cabeça, abaixando-a, e disse com uma voz meio aflita:

– Eu estava fazendo isso para proteger você. Você precisava estar em segurança para ir até Júpiter. E, naquele dia, já havia alguns homens do triângulo negro por aqui. – Sakura foi desfazendo sua cara brava, abrindo as mãos, enquanto olhava para a encenação aflita do Guerreiro Secreto.

– Desculpe – disse Sakura com uma voz suave e uma expressão mais calma. – Então eu devo lhe agradecer. Você estava me ajudando.

O Guerreiro Secreto foi levantando a cabeça devagarzinho, abaixando as suas mãos, enquanto mostrava uma expressão inocente em sua face, até ver o rosto de Sakura novamente. "Essa mulher tem um gênio forte! Imagine se o filho dessa mulher puxar pra ela e acabar se tornando um Guerreiro do Universo! Coitados daqueles que cruzarem o seu caminho!", pensou o Guerreiro Secreto, agora mais sério. Após alguns segundos de silêncio olhando para Sakura, ele perguntou:

– Mas me diga, Sakura. Você sabia que Urano estava sendo atacado quando voltou de Júpiter?

– Sinceramente, não! Mas devo agradecer a Ganimedes por ter me alertado a ligar os sistemas de camuflagem e antirradar, quando chegasse às proximidades da órbita de Urano.

– Ganimedes é um cara esperto – afirmou o Guerreiro Secreto, e logo pensou: "Oops! Eu disse cara? Ainda bem que o Raldot não está por aqui."

– Onde fica a entrada do *superlaboratório secreto*? – perguntou Sakura ao cruzar os braços, esperando uma resposta.

– A entrada sempre esteve mais perto do que você imagina, Sakura – disse o Guerreiro Secreto devagar, sério, enquanto encarava Sakura. – Vamos! Vamos descer pelo elevador que eu mostrarei a você! – Com um sorriso aberto, o Guerreiro Secreto se mostrava empolgado novamente, fazendo aquela pose com as mãos na cintura.

Dentro da sala azul-clara do *superlaboratório secreto*, podia-se ver o pequeno Eric sentado em uma cadeira flutuante alaranjada (igual àquela do laboratório de Raldot), enquanto tocava com os dedos em um painel e via uma tela holográfica à sua frente.

– Parece que dessa vez o Guerreiro Secreto foi meio violento, mamãe! – disse Eric enquanto olhava fixamente para as imagens da parte externa da Estação Interplanetária na tela. – Veja só! – Agora ele apontou com o dedo indicador direito para a tela. – As plataformas da estação número 5 foram completamente destruídas!

– Sim, realmente – confirmou Sara, que estava com os braços cruzados e em pé ao lado direito de Eric, enquanto via na tela a imagem dos destroços da estação.

– Aproxime a imagem, filho – disse John em pé ao lado esquerdo de Eric, também de braços cruzados. Então Eric aproximou a imagem, tocando no painel. – Mas que coisa! Vejam só quantos soldados! – Os três olhavam para os soldados do triângulo negro caídos pelo chão por toda parte. – O Guerreiro Secreto não deixou um sequer para contar história!

– Realmente, John. O Guerreiro Secreto é muito forte! – disse Sara, erguendo suas sobrancelhas azuis, e depois fez aquela cara simpática. – Que bom que nós o ajudamos, mesmo correndo um grande risco de nos enfraquecermos seriamente ao doarmos as nossas energias. É como se parte de nós estivesse lutando junto a ele para ajudar a devolver a paz a nosso planeta! Ele é uma boa pessoa. – Sara sorriu e, quando John e Eric olharam para ela, os dois também sorriram. Após alguns segundos, Sara moveu o seu olhar para baixo e encarou Eric. – Filho, tente localizar a sua tia Sakura!

Eric consentiu com a cabeça, olhou para a tela holográfica novamente e então começou a tocar o painel, fazendo passar as imagens de vários locais da Estação

Interplanetária. As imagens se refletiam nos olhos dos três enquanto mudavam na tela, mostrando um local após o outro.

– Já passei por todas as estações e pelos corredores. Não encontrei a tia Sakura em lugar nenhum – afirmou Eric, olhando para a tela, vendo a imagem de um corredor azul.

– Será que a Sakura já saiu da Estação? – indagou Sara.

– Talvez ela esteja dentro de alguma sala, algum elevador, ou na garagem – disse John. – Tente na garagem, filho, talvez ela esteja pegando o fuzar para ir embora.

– Desculpe, papai, eu já comecei pelos elevadores – afirmou Eric enquanto via a imagem de um elevador após o outro passando na tela.

– Ei, filho, espere! Volte umas duas imagens! – exclamou John. – Você estava passando-as muito rápido! – Então Eric voltou as imagens e...

– Sakura! – exclamaram os três juntos, surpresos, ao verem a imagem de Sakura dentro de um elevador, como se estivessem olhando para ela do alto. – Guerreiro Secreto! – disseram os três juntos, agora mais surpresos ainda, ao verem aquele homem loiro de uniforme vermelho brilhante ao lado de Sakura no elevador. Sara e John descruzaram os braços e inclinaram-se um pouco para frente.

– Vão descer! – disse Eric ao ver o elevador parar e a porta se abrir.

– Mude o espião para o ângulo de trás, filho – disse John, ao que Eric tocou o painel e a imagem mudou do alto para as costas dos dois. Os espiões eram minicâmeras azuis em formato esférico que podiam se mover livremente pelas paredes metálicas através de energia eletromagnética. Havia muitos espiões em várias partes da Estação Interplanetária. – Vamos ver onde eles vão descer.

Uma expressão surpresa surgiu no rosto de Sara quando ela disse:

– Mas o que eles estão fazendo aí? – Os rostos de John e Eric revelavam uma expressão surpresa. – Será? Será que o Guerreiro Secreto vai...

Enquanto isso, no laboratório secreto de Raldot, via-se o primo Jorge com seus óculos amarelo, topete amarelo, cachecol amarelo, enfim, todo de amarelo, como sempre. Estava no meio do grande salão de entrada, aquele salão que era iluminado pelas luzes que saíam das paredes negras metálicas. Um lugar onde havia computadores, painéis, telas holográficas e muitas bugigangas espalhadas ao redor. Três metros à frente do primo Jorge, havia cinco forma-forma vermelhos do lado direito e cinco robôs vermelhos do lado esquerdo. Tanto os forma-forma quanto os robôs vermelhos estavam agrupados da seguinte forma: dois na frente, um no meio e dois atrás.

– Vamos lá, forma-forma! – disse o primo Jorge ao fazer aquele gesto de paz e amor com sua mão direita e depois sorrir. No mesmo instante os forma-forma se transformaram numa mão direita fazendo o mesmo gesto. – Agora digam *"paz e amor"*! – Silêncio total. Jorge coçou sua cabeça com a mão direita e depois abaixou-a próximo à cintura. – Desculpem-me. Eu havia me esquecido de que vocês são mudos. – Os forma-forma encaravam Jorge com os seus grandes olhos verdes e amarelos, paralisados. Foi então que Jorge olhou para os robôs. – Vamos lá, robôs! – Agora o primo Jorge fazia o gesto de paz e amor com sua mão esquerda, e logo em seguida os robôs fizeram o mesmo com suas mãos metálicas, produzindo rápidos e simultâneos ruídos robóticos. – Agora, digam *"paz e amor"*!

– *"Paz e amor"*! – exclamaram os cinco robôs num coral de vozes eletrônicas.

– Muito bem! Vou me divertir muito com vocês durante essas férias!

Inocente, o primo Jorge passava dias brincando com os robôs e os forma-forma dentro do laboratório enquanto, lá fora, o planeta sofria um abalo, "O Abalo de Urano".

Em um determinado ponto na divisa entre as regiões norte e leste, encontrava-se um território frio, onde se via uma neve branca por toda parte. Vários soldados do triângulo negro estavam caídos no chão encoberto de neve, enquanto um vento gelado soprava fazendo barulho, carregando uma pequena nevasca que encobria os seus corpos moribundos pouco a pouco. Uns cem metros à frente dali, viam-se grandes pegadas sobre a grossa camada de neve do chão, pegadas que desapareciam à medida que os flocos de neve caíam sobre elas. O dono dessas pegadas caminhava lentamente com suas botas pretas sobre a neve. Era um homem bem alto e forte, que usava um uniforme todo amarelo e tinha a pele morena e cabelo moicano azul-claro. Esse era o guerreiro brutamonte que havia derrotado o mercenário Gobert, o mesmo brutamonte que havia lutado daquela vez contra Sebastian no treinamento do castelo azul. Seus cabelos moicanos se mexiam com o vento gelado que soprava, enquanto flocos de neve batiam em sua face.

Sendo o guerreiro responsável por proteger esse território frio, o brutamonte caminhava de um lugar para o outro à procura dos inimigos, isso quando não vinham diretamente ao seu encontro, aparecendo de surpresa.

– Hu! – ofegou o grandalhão, fechando um pouco o olhar enquanto caminhava. – Parece que está vindo alguém aí. Deve ser mais um deles! – disse ele enquanto via o vulto de alguém uns cem metros à frente no meio da neve que caía, alguém que vinha ao seu encontro. De repente, uma energia de brilho amarelo começou a fluir ao redor do corpo do vulto, espalhando neve por toda parte.

– Mas não é possível! Será que os meus olhos estão enxergando direito? – indagou o brutamonte ao franzir a testa, reconhecendo aquela pessoa que vinha ao seu encontro. – Vossa Majestade? – indagou e depois fez um singelo sorriso ao ver Norako brilhando em energia amarela uns dez metros à sua frente, vindo ao seu encontro. – O que faz aqui, Vossa Majestade?

Sem responder, Norako continuou se aproximando, e se aproximando, até que parou um metro à frente do brutamonte e mostrou um sorriso frio em sua face. O brutamonte franziu a testa ao ver a expressão de frieza no rosto de Norako. Com um movimento rápido, Norako desembainhou a sua espada ao som de um ruído metálico e...

– Aaaaah! Ah... ah... Vossa... Vossa Majestade... Por que... por que fez isso? – dizia o brutamonte com uma voz agonizante, enquanto a neve branca do chão era manchada com o seu sangue vermelho. – Aaaaah! – gritou de dor o brutamonte, pouco antes de ouvir-se o barulho metálico de Norako embainhando a espada.

– Todos os guerreiros uranianos deverão ser eliminados – disse Norako, com os olhos arregalados, enquanto o brutamonte mantinha ambas as mãos sobre o seu ferimento no estômago, agonizando. – Você foi o primeiro. E o próximo será... o Klaus!

– O que está dizendo, Vossa Majestade... ah... ah... Por que está fazendo isso? Eu... *ahah*... eu devo estar sonhando... É isso.

Brilhando em energia amarela, Norako se afastou dali, indo embora. Sem mais resistir à agonia, o brutamonte caiu com o seu grande corpo, batendo com a cara no chão.

Na região leste, Kem se levantava lentamente, com valentia, lutando contra o sofrimento de seu próprio corpo. A sua energia amarela se mostrava apenas com um pequeno brilho, quase se extinguindo.

– Você resiste bem, Kem. Mas isso não adianta – disse Ariel lentamente, com muita tranquilidade. – Você está apenas prolongando o seu sofrimento e a sua dor. Quanto mais resistir, mais irá sofrer. Por que não se entrega à melodia da morte e alivia a sua dor, Kem?

A flauta de energia alaranjada continuava tocando sem parar, nota após nota. Podia-se ver Kem com suas veias todas inchadas, seu braço esquerdo jogado ao lado do seu corpo, que se mostrava meio inclinado para frente e para baixo, enquanto mantinha a sua mão direita sobre o peito, sentindo e ouvindo as brutais batidas de seu coração, mantendo a boca aberta e respirando fundo, quase sem ar. O pouco de energia amarela que antes fluía ao redor do corpo de Kem agora desapareceu totalmente.

– Não aguentará mais do que alguns segundos, Kem. É um esforço inútil o que está fazendo! – Ariel, brilhando em energia alaranjada ao som de ruídos eletromagnéticos, agora via Kem se esforçando para dar alguns passos em sua direção.

Ao começar a caminhar com seus sapatos azuis, lentamente, Kem deu o primeiro passo com o seu pé esquerdo, depois outro com o direito e, quando deu o terceiro passo, desabou no chão. Kem estava caído de lado, com a face direita sobre o chão e seus braços junto ao corpo.

Enquanto olhava com os seus olhos castanhos e tranquilos para o corpo de Kem, Ariel, fez desaparecer a flauta de energia junto com a doce melodia.

– Eu disse que você seria apenas mais um que ajudaria a aumentar o meu recorde – afirmou Ariel, fazendo sua energia alaranjada desaparecer completamente, e depois virou-se para ir embora. – Agora irei atrás desse tal Guerreiro Secreto que derrotou o fraco do Olin. Flauber e Olin, dois ridículos.

Enquanto Kem se mostrava caído, imóvel e com os olhos fechados, Ariel se preparou para caminhar quando, de repente, ouviu o ruído de uma nave pousando: "xxxx...".

– Hã? – indagou Ariel ao virar-se novamente e ver uma nave prateada que estava a uns dez metros dali, flutuando a dois metros do chão. – Mas quem será?

De repente, um homem desceu através de uma luz de energia azul que se projetava da nave até o chão. Cabelo e bigode azul-acinzentados, camiseta branca, calça e sapatos marrons, essa era a aparência do homem que acabara de sair da nave. Era ele mesmo, o próprio sr. Kiraua. Após dar alguns passos para frente, a nave pousou às suas costas, fazendo um breve ruído ao tocar o chão da estrada. Enquanto caminhava, o sr. Kiraua encarava Ariel, que também o encarava. A cada passo que dava, a bainha preta que trazia nas costas se mexia.

– Mas não é possível! Esse homem se parece muito com... – disse o sr. Kiraua, franzindo a testa, ao trazer lembranças à sua mente daquela luta entre Klaus e o Ariel virtual.

– Ariel é o meu nome. Por que está surpreso? E quem é você?

"Não é possível, Kem. Não acredito que o estou vendo nessa situação", pensou o sr. Kiraua ao olhar para o corpo de Kem enquanto caminhava. Ao olhar para a face tranquila de Ariel, vendo os seus cabelos alaranjados, o sr. Kiraua deu mais alguns passos, parou ao lado esquerdo do corpo de Kem e depois novamente pensou: "É o Ariel mesmo! Foi esse guerreiro que derrotou o Klaus na sala de treinamento virtual. E aqui, na realidade, até o Kem foi derrotado. Será que esse homem é tão poderoso assim?". Agora o sr. Kiraua encarava o símbolo do triângulo negro no colete cinza de Ariel.

– Aguente firme, Kem! O seu pai veio até aqui para ajudá-lo – disse o sr. Kiraua enquanto olhava para baixo, vendo o rosto inconsciente de Kem.

– Ah! Mas que coisa! O papai veio salvar o filhinho! – disse Ariel com um tom de voz totalmente irônico. – Que senso de humor! Ha... ha... ha! E o que um velho como você poderá fazer? – O sr. Kiraua olhou com uma cara feia para Ariel. – Já sei... vai ficar contando mais piadas como esta. – E Ariel deu uma risadinha, chacoalhando levemente os ombros.

– Fique quieto! – gritou o sr. Kiraua, fechando fortemente as mãos. – Saiba que você será derrotado por Kiraua, um discípulo direto do mestre Chun! – Nesse instante Ariel arregalou os olhos, meio perturbado.

– Mestre Chun... mestre Chun... ah... aaah... minha cabeça... de novo... está doendo... ah – dizia Ariel, perturbado, com os olhos fechados e as mãos apertando a cabeça.

– IDIOTA! – gritou o sr. Kiraua ao ver Ariel daquele jeito, e logo em seguida partiu para cima dele. Uma energia se expandiu com um intenso brilho amarelo ao redor do corpo do sr. Kiraua, que desferiu três socos rápidos e certeiros no rosto perturbado de Ariel e, uma fração de segundo depois, passou-lhe uma rasteira de perna esquerda ao abaixar-se. Ao levar a rasteira do sr. Kiraua, Ariel bateu com as costas no chão. Sem perder tempo, o sr. Kiraua desembainhou a espada prateada que carregava na bainha às suas costas e, num movimento vertical de cima para baixo, desceu-a com toda força e velocidade para atingir Ariel. Mais rápido ainda, Ariel rolou com o seu corpo no chão para a esquerda, desviando-se da espada que se chocou violentamente contra o chão, abrindo um rasgo de mais de um metro, enquanto pedaços de terra se espalhavam ao redor.

Ariel se levantou rapidamente ao fazer um movimento marcial conhecido como "kip up", e logo em seguida deu um forte chute de pé direito por trás da perna esquerda do sr. Kiraua, fazendo-o ajoelhar-se e deixar a espada cair no chão com o tranco do golpe. Com o seu braço esquerdo, Ariel prendeu o pescoço do sr. Kiraua, imobilizando-o e apertando-o, quando uma energia de brilho laranja voltou a fluir ao redor de seu corpo, fazendo mexer os seus cabelos alaranjados. O brilho da energia amarela do sr. Kiraua começou a diminuir e diminuir, à medida que sentia falta de ar e com ambas as mãos tentava puxar o braço de Ariel, que o enforcava cada vez mais.

– Ora, seu velho miserável! Você enfeou o meu lindo rosto – dizia Ariel, que estava com marcas de sangue na boca e com o seu olho direito meio roxo, mostrando agora uma expressão não tão calma quanto antes. – Não o perdoarei por isso! Quebrarei todos esses velhos ossos do seu pescoço. – Com os olhos fechados, o sr. Kiraua mostrava uma expressão de desespero em seu rosto, tentando inutilmente tirar o braço de Ariel do seu pescoço e, passados mais alguns segundos, a sua energia amarela desapareceu, apagando o brilho.

– Ah... ah... – dizia Kem, acordando, piscando os olhos devagar e mexendo as suas mãos. Ainda deitado, Kem levantou a cabeça, olhou para frente com os olhos meio abertos, enxergando um pouco embaçado, e então viu um brilho de energia alaranjada. – O que houve por aqui? Ariel? – indagou-se Kem ao ver Ariel uns três metros à frente. Kem percebeu que havia mais alguém ali, que não identificou, pois Ariel tampava a sua visão. Mas, ao olhar para o chão à direita, Kem viu a espada prateada e reconheceu-a. – Papai, não me diga que é você – sussurrou Kem ao arregalar os olhos, e depois apoiou as mãos no chão, levantando o seu corpo devagar até ficar agachado.

– Não vou deixar que você machuque o meu pai, seu maldito! – Kem fez uma cara séria, e muito séria, encarando Ariel, fechando fortemente as mãos enquanto uma energia laranja-clara começava a expandir intensamente ao redor de seu corpo. Ruídos eletromagnéticos e uma ventania se formaram enquanto Kem se colocava em pé e seus cabelos loiros esvoaçavam. De repente, o gigantesco vulto azul-claro do planeta Urano começou a aparecer às costas de Kem, à medida que a energia laranja em volta de seu corpo aumentava em brilho e em tonalidade da cor. A natureza mostrava a sua fúria ao redor. O chão vibrava e se rachava em pedaços que começaram a subir flutuando, enquanto o ar se deslocava brutalmente, fazendo até as árvores vermelhas se inclinarem como se estivessem prestes a serem arrancadas.

– Hã? Mas que poder é esse? – indagou-se Ariel, se distraindo por um instante, e logo em seguida virou-se um pouco para o lado e olhou para trás, ainda apertando o pescoço do sr. Kiraua. – Eu não posso acreditar no que os meus olhos estão vendo. – Totalmente surpreso, Ariel olhava fixamente para a grande imagem do planeta Urano que emanava um intenso brilho de energia azul-clara. A energia que emanava de Kem agora se mostrava em uma tonalidade de cor bem mais escura. – Mas como isso é possível? Ele estava praticamente morto! – Os cabelos alaranjados de Ariel esvoaçavam fortemente, não tanto pelo seu fluxo de energia, mas sim por causa da energia que fluía brutalmente através de Kem, deslocando o ar violentamente. Pouco antes de virar-se de frente para Kem, Ariel soltou o sr. Kiraua, que caiu desmaiado no chão.

– Já disse para você, Ariel! – disse Kem com uma voz alta e confiante. – O guerreiro nunca se rende. Enquanto o meu corpo estiver vivo, não importa em que estado, eu me levantarei quantas vezes for preciso. – Os cabelos loiros de Kem, seu colete vermelho e sua calça azul vibravam fortemente com o seu intenso fluxo de energia. – Protegerei Urano até o fim! Essa foi a minha promessa!

Com uma cara não muito agradável dessa vez, Ariel ficou encarando Kem sem dizer uma palavra.

"Então esse é o resultado do treinamento que fiz? Isso é realmente incrível! Sinto a energia fluir com uma intensidade impressionante ao redor de todo o meu corpo. É como se eu sentisse a grande energia do universo em todo o meu ser", pensou Kem enquanto mantinha o olhar abaixado e depois olhou para Ariel.

– É realmente impressionante o nível de energia a que você chegou, Kem. Mas isso não me assusta. – Com uma expressão muito séria e concentrada, Kem olhava no fundo dos olhos de seu adversário, mantendo-se firme. – Mostrarei a você o meu último instrumento, o mais terrível de todos, a minha técnica suprema. Dessa vez, será impossível que sobreviva.

– Entendo, Ariel! Mas isso se você conseguir me atacar primeiro – disse Kem, pouco antes de abrir as mãos e levantá-las até a altura dos ombros, mantendo seus braços levemente dobrados. – Vamos ver quem é mais rápido agora! Receba o meu golpe... Ariel! – No meio do intenso fluxo de energia laranja que fazia os cabelos loiros e a roupa de Kem vibrarem sem parar, uma pequena esfera de energia azul apareceu entre as mãos de Kem, aumentando de tamanho a cada instante que se passava, até atingir a medida final de uns quarenta centímetros.

– Ah, Kem... mas que tolice... – disse Ariel, zombando. – Eu já conheço esse golpe.

– Eu garanto que não! – disse Kem, ao que Ariel fez uma cara de desdém. – Mostrarei o que aprendi com o forma-forma azul. – E, de repente, a esfera de energia azul se dividiu, formando quatro pequenas esferas que começaram a girar na horizontal entre as mãos de Kem.

– Mas que técnica é essa? – indagou Ariel enquanto o brilho azul das esferas que giravam se refletia em seus olhos castanhos.

– DISPARO DAS QUATRO ESFERAS! – gritou Kem ao arregalar os olhos. Com grande velocidade, as esferas de energia dispararam para cima de Ariel, uma atrás da outra: "zum, zum, zum, zum!". Ariel, que estava três metros à frente de Kem, cruzou os braços na frente do rosto para se defender.

"BUM, BUM, BUM, BUM!", esses foram os barulhos das explosões sequenciais quando as esferas se chocaram contra Ariel, formando uma nuvem de fumaça ao seu redor. Concentrado, Kem olhava para a nuvem de fumaça que desaparecia aos poucos, mostrando pouco a pouco o corpo de Ariel escondido por baixo dela. E, quando a fumaça desapareceu totalmente, podia-se ver Ariel na mesma posição, com os braços na frente do rosto.

– Ah, Kem... você me machucou um pouco, seu miserável – disse Ariel com uma voz lenta. Depois, abaixou os braços e deu dois passos para frente, meio desequilibrado, sentindo o efeito do golpe.

– Estou vendo que você é bem forte, Ariel! – disse Kem, agora com os punhos na frente do rosto, fechando a guarda, encarando Ariel, enquanto a sua energia laranja continuava fluindo na mesma intensidade, fazendo ruídos eletromagnéticos.

– Não achei que fosse necessário chegar a esse ponto, mas... você me obrigou – dizia Ariel lentamente. – Sentirá a grande energia do Guerreiro do Universo Ariel. – Após dizer isso, Ariel fechou os olhos e ergueu suas mãos na altura dos ombros com as palmas viradas para cima, mantendo os braços um pouco dobrados. De repente, o brilho e a tonalidade da cor da energia que o envolvia começaram a aumentar cada vez mais intensamente. Ao redor de Ariel, agora o ar se deslocava com violência, fazendo seus cabelos alaranjados esvoaçarem ainda mais, e pedaços do chão subiam flutuando. O planeta Rivera, que tem um aspecto parecido com o planeta Terra, formado pelas cores azul e verde, agora se mostrava como um enorme vulto de energia às costas de Ariel.

– Que poder incrível! – exclamou Kem, surpreso, enquanto via a imagem do planeta Rivera e a intensa energia que fluía de Ariel. – A intensidade dessa energia é tão poderosa quanto a minha, isso se não for mais forte. – Ariel abriu os olhos, mostrando aquele ar de tranquilidade. – Mas eu não vou perder tempo esperando você me atacar.

As imagens do planeta Urano e do planeta Rivera desapareceram, deixando os seus grandes poderes com os dois guerreiros, que fluíam intensamente em energias alaranjadas ao som de ruídos eletromagnéticos. Nesse instante, Kem assumiu a mesma postura do golpe anterior, fazendo aparecer novamente as quatro esferas azuis que ficaram girando entre suas mãos.

– Mas que ingênuo. Vai usar o mesmo golpe novamente – disse Ariel, tranquilo, enquanto olhava para as esferas entre as mãos de Kem.

– DISPARO DAS QUATRO ESFERAS INTELIGENTES! – gritou Kem com aquele arregalar de olhos. A primeira esfera partiu para cima de Ariel com toda velocidade. Quando estava prestes a atingi-lo, a esfera se desviou sozinha e subiu em direção ao céu em linha reta, fazendo mexer os cabelos alaranjados de Ariel. A segunda e a terceira esfera também se desviaram, porém uma para a esquerda e a outra para a direita, em linha reta na horizontal. Mas da quarta esfera quem desviou foi Ariel, esquivando-se para a sua direita, pois essa veio para acertá-lo. A esfera se chocou com algo uns trezentos metros à frente, fazendo um barulho de explosão e um clarão. Logo em seguida, aquela primeira esfera voltou descendo do céu em direção a Ariel, que desviou dando um salto para trás. A esfera explodiu no chão, abrindo uma cratera de mais de um metro. Um segundo depois, a segunda e a terceira esfera também voltaram, uma vindo da esquerda e a outra da direita, mas Ariel se desviou com outro salto para trás. As duas esferas se chocaram numa grande explosão. Mas Ariel não esperava o ataque surpresa de Kem, que já estava próximo, gritando:

– CHUTE VOADOR!

Com uma voadora de pé direito, Kem atingiu em cheio o peito de Ariel, fazendo-o cair no chão e arrastar-se uns vintes metros para trás, levantando poeira. Enquanto fluía intensamente em energia laranja, Kem olhava para Ariel caído de costas no chão. De repente, Ariel começou a levantar-se, ainda mantendo o seu brilho de energia.

– Puxa vida! Esse cara não é fácil – disse Kem ao ver Ariel já de pé.

– Muito bem, Kem – disse Ariel, encarando Kem. – Eu admiro o seu poder e a sua esperteza. Você me pegou de surpresa. Mas... aaaah... ah... o que... é isso? – Ariel sentiu uma intensa dor e arregalou os olhos ao colocar as mãos sobre o estômago. – Aaah... ah... será? Será que esse foi... ah... o efeito do golpe de Kem? – E essas foram as últimas palavras de Ariel antes de ele fechar os olhos e desabar, batendo com a face esquerda no chão, apagando o seu brilho de energia laranja. Kem olhava surpreso para aquela cena, e muito surpreso. Após ficar olhando durante alguns segundos para o corpo de Ariel caído no chão, Kem desfocou o olhar e fez uma cara de *"não acredito!"*.

– Que estranho! Parece que eu senti uma poderosa energia aparecer e desaparecer rapidamente – disse Kem baixinho para si mesmo. – Eu não posso acreditar que o meu "Chute Voador" tenha feito um estrago desses num forte guerreiro como o Ariel. Bem, agora não é momento de perder tempo pensando nessas coisas. – Kem olhou para o sr. Kiraua caído alguns metros à frente, enquanto a energia laranja que fluía ao redor de seu corpo desaparecia. – Papai!

Então Kem correu para perto do sr. Kiraua e se agachou.

– Está apenas desacordado – afirmou Kem ao verificar a respiração de seu pai. – Papai, acorde! Acorde, papai! – Kem chacoalhava-o pelos ombros enquanto o via inconsciente, com os olhos fechados. – Vamos, papai!... Olhe!... Tem uma jovem muito bonita passando aqui perto! – inventou Kem com boas intenções, pois o lugar estava deserto, com exceção apenas dos homens do triângulo negro caídos no chão. – Veja só como ela é bonita, papai! – De repente o sr. Kiraua mexeu as sobrancelhas para cima. Agora Kem via-o abrindo os olhos devagarzinho, piscando.

– Kem – disse o sr. Kiraua com uma voz baixinha, e depois começou a levantar o corpo até ficar sentado, mantendo ambas as mãos apoiadas no chão. Sem dar importância para Kem, que estava à sua frente, o sr. Kiraua virava a cabeça, olhando de um lado para o outro. – Kem... Kem.

– Estou aqui, papai! – disse Kem com uma cara animada ao ver que o seu pai estava bem.

– Eu sei disso, Kem. Mas... Kem... – O sr. Kiraua ainda olhava de um lado para o outro.

– Sim, papai, diga!

– Onde ela está?

– Ela? Ela quem?

– A jovem! – após dizer isso, o sr. Kiraua grudou ambas as mãos no colarinho de Kem. – A JOVEM BONITA! – gritou o sr. Kiraua, arregalando os olhos, esperando uma resposta enquanto Kem fazia um sorriso sapeca.

– Acho que você estava sonhando, papai – disse Kem, e depois deu uma risadinha sem graça. – *Hihihi*.

– Ai, ai – resmungou o sr. Kiraua ao fazer cara de dor, pouco antes de colocar as mãos em seu pescoço. – Parece que o Ariel... ah... ah... me deixou bem machucado.

– Não se preocupe, papai! Eu cuidarei de você. Mas agora eu preciso terminar algo. – Kem olhou para o corpo caído de Ariel bem mais à frente e depois para a espada prateada que estava perto dali. Sem demora, Kem pegou a espada e caminhou com seus sapatos azuis até parar perto de Ariel. Kem segurava a espada ao contrário com ambas as mãos, mantendo-a reta na vertical com a ponta mirando as costas de Ariel. – Adeus, Ariel! – Então, Kem desceu a espada com força e velocidade para atingir Ariel e...

A espada se enterrou no chão, somente no chão. O corpo de Ariel não estava mais ali, pois havia desaparecido.

– Mas o que está acontecendo aqui? – indagou Kem com uma cara espantada, e depois puxou a espada, desenterrando-a. – O Ariel sumiu como se fosse mágica. – Kem estava boquiaberto. – Eu senti de novo aquela energia aparecer e desaparecer de forma muito rápida. Isso é muito estranho. – Após alguns segundos com a cara pensativa, Kem voltou para perto do sr. Kiraua, que agora já estava em pé.

– Ah, acho que ainda estou inteiro – disse o sr. Kiraua, com uma cara cansada, ao olhar para Kem à sua frente.

– Levarei você para o Centro de Cura, papai.

– Não precisa, Kem! – disse o sr. Kiraua com uma voz firme. – Não perca tempo! Eu posso me recuperar repousando em sua casa com alguns dispositivos de cura. – Sério, Kem consentiu com a cabeça. – O que me preocupa é que eu não estou sentindo mais a energia de Klaus há algum tempo. Ele estava na região norte, não posso imaginar o que tenha acontecido.

– Agora que você disse, eu também posso perceber. Não estou sentindo a energia de Klaus, papai.

– Kem, seu filho está na nave. Eu o trouxe comigo por segurança.

– Na nave? – Kem arregalou os olhos.

– Proteja-o, Kem. Leve-o com você. Essa criança inocente estará mais segura junto com um forte guerreiro como você. – Kem ficou encarando o rosto abatido de seu pai durante alguns segundos. – Agora vá, Kem. Vá com a minha nave para a região norte ajudar o Klaus. Posso sentir algumas energias desconhecidas fluindo de lá.

– Está certo, papai! Peça para o forma-forma ou para os robôs ajudarem você, se precisar de algo. – O sr. Kiraua consentiu com a cabeça e depois tocou o ombro direito de Kem, olhando para ele, e disse:

– Eu acredito em você, Kem. Lute até vencer! – Kem sorriu, confiante, e depois entregou a espada prateada para o sr. Kiraua, que embainhou-a ao som de um ruído metálico.

Sem mais perder tempo, Kem se dirigiu à nave prateada e o sr. Kiraua se dirigiu à casa de Kem.

No meio da escuridão da região norte, podia-se ver Víctor brilhando em energia alaranjada, imóvel, com os olhos arregalados e a boca aberta enquanto olhava, espantado, para um guerreiro que estava uns dez metros à sua frente. Os olhos negros de Víctor refletiam o intenso brilho de energia de cor salmão que fluía intensamente ao redor desse guerreiro, um guerreiro misterioso que havia aparecido do nada. Tinha cabelos compridos alaranjados e levemente ondulados, da mesma cor de suas sobrancelhas e de seus olhos, que mostravam confiança. Seu nariz era pequeno, e sua pele, clara. Usava uma vestimenta branca de calça comprida e camiseta sem mangas por baixo de seu bonito uniforme prateado com detalhes vermelhos. Um colete, formado por hexágonos e quadrados prateados maiores com hexágonos e quadrados vermelhos menores ao centro, protegia o seu tórax, enquanto grandes triângulos prateados com triângulos vermelhos menores ao centro se prendiam em um cinturão prateado, formando a parte que o protegia da cintura até os joelhos. Era um uniforme que lembrava uma armadura de metal, porém era feito de um material extremamente resistente e muito flexível.

Brilhando intensamente em energia salmão, o guerreiro caminhava com suas botas vermelho-prateadas em direção a Víctor, que ouvia o barulho de seus passos tocando no chão negro metálico. Suas ombreiras prateadas em formato hexagonal prendiam a sua capa vermelha, que se mexia vibrando intensamente junto com os seus cabelos.

– Aqui está a resposta! – disse o guerreiro misterioso ao parar uns três metros à frente de Víctor. – Diante de seus olhos. Cor salmão, nível 3. – Víctor encarava os olhos laranja e confiantes do guerreiro misterioso, enquanto pensava: "Que poder incrível! De onde pode ter vindo esse guerreiro?".

– Proteger Urano... aah... ah... até o fim – dizia Klaus com uma voz baixinha e agonizante enquanto fazia um grande esforço para se levantar, mas não conseguia. Podia-se ver Klaus com o corpo esticado e as costas sobre o chão, próximo às botas pretas de Víctor. "Ainda resiste? Mas que idiota!", pensou Víctor ao olhar para baixo e ver Klaus tentando se mexer, e depois olhou para frente. "Droga! E esse miserável que está na minha frente? Preciso fazer alguma coisa", pensou Víctor enquanto encarava o guerreiro misterioso que brilhava intensamente em energia de cor salmão e estava com parte de seus cabelos alaranjados caídos sobre o lado direito de seu peito. Sua capa vermelha se mexia, fazendo barulho.

– Quem é você? – perguntou Víctor, receoso, enquanto dava um passo para trás.

– Eu sou um Guerreiro do Universo! Mas não sou igual a você, um traidor! – disse o guerreiro de olhos alaranjados, que mostrava uma expressão calma e confiante em sua face enquanto encarava Víctor. – Meu nome é Homero, e o meu planeta é Corina.

– Homero? Do planeta Corina? Nunca ouvi falar! – disse Víctor ao dar mais um passo para trás.

– O planeta Corina é o único planeta da estrela Próxima Centauri, a mais próxima da estrela Sol.

– Hu! E você veio de tão longe só para ajudar esses uranianos? – Víctor deu mais um passo para trás.

– Não tão longe quanto você... Víctor do planeta Licceter, Sistema Delta Ayag, Grande Nuvem de Magalhães. – Ao ouvir as palavras de Homero, Víctor arregalou os olhos e indagou:

– Hã? Como sabe de tudo isso?

– Vamos dizer que eu seja um grande amigo de um dos mais poderosos discípulos do mestre Chun – dizia Homero enquanto via Víctor dar mais um passo para trás. – E, por causa disso, eu fiquei sabendo sobre os guerreiros traidores, inclusive aquele que vocês chamam de Imperador e que começou com toda essa besteira sem sentido.

– ESFERA DE ENERGIA ELÉTRICA! – gritou Víctor de forma repentina ao formar e lançar, numa fração de segundo, uma esfera de energia elétrica para cima de Homero.

– Estou aqui atrás, Víctor – disse Homero, calmamente, fazendo suas palavras ressoarem nos ouvidos de Víctor, que arregalava os olhos enquanto via a sua esfera de energia se perdendo na escuridão à frente.

– Como? Como fez isso? – indagou Víctor, surpreso com seus olhos negros arregalados. – Como se moveu nessa velocidade? Eu não vi nada!

– Ah, Víctor... ou você não percebeu, ou você não quer aceitar, que a diferença entre os nossos níveis é extrema.

– RAAAA! – gritou Víctor, enraivecido, ao virar-se, dando um soco de esquerda para acertar Homero, que se esquivou para o lado com rapidez e facilidade e, com ambas as mãos, segurou o braço de Víctor, arremessando-o alguns metros para trás e fazendo-o se chocar violentamente contra a nave vermelha de Klaus. Após amassar a frente da nave com o impacto de seu corpo e cair no chão, Víctor, dominado pela cólera, se levantou e partiu correndo para cima de Homero. – Miseráveeeel! RAAAA! – Brilhando em energia laranja em meio à escuridão, Víctor começou a desferir uma extensa sequência de golpes com chutes e socos, tentando acertar Homero.

Víctor apenas via os seus golpes acertando a imagem de Homero, pois os seus olhos negros não conseguiam acompanhar a velocidade do adversário. As imagens que a sua mente captava estavam fora de sincronia com a movimentação real de Homero. Víctor sentia os seus golpes apenas tocando o ar.

– Está brincando comigo? – gritou Víctor, furioso, enquanto dava uma joelhada de perna direita que acertou somente o ar, atravessando a imagem que enxergava de Homero. – Miserável!

– TÁ! TÁ! – estalaram dois socos de Víctor nas palmas das mãos de Homero. Enquanto segurava os punhos de Víctor, Homero olhava para o céu de forma concentrada, vendo alguma coisa.

– O que foi? Por que parou? – indagou Víctor ao franzir a testa enquanto via Homero olhando para o céu. Após alguns segundos de dúvida, Víctor tombou sua cabeça para trás e para cima e, quando viu o que estava lá no alto do céu escuro, abriu um sorriso de satisfação. – Finalmente chegaram. – Aos olhos de Víctor e de Homero, um grande aglomerado de naves azul-marinho sobrevoava o céu, se aproximando cada vez mais dali. Víctor olhou para frente e, ao perceber a distração de Homero, gritou:

– CORRENTE ELÉTRICA!

Pequenos raios brancos que faziam constantes ruídos elétricos começaram a sair da mão esquerda de Víctor, passando através do corpo de Homero e voltando pela mão direita de Víctor, formando uma corrente elétrica. Homero começou a tremer um pouco, mantendo a boca fechada e os olhos um pouco arregalados, enquanto sentia o choque da corrente elétrica que passava por dentro de seu corpo.

– Tome! – gritou Víctor ao levantar sua perna direita, dobrando o joelho, e esticá-la, acertando um chute no estômago de Homero, que recuou uns cinco metros para trás, deslizando com suas botas vermelho-prateadas sobre o chão negro metálico.

– Está fugindo! – exclamou Homero para si mesmo ao ver Víctor correndo em direção à nave azul-marinho. – Espere, guerreiro traidor! Não permitirei que fuja! – Então Homero correu para pegar Víctor e, quando passou ao lado do corpo de Klaus, ainda caído, olhou para ele durante um breve segundo. Após mais alguns passos, Homero parou e ficou encarando Víctor, que já estava de frente para a lateral da nave.

Quando estava prestes a entrar em sua nave, Víctor olhou para o lado e viu Homero fluindo intensamente em energia de cor salmão no momento em que o ouviu gritar:

– ESPIRAL DE FOGO!

No meio de um intenso brilho de cor salmão que iluminava o local ao redor e do vento que fazia esvoaçar seus longos cabelos laranja e sua capa vermelha, Homero começou a fazer um movimento em forma de espiral com sua mão direita aberta, dobrando e esticando o seu braço. Um fino rastro de fogo que se erguia do chão até uns dois metros de altura começou a se formar perto de Homero e seguiu fazendo barulho com suas chamas até chegar às duas naves à frente. O rastro de fogo acompanhava o movimento da mão de Homero, formando uma enorme espiral de fogo que ardia em calor e iluminava tudo à sua volta. No centro da espiral de fogo viam-se as naves azul-marinho e vermelha, queimando aos ruídos das chamas que se refletiam nos olhos alaranjados de Homero.

– Está sentindo calor, Víctor? – gritou Homero enquanto via e ouvia as chamas ardendo. – Ou já está queimando? – Com o passar dos segundos, as chamas começaram a diminuir. Foi então que, de repente, incontáveis naves azul-marinho do triângulo negro começaram a pousar ao redor da espiral de fogo, que já havia diminuído a altura de suas chamas pela metade. – São muitas naves! – disse Homero, olhando atentamente de um lado para o outro enquanto via naves e mais naves pousando. Vários soldados em uniformes azul-marinho começaram a sair de dentro das naves, até formarem um enorme batalhão ao redor das chamas que estavam prestes a se extinguirem. – São muitos soldados!

Uns três metros à direita de Homero pousava uma grande nave negra. Quando essa nave tocou o chão negro metálico, fazendo um breve ruído, o grande símbolo de um triângulo negro com contornos brancos que havia em sua lateral esquerda transformou-se em um portal de luz azul em forma de um triângulo ainda maior. Logo, um homem de longos cabelos azul-escuros, vestido todo de preto, atravessou o portal acompanhado por quatro soldados em uniformes azul-marinho. Quando o portal da nave se fechou, uma voz firme se fez presente:

– O que é isso aqui? Algum sinal para pouso? – essas foram as palavras do homem que vestia um colete preto com o símbolo do triângulo negro desenhado com contornos brancos do lado esquerdo, próximo à cintura. Ele ficou olhando durante alguns segundos para a espiral de fogo até que as suas chamas se apagassem totalmente. Logo em seguida, ouviam-se as suas botas pretas tocando o chão metálico enquanto ele avançava cinco passos à frente da nave negra.

Próximo às duas naves que foram incendiadas e destruídas pela espiral de fogo, podia-se ver Víctor em pé, meio abatido, sem o seu colete cinza, que estava todo queimado e jogado no chão (ou melhor, o que havia sobrado dele), com sua calça cinza rasgada, queimada e esburacada, assim como as suas botas pretas. Seus cabelos, que antes eram longos e cinza, agora estavam pretos, queimados e encurtados até a altura do queixo.

– Comandante? – disse Víctor baixinho para si mesmo enquanto franzia a testa e olhava para aquele homem de cabelos azul-escuros vestido de preto. – Finalmente chegou. – Com o brilho de sua energia apagado, Víctor caminhava em meio aos destroços das naves. – Comandante Netuno! – gritou.

– Hã? – indagou aquele homem, que realmente era o comandante Netuno. Enquanto via Víctor caminhando, o comandante franzia a testa, tentando reconhecê-lo. – Víctor? – indagou com uma cara surpresa e depois fez uma cara séria. – Que estado vergonhoso! Não me diga que foi o Klaus quem fez isso? – Agora o comandante olhava à sua esquerda, vendo Klaus, que corajosamente se levantava com as suas últimas forças. Víctor chegou perto do comandante. – Não se aproxime mais! Não encoste em mim, seu lixo! Você está todo queimado! – Víctor consentiu com a cabeça, e depois engoliu em seco.

– Klaus nunca conseguiria fazer isso, comandante – disse Víctor com o olhar abaixado. – Na verdade foi aquele homem... – Víctor olhou para frente e o comandante olhou na mesma direção. – Ali! – Víctor arregalou os olhos. – Cadê ele? Mas ele estava aqui até agora! – Víctor olhava de um lado para o outro, vendo apenas os soldados e as naves do triângulo negro ao redor e Klaus à sua frente, pois Homero parecia ter sumido dali de repente. – Ele estava aqui, comandante! Eu juro que ele estava!

"Parece ser um poder bem forte. Além de queimar as naves, também destruiu o resistente uniforme do triângulo negro com facilidade", pensou o comandante Netuno pouco antes de cruzar os braços.

– Flauber! Olin! E agora você, Víctor! Decepcionaram-me! – Víctor abaixou a cabeça ao ouvir as palavras ardidas do comandante. – Até mesmo o Ariel, em que eu confiava completamente, sumiu sem deixar pistas. Sua energia desapareceu completamente, e até mesmo o nosso radar não consegue localizá-lo em parte alguma. Hipno não me deu mais satisfações sobre nada! Hu! Mas ele é assim mesmo. Talvez já tenha conquistado grande parte do planeta sem me informar. Isso não importa, contanto que cumpra suas obrigações.

– Então você é o Netuno? Aaah... ah... – disse Klaus, que agora já estava em pé, mostrando o seu rosto abatido e o corpo todo machucado. – Você é o miserável que está destruindo o nosso planeta? Aaah... ah... ah... – Klaus fazia muito esforço para se manter em pé. – A nossa... ah... a nossa luta ainda não terminou, Víctor.

– *Hahahahaha*! Não me faça rir, Klaus! Olhe só para você! – comentou Víctor, debochando, enquanto olhava para Klaus poucos metros à sua frente.

– Sim, Víctor, você tem razão... ah... ah. Você está bem melhor do que eu... ah... fica bem melhor assim com o cabelo torrado.

– Maldito! Está debochando de mim! – disse Víctor, enraivecido. – Eu vou acabar com ele agora, comandante!

– Espere, Víctor! – advertiu Netuno com uma cara séria ao descruzar os braços e trazer a mão direita para perto do rosto. Víctor via os olhos azul-escuros do comandante Netuno, olhos da mesma cor de suas sobrancelhas e de seus cabelos. – Eu estava seguindo o soldado Brok no radar. O que ele estava fazendo aqui? E onde ele está?

– Klaus o trouxe para prendê-lo junto com os outros em algum lugar por aqui. E eu pedi para ele procurar esse local e libertar os prisioneiros.

– Então era isso. Muito bem. Continue a sua luta com o moribundo do Klaus – disse o comandante e depois começou a caminhar em direção a Klaus. – Estou sentindo uma forte energia que vem me incomodando desde o momento em que eu estava na nave, pouco antes de pousar aqui. – Agora, Víctor via o comandante passando ao lado esquerdo de Klaus. – Soldados! Sigam-me! – gritou o comandante, ao que vários soldados o acompanharam.

– Agora ninguém mais vai nos atrapalhar, Klaus! – exclamou Víctor e depois sorriu orgulhoso, olhando para Klaus, que via tudo de forma embaçada à sua frente, pois estava perdendo os sentidos, aguentando como podia. – Tome isso, Klaus! – Víctor ergueu seu punho esquerdo e avançou ferozmente para cima de Klaus. – RAAAA!

– VVVVVU! – ouviu-se o barulho de algo que de repente atravessou cortando o ar. Aliás, não somente o ar, mas também Víctor. Apesar de seu estado abatido, Klaus se surpreendeu ao ver quem apareceu do nada à sua frente, interrompendo o ataque de Víctor.

– Norako... aah... ah... meu irmão – disse Klaus enquanto olhava para Norako à sua frente, vendo seus longos cabelos azul-prateados caídos sobre a bainha laranja e o colete verde-esmeralda. Norako acabara de atingir Víctor com um golpe de espada na diagonal vertical, fazendo um corte do lado esquerdo do peito até a cintura do guerreiro mercenário.

– Norako... seu miserável! Aaaah... ah... ah – disse Víctor com uma voz agonizante e olhos arregalados, pouco antes de desabar de cara no chão, junto aos sapatos dourados de Norako.

– Você, sim, é quem não vai nos atrapalhar! – disse Norako com uma expressão fria em sua face, brilhando em energia alaranjada enquanto olhava para o corpo de Víctor caído aos seus pés. – Seu lixo!

– Hu? – indagou o comandante Netuno ao perceber a presença de alguém. Então parou de caminhar e depois virou-se para trás. Os soldados que o acompanhavam fizeram o mesmo. – Norako? – O comandante via Norako brilhando em energia alaranjada, e também percebeu que Víctor estava caído no chão. – O príncipe veio até aqui para me atrapalhar? – indagou-se. – Seu inseto, vou acabar com você antes que me aborreça e me faça perder o meu tempo! – Foi então que Netuno começou a caminhar em direção a Norako e Klaus, e os soldados o acompanharam novamente.

– Obrigado, irmão... ah... ah... você salvou a minha vida.

– Salvei a sua vida? – disse Norako com frieza em sua voz enquanto virava-se lentamente, até ficar frente a frente com Klaus. – *Hahaha*! Esse idiota só estava atrapalhando. Pois quem vai acabar com você, Klaus... sou eu! Hu! – Mesmo com a visão embaçada, Klaus conseguia ver os olhos ameaçadores e o sorriso frio de Norako.

– Aaah... ah... o que está dizendo, Norako? – disse Klaus, confuso, agonizante.

– Vou brincar um pouquinho com você antes de dar o golpe final! Tome isso, Klaus! RAAAA! – Fluindo intensamente em energia alaranjada ao som de ruídos eletromagnéticos enquanto seus cabelos azul-prateados esvoaçavam, Norako, segurando a espada em sua mão esquerda, deu um chute lateral de pé direito que acertou em cheio o peito de Klaus, jogando-o na direção do comandante Netuno. Atento, Netuno se esquivou e Klaus passou reto à sua direita, fazendo vento, pouco antes de se chocar contra dois soldados que caíram no chão junto com ele. Com uma cara de dúvida, Netuno olhou para Klaus mais atrás e depois para frente, vendo Norako se aproximar caminhando.

Enquanto via Norako embainhar a espada e se aproximar, Netuno pensava: "Sim, agora estou entendendo. Parece que o Hipno já aprontou das suas. Muito bem, Norako! Se você quer tanto assim acabar com o Klaus, eu não vou impedi-lo!". – *Hahahahaha*! – ria Netuno, chacoalhando os ombros, e agora Norako estava apenas uns dois metros à sua frente.

– Saiam da minha frente, seus vermes! – gritou Norako ao ver cinco soldados que se colocaram à frente do comandante Netuno. De repente, uma energia de brilho azul explodiu, saindo do punho direito de Norako, e acertou fatalmente os cinco soldados, que caíram no chão no mesmo instante. Nesse momento, Netuno saltou para a esquerda e seus cabelos azul-escuros podiam ser vistos esvoaçando e iluminados pela luz da explosão, enquanto pensava: "Que agressividade! Nunca imaginei que o príncipe poderia ter um comportamento desses. Ah, mas isso é ótimo!".

Logo, Norako havia passado por Netuno e agora estava frente a frente com Klaus, que já tinha se levantado, apesar de estar com o corpo debilitado. Surpreendentemente, Klaus começou a elevar a sua energia, que fluía emitindo um brilho amarelo ao som de ruídos eletromagnéticos.

– O que está fazendo, IRMÃÃÃÃO! – gritou Klaus, com fúria, franzindo o nariz ao trazer seus punhos para perto do peito. – AAAAAAAH! – gritava Klaus com os olhos fechados enquanto sua energia se expandia de forma violenta, aumentando o brilho e a tonalidade de amarelo junto com a variação.

– Irmão? Irmão? Aaaah... ah... minha cabeça está... está doendo muito... ah – dizia Norako, com os olhos arregalados e as mãos sobre a cabeça, como se estivesse sofrendo com algo. A energia de Norako foi diminuindo e diminuindo, mudando a sua cor alaranjada para uma amarela com tonalidade mais clara. – Aaah... que dor... mas que dor...

Sem hesitar, Klaus golpeou o rosto de Norako com dois socos potentes; um acertou o olho direito, e o outro, a face esquerda, isso pouco antes de expandir sua energia um pouco mais, elevando a sua variação juntamente com o brilho e a tonalidade de amarelo, fazendo o ar se deslocar ainda mais ao redor. Nesse exato instante,

Klaus golpeou fortemente o estômago de Norako com o punho direito num movimento diagonal de baixo para cima. Ao sentir o efeito do golpe e a dor, Norako arregalou os olhos e abriu a boca, pouco antes de se agachar e colocar as mãos sobre o estômago. Agora com mais disposição e enxergando claramente, Klaus brilhava em energia amarela ao som de ruídos eletromagnéticos enquanto olhava para o seu irmão agachado à sua frente. O fraco brilho de energia amarela que envolvia Norako agora desapareceu.

"Hum... parece que essa técnica do Hipno tem uma grave falha. Estou vendo que terei que fazer as coisas com as minhas próprias mãos. Devo admitir que foi inteligente de minha parte não confiar apenas nesses mercenários. Hu!", pensava Netuno com uma cara não muito agradável enquanto olhava para Klaus e Norako, que agora estavam cercados por dez soldados do triângulo negro.

– Afastem-se daí imediatamente! – ordenou Netuno com uma voz alta e autoritária, ao que os dez soldados se afastaram de Klaus e Norako no mesmo instante. Com uma cara séria e atenta, Klaus ficou encarando Netuno. – O que acha de morrer ao lado de seu querido irmão, Klaus? – Netuno sorriu, provocante, enquanto Klaus fechava a cara.

– Eu não tenho medo de você! – disse Klaus com uma voz firme ao trazer seus punhos para perto do rosto.

– Mas isso é ótimo! Você é um guerreiro corajoso, Klaus! – disse Netuno enquanto via Klaus fluindo intensamente em energia amarela, e depois fechou os olhos mostrando um sorriso enviesado. – Mandarei fazer honrarias em seu funeral, pois logo serei a maior autoridade desse planeta. Deveria se sentir orgulhoso disso, Klaus! *Hahahahaha*! – Netuno abriu os olhos quando começou a rir.

– Espero que não se arrependa de ter dito isso, seu miserável! – disse Klaus, muito sério, encarando Netuno, enquanto Norako se levantava devagar.

– Eu, o comandante Netuno, nunca me arrependi de nada! Agora chega de conversa à toa! – Netuno fez uma cara malvada.

Mas, de repente, um grande objeto metálico apareceu de surpresa cortando rapidamente pelo ar para atingir Netuno, que atentamente se abaixou. O objeto passou rente à sua cabeça, fazendo um "zum", e seus cabelos azul-escuros esvoaçaram. Esse grande objeto não era nada mais e nada menos do que a mão esquerda metálica azul do Guerrebô, que agora podia ser visto descendo lentamente na vertical, pousando entre Netuno e Klaus. Logo após ouvir o barulho e sentir a vibração no momento em que o Guerrebô tocou com os seus grandes pés sobre o chão negro metálico, Netuno viu o punho do guerreiro robô se acoplar ao seu grande pulso esquerdo, ao som de um ruído metálico.

Podia-se ver o Guerrebô com os seus faróis acesos iluminando tudo ao seu redor com um brilho azul. Finalmente, o Guerrebô apareceu, muito tempo depois de o robô verde ter enviado um sinal de socorro para ele.

– Desculpem-me pelo atraso! – disse Raldot, sentado na cabine dentro da cabeça do Guerrebô. Mas somente ele próprio ouvia a sua voz, já que a cabeça do Guerrebô estava fechada e isolava o som. – Fiquei muito tempo ocupado na região sul derrotando as naves do triângulo negro, pois parece que todas as minhas máquinas voadoras exterminadoras foram destruídas de alguma maneira misteriosa. – Com sua cartola preta na cabeça e de frente para o painel de comando, Raldot olhava para Netuno lá embaixo, através da cabeça do Guerrebô. – Encontrei uma delas pelo caminho, toda destruída no chão, pouco antes de chegar aqui.

– É o Guerrebô! – exclamou Klaus, surpreso, ao ver o Guerrebô de costas alguns passos à sua frente. O Guerrebô esticou o seu grande braço direito para o lado, fazendo um sinal de positivo com a mão ao som de ruídos robóticos. Logo em seguida, o Guerrebô trouxe os seus punhos metálicos para perto de sua cabeça, fechando a guarda, e então todos ouviram a sua voz eletrônica dizer:

– SUPER GUERREBÔ AZUL PREPARADO PARA O COMBATE! ALVO: COMANDANTE NETUNO DO EXÉRCITO DO TRIÂNGULO NEGRO!

– Ah, mas que grande piada! – disse Netuno, e depois sorriu com desdém. – Lixo! Monte de sucata! Terá o que merece! – Netuno olhando para o alto e o Guerrebô olhava para baixo, ambos se encarando. Foi então que Netuno retirou alguns objetos do bolso de seu colete preto, logo após ter feito os sete toques sobre o triângulo negro com bordas brancas. Em sua mão esquerda, Netuno segurava uns dez objetos em forma de pequenas pastilhas pretas, que sem dúvida eram dispositivos robodagets. – Tome isso, sua lata velha! – Netuno jogou o seu braço esquerdo para trás para pegar impulso, e depois movimentou-o com toda força para frente, arremessando os robodagets contra o Guerrebô. Os dispositivos robodagets grudaram por todo o corpo do Guerrebô, e inclusive um deles podia ser visto em sua cabeça metálica. Netuno mostrava uma face malvada enquanto olhava para o Guerrebô.

– Ingênuo, você – disse Raldot dentro da cabeça do Guerrebô. – Foi ingênuo em pensar que esses robodagets poderiam danificar o Super Guerrebô Azul! – Raldot fez uma cara maluca. Então os robodagets começaram a desgrudar-se do corpo do Guerrebô e caíram no chão metálico, fazendo barulho, um após o outro.

Netuno franzia a testa enquanto via todos os dispositivos robodagets caídos sobre o chão negro metálico iluminado pelos faróis azuis do Guerrebô. De repente o Guerrebô movimentou sua perna esquerda para acertar Netuno com um forte chute. No mesmo instante, uma energia alaranjada se expandiu fortemente ao redor do corpo de Netuno, que colocou os braços na frente do rosto, bloqueando o violento golpe daquele grande pé metálico. Faíscas de energia espirrando podiam ser vistas no momento do impacto, que fez um grande barulho.

Para a surpresa de Raldot, Netuno não se moveu um centímetro sequer com o impacto do chute.

E, quando voltou a colocar o seu pé no chão, o Guerrebô deu dois passos para trás, quase esbarrando em Klaus e Norako, que agora já estava em pé e mostrava aquela expressão de frieza novamente.

Netuno tirou seus braços da frente do rosto e então olhou com uma cara brava para o Guerrebô.

– Deixe-o comigo, comandante... aaah... ah. Não precisa perder tempo com essa lata velha... ah.

– Hã? Víctor! – Netuno olhou para trás e viu Víctor de pé, parecendo um morto-vivo. – Ainda está vivo?

Em um estado lamentável, todo ferido e queimado, Víctor apontou sua mão direita na direção do Guerrebô. Pequenos raios brancos começaram a piscar ao redor de sua mão ao som de ruídos elétricos. No mesmo instante, o Guerrebô começou a sentir o efeito da interferência em seus circuitos, e o seu corpo começou a faiscar por toda parte.

– Alerta vermelho! Alerta vermelho! Circuitos em pânico! Circuitos em pânico! – dizia uma voz eletrônica enquanto uma sirene tocava e uma luz vermelha piscava dentro da cabine, iluminando o rosto de Raldot, que mostrava uma expressão assustada e maluca em sua face.

– Pelas luas de Urano! O que está acontecendo com o Guerrebô? – gritou Raldot, desesperado. A sirene tocava: "tui, tui, tui, tui...", a luz piscava e o Guerrebô estava imóvel com os braços para baixo, faiscando sem parar.

No meio de toda essa confusão, Norako começou a expandir energia ao redor de seu corpo, elevando-a, brilhando em amarelo até tornar-se laranja.

– Morra, Klaus! – gritou Norako ao subir uns dois metros do chão com um salto na vertical, ao que Klaus olhou assustado. Uma esfera de energia azul se formou ao redor do punho direito de Norako. – PUNHO DO PRÍNCIPE! – gritou lá do alto, lançando a esfera de energia para cima de Klaus, que estava com os olhos arregalados.

– BUM! – ouviu-se o barulho de uma forte explosão. Mas, para a surpresa de Norako, que agora tocava com seus sapatos dourados sobre o chão, a esfera de energia azul havia explodido antes mesmo de chegar até Klaus, que até ficou confuso com o que acabara de acontecer.

– O que pensa que está fazendo, Norako? – gritou a voz de um homem que apareceu de repente. Estava vestindo um colete vermelho e uma calça azul-clara da mesma cor de seus sapatos, que caminhavam sobre o chão negro metálico enquanto uma nave prateada pousava às suas costas. Podia-se ouvir os ruídos eletromagnéticos da energia alaranjada que fluía intensamente ao redor de seu corpo, fazendo os seus cabelos loiros se movimentarem constantemente. A nave prateada encostou no chão metálico, fazendo um breve ruído.

– Hã? Kem? – indagou Norako, vendo aquele homem que estava alguns metros à sua frente caminhando em sua direção e passando próximo ao robô verde com a bolsa prateada. Então Norako deu um sorriso malvado e um olhar ameaçador. – Foi você quem interferiu, não é mesmo? Lançou uma esfera de energia para explodir a minha, não foi?

– Foi! – disse com firmeza aquele homem, que realmente era Kem. – Você ficou louco, Norako? – Kem mostrava uma cara séria, ficando mais perto de Norako e Klaus a cada passo.

– Tenha cuidado, Kem! – gritou Klaus enquanto se afastava de Norako dando passos para trás. – O Norako que você está vendo não é mais o mesmo. Ele não está mais do nosso lado! – Klaus parou.

– Estou vendo – disse Kem ao parar à direita de Klaus, enquanto encarava o rosto malvado de Norako. Ao som de ruídos eletromagnéticos, Kem fluía em energia alaranjada, e Klaus, em energia amarela, um ao lado do outro. – Por favor, Klaus, fique perto da nave prateada e proteja-a, pois o meu filho está lá dentro. Deixe que eu cuide de Norako e do resto – disse Kem com sua mão direita ao lado da boca, cochichando no ouvido direito de Klaus, que consentiu com a cabeça e depois correu para perto da nave prateada. Neste instante, vários soldados do triângulo negro se aproximaram de Klaus para pegá-lo. Agora, via-se Klaus com sua roupa verde rasgada lutando (acertando e às vezes tomando golpes) enquanto brilhava em energia amarela, derrotando vários soldados em azul-marinho que apareciam sem parar, um após o outro.

– Foi ótimo você ter aparecido, Kem – disse Norako, cheio de orgulho e com uma cara malvada. Kem estava sério, encarando-o, vendo-o agora caminhar em sua direção. – Ainda temos que terminar aquela luta. Lembra-se? – Após dar o último passo e ficar frente a frente com Kem, Norako sorriu enviesado.

– Aquela luta já acabou, Norako! E nós empatamos. Vamos, agora saia da minha frente, não precisamos lutar! – exclamou Kem, sério, enquanto encarava os frios olhos azul-claros de Norako.

– Ah, Kem... – Norako fechou os olhos. – Como você é um idiota. – No mesmo instante em que abriu os olhos, Norako tirou a espada da bainha ao som de um ruído metálico e, segurando-a com as duas mãos, movimentou-a na horizontal de sua direita para a esquerda enquanto franzia o nariz e arregalava os olhos. Rapidamente Kem se abaixou e a espada de Norako passou rente à sua cabeça, fazendo vento e cortando alguns fios de seus cabelos loiros. Kem e Norako fluíam intensamente em energias alaranjadas. Numa fração de segundo Kem se levantou, girou pela direita de Norako e apoiou as duas mãos nas costas do príncipe guerreiro.

– EXPLOSÃO AZUL! – gritou Kem, ao que uma energia de luz azul brilhou ao redor de suas mãos e depois explodiu violentamente, arremessando Norako com força e velocidade para cima de vários soldados do triângulo negro que estavam logo à frente, derrubando-os.

Após se chocar brutalmente contra vários soldados, Norako caiu desmaiado de costas próximo a Klaus. A espada azul de Norako podia ser vista caída no chão uns dois metros à frente de Kem, que pensou: "Percebi que você já estava cansado, apesar de você não querer demonstrar isso. Parece ter gasto muita energia em alguma forte batalha. Desculpe, Norako. Mas não teve outro jeito. Não sei o que está acontecendo com você. Só espero que você fique bem".

Klaus se distraiu por um instante ao ver o corpo de seu irmão caído no chão e acabou tomando dois socos no rosto, um de cada soldado. Novamente atento, Klaus continuou a lutar com os soldados. Foi então que Kem se aproximou do Guerrebô, parando à direita do gigante metálico que faiscava constantemente, fazendo barulho.

– Raldot deve estar com problemas – afirmou Kem enquanto olhava o Guerrebô dos pés à cabeça, vendo as faíscas saindo. Nesse instante, os faróis azuis do Guerrebô se apagaram, e agora apenas o que iluminava esse local escuro da região norte eram as luzes azul-marinho das dezenas de naves do triângulo negro ali pousadas, as faíscas do Guerrebô e as energias que brilhavam ao redor de Klaus, Kem, Netuno e da mão de Víctor. – Essa energia que estou sentindo... – Kem fez uma cara atenta – não me é estranha. Parece que eu já senti isso anteriormente, em algum lugar. É uma energia que emana maldade. – Foi então que Kem deu três passos à frente, viu Netuno e ficou encarando-o. "Sim, só pode ser a energia dele. Mas de onde eu o conheço?", pensou Kem. Netuno cruzou os braços, sorriu, presunçoso, e ficou encarando Kem. – Quem é você? – Sem responder, Netuno continuou olhando para Kem.

– Como pode perguntar isso, seu imbecil? – gritou Víctor enquanto os pequenos raios brancos continuavam piscando em sua mão. Kem moveu rapidamente sua cabeça para a direita, vendo Víctor alguns passos atrás de Netuno. – Ele é o comandante Netuno! O soberano do Exército do Triângulo Negro!

– Netuno? – Kem arregalou os olhos e olhou para Netuno, que, ao ver a cara surpresa de Kem, sorriu enviesado. – Então quer dizer que...

– Está surpreso, Kem? – disse Netuno, encarando Kem.

– Agora eu entendi. Essa energia é a mesma que eu senti daquela outra vez... na floresta petrificada! – Kem fechou os olhos e, por breves segundos, trouxe lembranças de sua memória do dia em que estava perseguindo alguém dentro da floresta petrificada. Kem abriu os olhos. – Raldot e eu já suspeitávamos disso. Então é você mesmo... Netuno!

– Isso mesmo – afirmou Netuno com um olhar penetrante. – Naquele dia, após o seu ataque, diminuí a minha energia até extingui-la. Depois, ao perceber que você se aproximava, eu subi ao alto de uma árvore petrificada e fiquei em silêncio. Então, logo que você apareceu por ali, Kem, fiquei pensando no que eu iria fazer, enquanto via você lá embaixo me procurando entre os destroços de pedras.

Netuno e Kem se encaravam ao som dos ruídos eletromagnéticos de suas energias alaranjadas, que fluíam intensamente, mexendo os cabelos de ambos.

– Hu? – indagou Víctor ao franzir a testa e abaixar a mão direita, atentando-se para alguma outra coisa. Nesse instante o Guerrebô começou a voltar ao normal, e os sinais de alerta da cabine pararam, deixando Raldot aliviado. – Estou sentindo a presença daquela criança novamente. Sim, parece que está lá. – Víctor olhou por entre as grandes pernas do Guerrebô e viu, ao longe, a nave prateada logo atrás de Klaus e dos soldados que estavam lutando. – Isso significa que daquela outra vez eu não consegui exterminá-la. Isso me incomoda. Mas agora será o seu fim. Não conseguirá escapar! – Com os raios elétricos piscando e fazendo ruídos ao redor de sua mão direita, Víctor apontou-a na direção da nave prateada.

Ao ouvir as palavras de Víctor, Kem se atentou a ele e lembrou-se daquele incidente que aconteceu no quarto do bebê.

"O robô babá... a interferência no sistema de energia elétrica... hum... energia elétrica... Agora eu estou entendendo", pensou Kem.

– Maldito! – disse Kem, totalmente furioso. – Então foi você quem tentou matar o meu filho! – Kem fechou fortemente as mãos, mostrando uma expressão de raiva. Netuno franziu a testa, parecendo não entender aquilo. Mas, de repente, o Guerrebô voltou a se mexer e, com sua grande mão metálica direita, segurou Víctor, apertando-o. Logo em seguida, moveu o seu grande braço, levantando Víctor próximo à sua cabeça metálica, que se abriu ao som de um ruído robótico.

– Eu já entendi! Foi você! Você destruiu as minhas máquinas voadoras exterminadoras – disse Raldot de pé na cabine, apontando o dedo para Víctor, que começou a rir. – Apertar! – A mão do Guerrebô apertou um pouco mais Víctor, que parou de rir ao fazer cara feia. – Você me deixou maluco! Maluco! Eu estou maluco! – Raldot fez uma expressão e uns gestos tão malucos que ganharia qualquer campeonato de maluquice de qualquer planeta. Foi então que todo o corpo de Víctor começou a ser envolvido por inúmeros raios elétricos. Novamente os circuitos do Guerrebô entraram em pânico. Raldot balançava o corpo, desequilibrando-se, pois o Guerrebô começou a tremer e, logo em seguida, começou a despencar para frente. Raldot e Víctor arregalaram os olhos ao sentirem que estavam caindo junto com o Guerrebô. Atento, Netuno saltou para o seu lado esquerdo, mantendo os braços cruzados.

Logo, ouviu-se um forte barulho quando o Guerrebô chocou-se brutalmente contra o chão negro metálico, que tremeu por breves segundos. Todos que ali estavam olharam para o gigante metálico caído de cara no chão, com a cabine aberta, sem o menor sinal de Raldot e Víctor.

– Raldot! – gritou Kem, meio preocupado.

– Não se preocupe, Kem, eu estou aqui! – disse Raldot, pouco antes de chegar flutuando na prancha ao lado direito de Kem, que olhou para o cientista. O brilho da energia alaranjada que emanava de Kem iluminava o rosto de Raldot. – Por sorte, o sistema de emergência liberou a prancha do peito do Guerrebô e eu consegui pular nela para me salvar, mas... – Raldot olhou com uma cara de lamento para o Guerrebô caído no chão. – Olhe só para o Guerrebô. – Por um instante, Kem sentiu pena do cientista, que parecia considerar as suas máquinas como membros da família, principalmente o Guerrebô.

– Vá, Raldot, fuja daqui, depressa! – exclamou Kem, olhando para o cientista. Raldot tirou os olhos do Guerrebô, fixando-os em Kem; e após uns três segundos, olhou novamente para o Guerrebô. – Não fique aqui, Raldot, é perigoso! – Kem estava sério, encarando Raldot. – Você precisa sobreviver para consertar o Guerrebô depois, Raldot.

– Tenha coragem, Kem – disse Raldot ao olhar para Kem, que fluía em energia alaranjada enquanto seus cabelos loiros se mexiam. Foi então que Raldot fez aquele gesto de paz e amor com sua mão esquerda, na qual podia-se ver aquele objeto metálico azul triangular em seu pulso. – Boa sorte!

Sério, Raldot seguiu para a direita, voando na prancha a meio metro do chão e erguendo seus braços para equilibrar-se. Quando passou ao lado direito de uma nave do triângulo negro, iluminado pela luz azul-marinho da mesma, dois soldados pularam ao mesmo tempo para pegá-lo; porém, Raldot manobrou a prancha para cima, desviando-se, e esses soldados bateram cabeça com cabeça e caíram no chão. Raldot continuou voando na prancha até desaparecer no meio da escuridão e, assim, conseguir escapar dali.

– Está melhor assim, Kem? – indagou Netuno enquanto descruzava os braços e encarava Kem, que olhou para ele no mesmo instante. – Sem o monte de sucata, o cientista maluco e o inútil do Víctor para nos atrapalhar? – Sério, concentrado e sem ao menos piscar ou dizer uma palavra, Kem encarava Netuno. De repente, uma luz que saiu do triângulo negro do colete de Netuno projetou uma tela holográfica azul-marinho no ar. As letras amarelas que apareciam na tela se refletiam nos olhos azuis de Netuno. – Novas informações de combate... Víctor foi derrotado... Ah, mas que grande surpresa! – dizia Netuno com um ar de ironia. – Desligue a tela, seu computador idiota, eu já sei disso! – A tela, desapareceu logo em seguida. – Hu!

– Você é um miserável! – disse Kem com uma voz alta ao esticar o braço e apontar o dedo indicador direito para a face de Netuno. Com uma cara séria, Netuno via Kem fluindo em energia alaranjada enquanto apontava o dedo. – Veja só o que está fazendo com o nosso planeta! Seu cretino! Eu não tenho outra escolha a não ser acabar com você!

Então Netuno começou a caminhar olhando para frente com uma postura firme, fluindo em energia alaranjada, até que parou quase encostando o seu nariz no dedo de Kem, que, após uns três segundos, abaixou o braço.

– Eu estava ansioso por esse momento, Kem. O momento do nosso reencontro – disse Netuno ao fazer uma cara séria e brava enquanto seus cabelos azuis se mexiam. Kem fechou um pouco o olhar, sério. – Aquelas feridas que você me deixou... doeram! Kem! E, além do meu corpo, você também feriu o meu orgulho, porque a sua energia era bem maior do que a minha, e eu estaria morto se não tivesse fugido. – Kem sorriu, convencido. – Disparei aquela esfera de energia para ganhar tempo e fugir pela floresta petrificada... mas agora tudo é diferente. Sentirá o meu grandioso poder! KEM! – Netuno franziu o nariz e arregalou os seus olhos azuis, que encaravam os olhos verdes de Kem. – AAAAAH... RAAAAA! – A energia alaranjada que fluía de Netuno expandiu-se violentamente ao redor, aumentando os ruídos eletromagnéticos, fazendo o chão vibrar com mais intensidade e o ar se deslocar com mais força. Seus cabelos azul-escuros esvoaçavam de forma rebelde enquanto mantinha seus punhos próximos à cintura. Kem fechou os olhos e colocou as mãos na frente do rosto por causa da ventania, enquanto dava alguns passos para trás. – AGORA SENTIRÃO O PODER DE NETUNO, O MAIS PODEROSO GUERREIRO DO UNIVERSO DO SISTEMA SOLAR! – gritou.

– Ah, mas que grande senso de humor você tem, Netuno! Não me faça rir! – disse uma voz que tanto Kem quanto Netuno desconheciam.

– Quem disse isso? – disse Netuno ao olhar em direção à nave negra à sua esquerda. Kem também olhou, fazendo uma cara surpresa enquanto seus cabelos loiros esvoaçavam bruscamente.

23
Uma viagem para outro planeta azul

Na sala azul-clara do *superlaboratório secreto*, Sara, John e Eric ainda olhavam surpresos para a imagem de Sakura e do Guerreiro Secreto, que caminhavam juntos por um grande lugar da Estação Interplanetária.

– Mas o que estamos fazendo aqui na garagem? – perguntou Sakura ao Guerreiro Secreto, que, sem responder, continuou caminhando até parar ao lado direito de um fuzar branco.

– Tire o seu fuzar daqui, Sakura! – disse o Guerreiro Secreto ao olhar para Sakura, parada à sua esquerda.

– Você quer que eu vá embora? É isso? – indagou Sakura enquanto olhava para o Guerreiro Secreto e arrumava uma mecha de seus cabelos castanhos atrás da orelha esquerda.

– Não, não, Sakura! Apenas afaste o fuzar um pouco para trás.

– Afastar o fuzar? – Sakura franziu a testa com cara de dúvida, depois olhou para o painel do fuzar e liberou o comando ao tocar no pequeno quadrado vermelho, fazendo-o flutuar a meio metro do chão. – Tudo bem, vou afastá-lo – disse Sakura com simpatia e depois afastou o fuzar para trás.

– Aí está a entrada para o *superlaboratório secreto*, Sakura!

– Aí? Onde? – indagou Sakura, confusa, olhando de um lado para o outro, vendo apenas outros fuzares estacionados e as paredes ao redor.

– Está bem aí embaixo, Sakura... olhe! – afirmou o Guerreiro Secreto ao olhar para o chão azul-claro, Sakura fez o mesmo.

– Hã? – indagou Sakura ao franzir a testa. – Eu não estou vendo nada além do chão. Você está de brincadeira comigo?

– Não, Sakura! Olhe direito. Preste atenção aos detalhes! – O Guerreiro Secreto apontava com o dedo para algo no chão. Foi então que Sakura aumentou sua atenção e, quando conseguiu ver algo ali, agachou-se para olhar mais de perto. Com os olhos arregalados de surpresa, vendo um desenho no chão, Sakura disse:

– É o mesmo símbolo do meu uniforme, porém está todo em azul. – Sakura olhou para o símbolo dourado em seu uniforme e depois voltou a olhar para o símbolo do chão. Ainda de pé, e também olhando para o símbolo do chão, o Guerreiro Secreto disse:

– É um método de camuflagem, e por isso está desenhado com uma tonalidade de azul muito próxima à cor azul do chão. Sakura... contorne o "U" da esquerda para a direita com o dedo indicador esquerdo.

Com uma expressão concentrada no olhar e sem hesitar, Sakura contornou o "U" com seu dedo, e logo em seguida o "U" tornou-se dourado, emitindo um brilho muito bonito. Sakura ficou fascinada.

– Agora contorne a estrela, começando pela ponta de cima, e depois toque no círculo – disse o Guerreiro Secreto, ao que Sakura seguiu suas orientações, fazendo a estrela tornar-se dourada e depois também o círculo. Finalmente todo o símbolo tornara-se dourado e brilhante, reluzindo aos olhos verdes de Sakura. – Agora, afaste-se, Sakura!

Então Sakura levantou-se, afastou-se um passo para trás e, logo em seguida, uma luz dourada projetou-se do símbolo para cima, formando um portal circular de energia dourada de uns dois metros de altura. Sakura olhava, fascinada, para o portal que refletia o brilho dourado em sua face.

– Sakura, essa é a entrada para o *superlaboratório secreto*!

– Então era aqui! – exclamou Sakura. – Todo esse tempo embaixo do meu nariz. Embaixo do meu fuzar. E eu pensava que essa história de laboratório era apenas um boato. Aliás, todos acreditam nisso.

– Com o seu fuzar estacionado aí em cima, ninguém perceberia, e, além disso, ainda está camuflado e possui esse código secreto a que somente as pessoas permitidas têm acesso. Guarde segredo, Sakura.

– Pode confiar em mim! Eu não sou fofoqueira. Prometo que guardo o segredo. – Um metro à frente e de costas para o Guerreiro Secreto, Sakura olhava para o portal. – Mas, então... como aqueles três tiveram acesso?

– Bem, Sara, John e Eric já sabiam como acessar o *superlaboratório secreto* antes de virem para cá. Foi Raldot quem os ajudou, fornecendo todas as informações. E, antes de chegarem até aqui, eles desligaram todos os espiões da garagem.

– Puxa vida! Agora tudo faz sentido – disse Sakura ao bater seu punho direito na mão esquerda, fazendo um barulho de estalo. – No dia em que estávamos no castelo azul, foi Raldot quem sugeriu que eles procurassem ajuda no *superlaboratório secreto*. – Sakura estava pensativa. – E foi para desligar os espiões que eles entraram no centro de treinamento espacial pouco antes de eu chegar lá.

– Você é esperta, Sakura! – disse o Guerreiro Secreto enquanto mantinha as mãos na cintura, e depois começou a olhar Sakura dos pés a cabeça.

– Ele está olhando para você de uma forma muito atrevida, Sakura! – disse uma voz desconhecida com um sotaque parecido com o francês (uma das muitas línguas faladas no planeta Terra). O Guerreiro Secreto franziu a testa e olhou de um lado para o outro, mas não viu ninguém. Foi então que Sakura olhou para o bolso direito da sua calça, colocou o dedo indicador sobre os lábios e sussurrou:

– Chiu! Fica quietinho aí! – Sakura virou-se e sorriu disfarçando para o Guerreiro Secreto, que depois fez aquele sorriso aberto, mantendo as mãos na cintura.

– EU SALVAREI A TODOS QUE ESTIVEREM POR PERTO!

– GOSTO DA COR VERMELHA E DO CORAÇÃO CERTO!

– AMO AS MULHERES E TENHO UM SORRISO ABERTO!

Franzindo a testa com cara de boba, Sakura via o Guerreiro Secreto fazendo uma encenação, erguendo, abaixando e girando os braços, olhando para cima, para baixo e para os lados, até parar com as mãos na cintura novamente.

– EU SOU... O GUERREIRO SECRETO!

E, após sorrir, o Guerreiro Secreto atravessou o portal de energia dourada, que desapareceu junto com ele logo em seguida.

– Que incrível! – exclamou Sakura, vendo o símbolo do chão novamente na cor azul, camuflado. – Agora preciso voltar para casa e contar para o Kem sobre o surpreendente segredo que Ganimedes me revelou. Nem ao menos o Raldot sabe disso! – Sakura trouxe o seu punho direito para perto do rosto e, após alguns segundos, montou em seu fuzar branco, sentindo-se cheia de adrenalina. – Vamos lá, Sakura!

Enquanto Sakura viajava com seu fuzar branco pela estrada afora, levantando poeira e fazendo barulho, na escura região norte uma incrível batalha estava prestes a começar.

Fluindo intensamente em energia alaranjada enquanto os seus longos cabelos azuis esvoaçavam bruscamente, Netuno olhava fixamente para alguém que estava em frente à nave negra. Kem olhava atentamente para o mesmo lugar. Ambos viam um homem de cabelos alaranjados, vestindo um uniforme prateado e vermelho por cima de uma roupa branca. Homero estava ali novamente, e sua capa vermelha vibrava fazendo barulho por causa do intenso fluxo de energia que emanava de Netuno.

– Então você é o mais forte do Sistema Solar, Netuno? Eu realmente confesso que não sabia disso! – disse Homero com ironia, mostrando muita confiança em seus olhos laranja enquanto encarava Netuno.

– Como ousa zombar de mim dessa forma? – disse Netuno, irritado, encarando Homero. – Zombar do grande Netuno! – Então Netuno levantou seu braço direito, apontando o dedo para Homero. – Vamos, me diga: quem é você? – gritou.

– Eu sou Homero, o Guerreiro do Universo guardião do templo de Enceladus, um dos templos de Saturno! – "Guardião de um dos templos de Saturno?", pensou Kem após levantar suas sobrancelhas loiras.

– Guardião de um templo de Saturno? – indagou Netuno ao franzir a testa e abaixar o braço. – Mas, então, o que você está fazendo aqui em Urano?

– Eu vim aqui para fazer isso... – disse Homero ao esticar o seu braço direito para frente com a mão aberta apontada para Netuno e...

– PROGRAMAÇÃO MENTAL! – gritou um homem de cabelos negros que apareceu de repente para a surpresa de todos, vestido de cinza e fluindo em energia alaranjada. Podia-se ver Hipno com o seu braço direito esticado à frente, mostrando o punho, e o seu corpo um passo à frente e virado de costas para Netuno, que agora mostrava os seus olhos azuis arregalados. Hipno acabara de aplicar um golpe contra o seu próprio comandante. Homero, que estava prestes a começar um combate contra Netuno, abaixou o braço enquanto franzia a testa. Kem olhava surpreso para aquela cena enquanto os seus cabelos loiros se mexiam com o seu fluxo de energia.

– Esse é o golpe "Programação Mental"... comandante! – dizia Hipno, mostrando uma expressão presunçosa em sua face enquanto Netuno permanecia imóvel e com os olhos arregalados. A energia alaranjada que fluía ao redor de Hipno fazia seus cabelos negros se mexerem. – Ao passar através de sua energia, esse golpe penetra em seu cérebro, enviando ordens e novos ideais conforme eu escolher, ou seja, uma nova programação mental. – Podia-se ver a boca de Hipno se mexendo junto com seus cabelos enquanto falava. – Foi exatamente esse golpe que eu apliquei nos Denoturis, em Norako e também em... Ariel!

Ao ouvir as palavras de Hipno, Kem arregalou os olhos, abriu a boca e pensou: "Então era por isso que Norako se comportava dessa forma, e o Ariel! Ariel não estava com sua personalidade verdadeira, e eu lutei para derrotá-lo. Mas que injusto! Talvez o verdadeiro Ariel possa ser uma boa pessoa". Hipno continuava falando:

– Grande parte dos guerreiros uranianos das quatro regiões agora estão me obedecendo, pois receberam o mesmo golpe. E agora, comandante Netuno... você também me obedecerá! Agora quem comanda aqui SOU EU! – Hipno esboçou um sorriso enviesado.

Ainda imóvel, Netuno foi mudando os seus olhos arregalados para olhos mais tranquilos.

– *Hahahaha*! *Hahaha*! *Hahahahaha*! – ria Netuno, chacoalhando os ombros, e agora inclinava a cabeça para cima. – *HAHAHAHAHAHAHAHAHA*! – Ao ouvir o comandante rindo dessa forma, Hipno engoliu em seco, fazendo uma cara de preocupado. Agora Netuno fechou a cara. – TRAIDOR! – gritou, irritado. – Como você é ingênuo... Vamos, por que você não tenta novamente, Hipno? Faça isso, então! Vamos ver o que o Imperador vai achar dessa sua atitude infantil. Enquanto estiver aqui no Sistema Solar, você não tem nenhuma autoridade acima de mim! – Um de costas para o outro, Netuno e Hipno fluíam em energias alaranjadas enquanto Kem e Homero olhavam para eles atentamente. – E, além disso, pelo que eu saiba, o golpe "Programação Mental" funciona em adversários com a energia até o seu nível, e não acima. Lamento dizer, mas sua energia não é forte o suficiente para que essa técnica funcione comigo. Eu não esperava uma traição a esse ponto. Você é ridículo! Terá o que merece quando chegar a hora. Agora, saia daqui e não me atrapalhe!

Hipno mostrava uma cara de preocupação. Mas o que ele faria agora? Tentaria fugir para se livrar do castigo do comandante ou tentaria derrotá-lo? Foi então que Hipno fez uma cara mais séria e fechada.

– Tome isso, comandante! – gritou Hipno ao virar-se para golpear Netuno com o punho direito. Netuno abaixou-se, segurou o braço de Hipno com as duas mãos, apoiou-o em suas costas, puxando-o para frente, expandiu sua energia com mais intensidade e depois arremessou-o com toda a força na direção de Homero, que saiu para o lado, se desviando. Hipno se chocou de forma violenta contra a nave negra, fazendo barulho e amassando-a brutalmente antes de cair de cara no chão.

Hipno começou a levantar-se e, quando já estava em pé novamente, Homero viu o símbolo do triângulo negro em seu colete cinza.

– Estou vendo que vocês gostam de destruir tudo mesmo – disse Homero para Hipno. – Até mesmo os próprios aliados! E eu não vou perder mais tempo aqui! Pois preciso voltar logo para Saturno e guardar o meu templo. – Com uma cara de dor, Hipno o encarava. De repente, uma energia de cor salmão expandiu-se violentamente ao redor do corpo de Homero. Isso fez Hipno cair de bunda no chão, os pés de Kem se arrastarem um pouco para trás, e Netuno colocar os braços na frente do rosto. Podia-se ver a nave negra virar e bater com o teto no chão, e ouvir o barulho do corpo metálico do Guerrebô vibrando junto com o chão.

"Ah... mas esse é o nível 3! Que energia surpreendente estou sentindo!", pensou Kem com os olhos arregalados de surpresa enquanto via Homero envolvido por uma energia que brilhava intensamente na cor salmão. "Então isso significa que... esse tal de Homero deve ser um daqueles guerreiros dos quais papai havia falado... um guerreiro de Saturno de nível 3!", pensou Kem novamente.

– TOCHA DE FOGO! – gritou Homero, ao que seu punho esquerdo brilhou em chamas de fogo aos olhos arregalados de Hipno, que, uma fração de segundo depois, sentiu o seu corpo queimando com o impacto do golpe. Netuno e Kem viam uma grande tocha de fogo cobrindo o corpo de Hipno. "Agora tenho a certeza de que essa era aquela grande energia que eu vinha sentindo anteriormente", pensou Netuno. E, quando a tocha de fogo desapareceu, Hipno caiu no chão com o uniforme e o corpo todo queimado, e o seu brilho de energia desapareceu.

– Então esse é o poder de um guerreiro de nível 3? – indagou Kem, surpreso.

– Não, Kem! – gritou Netuno, ao que Kem olhou para ele. A energia que envolvia Netuno começou a aumentar de variação. – Isso é o poder de um guerreiro de nível 3! RAAAA... AAAAH... – gritava Netuno com os braços abertos, as mãos fortemente fechadas, assim como seus olhos, e a cabeça inclinada para cima, enquanto seus cabelos azuis esvoaçavam e sua energia laranja-escura piscava, prestes a mudar de cor. Kem arregalou os olhos, sentindo-se cada vez mais surpreso. Agora a energia que envolvia Netuno mostrava-se na cor salmão, fazendo ruídos eletromagnéticos e iluminando a escuridão ao redor com o seu intenso brilho. Homero olhou surpreso para Netuno, distraindo-se.

– Você me queimou, seu cretino... aah... ah. Eu fiquei muito machucado... ah – dizia Hipno enquanto se levantava com dificuldade, ao que Homero olhou para ele, surpreso. Já de pé, com os antebraços cruzados na frente do rosto e os joelhos meio dobrados, Hipno começou a elevar a sua energia. Com o passar dos segundos, a energia mostrou-se amarelo-clara até tornar-se laranja-escura.

De repente, a enorme figura de um planeta branco com listras marrons apareceu atrás de Hipno, brilhando intensamente.

– Eu sou Hipnoooo! O Guerreiro do Universo do planeta Vick da estrela Barnard! RAAAA! – gritou, fazendo sua energia expandir-se de forma violenta e mudar da cor laranja para a salmão-clara, enquanto seus cabelos queimados esvoaçavam. Dessa vez Kem ficou de queixo caído. Homero encarava Hipno. Logo, a figura do planeta Vick desapareceu, deixando o seu grande poder com Hipno.

– Aaaaah! – Kem gritou de dor ao sentir o punho de Netuno afundar em seu estômago, pouco antes de o outro punho acertar-lhe a face esquerda, fazendo-o virar a cabeça com o impacto. Homero se distraiu ao olhar para Kem e Netuno, e Hipno acertou-lhe um chute no peito, fazendo-o se arrastar uns cinco metros para trás com suas botas vermelho-prateadas, que rasgaram o chão negro metálico pelo intenso fluxo de energia. Sério, Homero olhou para Hipno correndo em sua direção com os cabelos torrados se desmanchando aos poucos. Foi então que Hipno e Homero começaram um combate corpo a corpo com golpes, esquivas e defesas, soltando faíscas de energia a cada contato.

– Onde está a sua força de guerreiro, Kem? *Hahahaha*! – dizia Netuno enquanto Kem defendia alguns de seus golpes e tomava outros. "Ah, mas que droga!", pensou Kem pouco antes de levar um soco bem no meio do nariz, que começou a sangrar.

– A sua energia não era forte desse jeito! – afirmou Kem enquanto lutava. Netuno apoiou as mãos nos ombros de Kem e deu-lhe uma joelhada no queixo. Kem cambaleou para trás e Netuno parou.

– Boa observação, Kem – disse Netuno ao abaixar os braços enquanto via Kem limpando o sangue da boca e do nariz com o pulso direito. Ouviam-se os ruídos eletromagnéticos das energias de Netuno e Kem, enquanto os cabelos de ambos se mexiam. – Quando eu vim para Urano, há quase dois anos, o nível máximo da minha energia era 1-V74. Naquela época eu não conseguiria vencer você, Kem.

– Mas, então, como você aumentou o seu nível de energia a esse ponto de forma tão rápida? E o que você veio fazer aqui em Urano há quase dois anos na floresta petrificada? – disse Kem ao abaixar os braços enquanto encarava Netuno uns dois metros à sua frente.

– Já que vou acabar com você aqui mesmo, então vou lhe dizer. Preste muita atenção, Kem. – Os olhos azuis de Netuno e os verdes de Kem se encaravam seriamente. Podia-se ver os cabelos azuis de Netuno se mexendo sobre sua face direita, onde se via sua boca prestes a se abrir para falar. – Naquela época eu já era o comandante do triângulo negro. Porém, o nosso exército não era tão poderoso quanto agora. Foi quando, um dia, eu recebi a visita de um guerreiro sombrio. Fiquei assombrado com o seu grandioso poder. – Kem prestava atenção em cada palavra de Netuno.

– Ele estava à procura do imperador e da imperatriz de seu planeta, que haviam desaparecido há treze anos. A imperatriz estava para dar à luz um bebê que seria o herdeiro do trono. Então ele me disse que, caso eu os encontrasse e os levasse de volta para o seu planeta, eu seria bem recompensado. Havia uma suspeita de que eles estavam em algum planeta do Sistema Solar ou de outro sistema próximo daqui.

– Mas o que isso tem a ver com a floresta petrificada?

– Você é apressado, Kem – afirmou Netuno. – Tem tudo a ver! – Kem franziu a testa enquanto olhava para Netuno, que continuou a falar. – Pois o portal que dava acesso ao planeta do guerreiro sombrio estava dentro da floresta petrificada.

– Um portal? Dentro da floresta petrificada? – indagou Kem.

– Sim, um portal interdimensional, que corta o espaço e o tempo. Esse tipo de portal pode levá-lo a lugares longínquos dentro da Via Láctea, ou até mesmo em outra galáxia, numa fração de segundo – disse Netuno, ao que Kem se lembrou das palavras de seu pai, com a voz dele ressoando em sua mente: "Esse lugar fica a uns 160 anos-luz daqui". Com uma cara de espanto, Kem pensou novamente: "Talvez tenha sido através do portal que papai chegou até o planeta Coríndon para treinar com o mestre Chun!". Kem atentou-se para Netuno novamente. – Então, quando o guerreiro sombrio me falou sobre esse portal, eu vim até aqui para procurá-lo na floresta petrificada, mas você, Kem... você estragou tudo! – Netuno apontou o dedo indicador direito para Kem e depois fechou fortemente a mão.

– Pelo visto você se assustou e saiu correndo quando mediu a minha energia com o cristal! – disse Kem com um ar provocante. Netuno fechou a cara, bravo, sentindo-se ressentido com as palavras de Kem. – O cristal que estava dentro do seu colete.

– Não sei como você descobriu o nosso código secreto. Mas isso não importa! Aquele dia eu tive que fugir por dentro do riacho, deixando a minha nave para trás, sem encontrar o portal, que além de tudo ainda era temporário. O portal permaneceu aberto até o dia em que Víctor veio através dele para Urano há um ano. Antes disso, Flauber também havia chegado aqui pelo mesmo portal. Dois inúteis!

Enquanto Kem e Netuno conversavam, fluindo em energias, Homero e Hipno continuavam o combate ao lado da nave negra tombada. Podia-se ver e ouvir várias explosões de energia enquanto o combate seguia, por enquanto, sem nenhum vencedor. Num rápido momento de trégua, enquanto seus cabelos alaranjados se mexiam com o seu fluxo de energia, Homero puxou sua capa vermelha com a mão direita, fazendo barulho ao arrancá-la, e depois jogou-a para o lado sobre o chão. Os olhos alaranjados de Homero refletiam a face de Hipno, que se mostrava com um ar de cansaço.

– Agora mostrarei a você o verdadeiro poder de um guardião de Saturno! Prepare-se, Hipno! – gritou Homero com confiança, e logo em seguida sua energia se expandiu ainda mais, aumentando a variação e a tonalidade da cor salmão. – Receba a... ESPIRAL DE FOGO! – Numa fração de segundo, Hipno viu as chamas vindo em sua direção enquanto sentia um calor ardente. Kem e Netuno quase foram atingidos pelo fogo, mas foram rápidos o bastante para pularem em cima do corpo caído do Guerrebô, que podia ser visto com o seu braço metálico direito a apenas um metro da borda da espiral de fogo. O corpo metálico do Guerrebô começou a vibrar com os intensos fluxos de energias de Kem e Netuno.

– Durante um tempo eu estive mandando meus soldados procurarem pelo imperador e a imperatriz aqui no Sistema Solar, mas não conseguimos encontrá-los. Quando voltei para Urano, fui até a floresta petrificada novamente e não encontrei o portal. Foi então que Víctor e Flauber apareceram e me contaram que o portal já havia se fechado – dizia Netuno enquanto encarava a face séria de Kem. – Após um ano, para minha surpresa, recebi novamente a visita daquele guerreiro sombrio, que me levou junto com Víctor e Flauber para o seu planeta, governado pelo novo *Imperador*!

– Imperador? – indagou Kem ao arregalar os olhos e sentir uma sensação de arrepio.

– Sim, o herdeiro que voltou para assumir o trono de seus pais, que foram encontrados mortos pelo guerreiro sombrio num certo planeta. A nave imperial não foi encontrada, e nem a criança, que, por sinal, deve ter nascido antes de a imperatriz morrer – continuava Netuno. – Agora, com apenas quinze anos de idade e um poder fabuloso, o *Imperador* deseja conquistar toda a galáxia. – Ao ouvir isso, Kem fez uma cara de espanto, lembrando-se da profecia de Ganimedes: "O Imperador? O Imperador do Mal?".

– Quando nós três estávamos diante do Imperador em seu palácio, ele aumentou os nossos níveis de energia de uma forma tão incrível e misteriosa que até pareceu algo mágico – dizia Netuno com uma voz séria. – Foi nesse momento que nós três nos tornamos Guerreiros do Universo! Logo, o Imperador tornou-se o meu mestre, e os meus poderes aumentaram ainda mais! – Kem estava surpreso com o que ouvia e engoliu em seco logo após ver Netuno, sorrir presunçosamente. – *Hahahahahahaha*! – ria Netuno chacoalhando os ombros, enquanto as chamas da espiral de fogo começavam a abaixar. – E, como me tornei um poderoso guerreiro, o Imperador designou-me para conquistar todo o Sistema Solar!

– O quê? – indagou Kem, fazendo cara de espanto.

– Sim, Kem, o planeta Netuno já está conquistado, e Urano está a um passo disso! E logo todos os nove planetas do Sistema Solar estarão sob o meu domínio, o poderoso Guerreiro do Universo... Netuno! RAAAAA... – gritou Netuno, fluindo num intenso brilho de energia salmão, ao partir para cima de Kem. Agora, ao som de ruídos eletromagnéticos enquanto os seus cabelos esvoaçavam, Kem e Netuno travavam um combate violento em cima das costas do Guerrebô. Nesse instante as chamas da espiral de fogo haviam se extinguido totalmente, e Homero...

– Onde está o Homero? – indagou Klaus após derrubar um soldado com um forte soco no peito. Ainda lutando próximo à nave prateada e brilhando em energia amarela, Klaus olhava para frente e via apenas o corpo de Hipno queimado e caído no chão, sem a presença de Homero. – Sumiu de novo! Esse tal de Homero é imprevisível. Vamos lá, Kem, agora você é a nossa única esperança! – disse Klaus ao olhar para cima do Guerrebô, vendo Kem e Netuno lutando, e depois olhou para baixo, vendo o seu irmão Norako caído ali próximo.

Na região leste, podia-se ver a parte da frente da casa de Kem, que tinha o chão todo coberto pelo gramado azul, árvores vermelhas à direita, e o bonito jardim próximo à porta de entrada. Bem próximo dali, Sakura pilotava o seu fuzar branco a toda velocidade, levantando poeira pela estrada enquanto se desviava dos corpos dos soldados do triângulo negro caídos pelo caminho. Logo Sakura estacionou o fuzar em frente à sua casa, próximo ao jardim.

– Aonde vai com essa pressa, Sakura? – disse uma voz, que Sakura reconheceu quando estava prestes a tocar o quadrado azul para abrir o portal. Sakura olhou para trás, viu alguém sentado embaixo de uma árvore vermelha e depois caminhou até lá.

– Mas o que você está fazendo aqui, senhor Kiraua? – disse Sakura embaixo da sombra da árvore ao colocar as mãos na cintura. Então o sr. Kiraua se levantou e olhou para ela.

– Que bom que já voltou, Sakura! Eu vim aqui para ajudar o Kem.

– Ah, o Kem! O Kem está aqui? – disse Sakura ao erguer as sobrancelhas, pouco antes de colocar as mãos nos ombros do sr. Kiraua e quase encostar nele. Ao sentir que Sakura estava bem pertinho, o sr. Kiraua fez uma cara de satisfação e abriu um sorriso. – O que há com você? – Sakura franziu a testa. – Eu perguntei se o Kem está aqui! – Foi então que o sr. Kiraua pigarreou e Sakura tirou as mãos de seus ombros, olhando para ele com atenção.

– O Kem foi para a região norte ajudar o Klaus.

– Para a região norte?

– Sim, Sakura. Alguma coisa muito séria está acontecendo, pois há algum tempo venho sentindo fortes energias fluindo de lá. – O sr. Kiraua abaixou o olhar, fazendo uma cara concentrada – E, nesse instante, estou sentindo uma energia muito poderosa e malvada se confrontando com a energia de Kem.

– Ai, meu Deus... Kem! Kem! – dizia Sakura devagarzinho e com uma cara preocupada. – E o meu filho? Onde está o meu filho?

Ao encarar os olhos verdes e preocupados de Sakura, o sr. Kiraua engoliu em seco.

– Ele está com o Kem... Sakura.

– Como assim? – indagou Sakura ao arregalar os olhos e abrir a boca. – Não me diga que o meu filho está...

– O seu filho, o meu neto, está no campo de batalha protegido pelo pai. E fui eu quem pediu para Kem fazer isso.

– Não acredito que você está me dizendo isso! – disse Sakura, fazendo uma cara inconformada. – O meu filho... o meu filho... preciso ajudar o meu filho. – Sakura mostrava desespero, passando as mãos na cabeça e fazendo gestos, e logo em seguida começou a andar afobada em direção ao fuzar.

– Sakura! – exclamou o sr. Kiraua ao segurá-la pelo braço. Com uma cara de choro, Sakura olhou para ele. – Escute! Não há mais nenhum lugar seguro nesse planeta enquanto o Exército do Triângulo Negro estiver por aqui! O único lugar seguro é perto de um forte Guerreiro do Universo como o Kem. – Podia-se ver algumas lágrimas escorrerem pelo rosto de Sakura.

– Há um lugar, sim... e eu vou levar o meu filho para lá.

O sr. Kiraua franziu a testa, e então Sakura puxou o braço, soltando-se.

– Se você quer ir, eu não vou impedir. Mas saiba que levará uns dois dias para você chegar até lá de fuzar. Isso se você não encontrar nenhuma nave ou soldado do triângulo negro pelo caminho. O que vai fazer, Sakura?

Sakura encarou o sr. Kiraua por alguns segundos, limpou as lágrimas do rosto, depois caminhou em direção ao jardim e, quando estava prestes a montar no fuzar, algo apareceu e apertou-a fortemente.

– Ah, mas é você! Eu já estava com saudades! – disse Sakura e sorriu. Podia-se ver duas mãos e dois braços vermelhos dando um abraço em Sakura. Não podia ser outro senão o forma-forma, que logo se transformou numa bola vermelha com seus grandes olhos verdes e amarelos.

– Ah... mas o que essa criatura vermelha está fazendo aqui? – disse aquela voz com sotaque francês, meio assustada, ao que o forma-forma arregalou os olhos, atento. – Pelas luas de Júpiter! Eu não esperava encontrar um desses novamente! – A voz parecia desesperada. O forma-forma sorriu, sapeca, ao reconhecer aquele sotaque.

– Eu já falei para você ficar quieto – murmurou Sakura ao colocar sua mão sobre o bolso direito da calça. De repente, algo gigante apareceu flutuando por ali, encobrindo a todos com a sua sombra. Sakura, o forma-forma e o sr. Kiraua olharam surpresos para cima.

Nesse instante, na região norte, podia-se ver Kem com os braços na frente do rosto enquanto deslizava sobre a perna metálica do Guerrebô com seus sapatos azuis, pois acabara de defender o chute de Netuno, que o impulsionou para trás. Kem parou firme à beira do pé azul do Guerrebô, abaixou os braços e ficou encarando Netuno enquanto seus cabelos loiros se mexiam e sua energia alaranjada fluía e iluminava tudo ao redor, ao som de ruídos eletromagnéticos. Podia-se ver Netuno sobre as costas do Guerrebô, fluindo em energia salmão, com os seus braços abaixados e as mãos fechadas.

– Onde fica o planeta do seu Imperador? – gritou Kem. – Porque, depois que eu acabar com você, será a vez dele! Desse miserável que quer conquistar toda a galáxia usando a maldade. – Nesse instante, Kem olhou para cima e ficou contemplando as inúmeras estrelas que brilhavam sobre o céu escuro da região norte, vendo a magnífica imagem da Via Láctea.

– Você é mesmo um presunçoso achando que pode me vencer. Hu! Mas, mesmo assim, vou matar a sua curiosidade – disse Netuno, vendo Kem olhando para o céu, enquanto brilhava em energia salmão e seus cabelos azuis se mexiam constantemente. – O planeta do Imperador fica muito longe daqui, e só conseguimos acessá-lo através de portais. Como o portal da floresta petrificada não existe mais, a única forma de acessá-lo é através do portal interdimensional que existe na elíptica de Urano.

– A elíptica de Urano? – indagou Kem, surpreso, ao olhar para Netuno. – O caminho que o planeta percorre para fazer o movimento de translação ao redor do Sol?

– Exatamente, Kem! E esse é o único portal conhecido do Sistema Solar. O portal pelo qual o guerreiro sombrio nos levou até o planeta do Imperador.

– Esse tal de Imperador é um discípulo do mestre Chun?

– Você é bom de palpite, Kem. O Imperador é um dos mais fortes discípulos, e logo terá mais poder do que o mestre Chun! *Hahaha*!

– Eu duvido! – gritou Kem, sério, ao fechar sua mão direita.

– Hu! – Netuno sorriu, orgulhoso. – Logo todos os Guerreiros do Universo terão um novo mestre... um mestre realmente poderoso!

Com os olhos desfocados durante alguns segundos, Kem pensou: "Parece que não há mais dúvidas quanto à profecia de Ganimedes. Infelizmente ela está se cumprindo. Mas, independentemente das circunstâncias, nós, guerreiros, devemos seguir em frente e acreditar num futuro melhor. E, independentemente do que aconteça, devemos lutar e persistir por aquilo que amamos, e assim com certeza mudaremos todas as circunstâncias e criaremos um novo caminho para as nossas vidas".

– PORQUE EU SOU UM GUERREIRO DO UNIVERSO QUE ACREDITA NO AMOR, E EU PERSISTIREI ATÉ VENCER! – gritou Kem, extasiado, ao fechar as mãos e abrir os braços com força. – RAAAAAAAA! – A energia de Kem se expandiu violentamente ao redor, aumentando o seu brilho alaranjado e deslocando o ar com fúria. Os pés de Netuno até deslizaram um pouco para trás, e Klaus fez uma cara de espanto ao sentir a poderosa energia que emanava de Kem.

Sem ao menos piscar, Kem encarava seriamente Netuno, enquanto sentia sua energia fluindo fortemente por todo o seu corpo como se cada célula vibrasse em perfeita harmonia. Seu colete vermelho, seu pingente, sua calça azul e seus cabelos loiros se mexiam bruscamente. De repente, os olhos sérios e azul-escuros de Netuno começaram a ver o gigantesco vulto azul-claro do planeta Urano que apareceu atrás de Kem, mostrando um intenso brilho de energia.

– Essa é a primeira vez que vejo o Kem harmonizar a sua energia com a do planeta – disse Klaus, espantado, enquanto seus olhos cintilavam e se mantinham fixos no vulto de energia de Urano. – É incrível poder sentir essa energia! Esse é o verdadeiro poder de um Guerreiro do Universo!

Foi então que o vulto do planeta Urano desapareceu, deixando o seu grande poder com o seu Guerreiro do Universo, Kem. Com um sorriso orgulhoso e confiante no rosto, Kem encarou Netuno e depois partiu para o ataque, gritando:

– PUNHO VELOZ DESTRUIDOOOOOR!

No meio de um intenso fluxo de energias, podia-se ouvir os passos de Kem batendo sobre a perna metálica do Guerrebô, enquanto corria ferozmente em direção a Netuno. Com os olhos fixos no punho direito de Kem envolvido por uma intensa energia alaranjada, Netuno pensou: "Idiota! Já usou esse golpe contra Shang e Ariel. Acha que vai funcionar comigo? Hu!". E, quando o seu punho estava prestes a atingir Netuno, Kem fez algo inesperado.

– EXPLOSÃO AZUL! – gritou Kem, trocando de golpe para enganar Netuno, que arregalou os olhos no mesmo instante ao ver uma energia azul brilhando e se expandindo das mãos de Kem. Mas, depois, quem arregalou os olhos foi Kem, pois Netuno não sofrera nenhum arranhão com o seu astuto golpe, que fez um grande barulho de explosão.

– O que foi? – gritou Netuno ao atingir o peito de Kem com o punho esquerdo, impulsionando-o uns três metros para trás. – Por que está surpreso? Eu desviei do seu golpe. Ou foi tão rápido assim que você não viu? – Com uma cara surpresa, Kem via uma fumaça uns vinte metros à frente, percebendo que o seu golpe atingira outro lugar em vez de Netuno. – Kem, admito que o seu golpe foi potente. Isso me teria feito um grande estrago. Mas lamento dizer que os meus olhos foram mais rápidos do que as suas mãos. – Netuno abaixou a cabeça e fechou os olhos. – Agora, Kem... mostrarei a você... – Ergueu a cabeça e abriu os olhos, que encararam Kem. – ...como se deve usar a energia para atacar o adversário.

Em cima das costas do Guerrebô, Kem via Netuno brilhando em energia salmão à frente do escuro horizonte da região norte e seus cabelos azul-escuros se mexendo constantemente. Netuno trouxe seus punhos até a cintura, depois abriu as mãos e esticou seus braços para frente, dobrando levemente todos os seus dedos, que apontaram na direção de Kem. Agora, aos olhos de Kem, uma energia azul-marinho brilhava na ponta de cada dedo de Netuno, formando dez pequenos pontos de luz. Enquanto Kem franzia a testa, Netuno batia com a ponta de seus dedos no ar, cobrindo a sua frente com inúmeros pontinhos de luz azul. Formou-se uma parede de pontos luminosos que refletiam o seu brilho azul do colete preto até o rosto de Netuno.

– ATAQUE DAS AGULHAS PERFURANTES! – gritou Netuno ao trazer as palmas de suas mãos ao peito e depois batê-las na parede de pontinhos luminosos, que foram brutalmente impulsionados na direção de Kem, formando inúmeros rastros de luz azul pelo caminho. Uma fração de segundo após arregalar os seus olhos verdes, que refletiram os pontinhos de luz azul, Kem deu um grande salto para o alto enquanto brilhava em energia alaranjada na escuridão daquele lugar. Podia-se ver, passando abaixo dos pés de Kem, vários rastros finos de luz azul, que seguiram em frente até atingirem alguns soldados que lutavam com Klaus, e também a nave prateada. Espantado, Klaus via um soldado à sua frente com finas perfurações no corpo, por onde brotava o sangue que manchava o seu colete azul-marinho. "Dessa eu escapei por pouco", pensou Klaus e depois olhou para a nave prateada, vendo-a soltando fumaça.

– Oh, não! O filho do Kem está na nave! – disse Klaus, meio aflito, brilhando em energia amarela. – Essa deve ser a nave do mestre Kiraua. Isso significa que posso acessá-la com o meu DNA. – Klaus se aproximou da nave e tocou-a com a mão.

Quando os pés de Kem tocaram nas costas do Guerrebô novamente, ele dobrou os joelhos, desequilibrando-se, e quase caiu. Com os olhos fechados e a boca aberta, fazendo cara de dor, Kem tirou o seu pé esquerdo do chão, perfurado por uma das agulhas de energia azul.

– Hum... você foi hábil, Kem, mas não o suficiente para se desviar de todas as minhas agulhas – disse Netuno com arrogância, enquanto via Kem sofrendo de dor. – Dessa vez eu o acertarei em cheio. Não escapará com vida, seu uraniano miserável! – Netuno estava prestes a preparar o seu próximo golpe quando, de repente, uma voz gritou:

– Deixe que eu acabe com ele, comandante!

– Brok? – indagou Netuno ao franzir a testa.

– Hã? – indagou Kem e depois olhou para trás, vendo a ponta da espada azul vindo de frente para golpeá-lo. Brok, que dera um grande salto por cima do Guerrebô, tentara atingir Kem com a espada de Norako. Foi quando se ouviu o "tlim, tlim, tlim" da espada batendo nas costas metálicas do Guerrebô, após soltar-se da mão esquerda de Brok.

– Aaaah... – agonizou Brok, arregalando os olhos, que depois se fecharam quando ele caiu morto aos pés de Kem. Podia-se ver o braço direito de Kem esticado, com o seu punho brilhando em energia alaranjada. Foi então que Kem olhou para baixo e ficou surpreso com algo que viu próximo ao pé direito do Guerrebô: um menininho de cabelos verdes e curtos, vestido todo de amarelo, mostrava seus olhinhos negros de espanto arregalados enquanto encarava Kem, que abaixava o punho.

"Mas eu nem encostei nele! Será que ele foi derrotado somente pela energia do meu punho? E quem é essa criança? O que esse menino está fazendo no meio dessa guerra? Por que agora ele me olha com essa cara de indignação?", pensou Kem enquanto olhava para esse menino (que aparentava ter uns três anos de idade), e depois olhou para o corpo de Brok estendido aos seus pés. Foi então que o menino de cabelos verdes começou a chorar em silêncio e, após alguns segundos, saiu correndo sem rumo enquanto mostrava uma expressão de raiva em sua face.

– Foi muita ousadia desse soldado de nível tão inferior interferir na minha luta! Hu! Teve o que mereceu! – exclamou Netuno.

– Como pode dizer isso de um soldado do seu próprio exército? – indagou Kem, inconformado, enquanto virava-se para Netuno, meio desequilibrado por causa do ferimento em seu pé.

– Não diga bobagens, Kem! Essa foi apenas mais uma morte de um fraco – disse Netuno com arrogância, e depois apontou o dedo para Kem. – Agora se prepare para morrer, Kem! – Foi então que Netuno dobrou os cotovelos, trouxe seus punhos para perto das costelas, e a sua energia começou a expandir-se mais intensamente. – RAAAA... AAAAH! – gritava Netuno, franzindo o nariz, enquanto o corpo metálico do Guerrebô vibrava e o ar circulava fortemente, fazendo o seu cabelo azul se mexer bruscamente. Um grande anel de energia azul-marinho se formou na horizontal ao redor do corpo de Netuno, fazendo ruídos eletromagnéticos.

Um cristal medidor de energia, que estava na mão direita de Brok, começou a quicar com a vibração e foi parar próximo ao pé direito de Kem. Nesse instante Kem olhou para o cristal, que se mostrava na cor salmão e apontava na direção de Netuno.

– SALMÃO-V32! – disse Kem, espantado, ao arregalar os olhos enquanto via o número 32 brilhando dentro do cristal.

– TOME ISSO, KEM! – gritou Netuno, ao que Kem olhou assustado para frente. – ANEL ATÔMICO! – O anel explodiu, expandindo sua energia azul com muita intensidade e velocidade para todos os lados e atingindo Kem em cheio. Ele foi arremessado para trás e caiu longe do Guerrebô, juntamente com o corpo de Brok e a espada azul-clara.

Nesse instante, Klaus, que havia tirado o filho de Kem da nave e agora o segurava em seus braços, jogou-se no chão para salvar a sua vida e a do menino quando a energia violenta do "Anel Atômico" passou por ali destruindo tudo, inclusive a nave prateada, que explodiu fazendo um grande barulho. "Isso foi um milagre! Se eu tivesse demorado um pouco mais, o filho de Kem teria...", pensou Klaus enquanto olhava, espantado, para a nave prateada toda arrebentada e soltando fumaça, logo após se levantar do chão com o menino de cabelo azul. Após alguns instantes, Klaus começou a diminuir sua energia até que o seu brilho amarelo desaparecesse por completo.

Podia-se ver Kem com seu colete vermelho despedaçado quase por inteiro e com suas costas machucadas, calça e sapatos rasgados, caído no chão, desacordado, próximo a Norako.

– KEM! – gritou Klaus, preocupado, pouco antes de se aproximar de Kem. – Kem! Irmão! – exclamou Klaus ao olhar para Kem e depois para Norako, ambos desacordados. – Esse miserável Netuno possui um poder monstruoso. Precisamos fazer um milagre agora, senão ele vai acabar com todos nós. – Klaus olhava para Netuno, que fluía intensamente em energia salmão acima do Guerrebô.

– Tome isso, Klaus! – gritou uma voz com agressividade, ao que Klaus olhou assustado à sua direita, vendo Hipno (todo queimado e quase sem cabelo), que surpreendentemente se levantou para desferir um golpe de punho direito. – PROGRAMAÇÃO... aaaah... aaah – gritou Hipno, agonizando, enquanto arregalava os olhos. Podia-se ver sangue escorrendo de sua boca enquanto ele dizia, agonizando:

– Mental... aaah... miserável. Recuperou a personalidade... ah... príncipe maldito.

Podia-se ver Norako, com uma cara séria, encarando o rosto agonizante de Hipno poucos centímetros à sua frente, enquanto segurava sua espada azul com ambas as mãos encostadas no estômago queimado do mercenário moribundo. Surpreso e com o filho de Kem nos braços, Klaus olhava para Norako à sua frente, enquanto gotas de sangue pingavam sobre os pés de Hipno.

– Foi muita sorte eu ter despertado nesse momento e ainda encontrar a minha espada ao meu lado. Parece que eu fui mais rápido que você! – disse Norako enquanto via os olhos de Hipno se fechando aos poucos.

– Somente... aah... ah, entre a vida e a morte é que o efeito do golpe "Programação Mental" se extingue... aah. – agonizou Hipno pela última vez, quando Norako puxou a espada para embainhá-la ao som de um ruído metálico. Com sua mão direita, Norako tocou levemente sobre o peito de Hipno, fazendo-o desabar e bater com as costas no chão.

– Isso é porque eu escolhi viver e aguentei firme – disse Norako enquanto olhava para o céu estrelado. – Muitas pessoas no meu estado escolheriam a morte. É preciso ter um propósito, algo em que acreditar, e nisso surge a força necessária para se levantar em qualquer circunstância e voltar a viver. E, por escolher viver, eu pude salvar a vida de meu irmão e de uma criança inocente. – Após alguns segundos de silêncio, Norako e Klaus fizeram caras assustadas ao sentirem uma poderosa energia, e então olharam e se viraram para a direção de onde ela fluía.

– Parece que sua hora chegou mais cedo, Hipno. Teve o que merece um traidor! – dizia Netuno, fluindo em energia salmão ao som de ruídos eletromagnéticos enquanto se aproximava de Klaus com o menino, Kem (ainda desacordado no chão) e Norako. Vestido todo de preto como Netuno, o filho de Kem mostrava aquela sua carinha séria de sempre e, durante todo esse tempo em que estivera com Klaus, manteve-se firme como um guerreiro, sem se assustar com nada, apesar de ser apenas uma criança. Netuno continuava se aproximando, e se aproximando.

Podia-se ver alguns pontos de fogo e fumaça em meio a toda aquela destruição na escuridão, que era iluminada pelas luzes azul-marinho das poucas naves intactas do triângulo negro e pelo incessante fluxo de energia salmão que brilhava ao redor de Netuno, mexendo seus cabelos azuis.

– Que bom que vocês estão todos juntos – disse Netuno, encarando Klaus e Norako uns dez metros à frente, enquanto caminhava. – Assim acabarei com todos vocês de uma só vez! – Klaus engoliu em seco.

Caído entre Klaus e Norako, e com o seu colete todo rasgado nas costas, Kem estava entre o estado consciente e o inconsciente enquanto ouvia a sua própria voz em seus pensamentos, dizendo: "Eu morri? Está tudo tão estranho... eu não estou sentindo mais nada". Netuno continuava caminhando e estava cada vez mais perto.

– Você está bem, irmão? É você mesmo? – indagou Klaus ao olhar para Norako à sua direita.

– Sim, eu estou bem, Klaus. Espero que eu não tenha causado muitos problemas por aqui – respondeu Norako, olhando para Klaus, que logo em seguida fez uma cara de lamentação. – Mas e o Kem? – Ambos olharam para baixo, vendo Kem caído aos seus pés. Netuno continuava se aproximando, e se aproximando.

De repente, começaram a passar na mente de Kem as imagens do rosto de Sakura enquanto ela dizia: "Kem! Kem! Levante-se, Kem! Vamos, Kem! Nunca se renda! Você é um Guerreiro do Universo!". Agora passavam as imagens do rosto do filho de Kem, que pensou: "Filho! Meu filho!". E as últimas imagens que passaram foram a do rosto do sr. Kiraua dizendo: "Eleve a sua energia, Kem, e supere toda a dor. A energia suprema do Universo está dentro de você! Guerreiro do Universo!".

Foi então que uma energia de brilho amarelo começou a fluir ao redor do corpo de Kem, aumentando a variação até tornar-se laranja. Norako e Klaus arregalaram os olhos, surpresos, vendo o corpo de Kem ainda imóvel. Netuno franziu a testa e parou ali por perto. Enquanto a sua energia alaranjada aumentava em brilho e intensidade, Kem começou a pensar:

"Somente aqueles que perderam a esperança se entregam à morte. Aqueles que não conseguem controlar seus pensamentos e emoções lutam desesperados até a morte. Um adversário firme jamais sentiria medo de pessoas tão fracas quanto essas. É preciso lutar para vencer e não para morrer. Os vencedores são aqueles que lutam e acreditam de todo o seu coração que irão vencer infalivelmente! Eu devo manter as esperanças enquanto tiver algo pelo qual lutar para ser feliz. Sakura... meu filho... papai... ajudem este guerreiro a se levantar."

– Não é possível que esteja emanando uma energia tão poderosa como essa nesse estado – disse Netuno, surpreso, pouco antes de ver Kem começar a se levantar. Klaus e Norako deram passos para os lados enquanto Kem continuava se levantando. Já completamente em pé, agora, Kem rasgou o resto de seu colete vermelho, jogou os pedaços no chão e depois segurou o pingente dourado que seu pai lhe dera, preso por uma corrente dourada em seu pescoço. Fluindo cada vez mais intensamente em energia alaranjada, enquanto seus cabelos loiros se mexiam, Kem disse baixinho para si mesmo, olhando para o pingente:

– Mamãe... protegerei esse nosso planeta custe o que custar... Ajude-me, mamãe. Eu sei que você sempre está junto comigo, no meu coração. Obrigado por tudo, mamãe. – Então Kem olhou para frente com uma cara muito séria, e os seus olhos verdes refletiram a imagem do rosto de Netuno.

– Miserável. Como conseguiu se levantar daquele estado lamentável e ainda aumentar a sua energia dessa forma? – disse Netuno, encarando Kem. – Hu! Mas, mesmo assim, o que vai fazer agora? Pois eu conheço todos os seus golpes. E então, Kem?

– Klaus, leve o meu filho daqui! – disse Kem, olhando para Netuno.

– Você pode usar a minha nave, irmão! – exclamou Norako, ao que Klaus olhou para ele. – Ela está a um quilômetro daqui à sua esquerda... Kem, ajudarei você a derrotar esse miserável. – Norako encarou Netuno.

– Não! Não, Norako! Não interfira! Essa luta é minha! Só minha!

– Mas, Kem!

– Deixe-o comigo e cuide do resto. E, Klaus, vá depressa com o meu filho!

Klaus consentiu com a cabeça e depois correu para a esquerda, levando o filho de Kem nos braços.

– Tudo bem, Kem – concordou Norako, conformado, e depois saiu correndo para cima de alguns soldados do triângulo negro que ainda restavam por ali. – Raaaa! Tomem isso! – E começou a golpeá-los com fortes socos e chutes, enquanto brilhava em energia alaranjada.

Netuno e Kem se encaravam seriamente, olhos nos olhos, enquanto seus cabelos esvoaçavam com os intensos fluxos de energia que ambos emanavam incessantemente.

– Você disse que conhece todos os meus golpes – disse Kem com a voz firme. – Então veja se conhece esse aqui! – Então Kem fechou fortemente as suas mãos, juntamente com os olhos, e a sua energia começou a aumentar ainda mais em intensidade, brilho e tonalidade da cor alaranjada, fazendo o ar se deslocar ainda mais violentamente ao som de ruídos eletromagnéticos. Netuno fechou os olhos quase totalmente por causa do vento, que arrebatou os seus longos cabelos azuis para trás. De repente, o gigantesco vulto de energia azul-clara do planeta Urano apareceu novamente, brilhando atrás de Kem.

– Hã? A imagem do planeta Urano apareceu de novo? O que ele está fazendo? – indagou-se Netuno enquanto franzia a testa e olhava, surpreso, para a imagem de Urano que iluminava tudo ao redor. Os cabelos loiros de Kem se mexiam sem parar, juntamente com o pingente dourado.

– É a primeira vez que usarei esse golpe – disse Kem e depois abriu os olhos num instante. – Não me responsabilizo pelas consequências! Entregue-se agora, Netuno, e eu lhe pouparei disso! Saia já desse planeta com o Exército do Triângulo Negro e nunca mais volte!

– Ah, *haha*! Não me faça rir, Kem! Vamos, por que não faz logo esse golpe no qual você está tão confiante? – gritou Netuno com arrogância.

– Miserável. Mostrarei o verdadeiro *Abalo de Urano* – disse Kem com firmeza, e então o vulto do planeta Urano começou a subir flutuando devagar, iluminando toda aquela escuridão com o seu brilho azul-claro. – Receba o golpe que eu criei especialmente para derrotar você... NETUNO!

– O quê? – indagou Netuno, franzindo a testa. O enorme vulto de energia de Urano flutuava uns cinco metros acima de Kem no instante em que ele saltou para cima e gritou: “DÊ-ME A SUA ENERGIA, URANO!”. Brilhando em energia alaranjada, Kem esticou seus braços para cima enquanto podia-se ver as suas veias saltadas. Quando as palmas de suas mãos encostaram no vulto de energia, ele gritou:

– RECEBA... O ABALO DE URANO! – E Kem lançou aquela grande energia com toda a força para cima de Netuno. No breve instante em que a energia descia e Netuno arregalava os olhos, vendo-a, o Guerrebô começou a se arrastar e rolar para o lado esquerdo por causa do brutal deslocamento de ar. Norako olhou espantado para aquela cena.

– BUUUUUM! – fez o barulho de uma grande explosão azul-clara que podia ensurdecer qualquer um que estivesse por ali. Os olhos espantados de Norako enxergavam um grande clarão azul por toda a parte. Quando Kem tocou com os seus pés no chão novamente, viu uma enorme nuvem de fumaça que se mostrava à sua frente. Depois de quase um minuto, a nuvem de fumaça se extinguiu completamente, mostrando uma gigantesca e funda cratera que se formou no chão negro metálico com o impacto da energia que Kem havia lançado. Próximo à borda da cratera, Kem olhava para ela por toda a sua extensão, tentando encontrar Netuno.

– Não o vejo em parte alguma, e nem ao menos sinto a sua energia. O poderoso guerreiro Netuno desapareceu por completo. Parece que realmente esse foi o seu trágico fim – disse Kem, e depois virou-se para trás, fazendo sua energia alaranjada desaparecer.

Enquanto caminhava na direção de Norako, que já havia derrotado todos os soldados, Kem se deparou com uma visão que o fez arregalar os olhos. Flutuando a uns três metros de altura, podia-se ver um gigante disco voador azul-claro, com dois grandes olhos amarelos e brancos e um singelo sorriso que se mostrava para Kem.

– Forma-forma guerreiro? – disse Kem, surpreso. De repente, através de uma luz azul-clara que se projetava do disco voador até o chão, começaram a descer duas pessoas, ou melhor, uma pessoa e uma criatura redonda. – Sakura? Forma-forma? – Mais surpreso ainda, Kem viu Sakura e o forma-forma vermelho bem na sua frente, logo após a luz azul-clara desaparecer. Estando à direita de Sakura, o forma-forma fez um rodopio no ar na vertical, bateu sem querer no corpo de um soldado moribundo caído e depois fez uma cara de nojo ao olhar para ele.

– Você está bem, Kem? – disse Sakura, fazendo uma carinha de preocupação. Podia-se ver Norako (não mais brilhando em energia alaranjada) um pouco mais atrás, caminhando de encontro a Kem.

– Estou, sim, Sakura – disse Kem enquanto Sakura olhava para ele, vendo-o sem o colete e com o corpo todo machucado. – Parece que o forma-forma lhe deu uma carona, hein? – Kem olhou para o disco voador. – Ele é incrível! Bem que o Raldot disse que eu ficaria surpreso. Esse forma-forma pode aumentar muito de tamanho. Que grande habilidade! – E, ao ouvir as palavras de Kem, o forma-forma vermelho fez uma cara inconformada. Kem olhou sério para Sakura, e Norako parou ali por perto. – Não deveria estar aqui, Sakura. Aqui é um lugar de perigo!

– Perigo? Perigo? – disse Sakura com voz firme e cara brava. – Perigo foi a situação em que você colocou o nosso filho! Onde ele está? – Kem abaixou a cabeça. – Ai, meu Deus... Kem! O que foi? Kem! O que aconteceu? – Lágrimas começaram a aparecer nos olhos verdes de Sakura.

– Está tudo bem, Sakura, ele está seguro. O Klaus o levou daqui – disse Kem ao olhar para Sakura, que respirou aliviada.

– Kem, eu vim aqui para lhe contar um segredo.

– Um segredo?

– Sim, Kem. Um segredo que Ganimedes me revelou. É sobre algo com poderes extraordinários. Algo que nos ajudará a acabar de uma vez por todas com esse mal que está se espalhando pelo Universo. Mas também é algo que não pode cair de maneira alguma nas mãos erradas. – Com uma cara surpresa, Kem ouvia Sakura atentamente. Norako também prestava atenção.

– Puxa vida, Sakura! Era disso que estávamos precisando. Parece ser algo incrível! – exclamou Kem, surpreso. – Então, diga... o que é?

Kem e Sakura se olharam por alguns segundos num clima de mistério.

– Esse segredo é sobre... – tentou dizer Sakura, mas foi interrompida ao desequilibrar-se quando o chão começou a tremer. Kem e Norako também deram uma pequena desequilibrada enquanto sentiam uma forte vibração sob os seus pés.

– Ah, mas isso não é possível! – disse Kem, espantado, ao olhar de forma repentina para trás. – Mas que miserável! Ainda está vivo?

– É um poder assustador – disse Norako, espantado, enquanto um brilho azul-marinho se refletia em seus olhos. Kem estava boquiaberto enquanto o forma-forma, com a cara assustada, se escondia atrás de Sakura.

Podia-se ver o guerreiro Netuno sem colete e com a calça bem destruída, enquanto brilhava intensamente em energia salmão e se elevava de dentro da cratera através de uma energia azul-marinho sob os seus pés. O gigantesco vulto de energia do planeta Netuno, que brilhava em azul-marinho, se mostrava às costas do guerreiro Netuno. Alguns destroços de naves que estavam ali por perto começaram a subir, flutuando. O fluxo de energia era brutal.

– Ah, Kem... – disse Netuno ao sair da cratera, tocando com suas botas rasgadas sobre o chão. – Sinceramente, você me assustou. E ainda me deixou muito ferido. – Os cabelos de Netuno esvoaçavam sem parar ao som de ruídos eletromagnéticos. – Você não sabe a raiva que estou sentindo. – Netuno franziu o nariz. – Seu uraniano maldito! Eu vou acabar com você! – E, quando Sakura viu o rosto de Netuno, ela arregalou os olhos e lembrou: "Ah, mas é ele! Ele é o impostor! Foi ele quem tentou me pegar daquela vez". Então Sakura se colocou à frente de Kem e abriu os braços ao gritar:

– É a mim que você quer, não é? – Nesse instante o forma-forma se escondeu atrás de Norako.

– Sakura? – indagou Netuno.

– O que está fazendo, Sakura? – disse Kem enquanto via os cabelos castanhos de Sakura.

– Eu havia acertado quando disse que era ele, Kem. Ele era o impostor!

– Então realmente era esse miserável? – indagou Kem, olhando por cima do ombro de Sakura, vendo Netuno uns cinco metros à frente.

– Vocês estão certos – disse Netuno. – Após eu ter saído da floresta petrificada naquele estado lamentável, por sorte eu encontrei alguém que me deu uma carona de fuzar quando eu estava caminhando pela estrada. Fui até a Estação Interplanetária junto com um cientista idiota, depois me livrei dele e embarquei para Netuno na nave de Sakura. – Netuno olhou para cima e viu o forma-forma disco voador. – Ah, sua criatura miserável... foi você quem ajudou a destruir o meu exército. – Num movimento rápido, Netuno esticou o braço direito na direção do forma-forma e lançou uma poderosa esfera de energia azul, que penetrou a criatura e espalhou-se por todo o seu grande corpo.

– NÃO! – gritou Kem ao ouvir e ver o forma-forma explodindo de dentro para fora, como uma bomba. Uma fumaça foi se espalhando pelo ar até desaparecer, sem deixar vestígios de nada. Kem olhava, espantado.

– Transformou-se em pó! – disse Netuno, e sorriu enviesado. Escondido atrás de Norako, o forma-forma vermelho tremia, batendo os dentes. – Agora é a sua vez, Kem! E depois será esse príncipe miserável. – Norako encarou Netuno. – Por último, levarei Sakura comigo. – Sakura fechou a cara

– Saia daqui, Sakura! – exclamou Kem ao jogar Sakura para o seu lado esquerdo. Hesitando, Sakura olhou preocupada para Kem. – Fuja, Sakura! Fuja daqui! – Sakura respirou fundo, e então saiu correndo. A energia alaranjada voltou a fluir intensamente ao redor do corpo de Kem.

– Não deixarei que fuja! Sakura! – gritou Netuno ao avançar ferozmente para pegar Sakura, mas Kem se colocou na frente dele, e os dois começaram um violento combate. Golpes e defesas se chocavam, fazendo ruídos eletromagnéticos e soltando faíscas de energia até que...

As mãos de Netuno brilharam em azul-marinho, formando um círculo vertical de energia de uns três metros. Kem, com o seu punho direito (que atravessou facilmente esse círculo azul-marinho), golpeou Netuno no peito, fazendo-o se arrastar uns três metros para trás. Quando parou, a energia salmão que brilhava intensamente ao seu redor começou a piscar até tornar-se marrom-clara. Kem arregalou os olhos e...

– FÚRIA DE NETUNO! – gritou Netuno, ao que uma grande energia de brilho azul-marinho saiu ferozmente do círculo à sua frente, como uma luz sai de uma lanterna. Kem arregalou os olhos uma fração de segundo antes que essa violenta energia o atingisse em cheio, juntamente com Norako. Podia-se ver um gigantesco brilho azul que iluminava aquele lugar escuro por uma grande extensão, destruindo tudo por onde passava. Um pouco afastada dali, Sakura olhava, assustada, para aquela luz que agora começava a se extinguir.

Netuno respirava fundo no momento em que a energia azul desapareceu juntamente com a energia marrom-clara, que antes fluía ao seu redor. Podia-se ver o chão todo rasgado por onde a "Fúria de Netuno" passou. Kem estava caído de costas, e Norako, de cara no chão, sem a bainha com a espada e com seu colete verde quase todo rasgado, ambos de olhos fechados. Estaria algum deles vivo após esse poderoso golpe de Netuno no nível 4? E o que teria acontecido com o forma-forma vermelho, que não estava mais ali? Teria sido ele transformado também em pó? Foi então que Netuno começou a caminhar em direção ao corpo caído de Kem.

– É quase impossível você ter sobrevivido a isso – disse Netuno ao parar perto do corpo de Kem. Norako podia ser visto caído uns três metros mais atrás. – Mas, para a minha garantia, agora lhe darei o golpe final. – Netuno mostrava-se ofegante e bem cansado no instante em que o seu punho direito começou a brilhar em energia azul. – Até nunca mais, Kem! – Netuno sorriu enviesado, olhou para o corpo de Kem, desceu com o punho para golpeá-lo e...

– TUM! – esse foi o barulho do chute que o Guerrebô deu em Netuno, jogando-o uns cinco metros para trás. O Super Guerrebô Azul apareceu de forma inesperada para salvar Kem. Mas, então, quem estaria no comando do Guerrebô? Seria Raldot novamente?

A resposta para essa pergunta é "não"! Pois, dentro da cabine do Guerrebô, podia-se ver duas grandes mãos vermelhas com olhos verdes e amarelos tocando no painel de comando. Não podia ser outro senão o forma-forma vermelho, que escapou da "Fúria de Netuno" ao se transformar em um foguete muito veloz. Por um milagre ele conseguiu acessar o Guerrebô e fazê-lo funcionar. E, nesse instante, o Guerrebô, com seus faróis azuis acesos na escuridão, encarava Netuno, vendo-o se levantar aos poucos.

– Sua lata velha... monte de sucata! – disse Netuno com raiva, já de pé. – Não sei como ainda está funcionando, mas agora o farei em pedaços para nunca mais se levantar! – E, quando Netuno se preparou para atacar, uma nave vermelha apareceu flutuando entre ele e o Guerrebô. Então, Netuno atentou-se para a nave, a que irradiava luzes brancas de suas paredes metálicas externas. Essa era a nave de Norako, que pousou logo após algumas pessoas saírem de dentro dela.

– Estamos de volta, comandante! – disse um guerreiro feioso que segurava o filho de Kem em seus braços.

– O Brok conseguiu nos libertar – disse um grandalhão careca que segurava os braços de Sakura para trás, prendendo-a.

– Stanley? Ramirez? – indagou Netuno, franzindo a testa, ao encarar os mercenários que estavam bem à sua frente. Podia-se ver Stanley à direita de Ramirez.

– *Hahahaha* – Stanley deu uma risada que soou ridícula. – O resto dos soldados que foram libertados já estão vindo para cá. – Stanley começou a olhar em volta do local. – Parece que fizeram um estrago por aqui. – Olhou novamente para Netuno.

– Dessa vez consegui dar um jeito no Klaus. E também capturamos a Sakura e essa criancinha. – Stanley olhou para a carinha séria do menino.

– Muito bem – disse Netuno. – Vocês me surpreenderam.

– Receberemos uma recompensa, comandante? – perguntou Ramirez enquanto segurava Sakura, que parecia bem preocupada e algumas vezes olhava para o seu filho à sua direita.

Mas, de repente, o Guerrebô saltou por cima da nave vermelha e, quando caiu no chão, pisoteou Netuno com sua perna esquerda, fazendo o chão tremer.

No meio dessa confusão, Sakura escapou das mãos de Ramirez e depois tocou com sua palma direita na nave vermelha, fazendo-a subir ao dizer "Abra!". Após entrar na nave através da luz azul, Sakura começou a tocar no painel de comando, programando a nave com rota automática para outro planeta. Assim como Kem, Sakura também tivera seu DNA incluído no banco de dados para ter o acesso da Família Real.

Enquanto Netuno fazia força com os braços, empurrando a perna do Guerrebô para cima, Sakura olhava através da parede transparente da nave, vendo Stanley preso na mão direita do Guerrebô. Nesse mesmo instante, o Guerrebô, que estava com sua cabeça aberta, colocava o filho de Sakura dentro da cabine, segurando-o em sua mão esquerda metálica. Quando a cabeça do Guerrebô se fechou ao som de um ruído metálico, podia-se ver o filho de Sakura dentro da cabine ao lado do forma-forma duas mãos.

– Obrigada, Guerrebô! Agora eu vou resgatar o Kem – disse Sakura, que depois manobrou a nave até parar flutuando acima do corpo de Kem, que estava ali por perto. Então a luz azul se projetou e puxou-o para dentro da nave.

Percebendo que Kem estava gravemente ferido, num estado entre a vida e a morte, Sakura arrastou-o pelo chão da nave e, com dificuldade, colocou-o sentado sobre o assento à esquerda do assento de piloto. Sakura acionou a energia de cura logo após ter colocado vários dispositivos de cura sobre o corpo de Kem, que podia ser visto com os olhos fechados e uma expressão muito abatida em sua face.

– Tenho certeza de que você irá se superar, meu querido Kem. Você é forte – dizia Sakura baixinho e com uma carinha triste enquanto olhava para o rosto de Kem atrás da energia vermelha. – Agora eu vou buscar o nosso filho e nós três sairemos juntos desse planeta para um lugar melhor.

– Você quer dizer nós quatro... não é, Sakura? – disse novamente aquela voz com sotaque francês, pouco antes de Sakura sair da nave pela luz azul.

– Lata velha maldita! – gritou Netuno após expandir violentamente a sua energia de brilho salmão e arrancar a perna esquerda do Guerrebô com brutalidade. Dominado pela cólera, sem ver o que estava fazendo, Netuno arremessou violentamente a gigante perna metálica contra Ramirez, que por sorte conseguiu se desviar e por muito pouco não foi esmagado. Durante esse breve instante, Stanley se esforçava para se soltar da mão do Guerrebô, mas não conseguia. Podia-se ver e ouvir o Guerrebô soltando faíscas no local onde sua perna foi arrancada, pouco antes de ele desabar no chão, que tremeu fortemente com o impacto, fazendo um estrondo.

– Filho! – gritou Sakura ao arregalar os olhos e depois colocar as mãos sobre o rosto, desesperada. Foi então que a cabeça do Guerrebô se abriu, e o forma-forma saiu de lá transformado em uma grossa bolha de amortecimento, carregando o filho de Kem dentro de si mesmo. Fez isso para salvar o menino quando o Guerrebô se impactou com o chão. – Forma-forma! – disse Sakura, preocupada, pouco antes de ver o seu filho sair de dentro do forma-forma, que logo em seguida transformou-se em sua forma original e ficou flutuando rente ao chão. – Graças a Deus você está bem, meu filho! – Vendo o seu filho sentado no chão entre o braço direito do Guerrebô e o forma-forma, Sakura correu afoita até os dois. – Mamãe veio para salvá-lo – disse Sakura ao pegar o seu filho no colo.

– Tome isso, sua criatura impertinente! "TUM!" – exclamou Ramirez ao dar um forte chute no forma-forma, fazendo-o voar rente ao chão na horizontal até parar embaixo da luz azul, que o puxou para dentro da nave. Assustada, Sakura saiu correndo com o seu filho nos braços enquanto olhava para a luz da nave alguns metros à sua frente.

– Só falta mais um pouco – disse Sakura consigo mesma num clima de desespero, enquanto podia-se ouvir seus passos batendo no chão. De repente, Stanley apareceu de surpresa na frente de Sakura, tomou o seu filho com o braço direito e segurou-a pelo braço com a mão esquerda. – Solte-me! Solte-me! Solte o meu filho, solte o meu filho! – gritava Sakura, desesperada, chorando. Stanley, que estava machucado por ter caído junto com o Guerrebô, mostrava um sorriso ameaçador em sua face, na qual se podia ver algumas gotas de sangue escorridas. Foi então que Ramirez se aproximou e prendeu Sakura pelos braços.

Nesse instante, via-se o forma-forma desesperado dentro da nave, sem saber o que fazer, flutuando de costas enquanto seguia na direção do assento de piloto sem olhar para trás. Sem querer, o forma-forma encostou no painel de comando, fazendo um quadrado branco acender em azul, e logo em seguida uma voz eletrônica disse:

– Decolagem acionada no modo piloto automático! Percurso com destino para o planeta Terra iniciado! Contagem regressiva... cinco, quatro, três... – O forma-forma olhava assustado de um lado para o outro enquanto a nave fazia um barulho de decolagem. – ...dois, um... partindo! – E a nave disparou velozmente em direção ao céu escuro da região norte, irradiando sua luz branca enquanto subia sem parar.

– Kem! – gritou Sakura enquanto via a nave desaparecendo no céu, como um pontinho de luz. Ramirez mantinha os braços dela bem presos as costas.

– Não tem mais por onde escapar, Sakura – disse Netuno ao se aproximar, não mais fluindo em energia. Com o Guerrebô apagado, o local se mostrava totalmente imerso na escuridão. – Agora eu a levarei comigo.

– E o que vamos fazer com essa criança, comandante? – perguntou Stanley enquanto segurava o garotinho nos braços. Ao ouvir isso, Sakura fez uma cara de choro, desesperada, vendo o seu filho bem na sua frente. O silêncio se fez presente durante uns dez segundos.

– Peguem o corpo de Norako. Se ele ainda estiver vivo, o que eu duvido muito, apenas prenda-o. Ele poderá ser útil para nós – disse Netuno, que não respondeu a pergunta de Stanley e logo em seguida começou a passar a mão nos cabelos de Sakura. – Aquele dia, na nave, quase dois anos atrás, no momento em que a vi bem de pertinho pela primeira vez, eu fiquei apaixonado por você, Sakura. Aqui estamos nós outra vez. – Com lágrimas nos seus olhos verdes que encaravam Netuno, Sakura mostrava uma expressão inconformada e de desprezo em sua face. Netuno passava a mão em seus cabelos castanhos. – Eu disse para você que um dia nos veríamos novamente, e as coisas seriam muito diferentes. Um dia é o da caça... e o outro é o do caçador. – E, quando Netuno aproximou a mão da face de Sakura, ela deu-lhe uma forte mordida nos dedos, fazendo-o gritar. – Aaaaaaah! – Ramirez amoleceu os braços ao se distrair, ao que Sakura se soltou e depois saiu correndo em meio à escuridão. – Mulher selvagem! – disse Netuno enquanto esfregava uma mão na outra, e então olhou para Ramirez. – Idiota! Idiota!

– Perdoe-me, comandante – disse Ramirez ao abaixar o olhar.

– Hu! Será impossível que ela escape com tantos soldados espalhados por aí. Só espero que a mantenham viva! Caso contrário, eu darei a cada um o fim que merece. Isso é o que vão receber de recompensa – disse Netuno, ao que Ramirez engoliu em seco. – Avisem a todos os outros sobre Sakura.

Enquanto isso, no planeta Mercúrio, viam-se três homens carecas de orelhas pequenas dentro de uma caverna iluminada por uma luz alaranjada. Vestiam quimonos vermelhos sem mangas, calças laranja e sapatos pretos. Estavam um ao lado do outro enquanto olhavam para frente, prestando atenção em alguém.

– Qual é o plano, mestre? – disse um deles com uma voz fina e feia.

– Como Vênus não é um planeta interessante para nós, então começaremos o domínio pelo planeta Terra – afirmou a voz lenta do mestre.

– E quando será, mestre? – disse o outro com uma voz mais grossa.

– Em breve – respondeu o mestre.

Dentro de uma nave do triângulo negro que sobrevoava o céu de Urano, podia-se ver o comandante Netuno sem o colete, mostrando o seu corpo muito machucado. Estava sentado no único assento da nave enquanto olhava para uma tela holográfica à sua frente, vendo a imagem do rosto de alguém.

– Netuno! – disse uma voz lenta e imponente.

– Sim, Imperador – disse Netuno com respeito.

– Já conquistou Urano?

– Quase, Imperador, está quase completo.

– Então trate de completar.

– Sim, senhor.

– E qual é a próxima etapa?

– Conquistar Saturno.

– E acha que isso é possível com suas forças?

– Com certeza, senhor.

– Pois está muito enganado.

– Imperador... eu estou no nível 4! Pude ver com os meus próprios olhos um guerreiro de Saturno que não passou do nível 3, Homero.

– Pelo visto você não conhece muito bem os guerreiros de Saturno.

– O que quer dizer, Imperador?

– Você não está à altura de enfrentá-los.

– O que está dizendo, senhor? Como não?

– Você pode até ser superior a alguns deles em relação ao nível de energia, mas nada comparado com as técnicas deles. O Exército do Triângulo Negro não tem poder para detê-los. Vocês seriam um alvo fácil para eles.

– São tão fortes assim? – Netuno olhava concentrado para a tela holográfica, vendo o rosto do Imperador. – Mas tenho certeza que não são páreos para o senhor. Poderia acabar com eles facilmente.

– O que está insinuando, Netuno? Está me dizendo para fazer o que os meus subordinados devem fazer? Quer que eu saia daqui para conquistar esse sistema que é a sua obrigação?

– Não, não, Imperador... perdoe-me.

– Pense em alguma coisa, Netuno.

Passadas algumas horas desde que a nave vermelha de Norako partiu de Urano, Kem finalmente despertou, abrindo os olhos devagar.

– Onde estou? – indagou-se Kem, piscando os olhos. Nesse instante a energia de cura já havia desaparecido. – Ah, mas o que é isso? – indagou Kem, surpreso, ao olhar para frente e ver, através da nave, uma imensidão azul da qual estava se aproximando. Depois, retirou todos os dispositivos de cura de seu corpo, colocando-os sobre o assento da direita, o de piloto. – Que nave é essa?... O que aconteceu?... Onde está todo mundo? Sakura? Filho? – disse Kem ao olhar para os lados e depois atentou-se para frente novamente. – Mas que planeta é esse?

– Planeta Terra! – afirmou aquela voz com sotaque francês.

– Quem disse isso? – indagou Kem ao franzir a testa e depois se assustar ao ver uma criatura amarela que apareceu bem diante de seus olhos. Era redonda, tinha um bigode espiralado e fino e olhos azuis e brancos. – Vai dizer que você é um...

– Forma-forma! – respondeu a criatura, que havia saído do bolso de Sakura transformado em um cubinho amarelo, pouco antes que ela descesse da nave. – Um forma-forma falante!

Kem arregalou os olhos e fez uma cara de bobo, não acreditando no que viu e ouviu. Logo em seguida, quem apareceu foi o forma-forma vermelho, sorridente, transformado numa mão direita e fazendo o gesto de paz e amor para Kem.

FIM
A aventura dos Guerreiros do Universo só está começando.
Continuará...

E ALGUNS MISTÉRIOS...

.
.
.
.
.

...PERMANECEM

Por que Víctor tentou exterminar o filho de Kem, sendo ele apenas uma criancinha indefesa?

O que levou Flauber e Víctor a saírem de planetas tão distantes, em outra galáxia, e chegarem a Urano através do portal da floresta petrificada?

E quanto ao Guerreiro Secreto? Será que ele tentou fazer algo para combater o Exército do Triângulo Negro e impedir a conquista do comandante Netuno sobre Urano? O que terá acontecido?

E quanto a Sakura, que percorria a escuridão da região norte sozinha? Qual seria o seu destino?

O que teria causado o misterioso desaparecimento de Ariel? Onde foi parar o Guerreiro do Universo do planeta Rivera? Estaria ele vivo ou morto?

E Klaus, Norako, Raldot, sr. Kiraua, Jorge, Sara, John e Eric?

Por quais novas aventuras Kem passaria em companhia dos dois forma-forma?

E qual seria o segredo que Ganimedes revelou a Sakura?

Quer saber de tudo isso e muito mais?

Então esteja conosco nas próximas e fantásticas aventuras de "Os Guerreiros do Universo".

OS GUERREIROS DO UNIVERSO

NUNCA SE RENDA

Glossário

- Quando é dito que um robô é de uma certa cor, significa que essa é a cor da parte que parece ser sua roupa. Essa parte, na verdade, é seu próprio corpo metálico que parece estar vestido. É a cor predominante no robô.
- Fisgada de sono: expressão utilizada pelo autor para ilustrar uma personagem cochilando sentada, fazendo a cabeça cair ao fechar os olhos e levantar ao abri-los, repetidas vezes. Ou seja, fulano está "pescando", como no dito popular.
- O uniforme verde-azulado utilizado pelos pilotos da Estação Interplanetária de Urano possui um bolso secreto em cada perna. Esses bolsos, que não são visíveis quando fechados, abrem-se quando o piloto passa a mão neles de cima para baixo e fecham-se quando o piloto passa a mão neles de baixo para cima.
- Ano-luz é a distância que a luz percorre durante o período de um ano do calendário terráqueo, ou seja, durante o tempo que o planeta Terra gasta para completar uma volta ao redor do Sol. Isso corresponde aproximadamente a 9,5 trilhões de quilômetros.
- Um dia no planeta Terra possui aproximadamente 24 horas. Um dia no planeta Urano possui aproximadamente 17 horas e 14 minutos. Portanto, um ano na Terra (365 dias), corresponde a aproximadamente quinhentos dias em Urano.
- O planeta Urano leva aproximadamente 84 anos terráqueos para completar uma volta ao redor do Sol.
- Vamos conhecer alguns dados físicos dos planetas do Sistema Solar onde aconteceram as aventuras dos nossos amigos, personagens de *Os Guerreiros do Universo*.

URANO

Rotação: 17 horas e 14 minutos
Translação: 84 anos terrestres
Diâmetro: 50724 quilômetros
Gravidade: 8,87 m/s² (metros/segundo²)
Satélites Naturais (Luas): 27

NETUNO

Rotação: 16 horas e 6 minutos
Translação: 164 anos terrestres
Diâmetro: 49244 quilômetros
Gravidade: 11,15 m/s^2 (metros/segundo^2)
Satélites Naturais (Luas): 13

Bibliografia

Durante o planejamento inicial da obra *Os Guerreiros do Universo*, principalmente antes de escrevê-la e em algumas ocasiões enquanto a escrevia, realizei um estudo sobre algumas informações de astronomia, essenciais à montagem e ao desenrolar da história. Mesmo sendo um conto de ficção, um dos meus objetivos, dentre os vários dessa obra, foi o de ajudar a propagar o desejo pelo conhecimento astronômico, que está evoluindo cada vez mais e sempre esteve presente na história da humanidade.

Meus sinceros agradecimentos aos autores que, através do conhecimento disponibilizado nas referências citadas, dotaram-me com inspiração e informação astronômica necessárias para enriquecer essa obra. Admiro e respeito os vossos trabalhos, os quais colaboram para a evolução e divulgação da astronomia.

- Dados sobre os planetas Urano e Netuno
  NASA. Solar System Exploration - Planets. Disponível em: http://solarsystem.nasa.gov/planets/index.cfm. Acesso em: 17/06/2012.

- Via Láctea / Ano-luz / Dados sobre os planetas do Sistema Solar

  CDA-CDCC USP/SC. Aprendendo Astronomia (Ensino Fundamental e Médio). Disponível em: http://www.cdcc.usp.br/cda/aprendendo-basico. Acesso em: 04/11/2012.

- Distância da galáxia Grande Nuvem de Magalhães / Órbitas elípticas
  Kepler de Souza Oliveira Filho & Maria de Fátima Oliveira Saraiva. Astronomia e Astrofísica. Disponível em: http://astro.if.ufrgs.br/index.htm. Acesso em: 04/11/2012.

- Distância da estrela Beta Fênix
  Grupo de Astronomia da Universidade da Madeira. Phoenix. Disponível em: http://www3.uma.pt/Investigacao/Astro/Astronomia/Observ_mes/Nov2005/phoenix.htm. Acesso em: 15/07/2012.

- Galáxias satélites / Distância das estrelas mais próximas
  Richard Powell. Um Atlas do Universo (Traduzido por Paulo R Baartz). Disponível em: http://atlas.zevallos.com.br/. Acesso em: 14/05/2009.

Bônus das aventuras

Quando Raldot chega à casa de Kem e encontra os robôs

No gramado azul da casa de Kem, próximo às árvores vermelhas, via-se uma nave-azul marinho, que acabara de pousar, fazendo um breve ruído ao tocar o chão. De repente, um portal de energia azul se abriu em sua lateral esquerda, onde se via o símbolo de um triângulo negro. Nesse instante, no meio do jardim e virado de costas para a nave, encontrava-se o robô jardineiro, que nem ao menos percebeu a presença do homem de cartola preta e cara maluca, que apareceu por ali após atravessar o portal.

Ali estava Raldot, que, logo ao sair da nave, começou a caminhar em direção ao jardim. O cientista chegou perto de umas plantas e ficou parado, vendo o robô jardineiro, ainda de costas, regando o jardim. E então, quando o jardineiro se virou para continuar molhando as plantas, sem querer acertou em cheio a cara de Raldot com um potente esguicho de água. Após fazer uma cara de dúvida, mexendo suas sobrancelhas ao som de um ruído robótico, o robô desligou o esguicho e disse:

– Você não é uma planta! – Então, Raldot fez uma cara maluca e disse:

– Eu sou o Raldot.

– Raldot?... Pesquisando no sistema... pesquisando no sistema... hum... eu bem que suspeitava. Não existe nenhuma planta com esse nome – disse o robô jardineiro após acessar o seu banco de dados.

Logo em seguida, o portal de luz azul da entrada da casa de Kem se abriu, e então um ser robótico o atravessou. Os olhos de Raldot agora viam o robô mordomo, que começou a caminhar na direção do cientista no instante em que o portal se fechou.

– Olá, senhor Raldot, o que deseja? – disse o mordomo com sua voz eletrônica. Com a cara ainda molhada, Raldot olhava para o mordomo, que parou bem na sua frente.

– Eu preciso falar com o Kem – respondeu o cientista.

– Sinto muito, mas o senhor Kem não está aqui.

– Pelas luas de Urano! Eu preciso falar com ele! – disse Raldot, parecendo ansioso enquanto fazia uns gestos faciais meio malucos, isso pouco antes de segurar nos ombros do mordomo. – Para onde ele foi, robô? Para onde? – dizia enquanto chacoalhava o robô, que, apesar disso, mantinha sua postura firme e educada de mordomo. O robô jardineiro, agora podando alguns arbustos azuis com sua grande tesoura, olhava para aquela cena com cara de dúvida enquanto dizia:

– Plantas não chacoalham robôs... robôs chacoalham plantas!... Ele realmente não é uma planta. – E então deu um chacoalhão no arbusto.

– O senhor Kem... – disse o mordomo, quando Raldot parou de chacoalhá-lo – ... o senhor Klaus, e o pequeno bebê foram para o castelo azul.

– O castelo azul! – exclamou Raldot, fazendo uma cara surpresa.

Quando o forma-forma tenta pregar uma peça no forma-forma viajando no forma-forma

– Esse disco-voador em que o forma-forma azul se transformou se parece muito com aquele amarelo do Raldot – dizia Sakura, enquanto se acomodava num assento azul-claro de uma cabine dentro do forma-forma disco voador. – Mas esse, além de não ter painel de comando, é feito totalmente do corpo do forma-forma azul – disse Sakura, reparando no chão e na parede à sua frente, tudo azul. – Vocês, forma-forma, são impressionantes!

– Obrigado – respondeu aquela voz com sotaque francês, ao que Sakura olhou para sua perna direita.

– Agora você já pode sair daí – disse Sakura ao tocar seu bolso, que se abriu. Dali saiu um cubinho amarelo, que logo se transformou numa bola com grandes olhos azuis e brancos. – Estão todos em família aqui! – Sakura mostrava uma expressão meiga em sua face, enquanto olhava para a criatura amarela de bigode espiralado e fino, que flutuava acima de seu colo. “Em família?... O que ela quer dizer com isso?”, pensava o forma-forma amarelo, já meio preocupado.

De repente, uma sombra redonda apareceu sobre o assento vazio à direita de Sakura.

– Por que você não se diverte um pouco com o forma-forma vermelho? – sugeriu Sakura. “Não acredito... que aquela criatura sapeca... embarcou conosco... Isso só pode ser um pesadelo!!”, pensou o forma-forma amarelo, desesperado, enquanto mantinha seus olhos arregalados e sentia um intenso calafrio por todo o seu corpo redondo. – Ah! Ficou surpreso! Tenho certeza de que serão bons amigos. Vamos! Vá brincar com ele!

– Estou surpreso... estou muito surpreso!! – disse o forma-forma amarelo ao olhar desesperado para o lado e ver quem ele não queria, flutuando sobre o assento direito. Era ele mesmo quem estava ali, o forma-forma vermelho, que fazia uma cara sapeca enquanto dois chifrinhos de capetinha cresciam em sua testa. – Pelas luas de

Júpiter! Socoooorro!! – gritou, e então disparou em alta velocidade para o fundo da cabine.

– Já sei! Vão brincar de pega-pega! – disse Sakura ao olhar para o forma-forma vermelho, que, no mesmo instante, fez desaparecer os chifrinhos e esboçou um sorriso amigável, disfarçando. Então, disparou atrás do forma-forma amarelo. – Ah! Que bonitinhos!

O forma-forma amarelo, desesperado, encontrava-se encostado à parede no fundo da cabine, cercado pelo forma-forma vermelho, que então se transformou numa grande tesoura.

– Por acaso você não está querendo me cortar? Está? – disse o amarelo, em pânico, ao que o vermelho abriu um sorriso travesso. "Ah, meu Deus, o que eu vou fazer agora?", pensou o amarelo. – E agora? E agora? – Os olhos desesperados do amarelo encaravam os olhos endiabrados do vermelho. – Já sei! – disse, ao erguer suas sobrancelhas, e então se transformou em uma pedra.

Ao ver aquela pedra amarela à sua frente, o forma-forma tesoura fez uma cara surpresa e depois ficou pensativo.

– *Haha*! Eu surpreendi você, seu cara de tomate! – disse o amarelo, agora orgulhoso e convencido. Mas, de repente, o vermelho transformou-se num grande pedaço de papel. – Oh, não... não surpreendi – disse, desiludido, ao ver novamente o sorriso travesso do vermelho. – Jokempô? – indagou-se, pensativo e esperançoso. – Então, vamos jogar Jokempô!! – gritou, extasiado, com o seu sotaque francês, e logo se transformou numa grande tesoura amarela.

Sem perder tempo, o forma-forma vermelho transformou-se numa pedra, invertendo o papel, ou melhor, invertendo os papéis. Então, dessa vez o amarelo se transformou no papel. O vermelho, na tesoura novamente. O amarelo, na pedra. O vermelho, no papel.

Foi então que, cansado de tanto se transformar, o forma-forma amarelo tomou coragem e jogou-se contra o vermelho, gritando:

– Aí vai a pedra!! AAAAAAAH!! – E chocou-se com força sobre o vermelho, que fez uma cara de desconforto ao sentir a pancada.

Via-se a pedra amarela grudada no papel vermelho, voando na direção de onde estava Sakura, que logo sentiu seus cabelos esvoaçando quando algo passou por cima de sua cabeça. "TUM", foi o barulho que fez quando os forma-forma se chocaram contra a parede azul bem em frente a Sakura. Nesse instante, via-se o forma-forma azul disco voador, fazendo uma cara de desconforto, como se estivesse sentindo uma indigestão.

– Peguei você! Sua coisa verme... – tentou dizer o amarelo, ao que o vermelho o embrulhou totalmente.

– Que gracinhas! Estou vendo que já fizeram amizade! – disse Sakura, com uma expressão meiga em sua face, enquanto olhava para o forma-forma vermelho, que sorria orgulhoso, sentindo-se vitorioso. Mas, de repente, ele subiu a toda velocidade para cima e bateu com tudo no teto da cabine. Fazendo cara de dor com os olhos fechados, logo ele desceu com tudo para baixo e sentiu outra pancada ao bater no chão. E assim continuou sem parar, para cima e para baixo, batendo no teto e no chão. – Agora estão juntinhos brincando de sobe e desce. Como se gostam!

"Agora vou bater em você conforme minha vontade. Seu xarope! *Hahaha*!", pensava o amarelo, que podia ser visto dentro do vermelho, fazendo-o agora quicar de forma diagonal, vertical e horizontal pelas paredes, teto e chão, batendo por toda parte da cabine. O forma-forma disco voador fazia gestos de desconforto a cada pancada que sentia em seu interior.

Agora quem parecia desesperado era o forma-forma vermelho, que podia ser visto todo amassado, enquanto batia por todo lado, mantendo seus olhos arregalados e tentando gritar; porém, como ele não tinha cordas vocais, não saía nenhum som. Então, após levar muitas pancadas e perceber que voava rapidamente de encontro a Sakura, o vermelho cuspiu o amarelo de seu interior, arremessando-o para cima e...

– Ainda não acabou... seu cara de tomate amassado! – disse o amarelo, empolgado, enquanto via o vermelho todo torto cair sobre o colo de Sakura, e então se transformou numa máquina de picotar papel. – Vem aqui, sua criatura travessa! – E também caiu no colo de Sakura, sugando o papel vermelho. Logo, começaram a sair pequenos pedaços circulares de papel vermelho pela boca de um funil amarelo, que ficava na parte de cima do forma-forma máquina de picotar papel. – *Hahaha*! O espertinho virou confete! – debochava o amarelo.

– Que legal! – exclamou Sakura, sorridente. – Estão fazendo a festa! – E os pedacinhos de confete vermelho caiam em toda parte por ali, inclusive sobre os cabelos e a roupa de Sakura, enquanto o forma-forma amarelo, agora realmente se divertindo, ria sem parar. Já com o forma-forma vermelho, que estava com seus olhos apoiados sobre um montinho de confete na perna de Sakura, desconsolado e enraivecido, aconteceu o que Kem pensara uma vez sobre ele:

"Ah... você vai ver... vai chegar o seu dia.'

Quando Stanley replica o DNA de Klaus

Via-se Klaus correndo em meio à escuridão, carregando o filho de Kem em seus braços, enquanto seguia em direção a um ponto de luz que estava meio quilômetro à sua frente. Parecendo esgotado, com a sua roupa bem destruída e muito machucado, Klaus respirava fundo enquanto ouviam-se seus passos, batendo no chão negro metálico. Ao ficar a poucos metros daquilo que antes parecia ser apenas um ponto de luz, Klaus agora podia ver claramente a nave vermelha de Norako, emanando um brilho de luz branca, iluminando a escuridão ao redor de onde estava pousada.

De repente, Klaus trombou em algo que apareceu inesperadamente à sua frente, fazendo-o desequilibrar-se e quase cair. Alguém estava ali, frente a frente com

Klaus, bloqueando a sua passagem. O menino de cabelo azul, que se manteve firme apesar da trombada, olhava com sua carinha séria para um grandalhão careca que estava bem à sua frente. Surpreso, Klaus encarava esse homem que vestia um uniforme cinza do triângulo negro.

– Parece que nos encontramos novamente, Klaus! *Hahaha*! – disse uma voz do nada e depois fez uma risada ridícula.

– Essa voz – disse Klaus ao levantar suas sobrancelhas, surpreso.

– *Hu*! Dessa vez não haverá ninguém para protegê-lo... dessa vez você não escapa. *Hahaha*! Olhe só para você, Klaus... está acabado.

– Stanley? – indagou Klaus, ofegante. – Você de novo?

– Estou bem aqui atrás, Klaus – disse Stanley.

– Você não mudou em nada – disse Klaus, cansado. – Continua atacando pelas costas.

– Eu não tenho regras! Sou um mercenário do triângulo negro! *Hahaha*!

– Miserável – disse Klaus enquanto via aquele grandalhão à sua frente o encarando.

– Hum... parece que trouxe alguém com você, Klaus... Quem é essa criancinha? – disse Stanley com um ar de intimidação.

– Filho! – gritou uma voz feminina.

– Sakura? – indagou Klaus.

– Ah..., já entendi. – concluiu Stanley, que podia ser visto prendendo Sakura pelos braços. – Parece que a mamãe encontrou o filhinho perdido – sussurrou lentamente no ouvido de Sakura. – Pegue a criança, Ramirez! – gritou, e então o grandalhão careca olhou para a carinha séria do menino que estava nos braços de Klaus.

– Não! Não! Filho! Meu filho! – gritava Sakura, desesperada, debatendo-se, tentando se soltar, mas não conseguia, pois Stanley a prendia com força e habilidade.

– Vem aqui com o Ramirez, vem – disse Ramirez, fazendo gestos com as mãos. Os olhos verdes e sérios do menino refletiam aquela cabeça careca.

– Não deixarei que o pegue – disse Klaus, fatigado. – Eu prometi ao Kem que o protegeria.

– Acho melhor... você se proteger... Klaus! – exclamou Stanley ao jogar Sakura no chão com brutalidade, fazendo-a desmaiar, e então avançou para cima de Klaus. – Tome isso! – gritou um segundo antes de acertar uma cotovelada na lateral da cabeça de Klaus, logo acima da orelha direita. Nisso, Ramirez, que estava atento (o que não é muito de costume), pegou o menino pouco antes de ouvir Klaus batendo no chão negro metálico, caindo desmaiado.

– Você o acertou bem, hein, Stanley? – disse Ramirez, enquanto olhava para baixo, vendo a cabeça de Klaus com uma marca de sangue onde acabara de levar o golpe. – Ei, menininho da cara brava, vou levar você para o triângulo negro. – Ramirez encarava os olhos do menino, enquanto segurava-o com suas grandes mãos por baixo dos seus frágeis bracinhos. – O que você acha, Stanley?

– Agora não é hora para ficar brincando com a criança, Ramirez – disse Stanley ao se agachar ao lado de Klaus. Ramirez olhou para ele. – Está quase morto. – Stanley colocou a mão no pescoço de Klaus, medindo sua pulsação. – O coração dele já está quase parando. Vou aproveitar para replicar o seu DNA, antes que morra. – Foi então que Stanley abriu o compartimento do triângulo negro em seu colete, e dali retirou uma luva bege feita de um material especial, colocando-a logo em seguida em sua mão direita. Tocou um dos braços de Klaus com a mesma mão, e logo a luva começou a ser envolvida com uma luz de brilho azul-marinho. Após uns trinta segundos a luz desapareceu, e então, como se fosse em uma tela, começaram a aparecer sobre a luva, as seguintes sequências de palavras em azul-marinho, uma desaparecendo para dar lugar à outra: "DNA", "REPLICADO", "COM SUCESSO".

– Era uma vez... um príncipe chamado Klaus – disse Stanley, debochando. – *Hahahahaha*! – ria com a cabeça inclinada para cima, enquanto media a pulsação de Klaus com a mão esquerda. – Nenhum pulso. Finalmente o principezinho sucumbiu.

– Vamos levá-lo como troféu? Para o comandante?

– Não! Vamos deixá-lo aqui na escuridão. Assim o paradeiro do príncipe Klaus será para sempre um mistério – disse Stanley, e então se levantou. – Dê-me a criança, Ramirez, vamos! – Ramirez franziu a testa, e depois entregou o menino para Stanley. – Aproveite e traga a Sakura para a nave conosco. Tenho certeza de que o comandante ficará muito contente com ela, e depois nos dará uma recompensa.

Enquanto Ramirez se agachava para pegar Sakura em seus braços, Stanley caminhava em direção à nave vermelha, carregando o menino em seu braço esquerdo. Ao chegar perto da nave, que emanava aquele brilho de luz branca, Stanley tocou-a com sua mão direita, na qual via-se a luva bege, e então ordenou:

– Abra! – E logo que a nave subiu, até parar, flutuando a uns dois metros de altura, uma luz azul em formato cilíndrico projetou-se dela até o chão metálico. – Vamos, Ramirez – disse Stanley ao olhar para trás e ver Ramirez segurando Sakura com um braço por baixo dos joelhos, e o outro, das costas. Via-se Sakura inconsciente, com sua cabeça tombada para trás e seus cabelos castanhos caídos em direção ao chão, enquanto se ouviam os passos de Ramirez, que a carregava até a nave.

Quando Flauber vai atrás de Kem

Flauber estava correndo por entre as árvores vermelhas da floresta, naquele lugar de pouca luz, enquanto o barulho de seus passos se misturava com o barulho dos cantos e gritos das aves à sua volta.

"Aquele miserável do Lino... Como ousou interferir na minha luta? E ainda mais me dizer para ir atrás desse tal de Kem, como se estivesse me mandando fazer isso. Quem ele pensa que é? Que cara mais convencido! Vamos ver como ele se sai com o Norako.", pensava Flauber enquanto corria. Então, aos poucos foi diminuindo o ritmo até começar a caminhar, quando percebeu que estava numa parte bem diferente da floresta.

Ali, parecendo ser uma parte mais antiga, havia árvores bem maiores, a mata era bem fechada, e a escuridão, praticamente total. Flauber ouvia alguns barulhos diferentes e sinistros, que provavelmente eram dos bichos que habitavam esse local.

– Que lugar mais sinistro. Será que encontrarei uma saída no meio dessa escuridão? – dizia Flauber, caminhando com cautela, atento. Os barulhos da floresta continuavam. De repente, os olhos amarelo-claros de Flauber se arregalaram, quando avistou algo que o fez parar.

Flauber via um ponto de luz azul uns vinte metros à sua frente, que parecia se aproximar lentamente, em sua direção, enquanto se mantinha atento ao menor sinal de ruído e movimento, preparado para o que fosse acontecer. O ponto de luz azul ficava cada vez mais próximo. De repente, uma voz eletrônica ecoou naquela escuridão da floresta:

– Guerreiro do triângulo negro identificado! Identificado!

– Hã? Mas que droga é essa? – indagou Flauber, confuso, enquanto aquela luz azul, agora bem mais perto, focava seu colete cinza, iluminando-o em meio à escuridão. Flauber olhava para frente, totalmente concentrado. Então, o foco de luz desapareceu para dar lugar a um grande e esférico brilho de luz azul, que envolvia um ser dois metros à frente de Flauber. – Ah..., mas o que é isso? É enorme!

Um ser robótico em forma de uma grande esfera metálica, azul-clara, com o dobro da altura de Flauber e dois grandes olhos vermelhos que o encaravam, flutuava ali, rente ao chão. Esse era o "forma-forma robô", uma daquelas supermáquinas de Raldot encarregadas de exterminar os homens do Exército do Triângulo Negro. E, por ser um robô, esse forma-forma podia fazer apenas algumas transformações, predefinidas pelo cientista doido do norte. Flauber, com uma expressão surpresa, encarava aquela criatura envolvida pela luz azul que iluminava a escuridão ao redor.

– Não vou perder tempo aqui. Vou exterminar você rapidinho – disse a voz eletrônica do forma-forma robô, que logo se transformou num manequim com forma humana ao som de ruídos robóticos.

– Hu! Mas que máquina presunçosa – disse Flauber com desdém. – Eu estava indo atrás do tal de Kem agora, mas antes eu vou brincar um pouquinho com você, sua lata velha. – Retirou alguns objetos pretos em forma de pastilha do compartimento em seu colete. – Tome isso! – gritou ao lançá-los sobre o forma-forma robô manequim.

– *Robodagets* não causam nenhum dano em mim! *Hahaha*! – disse o manequim, que, além de tudo, agora debochava de Flauber. Os *robodagets*, antes grudados pelo corpo do manequim, caíram todos ao chão. Foi então que o manequim metálico se dividiu em duas partes, da cintura para cima e da cintura para baixo, ambas envolvidas pela luz azul.

– Nem os *robodagets* funcionaram. E agora ele se dividiu ao meio! – afirmou Flauber, surpreso, enquanto via as pernas separadas do corpo do manequim robótico. – Que máquina mais estranha é essa?

Então, as pernas, que eram da mesma altura de Flauber, saltaram por cima dele enquanto ele as acompanhava com o olhar. Nessa breve distração, o corpo, que estava à sua frente, flutuando rente ao chão, começou a socar sua cara com as mãos metálicas. Ao som de ruídos robóticos, o corpo batia com força e rapidez, fazendo da cara de Flauber um saco de pancadas. Quando Flauber conseguiu bloquear os socos, as pernas o surpreenderam, passando-lhe uma rasteira por trás, fazendo-o cair e bater com as costas no chão.

Logo, as pernas e o corpo se juntaram, e o manequim metálico podia ser visto por inteiro novamente. Ainda caído e com o rosto machucado, Flauber ouvia a sequência de ruídos robóticos do forma-forma fazendo uma nova transformação.

– Vou pegá-lo! – gritou Flauber ao se levantar com astúcia para surpreender o forma-forma. Nesse instante, já transformado numa mão direita robótica, o forma--forma, que foi mais rápido, segurou Flauber e começou a apertá-lo.

– Vou espremer você! Espremer você! Espremer você! – dizia o forma-forma mão robótica, enquanto apertava fortemente Flauber, que mostrava uma expressão de desconforto e dor. Mas, de repente, uma energia de brilho amarelo-claro começou a envolver o corpo de Flauber, que fazia força para se soltar. Rapidamente a tonalidade da energia foi aumentando até tornar-se amarelo-escura, e então...

– RAAAA! – gritou Flauber ao fazer sua energia explodir com violência. E isso acabou arrancando o dedão da mão metálica, que foi arremessada para trás pouco antes de chocar-se contra uma grande árvore. Meio atordoada e olhando para o chão, enquanto seu corpo soltava faíscas, aquela grande mão robótica começou a seguir para frente, flutuando. Foi então que, ao centralizar os seus olhos vermelhos ao som de um ruído robótico, o forma-forma viu Flauber correndo ao seu encontro. Fluindo agora em energia laranja, Flauber gritou:

– Quem não vai perder tempo aqui com você sou eu! RAAA... SEQUÊNCIA BRUTAL!

Uma esfera de energia amarela apareceu brilhando ao redor do pé direito de Flauber, quando ficou frente a frente com o forma-forma robô. Com um chute alto da direita para a esquerda em forma de meia-lua, Flauber acertou seu pé direito na lateral da grande mão robótica, fazendo-a virar. Mantendo um movimento contínuo, sem parar, Flauber começou a girar em torno de si mesmo no sentido anti-horário e, quando seu pé direito tocou o chão, saltou levantando a perna esquerda e, agora no ar, fez novamente o mesmo chute. Nesse instante, via-se o forma-forma virado de costas, enquanto o pé direito de Flauber, envolvido pela esfera de energia amarela, batia com brutalidade nos dedos da mão robótica, arrancando um por um, do mindinho ao indicador. Para finalizar, Flauber deu um chute lateral sobre as costas da mão robótica, ao que um intenso brilho de energia amarela expandiu-se de seu pé direito, causando um impacto brutal antes de ouvir-se uma grande explosão. O forma-forma robô transformou-se, dessa vez, em pedaços.

– Pensei que seria mais rápido. Mas pelo menos eu consegui me divertir um pouco com você – dizia Flauber, fluindo intensamente em energia laranja, enquanto olhava para os pedaços metálicos do forma-forma espalhados pelo chão. – Você não me atrasou muito, mas... essa floresta está tomando o meu tempo. Sinto-me perdido aqui no meio. Se eu demorar muito para sair daqui, isso vai atrapalhar-me para pegar esse tal de Kem... – A energia laranja que fluía de Flauber iluminava a escuridão ao redor. – Preciso pensar em alguma coisa.

Enquanto isso, na região leste, Kem acabara de deixar Klaus no Centro de Cura para se recuperar, e agora podia ser visto caminhando em direção à nave vermelha, que estava uns dez metros à sua frente.

– Klaus, vou usar a sua nave para ir ajudar Sebastian e Norako. Depois o pessoal do Centro de Cura leva você para sua casa – dizia Kem enquanto caminhava devagar, passando por um campo de flores azuis e amarelas que estava à sua esquerda, poucos metros antes da nave.

– Você é o Kem? O Guerreiro do Universo dessa raça medíocre? – disse uma voz desconhecida, ao que Kem atentou-se, parou e olhou à sua esquerda. Com uma expressão séria em sua face, Kem encarava um homem todo vestido de cinza que estava no meio daquele campo de flores.

– Sou eu mesmo! – afirmou Kem, sério, vendo o símbolo *Critum* e o do triângulo negro no colete daquele homem. – E você deve ser mais um mercenário miserável do triângulo negro.

– Hu. – sorriu arrogante aquele homem, que tinha longos cabelos trançados, bigode e cavanhaque azul-escuros. – Encontrei o tal de Kem, Flauber. Pode deixar que eu me encarrego de eliminá-lo – dizia enquanto seus olhos azul-escuros viam o rosto de Flauber numa tela holográfica, projetada pelo triângulo negro do seu colete. Então, a voz de Flauber se fez ali presente:

– Ótimo! Acabe com ele, Shang!

Quando o brutamonte enfrenta Gobert no topo da montanha de gelo

Via-se o rosto do brutamonte, sério, com seu cabelo moicano azul e seus olhos azul-esverdeados encarando alguém à sua frente. Estava num lugar escuro, levemente iluminado pelos astros do céu. Ouviam-se os assovios do vento, carregando flocos de neve que passavam por sua face.

– Quem é você? – indagou o brutamonte com voz alta e firme.

– *Hu*! – via-se uma boca fazendo um sorriso enviesado, convencido. O brutamonte encarava essa pessoa. O vento fazia mexer os cabelos negros e repicados, que cobriam a sobrancelha esquerda e caíam até a metade do pescoço, do homem que estava ali. Seus olhos negros, da mesma cor de suas sobrancelhas, encaravam o brutamonte. – Eu sou o mercenário que vai devorar sua vida.

– Então você é um guerreiro mercenário do triângulo negro – afirmou o brutamonte enquanto encarava aquele homem todo vestido de cinza, que tinha estatura média e musculatura forte. O vento soprava, fazendo barulho, e a neve caía sem parar. – Vamos ver por quanto tempo consegue manter esse rosto presunçoso. – O brutamonte fechou fortemente as mãos e tombou a cabeça de um lado e de outro, estalando os dedos e o pescoço.

Ali estava o brutamonte, vestido com calça e colete amarelos, prestes a iniciar uma incrível batalha com um guerreiro mercenário, ambos frente a frente no topo de uma grande montanha de gelo, que fica no ponto 7 da região norte, bem na divisa com a região leste. Viam-se as botas pretas de ambos parcialmente afundadas na neve que cobria o chão. Foi então que as botas do brutamonte se moveram no instante em que partiu para cima do mercenário.

– AAAAAH! – gritava o brutamonte, fazendo cara feia enquanto dava uma sequência de socos, que acertavam apenas os flocos de neve, pois o mercenário se esquivava de todos movendo-se com habilidade. Numa oportunidade, o mercenário moveu seu punho direito, afundando-o no estômago do brutamonte, que fez cara de dor, sentindo o impacto do golpe. – Aaaa... aaah – agonizava.

– Tome! Tome! Tome! – exclamava o mercenário a cada golpe que dava-lhe no estômago, com o mesmo punho. – *Hahaha*... tome!

Foi então que, mesmo sentindo uma forte dor, o brutamonte segurou o mercenário com os seus grandes braços, prendendo-o, e logo o levantou alguns centímetros do chão. Começou a apertá-lo com muita força. O mercenário fazia cara de dor, enquanto ouvia seus próprios ossos estalando.

Percebendo que não conseguia se soltar com a própria força, o mercenário deu uma cabeçada no nariz do brutamonte, que tombou a cabeça para trás com o impacto e afrouxou os braços. Na sequência, o mercenário começou a golpeá-lo com vários socos cruzados de direita e esquerda, fazendo sua cabeça virar de um lado para o outro. Com isso, o brutamonte o soltou totalmente e, então, o mercenário, ao tocar o chão de neve com suas botas pretas, deu-lhe um forte gancho de esquerda no queixo, fazendo-o cambalear com alguns passos para trás.

– Você é grandalhão. Mas não me assusta – disse o mercenário, convencido, enquanto via, em meio àquela fria neve que caía sem parar, o brutamonte com as mãos no rosto. – O frio está anestesiando a sua dor? Pois eu bati para doer.

– Miserável – disse o brutamonte pouco antes de tirar as mãos do rosto, e então percebeu algo no braço esquerdo do mercenário, que estava virado meio de lado.

– O que foi? – indagou o mercenário, enquanto o vento frio soprava fazendo barulho, mexendo seus cabelos negros. – Pela sua cara vejo que não conhece o *Trib* – disse ao olhar de relance para um símbolo tatuado em preto logo abaixo de seu ombro esquerdo. – Esse é o símbolo *"Trib"*, que significa voracidade, devorar com violência. – Agora apontou com o indicador esquerdo para seu próprio colete. – E esse aqui... é o símbolo *"Critum"*, que significa guerra e destruição, e por isso foi escolhido para representar as tropas mercenárias do triângulo negro. – O brutamonte o encarava sem ao menos piscar. – Combinam bem comigo, esses dois símbolos. Você sentirá isso na pele!

A neve caía entre os dois e o vento fazia barulho, naquele lugar pouco iluminado pelos corpos celestes do céu uraniano. De repente, o brutamonte avançou para cima do mercenário, que abaixou-se rapidamente, pegou um punhado de neve na mão direita e lançou-o sobre os olhos do grandalhão.

– Ah, seu mercenário infeliz... você joga sujo! – disse o brutamonte, atordoado, enquanto esfregava suas mãos nos olhos. E, então, logo sentiu algo, enforcando-lhe o pescoço.

– *Hahaha*! *Hahaha*! – ria o mercenário, atrás do brutamonte, enquanto apertava-lhe o pescoço com o braço esquerdo. – Eu sou Gobert, conhecido entre os mercenários como aquele que não usa regra nenhuma para jogar. – Gobert o enforcava cada vez mais, deixando-o sem ar. – Até mesmo Stanley, que também é do meu planeta e tem a fama de atacar pelas costas, não é tão bom nisso quanto eu. *Hahahahaha*!

"Preciso fazer alguma coisa. Senão, como ele disse, vai devorar minha vida", pensou o brutamonte com os olhos apertados enquanto se sentia sufocado. O braço de Gobert o apertava. Foi então que o corpo do brutamonte começou a ser envolvido por uma brilhante energia amarela, que iluminou e fez espalhar a neve do ar e do chão ao seu redor. Ao segurar o braço esquerdo de Gobert com suas grandes mãos, o brutamonte abaixou o tronco num forte impulso, apoiando o mercenário em suas costas, e lançou-o contra o chão, fazendo-o bater com as costas na neve.

Sem perder tempo, o brutamonte pisoteou Gobert com seu pé direito, que brilhava intensamente em energia amarela e fazia uma grande pressão contra o mercenário, afundando-o na neve.

– AAAAAH! – gritava o brutamonte, fazendo cara feia, enquanto empurrava Gobert cada vez mais para o fundo, enterrando-o na neve. Agora, via-se o brutamonte com sua perna direita quase totalmente afundada na neve e seu joelho esquerdo dobrado apoiado no chão. Após tirar sua perna dali, ficou em pé, olhando concentrado para aquele buraco que havia se formado, vendo a neve o encobrindo aos poucos. Um minuto se passou. "Será que já está morto?", pensou o brutamonte. Então, uma energia amarela apareceu brilhando ali onde estava o buraco, que agora era visto quase fechado. – Hã?

As mãos de Gobert saíram da neve e agarraram as canelas do brutamonte. Num instante, a neve explodiu do chão para todos os lados, abrindo novamente o buraco, quando Gobert fez sua energia explodir violentamente, subindo dali com o seu corpo, pouco antes de se jogar por entre as pernas do brutamonte. Via-se Gobert deitado com as costas no chão e os braços esticados, brilhando em energia amarela, quando então puxou o grandalhão com tudo pelas canelas, fazendo-o cair dentro do buraco. Rapidamente, Gobert virou-se, tirou uma corda preta de material especial que estava enrolada em sua cintura, e prendeu as canelas do brutamonte com um astuto e forte nó.

– Vou tratar você como um animal selvagem! – disse Gobert, já de pé, enquanto pegava dois chicotes pretos e brilhantes, cada um enrolado em uma de suas canelas. Com a mão esquerda, jogou o primeiro chicote, que desceu para o buraco cortando o vento e a neve, fazendo barulho, pouco antes de enrolar-se e prender-se no pescoço do brutamonte. Em seguida, Gobert foi puxando o grandalhão até tirá-lo totalmente do buraco.

Via-se o chicote esticado pelo braço esquerdo de Gobert, fazendo força para sustentar o corpo meio inclinado do brutamonte, que estava com os pés afundados na neve. Gobert brilhava intensamente em energia amarela ao som do vento frio que soprava, fazendo mexer seus cabelos negros e seu uniforme cinza, enquanto os flocos de neve caíam sem parar. O brutamonte, com as mãos no chicote, tentava soltá-lo de seu pescoço.

– Esta corda e este chicote são feitos de um material muito resistente – disse Gobert ao dar um puxão no chicote, fazendo o brutamonte sofrer com o aperto. – Não conseguirá se soltar! *Hahaha*!

– Você... joga sujo mesmo... aaah... miserável – dizia o brutamonte, agonizando, quase sem ar.

– Isso não é nada. Ainda tenho mais alguns brinquedinhos guardados para depois – disse Gobert. – Mas, agora... vamos brincar com esse aqui. – Ergueu sua mão direita, que segurava o outro chicote, e...

Por um breve instante o brutamonte ouviu o barulho do chicote cortando o ar, e então sentiu-o estalando com força em suas costas.

– Aaaah... aaaah. – Agonizava o brutamonte com voz baixa, fazendo cara de dor, sem conseguir gritar, pois, enquanto um chicote o açoitava, o outro o enforcava. Estalos e mais estalos seguiam um após o outro, enquanto Gobert o açoitava com voracidade, rasgando seu colete amarelo e deixando marcas em suas costas, que logo começaram a sangrar.

– Tome isso! – gritava Gobert, voraz, o açoitando sem parar. – Tome, miserável! – O chicote estalava e estalava. – Tome, seu grandalhão idiota! – Mas, de repente, o brutamonte, mesmo em estado deplorável, com seus ouvidos atentos percebeu o movimento do chicote e, então, conseguiu segurá-lo com a mão direita antes que estalasse em suas costas. Rapidamente, num grande esforço, ao elevar sua energia amarela com fúria, o brutamonte puxou o chicote junto com o braço de Gobert, fazendo o mercenário ir para o chão com violência.

Nessa oportunidade, enquanto Gobert estava caído na neve, o brutamonte tirou o chicote de seu pescoço e, logo em seguida, desabou de cara no chão gelado. A energia amarela que antes fluía do brutamonte desapareceu. Mas a energia de Gobert permanecia brilhando, enquanto se podia vê-lo levantando-se do chão aos poucos.

– Você conseguiu me derrubar num golpe de sorte – disse Gobert, já de pé. – Mas olhe só para você agora. O que vai conseguir fazer nesse estado lamentável? – O brutamonte estava imóvel, estendido na neve com seu grande corpo. – Bem, estou vendo que nada. Então vou brincar com você mais um pouco.

Os polegares de Gobert tocaram um círculo azul-marinho desenhado na lateral do cabo de cada chicote. Nisso, saiu um punhal de dois gumes de dentro de cada um deles, na parte de baixo, fazendo um barulho metálico. A neve continuava caindo sem parar, e o vento, soprando.

– *Hu*! – Gobert sorriu enviesado. – Sentiu os meus chicotes... e agora sentirá os meus... punhais! – gritou ao avançar para cima do brutamonte, saltando sobre os pés amarrados do grandalhão. E, quando os pés de Gobert tocaram o chão de neve, suas mãos desceram para apunhalar o brutamonte, que no mesmo instante se virou e segurou o mercenário pelos pulsos. Agora, via-se o brutamonte brilhando novamente em energia amarela, fazendo força para afastar os punhais que quase tocavam sua face.

– Não deixarei que me vença – disse o brutamonte, fazendo força, encarando os olhos negros de Gobert, enquanto conseguia afastar os punhais cada vez mais.

– Isso é o que vamos ver – disse Gobert, forçando os punhais para baixo, fazendo cara feia, enquanto seus cabelos negros esvoaçavam no meio da neve que caía. – Não seja tão ingênuo. Eu sou um mercenário do triângulo negro! Não pode me vencer! RAAAA! – gritou ao fazer expandir sua energia amarela com mais intensidade, conseguindo força para avançar os punhais contra o adversário novamente.

Os olhos azul-esverdeados do brutamonte refletiam a imagem dos punhais se aproximando. Percebendo agora que o mercenário tinha mais força, e que estava prestes a ser apunhalado, o brutamonte dobrou os joelhos para pegar impulso e então chutou a cabeça de Gobert com seus grandes pés. Nisso, o mercenário cambaleou para trás e, no desespero, sem querer, cravou os punhais na corda e cortou-a ao puxá-los, soltando os pés do brutamonte. Na sequência, rapidamente, o brutamonte tomou impulso e jogou suas grandes pernas ao redor do tronco de Gobert, derrubando-o ferozmente com um golpe conhecido como "tesoura". Via-se Gobert ainda segurando os chicotes.

– Agora é a minha vez – disse o brutamonte ao pegar e enrolar a ponta de cada chicote, uma em cada mão, enquanto se levantava. – Vamos continuar a brincadeira... Gobert! – disse, já de pé, enquanto via o mercenário caído. Então, começou a girar em torno de si mesmo, fazendo o mercenário se arrastar pelo chão, desenhando um círculo na neve, como um compasso. Aos poucos, Gobert começou a sair do chão, subindo cada vez mais, em espiral, enquanto se viam os chicotes esticados e o brutamonte brilhando em energia amarela, girando no meio da neve que caía. Com seus olhos semiabertos, Gobert enxergava os punhais, segurando firme os cabos do chicote, sentindo e ouvindo o ar se deslocando à sua volta.

O brutamonte via Gobert na mesma reta de seus cabelos moicanos, que esvoaçavam como os do mercenário, no meio daquele movimento giratório que aumentava de velocidade a cada segundo. Foi então que o brutamonte soltou os chicotes, que se desenrolaram de suas mãos, pouco antes de Gobert voar para longe, sendo arremessado além da vista, montanha abaixo.

Logo, o brutamonte caminhou no meio daquela neve até a ponta da montanha, e depois ficou olhando para baixo. Tentava ver onde o mercenário havia caído, mas não conseguia enxergar direito no meio da neve que caía na escuridão.

– Essa é uma das montanhas mais altas de Urano – afirmou o brutamonte para si mesmo. – Seria um milagre você ter sobrevivido à queda. – De repente, o brutamonte ouviu o barulho de algo cortando o ar e, quando sentiu algo se prender em sua canela esquerda, olhou para baixo e viu um chicote enrolado nela. – Hu! Miserável.

– Milagres acontecem... seu grandalhão – disse Gobert, que podia ser visto pendurado como um alpinista, com seu braço esquerdo esticado, segurando-se pelo punhal cravado na montanha. – Vamos brincar aqui embaixo agora! – disse em voz alta ao dar um puxão com sua mão direita no chicote que estava preso na canela do brutamonte, fazendo o seu pé se arrastar pelo chão, deslizando neve montanha abaixo.

Com apenas o pé direito e metade do pé esquerdo apoiados no chão, o brutamonte encontrava-se na ponta de um verdadeiro precipício, podendo ser levado para baixo pelo chicote de Gobert a qualquer instante.

– Se eu cair daqui, levarei você junto comigo!

– Ah... seu mercenário infeliz. Eu não vou deixar! – exclamou o brutamonte e então segurou o chicote com as mãos e elevou sua energia amarela ainda mais. Deu um forte puxão no chicote, que arrebentou-se um segundo após Gobert subir voando para cima. O grandalhão cambaleou para trás com o tranco e Gobert agarrou a ponta da montanha com os braços, subindo logo em seguida. Agora, via-se Gobert em pé na ponta da montanha encarando o brutamonte dois metros à sua frente, ambos brilhando em energia amarela no meio da neve que caía naquele lugar escuro.

– Por que me puxou, seu idiota? – indagou Gobert. O brutamonte o encarava, calado. – Ah, isso não importa. Pagará com sua miserável vida pela sua tolice. – Gobert levantou sua mão direita na reta de sua orelha, segurando um pequeno objeto. – Tome isso, seu idiota! – Tomou impulso com o corpo todo e lançou algo contra o brutamonte ao gritar:

– DARDO BOMBA DE ENERGIA!

Aos olhos do brutamonte, que aumentou sua percepção num instante, um dardo brilhando intensamente em energia amarela vinha rapidamente em sua direção, voando entre os flocos de neve. Mas, com grande habilidade, o grandalhão encurvou suas costas e cabeça para trás, e o dardo passou de raspão, arrancando alguns fios azuis de seus cabelos moicanos antes de atingir uma árvore seca que estava logo atrás, fazendo-a explodir. A neve que a encobria espirrou para toda parte, num grande clarão amarelo. O brutamonte viu a árvore em pedaços, soltando fumaça, pouco antes de voltar para sua postura reta.

– O que achou do meu brinquedo explosivo? *Hu*! – disse Gobert, que sorriu enviesado. Enquanto sentia o cheiro da fumaça que se espalhava pela a neve, o brutamonte via a mão esquerda do mercenário cheia de dardos. – Terá o mesmo fim que essa árvore.

Com sua mão direita, Gobert transferia uma grande quantidade de energia para o dardo ao pegá-lo, fazendo-o brilhar intensamente em amarelo. Com voracidade, o mercenário começou a lançar um dardo após o outro para atingir o brutamonte. O grandalhão conseguiu se desviar da maioria deles, que explodiram sobre a neve do chão; porém, dois dardos o atingiram de raspão, um no braço direito e o outro na perna esquerda.

– Você se esquivou bem dos meus dardos. Porém, não com tanta perfeição – afirmou Gobert enquanto via o brutamonte, sangrando no braço direito (segurando-o com a mão esquerda) e na perna esquerda (com o joelho meio dobrado). – *Hu*! Apesar de os meus dardos terem acabado... – Gobert olhou para suas mãos. – ...isso foi o suficiente para deixar as coisas mais fáceis para mim.

Sem demora, Gobert avançou para cima do grandalhão, preparando um golpe com seu punho direito envolvido por um forte brilho de energia amarela. E, quando desferiu um potente soco direto para acertá-lo, o brutamonte desviou-se, virando para o lado, e então deu uma cabeçada no mercenário, fazendo-o cambalear alguns passos para frente. Nisso, Gobert quase pisou num dardo de energia amarela que ainda não havia explodido. De repente, ouviu-se o brutamonte gritar:

– SEQUÊNCIA DOS PUNHOS DO GIGANTE! – E então começou a socar fortemente as costas de Gobert, alternando os punhos rapidamente. Apesar de seus ferimentos, o brutamonte, brilhando em energia amarela, estava firme e forte enquanto seus "Punhos do Gigante" faziam o mercenário sofrer, empurrando-o para frente a cada impacto.

Após sentir o último soco em suas costas, Gobert começou a pender com o corpo para frente, enquanto o vento soprava, carregando os flocos de neve. Sentia-se acabado, sua energia amarela se apagou, não tinha mais força nem para se mover. O efeito dos "Punhos do Gigante" foi fatal. Seu corpo pendia em direção ao chão. E o brutamonte, quando percebeu algo perigoso, afastou-se dali imediatamente.

Pouco antes de fechar os olhos, Gobert viu três dardos brilhando em energia amarela ali na neve do chão, poucos centímetros à frente de seus pés. De repente, ouviu-se um grande barulho de explosão. O mercenário havia caído sobre os próprios dardos, provocando seu trágico fim. O feitiço virou contra o feiticeiro.

– Parece que seu jogo sujo se voltou contra você mesmo, Gobert – afirmou o brutamonte enquanto via, ao longe, o corpo destruído do mercenário.

Simbologia

Símbolo do Universo

Símbolo *Edo*

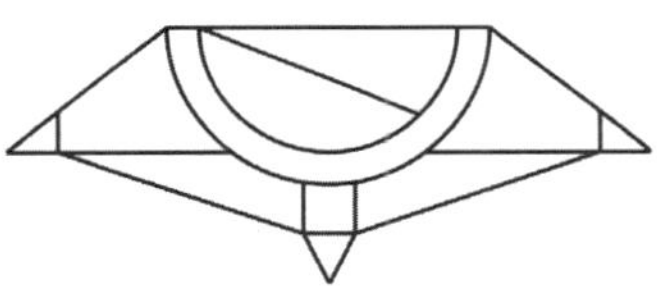

Símbolo *Critum*

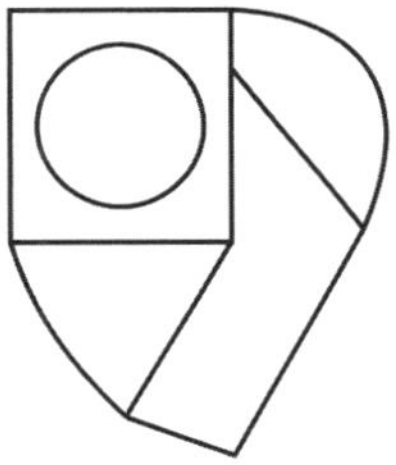

Símbolo *Trib*

Símbolo do Exército do Triângulo Negro

Planeta Urano

Regiões

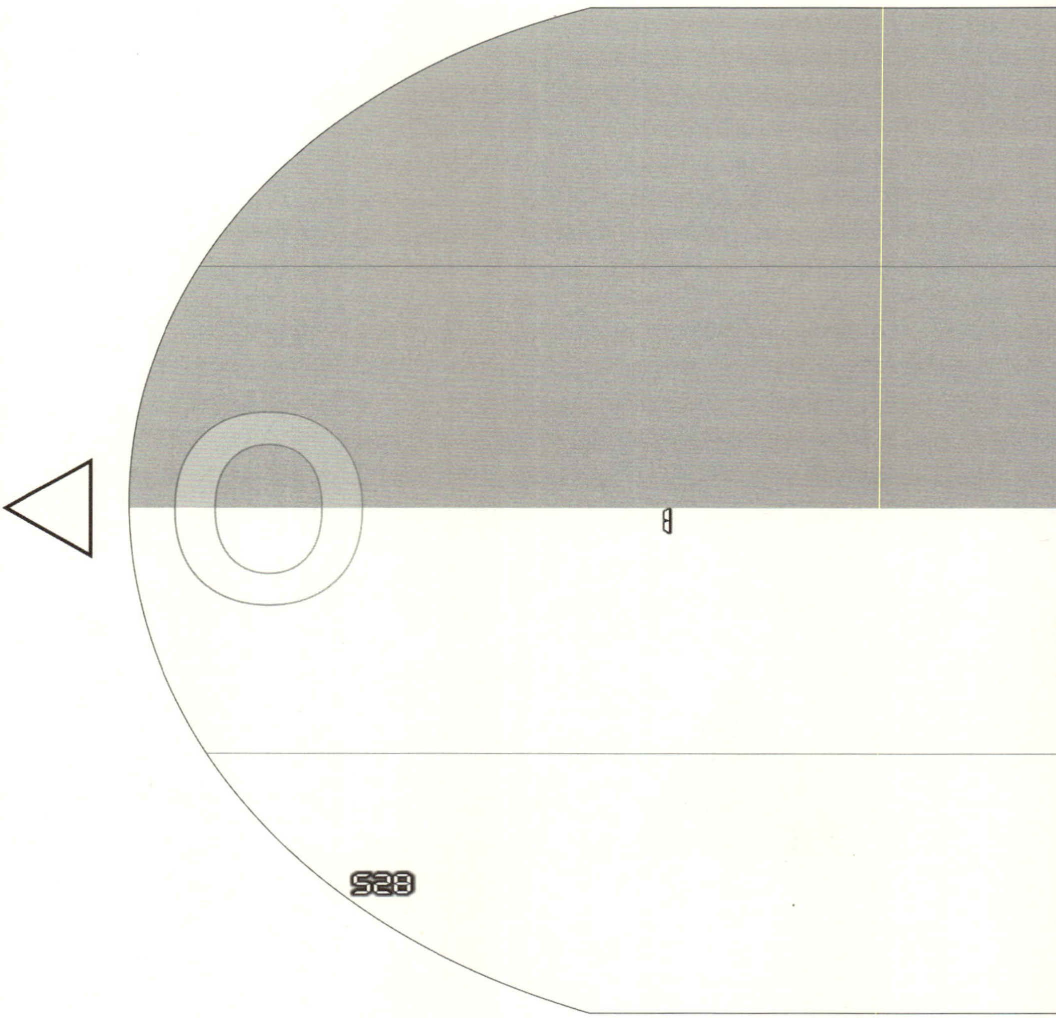

Área escura

Área clara

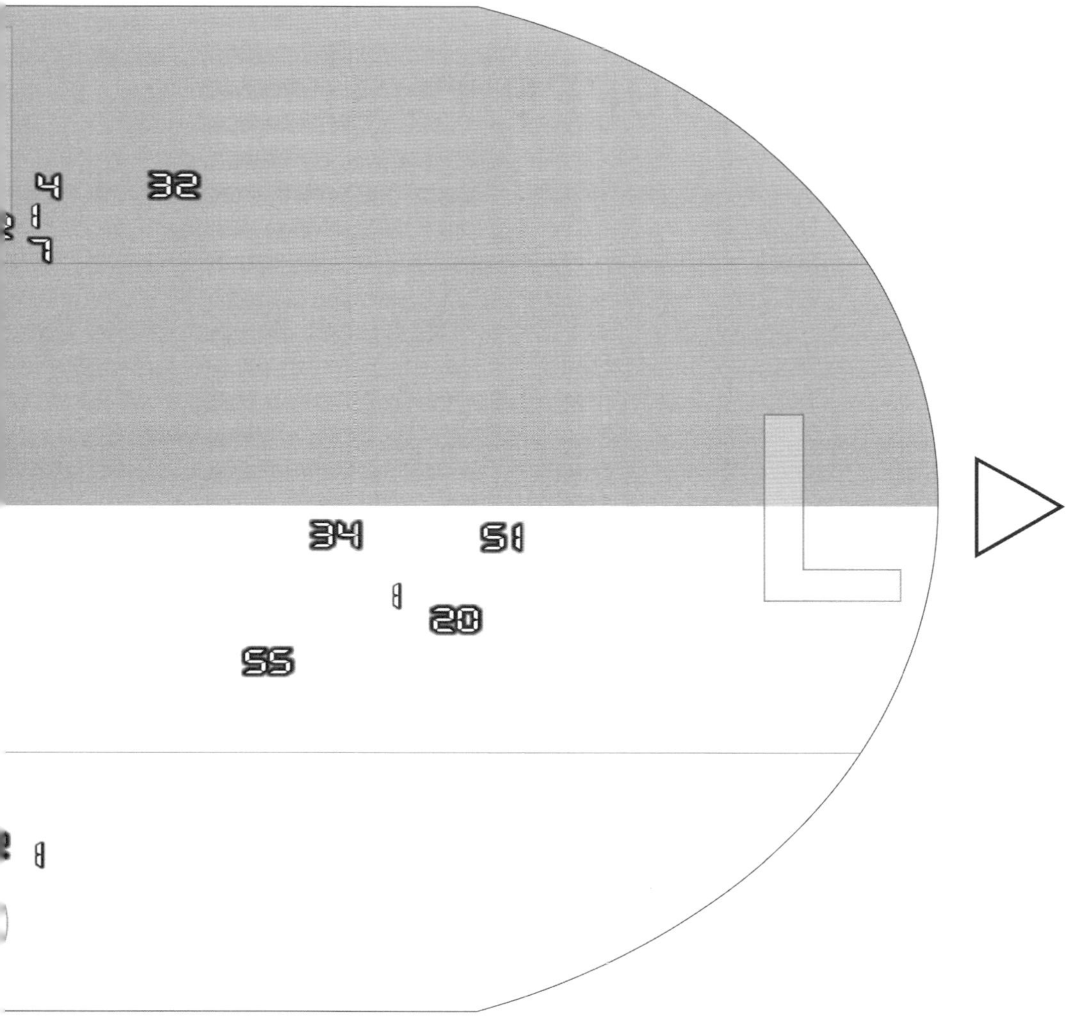
4
32
1
7
34
51
8
20
55
8

Mapas Galácticos (Guerreiros)

106 guerreiros

Das quatro galáxias pelas quais o mestre Chun é responsável

Transformaram-se em Guerreiros do Universo

Até a presente data desta história

Alguns já foram revelados

Mas muitos deles ainda são desconhecidos

Pelo menos até

.

.

.

.

Os próximos combates em

Os Guerreiros do Universo e *O Segre...*

OS GUERREIR
Capella
Procyon A
Sirius A
Homero
Próxima Centauri
Centaurus A
Sol
Netuno
Epsilon Eridani
Algol
Polaris
VIA LÁ

DO UNIVERSO
Gamma Crucis
Xi Boötis
Arcturus
Beta Crucis
Delta Crucis
Sigma Draconis
Vega
Neora
Barnard
Ariel
Hipno
Beta Phoenix
Rigel
latrix

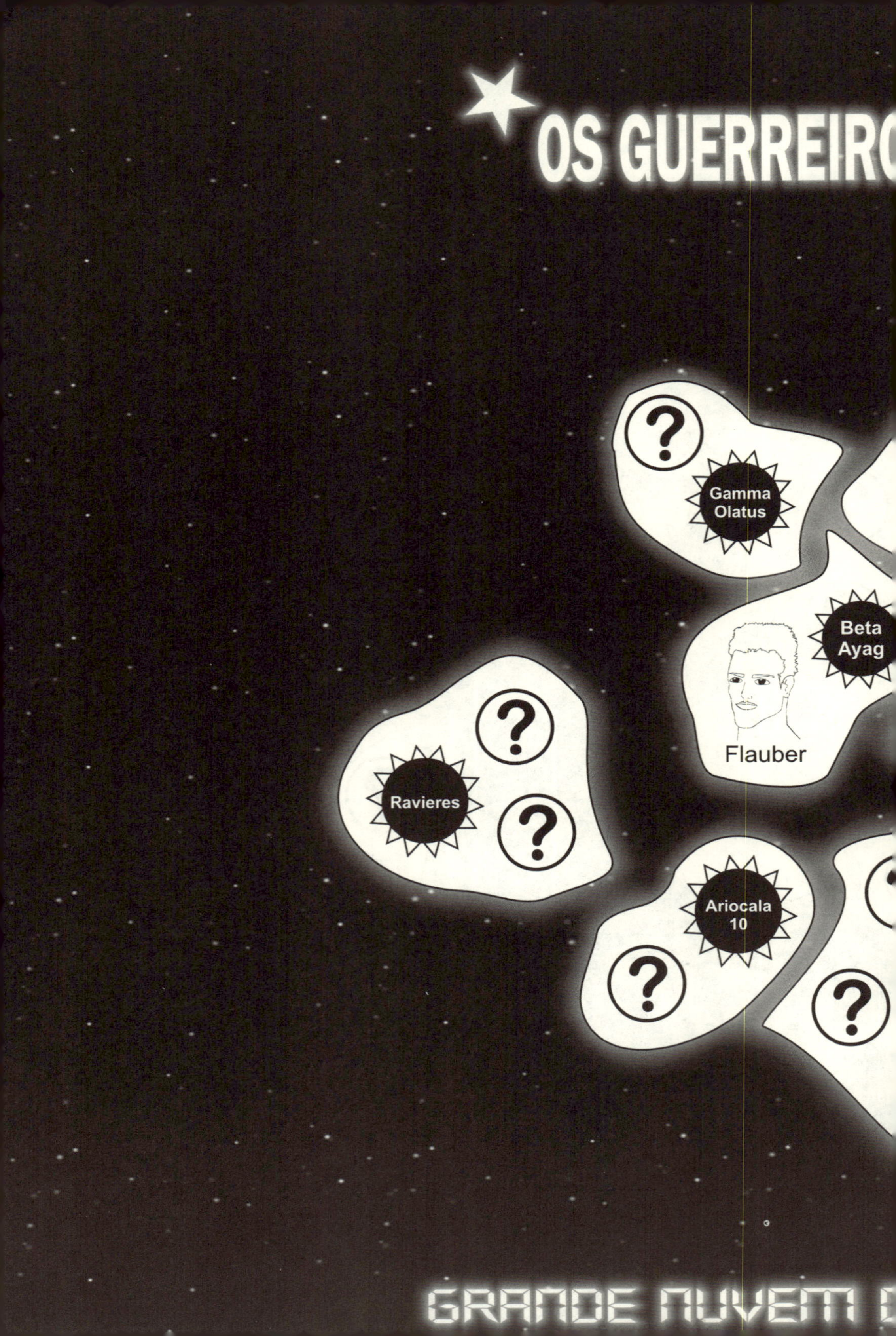
OS GUERREIRO
Gamma Olatus
Beta Ayag
Flauber
Ravieres
Ariocala 10
?
GRANDE NUVEM

O UNIVERSO
Zeta Brion
Beroitek
Byorne
Tromir
Alpha Remus
Víctor
Algati
Laustek 2

OS GUERREIR
Gronezan
Bremar
PEQUENA NUVEM

DO UNIVERSO

MAGALHÃES

OS GUERREI
Asticum
Bareax
Zortero
Cernak
ANÃ DE

DO UNIVERSO

ITÁRIO